La Maradona

UN ROMANZO DI

MARCELLO IORI

Instagram:

@m.a.iori

marcelloiori7@gmail.com

Marcello A. Iori

Dal 2018 vive nel Regno Unito.

2007 – Pubblica il romanzo fantasy *5* con *Firenze Libri*;

2018 – Pubblica il romanzo dark/horror *Il Ponte Oscuro dell'anima*, edito da *Il Seme Bianco*;

2019 – Esce il romanzo fantasy *Terre Deus Dominus – Uno Yogi, l'Apprendista e il suo Falco* per Lettere Animate.

Agosto 2021 – I giorni Bui della Milano Violenta (genere: thriller), edito da Brè Edizioni.

Agosto 2022 – The Mushroom Effect (Edizione Inglese, genere: fantascienza).

Iori & Co Publisher

Copertina progettata da Wequasella

A mia madre,

grazie per sempre.

Capitoli

Gabriele

Lei mente quando afferma di non avere più l'età per correre sui prati dell'Arcadia. I compagni di squadra le chiedono di restare, e vedo mia madre scuotere le spalle camminando a testa bassa fuori dal campo.

Io e lei conosciamo il vero problema.

Non lo definirei un segreto, un segreto ha avuto una voce, persino un sussurro assumerebbe la forma di un segreto se fosse espresso; mia madre, invece, cela sottigliezze che rivela nei gesti, e i gesti sono difficili da decifrare. I gesti che rivelano il taciuto li impari dietro le finestre serrate, nel privato di quattro mura, diventano concetti incorporei come la matematica.

Quello, in fondo, è un modo per uscire di scena senza dover confessare le note amare che a volte la tengono sveglia la notte, di cui non c'è più alcuna cura se non continuare a sopportarle.

Io, tuttavia, sono ancora fermo sulla linea di porta, abbacinato dalla calura del sole.

Gullit le dice che è *appena arrivata* e la sua squadra è in *svantaggio*.

Non è vero.

Come, per altro, il fatto che Gullit sia solo un soprannome: pelle scura, marocchino (lo so, l'altro era olandese) e lunghe trecce nere. Un buon giocatore, se non fosse che ha quarant'anni e a lui manca davvero il fiato per correre un'altra ora.

Gullit non vince una partita da un mese.

Dopo il lavoro mia madre viene qui per il calcio, raramente soli, spesso con Gullit e i suoi amici. Ne ha bisogno. Sono sicuro che è stata qui anche per conto suo, l'ho immaginata mille volte palleggiare sul prato dell'Arcadia al freddo, nella nebbia, sotto la pioggia.

"Sei lento." È il commento di mia madre ogniqualvolta mi lamento che finisco *sempre* in porta.

"Siete uno in più."

Gullit ci prova, lei continua a rivolge le spalle al campo, sorridendo, così che i capelli come un mosaico di intrecci camuffino quel suo moto di compiacimento.

"La prossima volta senza il portiere." Adesso indica me. "Tu vai con loro."

"È arrivata Maradona" la provoca lui di rimando.

Gullit le fa un applauso mentre lei scivola via sventolando una mano nel caldo d'agosto.

Vorrei restare a giocare ancora un po', magari fuori dai pali, stanco di fare la doccia sulla linea di porta.

Non faccio in tempo a chiedere un cambio che lei grida da lontano: "Dai vieni. È tardi."

Mi irrigidisco, le dico che non sono più un *bambino*, che posso tornare a casa da *solo*.

"Devi farti la doccia. Sei sudato."

Gullit mi fa l'occhiolino. *"La signora chiama.* Ci vediamo domenica prossima."

Alzo le spalle, mi arrendo.

La signora chiama.

Lei fa così, è abituata a comandare. Comanda a casa. Comanda a lavoro anche se è soltanto un'operaia. Comanda in campo anche se siamo tutti uomini.

Non è un caso che la chiamino *la Maradona.* O *la Signora.*

Mia madre non è mai stata una donna ordinaria. Sebbene abbia imparato a decifrare quei suoi gesti incalcolabili, ci sono cose di lei che non afferro.

Forse le persone straordinarie hanno un ulteriore scrigno segreto di cui loro stessi hanno smarrito le chiavi di accesso. Lì dove finiscono le cose che vuoi disperatamente dimenticare.

Mi chiedo se sia possibile per un figlio capire una madre, sprofondare fino a quei misteri inconfessabili, se l'amore sia abbastanza per riuscirci, se l'amore abbia in qualche modo le chiavi mancanti, o se davvero non ci sia altro che possa fare per lei.

Tuoni contro i muri

2

Cinisi. 1978.

Ombre pesanti. Il fruscio di una vecchia radio con l'antenna.

È successo qualcosa.

Da una finestra al piano terreno, spunta il viso della signora Mariuccia, con un'occhiata fugace nota gli uomini riuniti attorno alla tavolata. Volti di pietra, rughe troppo pesanti persino per un'insolita giornata di primavera.

Le rondini hanno lasciato il posto a una moltitudine di nuvole parcheggiate lungo la volta del cielo. L'aria che spira dalla costa si mischia con la polvere.

Poi un boato.

Antonio alza la testa tra i volti abbassati al trabiccolo parlante.

"Peppino… dilaniato da una bomba… ferrovia Palermo Trapani."

"Lu figghiu di Luiggino."
"Iddu."

Antonio tace, ascolta, conosce quella storia. Osserva il cielo, di lampi non se ne vedono; tuttavia, è certo di aver udito un suono simile al tuono. Con la coda dell'occhio nota Cesare, suo figlio, che esce di casa e non bada a loro.

Deve aver sentito anche lui.

Il cortile forma una elle e i palazzi la delimitano. L'eco rimbomba sulle pareti bianche e ruvide del condominio, attirando occhi e bocche curiose. Le tende allietate dal vento, le nasconde.

"*Cu* i?" chiede Cesare.

Aggrotta la fronte marcando ancor di più la V tra le folte sopracciglia nere. Guarda Antonio e, congiungendo le mani a triangolo, gli rimarca la domanda.

Suo padre ha capito, presto o tardi sarebbe accaduto.

Lo schianto è seguito da un altro rintocco, un suono diverso.

Prima l'esplosione della carabina e poi il contatto del proiettile contro una superficie solida, pensa Antonio.

"Radio Aut era la voce…"

Il fruscio lo disturba.

Cesare fa pochi passi verso il centro del cortile. Le finestre dei palazzi sono spalancate, odori di sugo e olive impregnano l'aria salata, aromi che conosce sin da quando era bambino.

Uno sbuffo di polvere penetra l'area di cortile passando vicino a Cesare.

"*Unni?*" chiede.

"*Dùocu*" gli fa Antonio.

Con un dito gli indica l'altro versante della corte. Lo incita a muoversi agitando il braccio come la frusta di un circense.

"*Friscu sta mo*" commenta Biagio, alzando le spalle.

"*Zittu* Brasi, *nun sintu.*"

Antonio si alza. Mariuccia gli lancia un'occhiataccia e scompare dalla finestra. Ne hanno già parlato e lei è contraria, non si spiega come Cesare non se ne sia mai accorto. *Un'anomalia* l'ha chiamata, e per Antonio è il preludio di un brutto presagio.

La gente chiacchiera. È scaramantica. Certe cose è meglio *tacerle*. E, poi, quel ragazzino della radio è morto. *Ci mancava pure lui*. L'Italia sta cambiando.

Mentre osserva Cesare svoltare l'angolo, si incammina per raggiungerlo. Alle spalle, Biagio borbotta qualcosa a proposito di Aldo Moro ma viene di nuovo zittito.

Prima il rimbrotto della carabina e poi l'esplosione del proiettile su una superficie solida, è un confronto che calza a pennello perché i tuoni che ode sono simili. Adesso, però, non ne può più delle bombe, hanno causato troppi problemi, meglio cambiare paragoni.

Sente Cesare alzare il tono della voce.

L'ultimo tratto di cortile è disabitato. Le pareti del condominio sono crepate e alcune finestre mostrano l'interno spoglio delle stanze abbandonate.

"I carabinieri e il giudice concordano che si tratta di ..."

Maria non presta ascolto a suo padre. Cesare è fermo con la schiena incurvata e le mani a coppa, come se pregasse il *Padre Nostro*.

"None" grida lei, strizzando gli occhietti nocciola.

Antonio la guarda ammirato. È una bambina di nove anni. Selvaggia. La maglia bianca le nasconde i piccoli seni a punta, le ginocchia nude sporche di terra, dure come sassi, spuntano dai pantaloncini sgualciti. È lei la causa dei tuoni. La vede prendere la rincorsa, sballottando le braccia lungo i fianchi, la gamba destra che si carica come una molla e poi colpisce. Il pallone esplode dai suoi piedi sollevando il terriccio, si stampa sulla parete crepata che sputa intonaco e rotola fino a Cesare. L'uomo solleva la palla e la avvolge con un braccio contro il fianco.

Lei lo fissa con amarezza.

Lei è un lupo, pensa Antonio.

"Ch'i devu fari cuttia?"

Cesare la invita con un gesto a farsi avanti.

Maria scuote la testa, un movimento di 180 gradi da destra a sinistra. I capelli le ricadono sul viso creando ricami chiaroscuri, come intarsi sul legno.

Una lupa. Selvaggia. Indomabile. Testarda. *Come la madre.*

Antonio tocca la spalla di Cesare. Il figlio incontra i suoi occhi e pare capire. Poi si rivolge un'ultima volta a Maria, le dice: "*C'hiu tardi facimu i conti*, io e tu."

I due uomini si voltano, parlano tra di loro, ma lei non sente una sola frase. Da quando la mamma se ne è andata, suo padre la rimprovera di continuo e adesso l'ha beccata a fare *le cose da maschi*. Il nonno l'ha già rimproverata. Non le importa, quel vecchio condominio la annoia. Cercherà un'altra palla, l'oratorio è pieno di palloni. Anche se i maschi non la considerano, troverà il modo per procurarsene uno.

Corre e supera Cesare e Antonio, con la coda dell'occhio nota il viso crucciato di suo padre.

Mariuccia è sull'uscio di casa, dal suo sguardo capisce che era in attesa. Quando le è più vicino, però, coglie un altro particolare, sa cosa significa quel sentimento ma non ne conosce il nome, l'ha vissuto con l'addio di sua madre.

Farò la stessa fine.

Uno dei vecchi al tavolo la guarda con aria seriosa, il cappello di paglia ben calzato sulla testa e le braccia lunghe come canne di bambù. Gli fa una linguaccia e lui le indica di filare via.

Stanno ancora smanettando con la manopola della radio.

Prima di entrare in casa, le rimane impressa la voce del commentatore che cita il nome di un certo Peppino *morto suicida.*

Lo conosce, una volta è stata da lui alla radio. Dicono suicidio ma lei pensa che forse sia uno sbaglio.

Lui non farebbe mai una cosa del genere.

Il Tempo cambia le cose

Gabriele

Dire che la vecchia vita sia già scivolata via potrebbe apparire esagerato, ma la sensazione è simile a una lieve malinconia.

Londra sembra tanto lontana adesso.

Ho scattato delle fotografie durante il volo: nuvole, città in miniatura, le ho postate su Facebook mentre aspettavo i bagagli al nastro.

L'aria fuori dall'aeroporto di Malpensa urta il mio viso. Ci sono uomini che fumano, chiacchierano di calcio, famiglie straniere in ripartenza, impiegati, e migliaia di altre vite che mi sfrecciano accanto come fotogrammi.

Mia madre sa del mio ritorno però non le ho specificato quando. Non è proprio una sorpresa; figuriamoci, è da anni che non la vedo stupirsi di qualcosa.

Ho smesso di farle regali dall'ultima volta che abbiamo giocato a pallone insieme a Gullit. Lei dice che ha già avuto tutto, che il compleanno è un giorno come un altro, e così le feste.

Prendo posto sull'autobus. Linea Malpensa – Magenta.

Non so se troverò qualcuno a casa ad aspettarmi, mio fratello è spesso in giro e starà testando la nuova auto che ha riscosso svendendo la vecchia Punto.

"Che campo a fare se non posso togliermi uno sfizio di tanto in tanto?"

Parole sue. Solo che non lavora da sei mesi.

Sposto il braccio destro, si è appena seduta una signora con qualche taglia di troppo. Ha il viso bruno, tipico delle donne del sud. Righe e crepe le solcano la pelle ma ha occhi dolci anche se piccoli e schiacciati verso il naso.

"Va a Magenta?" mi chiede.

Le sorrido. "Sì."

"Grazie."

Lei sa di case chiuse, di fornelli inusati e dei balconi ossidati dell'anteguerra. Non è un cattivo odore, lo apprezzo perché mi ricorda Vitrusi, in Calabria.

Guardo l'orologio appeso al suo polso che è due volte il mio. Sento il suo sedere accostarsi a me e spingermi verso il finestrino. Temo che soffocherò però, in fondo, è soltanto un viaggio scomodo che passerà come ogni altro.

"Mio figlio mi aspetta. Ferma alla stazione, vero?"

Non lo so, non ricordo, ma preferisco mentirle.

"Sì. Di solito sì."

Scruta i miei occhi e capisco che deve aver colto la mia incertezza. Penso che suo figlio le abbia spiegato per filo e per segno il tragitto da fare.

"Sono venuta l'anno scorso e si è fermato alla stazione di Magenta."

Credo che sia campana.

"Mio figlio abita a Magenta da 5 anni."

Per un attimo, il volto della signora si è trasformato in quello di mia madre quando è venuta a trovarmi a Londra. Un'espressione di disagio, inquieta di fronte a un mondo mai esplorato.

Provo compassione per questa donna e prometto a me stesso di essere più gentile. Una decisione che deve aver colto, perché per la mezz'ora successiva non ha fatto altro che parlare di suo figlio.

***

La bianca carrozzeria dell'Alfa Romeo scintilla, ben pulita.

La Punto sembrava che uscisse ogni giorno dalla concessionaria, mai una macchia, mai una briciola di pane caduta per caso in fondo ai poggiapiedi. Mio fratello non è tipo che cambia le abitudini.

"Oh fratè."

Siamo calabresi e si vede, però fingiamo di conoscere il dialetto. Maurizio ci prova, fa la voce spocchiosa e quando cammina le gambe formano un rombo dandogli un'aria da *stronzetto*.

"Tutto bene?"

"Sì, fratè, tutto bene. Era ora che *tornavi*, eh!"

Gli chiedo della casa. Lui non risponde e mi fa entrare.

Le pareti sono fresche e sento l'odore della pittura. In soggiorno c'è un divano in pelle di fronte a un televisore 65 pollici. A novembre quella casa era spoglia, i muri grezzi ancora da grattare, i pavimenti divelti e un bagno ancora da montare.

"La mamma?"

"Tra poco."

Non posso dire che il dialogo sia il nostro pezzo forte, per anni ho cercato di spiegarmi come sia accaduto, la verità è che sin da piccoli le circostanze hanno creato una sorta di separazione tra noi. Anche se abitavamo sotto lo stesso tetto, le compagnie che frequentavamo erano diverse, gli hobby erano diversi, a me piacevano il calcio e la fotografia, a lui interessavano la breakdance e le macchine sportive.

Faccio scivolare dalle mie spalle lo zaino della quechua, lo adagio in un angolo del soggiorno.

Mio fratello mi segue con lo sguardo, sorride. Anche se il dialogo non è il nostro pezzo forte, ci capiamo.

"Che fai stasera?" gli chiedo, girando il bacino per scrocchiare la schiena.

"I cugini. Un aperitivo."

"Come fate a spizzicare sempre patatine e noccioline?"

Accende la televisione. Vizio di famiglia. A Londra non potevo permettermi un televisore, e lo smartphone è stato per un po' la mia unica evasione dalla pesantezza della realtà.

"Lo sai che devi venire a trovare la zia."

È vero. L'ultima volta l'ho incontrata fuori da un bar, mi ha visto e ha pianto. Le ricordo suo fratello, che poi era mio padre.

"Sì, lo so. Questa volta ci vado, ma non oggi."

"Te lo dico, poi vedi tu."

Mi fa vedere la camera da letto. Il bagno con la doccia. Io lo seguo e penso che la vita in un attimo sia riuscita a catapultarmi indietro di cinque anni. Solo che quella è una casa nuova.

Una casa tutta nostra.

***

La sua voce giunge da lontano. La porta sbatte e la sento camminare sfregando le borse della spesa l'una contro l'altra.

"Amore?"

È lei.

Mio fratello è uscito, deve averla avvisata.

Faccio cadere il libro sul letto e la raggiungo in soggiorno.

Fruga nei sacchi della spesa, diffondendo l'aroma del prosciutto e della plastica. Il suo viso è raggiante. Lascia andare le cose che stava sistemando e si dirige verso di me.

Noto subito dei particolari però non faccio in tempo a dire una parola che mi devo chinare per abbracciarla.

"Era ora che tornavi."

Lei e mio fratello si assomigliano molto, c'è qualcosa nei loro modi di dire, nei gesti, cose che ho imparato a memoria, cementate nel mio inconscio come traumi.

"Hai mangiato?"

"No, ma', non ho fame."

"Prepariamo qualcosa, dai."

La studio mentre torna alla spesa e le dico che è ingrassata rispetto all'ultima volta che ci siamo visti.

Non risponde, cambia discorso.

"Se mi avvisavi prima, ti avrei comprato qualcosa da mangiare. Dal biologico."

"Non fa niente, ma', va bene quello che c'è. Tra poco esco a fare due passi."

Prende un pacchettino di plastica e lo straccia con un unico gesto. La zaffata di olive e cipolle mi raggiunge subito. La guardo mordere la focaccia e continuare a parlare con la bocca piena.

"Domani mattina vieni con me, ti va?"

"Dove?"

Apre il frigorifero e con la mano libera mette il prosciutto e gli gnocchi sul secondo ripiano.

"A fare spesa. Compriamo qualcosa per te."

Il vantaggio di avere una vita privata, un appartamento a disposizione e nessun coinquilino è che puoi gestire i tempi e gli spazi a piacere. Lo svantaggio è che poi sei diventato talmente asociale che ti scoccia fare tutto con gli altri.

"Usciamo presto così non facciamo tardi. Devo cucinare anche per tuo fratello, lo sai come è fatto."

"Sì, lo so. Va bene, vengo con te."

"Lascia le cose nello zaino, ci penso io a sistemarle."

"Non ce n'è bisogno."

"No, no. Dopo fai casino."

Taglia così la questione.

"Hai visto la casa? Ti piace?"

La aiuto a sistemare la spesa. Ha la tendenza a comprare piccoli prodotti, cose da consumare in giornata e non oltre. Se non fa il primo turno a lavoro, sfrutta le mattine per la spesa, girare nei supermercati della zona, un'abitudine che ha mantenuto sin da quando abitavamo a Roveda, dove sono cresciuto.

Yogurt al pistacchio. Roastbeef. Fusilli. Dentifricio. Due kiwi. Una banana. Mezzo pane integrale. Minestrone surgelato.

"È grande."

Prima abitavamo in un bilocale, anche se sono stato con loro per un unico anno; lei dormiva sul divano, io e mio fratello in una stanza singola su letti separati. C'era un armadio diviso in tre sezioni, la parte centrale apparteneva a mia madre. A Londra vivevo in 40 metri quadrati, un locale unico. Ultimo piano. Tanto mi è bastato.

Appoggio lo yogurt tra una bottiglietta d'acqua e la coca-cola.

"Mi piace. E poi, *finalmente*, c'è una cucina decente."

"Sì. Puoi invitare anche i tuoi amici se vuoi."

La nostra prima casa era diversa, c'era un'ampia stanza in cui dormivamo in quattro. Mi vergognavo ad invitare i miei amici lì, perché loro dormivano in un proprio spazio privato, i problemi che avevano all'interno del loro nucleo famigliare mi sembravano inezie in confronto ai miei.

Va in soggiorno per accendere la televisione, anche se non c'è nulla che le interessa, le voci le fanno compagnia.

Poi torna per l'interrogatorio.

Io le rispondo, ma ho la testa da un'altra parte.

***

Camminare mi aiuta a *distendere i pensieri.*

Sedriano è l'inizio e anche un po' la fine di tante cose.

Seguo la pista ciclabile, gira attorno a un parco aperto sulle vie principali del paese. Ho lasciato mia madre ai fornelli e mio fratello seduto davanti alla televisione a ubriacarsi con quelli dell'isola dei famosi.

Gli occhi superano lo scorcio di parco e la strada che gli passa sul fianco, oltre la rotonda e il campo ceduto a grano, sino a raggiungere le prime case di un altro paesino: Roveda. È soltanto una frazione di Sedriano, ma laggiù è racchiusa la mia storia.

Vorrei raggiungerla però inizio ad aver fame e non ho fretta di affrontare i fantasmi del passato, devo ancora fare i conti con il presente.

La pista curva e mi introduce al parco. Ci sono bambini che corrono e una madre che li richiama; un cane che salta e il padrone che lo incita a riportargli la palla; adolescenti che fumano seduti a una panchina, i Colmar aperti sul collo e qualcuno con il berretto dell'NBA; una vecchietta mi passa accanto guidando una Graziella rosa e all'altro capo c'è una coppia col passeggino. Tutto si muove. Anche io.

Alzo gli occhi al cielo striato dal passaggio di non so quanti aerei. Sono tornato in Italia con il cuore a pezzi, pensare a Nicole, alla nostra tormentata relazione, fa ancora male.

Scrollo la testa cancellando l'immagine che è apparsa nella mia mente.

Se ci fossero parole per esprimere quello che ho affrontato a Londra, le lancerei fuori dalle labbra in un lungo grido.

Sospiro.

E poi lo so: il tempo cambia le cose.

Non è stata
una madre presente

Gabriele

Pareti rosa.

L'armadio a specchio sulla destra. La finestra di fronte ha una base di appoggio su cui sono appoggiati alcuni oggetti, le persiane socchiuse lasciano appena filtrare una tenue luce bianca.

Raggiungo la base superando il comodino con il piccolo televisore e sposto di pochi centimetri l'asse da stiro con impilate sopra una pigna di camicie, tovaglie e pantaloni sportivi.

Due fili di luce si incrociano sull'oggetto che ha attratto la mia attenzione. È una cornice non più grande di una mano adulta, ha il bordo in legno con effetto alluminio. La persona ritratta dimostra una quarantina di anni, i capelli tinti di rosso e l'aspetto di una diva degli anni '70.

Quello è il volto di una donna che mi ha dato modo di riflettere e prendere una delle decisioni più importanti della mia vita. Non sarei a casa, oggi, se non fosse stato per lei.

"Devo ancora sistemare la valigia. Tra il lavoro e le pulizie di casa non sono riuscita a stirare tutti i panni."

Non mi volto a guardare mia madre, prendo la cornice tra le mani e cerco qualcosa negli occhi di quella donna leggendaria.

Non ci siamo mai conosciuti, ma credo che sapesse di me più di quanto io conoscessi di lei.

"Li lavo io i piatti, non preoccuparti."

"No, no, lascia stare, che mi bagni il pavimento. E poi eravamo d'accordo che tu cucini e io lavo."

Non la vedo però so che ha agitato le mani nel vuoto, come a dire: *fai altro, a quello ci penso io.*

Poso la foto sul ripiano della finestra.

Quando mia madre si muove in una stanza sembra un fluido che va ad occupare ogni spazio disponibile. Vorrei chiederle una cosa, ma non so se è il momento più adatto.

Torno verso l'uscio e sento che pronuncia il mio nome. Deve aver colto i miei pensieri.

"Non è mai stata una madre presente, ma era comunque mia madre."

Già. Non è la prima volta che lo dice.

Io ricordo ancora quando l'ho rivista viva due anni fa. Ero appena tornato da Londra. Mia madre mi aveva chiesto di accompagnarla a Milano per sbrigare delle commissioni *per la nonna.* Abbiamo citofonato. Abbiamo atteso. E, poi, c'era lei che scendeva le scale e io che guardavo l'interno del palazzo con aria distratta.

La donna dal volto da diva, i capelli rossi e la risata acuta, era sparita dietro a una maschera bianca priva di denti. Portava un copricapo viola e sotto pochi capelli bianchi, ridotti a causa della chemioterapia.

Sapevo che era stata operata, ma non immaginavo di rivederla in quello stato.

Quando è morta, ai primi di novembre dell'anno scorso, il suo viso aveva un bell'aspetto, però i capelli non sono mai tornati allo splendore di un tempo.

"Ti manca, vero?"

Con un gesto frettoloso delle spalle chiude la questione. Sul viso non scorgo alcuna espressione di dolore, è abituata a soffocare le emozioni.

"Lei era fatta così. Volveva che qualcuno la prendesse, ma poi scappava sempre. Non era una che raccontava volentieri quello che aveva passato."

Ripiega frettolosamente una camicia, la impila sulle altre e poi mi guarda.

"A cosa serve voler bene alle persone?"

Lo chiede a me, che ne so meno di lei.

Non le rispondo. La guardo sistemare le sue cose qualche secondo e poi mi sposto in camera.

Riprendo a leggere per distrarmi, per tenere lontano i ricordi, e non faccio che pensare alla sua domanda.

Credo che succeda e basta, non sono cose che puoi controllare.

Radici

Gabriele

Londra. Due anni prima. Inverno 2015.

L'aula magna dell'università è gremita di studenti che lasciano i loro posti per dirigersi alle uscite.

Gabriele cerca Josh nella calca delle persone. Deve essere uscito in anticipo per fumarsi una sigaretta.

"Proprio non ce la fa" sussurra tra sé.

Cammina fino al parco e poi lo trova.

Josh fuma e dialoga con sé stesso. Indossa una camicia a quadretti rossi e neri, i capelli leccati di lato come una rockstar inglese in stile Sid Vicious dei Sex Pistols.

Anche da lontano, a Gabriele gli sembra di sentire i suoi discorsi. *Il solito esagerato.*

Nicole è defilata, invece. Lei è seduta su dei gradini e chiacchiera con un paio di amici.

"Oh eccolo" esclama Josh.

"Non fare casino. Stai tranquillo."

L'amico gli si avvicina mettendogli un braccio intorno al collo.

"Sei la solita carogna. Meno male che non abitiamo insieme, ti proibirei di fumare."

Jogh gli batte una pacca sul petto, e dice: "Amico mio, non sai cosa ti perdi ad avere in casa uno come me. Sai cosa ho fatto l'altro giorno?"

Non gli interessa. Guarda il viso di Josh ma in realtà vede il profilo di Nicole che gli sorride. Nota le sue guance rosse sulla pelle chiara.

"Josh, spostati che odori di nicotina."

"Mi è piaciuto, sai?"

"Il convegno o la tipa di ieri sera?"

"La tipa era settimana scorsa. Che fai, non mi ascolti?"

"Scusami, è che sono stanco."

"Certo, parlavo del convegno. L'Associazione crescerà."

"L'ho già sentito dagli altri questo discorso."

"Non mi sembri entusiasta come al solito. Che ti prende, amico?"

"Mi prende che ho fame, sono stanco e inizio a puzzare di tabacco per colpa tua. Levati per favore o ti *rollo io* questa volta."

Lui si scosta e fa una specie di balletto indiano sollevando una gamba all'indietro. Gabriele ride, non tanto per Josh che fa lo stupido ma perché Nicole li osserva interessata.

"Hai preso la cena?"

"Sì, *padrone.*"

"E non credi che sia ora di andare?"

"Agli ordini *padron Frodo.*"

"Dai, prendi le cose e andiamocene."

Non vorrebbe farlo, ma non ha scelta.

Adesso i suoi occhi si sono fermati in quelli di Nicole. Le sorride. Gli sorride. Si avvicina a lei. Gli manca la salivazione ma ormai è troppo tardi, forse le parole si fermeranno in gola. Poco importa. Ormai è fatta. Meglio dire qualcosa che fare la figura del fesso e tornare indietro.

"Verrai al nostro ristorante, vero?"

"Sì."

"Allora ci sentiamo presto."

"Sì."

Josh lo agguanta da dietro.

"Ciao Niky. Ci vediamo la prossima settimana."

Lei ride. "Ciao Josh." Poi si rivolge a Gabriele: "Tienilo tranquillo. Fa troppi casini."

"Ci proverò" le dice, e pensa di essersi già innamorato, che parlarsi è stato come avere tutto di lei.

Poi vanno via.

"Te lo fa tirare, eh?"

"Quanto sei stupido, Josh. Che dici?"

Lui gli solletica l'orecchio con un dito. "Ti viene duro a guardarla. Vero?"

"Smettila."

Sul bus, seduto con la fronte contro il finestrino, continua a chiedersi quanto male faranno i secondi da quel momento sino al loro prossimo incontro.

***

E poi mi sveglio. Non conto più le volte che sogno il nostro primo incontro. Naturalmente c'è anche Josh.

Certe cose fanno male e basta, non ci sono rimedi o medicine, né conforti.

Tira avanti, come diceva nonna Mia.

Accendo il cellulare e attendo che il display digitale mi indichi l'ora. Sento brevi rumori provenire dal soggiorno.

Mia madre.

Come al solito prepara il caffè, va in bagno e rilava per l'ennesima volta qualcosa di già pulito. Certe sue abitudini non le ho mai capite fino in fondo. Gli altri rumori provengono dalle narici di mio fratello, russa come una ruspa svedese del 1913.

Lei è sveglia dalle cinque, per via dell'abitudine. Quando fa il primo turno si alza anche alle quattro. Così io sono mezzo rincoglionito per aver fatto le due (colpa dello *zapping*) e i suoi riguardi fatico a reggerli.

Ci metto un po' a *carburare*.

Non prendo caffè, è una cosa che non facevo neppure prima di diventare fissato con il cibo.

Lei, invece, è frenetica, si muove per casa con la stessa agilità di una gallina nel pollaio. E parla, la sua voce echeggia attraverso i muri, le porte e sbatte contro il mio udito che vorrebbe ricevere del silenzio.

Adesso si lamenta dei lavori fatti in casa. Ieri ho fatto notare a mio fratello delle imperfezioni sui muri, non molte, ma è normale visto che parliamo di una struttura degli anni Sessanta.

"Io voglio solo che le cose vengano fatte bene. Che li pago a fare?"

Il latte di riso è caldo. Lo verso in una scodella e ci inzuppo fiocchi di mais italiano e un paio di biscotti di avena con palline di cioccolato.

Difficile non essere fissato quando per cinque anni la tua vita è stata una centrifuga di informazioni su *cosa fa bene e cosa fa male* alla salute, soprattutto se credi che ci sia un filo logico.

Non m'importa, questa colazione per me è speciale.

"Più tardi li chiamo, non è possibile fare un lavoro così. Mi fanno *imbestialire*, guarda."

La sua parola preferita: *imbestialire*.

Lei sarebbe capace di farsi ristrutturare a gratis la cucina.

Scoppio a ridere pensando a Maurizio che mi raccontava di un prete che avevamo conosciuto prima che partissi per Londra.

"Ogni volta che la vedeva, scappava pregando sottovoce."

Sì, spesso le persone sono intimorite dal suo carattere.

Usciamo. Finalmente provo l'Alfa di mio fratello.

Al Centro Commerciale prendiamo l'essenziale.

Odio vagare per i reparti con il carrello, però ho promesso a me stesso di passare del tempo con mia madre affinché i miei sensi di colpa possano venire meno e non tormentarmi. Non ho problemi ad ammettere di essere un figlio ingrato, che a 27 anni non ha ancora concluso niente nella vita.

Dicono che i figli nati senza un padre provino una costante sensazione di impotenza e fallimento.

Ecco il mio ritratto perfetto: impotenza e fallimento.

"Li vuoi i biscotti?"

"No, ma', li ho già."

"Prendi la pasta integrale."

"No, ma', lascia stare, la compro al Naturasì."

"Vuoi un libro? Te lo regalo io.",

"*None*, ma', ne ho troppi da leggere."

"Mi prendi l'acqua? Quella lì. Un paio. Piccole."

"Ecco, tieni."

In macchina cala il silenzio.

Non sono un gran chiacchierone, vado a momenti. Certe sere con gli amici sono più estroverso, altre mi eclisso totalmente, preferisco ascoltare. Soltanto che lei, adesso, alza un braccio e con un dito indica un cartello della strada.

"Prendi per di là."

Vorrei tornare a casa e rilassarmi sul divano, per questo sospiro cercando di farlo piano per non farmi sentire. È che guidare mi stressa. A Londra non avevo un mezzo personale, anche se, ammetto, spesso la macchina del padre di Josh era tornata utile.

Assecondo la richiesta di mia madre. Continua a segnalarmi con il dito le traverse da prendere e i dossi su cui è meglio rallentare.

"Dove stiamo andando?"

"È da tanto che ci pensavo."

Enigmatica. Solo che io i misteri inizio a non sopportarli.

Siamo dalle parti di Cuggiono. Ho una vaga idea su dove mi stia portando.

Quando sono sceso a novembre, per il funerale di nonna, lei mi aveva accennato al fatto di aver passato una parte della sua giovinezza in collegio. So poco della vita di mia madre, anche per questo mi sento un figlio ingrato.

Se sono al mondo lo devo al fatto che lei contro tutto ha deciso di avermi.

Così quando intuisco la nostra nuova destinazione, un po' del fastidio di aver fatto una deviazione svanisce.

Percorriamo una strada alberata e, finalmente, incontriamo un campanile e le alte mura di una specie di convento.

Il collegio dell'infanzia di mia madre.

"Parcheggia."

La struttura è ampia, sul versante sud-ovest è costeggiata dal fiume Olona.

Mia madre si guarda intorno come se vedesse spettri.

Passiamo sotto un arco di pietra e ci ritroviamo su una strada di sassi. Diverse macchine sono parcheggiate di fronte a quell'ala del collegio.

"Entravamo da lì. Me lo ricordo ancora."

Ci sono tre gradini che conducono a una porta in metallo punteggiata da ruggine e graffi. Inoltre, c'è un'etichetta sul fianco con la sezione di pertinenza.

"È cambiato tutto" mormora.

I ricordi di mia madre sono come segreti inaccessibili, anche se le chiedessi di raccontarmeli, nemmeno lei saprebbe da dove iniziare.

La ascolto parlare a vuoto, frasi spezzate che muoiono tra i suoi pensieri, sorrisi precari che svaniscono come i bosoni di Higgs.

È una che si è abituata a tenere dentro le emozioni.

Poi scendiamo lungo la strada che gira e costeggia l'edificio. Muri grezzi, con angoli rotti e cancelli dell'anteguerra. Intorno ci sono ancora alberi, fiori, insomma, la primavera che si risveglia.

La via scende, dai cancelli che incontriamo si intravede l'interno, un giardino e ampie scale che portano chissà dove.

Sulla sinistra c'è una piccola chiesa. Lei vuole vederla, si ricorda qualcosa ma a me non cambia. Guardo il parco recintato mentre mia madre scosta delle tende viola e svanisce nel buio.

Resto ad attenderla per diversi minuti finché decido di scendere la via.

Dopo un'altra svolta, arrivo al fiume. C'è un molo in cui si agganciano le navette che trasportano i turisti. La lunga pista ciclabile è percorsa da viandanti e corridori.

Osservo.

All'improvviso mi sento perso, ma non nell'eccezione negativa, è un perdersi silente, di pace e serenità. Uno di quei pochi momenti in cui ringrazio Dio di poter assaporare un po' di tregua.

Sento mia madre alle spalle. Mi giro e la osservo toccare dei fiori. Sono viola, bianchi, petali dalle svariate sfumature di rosa e rosso.

Quando mi avvicino la sento dire: "Le margherite sono i fiori della nostra infanzia."

Le spunta un sorriso e mi sembra che i suoi occhi luccichino. Le sue dita passano sulle margherite, senza peso, come carezze a un neonato.

Così le osservo e penso che quelli siano stati anche i fiori preferiti di nonna Mia, la madre di mio padre.

Le margherite sono i fiori della nostra infanzia.

Parlava per lei, come se ci fossero lì le persone con cui aveva condiviso quella breccia di vita ma, in fondo, quei fiori ricordano anche a me tante di quelle cose che nei pensieri non ci stanno tutte.

Ci vorrebbero troppe parole, troppi Giga per conservare le loro memorie.

Mi limito a pensare che quei fiori siano un simbolo. Perché quando si andava al parco a giocare a pallone, tra l'erba spuntavano diversi fiori, ma le margherite erano le più conosciute e, poi, c'erano gli Occhi della Madonna. I fiori hanno accompagnato la nostra infanzia. Mia, che è quella con mia madre, e sua, che è quella con gli spettri che sembrano vagargli intorno e che soltanto lei vede.

Poi si volta verso di me e mi dice: "Avevo sempre fame. Rubavo dagli stipetti perché non c'era da mangiare."

Gabriele

A pranzo mi racconta il suo primo anno al collegio. Mentre parla cerco di far passare i suoi ricordi tra i miei, una nube confusa di cose che non conosco e di altro, conosciuto, che è doloroso da guardare. La stanchezza non aiuta, la avverto sulle gambe come una gravità che sfianca, è il groppo alla gola che non deglutisci mai.

Sono nervoso.

La vita a Londra ha smantellato i chiavistelli che erano le barriere che tenevo alzate contro il mondo, perché ognuno di noi ha i propri blocchi, i propri muri, quelle cose da mostrare in attesa della persona giusta, o dell'amore.

Così, dopo aver cucinato risotto con asparagi, carote e prezzemolo, e i broccoli a vapore, esco a fare due passi. Solamente che i due passi diventano chilometri.

Supero il parco di Sedriano e mi avvio a Roveda. So perché vado lì, ci penso dal giorno che sono sceso a Malpensa.

Le mie radici.

Quelle che mi ostino a ricacciare sotto i piedi, quelle che non ascolto quando mia madre dice qualcosa di lei perché semplicemente non mi sento pronto.

Il passato mi spaventa più del futuro. Non sono mai riuscito a capire come affrontarlo, finché non è arrivata lei, Nicole, un uragano di proporzioni bibliche che ha scosso e torturato carne e mente del mio essere.

Ci sono cose che ancora stento a lasciare andare.

Il dolore preme, anche se i fatti di quei giorni londinesi adesso sembrano tanto lontani.

Pensi che il tempo possa rimarginare le ferite, ed è così, il problema è che a volte le riapriamo per vedere se c'è qualcosa che ci è sfuggito, una lezione che non abbiamo imparato prima e che tornerà a bussare alla nostra porta per essere appresa.

Cosa non ho imparato?

Non lo so.

Non lo so finché non arrivo di fronte alla casa della mia infanzia.

Ho abitato qui per 18 anni e so che per tutto quel tempo mia madre si è sforzata di stare con un uomo che non amava, perché darci un tetto sotto cui vivere era più importante dei propri sentimenti.

Il cancello grigio è stato sigillato con un vecchio catenaccio. L'erba e le spighe del giardino sono gialle e verdi, le loro punte mi arrivano alla gola.

Vorrei scavalcare ma mi limito a osservare.

Crepe. Una madonna chiusa in un oblò dentro al muro. Il lungo balcone di sopra dove abitava la sorella del mio patrigno. Il pollaio che adesso è un ammasso di lamiere. La base di un albero le cui fronde, un tempo, riempivano il cortile. E i *garage* con le iniziali dei cognomi dei residenti. Una G e una P.

Vicino al cancello, alla mia sinistra, si stende un piccolo orticello, soffocato quasi completamente dai rovi.

La nostra vecchia casa è un volto sfigurato, è la barba incolta di un barbone o la pelle ruvida dei marinai, grinze profonde che sono canyon per venti e batteri.

Ricordo l'ultimo giorno, la casa era in subbuglio, non restava che lo scheletro dei letti, una lampada rotta e il divano che per anni è stato il giaciglio di mia madre.

Se chiudo gli occhi c'è lei che si assopiva lì sopra con la televisione accesa, stanca, i capelli scompigliati sulla fronte, la bocca aperta, un leggero brusio e le mani salde a tenere le coperte fin sopra il mento.

Mia madre è la cosa più forte che conosco.

Per questo parlo di lei.

Eppure, continuo a rifiutarmi di ascoltare, di sentire il mio cuore. Perché lei si è data tanto per i figli e noi non siamo ancora riusciti a venirne fuori. Altro che *generazione di fenomeni*, siamo giovani disillusi che si arrendono alle prime difficoltà.

A 21 anni sognavo di diventare un importante fotografo, finché la vita ha iniziato a stringermisi intorno, soffocandomi. Così sono partito per Londra. Lì ho accettato di lavorare in una associazione ambientalista, all'interno di uno dei loro ristoranti.

Lontano da tutto quello, per un po' mi sono sentito bene. È che fuggire alle volte è più semplice.

Mi chiedo se questa casa derelitta potrà un giorno ospitare una famiglia normale, diversa da come eravamo noi. Forse la vita turbolenta che io, Maurizio e mia madre abbiamo vissuto, ha prosciugato tutta la vitalità di questo posto, da rubare alle pareti e agli spazi scintille di eternità. E se in qualche modo l'abbiamo maledetta, le chiedo perdono.

Sul bordo esterno del vecchio orto stritolato dai rovi, spunta una margherita. Non ricordo se ce n'erano prima su quel lato del cortile, di certo è insolita.

Non c'è altro da guardare, perché lo spettacolo è finito. Adesso è arrivato il momento di ascoltare.

Il Collegio

7

Dal 1981.

La bruma del mattino si posa su ogni cosa della terra. L'erba ne è pregna, fa capolino con esili punte, bucherellandola. Campi sterminati a coltivazione di riso e mais ne vengono nascosti. Lei regna. L'alba non la intimidisce, anzi, quando un esile sole si leva oltre le alpi in lontananza, a est, la fa emergere dalle tenebre.

Gli scriccioli ticchettano. Il gallo canta *la buon'ora*. Gli alberi addormentati, quelli che faranno i frutti a primavera, disegnano i bordi delle strade e dei fossati.

Un trattore verde, con la scritta John Deere, avanza lento, gli enormi copertoni sfidano la nebbia e si impregnano di milioni di goccioline d'acqua. Un giovane dalle forti braccia, con un cappello di paglia in testa, lo guida, gettando occhiate a destra verso la strada deserta e a sinistra sul campanile del collegio.

Pensa che i suoi lo volevano mandare laggiù. Si era impuntato, *meglio lavorare la terra che finire da quei matti*.

E, poi, avere a che fare con un trattore, la vanga e qualche animale selvatico, è molto meglio che scontrarsi con *l'homo sapiens sapiens*. Un *termine* che aveva sentito alle elementari, però adesso ha 16 anni e il tempo può fare brutti scherzi alla memoria.

Le nuvole sono esplose nel cielo e lo addobbano come fossero tante palline sfaldate.

Il rintocco del campanile è puntuale.

Gli hanno raccontato che lì ci si sveglia presto e la disciplina è rigida.

Poret!

"*Meglio la pala!*" diceva sempre suo nonno.

***

Svegliarsi così presto alla mattina è faticoso per tutti, soprattutto per i ragazzi. Le ragazze del collegio lo sanno.

Lo sa anche suor Ilena, che alle cinque è già attiva per prendersi cura dei propri capelli. Spende un'ora in camera a lisciarseli, tenendoli con la sinistra e tirando con la destra che impugna un pettine di quelli pesanti con il manico in ferro. Lo sguardo fisso allo specchio perché non è mai convinta del colore che hanno.

Con l'età sono diventati grigi e bianchi, e sempre più lunghi. Mezz'ora per passarli, un altro po' per sistemare i ferretti in una sfarzosa coda dietro la nuca.

Quanti ne perde?

Li fa scivolare via, per terra, poi li spazzerà con la scopa.

Ogni mattina si chiede dove sia finito il biondo del suo capello, che ormai è spento per via della vecchiaia. Con gli occhi, anche mentre li fa su, rigirando lunghe trecce tra le mani, li scruta convincendosi che non sono tanto male, hanno ancora un bell'aspetto, sono forti, spessi, e quel tocco di grigio punteggiato di bianco *dà più forza* e saggezza al viso.

Oggi arriva quella *nuova*. Viene dal sud.

Maria Leone.

Prima di allora, non hanno mai avuto qualcuno dalla Sicilia, la verità è che non sa come comportarsi.

Un mondo lontano.

Si sporge verso lo specchio, la coda è completa, e pensa ai ragazzi, qualcuno di loro non si sarà *svegliato* e allora dovrà alzare la voce.

E, poi, c'è qualcosa nel viso che prima non ha notato. Una linea. Sale dritta e dispettosa dall'angolo del labbro destro simile a un filo di paglia. Muove la bocca, digrigna i denti, distende la pelle pizzicandola con le dita per farla sparire, ma quella persiste.

Non è una buona giornata.

Scuote la testa e stringe con forza il rosario che tiene intorno al collo: attaccato c'è una croce in legno che emana fragranza di gelsomino.

"La tua luce mi guida, mio signore. In te confido."

Sussurri. Le parole sono come l'aria che passa tra gli spifferi, silenziose, persino un orecchio vicino stenterebbe a udirle.

La prima volta che si era specchiata, aveva sei anni. Uno specchio mobile con i bordi in legno scuro. Le era sembrata la cosa più favolosa del mondo. Timida e impacciata si era avvicinata alla figura paffuta di una ragazzina che indossava spesse calze bianche che passavano sotto un vestito stretto e scomodo. Si era guardata sondando le guance pallide chiazzate di puntini rossi e il piccolo naso che curvava verso l'alto. Le avevano detto che i suoi occhi erano azzurri come il mare, lei che non sapeva nemmeno come era fatto, e notandoli si era resa conto che da quel momento sarebbe stato il suo sogno vederlo.

Quando smette di pregare, voltando le spalle allo specchio, pensa ancora che lei del mare non sa niente. Nessuno l'ha mai portata lì. Aveva preso i voti di suora troppo presto per arrischiarsi in una fuga giovanile.

"Ma che importa."

Le labbra, sottili come lame di un coltello, si muovono appena.

La sua schiena si sposta rimpicciolendosi nello specchio, sino a mettere in mostra una signora dalle gambe lunghe, ritta come un muro, che si dirige all'altro capo della stanza, apre la porta e sparisce sbattendola con un colpo di chiave.

***

Primo giorno di scuola.

La nuova ragazza è in ritardo e uno *sbruffoncello* ha già iniziato l'anno scolastico aggredendo un compagno.

Ilena incrocia suor Germana. Germana ha le prime ore, insegna matematica e cucito. È una donna minuta dai fianchi larghi, la voce squillante. Quando ride la sentono fin giù all'Olona. Le ragazze l'hanno soprannominata Suor Ridolina. I ragazzi, invece, la chiamano Timpani. *La signora Timpani.* Perché a uno, un giorno, ha riso vicino all'orecchio mandandolo dall'otorino.

Claudio Cucchi, dell'ultimo anno, c'è ancora chi se lo ricorda.

Ormai Timpani è entrata nella leggenda.

Però quel soprannome glielo avevano dato anni prima di Cucchi, e nessuno sa chi sia stato. Nessuno tranne Suor Ilena. Lei, invece, l'han sempre soprannominata il *Caporale*.

Storce la bocca a quel pensiero mentre osserva Germana emettere un risolino acuto scambiando una battuta con Silvia, la donna che si occupa dei fiori e del servizio pasti.

Sono all'aperto, lungo un corridoio che sporge su un lato del cortile delimitato da una serie di colonne romane.

"Buon giorno, suor Ilena."

"Buon giorno, Germana."

La guarda dall'apice della sua altezza, supera Timpani di almeno una spanna.

"È nel suo ufficio, come saprà."

"Cosa ha combinato?"

"Questa notte ha litigato con un compagno per avere il letto dell'anno scorso."

"E?"

"Il povero Tommaso è in infermeria con il labbro tagliato."

"Capisco."

Fa un piccolo accenno con la testa scrutando qualcosa oltre la figura di suor Germana. Silvia indossa dei guanti scuri con i quali interra nuove piantine in piccoli vasi di terracotta.

Settembre. È il suo mese.

Le affiora un ricordo.

Da ragazza, sua madre stava al chiosco dei fiori.

Al tempo se ne vendevano pochi, c'era la guerra, finché i morti non sono rientrati in Patria facendo la loro fortuna.

Anni duri.

Guarda il cortile e nota che ci sono ancora le margherite, non le ama particolarmente, preferisce le viole o il glicine.

"Vada pure, Germana. Ci penso io adesso."

L'altra suora fa per ribattere ma poi ci rinuncia. Lo sguardo di Ilenia è perso e mira lontano, non le rivolge mai gli occhi.

Attilio Bugatti, figlio dei fiori. I genitori erano fuggiti in America per l'evento di Woodstock, affidandolo ai nonni, i quali, non potendo fornire al nipote un'educazione scolastica ordinaria, si erano rivolti al tribunale di Milano.

Dall'anno scorso fa parte della Famiglia.

La Famiglia.

È come definisce suor Ilena il collegio. Una *Famiglia*. Un pensiero intimo, che non ha mai trovato parole o confidenti, se non in Dio.

Lei entra. Squadra il dodicenne in silenzio, una saetta le parte dagli occhi e lo costringe ad abbassare la testa.

Lui è seduto vicino alla cattedra. Gambe lunghe, capelli rossi e lentiggini sulla parte centrale del naso. E poi è riccio, cosa che detesta. Ha imparato che i ragazzi ricci sono problematici.

"Signorino Bugatti."

"Sì?" risponde, come di fronte a un ordine.

Non osa alzare il viso. Ha avuto precedenti con il Caporale. Anche se i tempi sono cambiati, usa ancora il *moschino* per punire gli *scellerati*, come li definisce lei. La verità è che non voleva iniziare l'anno in quel modo, ha promesso a nonna che avrebbe migliorato i voti. Invece, Tommaso ha rovinato tutto.

Non può dire la verità al Caporale, ne andrebbe della sua reputazione.

"Mi spieghi, signorino Bugatti, che cosa le fa pensare di potersi comportare da sbruffone il primo giorno di scuola?"

Piega la testa sulla destra, lo osserva con la bocca serrata.

Attilio crede che la suora si stia trattenendo, e il fatto gli infonde coraggio.

"Ha intenzione di tacere o di provare a difendersi? Come vede sono qui che attendo di ascoltarla."

"Io…", ma lei non lo lascia finire.

"Le dico *io* che cosa faremo."

"Ma io..."

"Nessun – ma io -, non ci sono scuse per uno che prende a pugni un compagno di classe."

Attilio abbassa la testa, scrolla le spalle come un cane che trovando riparo dalla pioggia se ne volesse liberare, trattenendo i pensieri che si preparano a esplodergli dalla bocca. *Che si fottano tutti quanti.*

Perché nessuno comprende *il suo* dolore?

E, poi, che cosa significa questo silenzio?

Si sorprende nell'osservare il Caporale studiarlo con interesse e riflessione.

Ilenia Giordano sospira. Ha parlato con uno dei nonni di Attilio l'altro giorno e, anche se ha commesso una sciocchezza che in tempi passati è costata l'espulsione a più di uno, decide di essere clemente. Lo punirà, *perché solo il signore perdona senza ledere.*

"Ha fatto colazione?"

"No."

"Non la farà. È tardi. Torni in classe. Voglio una lettera di scuse. Affiancherà gli altri ragazzi nelle pulizie per questa settimana. Mi sono spiegata? Se non ha capito, sarà peggio per lei."

Attilio farfuglia tra sé. Non è certo di aver afferrato appieno l'ordine della suora e, quando lei si divincola dalla propria immobilità, non trova più il coraggio per ribattere.

Chiude la porta, il ragazzo è andato. *Figli sventurati.* Ognuno con la propria storia.

La Famiglia non è altro che il collegio dei poverelli, come diceva suor Vincenza quando era la direttrice.

Adesso è lei che comanda. Ilenia Giordano.

Vincenza ha più di 90 anni, una donna solida, le ha insegnato tutto e, poi, le ha lasciato quel posto.

Era soprannominata la Madonnina.

Nessuno poteva usare quel nomignolo davanti alle suore, però le voci giravano, le orecchie erano anche più lunghe, soprattutto quando si viveva con le stesse persone per tanto tempo.

Vincenza era dolce, comprensiva, persino un saccente come Padre Clemente teneva in gran considerazione le sue opinioni.

Ricordi.

O forse è lei che invecchia.

Cerca con le dita quella dannata linea. Loro arrancano spostandosi tra la bocca e la guancia destra.

Poi pensa al lavoro da sbrigare.

C'è un'altra questione che l'attende.

***

Il primo a vederla è Tommaso, di rientro dall'infermeria.

Suor Caterina gli aveva riferito che non era nulla di grave, che gli schiaffi non avevano mai ammazzato nessuno.

Tommaso sperava di saltare la prima ora, aggiungendo al taglio la sensazione di avere un forte mal di testa; ma Suor Caterina lo aveva guardato di traverso e con un buffetto sulla schiena gli aveva raccomandato di iniziare l'anno scolastico *con decoro*.

Aveva girovagato per il collegio con le mani in tasca e, quando era spuntata Silvia, si era nascosto sulle scale.

Adesso è a pochi metri dal Caporale.

La direttrice ha le braccia conserte sotto il seno, premono sulla lunga veste nera. Anche da quella distanza riesce a catturare la durezza dei suoi occhi, che sono come i pugni bitorzoluti di un muratore, occhi che a fissarli farebbero più male degli schiaffi di Attilio.

Con lei ci sono tre persone. Un'anziana bassa e grassottella, un ragazzo con un principio di gobba e la faccia paffuta, e una fanciulla dai capelli lunghi che le scendono dietro le spalle come i fiotti di una cascata. È attratto da lei, anche se la vede di profilo, la sua forma lo aggrada. Non sa dirsi che cosa lo colpisca, però nota che i calzettoni bianchi che le scivolano dentro la gonnella sono ben imbottiti.

"Gambe toste" sussurra tra sé.

Qualcuno gli picchietta due dita sulla schiena e Tommaso si volta trattenendo il fiato. Il viso solare di Silvia lo rincuora, ma è stato beccato. Le dice che stava rientrando in classe.

"Lo so. Voi ragazzi siete i soliti, vero?"

"Non lo dirà a Suor Giordano?"

Lei si sporge e fa in tempo a vedere il Caporale allontanarsi con il trio.

"No, non preoccuparti. Però ti accompagno in classe, non vorrei ti cacciassi in qualche altro guaio."

Colpa di Attilio, pensa. Lui che è sempre geloso degli altri. E poi Giulia non lo vuole, se ne deve fare una ragione.

Eccola, Giulia.

Cinque file da tre banchi, e lei è in prima linea al centro, di fronte alla cattedra. Attilio le sta dietro, doveva immaginarselo.

Lo ha fatto apposta.

Tommaso fissa entrambi, tuttavia lei non gli rivolge nemmeno un'occhiata.

"Avanti, signorino Fumagalli, prenda posto" lo invita Germana con un movimento lento della mano sinistra, vedendolo imbambolato.

Qualcuno sogghigna, non ci fa caso, *sono degli imbecilli.*

Cammina tra i banchi e si posiziona in ultima fila, sulla stessa linea di Attilio. Quest'ultimo si gira e con un moto arcigno delle labbra gli fa capire che è ancora arrabbiato.

"Credo che adesso ci siamo tutti" sentenzia Germana in tono acuto.

Non fa in tempo a riprendere il registro che la porta si apre.

È Suor Ilena Giordano.

Che succede?

Infine, capisce. Accanto a lei, quasi sotto spalla, c'è una figura minuta e selvaggia, nera come grotte mai sondate, anche i suoi occhi sono scuri, l'antitesi di quelli del Caporale.

Attilio la guarda come se vedesse per la prima volta una femmina.

Le ragazze sono curiose e tra loro si scambiano occhiate.

Giulia Palma. Carmela Galli. Elena Pandolfi. Rosaria Pozzi. Claudia Colombo. Anna Villa e Giorgia Ferrari.

Adesso c'è un nome in più tra loro. E quella piccola scintilla dagli occhi grandi e i polpacci sodi come bombole antincendio, è quanto di più distante e opposto a loro.

Tommaso non ha fatto in tempo ad aprire il quaderno a quadretti che al suo fianco Riccardo gli fa notare la nuova entrata.

"L'ho già vista" dice, contenendo un sorriso, come a dire: sono arrivato prima io.

Si alzano tutti quando il Caporale varca la linea immaginaria che separa la classe dai corridoi del collegio.

Germana è incantata da quel corpicino che tiene la testa reclinata verso il petto in segno di timidezza.

"Buon giorno, Suor Giordano."

"Sedetevi" ordina agli alunni mentre li fissa con il suo arido sguardo.

Ilena tiene stretta a sé la fanciulla come se volesse proteggerla.

"Germana."

"Sì, suor Giordano?"

"Lei è Maria Leone. È arrivata oggi con i parenti del nord."

"Bene, è la benvenuta."

Un nome strano, mai sentito. Attilio spalanca la bocca. È la prima volta che sente di qualcuno con il cognome di un animale esotico. Da dietro giunge un sogghigno che si eleva stridulo nel silenzio dell'aula. Non fa in tempo a girarsi che nota gli occhi fulminei del Caporale saettare sopra la sua testa e piantarsi sui malfidenti.

"Che cosa ci trovate di tanto divertente?"

Sia Attilio che Tommaso abbassano la fronte, sollevati di non essere passati attraverso il radar del Caporale.

"Alzatevi."

Nessuno si muove. Germana fa per aprire la bocca ma Ilena, con un passo deciso in avanti, la anticipa.

"Se mi fate ripetere ancora una volta la parola *alzatevi*, giuro che passerete ogni ora di ogni giorno del vostro anno accademico a pulire i bagni del collegio."

I due si alzano. Teste chine. Guance rosse per l'imbarazzo.

"Stupidi" sussurra Tommaso, mantenendo gli occhi sul banco.

Le ragazze restano impassibili, tranne Giulia, che non ha mai smesso di esaminare con curiosità e un pizzico di fastidio la nuova compagna di classe. Il viso di Maria è seducente, di altri luoghi. Ha ciglia lunghe, labbra carnose, non come le loro che sono sottili. E i suoi capelli, sebbene siano stati pettinati frettolosamente, sono spessi, di un corvino che non ha mai visto.

Poi Maria solleva gli occhi verso Giulia, che ha un sussulto nell'incrociarli. La studentessa si accorge che non volevano posarsi sui suoi ma guardare oltre, dove Carlo Menescardi e Stefano Landolfi stanno per prendersi una ramanzina dal Caporale. Li contempla come un boia incaricato di decapitare un disertore.

"Farete i turni della signorina Leone alle pulizie. Per tutta la settimana. Ben intesi?"

"Intesi, Suor Giordano."

"Bene. E adesso prendi pure posto." Con un colpetto sulla spalla invita la Leone a sedersi.

C'è un unico banco libero, in seconda fila, accanto alla finestra che guarda sul giardino centrale. Nessuno l'ha preso perché il sole per gran parte del mattino vi picchia contro.

Però Maria è abituata al sole.

Stringendo al fianco un quaderno e l'astuccio, la siciliana si siede incurante degli sguardi dei presenti.

Quando il Caporale esce, Germana batte le mani e con voce squillante si rivolge a Maria.

"Signorina Leone, benvenuta nella seconda B. Io sono Germana Castello. Suor Germana per tutti."

Maria annuisce, cauta. Non sa da dove provenga la voce, ma qualcuno le ha sussurrato la parola "timpani." Non vuole girarsi, dietro di lei ci sono i *mocciosi* che forse l'hanno presa in giro e si sono beccati la punizione della suora alta come le colonne di Ercole.

"Vuole alzarsi, signorina Leone, e raccontarci qualcosa?"

Maria scuote la testa.

I compagni che sono interposti tra lei e suor Germana la osservano con curiosità.

"Va bene, capisco il suo imbarazzo signorina Leone. Al termine della lezione faremo due chiacchiere."

***

Il flusso dei ragazzi scompare dietro la porta, verso i corridoi strigliati da una campanella altisonante e i ciarli degli alunni di altre sezioni del collegio.

Maria è rimasta al suo banco, flagellata da una striscia di sole che le segna il viso.

Germana chiude il registro, lancia sorrisi e, dopo poco, si avvicina alla nuova allieva.

"Hai fatto colazione?"

La ragazzina scuote la testa. Si era svegliata tardi quella mattina, piangendo, pregando sua nonna di non mandarla a scuola.

Germana fa un sospiro di compassione e resta in piedi di fronte a lei nel suo metro e cinquantacinque, a braccia conserte per sostenere il pomposo seno.

A Maria, quella suora, le ricorda Mariuccia, sua nonna. L'ultima volta che l'aveva vista erano nel cortile, lei alla porta che la salutava con una mano e gli occhi lucidi: non aveva mai pianto, non davanti a nonno Antonio.

Nonno la stava accompagnando alla stazione con papà.

"Da dove vieni?"

"Sedriano."

Germana scuote la testa. "No, non intendevo dove abiti adesso. Dove sei cresciuta?"

"A Cinisi, in Sicilia."

Sebbene lo sguardo duro della giovane, Germana prova una piacevole sensazione nell'ascoltare la sua vocina, che è dolce, e non dubita che possa essere tagliente come quei suoi occhi indagatori.

Non si fida di nessuno. L'accento di Maria è marcato, non ha nulla del nord. Così le chiede da quanto tempo abita in Lombardia.

"Un anno."

"Ti manca dove stavi prima?"

Non risponde, si limita ad osservare la suora pensando che faccia troppe domande. Papà per mandarla al nord le ha fatto saltare un anno di scuola ed è stata promossa lo stesso, ma certe cose è meglio non dirle. Ha dovuto impararlo presto.

"Per qualsiasi cosa puoi contare su di me. E ora vai a sgranchirti un po' le gambe."

"C'è *lu palluni*?"

"*Lu*?" Germana spalanca la bocca, ma è certa di aver capito bene. "Vuoi giocare a pallone?"

"Io così mi *sgranchio* le gambe. Ma che vuol dire *sgranchirti*?"

"Tesoro mio, significa che fai un po' di movimento."

"Allora c'è *lu palluni*?"

"Più tardi, forse. Non ho mai visto una bambina giocare a pallone. È un gioco per maschi."

"Lo diceva anche mio padre. Per questo sono qui."

Non fa in tempo a ribattere che la vede alzarsi come un condor che spicca il volo.

"Va bene" sussurra tra sé Germana, seguendo con lo sguardo la Leone andare via.

Nei corridoi c'è fermento. Ragazzi. Ragazze. Chi ride, chi grida e chi confessa a bassa voce i propri sentimenti.

Le sue nuove compagne la osservano uscire dalla classe, si scambiano parole, mormorandole. Dialetti. Linguaggi che talvolta, con i parenti del nord, si è sforzata di apprendere. Ha cercato di resistere alla contaminazione, ma lì non c'è nessuno come lei.

Non ha paura, è solamente scocciata. Nessuno di quei ragazzi messo in Sicilia, a Palermo, o anche nel suo piccolo borgo a Cinisi, a quell'età uscirebbe con il viso pulito. Li ha visti i bambini del nord, anche se gli han detto che sono poveri, hanno dei bei faccini immacolati, non un segno. E poi, sono magri e senza cattiveria negli occhi.

Qualcuno le tocca una spalla. Si volta, sorpresa. È una ragazza. Dietro di lei ci sono due tipi che la fissano. Fa un ghigno con la bocca a quelli lì e la ragazza di fronte si spaventa.

"Non ce *l'haiu cuttia*" le dice, vedendola indietreggiare.

Con un cenno le fa capire di guardarsi alle spalle. L'altra si gira e vede che Tommaso e Attilio fingono di ignorarle.

"Mi chiamo Giorgia Ferrari, sono una tua compagna di classe. Ti va di unirti a noi?"

Maria non sa che rispondere, le scoccia, deve farsene una ragione.

Il pallone al momento non c'è.

"Che cazzo, hai visto quella?"

Sottoscala.

Attilio è piegato e sbircia di continuo il lungo corridoio. Rolla del tabacco, l'ha portato da fuori, prima di venire al collegio. Ha scorte per almeno una settimana, poi dovrà sperare nel buon temperamento di suo cugino.

"Fregatene. È una femmina. Finiamo sempre per litare per le femmine."

"È colpa tua, Atti, quando metto gli occhi su una poi li vuoi mettere pure tu."

Sospira, non lo tira per il collo soltanto perché vuole fumare.

"A quella ci pensiamo con calma. Ha gli occhi di una che non si doma facilmente. Non è come Giulia."

Tommaso accusa il colpo. Muove la testa come per cercare un punto per sputare ma la verità è che vorrebbe mandare a fanculo il suo amico.

"Anche Giulia è una tosta."

"Sì, sì, come vuoi tu."

"Fottiti" lo dice con un filo di voce e subito cerca lo sguardo di Attilio per anticipare la sua reazione.

L'altro finisce di imballare il fumo con una cartina trasparente, calmo. Poi accende un cerino e lo solleva in mezzo allo spazio che li separa.

"Io sono come il fuoco, Tommi, se mi alimenti poi ti bruci."

"Avanti, non fare lo stronzo, lo sai che Giulia mi piace. Facciamo che non ne parliamo più, d'accordo?"

"Guarda il corridoio. C'è qualcuno?"

"I ragazzi."

"La vuoi fumare?"

La cartina si arriccia a contatto con il fuoco.

"Certo, per dio."

"Allora facciamo un patto."

Atti si piega sulle ginocchia, fa il primo tiro. Sono all'aperto, sul ripiano della scala antincendio. Non possono stare lì però lo fanno tutti, soprattutto quelli del terzo anno.

"Che aspetti?"

Fa un altro tiro, dopodiché libera il fumo nell'aria di fine settembre.

"Ti sei preso uno schiaffo per avermi fregato Giulia."

"Ma l'ho vista prima io, tu…"

"Non importa chi l'ha vista per primo. Adesso hai Giulia e io avrò quell'altra."

"Di chi stai parlando?"

"Te lo devo proprio dire o ci arrivi da solo?"

"La nuova?"

Attilio allunga la sigaretta a Tommaso, spingendola vicino al suo viso. L'altro fa per prenderla, però l'amico la ricaccia indietro.

"Noi siamo amici, ma la mia pazienza ha un limite. Non arriverò al terzo anno senza aver toccato un seno. Dicono che Marco l'anno scorso si è fatto una tipa, sarebbe il primo da quello che sappiamo. Ma io mi accontento di... di vedere un bel seno e poterlo toccare. E voglio lei. Leone."

Al suono del cognome di Maria, Tommaso espira come se avesse trattenuto il fiato per due minuti.

"Magari mi meni, ma voglio dirtelo. Te lo dirò."

"Che cosa, Tommi? Parla, prima che me la fumo tutta."

Tommaso si agita come se avesse le pulci sul corpo. Lancia un'occhiata al corridoio e si accorge di Padre Clemente.

"Sta arrivando il prete."

"Non mi importa di quel ridicolo vecchietto, dimmi quello che volevi dirmi, o la finisco."

"Niente, Atti. Fai come vuoi. Per quello che può valere, quella ragazzina non è una facile, se la vuoi, è tua. Prenditela pure."

"Ora ci siamo capiti. Fatti un tiro, non vorrei che ti pisci sotto."

8

Passi. Conosce le cadenze delle suore del collegio, persino di padre Clemente, ma questi sono diversi, portano con sé l'eco di cattive notizie.

Con un colpo di mano richiude il registro. I rumori si fermano di fronte alla porta.

Un pugno che bussa deciso.

"Avanti."

Fa capolino il viso squadrato di suor Patrizia De Filippo che le annuncia l'arrivo del Dottor Savino, *uomo dalla Brianza.*

"Lo faccia accomodare."

Suor Patrizia accenna un inchino per congedarsi e fa spazio al nuovo arrivato.

"Buongiorno, Signora Giordano."

"Buongiorno a lei, dottore. Si accomodi" lo invita con un cenno della mano.

Non può vederle però sa che calza scarpe nere lucide. Si è messo una fragranza intensa ma non per loro, che sono solamente uno dei tanti collegi poveri della provincia.

È convinta che lui avrà impegni ben più importanti dopo la riunione.

Quando si siede nota la nuova valigetta. L'odore è lo stesso delle altre. Cuoio. Il colore è marroncino e ha due cinghie ai lati dove chiudersi. Savino estrae dall'interno alcuni fogli.

"Le faccio portare qualcosa da bere, dottor Savino?"

"No, grazie, sono a posto così."

L'uomo appoggia dei documenti sulla scrivania.

"Non è cambiato molto dall'ultima volta che ci siamo visti. Sono passati sei mesi, se lo ricorda?"

Lei resta dritta, impassibile.

Le labbra violacee del ragioniere si accartocciano, in segno di riflessione. I pochi capelli sulla sua testa a fagiolo sono riversi sui lati, ben pettinai e impomatati.

Si è fatto la barba. Ilena può sentire la fragranza del dopobarba al bergamotto.

"Quali sono le nuove notizie?" chiede, storcendo il naso quando lui abbassa la testa per cercare qualcosa tra le scartoffie.

"Questi sono i bilanci dell'anno scorso. È ancora presto per stilare un computo definitivo, ma allo studio ci diciamo certi che le cose non vanno bene come un tempo. Mi dispiace doverglielo ricordare."

"Dottor Savino, come lei ben sa, questo istituto percepisce la maggior parte dei fondi dallo Stato. Alcuni buoni cittadini hanno contribuito al suo sostentamento, sono certa che potremo trovare una soluzione. Insieme."

"Sì, ne sono sicuro. *Insieme.*" Le risponde dubbioso. Su quell'*insieme*, però, non è d'accordo.

"I ragazzi hanno bisogno di questa scuola. Le famiglie non sono…"

"Lo capisco, suor Giordano, ma parliamo dei fondi necessari al mantenimento di questo esercizio pubblico, e non c'è forza che possa impedire il suo inevitabile dislocamento."

"Dio è dalla nostra parte" e si tocca il petto all'altezza del crocifisso.

Lui fa un sorrisino, poi inclina la capoccia in avanti mettendo in mostra la pelle liscia e lucida senza capelli.

"Perché lo Stato sta rinunciando a questo luogo?"

"Non glielo so dire. Quello che sappiamo è che i fondi hanno subito un brusco taglio e che dal prossimo anno, se si deciderà di andare avanti, ci saranno la metà delle classi. Entro tre anni il collegio sarà riformato. Mi spiace doverle ripetere…"

"Non si deve dispiacere" lo interrompe alzandosi dalla sedia con prontezza, tanto da far strabuzzare gli occhi del ragioniere. "Voglio soluzioni non previsioni. Ci deve essere un modo per mantenere attivo il collegio."

"Se lo Stato taglierà definitivamente i fondi, la struttura sarà destinata a una diversa commissione."

"Dio è con noi. Questo posto chiuderà solo secondo la sua volontà."

Il contabile scuote la testa. "Si tratta di fondi non di Dio."

"Faremo una petizione."

"A chi?"

"Allo Stato."

"Ma non so…"

"Voglio sapere perché ci tagliano i fondi. Me lo dica."

Alza la voce per intimidirlo, premendo le mani contro lo stomaco come se volesse contenere la rabbia che prova.

"Noi crediamo che si stiano indirizzando verso nuove soluzioni. Siamo in tempi di cambiamento. La popolazione sarà più ricca e le persone potranno permettersi di mandare i propri figli in normali scuole pubbliche."

"Allora scriverò alla Chiesa Romana. So che esistono istituzioni di padri e suore che beneficiano di maggiori fondi da parte della Chiesa per portare avanti le loro attività."

"Si riferisce ai padri Somaschi?"

Suor Ilena si siede, tace, non ha più voglia di parlare con Savino.

"Farò così. Per adesso è tutto."

Savino si limita a fare un cenno con il capo mentre risistema i fogli nella cartelletta.

Quando lui va via, suor Ilena non si accorge della sua assenza; immersa nei propri pensieri, con occhi socchiusi, scruta la camera di fronte a sé respirando in moto lento e composto.

9

Le ragazze sono in camera da letto.

Mentre le altre si sistemano per andare a dormire, Claudia inizia a lamentarsi.

"Quel tipo è proprio insopportabile."

Giulia si fa avanti. Non è la prima volta che una di loro rientra nervosa dopo aver affiancato Attilio Bugatti. Arriva di fronte a Claudia e l'abbraccia. Lo fa perché si sente la più saggia del gruppo. Con gli occhi cerca Maria, però la ragazza è di spalle, incurante di ciò che accade. Il fatto la infastidisce, ma quella non è una semplice. Alle volte non capiscono nemmeno ciò che dice, anche se da un paio di giorni si sta sforzando di comunicare come loro.

Le altre ragazze si appoggiano ai piedi dei rispettivi letti, disposti in file da quattro contro i due lati dello stanzone. Gli armadi stanno in fondo, e sotto i materassi ci sono dei grossi cassoni dove stipare libri, diari e altri oggetti personali.

"Che ha combinato questa volta?" chiede Giulia.

"Ho dovuto lavare i piatti al posto suo. Gli ho detto che se non la smetteva di fumare l'avrei svergognato di fronte al Caporale."

Alcune delle ragazze emettono un suono di risucchio, sorprese.

Giulia abbraccia Claudia e la prega di continuare.

"Che è successo? Ti ha minacciato?"

"Voleva toccarmi."

"Il solito, ci prova con tutte", se ne esce Carmela sdraiandosi a pancia in su sul proprio letto. "Non è cattivo, è un maschio."

"Sì, è vero, non è cattivo" le fa eco Giulia.

"Insomma, non sarà cattivo ma è opprimente. A volte ti diverti con lui, ma poi ha questa ossessione che non capisco."

Giulia deglutisce. Lei si è già fatta toccare e loro lo sanno. Ha detto alle ragazze che lo ha fatto per difenderle, perché *"lui e Fumagalli hanno intenzione di farlo con tutte, così ho stretto un patto con Tommaso."*

A quella dichiarazione erano rimaste senza parole.

Carmela le aveva riferito (in privato) che qualcuna di loro si sarebbe fatta *palpare* volentieri.

Giulia sapeva che Carmela non mentiva.

Anna si fa avanti unendosi all'abbraccio.

"A quel rompiscatole ci pensiamo domani, perché adesso non ci rilassiamo un po'?" Sorride.

Lei è quella che racconta barzellette e sogna di diventare attrice. Lo dice a tutte. Persino Maria l'aveva saputo il giorno stesso che era arrivata.

È stravagante, lunatica e adora i giubbotti di jeans in stile americano. Spesso passa il tempo libero a lisciarsi i ricci per assomigliare alle sue dive preferite.

Elena le dice che perde tempo. *"Tanto tra un'ora torneranno ad arricciarsi."*

Più di una volta si è chiesta perché mai i suoi genitori l'hanno fatta riccia e non liscia, magari bionda come Giulia o Claudia.

"E di cosa vuoi parlare, questa sera?" le chiede Giulia, che ha visto negli occhi di Anna un guizzo giocoso.

"Scommetto che vuoi parlare di maschi, non è così?" la punzecchia Carmela.

"Ma ormai li conosciamo i nostri gusti" protesta Giorgia, e Rosaria le fa un cenno di assenso con la testa.

"Questo è vero. Ma sono arrivati i primini quest'anno. Li avete visti?"

"Non mi piacciono quelli più piccoli di me" protesta Elena palpandosi i lunghi capelli castani, seduta a gambe incrociate sul letto.

"C'è quel ragazzino, credo si chiami Alessandro, è biondo, ha una bella pelle" ammette Giulia, prendendo posto sul proprio letto, avvolta nel pigiama azzurro notte.

"Ma a te piacciono tutti i biondi" la rimbecca Carmela.

"Forse perché lo sono anche io!"

A Giulia piace Carmela, ma parla troppo e spiffera i segreti. E poi, ha capito che anche se sono un gruppo, ognuna di loro ha le proprie preferenze.

Si volta a guardare Giorgia e Rosaria, loro sono cresciute nello stesso quartiere, si conoscono da ben prima del Collegio. Anna, invece, sembra l'unica a non aver preferenze in amicizia.

Poi dal chiacchiericcio si passa al silenzio.

"Che cosa le hai chiesto, Anna?" Carmela non è certa di aver sentito bene. Si è messa ritta, come se si fosse svegliata di soprassalto.

"Beh, volevo sapere da Maria se ha una preferenza sui maschi."

Tutte si girano verso la Leone, che ha il letto vicino alla porta d'ingresso.

Maria è seduta sul bordo intenta a pettinarsi i capelli. Alla domanda si blocca per riporre la spazzola nel cassonetto sotto. Quando rialza il busto, mostra alle ragazze metà del proprio profilo.

"Su, avanti Maria, non fare la timida" la incita Anna, avvicinandosi.

"Maschi?" Nel suo tono c'è derisione.

"Sì. Ti piacciono i maschi, vero?"

Infine, Maria, ruota il corpo dalla parte delle ragazze. Le osserva come se mirasse dei bersagli.

"Non ci sono *masculi ccani*."

Claudia spalanca la bocca. Carmela, invece, ridacchia a bassa voce cogliendo l'ironia di Maria.

Giulia non capisce, una parte di lei riceve l'offesa, l'altra ha come la percezione di qualcosa di più ampio, di strano, che non ha mai provato prima.

"Vuoi dire che non hai notato Marco della terza A?"

"L'ho visto giocare a pallone. Non è granché, anche se gli altri lo stimano."

"E Tommaso?" La voce è quella di Giulia.

Maria scuote la testa mentre dispiega le gambe lungo il letto.

"Gli vedo la paura negli occhi. Non sa ancora di niente."

"Ma abbiamo solo 12 anni" le spiega Anna in tono mesto.

"Siete mai state in Sicilia?"

Nessuna risponde.

"Ma questo che c'entra?" s'inalbera Giulia, picchiando le mani sulle gambe. "Parliamo di aspetto fisico, non da dove veniamo."

"Hai ragione tu, *nun* c'entra *nenta*. Ma dalle mie parti non facciamo questi discorsi."

L'altra resta a bocca aperta, incapace di controbattere. Le monta un'ira tanto che vorrebbe urlarle di non fare la saputella.

Tuttavia, Maria le sorride, e pensa che sono diverse e che non si capiranno mai. Lo sdegno sbollisce quando subentra la pena e la compassione che prova per quella misera ragazzina.

Lei viene dal sud, non può capire, è ignorante. O così le disse sua madre a proposito dei *meridionali*.

Anna alza le mani in segno di resa. "Va bene, lasciamole un po' di tempo. È troppo presto per giudicare. Vero Maria?"

"Vero" ribatte, mentre si sdraia nascondendo le gambe sotto le coperte.

"Chi vuole sapere che cosa ho visto questa estate?" Anna è frizzante, il suo sorriso si allunga e sembra volersi protendere fino alle orecchie. Gira su sé stessa quando le chiedono cosa ha visto e risponde: "Mio zio che è stato in Argentina. Sapeva che il mio idolo è la Carrà, così mi ha fatto vedere Barbara."

Le altre restano ammutolite, non capiscono.

Giulia si sdraia, stanca, presa dai pensieri su Maria e Tommaso. Qualcosa nelle risposte della siciliana l'ha ferita.

"Certo, voi non potete sapere. Neanche io lo sapevo, se non fosse stato per mio zio che ha portato a casa una cosa enorme così" allarga le braccia imitando uno scaricatore di porto che solleva un baule per montarlo nella stiva, "con questa cosa rettangolare da inserire in una bocca. Un mangianastri, insomma. E ho visto lei, così bella. Bionda. Che occhi!"

"Ma in che lingua era?"

"Spagnolo naturalmente" e con una mano si liscia i capelli alzando una gamba all'indietro. "L'uomo che sposerò sarà argentino, ho deciso."

Maria si gira sul lato, nessuno bada più a lei.

Giulia fa la stessa cosa ma al capo opposto della stanza. Stanca.

Ormai è da giorni che è iniziata la scuola.

Il verde pallido del banco non le piace. Ha un buco nell'angolo in alto a destra anche se suor Germana ha spiegato che il calamaio non si usa più perché le penne di nuova generazione hanno *sostituito il vecchio*.

Landolfi, come suo solito, si è appena preso una strigliata perché ha tirato fuori una Replay.

Maria non sa che vuol dire, ma ha il tappino con una specie di gomma.

Carmela le dice che è cancellabile. "Non si può usare nelle verifiche."

Guarda la sua BIC, incerta, e quando ritrova gli occhi di Carmela vede che la compagna gli fa un cenno di assenso.

Come è complicata la vita, pensa.

Rotea gli occhi verso la finestra sfuggendo allo sguardo da pollo di Attilio che da qualche giorno non fa altro che lumarla. Per fortuna la suora statuaria, *il Caporale*, le ha fatto saltare la settimana delle pulizie. Lo deve soprattutto alla stupidità di Landolfi e Menescardi. Presto o tardi toccherà anche a lei. Nonna Madia le faceva fare le pulizie di casa mentre lasciava i suoi due figli a studiare.

Ma loro sono grandi, io sono solo una bambina.

E poi quella testa rossa di Bugatti la disgusta, ha consumato il tubicino della BIC masticandolo.

Germana è una brava insegnante, ci parlerebbe volenti se non fosse che quando strilla le fa venire mal di testa. Non le piace stare lì, e poi alla sera finisce per andare a letto con i morsi della fame. A cena mangiano spesso la zuppa. Zuppe di tutti i tipi ma dallo stesso sapore di fagioli e patate.

Non vede l'ora di fare il turno delle pulizie, le hanno raccontato che uno dei compiti è sistemare la cucina. E dove c'è una cucina, c'è anche il cibo.

Guarda il foglio. Non ha studiato perché è stata attenta; e poi quella suora ha scritto delle domande stupide.

Dove si trova Messina?

E lo chiedi a me?, si dice, compiaciuta.

Bugatti deve aver colto la sua intuizione, la richiama con suoni simili alle pompette quando vengono azionate per gonfiare una ruota.

Giulia intima ad Attilio di tacere.

"Che succede?" tuona Germana.

Attilio abbassa la testa mordendo quello che è rimasto della BIC.

"La smetta, signorino Bugatti. Non lo sa che è velenoso l'inchiostro?"

"Sì, mi scusi suor Germana."

"Idiota" sussurra Tommaso. Non è di buon umore. Giulia non gli degna di una sola parola. Vuole parlarle. L'anno scorso ha tentato di fidanzarsi con lei, ma non c'è stato modo di convincerla. Si è fatta sfiorare in qualche occasione e una volta è riuscito a palparle il sedere.

Il loro segreto.

"Avete quarantacinque minuti per rispondere a tutte le domande. Non è un compito difficile, ma vorrei che vi impegnaste per prendere il massimo dei voti. Vale anche per lei, signorino Landolfi."

Stefano sogghigna guardando prima Riccardo e poi Carlo.

Maria ha iniziato a rispondere alle domande.

Qualcuno le bisbiglia da dietro. I soliti idioti. Fa per voltarsi, mettendosi dritta con il busto, ma Attilio lancia qualcosa a Riccardo per farlo tacere.

"Ancora lei, signorino Bugatti? Che le prende oggi? Ha voglia di farsi un giro in direzione?"

"Mi scusi, suor Germana."

"Perché non viene qui alla cattedra? Venga. Si sieda al mio posto, così non disturberà nessuno."

Attilio si alza, scocciato.

Se adesso si scaraventa su Riccardo di sicuro finisce prima in Direzione dal Caporale e poi a casa, e laggiù non ci vuole tornare.

Della sua famiglia si salva soltanto suo cugino, che gli passa la roba buona da fumare. A dirla tutta, ha iniziato per scherzo l'anno scorso. Tossiva, non sapeva farlo, però dopo ha imparato.

"Questione di abitudine" gli aveva detto suo cugino. *"Ma stanne lontano. Fumatele qualche volta, non di più."*

La verità è che le paglie lo fanno sentire un duro.

Quando si siede alla cattedra, squadra con occhi di fuoco Riccardo che mentre abbassa la testa sul foglio sorride.

Tommaso pensa che non ci sia niente da ridere, quando Attilio punta così uno di loro, poi sono guai. È il più alto e, sebbene sia magro, non lo *tiri giù facilmente*.

L'aria è ancora fresca. Un autunno *strano*.

"Si prevede pioggia" se ne esce padre Clemente seduto a una panchina a braccia conserte.

Suor Ilena gli si para innanzi. Alta, portentosa, ha il viso crucciato.

Il Don sa che è da giorni che lei è indisponente. Non ha voluto nemmeno festeggiare il proprio compleanno, anche se suor Germana alla fine le ha fatto una sorpresa insieme agli altri del corpo insegnanti.

La Famiglia, come la chiama lei. Un'affermazione che suona come un segreto, non per padre Clemente però, che ha imparato a mantenere il silenzio quando si tratta di Suor Giordano.

"Come sta suor Vincenza?"

"A letto. Le sarebbe piaciuto fare visita ai nuovi alunni."

“Dovrebbe pensare solo a riposare. Domani verrò a trovarla, glielo dica.”

“Certamente.”

Fa un cenno con il capo e lo saluta.

Clemente, però, esita, ha visto la busta bianca stretta nelle mani di lei.

“C’è qualcosa che non va?”

Suor Ilena alza gli occhi agli alberi intorno.

“Ho saputo che le ha fatto visita il ragioniere Savino” continua Padre Clemente.

“Sì. I soliti discorsi. Lo Stato taglia i fondi.”

“È vero, però siamo un’istituzione religiosa, possiamo chiedere alla Chiesa di Roma un aiuto. Non crede?”

“È quello che spero di ottenere.”

Clemente si guarda intorno imitando Ilena nel tentativo di non dare troppo peso a quel problema. Resta così: un laconico sorriso tra le labbra e le mani premute sul grembo, annusando l’aria che sa ancora di estate.

“Domani pioverà. Dicono che questo anticiclone africano darà delle belle scosse di caldo anche qui al nord.”

“Ne ho sentito parlare al telegiornale” replica Suor Giordano.

“Ah, sì. Un autunno insolito. Ma non sono forse tempi insoliti questi che viviamo?”

“Che cosa intende, padre?”

“Il mercato americano si sta espandendo. La tecnologia prende il sopravvento. Li chiamano *personal computer*”, e lo ripete in moto solenne. “Hanno sparato prima a Reagan e poi al Santo Padre. Lo stato italiano ha dimostrato di essere corruttibile ancora una volta, come se già non bastassero gli errori del passato.”

“Ho saputo che in questi giorni è stata abolita la pena di morte in Francia. Qualcosa di buono lo sappiamo ancora fare, non crede?”

“Sì. Insolito anche questo.”

“Preghi per noi, padre.”

Questa volta Ilena procede a passo spedito risalendo la via.

Mentre Padre Clemente si lascia coccolare del cinguettio e il cicaleccio che proviene dai fili d'erba del giardino di fronte alla chiesa.

La messa della domenica piace di più alle ragazze, i ragazzi se ne stanno dietro le prime file a tirarsi gomitate o a spettinare i capelli delle compagne sedute di fronte.

Attilio si è messo dietro Maria. Tommaso ha preteso il posto vicino a Giulia, lei lo ha lasciato fare per non creare tensioni.

Quelli della terza sono seduti sul lato sinistro, insieme agli insegnanti, Silvia e i responsabili della cucina.

I chierichetti intonano il canto di apertura mentre padre Clemente appare sul palco camminando come se avesse preso una storta al piede.

"Voglio parlarti" le bisbiglia Tommaso.

Qualcuno gli intima di fare silenzio e anche Giulia.

"Non starò zitto finché non mi dici *va bene*."

"Silenzio!"

Tommaso alza la testa per vedere chi stava origliando la conversazione.

Giulia, invece, non ha bisogno di capire, conosce bene quella voce. *Carmela*. Anche se non si intendono, lei è molto protettiva con le compagne di classe.

"Non è questo il momento. Però *va bene*" lo accontenta Giulia.

Mariuccia le aveva insegnato il segno della croce e il Padre Nostro anche se non l'avevano mai portata in Chiesa. Nessuno le aveva mai spiegato perché suo padre non volesse.

A lei piace stare lì. È uno di quei momenti in cui non ha bisogno di essere arrabbiata. La Madonna regge un bambino tra le braccia. Al suo paese, Cinisi, c'era una statua simile. Non la portavano a messa però quando poteva si infilava in Chiesa per ascoltare il silenzio. Non sa se credere alle parole dei preti, a nonno Antonio non piacevano, diceva che erano *predicatori di illusioni.*

Ma, poi, che *significherà mai?*

"Ehi."

Lo ha visto prendere posto alle sue spalle. Se avesse avuto dell'interesse nei suoi confronti glielo avrebbe fatto capire. I maschi in Sicilia hanno le mani lunghe e non si fanno problemi a farti capire che gli piaci, ma lì fanno dei giri lunghi che non comprende.

Perché non le dice semplicemente quello che prova?

Giorgia al suo fianco si accorge dell'insistenza di Bugatti e con fare deciso gli chiede di chiudere il becco.

"Lo vedremo."

Padre Clemente saluta il collegio. È la prima messa del giorno e più tardi eseguirà quella per i paesani. Nota che suor Ilena è ben ritta in prima fila, una sagoma perfetta che svetta su tutte le altre.

"Sedetevi" li invita il Don.

Un rumore di cose che si spostano sfregando il pavimento s'innalza nella chiesa, è un attimo, il silenzio assorbe subito ogni tensione nell'aria.

Maria non sa che cosa l'abbia spinta a guardare da quella parte, dove due grandi occhi neri la osservano. Occhi fermi, solidi come marmo. Si volta dall'altra parte per vedere se è Giorgia al suo fianco la mira di tanto interesse. La giovane si scosta in avanti intuendo lo scrupolo di Maria e le sussurra che *ha fatto colpo.*

Bugatti da dietro osserva attento.

"Che significa *fare colpo? Murìu* qualcuno?"

Giorgia scuote la testa, divertita. Anche Giulia la osserva senza capire cosa stia succedendo. Attilio si sporge tra le due ragazze e fissa Marco, seduto sull'altro lato, con aria seria.

"Va via, stupido" e con un colpo di mano Giorgia lo spinge all'indietro.

Maria non si è nemmeno accorta di Attilio, lancia un ultimo sguardo al ragazzo che la fissa e poi torna ad ascoltare padre Clemente che annuncia la prossima preghiera.

***

Tutte ne parlano. Le ragazze la circondano.
Fuori piove e non possono stare all'aperto.
Una domenica bruciata, come dicono i maschi.
"Ma ci pensi? Proprio lui."
Anna è incredula. Marco è il suo preferito ma fuori dal collegio c'è un altro ragazzo che vorrebbe *sposare*. Parole sue.

Giulia tace, ascolta l'eccitazione e l'invidia delle ragazze non sapendo come comportarsi. Stanno tutte intorno al letto di Maria, mentre la giovane siciliana si liscia i capelli con una vecchia spazzola di legno.

"Aspetta, ti aiuto io" le dice con calma Carmela, sedendosi dietro di lei e sfilandole il pettine dalle mani.

Maria allunga in avanti una mano per riprendere l'oggetto.

"Non ti farò male. Guarda come sono dritti i miei. Se non li pettiniamo tutti i giorni, sai che disordine dopo? E i nodi? Dio, quanto li odio i nodi."

Carmela la fa ridere, perché è una tosta ed è più simile a lei. Ha sentito dire da Giorgia che ha la lingua lunga, però non le importa, non ha segreti da confessare. Quando sente le mani della compagna accarezzarle i capelli, si rilassa. Dolce. Profonda. Non lo avrebbe mai detto dato il corpo robusto di Carmela.

"Allora ti guardava. E tu che hai fatto?"
Maria abbassa gli occhi.

“Siamo curiose. Perché non dici mai una parola su quello che ti succede? Se non fosse per Giorgia, non lo avremmo mai saputo” la rimbecca Anna posizionandosi di fronte alla siciliana.

“Perché ci date tanta importanza? Magari guardava qualcos’altro.”

“No, Maria, ne sono certa, è te che guardava.”

“Va bene, adesso lasciatela stare” interviene Carmela. “È riservata. E poi se è come dici, domani quello si farà avanti di sicuro.”

Maria si irrigidisce, l’amica coglie quel movimento di incertezza che viene con l’inaspettato, ti costringe a fare i conti con cose a cui non sei ancora preparato e spesso porta via un pezzetto di quell’innocenza che non ti aspettavi di dover cedere.

“Allora domani ti teniamo d’occhio” aggiunge Anna, tornando al suo letto.

“Che ha di speciale questo Marco?” chiede a bassa voce a Carmela.

La ragazza ferma il pettine lungo la sua schiena per risponderle. “È il ragazzo più carino del collegio. È più grande di noi. Forse un giorno diventerà un calciatore famoso.”

“No. Non lo diventerà.”

“Come fai a dirlo?”

“L’ho visto giocare.”

“Sì, lo so che lo hai visto. Ma l’anno scorso non c’eri. Quelli di fuori hanno sfidato alcuni dei ragazzi del collegio e se non fosse stato per Marco non sarebbe finita bene.”

“Hanno vinto?”

“No. Però si sono difesi bene.”

Maria tace, riflette.

Quando capisce che non dirà altro, Carmela riprende a pettinarla. Le piacciono i suoi capelli, robusti come corde di canapa e profumati di qualcosa che nessuna di loro possiede.

“Se quello domani viene, lo sfido a pallone.”

Carmela ridacchia, non le risponde, pensa che forse Maria nasconda un segreto.

***

09.09.1981

La Gazzetta dello Sport: Maradona incanta San Siro.

Pagina 3. Titolo: Il Milan si inchina a Maradona.

Milan 1 – Boca Juniors 2

Il padre di Diego ai giornalisti: "Deliravo per Sivori e sognavo un figlio che giocasse come lui. Eccolo."

12

Un altro giorno di pioggia.

Da una radiolina la voce di Baglioni canta il suo ultimo successo.

Io ed i miei occhi scuri siamo diventati grandi insieme.
Con l'anima smaniosa a chiedere di un posto che non c'è.

Con l'ombrello che suona come una grancassa impazzita, Suor Ilena ascolta la pioggia che batte su tutto quello che incontra.

È stata da Vincenza e la situazione non è delle migliori.

I tempi cambiano, *padre Clemente dice il vero.*

E non capisce perché resta lì ferma, appena oltre il portone della corte che si chiude alle sue spalle. Poco più avanti, sulla sinistra, c'è la chiesetta del paese, qualcuno si è infilato dentro per scampare al maltempo.

La musica viene da una finestra chiusa sopra il portone, riesce a sentire ciò che dice il cantautore. Parla di malinconia. Parla di qualcosa che le pare di aver ricacciato negli anfratti del proprio cuore.

La bambina allo specchio.

Vincenza peggiora e il collegio ha bisogno di fondi, è come se le due cose fossero in qualche modo unite da una sorta di fato alla deriva.

Con la punta dell'indice si tasta la guancia. Non ha passato un solo giorno a non sondare il viso alla ricerca di altri segni sconosciuti. Ha l'impressione che la vita le stia parlando con un linguaggio segreto dipinto sulla sua pelle.

Ho visto visi e voci di chi ho amato prima o poi andar via,
e ho respirato un mare sconosciuto nelle ore larghe e vuote di un'estate
di città,
accanto alla mia ombra nuda di malinconia.

Con la mano libera stringe l'ombrello talmente forte che la pelle diventa bianca. Forse per lei non può far molto, tuttavia il Collegio ha ancora una speranza di andare avanti. Vincenza le ha detto che la Chiesa *potrebbe concedere più fondi.*

Una buona notizia.

E allora cos'è che non va?

C'è un'agitazione di fondo, la sente, capisce che in qualche modo è collegata ai tempi che cambiano, alle canzoni che parlano di libertà e amori impossibili. Proprio oggi ha dovuto dividere quel Bugatti da Marco De Santis.

Io che ho sognato sopra un treno che non è partito mai,
e ho corso in mezzo ai prati bianchi di luna,
per strappare ancora un giorno alla mia ingenuità.
E giovane e violento mi son detto tu vedrai… vedrai… vedrai.

Hanno litigato per l'ultima arrivata, la Leone. Si prendevano per i capelli come se tirassero una fune per vedere chi fosse il più forte.

Vincenza le ha detto di perdonarli, che sono soltanto dei *ragazzi.*

"I giovani crescono prendendosi a cazzotti."

Rispetterà la volontà di Vincenza però darà loro qualcosa su cui riflettere. Compiti in più. La Bibbia da leggere. Aiutare Padre Clemente quando ne ha bisogno.

Staranno insieme per imparare a convivere come persone civili.

Ecco perché quella canzone le provoca sentimenti contrastanti.

Leone. È lei.

Quella ragazzina dagli occhi attenti, e taciturna.

La deve sorvegliare. Se questo è l'inizio, non immagina cosa sarà dopo.

13

Sulla finestra le strisce di pioggia si allungano in verticale come vene sottopelle. Maria, però, è affascinata da qualcosa che è oltre, qualcosa che fa parte del paesaggio esterno. Un oggetto. Un desiderio riverso nell'erba dimenticato da Dio.

Qualcosa si muove alle sue spalle.

China la testa pensando che è soltanto metà settimana e si è già stancata di fare le pulizie.

Il maltempo sembra sempre arrivare la domenica per stendersi fino a mercoledì. Solo che oggi piove ancora. Una pioggia lenta, senza fine.

"Io vado, signorina Leone. Ormai sa cosa deve fare."

Annuisce.

Vilma la squadra per un istante e dopo un bel sospiro pensa che "va bene", può tornare a casa senza il timore che quella ragazzina possa combinare qualcosa di strano. E poi c'è anche Erica, della prima A, che sta pulendo il bagno degli operatori.

"Che idea mettere due novizie insieme" sussurra la donna delle pulizie mentre esce dalla cucina dondolando quei fianchi che si sono allargati oltremisura da dopo il secondo parto.

Maria, invece, pensa che avrebbe volentieri saltato un altro anno di scuola.

"*Vedrai, su, ti troverai bene*", l'aveva incoraggiata nonna Fortunata.

Non può dire di star male. Anche se le compagne parlano sempre di maschi e Giulia la guarda come se fosse una rivale, è la prima volta che non si sente rifiutata da qualcuno.

Suo padre non aveva versato una lacrima alla stazione. Nonno Antonio almeno l'aveva abbracciata prima che il fischio del treno richiamasse i passeggeri a prendere posto sui vagoni.

Una ragazzina di undici anni in balia del niente, seduta su poltrone sgualcite e il lamento delle rotaie.

Ha ancora impresso nella mente il proprio stupore nel non concepire la nebbia. Un sole opaco, bianco come l'ostia purificatrice, si stagliava nel cielo dietro una cortina grigio perla. Si era ritratta dalla finestra credendo che il treno fosse sprofondato nella terra. Gli alberi sparivano, le fronde venivano cancellate da quella cosa che sembrava pioggia sospesa.

E la neve?

Quando era caduta per la prima volta sotto i suoi occhi, aveva ricacciato un urlo, tanto che nonna Fortunata si era dovuta affacciare dal balcone per vedere che cosa fosse successo. E Maria se ne stava con i palmi rivolti all'insù cercando di intrappolare nelle mani i puntini bianchi che scivolavano nell'aria.

Ricordi.

Per un po' aveva pensato che il nord fosse una sorta di terra di nessuno, ma la verità era che c'era più gente di quanta ne aveva vista a Cinisi. Macchine di lusso. Negozi ovunque. E poi la sua cosa preferita: il gelato. Uomini che trascinavano carretti vendendo palline bianche dal sapore di latte e zucchero.

Aldo, il figlio di nonna Fortunata, le raccontava che un tempo Sedriano era attraversata dal *Gamba de Legn*, un vecchio treno degli inizi del secolo che aveva donato il suo ultimo servizio nel 1957.

Quelle erano storie che le raccontavano per farla sentir parte della terra di nessuno. E col tempo qualcosa nella sua mente era cambiata, i ricordi di Cesare e Mariuccia svanivano, le strade di Cinisi e i campetti da calcio pieni di spighe e reti bucate diventavano fotogrammi in bianco e nero.

Nonno Antonio, però, se lo ricorda ancora bene, come quel ragazzo che talvolta incrociava mentre andava all'oratorio, lui era un tipo in gamba. *Peppino.* Le piaceva.

"Ci sei?"

Erica l'ha chiamata più volte ma ha fatto finta di nulla.

"Sì. Ho quasi fatto."

La primina guarda a terra e nota che ci sono le impronte nere delle scarpe di qualcuno.

"Io vado se hai finito."

"Sì" dice, avvicinandosi di nuovo alla finestra. "Vai pure. Io torno in camera tra un attimo."

Quando l'altra se ne va, si tasta la pancia. Distoglie l'attenzione dall'esterno e vira con lo sguardo in cerca di qualcosa. Corre verso l'uscita e trova la porta della dispensa. È chiusa. Vilma si è portata via le chiavi. Non importa, c'è un altro posto. Prende il secchiello e lo straccio decisa a concludere il lavoro all'istante.

Quando ha fatto, sente di aver più fame di prima. Ripone le scope nel ripostiglio e si avvia al corridoio.

La porta che cercava è aperta. Abbassa la maniglia e senza esitare entra. È buio. Strisce di un residuo di luce esterna le concedono quel tanto da muoversi nella stanza senza sbattere contro i mobili. C'è una credenza, ed è lì che desidera portare la propria attenzione. Il problema è che non ci arriva, l'anta sta in alto.

Passi.

Presta ascolto. Non può farsi vedere, la donna statuaria la metterebbe in punizione.

Con fare svelto cerca un nascondiglio.

Quando la porta si apre e la luce esterna rischiara metà della stanza, lei è ben rannicchiata dietro a una poltrona. La presenza esita qualche istante sondando l'interno, e a Maria pare di percepire il suo dubbio nel pensare che quella porta *doveva essere chiusa.*

È tentata di uscire allo scoperto ma il suo stomaco brontola. Lo sfogo sembra un ruggito nel silenzio della stanza. Così chiude gli occhi pregando di non essere scoperta.

"Chi c'è?"

Dio ti prego fa che va via.

Con forza si rannicchia ancor di più su sé stessa, strizzando gli occhi e i denti. I capelli le cascano sulla fronte come una sorta di mantello di protezione.

Poi la porta si richiude con un colpo di chiave.

Nel silenzio della stanza capisce che ora ha un nuovo motivo per preoccuparsi.

Con le mani si scosta i capelli dalla faccia. Occhi lucidi e spalancati come fari, per abituarsi all'oscurità.

Si rialza, lenta. È sola.

"E adesso?"

Alle sue spalle c'è una grossa finestra senza sbarre. Uscirà da lì. Fa per aprirla ma poi qualcosa le ricorda che il suo primo intento era un altro. Crede che a questo punto nessuno potrebbe scoprirla.

Da un tavolo prende una sedia e la trascina fino all'armadio.

Ci salta su e, gettando i capelli indietro, allunga le sue manine spalancando l'anta della credenza.

Barattoli di vetro con la scritta biscotti, zucchero e quant'altro sono di fronte ai suoi occhietti nocciola. Non è niente di speciale, preferisce altra roba ma la fame preme.

Quella è la scorta privata degli insegnanti quando si radunano lì per le riunioni. Adesso sarà anche la sua scorta speciale.

Stappa il barattolo dei biscotti e ne preleva una manciata. Sono rotondi con il buco in mezzo. Poi chiude l'anta e nasconde i biscotti in un fazzolettino.

La finestra ha un chiavistello a leva. Spingendo con forza lo solleva. L'aria di pioggia si infila tra i suoi capelli.

Tocca all'imposta di fuori, la spalanca.

Salta sul davanzale e osserva il giardino e le mura messi in ombra dalla sera, c'è abbastanza luce da non rischiare di finire contro qualcosa. Richiude la finestra alle spalle e si accorge che può soltanto accostarla. Salta giù e stampa le mani nell'erba bagnata.

"Oh no!"

Le guarda pensando a cosa fare, anche se ormai è tardi. Così accosta le imposte e prega che nessuno si accorga che qualcuno sia uscito da lì.

Si lascia alle spalle quel lato di muro decisa a rientrare nel collegio. Le porte esterne sono ancora aperte però dovrà stare attenta a non farsi scoprire.

La pioggia quasi non la sente. Si ferma a una fontanella per pulirsi le mani. Nota che ha le scarpette umide e macchiate di fango.

Quando rialza la testa, con il cuore che le batte a mille, si accorge dell'oggetto che fissava dalla cucina. È ancora lì, nascosto dalla semioscurità. Tondo. Immoto.

Fa un passo nella sua direzione. Poi un altro. È cauta ma dopo poco la sua attenzione per un possibile pericolo svanisce. Non sarebbe la prima volta che ruba un pallone, ma cosa potrebbe fare lì? Dove nasconderlo?

"Signorina Leone."

Si blocca. Non si gira subito sebbene lei sia a non più di dieci o venti passi alle sue spalle. La donna statuaria. Una voce inconfondibile.

"Non le ha parlato un fantasma, può anche girarsi."

Volta prima la testa e poi, quando è a metà, anche il corpo la segue.

Ilena la scruta in silenzio.

"Perché non è con le altre nella propria stanza?"

"Ero di turno alle pulizie."

"E cosa ci fa qua fuori? Non vede che c'è brutto tempo?"

"Sì, mi scusi suor Giordano."

Con un gesto brusco della mano la invita a farsi avanti.

"Mi segua. Non è il caso di stare oltre qui fuori."

Maria pensa ai biscotti premuti contro il fianco, stretti nell'imbottitura del vestito. Li ha messi lì perché è il posto migliore, nessuno può toccarli.

Supera il Caporale, e in silenzio rientrano nella struttura.

"Si tolga le scarpe. Avanti."

Maria le sfila tenendole sollevate da terra.

"È stata imprudente a uscire in questo modo. Ora andiamo."

Passo dopo passo, arrivano alle stanze.

Suor Ilena le è sempre rimasta dietro, e non una parola.

Quando fa per aprire la porta della stanza, sente la voce del Caporale piombarle sulle spalle.

"Non faccia sciocchezze. Ben intesi, signorina Leone?"

Annuisce indagando gli occhi di ghiaccio della Giordano che le ricordano la densità della nebbia di campagna.

Poi entra.

Le compagne la cercano con un misto di curiosità e benvenuto.

"Che hai fatto alle scarpe?" le chiede Carmela, che le sta di fronte.

Anna si alza dal letto per raggiungerle.

Giulia le contempla da lontano, cercando di mostrarsi disinteressata.

"Ho fatto un giro fuori."

"Ma c'è brutto tempo" esclama Anna.

"Volevo fare un giro."

"Dammi a me" le fa Carmela, prendendole le scarpe.

Maria lascia fare, non è abituata a tanto riguardo ma ogni volta lei non le dà altra scelta.

"Adesso vai in bagno e asciugati i capelli."

"Ti aiuto io" dice Anna.

Fa per aprire bocca per protestare ma Carmela la guarda con rimprovero. Così si incammina al bagno interno. Percorre metà stanza e si ferma, rovistando sotto il vestito bianco. All'inizio è incerta, poi pensa che ormai l'ha combinata grossa e tanto vale uscire allo scoperto. Non sa se è la cosa giusta da fare, così quando dispiega il fazzoletto di carta e lascia a bocca aperta Anna, pensa che sia tardi per tornare indietro.

"Non ho resistito. Avevo fame."

"Ma come… come hai fatto?"

Carmela le si avvicina.

"*Ammucciuni.*"

"*Ammu*-cosa?"

"Li ho rubati. Mi dispiace, ma avevo fame."

Le altre la guardano con stupore. Maria percepisce i loro sguardi e si sente un po' fuori posto, come se avessero scoperto uno di quei suoi inconfessabili segreti.

"Li dividiamo?" le chiede Carmela.

Maria alza gli occhi su di lei e così fanno tutte, tranne Giulia che è rimasta seduta sul letto con il busto eretto e un'espressione di preoccupazione sul volto.

Anna prende coraggio toccando uno dei biscotti al burro. Lo solleva e lo mostra alle ragazze.

"Sono svedesi. Me ne ha portata una scatola mio zio quando è stato in viaggio al nord. Sono i più buoni. Ragazze, davvero, dovreste assaggiarli."

Lo spezza a metà e con un colpo di dita lo fa slittare nella bocca. "Che buono!"

"Danne un pezzo anche a me" si mettono in coda Rosaria e Giorgia.

Quando tutte ne hanno preso un tocco, Carmela si rivolge a Giulia, ma la ragazza declina l'offerta dando loro le spalle.

Maria entra nel bagno senza accorgersi dell'invidia di Giulia, è sollevata di essere scampata al giudizio del Caporale e delle sue compagne di classe.

"Lo dirà a qualcuno?" bisbiglia Anna rivolta a Carmela.

Guardano entrambe Giulia.

"No. È solo gelosa di Maria. Le passerà."

14

Solo che a Giulia proprio non andò giù.

Il Caporale si siede al centro della tavolata degli insegnanti, con Germana appollaiata alla sua sinistra e Padre Clemente sulla destra.

I ragazzi prendono frettolosamente posto per la cena. Affamati. Stanchi.

I maschi hanno corso tutto il pomeriggio, felici di uno squarcio di bel tempo che ha concesso loro di sfogarsi sull'ampio prato del giardino esterno.

Le ragazze hanno iniziato la settimana della dattilografia. Cicli di lezioni pratiche che il collegio considera fondamentali per il futuro dei propri alunni. Molti di loro forse non faranno in tempo a finire le scuole superiori, costretti al lavoro per sostenere le spese in famiglia. Altri, se saranno fortunati, prenderanno un diploma cercando di inserirsi nelle prestigiose ditte manifatturiere della Regione Lombardia. Filande. Montaggi. Trasporti. Bottiglie. Agricoltura.

Le imprese sono molte e fioriscono come quelle *dannate margherite* che infestano i prati del circondario.

Suor Ilena si alza e con uno schiocco delle mani cattura l'attenzione degli allievi.

Loro la guardano.

Lei incontra gli occhi infastiditi di Attilio Bugatti e Marco De Santis, costretti a condividere persino il pasto. Non possono toccarsi e dovranno aiutarsi nei lavori. Non per molto, però. È soddisfatta, anche se teme che una volta divisi torneranno alla carica per infastidire qualche altra ragazza, ammesso che la Leone non sia la loro unica passione, *per così dire*.

Vilma e un'aiutante stanno passando per le tavolate a servire una zuppa con riso, patate, sedano e carote. Ci sono smorfie di insofferenza ma è una regola del Collegio: stare leggeri prima di andare a dormire.

Solo che i maschi hanno corso tutto il pomeriggio e vorrebbero qualcosa di più sostanzioso.

"Non mi è piaciuto quello che hai fatto" questa è Giulia che ha appena preso posto al fianco di Maria.

La siciliana la osserva con scrupolo, senza toni di affronto. Stava seguendo il discorso della *donna statuaria* e adesso l'amica si è messa in mezzo.

"Ho già detto che mi dispiace. Che vuoi che faccia?"

"Niente. Volevo solo farti sapere che il tuo gesto non mi è piaciuto. Se lo venissero a scoprire, ci metteresti nei guai."

Fa per ribattere ma il Caporale ha chiesto di cantare il Padre Nostro per ringraziare il Cielo dei doni ricevuti e del pasto caldo.

Maria abbassa la fronte e sussurra il Padre Nostro chiedendo perdono a Gesù per aver rubato i biscotti. Lo farà anche quella sera, dopo che tutti saranno nelle loro belle stanze a chiacchierare e lei dovrà riassettare la cucina. E se non ci riuscirà, ci penserà domani.

Perdonami Signore… àyu f'àme!

"Venga il tuo Regno, sia fatta la tua volontà…"

Giulia la guarda di sottecchi. Non le vuole male però pensa sia un po' impertinente. Le altre le vogliono bene, e il fatto in sé le crea del fastidio. Sua madre le ha detto che quelli del sud sono gente ignorante, *è da capire*. Eppure, Maria non sembra ignorante. Ha passato le prime verifiche con voti alti al pari delle altre.

"Amen."

Dall'altra lato vede che Tommaso la guarda. Non hanno ancora parlato. Da quando il suo amichetto è in punizione, si sente la tigre del gruppo.

Parlerò con lui, dopo. È stanca di aspettare.

Questa volta la porta è chiusa. Tira ancora la maniglia, però quella non si apre. Sbuffa poiché la fame la sveglia durante la notte e ci mette almeno un'ora prima di riaddormentarsi. Non che da nonna Fortunata si mangiasse di più, ma almeno i biscotti al burro li poteva prendere quando voleva, ammesso che nessuno la vedesse. Aldo più volte l'aveva rimproverata. Lei si limitava ad alzare le spalle: che cosa le potevano fare? Metterla in castigo? Non era forse già in castigo? Costretta a stare lontano dalla famiglia natale.

Le ragazze sono contro la porta d'ingresso, all'interno della stanza. Origliano. Carmela si è posizionata davanti, in ginocchio, e chiede alle altre di fare silenzio, di smetterla di bisbigliare cose che ancora non sentono.

"Taci Anna" la redarguisce Elena, che si è sentita pizzicare il vestito.

"Fammi spazio allora."

Le dà un altro pizzicotto sul sedere costringendola a concederle un pertugio più vicino all'uscio. Non può spostare Claudia, alta e più robusta di lei, e né Carmela che ormai è avvinghiata alla porta come un orso contro il tronco di un albero.

"Che si dicono?" chiede Giorgia.

"Sss."

Tommaso supera Giulia di almeno due spanne. È magro ma ha già spalle larghe. Sarà che il padre si spacca la schiena nei cantieri e d'estate lo costringe ad aiutarlo. Lei pensa che sia quel dettaglio che le desta dell'interesse nei suoi confronti. A parte Marco, gli altri ragazzi hanno dei fisici mal proporzionati, chi è troppo magro e chi è troppo grasso.

"Io non ti ho mai promesso niente. Siamo solo amici. È presto per certe cose. Non voglio."

Tommaso alza gli occhi al soffitto. Sfrega le mani lungo i pantaloni e cerca di ricordare le giustificazioni di cui si era autoconvinto per tutto il tempo che non si erano parlati.

"Ma tu mi piaci e io ti piaccio, allora perché non possiamo stare insieme?"

"Perché adesso non ne voglio parlare. La scuola è appena iniziata e tu già mi stai addosso. Non è il caso."

Lui fa per toccarle un braccio ma Giulia si scosta.

"Piantala. Voi e questa mania di allungare le mani."

"Non sono come Attilio."

"Lo sei invece."

"Ecco, lo sapevo, lo sapevo. Allora è per questo? Pensi che io sia come lui."

"Non penso niente, voglio solo tornare in camera mia. Domani il Caporale ci interroga", non è vero e, comunque, Tommaso non se lo ricorderebbe. Lui e Attilio, come del resto gli altri ragazzi, vanno avanti a suon di note e insufficienze.

Giulia si muove verso la porta, facendo dei piccoli passi indietro. Tommaso avanza, deciso a non lasciarsela sfuggire.

"Me ne frego del Caporale. Sono pronto, può interrogarmi quando vuole. Tu mi piaci e voglio stare con te."

"Non adesso."

"E quando?"

"Non lo so, ma non adesso. È troppo presto."

Lui prova ancora a toccarla e Giulia gli molla uno schiaffo sulla mano.

"Ho detto, *non adesso.*"

"E invece voglio *adesso.*"

"Smettila."

Le si avvicina, brusco, corpo a corpo. Giulia si divincola, però Tommaso è troppo forte. La spinge contro il muro, avendo cura di non farle male, vuole solamente tenerla ferma, guardarla negli occhi. La verità è che ha perso il controllo.

È colpa di Bugatti. Lui e i suoi modi di fare da so tutto io.

"Che cosa speri di ottenere facendo così? Lasciami."

La porta della stanza si apre e appare Carmela.

Tommaso le ordina di tornarsene dentro.

Giulia, però, coglie l'esitazione del ragazzo e sfugge dalla sua presa.

È arrivata Maria.

"*Vattinne.*"

"Che cosa?"

La faccia di Tommaso si stropiccia come cera a contatto col calore. L'ha fatta grossa e non ha idea su come uscirne.

"Va via. Questo lo capisci meglio?"

"Non mi fai paura."

A quella risposta Maria si innervosisce. Glielo dicevano anche i ragazzi a Cinisi quando pretendeva di giocare assieme a loro e non volevano. Nessuno però le aveva mai messo le mani addosso, perché sapevano chi erano i Leone in quella zona.

All'inizio Tommaso non capisce, e dopo si darà dello stupido per non aver colto il cambio di espressione della siciliana. Così, quando si trova a terra provando un violento dolore alla gamba, inizia a chiedere perdono e aiuto.

Solo che è troppo tardi: sono tutte rientrate in camera.

Carmela dà un giro di chiave per chiudere l'uscio.

Maria è abbastanza sicura che non proverà a fare altro. Gli ha tirato un bel calcio come se quelle gambe affusolate fossero palloni. Una parte di lei è soddisfatta, ma vuole evitare di mostrare il suo compiacimento alle compagne.

Le ragazze sono curiose, quasi tutte hanno visto ciò che ha fatto a Tommaso.

Seduta sul letto, si toglie le scarpe. È stanca e non sa come comportarsi.

Carmela è rimasta alla porta mentre le altre sono intorno a Giulia per sapere i particolari.

Maria non ascolta, ha sentito abbastanza mentre li spiava da dietro l'angolo dei due corridoi. Quando lui si era fatto più insistente, si era avvicinata con l'intenzione di proteggere l'amica.

Non ha paura dei maschi, ne ha viste di peggio.

Dopo poco, una voce le sfiora i capelli cadendo come un lieve soffio sulle orecchie.

"Grazie."

Non sa che fare, così si limita a sorridere.

Carmela capisce che le è costato uno sforzo enorme dire quella sola parolina. Non saranno un po' più amiche di ieri, perché Giulia è fatta così, tiene le distanze con tutti, è come il Caporale, ma Maria ha creato un precedente e non lo dimenticherà.

***

11 dicembre 1981

"Esco bene dal ring per la mia età: senza sangue, senza denti rotti, bello come sempre. Tutti perdiamo ogni tanto, tutti invecchiamo. Ma non ho più scuse, stavolta il Destino mi ha preso."

Mohammed Alì

15

C'è la neve. E con la nave ci sono le luci dentro le case. Luci a forma di palline, colorate. Non dimentichiamo i canti. Pupazzetti di ultima generazione che suonano e si muovono con l'ausilio di pile o prese elettriche.

In una casa vicina un cane abbaia, scodinzola e gira attorno a un bambino dai capelli ricci, densi come catrame.

Quella non è una mattina speciale per Maria Leone. Ha scoperto di essere diventata grande, ma il contrappasso non le è sembrato un granché. Anzi.

Nonna Fortunata fa sedere nonno Amabile sulla sedia. A causa della guerra ha una gamba malfunzionante, che è peggiorata nel tempo. Per quello scherzetto, l'hanno mandato in pensione in anticipo.

Aldo e Barbara hanno scartato i regali e sono indaffarati con la preparazione della colazione.

Maria esce dal bagno stropicciandosi gli occhi per asciugarsi le lacrime. Non è un buon giorno.

"Che succede, tesoro?"

I genitori di Madia Fortunata erano originari della Puglia. Anche se era cresciuta in Lombardia e aveva imparato il dialetto sedrianese, talvolta, quando era preoccupata, il suo tono di voce faceva emergere l'accento barese che sua madre non era mai riuscita a spodestare, sebbene avesse vissuto più della metà della propria vita al nord.

Maria non sa che risponderle, è la seconda volta che le succede.

"Va bene" le dice, cauta. Ha capito il problema di Maria da come le si è avvicinata: gambe larghe come quando i bambini si fanno la pipì addosso.

La prende per mano e si chiudono in bagno.

C'è anche la messa della mattina però Maria non ci vuole andare. Tiene il viso imbronciato e si fa trascinare da nonna Madia che le stringe una mano come se temesse di perderla in mezzo alla gente che si accalca per entrare in chiesa.

La piazza è gremita.

Aldo e Barbara sono a casa con Amabile. La messa di mezzanotte a loro è bastata.

Non per Maria.

Nonna Fortunata pensa che ne abbia bisogno, ormai non è più una bambina innocente. Suo padre voleva darla in sposa all'età di 13 anni, e per un soffio non ci era riuscito. Una storia che ormai fatica anche a ricordare.

"Ci facciamo benedire e poi torniamo a casa a mangiare. Ti è piaciuto il regalo?"

Maria scrolla la testa mugugnando un dissenso inarticolato.

Madia le sorride ma sa che in realtà le è piaciuto molto, è che i bambini fanno così quando sono *lunatici*. Maria cresce in fretta, lo vede dal petto che si arrotonda e i lineamenti del viso ammorbidire il suo sguardo selvaggio. Pensa che il collegio le stia facendo bene, che in qualche modo la aiuteranno a calmare i bollori della gioventù. Non appena è arrivata a casa, ieri, non ha fatto altro che correre in giardino facendo finta di giocare a pallone.

Una cosa strana.

Entrano. C'è odore di incenso e dopobarba. I passi echeggiano bombardando le mura solide della chiesa.

È natale.

Una bicicletta rossa con i manubri neri. Il sellino è lungo e alla fine curva verso l'alto, *come le banane*, pensa Maria.

È la prima esperienza con una bici. Diverse volte ha chiesto ad Aldo di farle provare la sua ma lui le rispondeva che era troppo alta per lei. Così una sera gli ha bucato le ruote per fargli dispetto.

Adesso ha una bici sua, non che la volesse veramente, perché se la usa non potrà più correre. Madia le ha detto che può usarla nel cortile *ma non uscire dal condominio*.

Sedriano è immersa nei campi, l'edilizia avanza a rilento. Gescal è stata costruita con un piano governativo e grazie ai contributi dei cittadini che vi abitano. Maria, però, non ne sa molto di queste cose, quello che vede sono palazzine con decine di appartamenti e balconi intorno a un ampio cortile.

Ogni giorno gli sembra di incontrare almeno una persona nuova. Ci sono i bambini che nascono, e lo nota dai fiocchi colorati attaccati al cancello di ingresso. È un mondo diverso da fuori, niente è simile alle Gescal.

Dove stava a Cinisi non c'era l'erba nel cortile. Quando calciava, la polvere si alzava e partivano anche i sassi.

Lì non le permettono di giocare a calcio, sebbene nel pomeriggio i ragazzi più grandi fanno le partitelle in mezzo al cortile. Lei li osserva dal quarto piano, in silenzio, tra le fessure a rombo del balcone. Non sono bravi, però si diverte.

Nonno Amabile segue le partite alla tv, dice che il miglior giocatore della stagione italiana è Bruno Conti, ma odia la Roma perché lui tifa Verona.

"Quest'anno Bagnoli ci porta in seria A e poi lo vedranno tutti di cosa siamo capaci."

Amabile Zanca non è un vero tifoso, passa il tempo così perché ha una mobilità limitata, con l'età avanzata sono aumentati i dolori al ginocchio e l'apatia.

Monta sulla bici, però il suo primo tentativo la fa cascare di lato.

Con prontezza si rialza e prova a spingersi in avanti, restando al di sopra del sellino. Le ruote scivolano su un tratto di neve fresca e dal balcone Aldo la rimprovera di stare sotto i portici che *è più sicuro*.

Sbuffa.

Trascina la bici alle colonne. Poi si issa sulla sella e riparte.

È una che impara in fretta.

Soltanto che adesso stare sul sellino le dà fastidio per via dei dolori mestruali.

16

Le ragazze sono febbricitanti, vogliono sapere ogni cosa.

Maria, invece, pensa che in Sicilia nonno Antonio le faceva pulire la bocca con foglie di salvia o menta. A casa Zanca usano strani tubicini con del gel da spalmare su spazzole di cinghiale. Madia le ha comprato un dentifricio con il faccione di Paperino stampato sul lato credendo di farle piacere. Non che non fosse abituata a una pasta dentifricia, ma tutto ciò che andava di moda non entrava in casa di Antonio Leone.

E poi, c'erano i rimedi speciali che Mariuccia e le altre donne preparavano per le famiglie della corte.

Giulia mostra il suo anello argentato.

"Anche io ho uno zio che gira il mondo e può permettersi certe cose" dice, punzecchiando Anna che prontamente le risponde: "A me ha promesso che quando sarò più grande mi aiuterà a diventare un'attrice."

Carmela non commenta, le due sono avvezze ai dialoghi di sfida. La verità è che nessuna di loro riceverà agi, a patto di sposare uomini benestanti.

Maria è seduta sul proprio silenzio, avvolta dal cinguettio delle altre che le stanno vicino e parlano tra di loro senza accorgersi del suo totale disinteresse.

Carmela le si mette accanto e la scuote delicatamente.

"Non ci dire che non hai ricevuto dei regali."

"Una bicicletta."

Silenzio. Persino Giulia e Anna ammutoliscono.

"E sei contenta?" Carmela le sorride. Non ha ricevuto una bicicletta, i genitori hanno preferito una bambola. Però, lei si sente abbastanza grande da non desiderare più regali tanto stupidi. Mamma e papà non vivono insieme da anni oramai, lui non può permettersi di mandarla in una scuola *"nomale."* La verità è che non gli interessa come crescerà sua figlia. Sua madre le dice sempre: *"Non sposare uomini stronzi."* Una frase poco sufficiente per comprendere la magnitudo del reale significato. Le piace quella Leone perché anche lei deve avere una situazione complicata in famiglia, dove qualcuno non la vuole o non l'accetta. In fondo, quella è la verità di tutte loro.

Non è un caso che sia il Tribunale di Milano a mandarle lì. Lo sa perché glielo ha detto mamma, una che le cose non le nasconde.

"Sì. Ma non la posso usare."

"E perché mai?" le chiede Claudia.

"La posso usare solo nel cortile di nonna Madia."

"E allora a che serve?"

"Nonna dice che quando torno, la posso usare quanto voglio."

"Beh, almeno questo" esclama Giorgia guardando Rosaria con espressione dubbiosa.

Carmela le cinge i fianchi.

Maria osserva incantata i suoi movimenti gentili e accomodanti, lasciandosi ghermire.

"Se potessi esprimere un desiderio, che cosa avresti chiesto per regalo?"

Le altre sembrano allungare il viso verso di lei, ma è un'impressione distorta, perché la risposta le parte dal basso e arriva come un pugno al mento. Prima la bocca trema, poi si apre e, infine, i suoni articolano ciò che a loro non ha mai apertamente confessato.

A qualcuna sfugge un risolino. Le altre restano in silenzio, confuse. Giorgia pensa che si *vuole prendere gioco* di loro e dopo poco schiocca le mani dicendole che è *la solita Maria*, che non dice la verità perché si vergogna. Così ridono ed è tutto passato, anche per Maria. Se non le credono non ha importanza.

Le uniche che sono rimaste in silenzio sono Giulia e Carmela. E della prima conosce le motivazioni.

***

I ragazzi sono rientrati. Questa mattina ci saranno le lezioni del nuovo anno.

Lo specchio è sempre lì, di fronte a lei, reclama il suo riflesso. Lo guarda. Gli sfugge. I capelli sono distesi tra le spalle e la schiena. Forti. Radici di acero che si protendono verso il basso intrecciandosi come trivelle nel terreno.

Ha avuto gli incubi. È stato un buon Natale ma il rientro non le ha fatto bene, forse ha esagerato con i caffè. Non è da lei. Vizi che faticano a sparire. Senza Germana che le ricorda di non berne più di uno al giorno, a casa non ci sono freni abbastanza resistenti da impedirle di prenderne uno di troppo.

Nel pomeriggio ci sarà la riunione con gli insegnanti ma si limiterà a un bicchiere di latte. Gli altri forse non se ne accorgeranno però suor Germana le farà domande.

Il dito segue la linea. Dispettosa si erge con fierezza per un paio di centimetri. Non può toglierla. Non può nasconderla. Non può in alcun modo raggirarla. Quella le dà più fastidio delle altre, che hanno iniziato a comparire con i quaranta. Ha un segreto per lei, ne è sicura. Questa è diversa, sconosciuta, proviene da dentro e forse ha deciso di gettarsi fuori perché Dio le vuole dire qualcosa.

Ma cosa?

Dalle sue parti un segno è un sintomo. Glielo diceva suo nonno Gilberto, che è morto un anno dopo averle mostrato per la prima volta uno specchio. Lui e le sue tradizioni, le conoscenze antiche degli uomini di campagna. Quando una donna viene ingravidata dopo poco le appare un segno sul viso simile al suo, anche se non ha mai compreso dove. Le storie di nonno all'epoca le sembravano dicerie, forse perché gli uomini quando parlavano con le donne, in famiglia, si comportavano con distacco, quasi che fossero argomentazioni superficiali. Non che lo avesse mai considerato un cattivo nonno, anzi, la sua presenza le trasmetteva protezione, sicurezza, in un tempo dove gli uomini erano pezzi di carne mandati al macello.

Forse anche il suo è un segno di guerra. Una guerra che deve aver perso, una ferita che è riemersa e che non ha mai superato.

No, non si fermerà a un unico caffè per quel giorno, sebbene suor Germana lo noterà sospettando un abuso sconsiderato durante le feste natalizie.

E poi devono ancora capire chi per la seconda volta ha lasciato la finestra aperta del salotto. Hanno trovato delle briciole a terra. Biscotti o forse pane. Succedono cose strane, ma crede sia qualcuna di loro un po' troppo ghiotta ad aver commesso il furto.

Forse non è l'unica ad avere un vizio incontrollabile.

Eppure, una parte della sua ragione le dice che non è stata nessuna del corpo insegnanti, probabilmente un alunno. E non sa perché quella ipotesi la porta a una sola figura.

Indagherà.

Toglie gli occhi dallo specchio e prende dal tavolo i ferretti per comporre la coda.

"Tutti i nodi vengono al pettine" sussurra.

Passerà a far visita a Suor Vincenza per mostrarle il segno sul viso. Lei è come nonno Gilberto. Quando si ammalava mangiava riso e beveva degli infusi che la rimettevano in sesto in un giorno. Come se fossero stati custodi di qualcosa che la società moderna aveva tutta l'intenzione di dimenticare.

17

In gennaio si rientra presto dal cortile. La campanella suona la conclusione dei giochi. Suor Germana e Patrizia invitano i ragazzi a muoversi. La luce del mondo si abbassa e presto dalla terra emergerà la nebbia che coprirà i fili d'erba, le reti delle porte dell'oratorio e i riquadri con i gessetti fatti dalle ragazze sul cemento. Le cifre scompariranno, qualsiasi oggetto disperso per un lungo istante abbandonerà l'idea di essere trovato.

Attilio Bugatti, però, chiede ancora un momento.

Tommaso sbuffa, ormai sa come è fatto. Sempre al limite. Anche adesso, con tutto il tempo che avevano, magari nascosti dietro un albero, ha deciso che si fumeranno l'ultima sigaretta della settimana.

"Cavolo Atti, perché non lo hai detto subito che ne avevi ancora una?"

Alza le spalle. "Me ne sono accorto adesso."

Una fila di ragazzi fa a gara a chi arriverà per primo all'ingresso. Loro due, invece, sono dietro un muretto diroccato in fondo al cortile.

In primavera aprirà anche l'oratorio e lì potranno fumarne più di una.

Era stato suo cugino a regalargli quel pacchetto di fumo.

"Dovresti ringraziarmi" gli dice, pensando al fatto di averle riservate per loro. "Me le potevo fumare a casa."

"Senti, non mi interessa. Quanto ci metti a farla su?"

Di fretta, le dita rotolano la cartina sulla paglia.

"Ecco. E non fare lo sbruffone."

"Quello ancora ti guarda storto." E con un cenno della testa gli indica Marco De Santis.

"Se non ci avessero fermato…"

"Le avresti prese di santa ragione. Lo abbiamo visto tutti."

Questa volta Attilio reagisce, prende Tommaso per il colletto del maglione e lo attira a sé.

"Senti stronzetto, la vedi questa?", e gli mostra la sigaretta. "È il mio regalo per te. Ma se non la smetti di stuzzicarmi con certe frasi, te la infilo su per il culo ancora accesa. Ci siamo capiti?"

Tommaso si libera della presa e Attilio lo lascia fare, osservando divertito il viso paonazzo e irritato dell'amico.

"Non è che tutte le volte devi fare il duro in questo modo."

"Te lo meriti. Dici stronzate."

È pronto a ribattere ma le parole gli muoiono in bocca non appena incrocia lo sguardo vigile di Attilio.

"Allora, la vuoi fumare?"

"Sì, però sbrigati", e dopo un attimo di esitazione aggiunge: "Per favore."

Abbassa gli occhi mentre Attilio gli dice che *così va bene*.

"Fa un freddo terribile" esclama Tommaso sbirciando da dietro il muretto i ragazzi intenti a rientrare. La luce si abbassa, nuvole grigie e bianche si ammassano sopra il collegio pronte a sputare pioggia.

"Non farti vedere."

L'amico ubbidisce. Poi Attilio gli passa la sigaretta accesa. "Fai tu il primo tiro. Consideralo un regalo di amicizia."

Tommi prende la sigaretta. Non è un amante del fumo, se lo fa è per curiosità. Attilio lo trascina. Gli altri della classe passano la maggior parte del tempo a giocare a calcio o fare stupide battute seduti in qualche angolo del cortile.

Quando espira il fumo chiede ad Attilio che ha intenzione di fare con *la siciliana*.

"Quella è un osso duro. Adesso mi piace Claudia."

"Cosa?"

"Sì. Lei ci sta di più."

"Perché lo so solo ora?"

"Perché? Boh! Dai, dammi qui, fammi fare un tiro che sennò svengo."

"Tieni."

"E tu che mi dici di Giulia? Mi hai detto che ci hai parlato, ma non vi ho più visti insieme."

Si sfrega le mani sui pantaloni e ruota gli occhi verso destra.

"Anche lei è diventata un osso duro."

"Ma che ci frega, no? Voglio uscire da questo posto di merda. Non ne posso più. Lavorerò. E appena avrò dei soldi miei, mi farò anche una donna e me la spasserò con lei. Queste qui non valgono niente."

"E Claudia?"

"Se ci sta, bene, sennò mando al diavolo anche lei."

"E Marco?"

"Pensi che sono frocio?"

"No! Intendevo dire, se lui ci vuole provare con la Leone..."

Aspira, soffia e poi passa il resto della sigaretta all'amico.

"Fumala in fretta."

Tommi annuisce e il primo tiro lo aspira fino a tossire.

"Stupido, non così."

"Cazzo."

"Comunque quel Marco ha deciso di aspettare."

"Che vuol dire?"

"Credo che stia attendendo un'occasione buona."

"E cosa pensi che farà?"

"Non lo so. Ma non è il tipo che si arrende."

18

Ilena li guarda con le mani premute in grembo.

Germana e suor Patrizia aprono e chiudono la lunga fila dei collegiali.

I maschi si sono uniti in piccoli gruppi di tre o quattro, le ragazze si muovono come se facessero parte di un unico branco. Scendono lungo la via che costeggia il cortile del collegio e raggiunge l'Olona. Alcuni ragazzi ci sono già arrivati, saltellano sulla piattaforma in legno gridando di buttarsi in acqua.

Silvia è più vicina e chiede loro di fare meno *baccano*.

I primini stranamente quest'anno sono più tranquilli.

Il Caporale segue vigile quelli delle terze, la sua sola presenza è un fattore inibitore.

Non c'è dispersione, la colonna avanza compatta simile a una grossa nuvola del cielo.

Padre Clemente è in cima alla via, passeggia muovendosi come un pendolo mentre si chiede per quanto tempo dovrà sopportare l'artrite.

La vecchiaia.

I suoi dolori sembrano insaziabili, mordono le ossa e intasano i vasi sanguigni.

Non c'è un rimedio, gli ha confessato il medico di fiducia.

Suor Vincenza, invece, non può più sfuggire al proprio fato. *Presto il Signore la chiamerà in Cielo.*

Il fiume non è come il mare. E nessun mare è come quello della sua Cinisi. Socchiude gli occhi per rivederlo, ed è lì, cristallino, pulito, un cielo terso caduto dall'alto.

L'Olona scorre veloce, freddo, verso sud. I ragazzi vorrebbero farsi un bagno, ma lei continua a pensare che, per la prima volta da almeno un anno, le manca Cinisi. Al tempo, quando scappava in spiaggia, le piaceva battere il pallone sulle onde per vederlo sfrecciare come un proiettile e alzare schizzi d'acqua salina. E amava ancor di più infilare i suoi piccoli piedi di bimba nella soffice sabbia chiara della baia. La pelle sfregava con i minuscoli minerali ed era come sentirsi neve che si scioglie al sole. Il piacere le risaliva lungo i polpacci, provocandole una gioia allucinatoria. Palleggiava, correva, non c'era nessuno a proibirle quel momento.

Anche se non può togliersi le scarpe, immagina che l'erba sia soffice quasi come la sabbia dei suoi ricordi.

Pensierosa si ferma ad ammirare una striscia di verde punteggiato da una profusione di colori e forme.

Giorgia le si accosta e le dice qualcosa che non comprende, poiché l'attenzione di Maria è rivolta a quella cornice di fiori, ed è come se li vedesse per la prima volta.

La mano di Carmela si appoggia alla sua, guarda ha imparato a riconoscere quel contatto, e lì restano a osservare le strisce di prato che esplodono di meraviglie dopo il lungo letargo dell'inverno.

Qualcuno dei ragazzi le deride. Attilio li fulmina dicendo loro di smetterla, che quelle sono *cose da femmine*.

Stefano e Carlo se ne vanno sogghignando.

Tommaso fissa Giulia raggiungere le amiche. Tutte e quattro si inginocchiano e le ascolta ridere per qualcosa che si sono dette. Attilio lo affianca e gli dice di muoversi, che loro sono *maschi* e i fiori sono per le *femmine*. La verità è che all'improvviso è affascinato dalla loro unione.

"Sono migliori di noi" dichiara Tommaso, e non gli importa se l'amico avrà da ridire in merito.

Attilio tace e dopo poco se ne va, seguendo il flusso che scende e si ferma sulla sponda dell'Olona.

Presto anche le altre ragazze della classe le raggiungono. Suor Patrizia le osserva curiosa mentre Silvia spunta alle loro spalle divertita dalla situazione. Parla a loro elencando i nomi di alcune delle erbe visibili sul suolo.

"No, quella è la cicoria selvatica. E queste sono delle leguminose."

Tommaso prova una stretta al cuore, vorrebbe andar lì e chiedere scusa per l'altra volta, ma non ha il coraggio di farlo. Così mira le spalle della siciliana e pensa che quella ragazza sia qualcosa di potente, misterioso, che resterà a lui ignota per il resto dei suoi giorni.

"Queste sono margherite, vero?" è la voce della Leone.

"Sì, brava."

"Sono i miei fiori preferiti."

Tommaso sorride e nemmeno se ne accorge. Vede qualcosa di speciale nell'espressione spesso dura e vigile della siciliana, simile a uno squarcio di sole che si apre tra le nuvole grigie di un giorno di boria.

"Che succede qui?"

Silvia si volta, e così fanno gli altri.

"Volevano sapere i nomi dei fiori, suor Giordano."

"Va bene. Però adesso seguite la fila, non restate indietro."

Maria è la prima ad alzarsi. Tommaso nota che la sua espressione è di nuovo dura e fissa il Caporale in tono di sfida. È un attimo. Se non fosse intervenuta Carmela a distrarla, Tommaso non sarebbe riuscito a reggere quel confronto diretto senza pregarle di smetterla. Infine, distogliendo l'attenzione sull'effimero duello, si accorge dello sguardo inespressivo di Bugatti che li osserva da lontano con le mani in tasca.

***

Padre Clemente apre le porte dell'oratorio dopo la passeggiata all'Olona.

I ragazzi corrono sul campo da calcio, le ragazze prendono posto sul cemento, qualcuna di loro usa dei gessetti per disegnare quadrati numerati a terra, altre si scambiano un pallone leggero lanciandolo in aria con la spinta delle braccia.

"Che fai Maria? Dove guardi?" le chiede Anna dandole una gomitata.

"Niente."

"Si sa che sei la più ricercata ma non c'è tanta scelta, la maggior parte dei ragazzi sono brutti."

"Smettila" la rimbecca Carmela. "Lo sapete che a lei piace di più colpire una palla con i piedi che con le mani."

"Sì, ce ne siamo accorte quella volta con Tommaso" le risponde Anna piegandosi in avanti per ridere.

"Ora gli faccio vedere io a quelli come si gioca."

Tutte fanno silenzio mentre Maria parte verso il campo lasciando sfilare la palla alle sue spalle.

"Fai qualcosa, Carmela" la supplica Giulia.

Carmela esce dal cerchio e raggiunge in poche falcate Maria. La prende per mano e la costringe a girarsi verso di lei.

"Non farlo, ti prego."

"Quella suora, vero?"

"Sì. Non è normale che una ragazza giochi a calcio con i maschi. Penserebbe che sei una poco di buono."

"Ma non lo sono."

"È lei che comanda qui, non sei tu a decidere cosa sei."

"Me ne fotto."

Il suo accento siciliano è talmente marcato che pare dividere l'aria in due.

Carmela lo sente, è un pugno nello stomaco, un'inflessione che ha il potere di scuotere la terra. E in quell'attimo, a guardarla mentre il suo viso si fa serio e triste, ha come la percezione di qualcosa di futuro che travolgerà Maria e che soltanto lei sarà in grado di superare.

"Allora vengo a giocare con te."

Maria è divertita dall'uscita dell'amica; poi le labbra si spengono perché capisce che è inutile: qualsiasi cosa voglia fare con il pallone, le viene proibito.

"Va bene. Torniamo a quello stupido gioco con le mani."

"*Maddai*, lo so che ti piace lo stesso."

"Sì, e sono anche più brava di voi."

"Te lo concedo."

Nonna Madia e i suoi due figli sono venuti a trovarla.

L'anno scolastico giunge al termine, le giornate sono più lunghe e il caldo secca l'erba dei campi. Aldo le ha portato una banana, sa che ne va ghiotta. Barbara come al solito la ignora, non le vuole male ma non ha imparato a starle dietro, a capirla, a vederla come un'orfana bisognosa di affetto.

Adesso, però, Maria cammina con nonna Madia lungo il corso che discende al fiume.

I fratelli Zanca resteranno seduti a una panchina in loro attesa, annoiati e senza scambiarsi una parola.

Le racconta delle sue amiche. Madia ha saputo dei suoi buoni voti e che sarà promossa. È quasi tentata di dire alla piccola la verità sulla bicicletta ricevuta in regalo a Natale, però quando ci prova, le parole non escono, restano lì, tra la gola e lo stomaco.

Pensa che non abbia motivo, in quel momento, di disturbare la felicità di Maria. Le sta persino mostrando dei fiori a terra, cosa che non le ha mai visto fare da quando è con loro a Sedriano. La vede raccoglierne uno e dire: "Questi sono i miei fiori preferiti, nonna."

"Davvero belli. Sono anche i miei preferiti." Le dice una bugia per farle piacere. Pensa che, presto o tardi, dovrà raccontarle una verità che potrebbe cambiarle per sempre la vita, e non è sicura che quello sia il momento più opportuno.

Adesso è troppo contenta per spegnere la giovinezza di Maria.

È da giorni che la situazione non cambia, ha preso la morfina e il medico, prima di andarsene, le ha confessato che potrebbe non superare la notte *questa volta.*

Le stringe la mano, seduta sul letto di Vincenza che è sdraiata stordita dai medicinali. Non intende. Sa solo che la sua fidata Ilena è al suo fianco, degli altri che talvolta sono giunti a trovarla (ultimamente) non ha avuto alcuna percezione, se non di presenze indistinte, indistinguibili le une dalle altre.

Padre Clemente è venuto a pregare per la sua anima verso mezzanotte.

Tra poco sarà l'alba e davvero Ilena inizia a credere che non ce la farà a vedere un altro giorno. *Questa volta* è diverso, se lo sente come talvolta l'aria ci dice che da lì a poco farà pioggia. Una sensazione disarmante, apocalittica, che lascia impotenti e muti.

Vincenza ha gli occhi chiusi, gli ultimi barlumi di lucidità sopraggiungono al termine dell'azione della morfina. Il corpo ha smesso di lottare, è pronto a cessare di contrarsi e dilatarsi, divorato dall'idea del meritato riposo.

Le rughe e le ombre sul volto di Ilena sono più marcate adesso. Ha borse a mezzaluna che le sostengono gli occhi gonfi.

Ilena si era addormentata tra l'una e le tre della notte. Ora è vigile, colpa della sensazione di impotenza.

"Il Signore sia con te, Vincenza."

Sussurri. Glielo ripete mentre con la mano libera si tasta la croce sul petto.

"Dio ti ama, e ti accoglierà nei suoi cieli. Ma anche noi ti vogliamo bene."

Sposta lo sguardo dal viso in ombra di Vincenza alla finestra della camera. Fuori una tenue luce sta risvegliando le cose del mondo. Trova strano pensare che all'improvviso qualcuno possa non far più parte della vita, che possa esistere un momento nel tempo in cui la nostra presenza nel quotidiano manchi, in cui si viene annullati.

Continuare senza la presenza delle persone importanti non le sembra accettabile.

"Non lasciarmi" dice, facendo slittare le parole nel vuoto della stanza, che è come il suo cuore adesso: diviso a metà. Ombre e luci. Qualcosa che si addormenta e altro che riemerge.

Vorrebbe chiedere a Dio di lasciarla in vita ancora per un po', ma non le è concesso sfidare l'Altissimo, sarebbe un *peccato*, una vergogna senza fine.

Pensare che è rimasta lì a pregare ogni notte da quando il medico ha iniziato con gli antidolorifici.

Con Vincenza morirà una parte di lei, come è morta quando sua madre ha lasciato questa terra dieci anni prima.

"Tocca a tutti prima o poi. Andremo in un posto migliore di questo. Saremo avvolti dalla luce del Signore e vivremo in eterno."

E mentre il sole emerge da dietro la linea di un orizzonte che non può ammirare, sollevandosi sopra i tetti delle case e le cime delle montagne, Vincenza si spegne, accompagnata dal canto tenue delle preghiere di Ilena Giordano.

"Questi ci fanno il mazzo come l'anno scorso."

Marco non lo sta nemmeno a sentire, gli volta le spalle e dice ai suoi amici se sono disposti a sfidare *quelli di fuori*.

Attilio è scocciato, attende un responso. Intanto guarda nella direzione di Tommaso. "E tu ci stai? Lo sai che ci faranno un bel mazzo."

"L'importante è divertirsi."

"Non mi piace quando sono gli altri a vincere."

Tommaso si limita a una scrollata di spalle.

Marco si mette di fronte ad Attilio, come se fosse pronto a un altro duello.

"Siamo in cinque. Con voi due facciamo sette. Ci state?"

"Ma quelli saranno almeno in dieci" protesta Attilio.

"Giocheranno con sette invece."

Tommaso si fa avanti, all'inizio balbetta ma poi riesce a concludere con decenza la frase. "C'è quel ragazzino della prima, Alessandro, lui è uno che ci sa fare con il pallone."

Marco soppesa per un attimo quelle parole mentre Attilio vorrebbe linciarlo per avergli dato un'idea tanto stupida. Quel ragazzino è troppo magro per competere con *quelli di fuori*.

"Va bene. Otto contro otto."

"Cosa?"

"Parlo *io* con loro. E decido *io* i ruoli."

Attilio gonfia il petto, risoluto, pronto a sputare fuori dai polmoni il proprio dissenso.

Tommaso lo blocca afferrandolo per un braccio.

"E va bene, decidi tu" si arrende Bugatti.

"Non ho chiesto la tua approvazione, è così e basta."

Quelli di fuori sono radunati sull'altro lato del campo, giocano "al volo". Uno di loro ha appena segnato dal limite dell'aria calciando con il piede destro.

"Sono ancora più forti dell'anno scorso" commenta amaramente Attilio.

"Da quando ti tiri indietro?" lo provoca Tommaso.

"Non fare lo stupido, vedo le cose come stanno. Era molto meglio stare per i cavoli nostri. E poi lo sai che ci sfottono."

"Allora non diamogli l'occasione di farlo."

"Per una volta sono d'accordo con te."

Maria è rimasta a sistemare la cucina insieme a un'altra primina della sezione A. Poi hanno fatto il giro dei corridoi per verificare che non ci fossero cose fuori posto. Il Caporale si è fatta viva mentre pulivano uno dei bagni di servizio, ribadendo loro di sbrigarsi che gli altri *sono tutti* all'oratorio.

"Vi aspetto in direzione."

Se ne va, portandosi via quei suoi gelidi occhi velati di tristezza.

Le altre ragazze le hanno espressamente chiesto di non rubare più i biscotti dalla credenza della sala riunioni e di non provare a fare sciocchezze ora che la scuola è al termine.

"Una è stata bocciata perché l'ultimo giorno di scuola è scappata dal collegio perché non vedeva l'ora di tornare a casa."

"Lo ha fatto per davvero?"

"Pensava che visto che la scuola era finita nessuno l'avrebbe punita. Il Caporale non perdona."

"Chi vi ha raccontato questa storia?"

"Silvia."

Quando arrivano in direzione, suor Giordano è lì che le aspetta fuori dalla porta. Alta, dritta, le mani premute sotto il seno. Maria le arriva vicino senza mai distogliere lo sguardo dal Caporale, l'altra invece lo tiene basso verso le minute scarpe bianche.

"C'è qualcosa che non va, signorina Leone?"

Sì, ce ne sono di cose che non vanno, ma *va bene così*.

Scuote la testa, non una parola.

"Andiamo."

Giulia e Carmela si siedono lungo il bordocampo, sopra un muretto non più alto di un tavolo da cucina. I loro piedi penzolano appena a quattro dita dal terreno di terriccio e riquadri di erba dispersi qua e là.

Le reti delle porte sono bucate e i pali mostrano i primi segni della ruggine.

Attente, guardano le squadre dividersi il campo.

Anna sopraggiunge un attimo dopo, dice loro che Giorgia e le altre stanno aspettando Maria.

"Perché?" chiede Carmela.

"Lo sai. Vogliamo tenerla lontana da qui."

"Che sciocchezze" esclama Giulia.

"Hai visto come si comporta. Non fa altro che guardare i ragazzi giocare a pallone. Suor Germana ci ha anche fermato per chiederci se la Leone non abbia qualche mira con uno dei ragazzi."

Carmela se lo ricorda, erano insieme quando è successo.

"Non riuscirete a fermarla. Sentirà le grida dei ragazzi sin sopra la strada."

Giulia ha ragione. Carmela non ha idea su come tamponare un eventuale colpo di testa di Maria. L'ha fermata più di una volta e teme che non riuscirà a farlo per tutto il tempo che staranno al collegio. Ma forse loro si sbagliano, forse *non le passerà nemmeno per l'anticamera del cervello* di scendere in campo contro *quelli di fuori*.

"Che cosa pensano di fare le altre?" chiede Giulia.

"Padre Clemente ha chiesto una mano per appendere degli striscioni e loro si sono offerte per…"

"Guardate, stanno iniziando."

Lo chiamano Geco e ha un anno in più di Marco.

I due si guardano, stessa stazza, ma quello di fuori viene da una famiglia benestante e gioca negli esordienti del suo paese. L'anno scorso ha segnato quasi tutti i goal che hanno subito.

"Allora siamo d'accordo così. Si arriva a dieci" sentenzia Marco. Alle sue spalle, Attilio e gli altri prendono posto nei rispettivi ruoli sul campo.

Tommaso si è messo in porta, l'unico ruolo che riesce a ricoprire con decenza.

"Intesi" gli risponde Geco, avanzando un sorriso di compassione per gli *sfigati del collegio*. "Noi siamo in sette, ma possiamo iniziare. Riccardo sta arrivando."

Segue la schiena del Caporale finché poco prima di raggiungere il cancello dell'oratorio spuntano Giorgia e Rosaria che le chiedono se le va di stare un po' con loro.

La primina non si ferma. "Ci vediamo domani, Maria."

"Sì, ciao."

"State aiutando padre Clemente?" chiede il Caporale.

"Sì, suor Giordano."

"Dite a padre Clemente che mi troverà nel suo ufficio."

"Sarà fatto" le risponde Giorgia, sperando che se ne vada al più presto.

"Dopo rientrate in oratorio, vi voglio lì per le sei. Intesi?"

Annuiscono e finalmente lei se ne va.

"Ma io non ho voglia di venire con voi. Sono stanca. Dov'è Carmela?" si ribella Maria.

"Credo che sia con le altre da padre Clemente. Lo stiamo aiutando a mettere dei manifesti. Sarà una cosa veloce, te lo prometto."

"Non ho proprio voglia."

Rosaria si fa avanti. Con un occhio guarda il volto imbronciato di Maria e con l'altro intravede un lato dell'oratorio.

Impossibile non sentire gli schiamazzi dei ragazzi.

"Faccio io il turno di domani al posto tuo" le dice.

Il boato di un pallone calciato verso la porta separa la proposta di Rosaria dai pensieri della Leone. Quel suono la seduce, eppure altrettanto farebbe a meno delle pulizie.

"Che cosa dici? Ci stai?"

"Non lo so."

"Dopodomani le farò io al posto tuo. Adesso ci stai?" Questa volta è Giorgia.

Un colpo basso. Il viso di Maria si rilassa, l'idea la attrae. Se non fosse per gli schiamazzi dei ragazzi e il suono di un pallone calciato, avrebbe già dato il proprio consenso.

Due giorni di riposo.

"Mi state prendendo in giro?"

"No, ti giuro di no" la supplica Rosaria.

Maria volta la testa verso l'oratorio.

Giorgia la prende per una mano e la trascina via. "Sarà una cosa veloce. Tanto i ragazzi giocheranno fino alle sei, lo sai."

A bocca aperta si lascia trascinare via da Giorgia. Hanno vinto loro. Le due amiche si guardano con aria di intesa, compiaciute di aver sviato Maria Leone.

Se non fosse che, mentre se ne vanno, sentono la voce di tre ragazzi che corrono nella loro direzione parlare di una sfida a cui non possono mancare.

"Che ignoranza sfidarci un'altra volta."

Quelle uniche parole frenano la marcia di Maria. Giorgia la tira a sé, ma l'amica si è trasformata in roccia inamovibile.

"Ehi voi" grida la siciliana nella direzione dei ragazzi che le sono appena passati accanto.

Il primo a fermarsi è un ragazzo dai boccoli dorati, slanciato come un atleta.

"Di che sfida si parla?"

"Che ti importa?"

"Lascia stare Maria, quelli sono i ragazzi di fuori, sono dei cafoni."

"Proprio come i nostri" le dice sottovoce.

"Le donne non giocano *al pallone*. Tornate a giocare con le bambole."

Gli amici ridono. Il biondino le fa l'occhiolino e poi va via, riprendendo la corsa.

"Io una cosa così non l'accetterò mai" dichiara Maria, in tono asciutto, puntando i pugni sui fianchi.

Giorgia e Rosaria le sono dietro, mute come quadri, irrequiete e certe di aver appena aperto una diga le cui acque travolgeranno ogni spazio disponibile.

"Ti prego Maria, non farlo."

Maria tace e ascolta quel poco di voci che giungono dall'oratorio. E poi quel biondino per averle parlato a quel modo merita una lezione.

Geco esulta. Ha segnato il secondo goal.

Marco insulta qualcuno in difesa mentre Attilio squadra in malo modo Tommaso, che non ha potuto fare niente di fronte al fuoriclasse avversario. Non è un portiere professionista, e anche se le porte non sono come quelle regolamentari, non ha il coraggio di lanciarsi sulla terra dura.

Giulia picchia le mani sulle gambe, fissando Tommaso dondolarsi sulla linea di porta con aria sconsolata.

"Perché non vai da lui e risollevi il suo morale?" le propone Anna.

"Non gli ho ancora perdonato quello che ha fatto."

"Fanno tanto gli sbruffoni e poi non sanno vincere una partita di calcio" si arrabbia Carmela.

La palla è di nuovo a centrocampo, però dopo due scambi sono ancora gli avversari a dominare il gioco. I ragazzi del collegio seduti sulla gradinata gridano di *prendere quella dannata palla, di stringere le marcature*; tuttavia, quegli altri sono veloci, lanciano il pallone da un lato all'altro come veri campioni.

Marco prende fiato e rientra per dare manforte alla difesa. Quando passano la palla a Geco, lui interviene in scivolata per portargliela via.

"Fallo, fallo" si lamentano gli avversari.

C'è un ragazzo che fischia la punizione, è uno dell'oratorio e spesso aiuta padre Clemente a tenere sotto controllo i ragazzi.

Tommaso richiama la barriera. Siamo al limite dell'area.

“Non voglio guardare” dice Giulia.

“Ma dai! Ormai si sa come va a finire.”

Carmela si alza e grida a Tommaso di *parare* quel tiro. Tutti i ragazzi si girano nella sua direzione, indicandola.

“Che figura” esclama sottovoce Anna.

“Non me ne importa. Facciamo il tifo per i nostri, magari si svegliano.”

“No, quelli non si svegliano.”

Maria sbuca alle loro spalle, seria, gli occhi tetri e indagatori. La sua voce ha spinto le tre a girarsi contemporaneamente.

“Ciao,” le fa Anna.

“Pensavamo che tu fossi con le altre” le confida Giulia.

Giorgia e Rosaria spuntano da dietro, imbarazzate e con l’espressione di chi non è riuscito a raggiungere il proprio obiettivo.

“Lo so che volevate tenermi lontano da questa partita.”

“Ci dispiace” ammette Carmela.

“Lo so.”

Intanto quelli segnano e Marco ha iniziato la sua cantilena di bestemmie e rimproveri. Si lamenta di Tommaso che non ha coperto bene il palo.

“Quanto perdono?”

“Credo che questo sia il terzo goal” le risponde Giulia.

“Non farlo Maria”, ci prova Carmela. “Un conto è prendere a calci una palla. Un altro è mischiarsi con quelli di fuori. Sono più grandi e alcuni giocano in vere squadre.”

“Sono lenti ma si vede che sanno giocare meglio dei nostri.”

“Appunto.” Carmela si mette le mani sui fianchi.

“Mi siedo con voi. Posso?”

“Certo”, e Anna si sposta aprendo uno spazio tra lei e Carmela.

C’è una ressa a centrocampo. Marco ha preso per il colletto uno degli avversari minacciandolo di tacere.

L’arbitro li divide e dice loro che se lo fanno ancora fermerà la partita e darà la vittoria a chi è in vantaggio.

Attilio osserva la gradinata e nota Maria. La siciliana sostiene con zelo il proprio sguardo di marmo, strizza così tanto gli occhi come se desiderasse spremere con essi la realtà che osserva con pregiudizio.

Sotto quello sguardo vigile, Attilio, si sente montare d'orgoglio, non ne conosce il motivo, tuttavia non vuole mostrarsi debole, non di fronte a lei.

Quando Marco si gira nella sua direzione, gli fa un cenno con la testa per indicargli le ragazze della seconda B.

"Ci mancava solo questa. Adesso penserà che sono un perfetto fallito" bisbiglia, dandosi dello stupido per non averle ancora rivolto la parola.

"Facciamogli vedere chi siamo" gli suggerisce Attilio.

"Va bene. Ma seguimi. Vieni avanti con me."

Ripartono. Perdono la palla. Quelli sono di nuovo vicini all'area di rigore. Geco dribbla un difensore ma viene fermato da Marco. Non c'è fallo, è stato attento a non entrare sulle gambe.

"Corri" grida, e con tutta la potenza delle gambe lancia la sfera verso la metà campo avversaria.

Attilio scatta in avanti e dopo poco la palla gli rimbalza davanti. È solo contro il portiere. Non è un granché come giocatore ma una cosa la sa fare bene. Appena la palla scende quel tanto da abbassarsi all'altezza del ginocchio, la calcia dal limite dell'area. Uno spiovente. Il portiere è fuori dai pali e non fa in tempo a rientrare.

Il collegio esulta.

Attilio alza le braccia al cielo e la prima cosa che fa è guardare dalla parte delle ragazze.

"Questa sì che è fortuna" sentenzia Maria.

"Ma è stato bello. Non credi?" le chiede Anna.

"Non riusciranno a fare tutte le azioni così. Quelli non sono stupidi. Sanno giocare."

Carmela le si stringe contro. "Cosa credi che dovrebbero fare?"

"Niente. Avrebbero dovuto starsene per i fatti propri."

Dopo poco quelli segnano il quarto goal.

Marco è di nuovo arrabbiato ma questa volta non ce l'ha con Tommaso.

Geco ha centrato il sette, una traiettoria difficile da prendere.

"Siete sicuri di voler continuare?" li sbeffeggia il giovane campione.

Marco gli si avvicina.

"Continuiamo."

Maria si alza. Li ha sentiti parlare. E poi continuare a guardare quel biondino che lancia il suo amico al goal come se fosse la cosa più semplice del mondo, le dà i nervi.

"Che cosa vuoi fare?" Carmela è spaventata.

"Quello là mi ha offesa prima."

"Chi?"

Giorgia si sporge in avanti e dice: "Ci è passato davanti. Lei gli ha chiesto di cosa stessero parlando e lui le ha risposto bruscamente che doveva farsi gli affari suoi."

"Aveva ragione" le risponde Giulia. "Questa è una cosa da maschi, lasciamoli fare. Oggi magari perdono, domani se lo saranno dimenticati", ma già mentre lo dice sa che non è vero.

"Giulia ha ragione" la sostiene Carmela.

"Questo non lo posso accettare" sentenzia Maria, riferendosi al quinto goal degli avversari, siglato proprio dal *biondino*.

Giorgia scuote la testa e indica alle altre l'esultanza del ragazzo biondo di cui parlavano. Lui corre gesticolando per mostrare il dito medio.

"Maria, guardami" le chiede Carmela.

La siciliana l'asseconda. "Ti lascio una sola parola."

"No, Maria, ma che cosa pensi di fare?"

"Vincere. Voglio dare una lezione a quelli lì."

Salta giù dalla gradinata e con passo svelto invade il campo di calcio.

Giulia chiede a Carmela di fare qualcosa, ma nemmeno l'amica questa volta ha il coraggio di intervenire.

"Tu vai fuori, al tuo posto entro io" ordina Maria a uno dei ragazzi del collegio.

È il primino, Alessandro. Per un momento, lui resta impassibile alla richiesta della ragazza che lo guarda risoluta.

Attilio e Marco si lanciano nella direzione della siciliana, increduli di fronte al coraggio della Leone.

Geco e il biondo ridono, prendendoli in giro.

"Adesso fate giocare le ragazze?" dicono. "Siete proprio alla frutta."

Attilio le si mette davanti. Ha il fiatone e suda dalla fronte.

"Che stai facendo?"

Quando Maria vede Marco dietro le spalle di Bugatti, si rivolge a lui. "Voglio giocare."

"Non se ne parla proprio. Ci farai fare una figura di merda."

"Passami quella palla."

"No" le risponde Marco, stringendo il pallone sotto il braccio.

"Dico a tutti che non hai mai avuto il coraggio di parlarmi."

Il viso di Marco passa in un lampo dal rosso al bianco.

"Tutto questo è ridicolo" si lamenta.

La palla scivola a terra, facendo piccoli rimbalzi.

Maria la ferma sotto il piede sinistro.

È il suo giorno fortunato, calza le scarpe di tela che usa per fare le pulizie, non sono il massimo per una partita di pallone, però sono molto meglio delle ballerine che mette di solito. Scarpe così leggere che d'inverno deve indossare due strati di calze perché altrimenti il freddo le gelerebbe le dita. Promette a sé stessa che farà del suo meglio per non rovinarle, nonna non può comprargli un nuovo paio, lo sa.

"Che succede qui?" si intromette l'arbitro, un ragazzo di 16 anni di nome Mattia Ranzani.

Maria non gli dà ascolto, con un movimento repentino del piede sposta la palla di lato superando i maschi che ha di fronte, alza lo sguardo e mira con occhi di lupo il Biondino. Piega la schiena in avanti e con un colpo preciso colpisce la palla smuovendo granuli di terra.

A bocca aperta i ragazzi osservano il pallone prendere velocità e alzarsi dal suolo metro dopo metro. In pochi secondi si stampa sul viso di Riccardo, facendolo stramazzare a terra.

"Adesso mi fate giocare?"

Giorgia e Rosaria esultano.
"Quella non è Maria" sussurra Anna.

Attilio, però, non sembra per nulla impressionato, prova un senso di timore e protezione, non vuole che lei giochi.

Il primino, invece, si è messo in disparte, non ha nemmeno aspettato che qualcuno gli dicesse qualcosa.

"Questi non guarderanno se sei femmina o maschio, non hai visto come ti vengono addosso?" protesta Attilio.

"Voglio giocare" sentenzia, mentre ignora Attilio e fissa Marco ben sapendo che è lui il capo lì.

"Ti faccio giocare ma se ti fai male esci subito dal campo. Se ci vede il Caporale, sono guai."

"Quella se la prenderà con me, non con voi."

"Ma ragazzi, io non posso far giocare una ragazza" si intromette Mattia.

"Non so chi sei, però se non ti levi la tiro anche a te la palla addosso" lo minaccia Maria, decisa a non lasciare il campo.

"D'accordo, ma è come dice lui", e india Marco, "se cadi e ti fai male, esci. Se ti vede una delle suore, finiamo nei guai."

Geco si è avvicinato per guardare in faccia la ragazzina. Quando è tra Attilio e Marco le dice: "Che cazzo credi di fare?"

Maria non lo ascolta, gli dà le spalle mentre con una mano saluta le amiche sedute sulla gradinata.

Geco si fa avanti, vuole toccarle una spalla ma Marco e Attilio lo spingono indietro.

"Se la tocchi, ti spezziamo le braccia."

"Come volete, pivelli. Siete caduti proprio in basso. Farvi aiutare da una femmina… non avete speranze."

La palla è di nuovo al centro.
Cinque a uno per quelli di fuori.
Maria si posiziona sul calcio di inizio, dice a Marco che lei farà la punta e che loro *gliela devono solo passare*.
"Sei pazza."
"Dillo un'altra volta e ti tiro un calcio."
Marco le sorride. Trova assurda quella situazione. Lei li guarda come se fosse la cosa più normale del mondo stare lì in mezzo al campo.
"Da dove vieni tu, nessuno ti ha mai dato una lezione di umiltà?"
"Tutti i giorni."
Poi Mattia fischia infilandosi due dita nella bocca e lei tocca la palla a Marco, aprendo le danze.

A Cinisi, una volta, le avevano permesso di giocare. Era accaduto perché lei aveva minacciato i ragazzi che lo diceva a suo nonno. Loro non avevano potuto negarglielo.
Se lo ricorda.
La sua prima partita contro dei maschi.
Ricorda anche l'odore, che era quello delle magliette sudate e della terra bruciata, amara. Giocavano sulla strada di sassi, perché non tutte le vie erano state cementificate. Qualcuno aveva disegnato una porta sul muro di un palazzo. Non si poteva fare, ma prendersi le sgridate dai grandi non faceva tanta paura. Quando succedeva, si scappava, spesso ridendo, spesso implorando perdono perché qualcuno li aveva beccati e presi per le orecchie.
Maria ancora non sapeva nulla di tutto quello.
Voleva giocare. Loro glielo avevano permesso.
L'unica volta.
Poi nonno era venuto a saperlo e aveva fatto girare la voce di non farle mai più toccare una palla.

Così Maria ricorda un'altra cosa, ricorda che spiava i ragazzi che giocavano per strada o all'oratorio, e se si distraevano o abbandonavano il campo inseguiti dai grandi, lei gli rubava il pallone.

Poi correva alla spiaggia o in qualche campo abbandonato pieno di erba gialla e spighe di grano, e sognava, immaginava cose che nessuno avrebbe mai udito.

"Forza Maria" grida Anna, saltellando sulla gradinata.

"Sei scema? Se le suore ti sentono vengono qui e sono casini" la rimprovera Giulia.

Carmela è seduta con i gomiti sulle cosce e le mani premute contro le guance. Vorrebbe gridare, alzarsi, correre in campo con la sua amica, ma le gambe le tremano per l'eccitazione e non sa che senso dare a quello che prova. Stare zitta le sembra la scelta migliore.

Ma per quanto?

Le ragazze si stringono e in quello stesso istante arriva Claudia, sperduta e incredula quando vede Maria a centrocampo saltare uno dei ragazzi di fuori facendogli passare la palla sotto le gambe.

Solo che quello si gira e con una mano le tira il vestito facendola cadere a terra sulle natiche.

L'arbitro fischia e in un attimo i ragazzi del collegio le sono attorno. Tutti tranne Attilio, che ha preso per il collo il tizio che ha commesso il fallo.

"Lascialo stare" gli ordina Maria, rialzandosi e spolverandosi il sedere.

"Sicura di stare bene?" interviene Mattia.

Marco la osserva con soggezione. Hanno visto tutti quello che ha fatto.

"Chiedile scusa" lo minaccia Attilio.

Maria si fa avanti e gli ripete di *lasciar perdere*. "Non voglio nessuna gentilezza, se questi sono degli incapaci, peggio per loro. Vinceranno con disonore."

"Come vuoi", e libera la presa sul ragazzo.

Maria riprende palla e la posizione nel punto dove è caduta.

La porta è lontana, sono sulla tre quarti di campo avversaria.

Con un cenno della testa indica a Marco l'area di rigore, vuole sfruttare la sua altezza.

Mattia fischia.

Sono tutti in posizione.

Maria calcia, la palla attraversa metri di campo fino a raggiungere la parte centrale della porta. Il portiere avversario si lancia fuori dai pali per afferrarla al volo, ma non ha considerato Marco, che svetta come una cavalletta sopra gli altri e la devia di testa gonfiando la rete.

Il collegio esplode sulla gradinata in grida di entusiasmo. Anche chi non stava seguendo la partita adesso è uno degli spettatori. Le gambe sono inchiodate sul cemento, fuse, non si muoverebbero da lì nemmeno per la scossa di un terremoto.

Una ragazza ha appena fatto segnare De Santis, quello della terza A.

Due a cinque per il collegio.

Il Caporale è intenta a leggere delle lettere seduta nell'ufficio del Don al secondo piano dell'edificio che abbraccia l'oratorio. Sente gli schiamazzi che da pochi minuti sono diventate delle vere e proprie ovazioni da stadio.

Lascia cadere la lettera sulla scrivania e si avvicina alla finestra.

Da lì osserva i ragazzi convergere verso il campo da calcio, luogo di un ennesimo scontro tra i suoi alunni e i giovani del paese.

Non capisce cosa la spinga a guardare con minuziosità il campo, c'è qualcosa che stride nella calca che corre da una parte all'altra all'inseguimento di un pallone, un elemento fuori posto, una nota stonata che la inquieta.

I passi di Germana la disturbano, li riconoscerebbe anche se fossero echi lontani. Quando la suora entra nell'ufficio con il viso paonazzo e il fiatone, la somma di tutto il timore provato trova finalmente conferma.

"Che succede? Non ho mai visto tanto interesse per una partita di pallone. Non è mica un mondiale!"

"Il problema è un altro, suor Ilena."

"Non faccia la misteriosa, che sta succedendo?"

"Leone."

"Leone?"

"Sì. Gioca con i ragazzi."

"Vuoi dire che…"

"Le sto dicendo che gioca a calcio con loro."

Geco segna il sesto goal.

Maria si avvia alla porta.

Giulia osserva con interesse la siciliana mentre cammina cautamente verso Tommaso. Vorrebbe sentire quello che gli sta per dire ma non ha il coraggio di alzarsi. Vede che si parlano e che dopo poco Tommaso non è più teso.

Marco e Attilio si guardano trattenendo lo sfogo di prendersela con qualcuno di loro.

La siciliana torna a centrocampo in silenzio, è un puntino in mezzo ai giganti, una luna che si muove tra mille soli.

"Forza Maria!" la incita Carmela, riprendendosi dal mutismo.

L'amica le sorride da lontano.

Geco e Riccardo si scambiano battute e lei se ne accorge. Con un movimento rapido della bocca, Maria mostra a loro la lingua. Adesso è decisa. Le mancava tenere una palla tra i piedi. Sono passati solo dieci o undici minuti, un tempo che crede sufficiente per abituarsi al campo.

Così, quando prende palla, non la passa indietro, punta direttamente il cuore degli avversari chiedendo a Marco di seguirla.

"Che cosa ha intenzione di fare?"

Giulia si mette le mani sugli occhi, teme che quelli le possano fare del male, spingendola, magari tirandole quei suoi capelli spessi e duri come corde di canapa.

"Quello che sa fare meglio" le risponde Carmela, alzandosi in piedi.

Gli avversari la lasciano passare, impreparati all'avventatezza della ragazza. Temono di urtarla, temono un'aggressione da parte di uno dei suoi compagni di squadra.

"Fermatela" grida Riccardo.

Uno di loro ci prova e lei passa la palla a Marco, che l'ha seguita sul fianco sinistro.

Il ragazzo si allarga sulla fascia e sente che lei lo richiama per essere servita vicino all'area di rigore.

Geco rientra e cerca di fermarlo, ma Marco colpisce di collo il pallone che raggiunge i piedi sicuri della siciliana.

Riccardo le è subito addosso, allarga i gomiti per farle male, però lei ormai ha capito. Fa scivolare la palla di lato e porta la schiena all'indietro evitando di un soffio i gomiti larghi dell'avversario. La sfera rotola sotto le gambe di Riccardo, sbilanciandolo, così Maria lo supera puntando la porta.

Il biondino si gira, cerca di strattonarla, non ci riesce. Impreca. Poi la insegue.

Due le si fanno sotto ma lei ha visto Attilio smarcato a pochi passi dal portiere. Calcia e il pallone supera i difensori che le piombano addosso.

Il compagno di classe è attonito, la palla casca sulla sua testa e senza pensarci la indirizza verso la porta. È fatta. Se ne accorge dopo di aver segnato, intento a toccarsi la capoccia che gli duole.

Questa volta è Geco a imprecare con i suoi.

Quando ripartono da centrocampo, il campioncino chiede alla propria squadra di *pressare*.

Riccardo si lancia sulla destra, prende palla e la crossa in mezzo.

Geco si fionda in area, sicuro di segnare, quando qualcosa gli si para innanzi. Poi capisce: è quello stupido portiere che sa parare soltanto i tiri centrali. Adesso, però, Tommaso è uscito dai pali e ha allontanato la palla. Guarda verso la metà campo e vede la siciliana correre attraverso lo spazio come un giaguaro verso la preda selezionata. I suoi sono più lenti e, quando lei si allunga la palla per lo slancio finale, cadono a terra scontrandosi gli uni con gli altri. Il portiere esce ma quella lo supera con facilità, spostando la palla da un piede all'altro e calciando di piatto con il piede destro.

La rete si gonfia.

Quattro a sei.

Geco, irritato, decide che la fermerà.

"La marco io" grida ai suoi e ordina a Riccardo di fare la punta, notando che il compagno di squadra non è più in grado di sostenere il confronto con la ragazzina del collegio.

Il Caporale non sa se sentirsi adirata o sconvolta. Quella *piccola impertinente* corre da un lato all'altro del campo senza pudore alcuno.

Insolente.

Va punita.

E poi si è messa in mezzo ai maschi, come se già non avesse creato abbastanza disordine *l'anno scorso.*

Timpani la segue ciondolando alle sue spalle, Ilena è troppo veloce per le sue corte e grassottelle gambe da donna di mezza età. Prega che suor Giordano non si adiri oltremisura. In fondo, la siciliana è una *brava ragazza.*

22

12/07/1982
Gazzetta dello Sport
Italia – Germania 3 – 1
Campioni del Mondo!
"Delirio dei tifosi italiani allo stadio Bernabeu attorno al Presidente Pertini, esultante. Rossi capocannoniere del torneo con 6 goal."

***

3 settembre 1982
Il Giorno
Nel centro di Palermo, con la moglie e un agente UCCISO DALLA CHIESA.
Roma sbigottita si chiede: è mafia o terrorismo?

***

La macchina arranca sulla strada secondaria, sobbalza per via delle buche che il comune non ha ancora riempito. Aldo la guida e Maria è seduta dietro, guarda fuori dal finestrino un trattore avanzare sulla terra nuda di settembre, il ragazzo con il cappello di paglia che lo manovra la saluta. Lei appiccica la mano sul finestrino e ricambia la gentilezza.

Non ha voglia di tornare al collegio. L'estate è passata in un soffio, si è divertita con la bicicletta e ha ripensato più volte alla partita di calcio, anche se dopo l'hanno rimproverata e nonna Madia ha dovuto convincere la donna statuaria a non cacciarla.

Sono cose che capitano. I ragazzi si divertono.

Ma le ragazze non devono mischiarsi con i maschi.

Non lo farai più, vero Maria?

Non lo farò più, nonna.

Me lo prometti?

Prometto.

Pizzica e non ridere

23

È sabato, c'è il mercato.

Mia madre vuole comprarmi i sandali, dice che tra poco farà caldo e che non ho niente da mettermi.

Quelli vecchi erano nel ripostiglio sopra il box. Li ha trovati questa mattina, intenta a cercare il cavo di un vecchio computer (abbiamo messo internet a casa). Come li ha avuti sottomano, li ha gettati fuori dalla porta, destinati alla spazzatura.

Poi l'ho guardata a bocca aperta, scendeva la scala con due oggetti stretti contro il petto: il cavo e uno spettro del mio passato. Non credevo neppure di avercela ancora. Ma era lì, nelle mani salde e contrite dal tempo di mia madre. Piccole mani, palmi lucidi, dita incise di tagli che si è procurata a causa dei lavaggi e sul lavoro.

Sono le mani di un soldato. Così vedo mia madre. Un soldato che ogni giorno lotta con la propria esistenza.

Mentre scendeva le scale con l'oggetto dei miei ricordi, l'ho sentita dire: "Quando sono in pensione, me ne vado in Portogallo."

Adesso la sua testa è di fronte a me, mi dà le spalle, i suoi occhi si muovono da una parte all'altra come un falco in cerca di cibo.

Ancora non riesco a credere che l'abbia trovata.

Poco prima di partire per Londra, le avevo chiesto dove avesse messo il mio album fotografico.

"Impara a essere ordinato. La prossima volta che lasci le tue foto in giro, le butto."

"Sì, ma', ma dove sono? Dove le hai messe?"

"Dentro una cartelletta. Sono nel mio armadio."

Stavamo a Santo Stefano, ci eravamo appena trasferiti.

"E la macchina?"

"Se non lo sai tu. Lo chiedi a me?"

Sapevo che era nel box insieme agli scatoloni del trasloco. È rimasta lì per sei anni e adesso mia madre l'ha ripescata come se uno strano fato gliel'avesse messa di proposito tra le mani per consegnarmi un messaggio.

Quello è un altro tassello del mio passato che credevo di aver seppellito per sempre.

Così non faccio altro che pensare a quell'insolita passione che avevo da ragazzino, ma lei si gira verso di me e indica la bancarella delle scarpe.

C'è troppa gente, non sopporto la confusione.

Non è sempre stato così, credo che la vita al ristorante mi abbia abituato a spazi stretti, a poche relazioni, però la verità era che spesso la stanchezza mi rendeva pigro.

Non mi interessano i sandali adesso, i ricordi sono un tornado e questa mattina non riesco a fermarli.

Osservo le poche paia di scarpe estive esposte e dico a mia madre che mi piacciono un tipo marroncino, simili ai precedenti.

"Eh provali dai."

Annuisco. Sono nervoso. Il commerciante mi guarda con cortesia.

Chissà che pensa?

Mai stato un *cocco di mamma*.

Quando ero ragazzino a volte restavo fuori casa più del dovuto e mia madre era costretta a venirmi a cercare. Sarebbe rimasta ad aspettarmi per ore, e non sarebbe rientrata in casa finché non mi avesse ritrovato.

Ma che potevo farci? Giocavo a pallone come se non esistesse il tempo, né la scuola o una famiglia a cui appartenere.

Mia madre ogni tanto mi chiama "Toro", forse in ricordo dei vecchi tempi, perché non ho più lo stesso spessore di prima. Con le diete strette del ristorante, sono dimagrito di dieci chili. Sto bene. È la testa che non vuole rassegnarsi, cerca qualcosa, ma forse lei questa mattina ha sbrogliato la matassa.

Quella macchina fotografica.

Un cimelio.

Intanto provo quei dannati sandali.

Sì, sono scocciato, però poi sarà tutto finito.

Se l'accontento, non mi perseguiterà più.

Nicole scoprì la mia passione per la fotografia alcuni mesi dopo l'inizio della nostra relazione. Quando glielo confessai, si mise a ballare.

Ho ripensato a Katy, la mia macchina fotografica. Dichiarai che avrei voluto farle delle foto, e le chiesi perché non facesse la modella.

Mi guardò con aria triste, cosa insolita. A diciassette anni aveva partecipato a un concorso di bellezza, conquistando il podio. Non esponeva mai questa parte della sua vita, la teneva bendata come una ferita che non cessava di sanguinare.

Nicole l'avresti potuta mettere sulla copertina di Vogue, Vanity Fair o usarla come ragazza immagine per libri rosa, lei viveva la vita con curiosità, si immaginava fare beneficienza o salvare il mondo da una catastrofe imminente.

Credo sia stata la sua indole romantica ad avvinarla al ristorante, e poi a me.

Era in grado di sostenere una conversazione in francese, e avrebbe voluto imparare una terza lingua.

Avevamo iniziato ad avere brevi conversazioni in italiano, al mattino mi diceva "buongiorno" e alla sera "buona notte", altre volte finivamo per ridere perché la sua pronuncia non era perfetta. Saltava le "r" e faticava a pronunciare le parole con la "h" all'interno.

Le dicevo che in una vita passata era sicuramente vissuta in Francia.

Lei non sopportava la vita del ristorante, ma ne aveva bisogno per mantenersi e continuare gli studi; ovunque andasse, però, trovava sempre qualcuno o qualcosa che la inibiva.

Anche io l'ho fatto con lei.

La volevo mia per sempre. E così Josh, che l'amava.

I sandali sono nel sacchetto.

Lei ha preso il pesce e vuole che glielo cucini per pranzo.

Gamberetti. Totani. Tutta roba piccolina. Come al solito. Pezzi, quarti, come se non volesse mai concedersi qualcosa per intero. In fondo, è un po' la storia della sua vita.

Siamo diretti al cimitero, teatro di mio padre e le mie due nonne.

Ho guardato mille volte la foto di mio padre in banco e nero, stampata sul marmo, con quell'espressione seria, posata. Si chiamava come me.

Mia nonna desiderava che avessi il suo stesso nome, per non dimenticare.

Lei portava un ciondolo al petto che racchiudeva la foto di suo figlio. Si chiamava Mia.

Nonna Mia. Ma lei era di tutti.

Alta. Forte. Occhi azzurro cielo, limpidi come il mare della nostra Calabria. Mani che hanno lavorato la terra e cucito milioni di fili con spaghi che adesso giacciono chissà in quale scantinato.

Ecco dove finiscono gli oggetti leggendari delle persone passate a miglior vita: cantine, ad arrugginire.

Avrei voluto conoscere il suono della tua voce, papà. Avrei voluto poter vedere come ti muovevi, i momenti in cui pensavi, i tuoi occhi scrutare le cose del mondo, come camminavi, come ridevi. Avrei voluto sapere e sentire l'odore della tua pelle e provare a stringere le tue mani.

Avrei voluto guardarti da lontano come uno sconosciuto per ammirare le tue gesta, seguire le più piccole sfumature per farle mie per sempre.

Avrei voluto chiamarti "papà" e sentirmi sgridare per una cazzata fatta per sbaglio. Avrei voluto il tuo conforto quando il cuore era spezzato e il rimprovero per non aver fatto di meglio.

Lei si fa il segno della croce e va via, per andare alla tomba di sua madre, che sta accanto agli altri miei nonni. Gente perbene. Le loro immagini mi trasmettono pace.

La foto di mio padre, invece, è come quel bianco e nero su cui è impressa, indistinta, perché non ho nemmeno un flash della sua vita.

Niente.

Quando ho respirato per la prima volta l'aria della terra, lui aveva esalato l'ultimo rantolo già da un pezzo.

Sono la sua continuazione. Sono certo che quel respiro di vita non si sia mai estinto. Anche se non lo conosco, lui è con me ogni giorno.

In qualche modo.

Avrei voluto tante cose da te e tutte insieme non riesco nemmeno a pensarle. Se potessi chiudere gli occhi e tornare indietro nel tempo, guarderei te e mamma sulla spiaggia di Vitrusi mentre vi amate e non sapete nulla di quello che vi ha riservato il destino.

Alzo lo sguardo tra le lapidi, mia madre sta quattro file più avanti. Dico mentalmente a mio padre che secondo me soffre ancora. Una vita controversa. Ma lei ama sua madre anche se non si è comportata come una madre.

Strani i sentimenti.

"Dice che sei l'unico uomo che abbia mai amato" sussurro, ma so che non può sentirmi.

Quando rientriamo verso casa, le chiedo come è finita con i vicini.

"Lascia stare, sono dei maleducati."

"Però ho sentito che va bene adesso, no?"

Stiamo camminando sulla linea laterale della strada, non manca molto al cancello della corte dove abitiamo.

"Guarda, per fortuna che dio mi ha fatto donna, perché se ero uomo sarei finita in prigione di sicuro."

Rido mentre lei abbozza un sorriso, ma è più seria che ironica. È la stessa frase che ripeteva quando decisi di mollare la passione per la fotografia e trasferirmi a Londra.

"*Se fossi nata uomo, sai quante cose avrei fatto!*"

Già. E io sono qui che continuo a rimuginare sul passato come se fosse una cosa possibile da cambiare.

No. Non possiamo mai cambiare il passato.

*

Mauri insiste, è tardi, abbiamo un appuntamento.

Non ci riesco. Non ancora. È due giorni che la ignoro, però adesso non ce la faccio. È avvolta in un sacchetto scuro, accartocciato intorno, ne delinea la forma come un modello nascosto dal velo.

Accendo la luce dello spogliatoio. Ci sono i miei vestiti e quelli di mio fratello. Altra roba. Un pallone. Dei poster arrotolati: trovo strano che mia madre non li abbia buttati. Anche quelli cimeli di un'infanzia dimenticata. Sogni spezzati. Nascosti nell'oscurità proprio come Katy.

Ho un ricordo.

Intanto smuovo il sacchetto per denudarla.

Stavo con Martina al tempo. Il mio primo amore. Dicono che non si scorda mai, non so se vale per tutti ma per me è un ricordo incancellabile. Giovane e bella. Capelli mossi, ricci, neri come certe notti in Sud Africa.

Perché lei sapeva di posti mai visti, di terre leggendarie.

Ero giovane e lei lo era più di me. È stata la prima e sola figura umana al di fuori della mia famiglia che abbia fatto parte dei miei scatti.

Martina aveva il potere di ispirarmi, di rendere la mia passione *fuoco ardente*. Sino a quel momento ero un cratere spento, immobile nel proprio spazio e senza tempo.

Fotografavo per lo più piccoli animali, fiori, le foglie d'autunno e Sellia Marina. Dettagli. Prima di lei le mie foto non valevano niente.

Sedici anni.

Ci sono scatti che non ho mai messo in luce. Fotogrammi di lei che sorride, in cui mi mostra la sua fragile nudità e spensieratezza.

"*Ne voglio ancora*" mi diceva.

E io scattavo per renderla immortale.

Katy è sotto i miei occhi. Una vecchia Kodak.

Toccarla riavvolge il nastro del tempo, mi riporta continuamente a Martina. Lei e le sue pose. Era famelica di sesso.

L'ho resa immortale anche se nessuno vedrà quelle foto.

Poi un giorno ho gettato nel laghetto Caldara il nostro rullino segreto.

Cresceva troppo in fretta, mentre io non ne volevo sapere di diventare grande. Sono partito per dimenticarla e ci sono riuscito. Dimenticare il dolore. Nicole ha cancellato il residuo in un attimo. Sono bastati i suoi sguardi quel giorno all'Università per fare nuovo spazio nel mio cuore.

Ho vinto due concorsi fotografici locali all'epoca di Martina, e ho rinnegato tutto dopo che lei se ne è andata.

Tocco Katy. È fredda. Dura. È commovente averla di nuovo tra le mani.

La porto al viso e faccio finta di fare uno scatto.

"Sei pronto?"

Di nuovo mio fratello. Gli dico che lo sono, ma non è vero.

Accendo Katy. Parte dopo un secondo, come se l'avessi risvegliata da un lungo letargo. È scarica, si spegne subito. Cerco la carica nella busta e la trovo.

"Fantastico" sussurro.

Mauri bussa alla porta.

"Eccomi."

Metto in carica Katy e le do un bacio. È ancora fredda. Non fa nulla.

***

Ci sono tutti. I miei cugini più grandi, Rino e Mirco. Tez, il terzo. Vincenzo che è il figlio di uno dei due fratelli di mio padre.

E poi Giuseppe, il quarto. Lo chiamano Beppe o Pero.

Ha l'età di Maurizio. I due si intendono, da ragazzini erano sempre insieme. Stessa classe, stessa compagnia. Sempre con i grandi. Due adolescenti che desideravano crescere in fretta. A 16 anni erano già nel mondo del lavoro. Mauri ha fatto l'elettricista, l'idraulico, l'operaio in una fabbrica di montaggio, il barman e dio solo sa cos'altro. Beppe aveva seguito i suoi stessi passi ma, a differenza del cugino, lavora ancora, sta in centro a Milano in un pub. Turni di notte, e lo sento dire che per il momento non ha trovato di meglio.

Mi chiedo in che modo questa generazione riuscirà a sopravvivere. Una generazione condannata a inventarsi qualcosa di nuovo per ritagliarsi un futuro nel mondo.

A Tez piaceva quella canzone dei Nomadi, *Io vagabondo*, si sentiva uno squattrinato ma il fatto sembrava non pesargli mai.

Gioventù.

E poi vedo mia zia.

È spuntata dalla mischia, si avvicina a me con aria pacata, un lieve sorriso. È una donnona di 60 anni. Capelli pomposi, alti sulla testa, di un biondo sbiadito. Occhi limpidi, di famiglia. Pelle segnata dal tempo, pallida, con rughe e piccole macchie rosse. Soffre di diabete ma ha la tempra delle generazioni antiche: ossa grosse e un carattere risoluto. Anche se è anziana, rimane una donna affascinante, elegante e schietta. La sua voce con l'età e le troppe sigarette si è arrochita, ma è l'unica nota stonata che indossa.

I suoi occhi mi scrutano da dietro sottili lenti da vista.

"Gabriellino" dice piano.

L'abbraccio.

Questa volta non piange, forse perché è preparata o forse perché si è abituata alle mie assenze. Un tempo ero sempre lì, in quella enorme casa che lo zio ha ristrutturato con le proprie mani.

Parlo con la zia e di sbieco lo vedo, Nicola, intento ad aprire le ostriche in un lavandino esterno, sotto un tettuccio.

I cugini si muovono nel cortiletto, per imbastire la lunga tavolata.

Ci sono altre persone intorno, volti che ricordo a stento, persone che avrò visto una o due volte nella mia vita.

"Che mi racconti? *Nun veni mai*" mi dice.

Mi gratto la testa e le dico che mi dispiace, che ho vissuto a Londra per tanto tempo. So che lo sa, le mie sono solo scuse. Da quanto i rapporti tra lei e mia madre si sono inaspriti, tutto è cambiato. Non ce l'ho mai avuta con nessuno, sia chiaro, è che è accaduto nello stesso periodo di Martina. La voglia di cambiamento era così forte che staccarmi dalle mie radici, al tempo, mi sembrava la scelta migliore da compiere. Sono contento, però, che mio fratello abbia messo da parte l'orgoglio e abbia ricucito i rapporti con i cugini.

Con la morte di nonna Mia, il collante che teneva unite le nostre famiglie si è staccato per sempre.

Nessuno ormai nasconde il fatto che mia madre non era ben vista nella famiglia di mio padre.

Mauri è nato da una relazione con un altro uomo, ma quelli sono giorni che né lui e né io abbiamo più motivo di ricordare.

Storie troppo lontane da me, ero piccolo e al tempo non pensavo che le famiglie fossero società così complicate.

Ora lo so.

I rapporti tra le persone sono diventati più difficili, ma pazienza, si va avanti lo stesso.

Nonna Mia sarebbe d'accordo.

Lei diceva sempre: "*Sivvà, và; sennò, non dovia glire.*"

Nicola compie 61 anni. Tra i figli quello che più gli somiglia è Tez.

Una copia sputata si dice dalle mie parti.

Tarchiati. Mani callose che potrebbero schiacciare palloni da calcio.

Lo zio ha lavorato per anni nell'edilizia costruendosi un piccolo impero personale. È un tipo buffo, fa battute che spesso capisce soltanto lui, eppure hanno l'arguzia di farmi sbellicare dalle risate. Ad un certo punto si sono messi a mangiare il riso con i gamberetti che ho cucinato per loro. Un chilo e mezzo di riso semi-integrale che ho dovuto cuocere al dente.

Tez mi dice che è buono. "E se te lo dico io *cuggì*, ti puoi fidare."

Daniela, la sua fidanzata, annuisce. È accanto a me e mi dà una gomitata. "Hai fatto un miracolo."

Le sorrido perché non so che altro dire.

Zia Rosalina mi fa un cenno con la testa per complimentarsi.

Insomma, esame passato.

Al tavolo hanno portato vino, birra, acqua e coca-cola; poi vasche piene di pesce fritto e altro cotto al forno.

Non c'è spazio nemmeno per uno stuzzicadenti.

Mi dovrò sforzare di mangiare tutto.

E mentre penso a questo, sento zio Nicola che mi chiama.

Sta a diversi posti più in là, ma lo vedo bene in viso.

Ha il sorriso di uno che l'ha covata per un po' e non vede l'ora di dirtela. E già sogghigno perché so che la sparerà grossa.

Muove la testa in avanti, come a confermare che il riso è di suo gradimento, poi usa le parole. "È buono. Ma sai perché?"

"Perché?"

"Perché piace anche ai cani."

Zingaro e Pollice scodinzolano sotto la tavolata.

Rido. Ride anche Tez, ma è naturale, sono uguali.

Zio è cresciuto nella polvere, tra la calce, martelli, chiodi, rumori di motori e gru che cigolano spostando lunghi musi di ferro. Venuto a Milano con qualche spicciolo in tasca e un mondo da scoprire. Uno dei tanti calabresi all'arrembaggio a cavallo degli anni '60 e '70.

Persone costrette a lavorare duramente per sopravvivere, non conoscevano agi, se non il confort dell'umorismo.

Vino e vita.

Loro mi hanno insegnato che se uno vuole si diverte anche con poco; in un mondo che pretende tutto e subito, certe cose sembrano leggenda.

"Allora, che fai adesso?" La zia allunga il collo verso di me per prepararsi a ricevere la mia voce, che è bassa e lei ci sente poco.

"Non lo so ancora, zia. Ma voglio cambiare settore, non fa per me la cucina."

Mirco alza gli occhi su di me.

"Ti capisco, *cuggì*. Una vita d'inferno."

Annuisco. Sono sempre di poche parole, lo sanno. Anche quando li frequentavo, non dicevo mai una sillaba in più. Alle parole preferivo il pallone. E, poi, gli occhi di mia zia continuano a portarmi a nonna Mia, e nella mente vedo questo bambino che corre nella corte dove abitava, polpacci robusti, pantaloncini corti, la bocca spalancata per la fatica di muoversi dopo un pomeriggio al campo da calcio e le iridi luccicanti, perché erano tempi spensierati quelli. A otto anni il mondo non è ancora ben definito, non per uno come me cresciuto sotto l'ala protettiva di tre donne.

Mia madre, nonna Mia e zia Rosalina.

Giro lo sguardo e vedo che Nicola sta stuzzicando una donna che non conosco. Sorseggio la birra, ho finito il riso e vedo che la zia apre un cono di carta di alluminio, mettendo in mostra un pesce snello e ben cotto.

Lo serve a me, le dico grazie mentre continuo a seguire la scena di mio zio. Lui ride, e so che quando fa così è perché l'ha pensata bene. La donna non se ne è accorta, ma lui sta facendo qualcosa con le mani sotto il tavolo.

"Come si chiama?" chiede lei.

"Pizzica e non ridere."

"Va bene, facciamolo."

"Sì, sì. Però prima fammi finire" le risponde, indicando il piatto riempito con insalata e fritto misto di totani e gamberetti.

Al suo fianco un uomo sogghigna, e mi accorgo che non è l'unico.

I cugini hanno capito.

Mauri mi lancia un'occhiata complice.

Sono curioso. Nicola ha creato l'atmosfera perfetta e una cosa l'ho capita: sta preparando il colpo con dovizia.

Continuo a non capire cosa stia facendo con le mani sotto il tavolo.

Daniela cattura la mia attenzione e vuole sapere del lavoro a Londra.

Non è che impazzisco all'idea di ricordare, ma lei non può sapere, non ha la minima idea di cosa significhi per me quel tempo.

"Ma era tutto vegano?"

"No. Non tutto. Certe volte facevamo delle cene speciali a base di pesce. Per noi era importante la qualità del prodotto. Se non potevamo avere la qualità, non lo cucinavamo."

Apre la bocca, esce un suono ma non sa cosa ribattere.

"L'anno scorso sono mancate diverse verdure, e per tre mesi ho mangiato praticamente solo rucola."

Tez fa una faccia schifata.

"Non so neanche cosa sia la *rucola*" ci scherza su.

"Ti fa bene al cuore" gli dico, ma lui scuote la testa serrando la bocca.

Daniela ride perché ormai anche lei conosce i gusti di Tez.

Una sedia si muove. È passata un'ora.

I cugini si sono scambiati di posto e ne approfitto per mettermi più vicino a mio zio. Lo faccio perché sono curioso di vedere che cosa tirerà fuori dal "cilindro".

Guardo la donna che ho di fronte mentre prendo posto. No, non la conosco. Ha capelli crespi e neri. Deve aver una cinquantina di anni. È una che parla molto.

Mio zio la fa sedere di fronte a lui, ma sono separati dal tavolo.

“Allora” inizia, con la sua cadenza catanzarese. “Ci guardiamo. Non dobbiamo ridere però. Sì, puoi fare una risatina, non perdi così. Ma se ridi forte, hai perso.”

Lei annuisce e si fa avanti con la sedia, sino a toccare con l’addome il tavolo.

“Io pizzico a te e tu pizzichi a me, ma non dobbiamo ridere. Se gli altri ridono, tu non farci caso”, muove una mano nell’aria come per snobbarli. “Mi raccomando, non farti contagiare da loro, sennò hai perso.”

“Va bene, sono pronta.”

Okay, ho già iniziato a ridere.

Gli altri hanno volti divertiti, e credo che non abbiano idea di quello che sta per succedere, ma s’immaginano perché conosciamo gli scherzi di Nicola.

“Tu lo sai già, vero?” chiedo a Rino, seduto di fianco a me.

Alza lo sguardo di scatto e annuisce.

“Inizio io” fa lo zio.

E lo vedo che si sporge in avanti per compiere il suo capolavoro. È bastato un attimo per farci scoppiare a ridere. Io mi sono piegato all’istante. La poverina non si è accorta di niente. Come lui ha sganciato i pollici dalle sue guance, lei è partita all’attacco pizzicandogli la fronte. Nicola si è di nuovo allungato e noi giù a ridere come dei pazzi.

Ho le lacrime agli occhi. Giuro, una cosa così non l’ho mai vista.

Mio zio sorride, un sorriso mesto, contenuto, ma noi siamo piegati. Acuti e bassi si alternano come in una sinfonia classica.

Lei continua a non capire.

“Non farci caso a loro” dice mio zio, scuotendo la testa.

E lei pizzica.

E mi chiedo come sia possibile non ridere guardando una cosa del genere.

Non so quanto tempo stia passando, però ad un certo punto lei *sputa la foglia*, come si dice tra di noi.

“Ma cos’è questo odore?” esclama, mentre pizzica il mento di Nicola.

Lui fa finta di niente, annusa l’aria e risponde: “Pesce.”

"No", socchiude gli occhi e ricarica le narici. "Fumo."

E noi giù a ridere.

A quel punto capisce.

"Me l'hai fatta. Ecco che cosa era l'unto che sentivo sulla faccia."

Adesso anche Nicola ride.

"Come si chiama quella indiana?" chiede mio zio, guardando verso di noi in cerca della risposta.

Io scuoto la testa perché non capisco che cosa voglia sapere di preciso, ma Rino lo sa e gli risponde: "Pocahontas."

"Eh sì, assomigli a Pocantas."

"No, pa', Pocahontas."

"Quella lì."

"Mi date uno specchio?" chiede la signora.

Mentre qualcuno le porta lo specchio, io sto ancora ridendo e mi fanno male le mascelle.

Una donna le passa uno specchietto e lei, infine, si vede. Lancia un acuto di stupore. È stata al gioco anche se per un attimo ho pensato che se la sarebbe presa.

"Ma che cos'è?"

Anche io non ho capito come abbia fatto a conciare di nero la sua faccia.

Poi lui le mostra le dita e una sigaretta spenta.

Altre risate.

Ben tornato in famiglia, Gabri.

Certe cose passano, vanno via, altre giungono nuove o ritornano. Alzo gli occhi al cielo e mi dico che loro mi sono mancati, ma io devo fare la mia strada.

Zia fuma la sua ultima sigaretta seduta accanto alla finestra della cucina. Sentiamo le macchine passare al di là del muro. I cugini sono rimasti a chiacchierare all'aria aperta mentre io ho seguito zia perché voleva parlarmi, vedermi da vicino senza il chiacchiericcio di sottofondo.

Sbuffa il fumo verso la finestra, lo fa con un angolo della bocca e non distoglie mai gli occhi da me. Mi siedo all'altro capo del tavolo. Ha fatto il caffè, è dentro un bicchierino di plastica, come è di uso in famiglia. Non è una bevanda che gradisco anche se a zia non l'ho mai confidato. Lo bevo in un sorso, senza zucchero. Lei il suo lo lascia raffreddare, poi lo userà per spegnerci dentro la sigaretta.

"Che mi dici di bello, Gabriellino? Ti vedo sciupato. Non mangi?"

Me lo dice sempre.

Ci sarebbero tante cose da dire ma non sono uno che si apre facilmente, non con i parenti. Mi sento come mia madre. Camere ermetiche. Diamo le chiavi a pochi.

"Sono tornato. Mangerò di più, promesso."

"Sei sempre uguale a tuo padre."

Me lo dicono spesso.

Zia, però, era l'unica a non ricordarmelo di continuo. Strano sentirglielo dire proprio ora. Fa un bizzarro rumore con la bocca e mi confessa che ieri stava riguardando delle foto di *suo fratello*.

"Quanto gli volevamo bene."

So anche questo. Eppure, non ho mai osato chiedere di più. Da quando sono tornato, provo questo desiderio di conoscere, di accarezzare almeno un po' la storia della mia famiglia. Di mia madre e di mio padre. Loro sono avvolti da un manto di segreti e nessuno mai sembra voler sollevare quell'alone di mistero. Persino io lo temo. Temo di sapere. Temo di soffrire.

"Un giorno me le fai vedere, zia?"

"Sì, sono là", e indica un punto impreciso del soggiorno.

Anche zia è catanzarese. Amava sua madre più di ogni altra cosa al mondo.

Un giorno mi disse che anche dopo la sua morte la vedeva. L'ha vista per mesi di fronte alla rampa delle scale, immobile e muta.

"Ti ricordi tutto?"

Domanda stupida, ma zia annuisce mentre sbuffa il fumo della sigaretta e capisco che ha inteso la mia richiesta.

"Tuo padre era intelligente, sai?"

Sorrido perché ha il vizio di parlare forte e mischiare il dialetto.

"Un giorno Nicola gli ha procurato dei pezzi, e lui si è costruito un motorino. Di quelli che andavano di moda un tempo. L'ha fatto su da solo."

"Io non ci riuscirei."

"Tuo padre era in gamba. L'ha rovinato la droga. Ma era buono come il pane."

"Quanti anni aveva?"

Ci pensa mentre beve in un colpo il caffè e ci spegne dentro la sigaretta.

"Forse diciassette o diciotto. Però si stancava presto. Dopo la motocicletta ha voluto la carabina. E allora io e lo zio gli abbiamo comprato la carabina. Voleva sparare agli uccelli."

Non una cosa di cui vantarsi, penso.

"Però poi non ci ha mai sparato perché gli dispiaceva."

Zia Rosalina ride, trova buffo il comportamento di mio padre.

"Io ero al piano di sopra e lui stava nella corte. Lo guardavo. Stava così", e imita le movenze di un cacciatore, "e io aspettavo, aspettavo, credevo che sparasse, invece niente. È tornato in casa e mi ha detto che lui non ci sparava agli uccelli."

"Meno male" dico sottovoce.

Zia è assorta nei ricordi, ha l'espressione trasognata di un campione olimpionico.

"Che fine ha fatto la carabina?"

"Tuo zio l'ha fatta sparire perché se lo veniva a sapere la polizia, finiva nei guai."

"Un bel rischio."

"Sì, ma tuo padre non aveva paura di niente. Se ne fotteva. Pensava di essere immortale. Lui e quell'altro suo amico stavano in giro a fare risse. Gli è sempre andata bene."

Non sembra contenta adesso.

"Però, non menava mai per divertimento. Lui era uno rispettoso."

"Cosa ti ricordi con mamma? Con mia madre, intendo."

"Erano belli. Proprio belli. D'estate se ne andavano in giro scosciati che sembravano due modelli. Stavano sempre fuori, non li vedevi quasi mai in casa."

Si alza per gettare i bicchierini.

Vorrei chiederle di più ma sento qualcuno chiamarmi.

Zia mi dice che posso andare, però la verità è che vorrei ancora sentire parlare di loro. Provo un formicolio al petto, come un'emozione che è rimasta nascosta ed è pronta a riemergere.

Faccio per andare via e sento mia zia dire: "Saresti stato un figlio fortunato se lui fosse ancora vivo."

24

Katy è passata, proprio come Josh e Nicole.

Due di notte. Non riesco a prendere sonno, troppe cose si insinuano nella mente. Ricordi. E poi lei, Katy, che dorme assente, che non è più una macchina fotografica all'ultimo grido.

È in quel momento che mi accorgo che sono rimasto indietro come lei. Katy non può cambiare sé stessa, è nata per essere parte del suo tempo, e adesso quel tempo non esiste più.

Io, invece, posso cambiare, rinnovarmi, seguire a passo di danza il nuovo tempo.

Mi soffoca un pensiero questa notte.

Non ho una sola foto di me e Nicole.

Non una.

Così piango, ma le lacrime non scendono. Fa lo stesso.

Invece ho un paio di foto con Josh nel cellulare.

Strana la vita.

La luna è alta sopra di me, un sorriso nel cielo. Forse un buon auspicio.

*

E poi arriva il giorno della partenza.

Non ha molto tempo, deve cucinare, deve fare il suo dovere. Deve. Prova odio per sé stesso, per aver fallito come amico. Inutile tentare di credere di non aver sbagliato, perché Josh potrebbe benissimo stare con lui, condividerebbe persino Nicole, ma non sono cose fattibili quest'ultime, è solo un'idea, un modo di dire.

Josh porta la Ducati fuori dal garage. Suo padre rimarrà lì, la madre, invece, ha deciso di tornare a Bournemouth. Chilometri che sono come anni luce.

"È proprio una bella moto" gli dice, provando una fitta al petto.

Lui l'accende, facendo ruggire il motore.

Il casco è a terra, non è quello nuovo, non l'avrebbe mai messo lì. È uno che ci tiene alle cose nuove. Questo è Josh. Le sue idee. I suoi capricci. La sua filosofia di vita.

Il bello di...

Sotto il cappotto nero di pelle ha una maglia degli Iron Maiden, se ne vede meno della metà, però Gabriele è certo di non sbagliarsi.

È tipico di lui.

"Dammi la mano, fratello."

Gabriele allunga la mano e afferra quella dell'amico. Resta serio, perché un unico muscolo fuori posto sul viso significherebbe lasciar trasparire troppo delle proprie emozioni.

Si guardano negli occhi, Josh sorride.

"Cerca di stare attento" gli dice.

Josh batte un pugno sul petto dell'amico. "Ci sentiamo presto. Sii felice per me, fratello. È la vita. Che altro si può dire?"

Gabriele non lo sa, si limita a scrollare un po' le spalle e incurvare le labbra come se niente gli importasse.

Josh è stato più di un amico. Con lui si è divertito davvero. Se non fosse entrato nella sua vita, sarebbe tornato a Milano da un pezzo.

La verità è che Josh è una parte di lui, uno specchio, perché lo sente e lo vede, sente e vede che tutto va in pezzi.

Più resisti al cambiamento, e più le persone attorno compiono azioni strane, partono, piangono, fanno ciò che dovresti fare tu.

Loro sono lì per aiutarti a cambiare, a mostrarti che è possibile cambiare. Cambiano loro perché non cambi tu.

E mentre saluta Josh, abbracciandolo, mentre lo guarda mettersi il casco, salire in sella, dargli una strizzata d'occhio e scivolare via sullo sfondo della vita, pensa che è colpa sua, perché si è fermato, ha resistito al cambiamento, e averlo fatto gli è costato un amico e, forse, presto, anche qualcos'altro.

Sangue sulla neve

25

Seppur abbia imparato ad apprezzare la neve, il gelo le risulta insopportabile.

Con le braccia incrociate sul petto si massaggia le spalle coperte dal cappotto di lana che Aldo le ha regalato per il suo tredicesimo compleanno. Le ha detto che sarebbe stato un anno molto freddo, niente di più. Le cose sembrano andargli bene.

Nonno Antonio le diceva che alcune persone nascono con *la fortuna sotto il letto*. Era per via di Cesare, che non ha mai accettato di essere unicamente parte di qualcosa di già consolidato, ha desiderato di più e l'ha ottenuto.

Non le importa adesso.

Non le piace la malinconia che le è scesa addosso da quando è rientrata dall'estate.

Il portone della piccola chiesa sembra la bocca di una caverna oscura. La neve le danza intorno, non fa rumore e, a guardare quel buco che pare penetri lo spazio, sembra sbiadire.

Lei è una piccola dea oscura immersa in un mare bianco.

Scosta la tenda viola.

Intravede i lumini, sospesi in aria come fantasmi lungo le pareti laterali, emanare una luce tenue che a stento mette in mostra i dipinti di Gesù e della Madonna.

Il centro dell'altare, invece, è irradiato da candele più lunghe e splendenti.

Odore di incenso e candeggina. Odore di vestiti vecchi dimenticati negli armadi, di quelle cose abbandonate da anni lasciate a morire nella polvere.

Vicino alla sacrestia c'è Giuseppina, la donna delle pulizie. Tiene un moccio nella mano sinistra mentre ascolta i sussurri di Padre Clemente spiegarle qualcosa che Maria non può sentire.

Se la vedono lì sono guai, però oggi di starsene dentro le mura grigie del collegio non le va, le sta stretto. Le ragazze parlano di maschi, a qualcuna sono venute le mestruazioni. Rosaria. L'ha vista correre in bagno piegata in avanti con una mano premuta sul grembo. Un viso cereo. Sa cosa significa.

Dolori.

Supera le tende viola. Cerca le ombre per non farsi vedere. Mira la statua della Madonna in fondo al corridoio di destra, ha le mani congiunte all'altezza del cuore e lo sguardo rivolto al soffitto. Un'aureola le incorona il capo. Veste di azzurro e bianco. Maria prova disagio nel guardarla. Padre Clemente un giorno ha detto che lei è la madre di *tutte le madri*, una donna pura.

Eppure, l'hanno messa su un lato: forse lei vorrebbe guardare il cielo e non le pareti umide di una chiesa adombra.

Pochi passi ancora e le è di fronte.

I piedi scalzi della statua poggiano su un ripiano di marmo su cui è incisa una scritta in latino che Maria non sa leggere.

Padre Clemente si è ritirato, nessuno l'ha vista. Eppure, i suoi passi misurati avevano riecheggiato per tutto lo spazio percorribile.

Guarda quella donna candida come la neve inclinando la testa di lato. Cerca la direzione del suo sguardo e incontra le stesse pareti dure e fredde che conosce. Puoi sentire quanto gelo hanno accumulato senza toccarle. Angoli vuoti, tetri. Pietra liscia, maleodorante e inconsolabile.

Le fa un inchino dopo il segno della croce.

Scruta l'altro lato della chiesa per essere certa che non ci sia nessuno a osservarla. Piccole luci si stagliano sullo sfondo muto. I volti impressi sulla tela la ignorano. Le sedie vuote segnano l'attesa.

Vorrebbe che la Madonna le degnasse almeno un po' di attenzione, ma proprio quel viso di pietra non osa girarlo.

Stupidi pensieri.

"Ti prego" dice in un sussurro, strizzando gli occhi nocciola e portando le punte delle dita sulle labbra. "Ti prego dolce signora, madre di tutte le madri, aiutami a sopportare questo freddo."

Forse avrebbe dovuto pensarlo, non confessarsi a quel modo. Mira di nuovo l'altro lato, temendo che qualcuno possa ascoltarla.

Niente. Tutto tace. Persino l'odore pare essersi allontanato da lei.

"Ti prego, signora. Proteggi nonna Fortunata. Lei è tanto brava. E proteggi Rosaria che oggi sta male. Fa che siano meno dolorose."

Storce la bocca. Non era quello che voleva dire, ma sino a quel momento non era sicura di voler chiedere qualcosa. Ha visto le altre donne pie sussurrare alla Madonna i loro segreti. Pensa che si faccia così. Molte di loro vengono qui ogni giorno per chiederle qualcosa. Se non vanno da lei, si rivolgono a Gesù.

Gesù sta al centro, dietro all'altare dove Padre Clemente parla dal pulpito.

Sull'altro lato hanno messo la statua di un santo però non ricorda chi sia. Le sembrano tutti uguali. Forse è così che si diventa da santi: pietra fredda, ammutolita, che si impregna degli echi dei preganti e conserva quei segreti nelle vibrazioni del tempo.

"Ho fame."

Il disagio è scivolato via come la notte mentre l'alba si erge sulle cose del mondo.

"Ruberò ancora. Perché ho fame. Ma prometto di essere più buona. Lo giuro."

Incrocia le dita come le hanno insegnato. Si fa così quando si giura. È stata Carmela a farglielo vedere. Giulia aveva risposto piccata che non si giurava su niente, che *porta male*.

Non davanti alla Madonna, pensa Maria.

I passi di Giuseppina la distraggono.

È ora di rientrare. Di sicuro il Caporale se ne sarà accorta.

Ma ormai è fatta.

26

Germana abbassa gli occhi alle mani incrociate sulle gambe.

Suor Ilena è in piedi, guarda fuori dalla finestra la neve coprire i colori del mondo.

La lettera posata sulla scrivania l'hanno letta ad alta voce per essere certi della sua veridicità.

Se una come suor Ilena mancano le parole, Germana non osa nemmeno pensarle. Sapevano da tempo che le cose sarebbero cambiate. *Forse non ci saranno più bambini poveri da crescere.*

Il mondo cambia.

"Domani pomeriggio faremo una riunione con il resto del corpo insegnanti. Oggi ho molte cose da sbrigare, potete farlo al posto mio?"

"Certamente" le risponde suor Germana. "C'è dell'altro?"

Ilena si è fermata di fronte a un dipinto di Gesù. Ha gli occhi azzurri come i suoi. Dal petto del Cristo emerge un cuore puro, brillante, sembra volerlo donare a qualcuno. Quella figura le dona pace e tormento. Insieme. Pace perché ha fatto il possibile, e tormento perché ha creduto di poter salvare il Collegio dall'estinzione.

La Famiglia.

"No, Germana. Per ora è tutto. Vada pure."

Germana si alza in silenzio ed esce, chiudendo piano la porta.

27

Impronte sulla neve.

Si stropiccia le mani per scaldarle, mentre osserva infreddolita la scia lasciata alle spalle. Le cola il naso e se non farà presto dovrà pulirselo sul cappotto. Nonna Madia la rimprovera quando ci prova, dice che è una cosa sciocca che fanno i bambini più piccoli di lei.

Eppure, le viene di farlo, anche se è cresciuta. Si-sente-cresciuta.

"Ehi tu."

Maria vede due cose.

La prima, è un ragazzo con le mani in tasca che risale la strada che porta all'Olona. La seconda, mentre gira la testa nella direzione della voce, è Attilio Bugatti dietro al cancello, spezzato dalle sbarre che li separano. Deve averla seguita, perché quando è scappata dalla camera, dicendo che usava il bagno di servizio, lo aveva intravisto rientrare nell'ala riservata ai maschi.

I loro occhi si erano incrociati per un istante.

Occhi da civetta. Attenti. Pensierosi. Gli occhi da fesso di Attilio Bugatti. Spesso la fissa con la bocca semi-aperta come di fronte a una leccornia che non può gustare.

O forse è lo stupore che provano i ragazzi quando non sanno come reagire.

Quello è Riccardo. Il biondino. Non gli è andata giù la partita dell'anno scorso, lei, invece, ha dovuto dimenticare. È stato l'ultimo pallone che ha palleggiato.

Prima di rientrare al collegio ce n'era uno sgonfio tra l'erba del cortile delle Gescal. Lo aveva preso tra le mani, studiato le toppe per capire se fosse bucato o solamente malmesso. Molle. Non avrebbe fatto un rimbalzo. Così lo aveva scagliato con forza nel sacco della spazzatura.

Poi se ne era andata, dandogli le spalle.

Il biondino deve aver perso parecchio peso. Ha il viso scavato, sembra il reduce di una guerra invisibile. Le hanno detto che sono gente di buona famiglia ma sembra uno che non mangia da giorni. Ha la neve sui capelli, come forfora.

"Puttanella" le dice, quando è più vicino.

Dieci passi.

Lo sente tirare su col naso, pensa che anche lui sia raffreddato. Fa quel gesto, quello che nonna Madia gli avrebbe dato un buffetto sulle mani se lo avesse fatto di fronte a lei. Si pulisce il muco con il braccio.

Non ha voglia di parlargli. E non sa che significa la parola che ha usato. Quello che non le piace, è che lui ha ripreso ad avvicinarsi.

Riccardo sputa a terra, vicino ai propri piedi. Un viso grigio, sporco.

"Puttanella" ripete, quasi a un passo da lei.

Il cancello si muove, produce lo stesso rumore delle rotaie alle stazioni dei treni. Allora Riccardo vede gli occhi furiosi di Attilio Bugatti.

"Drogato, vattene da qui" strepita il compagno di classe, rivolto al biondino.

Un'altra parola che non conosce.

Attilio si getta su Riccardo. Cadono a terra. Gridano. Si tirano i capelli. Si dimenano così tanto che dalla chiesa esce persino padre Clemente. L'uomo corre ciondolando nella loro direzione, lamentando dolori a una gamba.

A Cinisi, ai ragazzi piacevano le scaramucce. Si davano buffetti feroci sulla nuca. Si spingevano. Fischiavano ogni ora e si rincorrevano per le piazze, sulle scalinate delle chiese. Litigavano, e poi era di nuovo *pace fatta*.

Riccardo esce dalla presa di Attilio e scappa risalendo la via.

Padre Clemente si para davanti a Bugatti per impedirgli di inseguire il biondino.

Il compagno di collegio di Maria, grida: "Drogato bastardo."

E c'è del sangue sulla neve. Una piccola macchia, come uno schizzo artistico su tela. Fugace. E Maria non sa come mai quel sangue le faccia tanto ribrezzo.

L'amore ai tempi di Maradona

28

Tutto ha inizio da qui.

****

1958 Litorale Ionico.

In gruppi di dieci sono arrivate al campo all'alba per iniziare il lavoro. Sette chilometri a piedi fin giù dalla montagna.

Oggi si fa la raccolta della liquirizia.

È passato il trattore, per l'aratura. Le donne camminano sul campo per strappare le radici dal terreno. Poi le sistemeranno in fasci trasportandole al centro di raccolta. Altre raccolgono la verdura di stagione che impileranno in grosse ceste e porteranno sulla testa in perfetto equilibrio fino alla rimessa del padrone: quattro chilometri sotto il sole cocente.

Ci sono tre uomini a coordinare i gruppi di donne, che sono almeno un centinaio, dipanate in diversi appezzamenti che fanno parte di un unico lotto privato.

Tra di loro c'è una giovane signora dagli occhi azzurro pastello, alta, con i capelli raccolti dietro la nuca. Quella mattina uno degli uomini le ha chiesto di seguire la raccolta della liquirizia. È abituata a gestire i gruppi e il padrone sa che può fidarsi.

Con una mano, lei, si leva il sudore dalla fronte.

"Uscite che si mangia" grida, parlando in dialetto stretto.

Ognuna si è portata il pranzo da casa. C'è pane e pomodori secchi ripiegati in fazzoletti di carta. Una moltitudine di mani si issano dalle buche, mostrando dita sporche di terra, unghie rotte o mancanti.

Un lavoro duro ma necessario.

"Comare Mia, aiutiamo Gena che non esce."

La donna è ingrassata nell'ultimo periodo, la verità è che il compagno l'ha abbandonata per andare a fare fortuna in America dopo che ha scoperto che era incinta. Mia sa cosa vuol dire, molte di loro hanno patito la stessa sorte.

La tirano su e, prendendo fiato, Genoveffa Marziale le ringrazia.

"Non venire domani" le dice Mia, seria.

"Ho bisogno di lavorare."

"Un piatto di minestra te lo possiamo dare anche noi. Quando nasce, poi torni a lavorare."

"Siete buona, comare Mia."

Gli uomini lanciano un fischio, è il richiamo ufficiale per la pausa.

Si muovono tutte sotto gli alberi, in silenzio.

Le donne si scambiano sguardi e gli uomini le scrutano con disinteresse bofonchiando tra di loro.

Mia riflette se sia il caso di andare a Milano. Il padrone le ha detto che anche lì c'è lavoro e un amico può farla capo squadra nella raccolta della verdura di stagione. Ci sono cascine ben più grandi e la paga è migliore.

Sospira. È da giorni che ci pensa. Ha tre figli da mantenere e un viaggio costa parecchio.

29

Dal 1985
Tre novembre. Stadio San Paolo.
Maradona contro Platinì. Punizione a due in area di rigore.
"Eraldo, passamela un pochino indietro."
"Diego, da qui non passa."
"Tu toccala e non preoccuparti…"
Qualcuno protesta.
"Vabbè tiro lo stesso, tanto gli faccio goal comunque."

***

Sedriano all'alba tace. Tacciono i campi immersi in una lieve foschia. Tace il cielo, segnato dalla scia immaginaria di uccelli in volo. La rugiada si adagia sull'erba. I cantieri riempiono di grigio silenzio i vuoti delle case. Uno spazzino cammina a testa bassa gettando pezzi di carta in un cesto nero. Tace pure lui.

Una luce. Poi diventano due. Le camere delle case del centro in un attimo si riempiono di chiacchiericcio e movimento.

Presto Sedriano si sveglia.

Il gallo canta (come al solito) la buon'ora.

Il mondo si risveglia al richiamo del giorno che reclama la propria gloria.

Barbara Zanca si è sposata due domeniche fa, ora è in viaggio.

Aldo, invece, ha trovato lavoro in banca, come Quadro.

Un anno fortunato per i due fratelli.

Lui aveva una fidanzata, finché entrare in certi ambienti l'ha cambiato. Una bella ragazza di Milano. Madia gli aveva detto che una così non la trovava più, che doveva tenersela stretta.

Amabile Zanca (chiamato Màbie dagli amici della Resistenza Veneta, molti anni prima, prima di dover scappare e farsi una nuova vita in Lombardia) si era limitato a una scrollata di spalle, perché sapeva che il mondo era pieno di donne. Anche se non lo ha mai ammesso, deve avere qualche figlio bastardo in giro per il Nord d'Italia. Cose che fa fare la guerra. Sue considerazioni. Pensieri. Ogni anno invecchia un po' di più ed è orgoglioso dei suoi capelli neri, anche se ha iniziato a perderli sui lati.

Madia li porta corti in una nuvola sospesa sopra la fronte, e sono di un grigio ardesia. Non le importa.

Alcune amiche del condominio hanno preso il vizio di farsi la tinta, li fanno rossi o di un biondo innaturale che non le piace.

Mettersi alla moda, come dicono loro. Se ne vengono in chiesa con la schiena dritta e la borsetta premuta contro il fianco per dar mostra del nuovo *look*, che tra l'altro è una parola che non capisce.

Lei tiene ancora la camera da letto come fosse un altarino, ci ha messo le immagini di Gesù, quello della versione americana (biondo e con gli occhi azzurri), perché è così che se lo immagina.

Della Madonna, invece, ha alcune candele, quadri e foto che la ritraggono con in grembo il bambin Gesù. E poi in ogni stanza ha appeso, sopra gli ingressi, una croce, perché è meglio stare protetti con i tempi che corrono.

Anche se le sue amiche vanno a messa la domenica, si sono stancate degli altarini religiosi. Spendono il proprio salario comprando televisori per addormentarsi quando è sera, perché i programmi televisivi sono meglio del sesso senza sapore, dei mariti che ingrassano e fingono di aspettare figli immaginari all'uscita delle scuole medie per osservare le nuove generazioni.

Madia le chiama *perversioni* e ringrazia Dio che il suo Màbie preferisca rimbambirsi con i programmi sportivi e i quiz di Mike Bongiorno, piuttosto che sbirciare la gioventù che cresce spensierata.

E poi, cosa potrebbe mai combinare con una gamba che non lo rende funzionale?

Spesso Madia ha la sensazione che lui attenda la propria morte. Forse, adesso che Barbara si è sposata e il figlio lavora per un'importante banca di Milano, sente di non aver più alcuno scopo nella vita.

Un giorno l'ha sentito dire: *"Quello che ho potuto fare per i miei figli, l'ho fatto. Sono a posto con la coscienza."*

A casa sono soli. È un mezzogiorno caldo. Agosto è scivolato via dimenticandosi dell'afa.

L'odore dello zafferano si diffonde sino alla sala. Madia esce dalla cucina con in mano una pentola rotonda di ceramica fumante ripiena di riso giallo. Amabile si è fatto aiutare a sedersi a tavola, intento a sistemarsi il bavaglino sotto il collo.

"Maria, prendi il formaggio che me lo sono dimenticato" le chiede Madia.

"Vado" le risponde, mentre apre la bottiglia di vino per il bicchiere vuoto di nonno Amabile.

Lui le fa un gesto con la mano per dirle di fermarsi, che va bene così.

Madia appoggia la ceramica in un angolo del tavolo e con un grosso cucchiaio sporziona il riso nei piatti.

Di sbieco intravede la schiena di Maria e nota quanto sia cresciuta; le gambe si sono fatte lunghe, e i polpacci duri come sassi. D'altra parte, pensa, non fa altro che girare in bici o camminare per interi pomeriggi.

Una così, abituata al movimento, non può che stare in forma.

Oltre all'acqua e al vino, ci sono le patate condite con olio, sale e prezzemolo.

"Ecco il formaggio" dice.

"Ringraziamo il Signore per questo pasto."

"Grazie" fa Maria, congiungendo le mani di fronte a sé.

Amabile tace, non gli interessa la religione, ha smesso di credere in Dio dopo gli anni della guerra, però mai una volta si è permesso di criticare la fede di Madia in sua presenza. Gli sfoghi avevano una sede ben precisa, il Circolino di Sedriano, insieme agli amici, a bere vino e bestemmiare fino a perdere la voce, ma quello scorcio di vita risaliva ormai a un decennio prima.

"Attenta che scotta" le dice.

Maria è una che mangia veloce, è vorace.

Madia la rimprovera spesso, anche se la nipote non le dà mai retta.

"Non scotta, nonna."

Alza gli occhi verso Madia e la donna si accorge che ogni giorno di più quelle palle nocciola, incastonate nella forma delle mandorle, brillano come il mare quando riflette la luna della sera. Si stupisce che non abbia ancora trovato un ragazzo, poi però pensa che con il *caratterino* che si ritrova, non dov'essere facile.

Agli uomini interessano le donne docili e servizievoli.

"Non ho capito, Maria."

Amabile ha sentito e tace. Maria ha parlato a bassa voce come se non volesse dar risalto alla notizia.

"Nonna, ho detto che lunedì inizio qui, alla Borletti."

"Davvero?"

"Mi hai detto tu che stanno assumendo. Così sono andata lì e ho fatto richiesta. Non sei contenta?"

"Sì." Mette giù la forchetta e fissa Maria, ha l'impressione di accorgersi solamente ora che si è fatta donna.

"Il medico cosa ha detto?"

"Che c'entra il medico?"

"Dovrai fare una visita di controllo. Se *scoprono* quello che hai, potrebbero decidere di non prenderti."

Amabile continua a mangiare, anche se vorrebbe sapere il segreto che le lega da anni, e si ricorda persino quando è iniziato (era il Natale del 1981), sa che certe cose riguardano le donne e non è giusto che si intrometta. E poi se fosse grave, Madia glielo direbbe.

"Non voglio prendere quelle pastiglie. L'ultima volta hanno fatto peggio. Ma non sei contenta?"

"Sì. L'importante è che sei contenta tu."

"Certo che sono contenta. Voglio lavorare. Voglio essere indipendente."

Amabile adesso la guarda come se la vedesse per la prima volta.

"Non farai parte di quelle lì?"

"Quelle lì chi, nonno? Io non faccio *parte* di niente."

"Donne emancipate le chiamano. Pensa un po'."

Maria guarda nonna e lei le fa un gesto con la faccia come a dire: fai finta di nulla, ha le sue idee.

"Sentite, a scuola non ci voglio andare. E non voglio sentire Aldo che si arrabbia perché invece di studiare vado in bici. Lavorerò come avete fatto voi e come fanno gli altri."

Fa un boccone e poi scoppia a ridere.

"Ora è freddo, nonna."

Madia tende un sorriso per farle piacere.

"Forse hai ragione tu. Quello è un buon posto. Se ti prendono, ti faranno un contratto a vita. Poi ti sposi e ringraziando Dio sarai felice."

"Sono felice anche adesso, nonna."

"No che non lo sei. Ti manca qualcosa."

Maria non ribatte, ha già sentito quel discorso e non ne vuole sapere.

L'anno scorso a scuola c'era un tipo che ha cercato in tutti i modi di corteggiarla e alla fine si è beccato un ceffone che lo ha fatto piangere.

Gli uomini le interessano però, a volte, li trova viscidi.

Ultimamente, ha iniziato a fare dei sogni strani, e si tocca lì sotto per aumentare il piacere. E nonna Madia ha ragione, è tempo di trovarsi un uomo.

Il fatto è che ci vorrebbe qualcuno che non la faccia pensare ad altro che a lui, semmai una cosa del genere per lei sia possibile. E se non fosse come pensa, un uomo dovrebbe concederle prima la sua forza e poi il suo desiderio.

"Quindi, cominci lunedì?"

"Sì."

E se tutto andrà bene, quella sera festeggerà al bar che hanno aperto in primavera.

30

Aldo non ha perso il vizio di incurvare le spalle. Madia ogni volta gli ripete di mettersi dritto, che sennò da una certa età resta *gobbo a vita*.

"Mamma non ci posso fare niente, mi viene da stare così."

Appoggia la valigetta sul divano e si siede lì per rilassarsi un attimo.

Amabile Zanca lo osserva mentre si accende la pipa, un vizio dai tempi del circolino.

"Io esco."

Madia apre la porta ma Aldo le chiede che fine ha fatto Maria. Di solito è fuori fino alle sei e poi rientra per dare una mano in cucina. Controlla l'orologio appeso in un angolo alto del muro e si stupisce di quanto abbia fatto tardi anche oggi.

"Non te lo ha detto?"

"No. Cosa doveva dirmi?" chiede perplesso Aldo.

Amabile butta fuori il fumo e risponde prima di Madia.

"Sai la Borletti?"

"Sì."

"Sta là."

"Io scendo un attimo" prosegue Madia, "voi parlate."

"Papà?"

Amabile aspira e poi rigetta. La pipa lo tranquillizza, non gli fa pensare alla gamba. Ai tempi del circolino si era convinto che il lavoro avrebbe rimesso a posto i suoi legamenti. Tuttavia, ha imparato che nella vita si può mettere a posto l'impensabile e inevitabilmente lasciare indietro qualcosa, come una gamba.

"Non c'è molto da dire, Aldo. Quella ha fatto bene. Era ora che si dava da fare, così porta qualche soldo in più in casa."

"Sono contento per lei."

"Vuole emanciparsi. Ma dove andremo a finire?"

"Papà, la guerra è finita. Il mondo è andato avanti."

"Sì, sì, questa l'ho sentita già. Adesso le chiamano le famiglie allargate. Allargate. Ma ci pensi?"

"Di chi stai parlando?" Riprende con una mano la valigetta per prepararsi a sfuggire ai discorsi di suo padre.

"Ricordati che le donne sono tutte puttane."

Aldo si alza. "Va bene, papà, me lo avrai ripetuto cento volte. Ma se la pensi così, significa che lo è anche mamma."

"Ah no! Lei mi ha sempre portato rispetto fuori. Ma qui", e con un dito si tasta la tempia destra, "qui non ne sono sicuro."

"Cosa ha cucinato?", e mentre glielo chiede si avvia in cucina. "Sento odore di polipo al limone."

"Ha fatto anche il puree di patate."

Il tono è di sconforto, ormai è abituato alla cucina della signora Fortunata, le patate sono la sua specialità.

"Vado a farmi una doccia e arrivo."

Nel garage, la bici giace appoggiata sul proprio cavalletto, immersa in un'oscurità di cui prima non si è accorta.

Adesso è grande.

Il tempo passa.

Sono tutte cose che si dice (lei) nella mente, ma in realtà le sfuggono. Maria, in fondo, ce l'ha avuta sotto il naso ogni giorno, non è più solamente una figlia acquisita.

Non ha ancora trovato il coraggio di dirle della sua vera madre, di quella bicicletta che le ha regalato nel lontano Natale del 1981.

"Ti fai vedere ora dopo tutti questi anni?", l'aveva rimproverata.

Una donna strana, sua figlia, *non è mai stata come le altre*. Se di mezzo non ci fosse stata la parentela, avrebbe anche potuto dimenticarla. Impossibile accettare in alcun modo il suo stile di vita, le sue scelte, e soprattutto il fatto di non essersi mai presa la responsabilità di Maria.

Tocca il sellino e, d'improvviso, pensa che ormai quella bici sia troppo piccola. E le sembra di vedere il sorriso di Maria ai tempi del collegio mentre girava per le Gescal gridando come una cornacchia, non si fermava neppure con la neve.

Amabile le ha insegnato a smontarla e a rimettere su la catena. Aldo, qualche volta, l'accompagnava per la campagna di Sedriano: anche se una buona fetta, poi, se l'è portata via l'edilizia.

Adesso che lavora, forse se ne comprerà una nuova.

Indipendenza.

Parole strane usate in tempi di pace, o almeno lo sono per gli italiani. Le guerre interne iniziano a non fare più scalpore anche se le bombe non fanno presagire un futuro migliore per la nazione.

Vorrebbe tenerla ancora un po' bambina, ma quando oggi è rientrata da lavoro, con la fronte sudata e l'allegria stampata sul viso, ha capito che forse Maria l'innocenza l'ha perduta il giorno che è partita da Cinisi. Al collegio lei è cambiata, ha trovato delle amiche, anche se le suore spesso sono state costrette a metterla in punizione.

Tante volte, Maria, le ha pianto contro il petto pregandola di riportarla a casa, che avrebbe lavorato per aiutarli.

Si dice che sarà felice per lei, dopotutto se lo merita.

"Esco con Grazia."

"E chi è Grazia?"

"Graziella, quella che abita nell'altro palazzo."

"Ah sì, Graziella. E da quando vi frequentate?"

"Lei lavora lì da aprile. Ci siamo parlate in questi giorni. Volevo sapere com'era il lavoro."

"Torni per cena?"

"Non lo so. Ha detto che se mi prendevano, mi offriva da bere."

Richiude il garage e poi si accorge di una figura camminare verso di lei. Avanza lungo il corridoio dei box, leggera come l'aria, un dipinto di rara bellezza esposto in una galleria grigia e maleodorante.

Sta diventando donna.

Un po' prima.

Graziella è rossa di capelli e si vanta di essere una delle poche sulla terra.

"Dicono che ci estingueremo tra duecento anni."

Maria non sa nemmeno che significa il discorso che sta facendo. Fa finta di ascoltarla ma in realtà guarda i clienti del bar mentre bevono e ridono. Ha desiderato tanto stare lì, imitare quella strana spensieratezza, per questo ride a ogni battutaccia dell'amica anche se ascolta poco meno della metà dei suoi vaneggiamenti.

E poi ci sono ragazzi che non ha mai visto prima, altri, invece, che talvolta incrocia mentre scorrazza in bici tra le vie di Sedriano. Ragazzi dall'atteggiamento fiero, dominante, come se il locale appartenesse a loro, e sa che non è così perché è una delle poche cose che ha ascoltato dalla bocca di Grazia.

Calabresi.

Ecco cosa è diventata Sedriano, *un covo* di calabresi. Famiglie venute dal sud per cercare fortuna.

Nonna Madia le ha raccontato che fino a cinque anni fa, le terre venivano ancora lavorate da schiere di donne meridionali.

Così mentre guarda quei *boys* bere bollicine e darsi pacche sulle spalle, vestiti come quelli della *febbre del sabato sera*, si chiede se qualche loro madre è stata una delle tante che hanno raccolto gli ortaggi a Sedriano. I loro gesti le ricordano i ragazzi a Cinisi. Un certo accento, anche se i *boys* calabresi ce l'hanno più marcato, come se buttassero fuori rospi dalla gola o qualche acca di troppo.

"Lasciali perdere, stanno sempre tra di loro. E saranno sicuramente fidanzati o sposati. Questi lo fanno presto" le dice Graziella, muovendo la mano a ventaglio di fronte al viso dell'amica.

Soltanto ora Maria si accorge del tempo che è passato. Grazia è un torrente in piena, dialoga come se avesse un vocabolario infinito di parole, però le sta simpatica.

Ognuno è fatto a suo modo. Parole di nonna Madia.

E poi Grazia ha intenzione di comprarsi una macchina, così potrà *scarrozzarla* in giro.

"Sembrano giovani per essere già sposati."

"Ma tu che ne capisci? Quanti anni hai?"

"Sedici compiuti."

"Sei già vecchia per loro. Questi si sposano a quindici anni."

Vorrebbe dirle di suo padre ma sono discorsi che non ha mai sollevato con estranei, se non una volta con una cara amica del collegio. E si stupisce nel pensare a lei proprio in quel momento.

Carmela.

Avevano l'abitudine di camminare mano nella mano, dondolando le braccia. Carmela parlava tanto, e di solito le raccontava cosa facevano le altre; restava muta quando lo stomaco brontolava i morsi della fame, allora carmela si piegava in avanti con le mani accoccolate contro il ventre, come se premendolo potesse soffrire meno.

Nel vocabolario di Grazia, invece, il silenzio non è una nemmeno un'opzione.

Silenzio: stato di baccano assoluto.

Graziella viene da Brescia, anche se ancora Maria non ha inteso che ci fa una come lei alle Gescal. Storie strane. Non ha fatto altro che raccontarle dei suoi genitori scesi a Milano per stare vicino a una certa sorella, ma non ricorda le intrinseche ragioni sebbene lei glielo ripeta almeno una volta al giorno. È che la voce stridula di Graziella ha il potere di farla dissociare del tutto dai suoi discorsi.

"E poi si sa" continua, "ogni tanto si vedono alle Gescal. Hanno amici ovunque, però si frequentano di più tra di loro."

Maria si gira e uno dei ragazzi *calabresi* le fa l'occhiolino.

"Li conosco tutti io, sai?"

"Ah sì?"

“Non bene, bene. Di vista. Certe volte mio fratello esce con loro.”

Graziella sembra non capire quel mondo meridionale.

Maria si ricorda gli atteggiamenti di nonno Antonio quando incontrava quelli che lui definiva *“gli stranieri.”* Gente di fuori, insomma, che veniva da Milano, da Roma. Si sedevano in soggiorno, chiudevano le porte, e parlavano per ore tra un pacchetto di sigarette, il vino e chilometri di caffè. Quelle poche volte che succedeva, lei scappava giù al mare. Senza la supervisione di Cesare e nonno Antonio, Mariuccia non riusciva a contenerla. Quando rientrava dalla spiaggia, vedeva quei signorotti con le valigette, stringere la mano di suo padre che restava dritto e non aveva mai un capello fuori posto.

“È tardi, Maria. Poi tua nonna se la prende con me.”

“Tu vai, Graziella. Io resto qui ancora un po’.”

“Sicura?”

Maria annuisce, le brillano gli occhi per via della birra che ha dovuto lasciare a metà. Non è abituata all’alcol. Grazia ne ha bevute due e sembra non aver patito alcun effetto collaterale.

“Finisco questa e poi me ne torno, tranquilla.”

“No, dai Maria, vieni via con me. E se incontro tua nonna, che le dico?”

“Dille che sto arrivando, che mi sono fermata al canale. Lei ti crederà.”

“Al canale?” le chiede, mentre si alza e si aggiusta la borsetta sotto il braccio.

“Non sei mai stata al canale?”

“Sì, lo so dove sta *il canale*. Ma tu che ci vai a fare là?”

“Puccio i piedi nell’acqua.”

“Sta attenta che è pericoloso. Un bambino ci è morto *nel canale*.”

“Ma io non sono un bambino.”

“Fa lo stesso”, e le accarezza il viso, “per me sei come una sorellina. Mi preoccupo. Sei sicura, quindi?”

“Finisco questa e vengo, te lo prometto.”

Graziella non dice altro, si guarda intorno con aria insoddisfatta in cerca di un potenziale pericolo. La maggior parte della clientela è maschile, ma suo fratello le ha assicurato che il bar del centro *è un posto sicuro*. È sicuro perché ci sono loro, i calabresi, gente che non vuole casini nei locali che frequentano.

Quando Graziella va via, Maria riprende a sorseggiare la birra; è disgustosa ma non ha voglia di tornarsene a casa, di solito a quell'ora aiuta nonna Fortunata con la cena. Lo sa che se arriverà troppo tardi, le farà domande, inizierà a spiegarle che deve *auto-educarsi*, per essere una brava moglie, in futuro.

Oggi ha completato il suo primo giorno di lavoro alla Borletti. Pensava che si sarebbe persa in mezzo a quel labirinto di corridoi, alla moltitudine di operai che ci lavorano.

"Posso?"

Il cuore in un colpo picchia contro la sua cassa toracica come se volesse uscire dal petto.

Gira lentamente la testa sulla destra e si accorge che qualcuno parla alla donna seduta alle sue spalle. Le era parso che uno di quei ragazzi si fosse avvicinato per provarci.

Presa dallo spasmo, butta giù l'ultimo sorso di birra e si alza dalla sedia. Grazia ha lasciato la birra sul tavolo ma Maria non è abituata ad andarsene senza sparecchiare. Così, non trovando responso nel mondo che la circonda, fa la cosa che le viene più spontanea: prende i due bicchieri e li porta al bancone.

"Mi scusi" dice, rivolgendosi a una ragazza indaffarata a lavare alcuni piatti in un piccolo lavabo.

Quella annuisce mostrandole un debole sorriso.

"Li lascio qui?"

"Sì."

"E il piatto?"

"Quale piatto?"

"Quello lì", e con la mano le indica il tavolo dove era seduta con Graziella.

"Ci pensiamo noi alla pulizia dei tavoli. Comunque, grazie. È la prima volta che ci capita."

Maria non sa che dire e quando si sposta nota che il ragazzo dell'occhiolino la fissa e con una mano solleva il calice di champagne per salutarla. Un tipo alto, abbronzato, con un paio di occhiali da vista appoggiati sul naso.

Lei arrossisce e va via, abbassando la testa per permettere ai capelli di nasconderle il viso.

Quando è fuori, l'aria le sembra così fresca sulla pelle da gelarla.

31

1977

Nicola vorrebbe protestare. Non lo fa. Guarda la compagna sperando che legga i suoi occhi inquieti, colmi di risentimento.

Quella storia va avanti da troppo tempo e, adesso che non c'è la Signora, lei ha il dovere di dire alla moglie di Ezio che forse è arrivato il momento di dare una mano in casa.

Come suo solito, Luce Franceschini è seduta sul divano, pallida, una figura esile con le guance scavate, graziosa da vedere ma poco amabile. Tuttavia, il marito l'adora come fosse la Madonna di Lourdes.

E guai a dirle una parola fuori posto, *la Signora potrebbe arrabbiarsi.*

Rosalina lancia una breve occhiata a Nicola mentre si dirige in cucina per mettere su l'acqua per la pasta. È ansiosa perché lui le ha dato l'ultimatum: o dice a Luce di aiutarli in casa o lui se ne va.

Non ha altra scelta, anche se è la moglie di suo fratello Ezio, Nicola è il suo uomo.

La verità è che nessuno riesce ad accettare quella situazione, però sua madre, la Signora, detta legge: farebbe qualsiasi cosa per i propri figli, soprattutto per Ezio che è il primo.

Un mese addietro, Rosalina aveva già dovuto affrontare un'inevitabile decisione, dicendo a sua madre che non sarebbe più andata a lavorare ai campi, che dopo le otto ore alla Parvis non poteva sostenere un altro impegno.

E poi ogni volta che Luce ha un problema, c'è da correre a casa per assisterla, cucinare, stirare anche i suoi vestiti.

Una milanese viziata poco avvezza alla socialità.

Salvatore aveva provato a spingere suo fratello Ezio a trovarsi una donna di Vitrusi, quanto meno del meridione, che erano *più servizievoli e forti*, ma anche lui aveva fallito nel fargli cambiare idea.

Eppure, Salvatore è una istituzione in famiglia. Rosalina è convinta che se abitasse a Sedriano, come tutti loro, Ezio avrebbe seguito i suoi consigli.

Prende un coperchio e lo pone sulla pentola grigia ricolma d'acqua. Sua madre forse è ancora al campo o da qualche altra parte a sbrigare delle commissioni. C'è poco tempo, comunque.

Ezio è andato in bagno. Adesso può uscire dalla cucina. Gli occhi di Luce saettano nella sua direzione come se avessero colto un lampo.

Nicola è seduto di fronte alla televisione, al tavolo della cena, fa finta di nulla ma i suoi sensi sono in allerta.

Rosalina prende aria nei polmoni e cerca tra mille parole una frase che non appaia troppo dura. Prima di Nicola non ha mai disubbidito alle disposizioni di sua madre, ma una vita così, a curarsi persino dei figli degli altri, non è più sostenibile. Un anno a fare due lavori e a curarsi della piccola Rita, che è innocente, che non sa con quale amore viene accudita. La madre (Luce), la tiene vicina in una culla senza degnarle di sguardi, comoda sul divano con una rivista di cucito tra le mani.

Così Rosalina si avvicina alla culla, gioca con la bambina. Rita guarda Rosalina, gioiosa, ha soltanto sei mesi ma ha il viso vispo e brillante.

"Perché non mi dai una mano in cucina?" domanda d'un fiato a Luce.

La donna getta la rivista sul lato sgombro del divano e con fare altezzoso le risponde: "Eh no! Sono ospite io."

Rosalina la osserva mentre sente il sangue defluire dalla testa alle braccia e un sentimento di disgusto dallo stomaco alla fronte.

Luce ha occhi piccoli, capelli neri acconciati corti che le coprono appena le orecchie.

"Ma insomma, non vuoi fare mai niente. Ti chiedo solo di aiutarmi un attimo in cucina."

Proprio in quel momento Ezio esce dal bagno, si sta aggiustando i calzoni perché non ha fatto in tempo a tirare su la cerniera lampo.

Nicola abbassa il volume della televisione pronto a intervenire.

"Io non mi muovo da qui. Mi avete ospitata voi", e dicendo questo incrocia le mani sulle gambe cercando l'approvazione di Ezio.

"Che sta succedendo?" chiede il marito di Luce.

Rosalina si rivolge al fratello con imbarazzo, prova una morsa al cuore, un misto di vergogna e senso di colpa. Alle spalle di Ezio scorge il viso serio e marmoreo di Nicola che la sostiene.

"Io sono stanca. Non fate niente tutto il giorno e se vi chiedo una mano perché sono stanca, mi parlate come se vi avessi insultato."

La porta si apre. È lei.

La Signora.

È bastata una frazione di secondo per stimolare il silenzio. L'aria cambia. Persino Nicola prova un brivido nel vederla.

Una donna alta. Spalle dritte. Occhi pieni di cielo e sale. Le sue labbra sono tese, arcigne, sigillate con il fuoco. Basta la sua espressione per far intendere ai presenti che ha compreso tutto. Li ha sentiti dalle scale e per arrivare in tempo si è messa a fare due gradini alla volta.

Viene da una dura giornata e le ginocchia le fanno male.

Sua figlia ha rinunciato al doppio lavoro, però lei non può permetterselo. Quel fatto glielo ha perdonato, in fondo ha trovato un compagno che le sta accanto e può mantenerla, non come lei che gli uomini li ha fatti scappare.

Tutti la guardano in attesa della sua sentenza.

Luce si alza con le mani premute sulle cosce spezzando il silenzio.

"Sua figlia è proprio una maleducata."

E Rosalina lo sa che se mamma non amasse Ezio più di lei e Salvatore, più della sua stessa vita, l'avrebbe già scomunicata; ma non può fare questo sgarbo al fratello maggiore. Negli anni, la Signora ha imparato a sopportare con fierezza la maleducazione della Gente del Nord, non le importa se talvolta sono scortesi o bruschi, lei deve prendersi cura dei suoi figli, dei nipotini, la piccola Rita non ha colpe se ha una madre debole e petulante.

Glielo ha ripetuto mille volte a Rosalina che *deve* avere pazienza, che *tutto passa*, che quando Ezio troverà lavoro si sistemerà anche lui.

Così dice solo una parola.

"Rosalì", e poi inclina la testa per farle capire di seguirla in camera da letto.

32

Di nuovo nel 1981.

"E se ti becca tuo fratello?"

Graziella alza le spalle, mastica una Big Babol e a quanto pare è l'unica cosa che le blocca la parola.

Con un colpo secco avvia il motore.

Il Ciclone della Garelli, nero con i cerchi gialli, tossisce fumo a intervalli irregolari: suo fratello Federico l'aveva ritirato da una fabbrica di Sesto San Giovanni. Un tubolare che ha truccato con l'aiuto di un paio di amici meccanici.

Salta su e passa a Maria l'unico casco disponibile.

"Dai, muoviti" le dice, vedendola imbambolata. "So che hai voglia di farti un giro con me."

"Se mi vede Aldo, lo spiffera a nonna."

Entrambe alzano gli occhi alla palazzina che svetta sopra il labirinto dei garage. Dal balcone della cucina non si affaccia nessuno.

"Se ti vede, dai la colpa a me. Tanto sa come sono fatta."

Il suo sorrisino è ambiguo, Maria nota che c'è della malizia.

Una volta ha sentito Barbara spettegolare con nonna Madia a proposito di una passeggiata tra Aldo e Graziella. Solo che lui non ha mai dato motivo di far pensare che tra di loro ci fosse stato qualcosa di più di un semplice scambio di battute. E poi, Grazia è una che parla con chiunque. Si veste come quella cantante che va di moda di cui non ricorda mai il nome ma è stramba e canta con una voce squillante che le piace da matti.

Se non sono italiani, per Maria quelli di fuori sono tutti Americani.

Infila il caschetto e si sistema sul sellino.

"Tieniti forte."

"Vai piano, per favore."

L'amica si muove, cerca qualcosa nella borsetta che tiene premuta contro il fianco, poi lo trova e glielo mostra.

"Oddio, e che ci vuoi fare?"

"Va a pile. Mettiamo un po' di musica, così è più eccitante."

"Perché non ti trovi un uomo se vuoi qualcosa di eccitante."

"Ne trovo quanti ne voglio, ma sono *mosci*."

Maria ha un pensiero che decide di tenersi per sé. A lei non sembra che quelli del bar siano *mosci*.

La musica cresce, e il ritmo ricorda all'istante che a comandare in Italia è la musica di Baglioni. Quando il motorino scatta sulla rampa di uscita, musica e motore sembrano due componenti della stessa canzone.

I capelli rossi di Graziella svolazzano all'indietro, seguiti dalla sua voce che grida la propria voglia di libertà.

Il caldo si appiccica ancora alla pelle.

"Canta con me, Maria."

"Non la conosco."

"Allora ascoltala."

Poi il motorino è in strada, e proprio in quel momento si affaccia Aldo dal balcone.

E piove sui capelli e sopra i tavolini dei caffè all'aperto.
E ti domandi incerto chi sei tu... sei tu.

"Mi piace questa canzone" le dice, però Graziella non la sente, come le due ruote trovano il rettilineo, lei accelera e si involano verso la campagna di Sedriano. L'aria le travolge e la strada assomiglia a uno spartito con le note di *La vita è adesso*. Le pause sono le curve e i cambi di ritmo gli incroci senza semaforo.

"Canta con me, Maria" le grida di nuovo, ben sapendo che lei non conosce una nota di quella canzone.

"Canta, canta, canta!"

"Vai più piano, Grazié."

Il Garelli è una freccia che perfora lo spazio. I campi sbiadiscono, diventano istantanee sfocate di foto fatte in movimento. E l'aria fresca del mattino pare densa come l'acqua.

Maria, con una mano, scosta dalla faccia i capelli dell'amica, che, come tentacoli, cercano i suoi occhi, le labbra, e sembrano allo stesso tempo le estensioni vocali della voce stridula di Graziella, che non teme la velocità o l'assenza di controllo.

Maria, invece, vorrebbe non dover lottare con i capelli di Graziella ma prestare maggior attenzione alla strada. Eppure, i ragazzi a Cinisi scappavano sui motorini anche in tre e senza casco, dovrebbe sapere come ci si sente, quel brivido che non sospetta il dolore e né la morte; sino a quel momento, non era mai stato un pensiero a cui dover prestare attenzione.

E musi di bambini contro i vetri e prati che si lisciano come gattini
e stelle che si appiccicano ai lampioni, milioni.
Mentre ti chiederai dove sei tu… sei tu.

Graziella non si fermerà e sarà l'ultima volta. Non è una che si sa controllare. Non si è nemmeno fermata allo stop.

"Maria."

"Che vuoi?"

"*La vita è adesso.*"

Da poco hanno completato un piccolo laghetto in mezzo al verde. Un bel posto, Maria c'è stata più di una volta lì, in bici.

La marmitta del Garelli è bollente e inquina l'aria intorno a loro.

Maria si allontana perché tra le fronde intravede il cerchio d'acqua. Un signore le saluta, è il custode, lo conosce: lui sa che non è una che fa casino.

Graziella lega un catenaccio alla ruota del motorino e raggiunge l'amica che si è avviata al boschetto.

"Che hai?"

"Niente. Ma che ci sarà di tanto speciale in questo posto?"

Maria le indica un salice piangente che si riversa per metà sullo specchio d'acqua del laghetto. Ce ne sono diversi però lei vuole avvicinarsi a quello, in un punto isolato, dove nessuno po' sentirle.

C'è un circolino lì, e talvolta gli anziani che lo frequentano vengono a pescare.

Graziella sbuffa, non è una che ama la natura. Mastica l'ennesima cicca e con un dito si arriccia i capelli guardando le cose intorno con aria disinteressata. Non vuole dirlo a Maria, ma è già stata lì con un ragazzo, non sono arrivati fino al lago perché dopo aver scavalcato la recinzione si sono buttati a terra sull'erba appena irrigata. Non avrebbe voluto farlo, ma il tipo ha insistito ed è tornata a casa con i vestiti sporchi di terra.

Invidia Maria perché è tanto spensierata, tuttavia il lavoro la cambierà presto. *Il lavoro cambia le persone.* Adesso è appena passato un mese e ha già una corte di uomini che vorrebbero metterle le mani addosso.

Era innocente anche lei quando all'inizio.

Maria forse se la caverà, non è una che dà troppa confidenza ai maschi. Lei sembra interessata ad un altro tipo di uomo, probabilmente, pensa, è perché viene dal sud. Si passano un solo anno eppure, tante volte, Maria ragiona meglio di lei.

Il fatto che l'abbia portata lì le fa pensare che una parte dell'amica sia rimasta pura, selvaggia, qualcosa da proteggere. La vede un po' come una sorellina mancata ma, presto o tardi, farà anche lei i conti con gli uomini.

Raggiunto il salice, la osserva sedersi a terra per far penzolare i piedi sul bordo del laghetto. L'acqua sta a un paio di metri sotto, non c'è rischio di bagnarsi. Graziella decide di imitarla. Con la punta delle dita, controlla la terra per assicurarsi di non sporcarsi, ma lì è asciutto e secco.

Maria mira l'orizzonte con il volto piegato all'insù, e pare voglia respirare ogni particella d'aria che l'avvolge.

Graziella continua a osservare quell'ambigua spensieratezza decidendo di assecondare l'amica. Chiude gli occhi e inspira profondamente.

Lo specchio d'acqua, adesso, riflette i loro piedi. Poco oltre la riva, affiorano decine di pesci di taglie e colori differenti. In lontananza un cigno avanza solitario lungo il bordo, scrutando la zona. All'altro capo, diversi uccelli hanno preso il volo tra gli alberi disegnando un'onda nel cielo.

"Che ci vieni a fare qui, Maria?" le chiede, riaprendo gli occhi.

È difficile per lei restare in silenzio. A casa il padre e i fratelli le dicono di stare zitta, che nessuno vuole sentire i suoi ragionamenti, così quando esce si sfoga. Persino sua madre tace. Forse è per questo che odia gli uomini. L'unica cosa che le interessa è il sesso. Da quando lo ha scoperto sente di non poterne fare a meno.

"Per pensare."

"Non ho capito, non riesci a pensare in casa? O magari quando giri in bici dalle tue parti?"

"Ma qui è diverso."

"Va bene, facciamo così. Di solito sono io quella che parla e parla, questa volta però dici qualcosa tu, così invertiamo i ruoli, ci stai?"

Maria la guarda, un po' confusa.

"Che cosa dovrei dire?"

"Che ne so! Qualcosa."

Apre la bocca per rispondere e si accorge che è difficile, non sa da dove iniziare o quale argomento sollevare.

"Il lavoro mi piace."

L'amica ride piegandosi in avanti, la cicca le vola dalla bocca scomparendo nell'acqua.

"Cosa?"

"No, Maria, tu non puoi farmi questo", e continua a ridere, coprendosi la bocca con una mano per non sputare qualcos'altro. "A nessuno piace lavorare. Dimmi quello che senti veramente, non essere così rigida con te stessa. Lasciati andare."

“Non lo so fare.”

“Allora ripeti quello che ti dico io.”

“E cosa dovrei dire?”

“Ripeti questo: il lavoro mi fa proprio schifo.”

“Ma non è vero.”

Graziella ride, non ce la fa a trattenersi. Adesso le mani sono incrociate sull’addome per frenare l’ilarità.

“Sei troppo forte, davvero.”

Maria le sorride. Inclina la testa e dice: “Hai ragione, il lavoro mi fa schifo, ma almeno ho una paga e sono libera.”

D’un colpo Graziella trattiene il fiato.

“E adesso che cosa ho detto di sbagliato?”

“Libera?”

“Nel senso che posso comprarmi quello che voglio.”

“E cosa vuoi, Maria?”

Prima scrolla la testa e poi cerca di dirle qualcosa, senza riuscirci.

“Ecco, lo vedi? Non sei libera.”

Tra poco è mezzogiorno e Maria deve aiutare nonna Madia. Hanno fatto il giro del laghetto e ora sono tornate al Garelli.

“Ci salgo solamente se vai piano.”

Graziella mastica la terza cicca della mattinata e le conferma che andrà piano, quel giro a piedi l’ha stancata. “Non sono abituata a queste cose.”

“Sono contenta che tu sia venuta qui con me.”

“Ma non ci contare troppo, odio i moscerini e ancor di più le zanzare. Guarda qui”, e le mostra il braccio segnato da alcune punture. “Mi pruderà per giorni.”

Quando arrivano alle Gescal, a Graziella batte il cuore a mille. Quella mattina, stranamente, c’è soltanto sua madre e sa che lei non dirà nulla al marito, perché di litigate ne ha *fin sopra i capelli*. Si limiterà a rimproverarla e, magari, le sfuggirà un ceffone, ma poi sarà finita lì.

Conosce sua madre. Più di una volta hanno pianto in bagno confidandosi che se avessero i soldi andrebbero a vivere in montagna, oppure sarebbero tornate a Brescia dai nonni.

Mentre sale le scale, Maria sente che la porta al quarto piano si apre. Non ha preso l'ascensore perché ci avrebbe messo meno tempo e lei vuole temporeggiare. Dal rumore dei passi, capisce che ad attenderla c'è Aldo.

Nonna Madia non l'ha mai rimproverato, dice che è un uomo e che ci deve pensare suo padre a crescerlo.

Barbara ha vissuto da privilegiata: Amabile Zanca non le ha quasi mai rivolto la parola. Una sera, Maria, lo ha sentito dire che *in verità* non ha una preferenza, che entrambi sono suoi figli e *non importa se uno è maschio e l'altro è femmina*. Tuttavia, Barbara ha abbracciato per la prima volta suo padre, durante il matrimonio. E lì, Maria, l'ha vista piangere come non mai.

L'ultima rampa e lui è lì che la guarda con i suoi occhi lessi. È buffo, e se ci fosse anche Graziella scoppierebbero a ridere. Se ne sta in piedi, curvo sulle spalle, con le sue belle guance paffute credendo di poter incutere timore. Ha messo su pancetta e non riesce a nasconderla nemmeno sotto a vestiti più larghi.

L'ha soprannominato "il tacchino da giardino."

Gli vuole bene, e lui talvolta è persino gentile. Se la rimprovera, forse, è perché ci tiene.

Adesso però non le interessa, è stata con Graziella e ha mille pensieri per la testa.

La verità è che ha capito che non sa cosa vuole esattamente dalla vita. Invece, Aldo, ha la faccia di uno che dalla vita avrà tutto ciò che chiede. Ha persino un lavoro in banca ben pagato e le sue doti lo aiuteranno a fare carriera: ne è certa. È uno preciso e riesce a farsi voler bene dagli estranei. È contenta per lui. Anche Barbara le trasmette la stessa impressione. Si è sposata con un imprenditore che lavora nel campo della ristorazione, è certa che la farà felice.

Così inizia l'ultima rampa, verso quegli occhi lessi che la aspettano al varco con assoluta impazienza.

33

Pochi giorni a Natale.

In centro a Milano domina la Rinascente.

Le strade che convergono a Piazza Duomo sono popolate di turisti e locali. I piccioni razzolano l'asfalto in cerca di cibo, poi spiccano il volo. Un bambino corre con le caldarroste tenute a coppa nelle mani, le coppie lumano le vetrine ben addobbate, mentre Graziella e Maria cercano di dare un senso al nuovo mondo che le circonda.

Con loro c'è Federico, fratello maggiore di Grazia. Lavorava da quelle parti, nei grandi magazzini, erano 12 ore al giorno per fare in modo che l'atmosfera risultasse piacevole ai passanti, *ai futuri consumatori*. Un mondo sempre più veloce, lo sa, ma almeno c'è stato da guadagnarci. Era da un pezzo che non bazzicava da quelle parti.

La verità è che gli interessa l'amica di sua sorella.

Quando era più piccola aveva avuto una mezza intenzione di farci amicizia, nell'attesa che fosse cresciuta, ma quelli di sopra avevano continuato a tenerla sotto sorveglianza.

Quest'anno, poi, si è fatta più alta ed è piacevole da guardare. Se crescesse ancora un po', potrebbe fare la modella.

Anche Grazia sarebbe una bella ragazza se non fosse che si ostina a vestirsi come una *hippie*. Detesta quel modo di porsi come se la vita fosse un tiro di canna da consumarsi ai parchetti di periferia, a vivere sulle spalle degli altri. Forse la verità è che un po' la invidia. Per fortuna lavora e non sembra intenzionata a seguire del tutto quello stile.

Maria se ne è accorta, Federico continua a guardarla come se non esistessero altro che loro due. Graziella fa finta di niente però è certa che sappia qualcosa. Lui se ne sta dietro e le fissa il fondoschiena incurante del fastidio che prova. Se non fosse il fratello della sua amica, gli farebbe pentire di starle così addosso.

Sono arrivati alle porte di Milano in macchina e poi hanno preso un bus fino in centro. Anche sull'autobus, lui le si è messo vicino e con il braccio la spingeva verso il finestrino. Eppure, era certa che intorno non ci fosse poi così tanta gente.

Adesso che guadagnano possono permettersi di comprarsi qualcosa di carino da mettersi addosso. Maria vorrebbe portare dei regali a casa, in segno di ringraziamento ai parenti del nord.

La scritta Rinascente svetta sopra le vetrine. Le bandiere internazionali sventolano oltre i portici, accarezzate dall'aria fredda di dicembre.

Le previsioni meteo dicono che nevicherà da lì a pochi giorni. Graziella sapeva che se avesse nevicato non avrebbe avuto un'altra occasione per un'uscita tanto impegnativa, così non si era lasciata scappare la gentilezza del fratello che desiderava conoscere la sua amica preferita. Lei, però, sa che Maria ha puntato un altro tipo di maschio. A lavoro non si lascia avvicinare da alcuno, tiene le distanze. Appena li sente parlare con quella cadenza milanese, si gira come se avessero la lebbra.

Maria non dice molto, fatica a esprimersi. L'amica ha imparato a conoscerla anche dentro quel silenzio pieno di lividi.

Le piace, è una tipa tosta… *a modo suo*.

"È da un anno che sogno di venire qui" dice Graziella spingendo la porta a vetro del palazzo che ospita La Rinascente.

C'è gente ben vestita, con cappotti costosi e scarpe lucidate che brillano come diamanti.

Graziella prova una sorta di riverenza per quella gente, pensa che forse avrebbe dovuto vestirsi diversamente. Guarda Maria, che è persa nel proprio mondo e ci naviga incurante delle mode del momento.

Il punto è che nessuno alle Gescal comprende il vero significato di moda. Quando qualcosa *va di moda* nel loro piccolo centro abitato, a Milano è passata da un pezzo.

"Voglio dei scaldamuscoli e un nuovo *make-up*."

"Ma non ti bastano quelli che hai?" le chiede Maria.

"Lo sai, dovresti iniziare a truccarti pure tu."

Federico commenta la battuta di Graziella ma nessuna delle due coglie le sue parole. Il centro è una profusione di luci e profumi che non lasciato spazio ai sussurri. Qui si grida, si deve uscire matti.

"Hai visto Madonna?"

Maria scuote la testa e Graziella le mostra un poster che ritrae la cantante.

"Ecco, voglio avere questi colori. Fucsia e un bel verde smeraldo da mettere qui", e con un dito tasta la pelle della palpebra destra. "E una matita nera per fare il contorno occhi."

"Cosa potrei mettermi?"

"Comprati un rossetto. Un rosso acceso, così quando esci la sera fai bella figura. I ragazzi le notano queste cose, non lo sapevi?"

"No."

"Diglielo tu, Federico."

Maria sgrana gli occhi, vorrebbe strozzare l'amica per aver interpellato il fratello. Lui la guarda masticando avidamente una cicca, dicendole che sua sorella *ha ragione*. Gli sorride per cortesia e poi si gira a guardare un manichino-donna vestito di jeans. All'improvviso le sovviene il ricordo di Anna, la sua cara amica del collegio. Si chiede che fine avrà fatto, se in qualche modo è riuscita a realizzare il suo sogno.

Quando svia l'attenzione da quei pensieri, non sa quanto tempo sia passato, Graziella ha continuato a trascinarla per una mano senza mai fermarsi.

Alcune donne si fermano a provare le parrucche all'ultima moda. Gli uomini sono in tenuta elegante, con grossi anelli incastonati nelle dita. Le borsette scintillano e nei sorrisi, Maria, quasi riesce a specchiarsi.

Federico sbuffa e le segue come un cagnolino. Solo che non ne può più di stare lì.

Quando escono, Graziella è gioiosa, una truccatrice le ha fatto provare i colori che tanto desiderava, si è comprata jeans a vita alta di marca Levi's, una giacca *oversize* con grosse spalline, scaldamuscoli da mettere intorno alle caviglie e i fuseaux.

Maria ha preso un rossetto rosso fuoco e, sotto indicazione dell'amica, un paio di fuseaux viola chiaro per le scampagnate in bici. Non ha trovato qualcosa di adatto per Madia, Amabile e Aldo, però ha preso un secondo rossetto per Barbara.

Federico pizzica un braccio a Graziella senza farsi notare da Maria che con fare curioso osserva il gigantesco albero decorato con palline e stelle filanti al centro di piazza Duomo. L'aria natalizia la attrae, ha in sé un senso di pace che la tranquillizza. E poi le piacciono i canti e l'idea di stare in famiglia seduti attorno a una stufa a raccontarsi dei natali passati.

"Aspettatemi qui" se ne esce Graziella con un sorriso tirato, "vado un attimo al bar."

"Aspetta, vengo anche io."

"Restate qui, ci metto un attimo", e mentre lo dice si allontana infilandosi nella calca delle persone disposte in fila sotto i portici della Rinascente.

Con un colpo d'occhio, Maria, ammicca Federico che non ha ancora smesso di masticare rumorosamente e la fissa convinto di essere abbastanza figo da sembrare interessante. Si chiede se esista un modo per interrompere quella messa in scena senza che finisca male. Non che Federico sia un brutto ragazzo, è alto, ha braccia forti: è l'atteggiamento che non apprezza. Quel tipo di atteggiamento da *"non puoi resistermi."* Se almeno dicesse qualcosa e sputasse quell'odiosa cicca che le mostra l'interno della bocca, forse si arriverebbe a un dunque.

Ma niente, con le mani in tasca e un tremendo profumo dal sapore pungente, le balla attorno senza una parola.

"Non ce l'hai la ragazza?" gli chiede, evitando di fissarlo negli occhi.

Lui si limita a scuotere la testa e con uno schioppo della lingua le fa intendere che non ce l'ha.

"E oltre a guardarmi, oltre a guidare e fare così con la testa, sai anche parlare?"

A quella battuta, Federico rallenta il moto ondulatorio della bocca, il sorriso piano, piano si spegne. Ha la vaga impressione che quella *femmina* lo stia sottovalutando.

"Ti va di fare un giro in moto con me uno di questi giorni?"

Maria guarda oltre le sue spalle e vede l'amica che gesticola dietro la vetrata del bar. La supplica di essere gentile.

"Non lo so, ci devo pensare. Ho paura, va bene?"

"Io sono un ottimo pilota, ti puoi fidare di me" lo dice con il supporto di un sorriso delicato, solo che non ha dei bellissimi denti, forse a causa del fumo che ne ha scurito qualcuno.

Graziella continua a muovere le mani in supplica.

Maria si chiede perché non gliel'abbia detto subito che sarebbe andata a finire così, almeno avrebbe pensato a come uscirne, ora invece deve improvvisare, e lei non è brava in queste cose.

"Non ti prometto nulla, ma ci penserò."

Federico fa per ribattere ma Maria lo ignora per entrare nel bar e tornare dall'amica.

"Prendiamo qualcosa da bere, vi va?"

Di rientro, accucciate nei sedili posteriori della Lancia del padre di Federico, l'ilarità iniziale si è trasformata in silenzio.

Maria vorrebbe strozzare Graziella che invece sembra divertita dal piccolo inconveniente.

Il fratello sbircia dallo specchietto retrovisore per cogliere gli occhi nocciola di Maria. Ha mancato il suo obiettivo ma almeno lei gli ha lasciato aperta una speranza. Non è abituato a farsi rimbalzare da una donna, si dice che forse in mezzo al casino di Milano non era il caso di provarci.

Eppure, le altre apprezzavano il suo profumo, le sue attenzioni. Forse Graziella non mentiva quando gli aveva confidato che Maria *è diversa*. Non ha mai considerato l'idea che le femmine potessero essere *diverse*.

Un po' la osserva per studiarla e un po' perché vorrebbe fermare l'auto, far scendere sua sorella e *sbattersi* l'amica sui sedili posteriori con i fuseaux calati che si è comprata alla Rinascente.

Quando arrivano alle Gescal, Federico le fa scendere alla cancellata frontale. Non mastica e veste un sorriso sbiadito.

"Grazie" le dice Graziella, e con il labiale muto, dando le spalle a Maria, gli fa intendere che parlerà con l'amica.

Federico, però, ne ha abbastanza, più tardi passerà dalla sua ex per trovare conforto.

"Che vi siete detti?"

"Dovrei chiedere io a te che vi siete detti" la rimbecca Maria.

"Beh, lo sai cosa vogliono gli uomini. Pensi che ci avrebbe accompagnato a Milano se non gli avessi detto che c'eri tu?"

"Ma io che c'entro?", con una mano spinge il cancellone e fa passare l'amica.

"Sei proprio ingenua. Gli piaci. Voleva parlarti. Che ti ha detto?"

"Se facevo un giro in moto con lui."

"E cosa gli hai risposto?"

"Che ci pensavo."

"Cavoli, ecco perché era così."

"Così come?"

"Taciturno."

"Per tutto il tempo è stato taciturno."

"Ma al ritorno era diverso. Conosco mio fratello."

"Non è stato un vero *no*."

"Ma non è stato nemmeno un vero *sì*."

Sono di fronte alla Scala D. Maria vive nella successiva.

"Comunque non preoccuparti, ci parlo io."

"Quando dici così mi fai paura."

Graziella le sorride e con una mano si gratta la testa.

"Perché non gli dai una possibilità. Esci una volta e se non ti piace chiudi a modo tuo."

"Se chiudo a modo mio finisce male, e lo sai."

"No, non lo so Maria. Quello che so, è che è ora che ti fai un uomo. Adesso guadagni e il prossimo anno la Borletti si sposta. Questo significa che hai bisogno di un accompagnatore."

"O una macchina."

Graziella spinge la porta ed entra nell'atrio.

"Sì, certo, o una macchina. Ma che fai, non vieni?"

"Meglio di no, torno a casa."

"Sei strana. Cerca di pensare a quello che ti ho detto. Dagli una possibilità."

Mentre la porta si chiude le risponde: "Ci penserò, lo prometto."

***

Barbara e suo marito Gino raccontano sempre la stessa storia. Madia li ascolta con le braccia conserte sul grembo. Appena se ne vanno, Amabile Zanca sfoga la propria frustrazione per doverli stare ad ascoltare senza sosta.

La cena è finita e Maria sta aiutando Madia a sparecchiare. Aldo si è rifugiato in camera per non dover udire le lamentele di suo padre.

"Sono stati via dieci giorni. Se fossero stati via un mese, che sarebbe successo?" brontola.

Maria sorride piegando la testa verso il petto, Madia se ne accorge e la rimprovera con gli occhi. Sanno che quando è di cattivo umore, è meglio non commentare.

"Se andassero via due mesi? Starebbero qui tutta notte a dire quanto belle sono le spiagge del meridione, quanto sono buoni gli spaghetti allo scoglio e come è bravo il suo maritino che le ha comprato un anello grosso così."

In cucina Maria non si trattiene e ride.

"Datti un contegno, per favore. Se ti vede si arrabbia, lo sai."

"Scusa nonna, proprio non ce la faccio. Lui ha ragione, sono noiosi."

"Vai a prendere l'altra roba e poi fila in camera."

Quando rientra in soggiorno, Màbie ha appena acceso la televisione sul tg. Tra poco passeranno quella trasmissione che gli piace tanto con Mike Bongiorno. Borbotta a bassa voce, però Maria distingue chiaramente le parole. Ce l'ha ancora su con il marito di Barbara.

"Chi è lui? Chi sono io? Non ci sono più gli uomini di una volta."

Sdraiata sul letto fissa il soffitto. Adesso che Barbara abita a Marcallo, ha una camera tutta per sé.

Non riesce a dormire, i pensieri l'assillano.

L'orologio segna la mezzanotte e non c'è un suono esterno che respira o fa rumore. Si immagina la campagna addormentata coperta dalla nebbia, l'acqua fredda del canale immobile come una lastra di ferro abbandonata sul terreno, gli alberi inghiottiti dalle tenebre, anch'essi senza moto, le cui foglie sembrano frecce di catrame fuse in tetri grappoli d'uva.

Pensa anche ai cambiamenti di quell'ultimo periodo. Presto il lavoro si trasferirà in un paese vicino, Corbetta, e ci saranno nuovi incarichi.

Graziella le ha detto che entro due anni della Borletti di Sedriano non resterà che una fabbrica buia e abbandonata. Lo ha sentito dire da suo padre che è amico dei consiglieri comunali.

Si alza sul busto, guarda la stanza, la notte possiede ogni oggetto tranne gli odori. Polvere. Naftalina. Legno stagionato. Persino le persiane hanno un proprio sapore.

Stringe con entrambe le braccia il piumone e attende che gli occhi si abituino all'oscurità. La stanza sembra più ampia senza Barbara. Il suo letto è ancora lì in un angolo, fermo, una bara senza il morto.

Gli oggetti si rianimano, privati della loro tinta naturale, si intravedono come profili, pezzi, la gamba di una sedia grigia e arrugginita, la maniglia di un cassetto del comodino, lo specchio che riflette le tenebre e lei che vi guarda dentro, una sagoma indistinta, una Madonna nera senza volto.

Scende dal letto e si dirige alla porta. La apre con cautela.

I nonni dormono nella camera di fronte. Madia ha il sonno leggero, non come Amabile che ronfa e lo si sente fin giù dalle scale.

In punta di piedi raggiunge il bagno, a fianco c'è la camera di Aldo.

Quando entra accende la lucina dello specchio e tira fuori l'oggetto che ha tenuto sotto il cuscino. È curiosa di indossarlo, non vuole aspettare. L'amica le ha detto che si mette in occasioni speciali, ma quando le potrebbe mai capitare di uscire con un uomo?

Alza gli occhi e incontra sé stessa nello specchio. Stappa il beccuccio del rossetto e osserva quello contro la sua immagine.

Anna andava matta per i trucchi, le raccontava che erano indispensabili per *diventare* una star. Lei è cresciuta a Cinisi, non nella Terra di Nessuno. In certe zone al sud (per quello che poteva ricordare), il pane bianco era ancora considerato *cibo nobile*. Non a casa Leone, *naturalmente*.

Lei era cresciuta senza amore però un pasto caldo lo trovava sempre. Mariuccia era una donna acqua e sapone, che ne poteva sapere *una come lei* di trucchi e acconciature? Nonno Zanca ha proibito a nonna Madia di *farsi strana* come le sue amiche di chiesa. Per lui sono tutte *sgualdrine*.

Sogghigna. Amabile la fa ridere. E poi Madia è l'unica che non si è accorta che nonno si diverte a provocare. Più di una volta lui l'ha vista ridere di nascosto ai suoi sfoghi senza che l'abbia mai rimproverata.

Nonno è strano.

Appoggia la punta del rossetto sulle labbra e lo muove ad arco come ha visto fare a Graziella. L'amica li chiama *gli esperimenti*, anche se a Maria sembrano una perdita di tempo.

Il labbro superiore è fatto.

Adesso che si è abituata ad avere Graziella tra i piedi, non saprebbe che fare senza di lei. Quando ci si abitua a qualcosa di diverso dal solito, poi continui a pensare che lo perderai.

Le cose cambiano.

Il giro è completato. È un rosso accesso, vivace, simile a quello delle star della tv.

"Come sto?" chiede a sé stessa.

Ripiega le labbra per spalmare meglio il rossetto, e risponde: "Bene Maria. Sei proprio uno schianto. Gli uomini ti faranno il filo, e ci sarà la coda da qui fino al Caldara."

Al suono di qualcosa che scricchiola, si volta a guardare la porta. Il rossetto quasi le sfugge dalle mani. Spagne la luce e resta in silenzio. Passi. Li riconosce, sono di nonno. Non può stare lì, se entra e la vede al buio, chissà cosa potrebbe pensare.

Nasconde il rossetto dentro la manica del pigiama ed esce. Amabile la vede e per un attimo resta a bocca aperta. È con il bastone e cerca di raggiungere la cucina. Più di una volta l'ha sentito svegliarsi nel profondo della notte e non ha mai chiesto a Madia se lo sapesse.

Lui la guarda accigliato, come fosse l'apparizione di un fantasma. La sua espressione cambia quando si accorge che le labbra di Maria sembrano più gonfie del solito. Maria coglie l'incertezza di Amabile, e prima che possa dirle qualcosa, gli passa accanto spostando i capelli davanti per confonderlo.

"Hai bisogno di qualcosa, nonno?"

"No. Che stai facendo? Come mai sei sveglia?"

"Mi scappava."

"Ah."

"Allora buona notte."

"Sì, sì, buona notte anche a te."

In camera con ancora il rossetto addosso, tira un sospiro di sollievo. Poi cerca qualcosa per pulirsi le labbra. Trova una pezza e con l'aiuto della boccetta dell'acqua santa, spazza via in pochi gesti il suo segreto.

34

Calabria. Vitrusi 1965

Di mangiare il piccolo Gabriele non ne vuole sapere.

Rosalina sbuffa, spazientita.

La Signora poi, contrariata, le lancia un'occhiataccia per insegnarle la pazienza.

"Prendi un cucchiaio pulito" le dice.

Rosalina annuisce, si alza dal tavolo e raggiunge il piano cottura. È tutto lì, racchiuso in due ante di vetro.

La Signora si siede e prende in braccio il bambino che si dimena gettando a terra quello che tocca. La zuppa di pomodori, fagioli e pane gli fuma davanti, non ne ha assaggiato nemmeno un boccone.

Rosalina lo strozzerebbe se non fosse il fratellino più piccolo. Mamma è rimasta in silenzio per vedere come se la cavava. Il fatto è che non ha mai visto un bambino mangiare così poco.

Gabriele ammicca l'intorno con i suoi occhioni neri risucchiando la luce di un caldo pomeriggio calabrese.

Dal balcone il sole entra con forza lottando per spodestare le ombre degli interni delle case.

"Muoviti, Rosalì."

Quando si gira, Gabriele sta trottando sulle gambe di mamma, e sorride con la bocca macchiata di zuppa.

Le passa il cucchiaio e resta a guardare.

Sua madre immerge la posata nella zuppa, ci soffia su e dice al piccolo di aprire la bocca. Gabriele non la asseconda, con le braccine allontana il cibo. Allora la Signora insiste e fa leva con le dita della mano libera per aprirgli la bocca. Quando ci riesce, vi inserisce la punta del cucchiaino. Il bambino si lamenta, ma è costretto ad ingoiare.

"Se vedi che non mangia, lo devi forzare."

Rosalina tace mentre sente il fratellino piangere.

Un bambino magro, troppo magro rispetto agli altri della sua età. Ha sentito dire che se non mangia abbastanza, morirà. Mamma *è andata su tutte le furie* quando ha saputo quello che si diceva in giro, è uscita di casa e Rosalina non sa che ha fatto, però dopo le dicerie sono cessate.

Il mare luccica bombardato dalla luce del giorno, milioni di scatti fotografici emergono da sotto la pelle dell'acqua punteggiando la superficie. L'aria fresca della montagna accompagna il duro peso dell'estate, mentre Gabriele piange inconsapevole dei loro umori, delle preoccupazioni, del disagio, perché niente sembra facile in quegli anni.

35

Graziella aveva iniziato ad uscire con un nuovo ragazzo.

Presto o tardi sarebbe accaduto, Maria avrebbe dovuto prevederlo.

Glielo aveva tenuto nascosto fino a Capodanno, quando era venuta a fare gli auguri in casa Zanca ammettendo che da un mese si vedeva con *uno*. Aveva deciso che le insistenze del nuovo spasimante, erano da considerarsi *cosa seria*.

A Natale, lui, le aveva regalato un bracciale d'oro da polso. Graziella per giorni aveva rimuginato su quel dono chiedendosi se un semplice capo reparto della Borletti avesse davvero un tale potere economico. Sua madre le aveva suggerito che *forse* lui proveniva da una famiglia benestante, e questo spiegava in parte l'audacia di *quel* dono ma non rifletteva pienamente le ragioni che avevano spinto un ragazzo benestante a lavorare per la Borletti e non, invece, per sé stesso come il fidanzato di Barbara che gestiva un proprio ristorante.

Maria aveva visto *il boy* dell'amica qualche giorno dopo Capodanno, si era affacciata dal balcone mentre i due sgattaiolavano fuori dalle Gescal.

Una parte di lei è felice per Graziella, però si chiede quanto durerà. Graziella è una vivace, ha spesso bisogno di novità, e si annoia facilmente. Lui ha una Ford Fiesta (diesel) da 54 cavalli, non che Maria sappia cosa significhi, ma almeno l'amica si è trovata qualcuno che la *scarrozzi*.

Alza gli occhi alla vetrina per guardare dentro il locale; c'è meno gente del solito, pensa che sia meglio così. È la prima volta che entra in un bar senza il supporto di qualcuno, le sudano le mani e non è certa di sapere cosa fare.

Con Graziella c'era stata prima di Natale, si erano sedute al loro tavolo, avevano chiacchierato, riso, e mai aveva avuto l'impressione che l'amica volesse parlarle di *un nuovo ragazzo: di qualcosa di serio.*

Ha messo il rossetto oggi, e anche se non vorrebbe si sente ridicola. Il fresco del rosso sulle labbra le sembra l'unica cosa che gli altri noteranno una volta messo piede dentro il locale.

Che ci fai qui?

Entra e saluta timidamente la ragazza dietro il bancone. Ogni tanto scorge la testa del proprietario spuntare da una porta interna del bar. Ci sono un paio di tavoli occupati da coppie mature e una piccola televisione accesa appoggiata pesantemente a un mobile di legno.

L'odore è di pane tostato e formaggio.

Si fa coraggio, prende posto al banco su un oblungo sgabello a forma di calice di champagne. Rosso e bianco.

La barista le chiede se sa *già* cosa beve.

Maria le dice che vuole una birra. Detesta la birra ma senza Graziella è insicura su tutto. La ragazza di fronte sembra capirlo e mentre ne spilla una dal colore ambrato le chiede come si chiama.

"Maria."

"Ciao, Maria, io sono Chiara."

"Piacere."

Quando vede che l'altra allunga la mano, si affretta a stringergliela.

"Un tipo ha chiesto di te."

Arrossisce.

"Chi?"

Chiara sorride mettendo in mostra una fila di denti gialli consumati dal fumo. Maria non ha ancora preso quel vizio, sebbene nonno Amabile fumi come una ciminiera e Aldo di nascosto la domenica lo fa sul balcone: dice che è per colpa del lavoro che lo stressa.

"Non credo che tu lo conosca, altrimenti saresti qui con lui."

"E che gli hai detto?"

"Che non ti conoscevo. Ma adesso so chi sei."

"Basta un nome per sapere chi è una persona?"

Le passa la birra.

"Questo è un piccolo paese. Tutti sanno tutto. E so che abiti alle Gescal. Mi sbaglio?"

"Non ti sbagli."

Prende la birra e la osserva. Il bicchiere è freddo e la sua voglia di bere la spinge a farne un lungo sorso. Non è il periodo ideale per una birra ma se avesse chiesto un bicchiere d'acqua forse Chiara l'avrebbe derisa.

"Non ti piace, vero?"

Scuote la testa.

"Perché non mi dici quello che vuoi veramente."

"Qualcosa di caldo."

Le prende tra le mani la caraffa e la svuota nel lavandino.

"Adesso ci penso io a te."

Mentre Chiara sparisce sul retro, ode lo scampanio della porta principale annunciare l'ingresso di nuovi clienti. Maria irrigidisce seduta sullo sgabello, mira la parete di fronte imbastita con ripiani di alcolici e specchi che riflettono il locale alle sue spalle sperando di passare inosservata. In qui riflessi, scorge le sagome dei tre appena entrati.

Ridono e hanno un forte accento del sud.

Con gli occhi cerca dei fazzolettini per pulirsi la bocca da quello *stupido* rossetto che avrebbe dovuto nascondere fino a dimenticare di possederne uno.

Ormai è tardi.

La piacevole temperatura del locale adesso la coccola, riscaldandola. All'esterno l'ultima neve si sta sciogliendo sulle strade irrigidite dai quattro gradi portati dall'inverno milanese.

I ragazzi discutono di Senna e del Gran Premio del Brasile. Dicono che a Imola ci sarà da guadagnarci e che finiranno per dormire sui camion *per giorni*.

Chiara rientra e le posa davanti una tazza fumante di latte macchiato.

"Questo ti rilassa."

"Grazie."

La barista fa il giro del bancone per andare a prendere l'ordinazione dai ragazzi appena entrati.

Maria, invece, non osa muoversi, se dovesse incontrare i loro sguardi è certa che dopo finirebbe per doverci parlare.

Se Graziella fosse lì, le direbbe di finirla con certi pensieri, che è *arrivato il momento* di farsi un ragazzo.

Soffia sulla tazza ma l'odore di qualcosa di pungente, dal sapore di arancio e dopobarba costringe la sua testa a fare una rotazione di novanta gradi.

È un ragazzo, uno di quelli *appena entrati*. Giacca nera a strisce comoda su una camicia bianca abbottonata fin sotto il collo. Dita lunghe, affusolate, che si appoggiano sul bancone facendo picchiettare un paio di anelli grossi come chiocce.

Denti bianchi.

Emana anche un leggero aroma di tabacco.

Occhiali alti e rotondi come quelli che ha visto sul viso di John Lennon. Capelli neri, lucidi, pettinati con zelo.

E c'è di più, forse sono i suoi movimenti fluidi e decisi, o forse è il suo sorriso che lo costringe a socchiudere gli occhi trasformandoli in mezze lune, non lo sa con certezza, però lui possiede una sostanza che la colpisce prima ogni altro dettaglio.

Adesso è nervosa. Lo ha riconosciuto per via degli occhiali: è il ragazzo che le ha fatto l'occhiolino l'estate scorsa.

Vasco Righini è sempre il solito, se non dimentica qualcosa non è lui. Un emiliano naturalizzato al nord. Se sta con i calabresi è perché è nato sotto la Pianura Padana e un po' li capisce. Si trova.

"Eppure pensavo di avercelo in tasca."

Si tasta i pantaloni stracciati all'altezza delle ginocchia, una moda un po' ridicola ma gli amici ci passano sopra.

Antonio Scolaro infila una mano nella giacca e tira fuori lo zippo. Hanno visto quella scena almeno un milione di volte. "Chiunque trovi gli accendini che hai perso" dice, "ne avrà una collezione a casa."

Gabriele, invece, rivolta del tabacco in una cartina.

Quando escono insieme, danno il compito a Vasco di portare gli accendini per allenarlo a tenere a mente le cose. Delle volte Antonio aveva dovuto ospitarlo a casa a dormire perché dimenticava le chiavi da qualche parte.

Una testa matta, però è simpatico. Ascolta la musica americana e sa che con loro non va d'accordo. Ma a Vasco non importa, si è comprato degli auricolari che gli coprono le orecchie e gli basta un click per dissociarsi dalle loro canzoni meridionali. Nino d'Angelo va per la maggiore, ma ai lamenti amorosi preferisce la voce robotica di Billy Idol.

Sono loro che hanno gusti strani, e poi di recente ha scoperto che Gabriele ascolta Bob Marley quando è da solo.

Tre ragazzi. Tre sigarette. Un accendino.

Antonio si gratta la testa, quella di ieri sera è stata una notte lunga, a ballare in un locale con un gruppo di amici e alcune modelle tedesche. Gente ricca. Lo invitano perché suo padre è uno che conta e il suo nome è conosciuto in quegli ambienti.

Moda. Cinema. Teatro.

"Stasera c'è la partita a San Siro." Gabriele aspira il fumo per bruciare la cartina.

Vasco li osserva sfregandosi le mani e attende il proprio turno per accedere la sigaretta.

"Ci facciamo una birra e poi li andiamo a trovare" continua Gabriele.

Sono appoggiati sull'Alfa Romeo di Antonio, vicino a un parco aperto. Su un fianco ci sono tre grosse palazzine, case popolari, gente che *tira la cinghia* e lavora dieci ore al giorno. Famiglie con bambini. Giovani che si apprestano a crescere verso un futuro incerto.

Il mondo è degli americani e loro a volte si sentono gli unici a saperlo.

Vasco abita lì, in uno di quegli alloggi.

Antonio ha un appartamento che suo padre gli ha regalato l'anno scorso sperando andasse a convivere con la fidanzata. Ora è scapolo e sta bene così, quando gli amici lo chiamano per le serate del sabato sera non si lascia scappare l'occasione di concludere con una *scopata internazionale*.

"Va bene, Gabri, ma per me niente birra, ho ancora i postumi della sbornia."

Gabriele gli dà una pacca sulla schiena e, finito di fumare, li fa muovere da lì.

Stasera entra a San Siro perché c'è il Milan contro la Fiorentina e si godrà la partita senza pagare il biglietto. Ha bisogno di bere qualcosa di forte per affrontare l'attesa. Allora si sistema la giacca, deciso a entrare nel bar. Sua madre l'ha rimproverato perché non si copre abbastanza, non cerca neanche di spiegarle che lo stile fa la differenza per i ragazzi della loro età.

Vasco cammina con la cadenza di un pendolo. Antonio ha la sua giacchetta, i capelli impomatati all'indietro e le scarpe nere lucide. Uno preciso.

Gabriele osserva l'interno del bar. Esita. L'ha vista. Gli è bastato un attimo per riconoscerla.

L'ultima volta lei stava con quella sua amica, camminavano, e non si sono accorte di lui. E poi, lei, l'estate prima, è stata al canale vicino le cascine, su quella bici che ormai le è piccola. Se non fosse che stava con gli amici *pucciato* nell'acqua, l'avrebbe fermata con una scusa.

Nessuno sembra sapere chi sia ma le voci girano e Sedriano è una briciola in mezzo al mondo. Qualcuno gli ha detto che è siciliana, che è stata adottata. Voci. Ipotesi. Però di sicuro il fatto che abita dagli Zanca è attendibile. Sulle famiglie di appartenenza non ci si può sbagliare.

"Che guardi?" gli chiede Vasco.

"Guarda quello che guardano tutti i maschi" interviene Antonio.

Gabriele sente il braccio dell'amico passagli sulle spalle. Imita un sorriso ma la sua mente è proiettata su quello che le dirà: non ha intenzione di farla uscire da quel locale senza averle chiesto almeno come si chiama. Non importa se lo ha saputo da alcune conoscenze delle Gescal, se deciderà di parlarle sarà come partire da zero.

"Che aspetti?"

"Lascialo stare, Vasco. Intanto noi entriamo."

Gabriele si scuote dai pensieri. Antonio gli fa l'occhiolino e con un cenno della testa lo invita a seguirli.

Vasco spinge la porta del bar ed entra.

Lui è elegante, curato, e anche se non ha ancora sentito la sua voce da così vicino, si immagina che risuoni insieme al suo essere.

"Ciao" le fa.

Alza gli occhi in quelli dello sconosciuto e risponde: "Ciao."

"Aspetti qualcuno?"

Le sorride. Un sorriso ingenuo, infantile, che si esprime attraverso tutte le parti del viso aprendogli due fossette ai lati delle labbra.

"No."

"Temevo di avere un problema."

Maria non capisce. Con entrambe le mani agguanta la propria tazza, stringendola sino a far diventare bianche le unghie.

"Sai, è insolito che una ragazza stia sola a bare in un bar. Magari con il *rossetto* e…"

A quella *parola* Maria si morsica le labbra, poi arrossisce per la vergogna. Pensa che avrebbe dovuto scappare in bagno per toglierselo appena li aveva sentiti entrare.

Troppo tardi.

"Un Martini per favore" dice rivolto a Chiara, tornata nella sua postazione dietro il banco.

"Allora qualcuno lo aspettavi" si rivolge a Maria facendole l'occhiolino. "Mi chiamo Gabriele."

"Maria."

"Ti offrirei qualcosa ma credo di essere arrivato tardi."

Con una mano, Maria, sposta i capelli da un lato, l'altra è rimasta salda alla tazza. Piega verso destra le gambe unendo le ginocchia. Vorrebbe poter tirare fuori la Maria che allontana gli uomini ma con lui non ci riesce. Sarà l'accento del sud, l'odore del suo vestito o quel sorriso ingenuo disegnato sul viso: la verità è che gli ricorda casa. Cinisi. E poi lui non cerca di toccarla, parla con voce chiara e scherza con Chiara perché forse si è accorto del suo imbarazzo.

"Volevo bere qualcosa di caldo."

"Io ho bisogno di qualcosa di forte" le dice mentre alza il bicchiere con il Martini. "Facciamo un brindisi insieme."

Alzano entrambi le rispettive bevande e si sorridono.

"Stasera entro allo stadio. Non sono un gran tifoso, ma quando hai un fratello che ti butta dentro gratis, che fai? Non lo vai a vedere il Milan?"

"Stasera?"

"Sì. Ti piace il calcio?"

Si affretta a dire di "no", poi gli chiede contro chi gioca.

"Fiorentina. Quindi non sei mai stata in uno stadio?"

Maria scuote la testa. Quelli con il calcio sono ricordi dolorosi.

Sorseggia il latte caldo, buono, la scalda tanto che ha bisogno di togliersi il cappotto. Mentre lo fa non si accorge degli occhi di lui che la sezionano con piacere.

Quando si gira, però, Gabriele sta dando un altro sorso al Martini.

"Se non hai niente da fare, perché non vieni con me?"

La domanda la coglie alla sprovvista. Una parte di lei vorrebbe accettare, dirgli che è curiosa di vedere uno stadio, tuttavia l'altra, la parte timorosa, la *scaccia uomini*, è dura e vigile, le chiede di non fidarsi.

"Può venire anche la tua amica se ti va."

"Graziella?"

"Sì. Conosco suo fratello Federico, e anche il suo nuovo ragazzo, Massimo. Siamo già entrati in quattro in uno stadio, credo che per mio fratello non sarà un problema."

Maria gli sorride, e dio solo sa che quella è la prima volta che sorride così a un ragazzo. Di solito si beccano ceffoni o occhiatacce, ma Gabriele è diverso, ha un viso pulito e si muove con educazione. Le ha chiesto di uscire con lui e ha capito che prima di pretendere tanto doveva mettere in mezzo qualcos'altro. Mantenere le distanze. Avvicinarsi alla preda con cautela.

"Come…"

Lui si fa dare uno pezzo di carta da Chiara e le scrive il numero di casa. Poi lo passa a Maria e lei resta fissa a studiare quei numeri come se fosse un trucco di magia.

"Facciamo così. Alle otto e mezzo passo alle Gescal. Aspetterò cinque minuti, non di più. Se ci siete, vi carico in macchina. Altrimenti, quello è il mio numero."

"Io non so il mio, mi dispiace."

Gabriele si sforza di farle un sorriso. Teme di aver forzato Maria a scelte di cui non si sente tranquilla.

"Quelli sono i miei amici" glielo dice limitandosi a farle un cenno con la testa. "Il bell'imbusto è Antonio. L'altro è Vasco. Siamo gente di qui. Credo che tu lo sappia, ci avrai visto più di una volta."

"Sì. Questa estate eravate al canale."

Gabriele è sorpreso. Credeva che quelle volte che passava, lei non li notasse apposta, persa nei propri pensieri. Invece si sbagliava.

"Ci sono anche delle ragazze, non siamo solo uomini." Fa un sorso di Martini e poi conclude: "Adesso che ci conosciamo, sei la benvenuta. Spero che stasera ci sarai."

Le fa l'occhiolino e scende dallo sgabello.

Lui se ne va e lei resta a guardare il bigliettino steso sul bancone. Dopo poco Chiara le si accosta e in un sussurro le dice che sono *gente apposto*, glielo può confermare lei che li conosce dall'anno scorso.

Maria afferra il bigliettino e lo mette in tasca, pensando a come poter rintracciare Graziella.

Ringrazia Chiara e quando fa per andarsene sente che qualcuno la saluta. Guarda nella direzione di Gabriele e vede che lui e i suoi amici le fanno un cenno con la mano. Mentre li saluta pensa che non si è mai sentita così in imbarazzo.

E poi… anche così felice.

Suona al citofono della famiglia Gatta sperando che a rispondere sia Graziella, invece, dopo poco, è la voce spocchiosa di Federico.

Proprio non ci voleva.

Lui insiste per sapere *chi è che rompe i coglioni*.

Maria non sa che fare, chiude gli occhi e dice il suo nome. L'altro sembra sorpreso, non risponde.

"Cercavo Graziella" si affretta a dire.

"Ah… no, non c'è Graziella."

Sta per dire qualcosa quando qualcuno si intromette nella conversazione.

"Ci sono, Maria. Mio fratello è proprio stupido alle volte."

Emette un sospiro di sollievo e poi le chiede se può scendere un momento.

"Mi stavo facendo i capelli che stasera esco."

"Sì, è proprio di questo che volevo parlarti."

"Va bene, ma solo perché sei tu scendo. Aspetta cinque minuti."

I cinque minuti di Graziella sono gli stessi di un astronauta che li percorre alla velocità della luce e poi torna sulla terra credendo che niente sia cambiato.

Mentre aspetta si morde le unghie.

Continua a ripensare alla scena del bar, cerca di rivedere sé stessa e si convince di essere stata goffa e imbarazzante.

Gabriele, invece, era sicuro di sé, non ha sbagliato un colpo con lei. Si è esposto e poi è andato via lasciandole una scelta. Con una come Graziella quella mossa non avrebbe funzionato, ma forse lui avrebbe agito diversamente.

Poi l'amica arriva. Quindici minuti. Fa niente, la fame le è passata. Per una volta nonna Madia si farà aiutare dai figli ad apparecchiare la tavola.

"Allora?"

Maria si pizzica le mani.

"Che hai? Ti ha molestato qualcuno?"

"No."

"Che peccato."

"Ma che dici?"

Graziella ride ma Maria non ce la fa, è così nervosa che si tirerebbe i capelli.

"Dai su, scherzavo. Fatti una risata. Cosa volevi dirmi di così urgente?" le chiede mentre si accende una sigaretta.

"Uno dei ragazzi al bar mi ha chiesto di uscire."

Per la sorpresa Graziella sputa la sigaretta a terra.

"Cosa?"

Immaginava una reazione del genere da parte dell'amica.

"È come se mio padre, che è ateo, mi dicesse che ha visto la Madonna e vuole farsi prete."

"Devi aiutarmi."

"E come? Hai bisogno di un vestito per l'uscita?"

"No, non è questo. Cioè, anche questo. Lui mi ha invitata a San Siro. Poi mi ha detto che se volevo portare anche te e il tuo ragazzo, c'era posto anche per voi."

"Ah."

Graziella si mette a cercare una nuova sigaretta.

Maria vorrebbe strapparle la borsetta e bruciare tutte quelle dannate sigarette per sapere che diavolo sta macinando in quella testolina bacata. Osserva senza battere ciglio ogni gesto dell'amica, finché Graziella accende la sigaretta con un colpo dello zippo. Aspira e poi rilascia il fumo senza fretta.

"Hai fatto?" la incalza Maria.

Graziella incrocia le gambe e le braccia muovendo gli occhi a destra e un po' a sinistra.

"E se noi non venissimo, tu ci andresti lo stesso?"

"Non lo so. Non lo conosco nemmeno."

L'amica alza le spalle e fa un altro tiro.

"Si entra gratis?"

"Sì… a quando dice."

"E se ti dicessi che Massimo è interista?"

"E se ti dicessi che vengo da Cinisi?"

"A che ora?"

"Otto e mezza. Ma non possiamo fare tardi."

"Va bene. Vado su, chiamo Massimo, e poi ti do una risposta."

Maria sospira, vorrebbe avere una risposta sicura ma la verità è che non sa nemmeno se nonna Madia la farà uscire.

Non le importa.

Scapperà come faceva a Cinisi quando suo padre e Antonio non la vedevano.

Ora le è chiaro perché quei ragazzi la fanno sentire bene, perché loro sono come la spiaggia a Cinisi che tanto agognava quando voleva stare da sola a giocare a pallone. Il suono della risacca del mare e talvolta la luce bassa al crepuscolo, le davano tutto quello di cui aveva bisogno: la pace. E per lei *pace* significava *libertà*.

Quando rientra in casa, Maria è agitata. Madia se ne accorge e le chiede se c'è qualcosa che non va.

"Tra un'ora scendo da Graziella che le ho promesso che le facevo compagnia stasera."

Dopo una mezz'ora, però, Graziella bussa alla loro porta mentre sono seduti a cenare. L'amica saluta la famiglia e resta sulla soglia con Maria a bisbigliare decisioni che cambieranno a entrambe molti dei loro giorni di vita. Solamente che non lo sanno. Queste cose non si sanno quasi mai, a volte si avvertono, altre ci sfuggono totalmente. E qualsiasi cosa si pensi, sono giorni inaspettati, che arrivano tutti insieme, come un vagone merci che transita in una stazione deserta, che si rianima d'improvviso.

Ezio non è d'accordo ma non può negare a Gabriele, che è il più piccolo tra i fratelli, quel favore. E poi la Signora si arrabbierebbe se lo venisse a sapere.

Quella sera, Gabriele, salta persino la cena. Sara lo chiama a casa ma chiede a sua madre di dirle che non c'è, che starà via qualche giorno.

"Non mangi?", e poi: "Ogni volta ci devo parlare io con le tue amichette. Almeno mettiti il cappotto, che così prendi freddo."

Gabriele scappa fuori di casa e si infila nella Panda rossa che si è comprato con un anno di lavoro saltuario al cantiere del marito di sua sorella Rosalina. Poi ha lasciato perché l'estate chiamava il mare, la Calabria, e la voglia di rivedere suo fratello Salvatore.

Parte da Roveda. Sono le otto e venticinque minuti.

Milan – Fiorentina 1 – 0 (Virdis, su rigore al '61)

Gazzetta dello Sport
Milan: gol a Berlusconi
Batte la Fiorentina e stacca l'Inter di 4 punti per strappare all'imperatore un difficile "sì."

36

Calabria. Vitrusi 1964

Gli occhi duri di mamma la spaventano, non ha il coraggio di protestare, non ancora. La guarda mentre cammina nella stanza per preparare il pranzo. Non che ci sia molto da mangiare, anche oggi pane bagnato, pomodori secchi e i frutti che hanno raccolto da Beppe, che ha un pero, un melo e il suo preferito: il fico. Neri. Bianchi. Quando sono maturi va lì e Beppe glieli fa mangiare. Non ci mette niente, li fa crescere naturali.

Anche se mangiano poco, gli adulti si danno da fare, hanno più energia. Però delle volte i bambini piccoli fanno fatica a crescere, ma nessuno la vive come un dramma. Se superano la prima fase, come ha sentito dire, diventano forti come tori.

Mamma a febbraio ha messo al mondo il quarto figlio. Un altro padre. Lui è di Catanzaro e spesso viaggia in America, di stare a Vitrusi non ne vuole sapere, e la Signora non è un tipo sentimentale. Lei va avanti. Anche se non la capisce, e le sue scelte la fanno soffrire, non può fare a meno di starle vicino.

Adesso Gabriele è dai nonni.

Rosalina le ha detto che non vuole più andare a scuola, preferirebbe lavorare ai campi come fa lei.

Sua madre le ha risposto che è ancora troppo presto, che quando avrà dieci anni, ne riparleranno. Tuttavia, Rosalina sa che mamma fatica a dar loro un piatto caldo la sera, e una volta le ha detto che avrebbe fatto qualsiasi cosa per i suoi fratelli.

Soltanto che adesso, la Signora, vuole mandare via Salvatore.

Ha solo sei anni!

No, non la capisce.

Dal nervoso digrigna i denti e così seduta preme le dita delle mani contro le ginocchia nascoste sotto il tavolo. È una scelta che ha fatto al momento. Le ha chiesto di stare ferma lì e continuare a tagliare il pane. Ma non ce la fa a farlo.

Quando la Signora se ne accorge, la fissa con in mano una brocca di acqua fresca. Un raggio di luce penetra dal balcone, tra le due tende che svolazzano a causa del vento.

"Ste mosche" farfuglia Mia, in dialetto stretto.

Appoggia la brocca sul tavolo, prende la paletta rossa e inizia a pestare l'aria e i muri della casa per far smettere quel ronzio che ha iniziato a infastidirla.

Quando ha finito, ripone la paletta e si siede di fronte a Rosalina.

Ezio e Salvatore sono fuori, li sentono gridare mentre giocano con i bambini del vicinato.

Tutte case attaccate, incastrate come lego, sedute sulle vie sinuose del paese.

L'aria sparge l'aroma del basilico, il rosmarino, gli aghi di pino e anice. L'anice lo tengono in casa quasi tutti, quell'odore impregna i mobili delle stanze e le tovaglie. A Vitrusi l'anice è parte del paesaggio.

"Così non va, Rosalì."

"Ma mamma…"

"Non si discute, ormai le cose sono fatte."

Cerca di trattenersi, se piange davanti a sua madre lei penserà che è una debole.

"Taglia il pane, che mangiamo."

La donna si alza, con passo lesto tira indietro la tenda della porta d'ingresso e richiama i due figli.

Il sole è alto, svetta su tutte le cose.

Ezio e Salvatore le corrono incontro, felici. Non sanno che presto dovranno dividersi.

Rosalina non dirà niente. Lei lo ha sentito per sbaglio, mentre mamma parlava con il fratello Ettore. Ettore si è opposto ma lei ha insistito affinché trovasse una nuova famiglia a Salvatore.

"*Per un periodo*" gli ha detto.

Ma che significa, *per un periodo*?

Da quando si danno via i figli?

Rosalina non lo sa.

Non ha abbastanza coraggio per gridare; però quando vede spuntare la testa di Salvatore, che ha solo sei anni, che quando sorride gli si formano due fessurine ai lati della bocca, scoppia a piangere buttando le mani sul viso per coprirsi. Ezio le gira intorno e la prende in giro, a lei non importa questa volta, il dolore è troppo forte.

Quando i suoi occhi riemergono dalle dita, nota che mamma è di spalle, le vede il profilo del viso, ed è certa che anche per lei sia una di quelle sofferenze insopportabili.

37

Appoggiata alle transenne del secondo anello, in piedi accanto a Gabriele che grida a Paolo Rossi di *staccare l'avversario*, si chiede in che momento del tempo quel gioco di uomini e bandiere sia entrato nella sua vita. Non riesce a vederlo con chiarezza, però c'è un vecchio campo da calcio a Cinisi, in periferia. L'erba è gialla e la ruggine ha aggredito i pali delle porte, il bianco ha lasciato il posto al rosso ramato. Le reti penzolano agli angoli, bucate, bombardate dal vento e l'abbandono.

La prima volta che è stata lì aveva sei o sette anni, suo padre la tiene per mano, con l'altra fuma una sigaretta e parla a un signore di cui ha smarrito il viso. Stanno fermi in mezzo al campo, lei guarda oltre lo sconosciuto che ha di fronte: sullo sfondo, una delle porte, le prime case di Cinisi e lo spazio bordeaux dell'orizzonte.

Qualcuno gioca a pallone, ragazzini poco più grandi di lei, figli del signore che parla con suo padre.

È affascinata perché sembrano felici.

Corrono. Sudano. Gridano.

Si aggrappano alle reti per toccare la traversa. Il pallone è troppo grande per i loro piedi, chi lo calcia riesce a sembrare goffo e debole allo stesso tempo.

Si accorge di tirare la mano di suo padre quando lui la rimprovera di stare ferma. Non lo ha fatto apposta, le gambe si muovono, vogliono correre su quel prato arso dal sole. D'inverno la pioggia allieta la terra dura, riempendola di pozzanghere e di rospi che risalgono dal canale che gli passa su un lato.

Gabriele si lamenta di qualcosa.

Alle spalle di Maria la curva chiede il rigore. Graziella è annoiata e cerca il contatto fisico di Massimo, però il compagno sembra più interessato alla partita che a lei.

"Che succede?"

Gabriele la guarda, sorride. Dice che sarà rigore a favore loro, e per *loro* intende il Milan.

Maria pensa che sia buffo riferirsi a una squadra come se fosse propria. Funziona così. Non può farci nulla. Quella gioia frizzante la contagia. È come con papà al campetto abbandonato, mentre i figli dell'amico giocavano poco lontano da dove parlavano. Corrono. Sudano. Gridano. Sembrano felici.

Lei in quegli anni era triste perché avevano cacciato sua madre. Non glielo hanno mai detto apertamente, ma una notte ha sentito litigare lei e suo padre.

Lui le dava della *sgualdrina*. Le deve aver menato un ceffone perché ha sentito un rumore simile al tonfo dei libri quando cadono dal tavolo.

Il giorno dopo sua madre era in cortile, la borsa a terra, il sole che si levava oltre la palazzina di fronte, senza un briciolo di alito di vento a rinfrescare il dolore.

Si è svegliata troppo tardi per vederla andare via, ma ha sentito che la porta si chiudeva e che qualcuno piangeva nel silenzio della corte che a quell'ora dormiva.

La sua camera stava proprio vicino alla porta d'ingresso, ma non aveva avuto il coraggio di alzarsi e guardare fuori. Temeva che suo padre l'avrebbe sgridata.

Cesare riposava, incurante di ciò che accedeva oltre i sogni.

Quando si era decisa ad alzarsi dal letto, Mariuccia preparava la colazione in silenzio, l'aveva guardata con un'espressione di sollievo sul viso, come se finalmente un macigno le fosse scivolato via dalla coscienza. Era andata alla porta e aveva visto di spalle nonno Antonio che fumava, scalzo, le piante dei piedi ben salde alla terra, vestito con pantaloni marroncini a bretelle, la maglia bianca e i capelli tirati indietro con un ciuffo fuori posto. Il sole gli era di fronte, i due si guardavano come vecchi amici di armi. L'ombra di Antonio era immensa e si proiettava verso di lei, stampata sulla parete della casa.

Un'immagine indimenticabile.

I Leone comandano, soleva dire talvolta.

Dopo, Maria, si è sentita sola, un dolore nel petto l'ha perseguitata per giorni. Finché non è tornata su quel campo arso dal sole e ha trovato un pallone con i quadrettoni bianchi e neri (alcuni mancanti) seduto nell'erba in attesa di qualcosa.

Virdis segna e lo sfogo della folla fa traballare gli spalti.

Maria è stupita e Graziella si mette a ridere perché la conosce.

D'improvviso qualcosa la cinge sui fianchi e si accorge che Gabriele, preso dalla baldoria, si è lasciato andare all'euforia del momento. I loro sguardi si incontrano, sono fuoco e ghiaccio. Negli occhi di Gabriele rivede quella ragazzina bassa dai capelli lunghi e neri che si accinge a colpire un pallone solitario. Ricorda di essere tornata a casa con un gran mal di piedi e la scarpa destra scucita sotto. Antonio lo sapeva già da allora ma decise di non dire niente a suo figlio Cesare. Mariuccia le aveva aggiustato la scarpa guardandola con un'espressione scocciata e stanca. Labbra tese. Occhi fissi che scivolavano di sbieco.

Le voleva bene… a modo suo.

Maria pensa che ci deve essere qualcosa di strano quando ci si innamora di uno straniero, forse in lui riconosciamo una sorta di felicità perduta. Forse è per ritrovare quell'innocenza tradita che ci si innamora delle persone che ci ricordano che un tempo eravamo felici, e che si può esserlo ancora.

Lei lo sa che vorrebbe baciarla, e lui sa che lei sarebbe anche pronta a cedersi a tanto, ma gli occhi restano sospesi gli uni negli altri alla ricerca dei loro più profondi segreti, perché specchiandosi impareranno a riconoscersi; perché lei ha qualcosa che lui cercava, e lui ha qualcosa che le è stato tolto. Così, guardandosi, trovano ciò che è mancato.

E allora tutto si riavvolge: lei che ha colpito quella palla, facendosi male, l'ombra che torna ai piedi scalzi di nonno Antonio mentre il sole scende dietro le case, il pianto di sua madre e qualcosa che striscia per terra, seguito da una porta che sbatte. E, infine, i suoi occhi che si chiudono prima di scoprire che cosa avesse in serbo per lei quel giorno.

Il giorno che le ha cambiato la vita.

Però adesso sono *due*.

38

Scende dalla macchina e si aggiusta la camicia infilandola nei jeans. Con una mano, poi, si assicura di avere le sigarette nella tasca laterale.

Antonio è già arrivato, la sua macchina è parcheggiata con il muso rivolto a una delle palazzine.

Nicola, il marito di sua sorella Rosalina, ha ristrutturato e ampliato quel cortile con l'approvazione del comune di Sedriano. Un uomo in gamba, che stima. Era venuto su da Sellia Marina che non era ancora maggiorenne, lavorando senza sosta.

Due bambini spalancano la porticina dell'ingresso di casa Lijoi, corrono, lo salutano mentre si involano in mezzo al cortile. Rino, il più grande, ha qualcosa tra le mani con cui il fratellino Mirco vuole giocare.

"Fate i bravi" dice loro.

Rosalina appare un attimo dopo, la sua chioma bionda sembra scolpita nell'oro. La sigaretta tra l'indice e il medio. Da qualche anno porta anche lei un paio di occhiali da vista, maledizione di famiglia.

"Ehi, voi due, finitela."

"Ci penso io" le dice Gabriele, dandole un bacio sulla guancia.

"Vedi di farli rientrare, che mangiamo."

Terenzio è nella culla, insolitamente silenzioso.

Antonio gli va in contro, si salutano dandosi vigorose pacche sulle spalle.

"Sei il solito" gli dice l'amico.

Gabriele passa ore in bagno per prepararsi e di solito lo fa all'ultimo, così arriva in ritardo.

Il problema di Antonio, invece, è che è ossessionato dalle cose che compra, uno che la macchina non la presta, a meno che si tratti di Gabriele ma, comunque, sempre *a denti stretti*.

"*Sora*, la mamma non viene?"

"A me lo chiedi? Non eri a casa con lei?" gli chiede Rosalina.

"Abbiamo litigato."

"E quando mai!"

Nicola posa in mezzo alla tavola una pirofila fumante. Ci sono altri parenti e tutti si avvicinano a Gabriele per salutarlo.

L'ampio salone è accogliente e ben riscaldato. La tv è accesa sul telegiornale del mezzogiorno.

Finito il giro dei parenti, prende posto al tavolo, accanto ad Antonio che gli mostra il nuovo portafoglio in pelle nera.

"Non ti chiedo nemmeno quanto hai speso."

L'amico lo mette via.

"Il doppio dei soldi che ho messo dentro."

Gabriele è distratto, se ne accorge. Non gli ha fatto ancora la domanda fatidica perché si aspetta che sia lui a parlargliene. Soltanto che né al telefono, quando si sono sentiti questa mattina, e né adesso che sono tranquilli al tavolo, gli racconta come è andata ieri sera.

"Ho sentito Claudio e Adriano. Bella partita. Un sacco di gente. Tuo fratello ha lavorato eh?"

"Bella partita."

Antonio scuote la testa, sogghigna tra sé e poi gli passa una mano dietro al collo costringendo Gabriele a chinarsi verso di lui.

"Che fai, non racconti al tuo amico come è andata con…?"

Gabri annuisce trattenendo le parole.

"Sei uno stronzo, lo sai? Non mi dici niente. Non si trattano così gli amici" gli fa Antonio percuotendogli una spalla.

"Hai ragione, Antò. È tutta mattina che cerco le parole più adatte per dirlo a qualcuno, ma non riesco."

"Non riesci a far cosa?"

"Non riesco a trovarle… le parole."

Mirco gli tira la camicia da dietro per catturare la sua attenzione. Gabriele lo prende in braccio adagiandolo sulle gambe.

"Guarda" gli dice Mirco.

Tra le mani tiene un piccolo aeroplano di lego.

"L'ho fatto io."

"Bravo. Da grande diventerai un pilota allora"

"Non voglio fare il pilota."

"E cosa vuoi fare?"

"Il costruttore come papà… ma di aerei. Le case le ha fatte lui ormai."

"Ha capito tutto dalla vita" se ne esce Antonio, dando una carezza al ragazzino.

"Visto come sono intelligenti i miei nipotini?"

Mirco salta giù per rincorrere Zingaro, uno dei cani di casa Lijoi.

Gabriele si guarda intorno e avvicina il viso a quello di Antonio, per non farsi sentire. L'amico si accorsa per ascoltare.

"Ho bisogno di una moto."

"Per fare cosa?"

"Un viaggio."

"Con chi? Con quella ragazza?"

"Sì."

"Cazzo. E dove?"

"Venezia."

"Puoi fare di meglio."

"Dice che il nonno racconta sempre di là. Antò, che posso farci?"

L'amico ci pensa su.

Rosalina e la signora Linda, del vicinato, servono gli spaghetti al pomodoro e basilico in piatti di plastica bianchi. Qualcuno fa sprizzare la Coca-Cola svitando il tappo ma i parenti stretti di Nicola hanno già riempito di vino rosso i calici.

“Ti do la mia.”

“Non hai capito, Antò, voglio comprarne una per me.”

“Sei tu che non hai capito, Gabri, io non la uso quasi più. Prima c’era Vanessa, ti ricordi? Ma quella dopo due giri già si stufava. E io che faccio? Ormai siamo tutti patentati.”

Gabriele ci pensa su mentre guarda Nicola fare uno dei suoi intrugli preferiti: Coca-Cola e vino rosso. Sta raccontando di un padre e di un figlio (*che è poco intelligente*) al mare.

“E allora chiede a suo papà, indicando il mare: Ma lì ci saranno 100 secchi d’acqua? E suo padre gli risponde: anche 110.”

Rosalina dà un buffetto sul collo al marito e gli dice di raccontare *quell’altra*. Nicola capisce al volo.

“Ci sono due amici. Uno è di Milano e l’altro è calabrese. Allora quello di Milano dice: Guarda Carmine, c’è un asinello. E l’altro: e dov’è? Vedo solo *nu ciuccio*!”

Anche Antonio si mette a ridere nel suo modo pacato, controllato, non è uno che si sbilancia facilmente. “Ancora non ho capito dove le trova.”

“Tieni.” Rosalina passa a Gabriele il piatto di pasta. Glielo fa lei perché sa che non mangia tanto. “Qui c’è il formaggio.”

Gabriele prende il Grana e lo cosparge sugli spaghetti sino a far sparire il rosso acceso del pomodoro.

“A quanto, Antò?”

Entrambi arrotolano gli spaghetti, li tirano su e ne gustano il sapore salato e acido allo stesso tempo.

“Chi vuole il peperoncino è qua.” Rosalina ne tiene un cornino sulla mano sollevata per mostrarlo al gruppo.

“Pensavo di tirarci su qualche soldo, ma non mi aspettavo che volevi una moto.”

“Neppure io. Ma stanotte ho sognato che facevamo questo viaggio.”

“E non ti basta il sogno?” Antonio alza gli occhi sulla tavola per essere certo di non aver ecceduto nell’ilarità.

“Allora, Antò, quanto facciamo?”

L'amico manda giù il secondo bocco, prende fiato e dice: "Secondo me poi ti stanchi della moto. Dai retta a me. Io ti lascio le chiavi, la usi quanto vuoi, come se fosse tua. Quando ti stufi, me la riporti. Siamo d'accordo?"

"Siamo d'accordo."

"E quando hai intenzione di portarcela là?"

"Appena c'è un po' di caldo. In primavera."

"Sara?"

"Mi chiama, ma c'è mamma che risponde al telefono adesso. Le ho detto che se non eri tu o Maria, di non passarmi nessuno."

"E lei che ti ha detto?"

"Che sono un *fetente*."

Questa volta Antonio non si trattiene e ride senza riserve. Conosce la Signora, come la chiamano certe volte i suoi famigliari, una donna forte, tagliente, di poche parole.

"Come mai non è venuta?"

Gabriele fa un sorrisino. "Dopo viene, tranquillo. E comunque, grazie."

"Però mi raccomando, Gabri, trattala bene."

39

Madia si deve essere accorta di qualcosa, da un paio di giorni la scruta come talvolta fanno gli uomini sebbene nelle sue attenzioni non vi legga alcuna malizia. È curiosa ma tace, anche quando le cammina dietro, sente il peso del suo sguardo sulle gambe, i glutei, la schiena. Allora, dopo, correre in bagno a guardarsi i polpacci, la schiena, cercando le cose che Madia nota su di lei, senza successo.

Le ha persino permesso di cucinare dicendole che oggi è stanca e che poi suo marito le rinfaccia che fa le solite cose.

Maria, però, si è trovata in difficoltà perché in frigo in effetti non c'era molto altro. Patate. Latte. Carote. Formaggio. Pollo. E nei cassetti, quintali di riso, pasta e scatolette di Simmenthal.

Così opta per un risotto con il radicchio.

Ricorda ancora quando mangiava i primi risotti di nonna Madia e dovevano insistere per farle mandare giù anche solo un boccone perché non era abituata a quei sapori. E aveva odiato il risotto con il radicchio, tanto che si era alzata da tavola per buttarlo nel secchio della spazzatura.

Nonna Madia lo aveva mangiato al posto suo per evitare che Amabile la sgridasse. Lui si era trattenuto perché era una *femmina* e doveva pensarci la moglie a metterla in riga. Non avrebbe accettato a lungo la maleducazione di Maria, ma non erano mai arrivati a far scomodare le corde vocali di Amabile Zanca per educarla.

Per un po' Madia aveva cercato di cucinarle delle pietanze diverse e, col tempo, Maria si era abituata a mangiare quello che avevano da offrirle.

La cena l'hanno gradita. Barbara è venuta a trovarli senza Gino appresso. Quando se ne va, Maria e Madia sono in cucina a lavare i piatti e sentono Amabile borbottare la propria felicità per essere scampato a una cena noiosa con il maritino di sua figlia.

Aldo è rimasto al tavolo a guardare il telegiornale e vorrebbe dire al padre di tacere un attimo che non sente niente.

"Che fardello ci è toccato. Ma vi immaginate se fosse venuto stasera? I miracoli esistono. Dio oggi ha protetto questa casa."

Maria ride coprendosi le labbra con la mano. Madia le dà una gomitata e le rammenta di fare piano, sennò lui la sente.

"Però ha ragione, Gino parla sempre di sé."

"Lasciali fare gli uomini, tu pensa alla tua coscienza."

"Cos'è che non va negli uomini, nonna?"

Madia sistema gli avanzi nel frigo coprendoli con una pellicola di plastica trasparente.

"Pensano sempre di essere in guerra, ecco cosa non va in loro."

"Forse non tutti."

"Tutti i maschi hanno una guerra dentro, e la combattono contro gli altri. Per loro il territorio è sacro."

"Il territorio?"

"Quando ti farai fidanzata lo capirai."

A volte non capisce i discorsi di nonna.

Non capiva nemmeno quelli di suo padre.

Le uniche cose che le risuonavano dentro erano i discorsi di nonno Antonio.

A lui bastavano poche parole per riempire di saggezza una persona. Lo aveva sentito rispondere a uno di quei signorotti milanesi che venivano a casa loro *per conoscenza*.

Antonio era seduto con la schiena dritta, attento, non avrebbe annuito, non avrebbe emesso nemmeno un sibilo di approvazione, fermo come una pietra che contempla l'eternità.

Cesare, a tratti, rispondeva alle domande.

Poi nonno aveva alzato una mano per farlo tacere, marcando un confine assoluto ed elargendo la propria autorità nel modo di un despota sul trono.

"Sai quale è il problema?"

Iniziava così molti dei suoi discorsi.

Era la stessa domanda che poneva a lei quando sapeva che era andata alla spiaggia a giocare a pallone.

I signorotti tacevano, smettevano di bere il cafè o di fumare, ascoltando la voce di Antonio Leone cadere pesantemente sulle loro teste.

"Il problema è che vi piacciono i soldi, e state bene nelle vostre case a Milano. Quattro mura. A noi non è che non ci piacciono i soldi, cercate di capirmi, ma amiamo la nostra terra perché ci dà la bella vita. Il mare. La frutta. Sentite che frutta che abbiamo qui! Quando le arance arrivano là, non hanno lo stesso sapore che hanno qui. Perché le arance non sanno niente dei soldi, a loro li piace la bella vita come a noi."

Nonno Antonio aveva ragione.

Le arance che arrivano a Milano dalla Sicilia lei le ha mangiate, sono buone, ma a Cinisi sono ancora più buone. L'aria è più buona. L'acqua è più buona.

Un'altra vita.

Non la nebbia d'inverno che a volte è così spessa che ti inghiotte. Forse è per questo che non è mai riuscita ad accettare le *avance* dei maschi di lì; forse è per questo che ha atteso, che si è fatta investire dagli occhi neri e la pelle color caramello di Gabriele.

E in nessun modo, mentre lava i piatti e Madia le parla della spesa di domani, riesce a fare a meno di pensare alle sue mani sui suoi fianchi. Se anche solo per un momento lasciasse andare quei piacevoli ricordi, teme che la bellezza del mondo cadrebbe e le farebbe troppo male, perché dovrebbe credere che era stata unicamente finzione.

La moto trapassa la strada come il fulmine che estingue la notte per pochi secondi.

Lei dietro di lui, schiacciata contro la sua schiena; lui reclinato in avanti, gli occhi puntati sul rettilineo, sicuro di sé.

Qualcuno starà guardando il Gran Premio di San Marino. Suo fratello Ezio, invece, lo aveva supplicato di non partire per un viaggio così lungo, e di seguirlo a Imola a vendere panini.

"Fatti due soldi e poi ti fai una vacanza come si deve" gli aveva detto.

"Fratè, non è questo il punto."

Ezio non lo ha capito, forse perché sua moglie non gli ha mai concesso di sentirsi come Maria lo fa sentire. La moto. Il viaggio. La velocità. La pazzia. È sentirsi in quella canzone di Vasco Rossi: *"Vado al Massimo, vado a gonfie vele."* È sentirsi il principiante che salta per la prima volta da un aereo con il paracadute.

Maria ha protestato, non ci voleva venire a Venezia in moto, ma Gabriele ha risolto la situazione dicendo che guidava lei, così erano tranquilli.

Si è messa a ridere e lo ha minacciato che alla prima curva troppo stretta lo mollava a metà strada, che non le importava quanti chilometri avessero percorso, tanto le gambe per tornare a casa *ce l'ho buone.*

"Ti credo sulla parola."

"E allora prometti che vai piano."

La moto sfreccia intorno i 140 orari.

Maria vorrebbe protestare, dirgli di stare sotto i cento. Ormai ha capito come sono gli uomini, nonna Madia aveva ragione, forse cercano le emozioni forti perché la guerra che hanno dentro li costringe a comportarsi così. Devono compensare. Devono continuamente mettersi alla prova. Vivere forte a tutti i costi.

E dopo un'ora di viaggio abbracciata a lui, Maria decide che le sta bene, che quel modo di vivere al massimo con le vele spiegate al vento, la fa sentire come quando da ragazzina giocava a pallone.

Ora non si ricorda più cosa si prova a giocare a pallone, però stare con Gabriele le piace. Lui è il pallone. Lui è Cinisi. Lui è la bambina nascosta nel suo cuore che ha deciso di non piangere perché le è mancato qualcosa.

Parcheggia la moto e si sfilano il casco.

Lei ha i capelli scompigliati e alcuni le sono finiti in bocca.

Gabriele si aggiusta gli occhiali e si passa una mano sulla fronte sudata.

L'aria è fresca.

"Non so tu, ma io ho fame" le dice.

Maria annuisce.

"Posso correre di più se vuoi."

"Non farlo, o ti mollo qui."

Ridono. Lui le cinge la vita e accostandola a sé le stampa un bacio sulle labbra.

Gabriele non è soddisfatto, qualcosa preme nel petto, cerca di uscire, esplodere.

"Dai andiamo" le prende una mano e la trascina all'autogrill.

Non c'è molta gente ma alla cassa si è formata una piccola fila di assuefatti al fumo. Gabriele ha le sue sigarette, vuole soltanto un panino.

Quando si siedono a mangiare non sono neppure le dieci del mattino. Mangiano perché entrambi hanno saltato la colazione.

I tavolini sono quasi tutti occupati, ci sono famiglie e camionisti. Gabri e Maria ridono e parlano come se niente attorno fosse reale. Il panino rimane troppo a lungo nel piatto e alla fine non riescono nemmeno a finirlo.

Dopo mezz'ora sono di nuovo in strada.

Quando arrivano sul ponte che perfora la laguna veneta e si collega a Venezia, a Maria scappa un'esclamazione di contentezza. Le sembra che la moto sfrecci sull'acqua a una velocità inaudita. Non ha paura, è sorpresa.

Nonno aveva ragione: Venezia è magica.

Un altro mondo. Le strade si chiamano Calle, Rio Terà, sotoportego o fondamenta, percorse dalle vaste arterie della laguna, le cui acque appartengono all'Adriatico.

Per i veneti è un giorno come un altro, ma a Maria appare una città in festa. Nonno Amabile le aveva accennato delle gondole come se fossero una caratteristica secondaria della città. Lui le aveva suggerito di scovare i giardini segreti della città, nascosti dalle mura appariscenti, ed esplorare le molteplici isole intorno.

Però Gabriele insiste per fare un giro in gondola.

Così, dopo una lunga camminata a osservare le case, i turisti scattare foto e un giocoliere guadagnarsi qualche moneta per pagarsi un viaggio nel nord Europa, salgono su una gondola solitaria. Un ragazzo suona per loro il violino.

Maria alza gli occhi al cielo per vedere la pancia di un piccolo ponte, investiti dalla sua rapida ombra.

I piccioni sorvolano lo spazio, insieme alle rondini e altri uccelli.

Gabriele la tiene stretta a sé, lei reclina la testa contro il suo collo ma gli occhi non vogliono saperne di staccarsi dalla volta celeste.

Petali di rose vengono gettati nelle acque, loro si adagiano con docile furore e, dopo che la gondola passa, affogano per sempre.

Sulla terraferma decidono di pranzare. Sono le due.

È tardi, ma a Venezia non è mai così tardi. Gli stranieri pranzano anche alle tre.

Qualcuno strimpella il mandolino indossando una maschera di carnevale, una di quelle seducenti, i grandi occhi a mandorla con i lati tirati all'insù e le guance colorate d'argento.

In fondo a una via, su un piccolo spiazzo, c'è un baracchino con le marionette che strappano risa a una decina di bambini.

Loro però entrano in un edificio e si siedono al caldo di un ristorante. Ordinano mozzarelle in carrozza, maccheroni al ragù di carne e, come ultimo tocco, le sarde in saor.

Gabriele vuole festeggiare e chiede qualcosa di frizzante.

Pieni e ubriachi escono dal ristorante e senza accorgersene si ritrovano in piazza San Marco.

La gente cammina scomposta o distratta, i turisti giapponesi fotografano i bei palazzi, la bandiera italiana sventola vicino alla Basilica, e quando i due raggiungono la Torre dell'Orologio si tirano per le mani uno verso l'altro.

Gabriele la guarda dall'alto, lei ha il mento appoggiato all'attaccatura del suo collo e lo fissa negli occhi, sborsando il suo sorriso migliore. Girano lentamente sollevando un piede e poi l'altro, come se la terra sobbalzasse al richiamo delle onde.

C'è una musica che suona attorno a loro, non è udibile da alcuno. Non sono i menestrelli o i trovatori di strada che si cimentano con canzoni, violini o altro, è il battito di due cuori che all'unisono danno vita al suono primordiale dell'amore.

Così si baciano, toccandosi le labbra che sanno di sugo e champagne. E girano, un carosello infinito, instancabile, ineluttabile come il loro destino.

Seduti a una panchina fissano il cielo colorarsi di rosso, divorato da un fuoco fatuo.

Le donne hanno cinture dorate e gli uomini scarpe nere che abbagliano. Le coppie si tengono per mano pensando che presto staranno al caldo di una camera d'albergo a consumare tutto il sesso del mondo. È una voglia che provoca rumore anche nei pensieri di Gabriele e Maria.

"Che ne pensi di Venezia?"

Lei morde un piccolo panino che hanno preso al volo in un'osteria.

"Ha ragione nonno, valeva la pena essere qui."

"Vorresti essere in un altro posto?"

Lei scuote la testa perché la bocca è piena di pane e prosciutto.

"Danne un morso anche a me."

Lui le passa un braccio intorno alla vita e morde il panino.

"Meglio di quelli di mio fratello Ezio" dice, con la bocca piena.

"Non ci credo."

"Brava, allora inizi a conoscermi", e le fa l'occhiolino.

"Tieni molto ai tuoi fratelli, me ne parli sempre. Rosalina è una brava mamma."

Gabriele annuisce, d'accordo.

"Ti diverte quello che ho detto?"

"No. Pensavo a mia madre. La Signora."

"Hai paura a presentarmela? Chi altro manca se non lei?"

Il viso di Gabriele si rabbuia in un istante. Manda giù il boccone a fatica e Maria si accorge che deve aver detto o fatto qualcosa per fargli cambiare l'umore.

"Fai così perché tua madre…?"

"No, non è per lei. Penso a mio fratello Salvatore. Lui sta giù."

"Non sapevo avessi un altro fratello."

"Siamo in quattro, ma Salvatore è stato cresciuto da un'altra famiglia."

"Non vi siete mai visti?"

"No", si affretta a dire, "non è per questo. Ci vediamo ogni anno quando scendiamo a Isola, solo che vorrei stare di più con lui."

"Perché non viene a stare qui?"

"È una lunga storia."

"Anche io ho dei fratelli ma non li ho mai conosciuti."

Gabriele si riprende dai pensieri, guarda Maria mangiare il panino e la trova buffa.

"Fratelli o sorelle?"

"Non so, nonno Antonio parlava di una sorella."

"Se è bella come te la voglio conoscere, così la presento ai miei amici."

"Stupido."

"Stavate a Cinisi?"

"No, io stavo a Cinisi, con nonno Antonio e Mariuccia. Mio padre veniva lì per dei periodi. Lui lavorava a Palermo. Mi spiace per i tuoi amici, ma io non ho mai conosciuto mia sorella."

"E tua madre?"

"L'ultima volta che l'ho vista avevo sei o sette anni. Non ho un bel ricordo di lei. La verità è che non la ricordo affatto. Mi piacerebbe ricordare la sua faccia, però a parte i suoi capelli tinti di rosso non c'è nient'altro. Ho un vuoto."

"Non vorresti incontrarla?"

Maria risponde con un'alzata di spalle. Quando pensa a sua madre in lei escono due Maria. Una indifferente e l'altra desiderosa di rivederla.

"E perché tu non stai con tuo fratello a Isola?"

"Vorrei. Ma adesso non posso."

"Mi ci porteresti a Isola?"

"Certo. Se vuoi partiamo subito."

"Scemo, non adesso." Gli dà una gomitata sul fianco e poi si baciano, a stampo, accarezzandosi il viso.

"Ti porto dove vuoi."

"Non dirlo, o si avvera. E poi chi li paga tutti sti viaggi?"

"Tu."

Ridono. Lei preme una mano sul petto di Gabri, quasi un soffio. Gabriele si allunga e le morde una guancia. Maria si ritrae perché le ha fatto male, ma non tanto, alla fine è un gioco.

Ripartono nel tardo pomeriggio. Venezia scivola via alle loro spalle, sempre più lontana. Un punto nei loro ricordi.

41

Mentre il telefono squilla, Gabriele pulisce la macchina.

La Signora è ai fornelli, si sente il mestolo che gira nella pentola del sugo.

Appoggia lo strofinaccio sul sedile del guidatore ed entra in casa.

La corte tace, se non fosse per quegli squilli esagerati.

Risponde lui perché mamma poi si agita.

Sara ha chiamato cinque volte nell'ultima settimana e Rosalina, che abita nella corte al di là della via che taglia in due Roveda e Sedriano, gli ha riferito di averla vista più di una volta fare ricognizione lì. Rischierà di doverle dare delle spiegazioni. Sara è stata la follia di una notte e la promessa di un domani, però dopo quel giorno ha incontrato Maria al bar.

Un segno del destino.

Sara è una brava ragazza, lo sa, ma ha le gambe troppo larghe. In gergo: è un po' troia. Vuole lui perché ha saputo che la famiglia Arcuri e Lijoi stanno bene… *economicamente*.

La verità è che lui si fa mantenere dai fratelli.

Adesso che c'è Maria, deve mettere la testa a posto.

Ezio insiste per averlo al furgone dei panini, e Nicola gli ha proposto una carriera da muratore e, *chissà?*, se si impegna può ambire a mansioni meglio pagate.

"Eh rispondi" gli grida lei dalla cucina.

Quando entra, la vede di schiena ai fornelli. La cucina è pregna di sapori. Pomodoro. Aceto. Anice. Salame piccante. Gli odori della Calabra, della *loro* Calabria.

Mentre alza la cornetta continua a pensare che forse, per un po', può sempre tornare al vecchio compromesso.

"Gabriele, sei tu?" La voce di Antonio risulta apprensiva.

"Sì. Che succede?"

"Vasco."

"Che ha combinato questa volta?"

"Quelli di Bareggio. Lo sai lui come fa."

"Ormai lo conoscono, perché avrebbero dovuto…"

"No, infatti, non è per questo. *Quel testa* di cazzo ha importunato una delle ragazze di Gigio. Quello lo sai com'è fatto."

"Cristo. Dov'è Vasco?"

"All'ospedale."

Sua madre lo guarda con occhi severi, poi la cucina chiama, i fornelli scaldano l'aria e il sugo non può aspettare.

Gabriele dà le spalle e preme la mano libera sulla bocca per non farsi sentire.

Mia è sensibile a certe cose, le capisce prima che accadono. Lui lo sa che è una specie di strega, anche se i suoi fratelli non gli credono.

"Come sta?"

"Niente di grave. Per sua fortuna c'era Zecca che l'ha fatto scappare, sennò lo rompevano tutto."

"Figli di puttana."

"Gli voglio bene a Vasco, lo sai, ma inizio a stancarmi dei suoi casini."

"Che cosa facciamo?"

"Gli rompiamo il culo a quelli, *fratè*."

In ospedale Vasco è sdraiato con la gamba ingessata sollevata dal letto. Legge l'ultimo numero di Topolino: se non spende i soldi per le droghe, compra i fumetti della Disney e della DC.

Quando vede spuntare la faccia dei due amici, richiude il giornaletto posandolo sul comodino.

"È stata zia, vero?"

"Meno male lei che ci avvisa" lo rimprovera Antonio.

Gabriele ha chiesto ad Antonio di stare calmo, che prima o poi anche *Vasco mette la testa a posto*.

Un tempo spacciavano insieme, era stato Antonio a tirarli fuori dalla dipendenza.

Vasco, però, il vizio non l'ha ancora perso, spaccia quando gli servono i *cash*.

L'anno scorso aveva venduto dell'ecstasy a dei minorenni. Uno di loro era finito in coma. Se non avessero trovato un alibi per Vasco, adesso starebbe in prigione. Antonio e Gabriele lo avevano minacciato di scomunicarlo dal gruppo se non avesse smesso di spacciare.

Per un po' aveva finto di essersi ripulito, sebbene per vie traverse Antonio era venuto a sapere che vendeva il *fumo*, roba da niente, per soddisfare l'esigenza di qualche *cannaiolo* troppo annoiato per godersi la vita lucidamente.

Gabriele avrebbe voluto menarlo, però Antonio era stato dell'idea che *uno spinello non ha mai ucciso nessuno*.

Solamente che adesso Antonio è incazzato perché spaccia nella zona di Gigio, con i suoi soldatini ci hanno già avuto a che fare. Gente mista. Nord, sud ed est. Tutto il peggio che è riuscito a trovare, Gigio l'ha messo insieme. Molti di loro vengono dall'estero e non sanno nemmeno che spacciare è un reato. Quando la polizia li prende, non capiscono, si dicono innocenti.

La dura legge della strada.

Se arrivi in un posto che non conosci, impari prima le sue regole, ma se fatichi a parlare la lingua locale, sei carne da macello per le tigri.

Antonio e Gabriele conoscevano un ragazzo africano che spacciava per Gigio. Avevano provato a spiegargli che era illegale, che avrebbe rischiato la galera. Non erano riusciti a fargli comprendere le reali implicazioni di quei gesti, e il magrebino si era ritrovato di fronte a un giudice che voleva *rispedirlo nel buco in cui era nato.*

"Come stai?" gli chiede Gabriele.

Vasco sta per rispondere ma Antonio lo zittisce.

"Lo vediamo come sta, Gabri. Ho i coglioni girati stamattina. Mio padre voleva che andassi a lavorare con lui. Un'altra giornata a Milano a bermi il fumo delle marmitte."

"Allora ti ho salvato il culo."

"Non fare lo stronzo, Vasco" lo rimprovera Gabriele.

Antonio si trattiene, lo hanno già *spaccato di botte,* se gli menasse uno schiaffo potrebbe persino peggiorare la situazione.

"Perché ti piace scherzare con il fuoco?"

"Ma io…"

"Vasco." Antonio lo richiama all'attenzione, gli punta un dito contro avvicinandoglielo al viso. "Gigio non ha senso dell'umorismo. Si può sapere con chi te la facevi?"

"Jessica."

"Porca puttana, Vasco! Ora capisco perché Zecca non voleva dirmi un cazzo."

Gabriele si mette in mezzo e allontana Antonio per non rischiare che gli assesti un vero ceffone.

"Quella troia è la sua ex."

"Lo so, Antò. Ma ci stava."

"Andrebbe a letto anche con mio nonno per un po' di fumo."

"Che avete fatto?" gli domanda Gabriele.

"Mi ha fatto una *pompa.*"

"Sei uno stronzo. Per una pompa ti avrà chiesto in cambio qualcosa di grosso. È così?"

Vasco annuisce abbassando lo sguardo.

Antonio si fa avanti con una mano alzata ma Gabriele lo ferma chiedendogli di aspettare.

"Avanti Vasco, raccontaci tutto."

Vasco mira il soffitto, scocciato. Ha pregato zia di non chiamare i suoi amici perché sa come sono fatti.

"È iniziato tutto con quello. Le ho procurato roba forte, come ai vecchi tempi. Pensavo che fosse finita lì però la settimana dopo mi ha cercato ancora. Dio, ragazzi, quella è una bomba sexy, mi faceva girare la testa. E poi tira su che è un piacere, mai provata una cosa così. Pensavo che faceva bene Gigio a tenersi Jessica come *tromba amica*."

"Da quanto tempo andavate avanti?"

"Un mese. L'ultima sera lei si è fatta talmente di roba che Gigio si è incazzato perché non gliel'aveva venduta nessuno dei suoi. Era su tutte le furie. Così mi chiama e mi dice che voleva incontrarmi per vendergli la stessa cosa che davo a Jessica."

"E tu hai accettato?" gli chiede Antonio, incredulo.

"Sì. Erano bei soldi."

"Ma non ti è passato per la testa che ti prendeva per il culo?"

"Sì. In effetti all'inizio l'ho pensato. Ma poi lui ha continuato a parlare e mi sono rilassato. Era gentile. Mi ha raccontato che sua sorella a settembre si sposa. Cose così."

"Ti rendi conto? Gigio ti aspettava con una mazza da baseball. Ti ha rotto una gamba, il coglione. Zecca è uno dei nostri, sei stato fortunato che era lì."

"Lo so, cazzo. Voleva spaccarmi la testa."

"E cosa credi che faremo adesso?" Antonio si fa di nuovo avanti, questa volta è curioso di sentire come Vasco pensa di risolvere la situazione. Gigio non si fermerà a una gamba rotta. Jessica è finita all'ospedale e si è beccata una denuncia. Rischia grosso. Lo sa perché Zecca, anche se non ha fatto il nome dell'ex di Gigio, gli ha raccontato che una delle sue donne era finita nei casini a causa di Vasco.

"Non faremo niente. Mi ha spaccato una gamba quel porco maledetto."

"Quel porco maledetto vuole la tua testa. La gamba era l'antipasto."

"Ma perché accanirsi tanto? Mica è morta."

"Jessica passerà dei grossi guai con la legge. Non so che hanno combinato l'altra sera, ma è nei casini. E Gigio pensa che l'unico responsabile sia tu. Non viene qui perché a lui piace farsi giustizia per strada, sennò eri morto già da un pezzo."

Vasco impallidisce. Guarda Gabriele, l'amico è pensieroso e tiene le mani premute ai fianchi.

"E tu, Gabri, che mi dici? Che mi dite ragazzi? Non voglio che mi spacchi la testa."

"Sono felice di sentirti tremare all'idea di uscire da qui" lo rimbecca Antonio, dandogli le spalle.

"Andremo a parlarci" dichiara Gabriele.

"Non servirà a niente."

"Ma servirà a decidere cosa fare dopo."

***

Maria guarda fuori dalla finestra della sala, appoggiata con i gomiti sulla base sporgente del muro. Resta lì, in attesa di qualcosa, i suoi occhi perforano il vetro.

"Non essere impaziente" le dice Madia, intenta a spolverare il televisore.

Il marito è uscito con Gino e Barbara, una notizia che non ha lasciato indifferente Maria, che ha trovato il fatto divertente.

Barbara aveva insistito tanto per quella gita primaverile, non aveva mai chiesto niente a suo padre, glielo doveva.

Amabile, sulle prime, si era rifiutato, e Madia aveva dovuto supplicare di fare quello sforzo per sua figlia.

"*Gino ci tiene a conoscervi meglio*" aveva detto loro Barbara, seduta al tavolo con le mani premute tra le cosce.

Maria era presente, aveva visto il viso cereo di Amabile Zanca trattenere la frustrazione per non scatenare l'inferno davanti a nonna.

"È in ritardo" le risponde.

"Impara che gli uomini fanno quello che vogliono."

"Nonno come era da giovane?"

"Màbie?"

Maria si gira stupita dalla sua domanda. "E chi altri? Nonno!"

"Sai cosa mi ha combinato *tuo* nonno?"

Entrambe si avvicinano al tavolo e prendono posto una di fronte all'altra.

"È sempre stato un tipo irascibile, ma io me ne sono accorta solo dopo il matrimonio."

"E come?"

"Quando ci siamo incontrati lui era un bell'uomo, alto, elegante, una persona socievole, non guardare adesso. Stava negli uffici comunali e io talvolta lo vedevo quando andavo alle poste. Era un tuttofare."

"Era fidanzato?"

"Sì. Ma lei è morta durante il parto. La conoscevo. Non è mai stata una ragazza forte. Era magra e aveva avuto problemi ai polmoni."

"Pensi che sia cambiato per questo?"

"No."

"E poi?"

Madia si sistema i capelli, li tocca con una mano per sistemare un ciuffo che le cade sugli occhi.

"Ci siamo conosciuti alla festa di Sedriano. Sua moglie era morta da un mese e prima di allora lui non era mai venuto. Era vestito elegante e parlava con tutti. Poi mi ha visto. Io ero seduta in un angolo, non mi andava di ballare perché mi vergognavo. Lo sai che non sono quel tipo di donna."

"Ma lui che ha fatto?"

"Si è presentato. Cortese. Da quel giorno non ci siamo più lasciati. Mi parlava ogni volta che ci incontravamo. E un giorno gli ho detto che se voleva fidanzarsi con me doveva parlare con mio padre."

"Lo ha fatto?"

"Se siamo qui, vuol dire che lo ha fatto" le risponde, ripiegando il ciuffo dietro l'orecchio.

"È stato impeccabile. Mio padre è rimasto stupito dal suo modo di porsi. Si conoscevano di vista e non si aspettava che Màbie fosse così. Aveva saputo che era un burbero, io gli dicevo che erano malelingue, che lo conoscevo."

Maria ha l'impressione di poter toccare quei ricordi, di vedere i parenti del nord come in una pellicola in bianco e nero.

"Poi un giorno un facchino si è sbagliato con dei fiori. Ci eravamo appena sposati e abitavamo insieme. Io ho visto che si era agitato e gli ho detto che non c'era alcun problema, i fiori andavano bene lo stesso. Ma quando il poveretto li ha fatti cadere per sbaglio, tuo nonno si è arrabbiato moltissimo."

Adesso anche Maria ride, non le è difficile immaginarlo.

"Lo ha insultato fino a farlo piangere. Io ero senza parole. Lo guardavo così" e imita sé stessa aprendo la bocca nella forma di un ovale.

"Devi ammettere che nonno è forte."

"Sì, è forte. Non so che significa ma è *forte* come dici tu."

"E cosa gli hai detto dopo?"

"Gli ho detto che se lo faceva un'altra volta chiedevo il divorzio."

"E lui?"

"Lo vedi come fa. Brontola tra sé ma mi rispetta."

"Voglio proprio sentirlo quando torna."

Maria getta la testa in avanti scoppiando a ridere. Poi suonano il citofono e il riso si spezza. In un lampo è in piedi affacciata alla finestra.

È arrivato.

C'è l'ascensore, però preferisce farsi le scale.

Con una mano tocca le sigarette nella tasca del giubbotto ma poi ci ripensa, non è un bel gesto fumare sulle scale di un condominio.

Maria gli ha detto che in casa solamente nonno fuma e Aldo lo fa di nascosto per non dare dispiacere a Madia.

Non è in gran forma per quell'incontro ma ormai glielo ha promesso e, tra l'altro, è arrivato il tempo di conoscere l'Altra di Signora.

Mamma l'ha capito che sta con una, le è indifferente però Rosalina lo ha convinto che se è una cosa seria come pensa, è giusto che la famiglia la conosca. Al pensiero di fare incontrare Maria con mamma, gli viene un brivido.

"Partiamo da qui" sussurra vedendo la porta di casa Zanca aprirsi.

Fa un sorriso quando vede Maria. È vestita con i fuseaux viola che ha comprato alla Rinascente. Sopra si è messa una felpa di quelle con il cappuccio e le scritte americane, gliel'ha comprata lui a uno stock e ne ha una identica.

Per pensarsi. Per avere qualcosa di condiviso.

Non è stato l'unico regalo che le ha donato, c'è anche un ciondolo con un cuore dorato. Una metà a lei e l'altra a lui, ma non l'ha mai messo al collo, questione di stile, e poi Antonio non smetterebbe di prenderlo in giro. I regali di Maria, invece, sono più pratici, ma che ci può fare? Lei lo fa sentire romantico.

Mentre la porta di casa Zanca si apre, mettendo in mostra un nuovo mondo, si chiede se sia il caso di raccontare a Maria quello che farà da lì a un paio d'ore, e decide che ne ha fatte tante nella sua vita senza che ci fosse una lei a cui dover dare spiegazioni. Poi incontra gli occhi seri e dolci di Madia, una donna minuta, dall'ossatura spessa. Prima di questo momento, non aveva mai conosciuto la famiglia di una delle sue ragazze e nessuna di loro era mai arrivata di fronte alla Signora.

"Buon giorno signora Zanca, sono Gabriele Arcuri."

"Buon giorno" risponde impacciata, allungando la sua piccola mano. "Sedetevi, ho preparato il tè."

Maria appoggia le sue mani contro la schiena di Gabriele per direzionarlo al tavolo della sala. Madia scompare in cucina e loro restano a guardarsi ridendo senza far rumore. Lui vorrebbe baciarla ma Maria gli fa segno di aspettare.

"Non in casa Zanca. Sono all'antica."

"Lo è anche mamma, e non mi interessa."

Madia torna con un vassoio fumante che appoggia sul tavolo.

"Ci vuoi il latte nel tè?"

"No, grazie, va bene normale."

Guarda Maria e si accorge che trattiene una risata dietro la mano premuta sulle labbra.

Vorrebbe rincorrere quella sua ingenua ilarità ma Madia lo scruta con dovizia, lei non sa che il tè non è proprio un vizio in casa Arcuri. Birra. Vino. Coca-cola. Aranciate e succhi di frutta. Il tè si beve il giorno dopo natale, per riequilibrare gli eccessi delle feste.

Quando Maria è stata da sua sorella Rosalina, al tavolo c'era il vino bianco. E quando è arrivato Nicola, lui ha appoggiato una bottiglia di champagne esordendo con una delle sue battute. Ma il primo a vedere Maria è stato Ezio, perché dopo la Fiorentina sono entrati allo stadio altre tre volte, e lui era sempre lì. Maria si è innamorata dei suoi panini con la salamella. Adesso alla domenica vanno sempre al camion di Ezio per un'abbuffata.

Gabriele teme che di questo passo, Maria possa ingrassare, anche se lei sembra non risentirne. Appena torna dal lavoro, se non si vede con lui, gira in bici o si fa la campagna di Sedriano a piedi. Gabriele ha iniziato a pensare che c'è qualcosa in lei di nascosto che la muove, un'irrequietezza senza fine.

"Io l'ho già vista, signora Zanca. Mi ricordo di lei."

Madia è compiaciuta e Maria giura che le guance di nonna non erano così rosse prima dell'uscita di Gabriele.

"Mi ricorderei di te."

"Ho amici alle Gescal. Gente *apposto*."

"Maria mi ha detto che siete del sud."

"Sì. Di Isola."

Maria sa che non è vero, ma ha imparato presto a capire che lui e i suoi fratelli parlano di Isola per riferirsi a una zona dominata dalla loro famiglia.

Gabriele è di Vitrusi. Salvatore è quello cresciuto a Isola di Capo Rizzuto. Una cosa strana a cui fatica ancora ad abituarsi. Forse perché lei si sente senza radici, e Gabriele a differenza sua è un albero ben radicato.

Rosalina la tratta come una figlia, quando si vedono le dice di passare quando vuole, che casa loro adesso è anche casa sua. Ma Madia assorbe la risposta di Gabriele senza capire, e non immagina, come Maria, cosa significa la famiglia Arcuri e i Lijoi.

Quando lui va via, Maria si appoggia alla finestra e lo guarda camminare sempre più lontano.

Madia la studia in silenzio seduta alla tavola, le preme qualcosa nel petto, forme che sono ricordi e pensieri. Sospira.

Maria la sente e si gira a guardarla.

"Allora nonna, cosa mi dici?"

"Un bel ragazzo. Educato. Basta che *non è* come tuo nonno."

Ridono.

"Forse hai ragione" le risponde mentre si siede al tavolo, afferrando una mano di Madia e stringendola tra le sue. "Sono stata con la sua famiglia e sono gente per bene. Ti accolgono come una di loro. Hanno rispetto."

"Sono calabresi, e qui i calabresi sono gente mafiosa. Lo sai, vero?"

"Io sono siciliana, ma non sono mafiosa."

"Ma tuo padre lo è."

"Mio padre non lo vedo da sei anni e forse non lo rivedrò mai più."

"Tua madre sarebbe felice."

Maria trasalisce.

Madia si tappa la bocca con la mano libera, le è sfuggito, non ha saputo resistere all'impulso di tirare fuori quello che pensava.

"È la prima volta che mi dici una cosa del genere." Osserva il viso di nonna e si accorge che gli occhi le si sono fatti lucidi. "Le è successo qualcosa? Vero?"

Madia si affretta a scuotere la testa, le dice che va tutto bene. "È che tu non mi chiedi mai di lei. Così ho pensato che forse non lo facevi perché non te la sentivi."

Maria le stringe ancor di più la mano.

"Se non ti ho mai chiesto, è perché pensavo che non ci fosse nulla da sapere. Di mia madre non ricordo se mi ha mai tenuta in braccio. Di mia madre non ricordo se ha mai avuto parole dolci per me che ero solo una bambina. Di mia madre non so nulla, e voi che sapete non dite mai niente di lei."

"Mi dispiace."

"No. No. Non ti dispiacere, non è colpa tua."

"Lo so, però è mia figlia."

"Ti ha chiesto mai di me?"

"Sì, mi chiede sempre di te. La sento una volta al mese. Non è una su cui puoi fare affidamento. È nata così. Sin da piccola era... *strana*."

A quella rivelazione, Maria ha la sensazione che nello stomaco le si sia acceso un fuoco, una specie di consapevolezza di sé stessa a cui non ha mai pensato prima.

"Che faceva di *strano*?"

"Meglio che non lo sai."

"Perché? Ha ammazzato qualcuno?"

"No, ti sbagli. Era un po' esuberante per le donne dell'epoca. E lo è tutt'ora."

"Nonna, facciamo così. Noi ci siamo capite poco all'inizio, ma piano, piano ci siamo sforzate di parlare un po' la lingua dell'altro e adesso aiutami a capire, perché non ti capisco. Che intendi per *esuberante*?"

"Tua madre è una prostituta, Maria. Questo è più comprensibile?"

E allora c'è di nuovo la voce alta di suo padre che la rimprovera di qualcosa; un ceffone simile al tonfo dei libri che cadono dal tavolo; lei che poco prima dell'alba è fuori che guarda e pensa a qualcosa che non saprà mai; e poi va via, trascinando a fatica una valigia troppo pesante, che sono i suoi fardelli, le sue stravaganze.

Maria di tutto questo non sa niente, è solo una bambina che poco dopo si sveglia e trova Mariuccia a preparare la colazione e nonno Antonio con i piedi scalzi contro il sole che sale sopra la palazzina di fronte. Un ciuffo fuori posto.

I Leone comandano.

Stare male per giorni e poi arrivare a quel campetto arso dal sole e calciare per la prima volta un pallone. E non sa perché le torna in mente la folle corsa in moto con Graziella mentre ascoltano *la vita è adesso* di Baglioni, ma è come se risuonasse con il suo passato.

Libertà. Amicizia. Pazzia.

Quello che ha provato calciando il primo pallone e nel rompersi le scarpe, e quello che poi ha trovato con Graziella e, adesso, con Gabriele.

Eppure, all'improvviso, ha l'impressione che per quanti luoghi, vestiti o persone cambierà nella propria vita, sua madre sarà sempre l'ombra alle sue spalle.

Poi lascia la mano di Madia e dice che vuole preparare la cena.

***

La carta della sigaretta brucia presto.

Solleva gli occhi per guardare la strada che è la fine di una via ai bordi di Bareggio.

Al suo fianco Antonio è seduto contro il cofano della sua Alfa, in tenuta elegante, anche se l'occasione non lo richiederebbe. Alle loro spalle c'è un brusio, una decina di ragazzi calabresi si scambiano battute, impressioni e le novità della giornata.

Adriano è quel tipo alto, lo si nota per la forma esile e slanciata. A scuola i professori lo avevano quasi convinto a praticare il salto in alto, per le sue doti, perché è uno che tra tutti loro poteva anche farcela, realizzare qualcosa di unico. Invece, all'ultimo, ha deciso che vendere panini da Ezio Arcuri era la cosa migliore per una *testa di cazzo* come lui. Antonio e Claudio hanno tentato di fargli cambiare idea, ma invano.

"Potevi essere uno che ce la faceva" gli ha detto un giorno Gabriele.

Claudio non se l'è sentita di scendere in campo. Da un anno a quella parte cerca di fare le cose serie con Petra, che è straniera e i suoi amici gli hanno confessato che ha un *culo spaziale*.

"*Le straniere sono le migliori*" ha dichiarato una sera tra un bicchiere di vino e la pizza.

"*Le calabresi sono le migliori, fratè.*"

Antonio si era impuntato aggiungendo che era un rischio stare con *una* straniera.

"*Non sai come sono fatte. Hanno una cultura differente dalla nostra.*"

Gigio spunta all'orizzonte della via.

I rivali arrivano con i Garelli e altri motorini truccati, in assetto da guerra. Se potranno, i calabresi, la eviteranno (*la guerra*) ma Antonio non crede a un finale tanto dolce. Hanno già avuto a che fare con quella gente, non sono tipi che perdonano, se gli fai uno sgarro loro ti puniscono *almeno due volte tanto*. Vasco ha varcato un limite e lo sapeva, ma la coca rincoglionisce, non sei più tu, diventi un facile bersaglio per i casini.

Antonio impreca a bassa voce e incrocia le mani sul petto.

La sigaretta di Gabriele si riduce a un'unghia e finisce a terra, schiacciata dalle sue scarpe di cuoio nere.

Adriano e gli altri si fanno vicini ai due, in silenzio, ascoltano il rombo dei motori che presagisce tempesta.

Qualcuno chiude le ante di casa, qualcun altro sbircia tra le fessure delle persiane, pronto a chiamare gli sbirri al primo sussulto di violenza.

Si sa come funzionano le cose in quei quartieri.

L'odore delle marmitte impregna l'aria. Alcuni motorini vengono spenti, un paio rombano per creare attesa, mettere inquietudine al nemico. Gigio sa che i meridionali non hanno paura di niente, è gente che è cresciuta per strada, abituata alle scazzottate, ai coltelli, all'odore della polvere da sparo. Gente selvatica, alla quale è meglio non mancare di rispetto.

Del rispetto fanno la loro bandiera.

"Eccolo" dice qualcuno alle spalle di Gabriele.

Gigio scende da una ducati. Quando si leva il casco il suo faccione sudato è pallido e tetro. I problemi allo stomaco lo rendono nervoso, diventa cattivo, e questa sera si sente particolarmente infastidito. È il boss di Bareggio perché non c'è nessuno con la sua stazza. Se fai a botte con Gigio, rischi di passare una brutta ora.

Lui è uno da palmi aperti.

La messa in scena è conclusa.

Gigio avanza verso i calabresi che non si sono mossi dalle loro auto. Non c'è un filo di apprensione nei due che stanno davanti al gruppo. Li conoscono tutti a Bareggio gli Arcuri e gli Scolaro, non è gente che si lascia intimorire dalle scazzottate.

La strada è dura perché non sai mai che fine farai.

Gigio ha l'impressione che non ci sia niente che possa impressionarli. Sono venuti lì vestiti eleganti, con le loro giacchette pulite e i capelli pettinati all'indietro, sicuri che non sarà il loro sangue a scorrere per le strade.

"State calmi" sussurra Antonio, percependo l'agitazione di alcuni di loro.

Gigio incute timore. Alto due metri, pesante come un T. Rex, cammina dando l'impressione di avere palle di acciaio al posto delle ginocchia.

Poi si ferma.

Quelli di Bareggio hanno borchie e catene.

I calabresi, invece, non mostrano niente. Gli anelli di Gabriele sono oscuri presagi sulle sue lunghe dita affusolate.

Antonio si stacca dall'auto, schiocca le mani in un singolo applauso e si schiarisce la gola per liberare le corde vocali da possibili incertezze.

Ma si capisce subito che non ce ne sono.

"Ehi, Gigiuzzo, come va?"

"È una brutta giornata."

"Sì, e ci dispiace rendertela ancora più brutta."

"Dov'è quel pidocchio del vostro amico? Avete un amico proprio stupido, lo sapete, vero?"

"Lo sappiamo ma è uno dei nostri. Lo sai. Lo sapevi."

"Sì, lo sapevo, ma ha valicato un confine delicato."

"Jessica è una troia, non c'è bisogno che ti dica altro. Potevi risparmiarci un sacco di problemi."

Gigio si passa la lingua sulle labbra, non gli è piaciuta l'uscita dello *smilzo calabrese*, e poi inizia a stargli sul cazzo la loro tenuta precisa, è un affronto a loro che sono scesi in tuta, giubbotti di jeans e scarpe da tennis macchiate di grasso.

"È una troia del mio gruppo e la può toccare soltanto la gente che dico io."

"Bisogna chiederti il permesso per scopare…"

Gabriele poggia una mano sul petto di Antonio per interrompere il suo sproposito. Sta accendendo gli animi troppo in fretta.

"Ecco, bravo, tienilo calmo il tuo amichetto, sennò è il primo che gli faccio saltare i denti."

"Non siamo venuti per fare casino, Gigio."

Qualcuno alle spalle del boss di Bareggio ride.

"Io non contratto, amico. Ha toccato una delle mie donne e l'ha messa nei casini", e dicendo questo ciondola il capo riducendo le labbra a un forellino.

"E tu hai toccato uno noi dei nostri, ma siamo qui per non fare casino."

"E se ti dicessi di darmi una delle tue donne, che faresti?"

"Ti direi che non se ne parla."

"Allora ci siamo capiti."

Gigio fa un cenno rapido con il collo per dare il segnale di guerra.

Gabriele e Antonio si guardano, ne basta uno per mettere fine a tutto quello.

"Vado io, fratè. Non vorrei che poi la tua ragazza se la prende con me se ammaccano quel bel visino che hai."

Gabriele si sistema meglio gli occhiali sul naso.

"La tua moto la tengo io se dovesse finire male."

Antonio ride. Contenuto. Si sistema la giacchetta nera e si incammina verso Gigio.

"Mio fratello mi ha lasciato carta bianca. Ma lui lo sa che sono un tipo incazzoso, che non sono di troppo parole."

Gigio è una montagna. Non lo spaventa quel ridicolo fuscello con due gambe. Gli basta un pugno per stenderlo.

Solo che *quello*, quando gli arriva sotto fino a sentire il suo alito sul collo, gli mena un ceffone così forte tra la mascella e l'orecchio sinistro che per qualche istante la realtà si trasforma in un guazzabuglio di colori e forme indistinte.

Mentre è ancora stordito, sente che l'altro, quello con gli occhiali, parla al suo gruppo. Vorrebbe vedere ma il colpo subito gli ha fatto roteare gli occhi come biglie e la testa gli fa peggio di prima.

Lo stomaco.

Ha voglia di vomitare.

Che giornata di merda.

Eppure, si è detto per ore che quando è così, è meglio rimandare le questioni d'onore. Quella puttana di Jessica è riuscita a metterlo nei guai ancora una volta, ma ha fatto peggio perché li ha messi contro i calabresi. Quella è gente tosta. La verità è che sapeva che sarebbe andata a finire con lui su un ginocchio e gli altri che si *cagano addosso.*

Quando si riprende, si accorge che loro, *i meridionali*, sono molto più di dieci.

Ezio è furente, ha spiegato mille volte a Gabriele di non andare avanti, che ci pensano i suoi *veri cugini* per le questioni sporche.

"È l'ultima volta che vi mettete di mezzo per quel vostro stupido amico."

Ezio si riferisce a Vasco.

Antonio e Gabriele lo ascoltano in silenzio, è più grande e sa il fatto suo, ma sanno anche che la prossima volta correranno di nuovo a *menare le mani* per Vasco.

"Prima o poi vi mette in casini peggiori di questo, se continuate a parargli il culo."

***

La porta sbatte e loro sanno chi è tornato. È un po' presto e non lo aspettavano per cena, ma Maria si affretta a dire a Madia, mentre sono in cucina senza sapere niente del morale di nonno, che è avanzata della polenta.

Aldo è in sala, dà il benvenuto a suo padre e lo aiuta a spogliarsi. All'inizio è un brontolio sommesso, il figlio cerca di arginarlo raccontandogli che per quell'anno la festa del 2 giugno sarà ripristinata, una notizia che dovrebbe fargli piacere. Invece, Amabile Zanca sbotta tutto in una volta mentre si siede sul suo divanetto e si accende la pipa.

"Quello non è un uomo, è un animale da circo."

Maria chiede a nonna se può restare in cucina perché non ce la fa a trattenere le risate.

"Che cosa pensa, che sono un campagnolo? Che mi piace pescare come un cretino? Andiamo a pescare. Siamo una famiglia, dice. Ma quale famiglia? Si tenga il Ticino. Lo volevo vedere in guerra a questo qui!"

Madia compare in sala, la testa piegata su un lato in segno di rimprovero.

"Adesso siediti e mangia. Scommetto che ti hanno invitato e tu hai rifiutato."

"E tu che avresti fatto al posto mio?"

"Sarei rimasta per mia figlia."

"Ma come si fa a sposare uno così? Non ha mai smesso di parlare. E la sua canna da pesca. La sua moto. Che buono il suo ristorante. Mi hanno portato un risotto che sapeva di vernice. Che roba è quella lì?"

"Non sarai stato maleducato?"

"No" le risponde, tirando con la pipa. "Questo mai."

"Smetti di fumare e vieni a mangiare."

"Gli ho detto che la prossima volta che mi fa mangiare al suo ristorante, lo affogo nel Ticino."

Il silenzio viene spezzato dalla fragorosa risata di Maria e di una padella che casca a terra.

Madia chiude gli occhi e prega il Signore di essere misericordioso con la loro famiglia, che hanno avuto una vita difficile e la guerra *fa brutti scherzi.*

"Chiamo Barbara" dice sottovoce Aldo, filando in camera.

42

Mamma non è in vena di scherzare, gli basta un'occhiata per accorgersene. E poi, in qualche modo, ha saputo della disputa di Bareggio: a lei certe cose non vanno giù.

A Vitrusi c'è chi il sangue l'ha fatto scorrere lanciando in strada la testa di una moglie gravida di pochi mesi. Succedono cose strane quando gli uomini perdono la ragione. Le donne lo sanno, a volte riescono a farli ragionare, altre volte si fanno da parte perché non esiste logica che li possa fermare. Neppure invocare il nome di Dio.

Mia mette in ordine un ferretto tra i capelli e alza il volume della televisione.

Gabriele fila in camera ma poi ci ripensa. La sta ristrutturando così può portare via Maria da casa Zanca, e sua madre ha capito. Solo che quella è una stanza abusiva, al catasto non è nemmeno segnata come appartenente alla proprietà Arcuri. Nicola, però, gli ha fatto capire che se la sistema è meglio, ci penserà lui a risolvere la questione con il geometra.

Prima era soltanto uno sgabuzzino riempito di roba, averi della famiglia, da sedie per l'estate a pentolame inutilizzato.

Cose che il tempo fa invecchiare e il progresso rende obsolete.

Adesso, però, è deciso ad affrontare la Signora. Non ha ancora capito se mamma è gelosa o eccessivamente protettiva, perché lui è il più piccolo e tutti i fratelli lo trattano come qualcosa da conservare con le dovute cure.

A volte gli pesa essere il fratellino della famiglia. Salvatore invece lo tratta da uomo, per questo vuole stare con lui a Isola.

Rosalina ed Ezio gli hanno già detto che Salvatore ha preso una *brutta strada*, però lui non ci vuole credere. Mamma lo chiama una volta alla settimana e non si è mai dimenticata di farlo. Poche parole. Come stai. Con chi sei. Hai sentito Ettore.

E poi ognuno alla propria vita.

Lei adesso è seduta al tavolino del soggiorno. La tv è alta ma Gabriele le si mette davanti. C'è odore di carte napoletane, le ha tirate fuori per fare "*Il Solitario*." Lo fa spesso per sapere come andrà la giornata.

Ha già iniziato a mettere le carte in fila.

"Fai in fretta" gli dice.

"Porto Maria al mare questa estate."

"Uh", e cala altre carte, in file sempre più strette.

"*Sorama* e Nicola ci possono ospitare. Ma io vorrei portarla da noi."

La signora apre le carte. Le scopre velocemente passando due dita e rivoltandole come pezzi di carne sulla brace.

Gabriele tace osservando mamma girare e spostare le figure come solo lei sa fare.

Alla tv danno una di quelle telenovela che *piacciono tanto alle donne*. Mia le guarda puntualmente ma storpia i nomi degli attori. Non è sempre seria e tirata come sembra, sa divertirsi ed essere socievole quando è dell'umore giusto. È che vorrebbe vedere *il suo* Gabriele sistemato, un lavoro, una casa, avere dei nipotini da accudire. Invece lui se ne va in giro con i suoi amici e fare chissà che cosa, spendendo il suo tempo e *le fatiche* di Rosalina. La sorella trova il pretesto per difenderlo a ogni occasione.

Ma così non impara, le ha detto una volta.

"Mà?"

L'ultima carta finisce nel mazzo, Gabriele non ha fatto in tempo a vederla però è certo che sia di ori.

"Quando me la presenti?"

"Anche oggi."

Scuote la testa. Le carte dicono un'altra cosa. Allora le mischia e dopo poco ne mette altre 3 sul tavolo. Le scopre. Le osserva.

"Io scendo prima con Ettore."

"Quando viene zio?"

"Viene su per incontrare un amico di Milano, e così gli ho detto se scendiamo insieme."

"E il pullman?"

"Quello c'è sempre"

"Noi scendiamo in macchina."

La Signora strabuzza gli occhi e d'un colpo è in piedi.

"Non ti azzardare eh."

"Ho deciso. Viene anche Antonio e una sua amica."

"Non mi piace come guida quell'amico tuo."

"Andiamo con la Panda. Lui non si fida a portare l'Alfa. Troppe buche."

"Tu mi devi sempre far preoccupare. Mai una volta che mi fai stare tranquilla. Adesso va via, che c'è Sentieri."

Dopo poco è al canale. Aspetta Maria. Voleva passare a prenderla però lei si è fatta un giro in bici. Una bella giornata di giugno. *Il mare chiama.* Il sole scotta. Sedriano si risveglia. Gli alberi diventano artisti, le rondini danzatrici dei cieli e il vento un giradischi che disperde le musiche più in voga.

Con Gabriele ci sono Adriano, Claudio e Petra; lei mostra le sue belle gambe rotonde seduta con i piedi infilati in acqua. Anche se è tondeggiante, i passanti la guardano con interesse. Nel suo costume integrale si gode il sole facendo ricadere la testa all'indietro per distendere i lunghi capelli neri.

Maria arriva con un paio di pantaloncini. La maglietta è arrotolata a mostrare l'ombelico, sul viso gli occhiali da sole che hanno comprato in Duomo.

Gabriele la vede, le fa un cenno con la mano e poi si immerge sott'acqua insieme ai due amici.

Qualcuno ha gridato: "A chi arriva *primo* di là."

Maria scende di tutta fretta dalla bici e nota che anche Petra è incuriosita da cosa combineranno i tre. Solo che le loro sagome sono sparite.

"Sono passati sotto la strada" le riferisce Petra.

"Ma sono matti?"

Gabriele è il primo a spuntare dall'altro lato, seguito da Adriano e Claudio.

"A voi piace vivere tranquilli, ma fare stare tranquilli anche gli altri, no?" li rimprovera Maria.

Gabriele si issa sul bordo del canale e poi corre da Maria per salutarla.

"Stammi lontano che mi bagni."

Ma è troppo tardi, lei non fa in tempo a scappare che Gabri la cinge da dietro bagnandole la schiena. Le stampa un bacio sul collo e poi la solleva facendo finta di volerla buttare nel canale. Maria si dimena, ride, si sbraccia per staccarsi da lui.

"L'acqua è fredda" protesta lei.

"Ti sveglia un po'."

Quando lui la libera, Maria si siede accanto a Petra togliendosi i sandali e immergendo i piedi nell'acqua.

Gabriele le si mette a fianco. Il suo sorriso riluce nelle gocce che gli cascano dai capelli appiccicati alla fronte. Con una mano, Maria, glieli sistema, spostandoli dietro. Le piace vederlo sorridere ma non ha mai il coraggio di confessarglielo.

"Ti devo dare una notizia" le dice, sussurrandole all'orecchio.

"Cosa?"

"Mamma ci aspetta a Vitrusi."

"Davvero?"

Gabriele si limita ad annuire. È felice.

"E che ti ha detto?"

"Che va bene. La Signora non si sbilancia in queste cose."

Maria all'improvviso è nervosa. L'ha vista più di una volta camminare per le strade della Roveda o in bici a Sedriano andare a fare le pulizie in un bar vicino alle Gescal. Una mattina se l'era ritrovata di fronte. Aveva pensato subito al Caporale. Quegli occhi azzurri duri come piombo, freddi come le caverne della Groenlandia. Ritta nel suo incedere perfetto.

In qualche modo è come se avesse conosciuto prima lei di Gabriele.

43

Nella stanza che Gabriele sta verniciando, ha fatto per la prima volta l'amore con lui. Era un pomeriggio, in pieno inverno. Le luci del Natale ancora allestivano certi tratti di Roveda. La Signora era da Rosalina, un impegno che l'avrebbe tenuta fuori fino a cena.

Si siede sul divano ripensando che le cose che ha creduto lontane dalla propria vita, le sono piombate addosso in un attimo.

Gabriele accende la televisione, un gesto automatico. Mamma l'accende anche se non la guarda e lui si è abituato a quel vizio. Non è uno a cui interessano certe cose, se non sono film western o di fantascienza non gli passa per la testa di farne una distrazione. A quell'ora, poi, se non sta con Antonio, è dai fratelli. Ormai tutti i suoi amici lavorano.

"Ho sete" dice, entrando in cucina.

Il telegiornale parla dei mondiali di calcio in Messico.

All'inizio Maria è persa a guardare la piccola casa di mamma Arcuri.

È tutto vicino. Un divano. Un quadro. Il mobile con sopra la tv e un altro con dentro bicchieri, piatti, e dove non vede pensa ci siano tovaglie e asciugamani.

Il mazzo di carte napoletane è al solito posto, sdraiato sul tavolino accanto al vaso dei fiori.

A quel nome si gira, ne ha sentito parlare dagli amici di Gabriele. L'idolo del momento. Il giornalista commenta la folgorante partita a eliminazione di ieri. Elogia Maradona per le due perle che hanno steso la Regina d'Europa, un colosso del calcio mondiale.

"Che dicono?" chiede Gabri.

Apre una bottiglia di acqua frizzante mentre attende la risposta di Maria; ma lei è catturata da una serie di passaggi che finiscono ai piedi di un *nanerottolo* che impedisce a due avversari di rubargli palla.

Gabriele la incalza ma lei non gli risponde.

Maradona, intanto, si è allungato il pallone e fila via come un treno. Gli occhi di Maria riflettono quell'immagine perfetta di lui che trapassa la difesa avversaria, supera il portiere e con un tocco invisibile gonfia la rete.

"C'è poco da dire con uno così" ammette Gabriele.

Maria tace. I suoi occhi si fanno tristi. Quella volta al collegio le hanno impedito di finire la partita contro quelli di fuori. Hanno vinto, sì, però suor Ilena non li ha fatti continuare. Le gridava di uscire dal campo prima che si facesse male, *che non è gioco per ragazze quello*. Ha creduto che Maria volesse attirare l'attenzione dei maschi, invece lei voleva soltanto giocare, vivere la passione che le aveva fatto superare il dolore dell'abbandono di sua madre.

Ma come spiegarglielo?

Nemmeno nonna Madia aveva compreso.

Gabriele le si avvicina e le chiede se sta bene.

Lei annuisce, forzando un sorriso. Vorrebbe dirgli tante cose, perché in un solo colpo quel tipo alla tv le ha risvegliato dentro il *lupo* nascosto. È la prima volta che di fronte alla destrezza di un uomo prova riverenza, ammirazione ed entusiasmo.

Maradona.

Un cognome colossale come il suo, che fa Leone. Se raccontasse a Gabri i propri pensieri, teme che potrebbe giudicarla strana.

Strana… come nonna ha detto di mia madre.

Una donna esuberante.

"Non fa per te il calcio, Marì" le dice Gabriele cambiando canale.

44

Amabile Zanca è appoggiato al muretto del balcone. Il cortile si è riempito di famiglie e i bambini corrono attorno ai cespugli e le panchine. Sotto ci sono anche Aldo e Barbara, parlano tra loro in attesa di Maria. Gino invece lavora. Il solo pensiero di dover sopportare il caldo di agosto e il marito di sua figlia nella stessa giornata, gli sarebbe apparso insopportabile.

"Che fai qui?" gli chiede Madia.

Non ha più visto suo marito tanto in apprensione da dopo che è nata la prima figlia. Talvolta lui discuteva con il vicinato di politica e al circolino si impegnava per migliorare l'amministrazione comunale. La madre di Amabile, Cinzia, le raccontava che suo figlio era un ragazzino mite e timido finché il postino del paese non gli ha recapitato la chiamata alle armi.

"*Non potevamo immaginare che la guerra l'avrebbe cambiato così tanto.*"

E né Madia poteva immaginare che avrebbe vissuto una vita con un uomo in piena guerra con sé stesso.

"Maria" le risponde, facendo un cenno con la testa nella direzione del cortile.

Madia si sporge dal balcone e la vede camminare mano nella mano con Gabriele. Aldo e Barbara gli vanno in contro. Si parlano. Sorridono.

"Che ha Maria?" gli chiede.

Questa volta non comprende il pensiero del marito. Ha salutato con freddezza la ragazza e adesso la osserva con interesse. Non che alla partenza di Barbara, l'anno scorso, fosse stato più espansivo. Tutt'altro.

"Se ne va."

"Lo so. L'abbiamo salutata prima."

"Se non lo vedi, non c'è nemmeno bisogno che te lo spieghi" le dice, spostandosi dal parapetto per rientrare in casa.

Madia si sforza di guardare il viso solare di Maria, non crede che ci sia qualcosa di strano in lei. Forse Amabile è preoccupato per il lungo viaggio, e ammette di esserlo un pochino anche lei. Ma sono ragazzi. Lei lavora e lui sembra uno con *la testa sulle spalle*.

Gabriele mostra al sole le sue lunghe gambe e uno squarcio di petto dalla camicia a fiori. Maria sfoggia il fisico allo stesso modo, inutili sono state le sue rimostranze per impedirle di uscire mezza nuda.

I tempi cambiano.

Un mantra che non fa altro che ripetersi. È a causa di Maria che ci pensa, lei ha proprio l'aspetto di una che cambia i tempi, ha persino scomodato Màbie dalla sua poltroncina.

"Vedo che è felice" gli risponde mentre lui varca la soglia che separa il balcone dall'appartamento.

Lì Amabile si ferma, indeciso su cosa fare, se c'è bisogno di aggiungere qualcosa, perché non è soltanto quello il punto. Guardando Gabriele e Maria si ha l'impressione che quei due siano destinati a qualcosa di diverso.

“Io non ci volevo andare in guerra.”

“E questo che cosa c’entra?”

Succede spesso che abbiano gli stessi pensieri. Lei ha pensato alla guerra e lui subito ha fatto un riferimento, ma proprio non riesce a capirlo adesso. Insolito che Amabile Zanca faccia l’enigmatico e la tiri tanto per le lunghe.

“È più semplice se parli chiaro”

“Quando la vita chiama, poi cambia le regole. Quello che eri prima, lascia posto a quello che sei destinato a essere.”

“E cosa c’entra Maria?”

Lo raggiunge ma lui le dà le spalle e fa un passo dentro l’appartamento.

“Ho bisogno di fumare.”

“Maria non va in guerra.”

Lui si ferma, gira la testa e la fissa per un lungo istante.

“Era quello che pensavo anche io, ma non è questo il punto.”

Non dice altro, si siede sul divanetto e fuma.

Madia lo osserva in tutte quelle mosse che conosce a memoria, e pensa di iniziare a capire le parole del marito. Così torna al balcone, si affaccia. Barbara e Aldo non ci sono più. Alza lo sguardo e, all’ingresso del cortile interno delle Gescal, vede Maria e Gabriele mentre vanno via di schiena.

No, non prendono le armi, l’ha capito, quella è una chiamata diversa che ha lo stesso sapore della guerra. E c’è una cosa che le sembra di aver compreso, però sono sensazioni che non hanno ancora parole su cui poggiarsi e si avvicinano al torpore di un addio.

Antonio è appoggiato alla Panda, gli occhiali da sole ben saldi sul naso e con un braccio cinge Beatrice. Dice che è *soltanto* un’amica ma nessuno gli crede.

"Bello avere amiche così" gli ha risposto Vasco, che è tornato a camminare come un comune essere umano.

Gabri ha consigliato a Maria di non portarsi molta roba, che quello che serve, anche i vestiti, li compreranno a Catanzaro o a Soverato. Vitrusi è un paesino di duemila abitanti, non molto distante dalle due città. La parte superiore è incastonata a poco più di mille metri sulla montagna, attanagliata da sempreverdi, palme e ulivi. La Marina si estende per un tratto di costa confinante con Sant'Andrea Apostolo dello Ionio e Davoli: la maggior parte delle abitazioni qui sono seconde case.

Ma Maria non sa niente di tutto questo, se non fosse che Gabri continua a raccontarle della *sua terra* e le sembra di dover fare ritorno in Sicilia.

Terre dure. Anime di mare.

"Si va, ragazzi?" chiede Antonio, facendo scivolare lungo il naso gli occhi da sole.

Beatrice al suo fianco annuisce.

Maria la guarda, in qualche modo le ricorda Anna. L'amica di Antonio, però, ha i capelli neri con le punte rosa e sogna di fare l'attrice proprio come Anna. Si sono conosciute oggi. È una che parla di unghie finte, rossetti, la moda ce l'ha nel sangue anche se non eguaglia Graziella. E, poi, a proposito di Graziella, vorrebbe salutarla ma si sono sentite ieri, le ha augurato di vivere al *massimo* quella vacanza.

"La prossima estate facciamo qualcosa insieme" le ha promesso, facendola felice.

Gabri estrae le chiavi dai pantaloncini neri, le fa ballare a mezz'aria facendole suonare come nacchere. Non si può essere più felici di così. Un sogno scendere a Vitrusi con le persone a cui tieni di più.

"Si comincia" si rallegra Antonio, dando una sculacciata a Beatrice per invitarla a prendere posto in auto.

45

Collegio 1982

L'inverno non le è mai sembrato così freddo come in quegli istanti. Dovessero bruciarle la pelle, non basterebbe a non sentirlo.

Quella donna la guarda con le braccia conserte dietro la schiena. È muta da alcuni minuti e non riesce a capire perché lo stia facendo. Lei è la ragione di tanto gelo. I suoi piccoli occhi non sono abbastanza grandi per contenere la figura completa della suora in nero.

Poco prima Maria si è fatta consolare da suor Germana, che con dolcezza ha cercato di farle capire che rubare è un peccato, *lo dice la Bibbia.*

Il fatto è che non ha mai letto la Bibbia e prima delle omelie di Padre Clemente e le domeniche a messa con nonna Madia, conosceva unicamente due preghiere.

Nonno Antonio ripudiava i preti, anche se aveva massimo rispetto per un certo Don Gallo. È cresciuta con la convinzione che lui sapesse qualcosa che non osava rivelare apertamente.

Invece la donna statuaria, quando si arrabbia, oltre a cambiare i turni delle pulizie o negare la colazione, chiede a Padre Clemente di far recitare ai *puniti* una serie di preghiere e adesso è maestra in questo. Le conosce tutte. Lei pensa che a Maria stufino quelle cantilene, la verità è che glielo fa credere, ma cantare, recitarle, la fanno sentire bene, è come se mandassero via la pesantezza che grava sulla pelle.

Doveva stare attenta, lo sapeva che il Caporale di sera presidiava ogni angolo del collegio. E poi quando è di turno alle pulizie, la sua presenza è pressante. Ma Maria ha capito: suor Giordano ha sempre avuto il sospetto che la piccola siciliana fosse un tantino ribelle.

Quando è entrata, il Caporale ha esclamato: "*Ecco la nostra furbetta.*"

Come se sapesse che significa quella parola.

Furbetta.

Si chiede se sia per caso un animale domestico o un folletto dell'isola che non c'è. Ha subito pensato che lo chiederà a Carmela, lei sembra sapere sempre tutto.

È come se fosse lei a emanare il freddo attraverso il proprio silenzio. E il silenzio non è prerogativa dello spazio che le circonda, è plasmato con l'essenza del Caporale. Ogni cosa in quella stanza è una sua estensione. L'ossigeno sono i suoi pensieri, e il freddo l'insoddisfazione che prova.

Per dio! Ho solo preso dei biscotti!

"*Non rubare*" le ha detto Timpani, puntando i pugni sui fianchi.

Non crede che riuscirà mai a capirci molto di *quel libro*. Un giorno è entrata in chiesa mentre Padre Clemente sistemava l'altare con l'aiuto di alcuni chierichetti, si è seduta a una panca e ha trovato un libricino con il titolo La Sacra Bibbia. Sulle prime pagine c'era la parola Genesi. Se ci fosse stata nonna Madia le avrebbe spiegato che significava quel termine, e quando ha provato a leggere ha capito che Dio era uno che aveva le mani in pasta un po' dappertutto, perché quello che aveva fatto per l'uomo e la donna in realtà era casa Sua.

Quindi rubare equivale a portare via qualcosa a Dio.

Che sfortuna.

Se solo si decidesse a parlare potrebbe dirle che le dispiace.

Quella tace. La scruta come fosse un animale da circo. Ma tanto è inutile che fa così, per liberarsi di lei dovrà cacciarla. Non è riuscito Gesù a fermarla, e né Dio ci riuscirà (ora che ha scoperto il Suo sommo comandamento), figuriamoci il Caporale. Maria ha fame. Punto. Se non saranno i biscotti, sarà qualcos'altro. La colpa è di quella suora, non sua.

"Voi non ci fate mangiare e io vi prendo i biscotti."

Non sa perché lo ha fatto, e non ha tempo per chiedersi se abbia sbagliato a rivelare i propri pensieri, perché quando gli occhi del Caporale si spalancano per l'offesa subita, le sembra che vogliano inghiottirla tutta.

46

L'aria d'improvvido cambia. La sente subito che è diversa, simile a quella che masticava a Cinisi. Una calura dura. Un vento che raccoglie a sé l'odore degli ulivi, degli alberi di fico e l'erba marroncina, quella bruciata. E non sa che quando arriverà a Vitrusi quella stessa aria conterrà il gusto della pietra grezza, dei gelsomini e gli oleandri affacciati ai balconi, ed è come se tutto quello fosse già contenuto in lei.

Gabriele guida. Antonio e Beatrice guardano fuori dai rispettivi finestrini sopportando il peso di borse e zaini. Una macchina troppo piccola per un grande viaggio. Lo sapevano. Ma il senso dell'avventura sta proprio nell'intraprendere azioni sconsiderate e superarle.

Gabri indica a Maria i paesini sopra le montagne, racconta quello che sa, chi ci abita, se sono cugini di secondo grado o zie che hanno sposato *uomini potenti* del sud.

Quando con un dito le indica il paesaggio sulla sinistra, le dice che quello è il mare di Davoli e che non manca molto a Vitrusi, che sta lì, in sella alla montagna, e sicuramente la Signora dal balcone potrebbe vederli se avesse una vista da falco.

Maria è divertita, ma adesso quell'incontro non è più un'idea, presto avrà delle conseguenze nella sua vita. E proprio ora che è stanca, dopo ventidue ore di viaggio, le sembra che affrontare la realtà sia una dura punizione per sentirsi così debole.

Gabriele non ha ceduto un attimo, e Antonio allo stesso modo. Le hanno portate sin lì fumando una sigaretta dopo l'altra, scambiandosi battute e racconti. A sentirli parlare, la Calabria è un'isola, e non un'isola qualunque, bensì un vero e proprio regno extraterrestre.

La loro prima infanzia, i due amici, l'hanno vissuta lì, anche se Antonio è di Riace.

Il mare brilla anche da lontano, toccato da un'ardente mattina di sole. Maria scorge sprazzi di spiagge ornate da ombrelloni e miniature dalla fisionomia di formiche, che sono esseri umani.

Poi la macchina vira e inizia la salita.

Antonio si riprende e si sporge da dietro per parlare con Gabriele. Ridono perché è l'effetto che danno i vecchi ricordi. Loro si sono conosciuti a Milano, in una delle molte serate all'ultima moda nelle Terre di Nessuno, per poi scoprire di avere in comune non solo la regione natia ma molti altri amici le cui famiglie hanno tentato la sorte al nord.

Come è piccolo il mondo.

La strada curva di continuo, simile al dorso di un serpente che si avvita a una roccia. Ci sono tratti di vegetazione nera, canne di bambù spezzate e alberi rinsecchiti. Le prime case sono grigie ma i colori dei fiori sulle balconate le abbellisce.

Alcune anziane sono sedute ai bordi della strada con le porte di casa spalancate, indaffarate con la maglia o la frutta. Vestite con abiti artigianali, salutano i passanti con suoni e modi che a Maria sembrano affini a certi ricordi. Le piace osservare le mani di una donna intenta a sbucciare con un coltellino dei frutti verdi, seduta con le gambe divaricate per far spazio a due bacinelle che sono già piene. Quando incontra i loro occhi, queste fanno un breve cenno con la testa per salutarla.

Ora l'aria che spira dal finestrino sa di fiori, pane appena sfornato e ulivo.

Anche Beatrice sembra incantata dalla placida routine di un paesino calabrese simile a mille altri.

Le curve accompagnano la macchina un po' più in su, finché raggiungono una piazza dove parcheggiano. Una lunga strada scende a sud e sale a nord, delimitata dai palazzi con le loro vetrine e gli ingressi agli appartamenti.

Un piccolo mondo in movimento.

Bici, motorini e furgoncini sfrecciano perdendosi nelle vene che confluiscono alla piazza.

La gente ride, saluta qualcuno che si è affacciato dalla finestra o hanno incrociato per strada, chiedono ad alta voce alle commesse (che si appoggiano alle porte per ricevere un po' d'aria fresca) se mettono via *due file di pane* che passeranno a prendere al prossimo giro.

"Benvenuta a Vitrusi" le dice Gabriele mentre scendono dalla Panda.

Antonio si stiracchia e Beatrice si copre la bocca per nascondere uno sbadiglio.

Maria invece ha occhi grandi, osserva con fare meravigliato quel mondo in movimento e dialettale. In un attimo il suo olfatto si risveglia. Pane. Formaggio. Basilico. Lo smog dei motori. Ci sarebbe altro ma lei proprio non riesce a cogliere quel tutto. Così guarda Gabriele e lo vede fare un bel respiro come se volesse mangiarsi quei sapori immensi che in un colpo le hanno fatto sparire la stanchezza del viaggio.

Antonio si accende una sigaretta, non è un tipo romantico però a suo modo si fa piacere.

Beatrice è tanto persa come Maria, anche se sembra non cogliere ciò che prova l'amica, o Gabriele. Per lei quello è semplicemente un posto. Vacanze. Nient'altro.

"Non ci conviene arrivare fino a là?" chiede Antonio.

"Volevo fermarmi un attimo."

"Non è qui dove abiti?" Questa è Maria.

Lui le si avvicina e la stringe mettendole un braccio intorno alla vita.

"Più giù, amore."

"Non andiamo?"

"Facciamo colazione prima. Lì" e con un dito indica un ristoro, "sfornano dei cornetti fantastici. Sono grossi così."

"Esistono cornetti del genere?"

"Li fanno a Davoli, Soverato, qui qualche volta anche Totò li ha."

"Fratè, preferivo arrivare a casa" insiste Antonio.

"Dai, venite."

Senza dire altro, lo seguono.

Quando entrano, Gabriele viene riconosciuto da alcuni paesani che lo salutano.

Totò quella mattina non c'è e sono rimasti solamente due cornetti grandi. Li comprano e se li dividono davanti al cappuccino.

Al tavolino si rilassano, Beatrice racconta di Mia Martini, una delle sue cantanti preferite, ma solo Maria l'ascolta. Antonio e Gabri si guardano ridacchiando, lo fanno perché sanno che presto le loro *amiche* dimenticheranno per venti giorni chi sono e da dove vengono.

La Calabria non è luogo che si fa dimenticare facilmente.

La Signora non è in casa, ha preso il bus del mattino e starà fuori fino alle cinque del pomeriggio. È una che si è battuta per avere quel servizio in paese.

Il turismo a Vitrusi non si è fatto attendere. Il mar Ionio splende in tutta la sua bellezza, e non sono pochi gli stranieri che arrivano da ogni parte del mondo per vederlo.

La vicina consegna le seconde chiavi a Gabriele.

Maria osserva. Le case bianche circondano il breve spiazzo che scende e poi sale e poi scende e poi…

La porta di casa si apre.

La vicina si chiama Genoveffa Marziale, una cara amica della Signora, robusta e dal sorriso facile. Le donne più anziane sono sedute sotto i portici e guardano Gabriele con dolcezza, lo salutano, gli fanno domande e lo invitano a una partita a carte.

Lui risponde, cortese, preciso, mettendo in scena il suo sguardo pulito, che quando sorride strizza gli occhi a cunetta dietro alle lenti che col tempo diventano più spesse.

Gli occhi di Maria, invece, vedono uno scorcio di interno quando Gabriele scosta la tenda dell'ingresso. C'è qualcosa. Un tavolo. Una sedia. Più in là, proprio in fondo, un balcone bianco attraversato da un filo alto per stendere i panni e, oltre, l'azzurro del mare spezzato dai rami di un albero. E in un attimo l'aria che proviene da lì, la raggiunge spostandole poche ciocche, una carezza intima, personale, e l'odore è di qualcosa di buono che le ricorda Mariuccia mentre faceva il bucato.

Sapone di Marsiglia.

✳✳✳

La prende per una mano e la trascina fuori, sotto il sole d'agosto.

Antonio e Beatrice restano in casa.

Tutti e quattro dormiranno in un'unica stanza, mentre la Signora starà nel salotto, sul divano. Ezio ha fatto fare la stanza in più, però il bagno è ancora sito sotto la scala (che dall'esterno sale al secondo piano), con un piccolo oblò e il *water*. In quei soli due metri quadrati ci sono anche gli attrezzi delle pulizie di casa, e ci si deve abbassare per entrare. Ma Ezio ha già parlato con Nicola per realizzare un vero bagno, con il prossimo anno.

Un tempo, quando i fratelli abitavano in quella casettina, si andava fuori per *i bisogni*, nei campi o dietro ai cespugli. Una vita diversa. E quello che era stato un ripostiglio, è diventato un bagno. La doccia la si faceva sul balcone, con una canna o nel lavabo, infilando la testa sotto il rubinetto; e anche adesso è così.

Gabri la trascina nelle stradine strette che passano i palazzi di due o tre piani.

"Non sai quante volte mi sono perso" le dice, tirandola.

"Piano, Gabri", però lui non l'ascolta, perché Maria ride e gli piace vedere le sue belle gambe bianche correre, cresciute per muoversi nello spazio e nel tempo.

Quando fanno l'amore, gliele morde. E le bacia. E le stringe. A volte ci si addormenta in mezzo, accucciato con la testa al suo ventre caldo.

Dalle finestre delle case gli odori riempiono l'aria. Alle dieci già si cucina, e c'è chi lo fa dalle sei per stare tranquillo durante il giorno.

"Guarda questa" le dice portandola davanti alla gradinata di una chiesta, sul cui fianco, quando la raggiungono, Maria scorge il manto del mare brillare di una luce possente.

"Ci sono tre chiese a Vitrusi."

"Mi sono persa la terza" gli dice, ricordando che mentre passavano in mezzo al paese ha visto quella principale.

"Per di qua."

Di nuovo lei si sente spinta e lui corre, con i capelli lunghi e fini al vento, gli occhiali che gli ballano sul viso sereno.

Con la mano libera, Maria, si scosta i capelli che le entrano in bocca, perché di ridere non può smettere. Alza gli occhi sulle case ancora grezze, che hanno le persiane in legno e gli angoli dei muri rotti in più punti. Alcune porte sono chiuse, nell'oscurità vigilano i loro misteri.

Passano tre o quattro vie prima che Gabriele si decida a fermarsi, e quando lo fa ha il fiatone. Maria invece non si scompone, con la bocca aperta e l'aria di chi scopre un nuovo mondo, lascia la mano di lui e si avvicina alla facciata della terza chiesa.

Questa è piccola. Diroccata. Nera come la notte. Non ci sono altri colori se non l'oscurità che anche di giorno la inghiotte completamente. Le sembra che il sole colpisca tutto quello che c'è, ma non riesca in alcun modo a raggiungerla.

"Entriamo?"

Gabriele la ferma cingendole il bacino.

"Non adesso. Qui si entra solo a mezzanotte."

"E perché?"

"Per la funzione."

"Non è mica natale."

"Te lo faccio raccontare da Gena."

"E chi è Gena?"

Le stampa un bacio sulla fronte. "La vicina. Genoveffa."

"Ah sì, lei. Raccontamelo tu, no?"

"Si dice che una notte una *comare* di qui sia entrata in questa chiesa attirata dai canti. Abitava lì", e le indica una casa abbandonata all'angolo della via da cui sono venuti.

"E?"

"È entrata. C'era gente. Si è seduta insieme alle altre donne, avevano un velo per il volto, come si usava una volta. Però si è accorta che quelle persone non erano vive, ma erano morte."

"Dai, che scemenza è mai questa?" risponde, dandogli una gomitata sul fianco per spostarlo. "E come se ne è accorta?"

"Erano scheletri."

"Non ci credo, mi dispiace."

"Stanotte ci veniamo allora, con Antonio e Bea."

"Ci venite voi, io faccio altro."

Lui le pizzica la pancia e le dice: "Sei una fifona, non me lo aspettavo."

Antonio e Bea si sono addormentati.

C'è un letto matrimoniale nell'unica stanza da letto, è ampio e Gabri le ha detto che lì sopra ci dormivano anche in quattro quando abitava con i fratelli. Lui, Rosalina, Ezio e mamma.

Maria è un po' imbarazzata ma Gabri non dà peso alla questione, né Antonio le è sembrato stranito dal fatto di dover dormire insieme.

Nonno Antonio aveva una casa grande con tre stanze da letto e lei dormiva in quella che si affacciava sul cortile interno.

Non ricorda di aver mai dormito con qualcun altro. Forse con mamma i primi tempi, ma lei spesso stava via per settimane.

E mentre Gabri prepara il pranzo, le sembra di ricordare vagamente il sorriso di sua madre. Belle labbra carnose rosse come il fuoco e due occhietti attenti, capaci di catturare i segreti della mente. Ma i ricordi possono alterarsi, ha iniziato a capirlo da dopo il collegio, quando piano, piano ha perso i volti delle sue care amiche. Non di tutte, non di Carmela, non di Giulia e Anna. Di Giorgia non riesce a ricordare il colore degli occhi, e dei maschi ci sono i capelli ricci di Attilio, il ragazzo più strano e testardo che abbia mai conosciuto.

Scosta la tenda e decide di sedersi sul terzo scalino della casa a fianco, appoggiando la schiena contro una porta a ringhiera, oltre la quale ci sono altri gradini che raggiungono un secondo piano. E lì resta e ascolta il chiacchiericcio di qualcuno che ride, la voce di un telegiornale, pentole che suonano al contatto con i mestoli e l'aria che trasporta gli odori della Calabria.

Lo stomaco brontola.

Gabriele vuole cucinare gli spaghetti con il sugo che la Signora ha preparato prima di scendere in Marina.

Poi dei rumori.

Passi dietro la via che scende fino a casa Arcuri, Maria li segue tendendo l'udito, aspettandosi i soliti anziani del posto che portano il pane a casa o la caciotta, ne ha visti diversi con Gabriele che la tirava tra una via e l'altra.

O potrebbero essere le *comari* che rientrano dai loro giri, inconoscibili alla sua mente. O, ancora, un ragazzino che abita in uno degli appartamenti che le stanno intorno.

Gena non è di sicuro, con un angolo dell'occhio la vede attraverso la finestra aperta intenta a muoversi ai fornelli. Qualcosa frizza nella pentola. La televisione accesa.

Da lontano le giunge la musica di una radiolina, ma le è difficile riconoscere la canzone, quei passi la distraggono e sono più vicini, rimbombano sulle pareti delle case attorno. Colpi secchi. Lo stesso rumore dei piedi di nonno Antonio quando camminava scalzo nel cortile sui piccoli sassi a terra.

Una macchina risale la via di sotto e si ferma.

Per un attimo viene distratta dalla voce di un signore che chiama la moglie per sapere se è pronta a scendere in Marina, e di primo acchito non vede la donna alta e seria che è spuntata dalla via. Maria, però, ha una percezione fulminea e la sua testa ruota nella direzione di quei passi che adesso hanno una forma. Ed è in quel preciso istante che i loro sguardi si incrociano per la prima volta.

La Signora della bici, proprio lei, la madre di Gabri, che andava a lavorare al bar e talvolta la vedeva, ritta come quell'altra donna statuaria, suor Giordano.

Come poter dimenticare?

Hanno persino gli stessi occhi di ghiaccio.

Soltanto che lei, la Signora, ha nascosto il mare in essi. Il Caporale non aveva mai visto il mare, e forse non lo vedrà fino all'ultimo dei suoi giorni.

Questa donna, che ha di fronte, ha qualcosa in più. Non la nebbia, non la fede, ma il potere di una terra profonda come l'abisso di un oceano sconosciuto.

Le gambe di Maria scattano in avanti, senza alcun ordine apparente.

La Signora gira lo sguardo per salutare Gena e poi sparisce nell'appartamento, sollevando la tenda con un unico gesto della mano. E unicamente in quel momento Maria getta fuori l'aria che per una serie incalcolabile di secondi ha trattenuto nei polmoni.

È rientrata prima. Sente lo stupore di Gabriele nel vederla. Lei non dice molto, si limita a dei suoni che sono i retaggi del dialetto stretto, e sa che è così perché gli amici di corte di nonno Antonio mugugnavano allo stesso modo.

Alla fine, è arrivata, e le sembra che adesso entrare in quella casa sia diverso, perché la sua sola presenza ha cambiato il mondo. Si avvicina alla tenda, allunga la mano per scostarla ma una voce la ferma, pietrificandola.

"Comare Mia è una brava donna."

Gena la guarda dalla finestra con un docile sorriso. Poi va via, lasciandola al proprio destino.

Antonio deve aver sentito la Signora parlare con il figlio perché adesso è nella stanza con loro.

Bea ha bisogno di qualche istante per mettersi in ordine, c'è un grande specchio rettangolare nella camera da letto, lì con un pettine cerca di sistemarsi i capelli. Ha saputo che alla Signora piacciono le persone educate e composte.

Maria scosta la tenda e vede Mia indaffarata a sistemare dei secchi in un angolo del balcone. Gabriele gira la pasta nell'acqua, dal suo sguardo intuisce che è quasi pronta.

"Ma', vieni qui."

Antonio passa vicino a Maria e le sussurra piano: "Stai tranquilla. E parla poco."

Annuisce. Ma lui non ha ancora finito. "Sorridi Maria, non fare quella faccia."

Solo che quella faccia è l'unica che riesce a fare, non è come lavorare con la creta o il pongo. E adesso la Signora ha alzato gli occhi su di lei, e da quando lo ha fatto non ha avuto un secondo di cedimento.

Gabriele la invita con una mano a farsi avanti. Maria raggiunge il centro della stanza e lì avviene ciò che nell'ultimo periodo immaginava accadesse. Talvolta lo sognava o, sdraiata a occhi aperti sul proprio letto, fantasticava su cosa dirle, come farsi piacere, però niente di tutti quei discorsi immaginati le sovvengono in aiuto.

La Signora si sfrega una mano sulla lunga veste che dalle spalle le scende fino alle caviglie, e poi stende il braccio nell'aria.

"Lei è Maria, ma'."

"Benvenuta, Maria."

Le stringe la mano, è asciutta e liscia, una presa salda che le dà la scossa. Maria l'afferra con fermezza, teme che se lei avvertisse la sua debolezza potrebbe rivoltargliela contro.

Il caporale mi ha proibito di parlare con i maschi dopo quella volta...

"Piacere di conoscerla, signora Arcuri."

La Signora si chiama Mia. Mia Arcuri. Quando l'ha scoperto, durante il viaggio, Beatrice ha esclamato: "Come la cantante! La mia preferita!"

Nessuno di loro aveva riso anche se Maria si era sforzata di farle un sorriso.

"Dobbiamo preparare la tavola" si intromette Gabriele, vedendo Maria tesa e incapace di dire altro.

Anche Beatrice ha avuto il piacere di conoscere la Signora. Antonio le ha suggerito di non fare battute, che tanto non le capisce.

Mia non ha cambiato espressione, si è avvicinata, ha teso la mano e le ha dato il benvenuto.

Gabriele si è messo a capotavola, sulla destra ha Maria e sulla sinistra mamma. Beatrice sta a fianco di Maria, mentre Antonio si è messo a scherzare accanto alla Signora. Lui può farlo, la conosce da qualche anno. E poi lo sa che pensa di lui che è uno un po' matto.

C'è una goccia di basilico al centro degli spaghetti fumanti.

Beatrice si lamenta sottovoce che sono troppi per lei e chiede ad Antonio se ne vuole dei suoi.

Gabriele tira su il primo boccone, arrotolandoli con la forchetta.

Maria guarda la Signora e vede che in silenzio ha ringraziato Dio per il pasto.

"Mangia, Marì, che si freddano" le dice quando si accorge che la ragazza la osserva.

Non ci pensa su due volte, afferra la forchetta, avvolge lo spaghetto e ne gusta il sapore intenso. Il sugo al pomodoro esplode sulle papille gustative.

Bea si complimenta per l'ottimo cibo, cosa che troverebbero strana se sapessero che a casa mangia poco e di solito si tratta di salumi e formaggi.

Maria, però, non è solo stupita dalla fragranza e il gusto buono del sugo, perché attraverso quel piacere intenso è riuscita a ricordare le prelibatezze di Mariuccia.

D'estate preparava vasi di pasta che metteva al centro di una tavolata all'aperto.

Antonio e alcuni anziani del condominio, quelli senza moglie, vedovi o scapoli, si sedevano e con grandi forchettate riempivano il proprio piatto. E da un'altra scala scendeva Pina che portava le olive cotte, o Alessandra con le carni immerse nel sugo per riempire il pane.

Maria era piccola. Usciva di casa e si intrufolava tra le gambe di nonno Antonio in cerca di un posto libero. Nonno la tirava su e la faceva sedere in grembo.

Mariuccia di solito si arrabbiava e le trovava un altro posto, ma Antonio la teneva un po' a sé, mentre scherzava con i *compari*. Se c'era Cesare, non si facevano quelle tavolate, si mangiava in famiglia e si parlava poco.

Invece, in casa Arcuri, come da Rosalina, si ride e si scherza in dialetto di ricordi passati che lei non può conoscere. Per la prima volta dopo anni, ha la folgorante sensazione di sentirsi a casa. Casa sua, *quella vera*, quella di Cinisi.

***

La Signora li invita a uscire.

"Pulisco io. Andate *am'mare*. C'è l'ombrellone, quello solito."

In un attimo i ragazzi sono nella Panda, i finestrini aperti e i gomiti esposti alla calura del sole. In Calabria, a Vitrusi, la chiamano "pira."

Maria osserva pensierosa il paesaggio rilucere di nuova vita.

Alle due di un primo pomeriggio estivo, le cose del mondo sono più belle che in altre ore. Il mare si intravede a tratti, mentre scendono la montagna, nascosto dagli alberi, dalle piccole case bianche o dalla roccia alta. Non ha mai smesso di scintillare, come se bruciasse dall'interno, sotto il manto docile che lo fa sembrare una coperta azzurra.

Quando raggiungono la Marina, il suo sapore è più intenso. Odori di pesce e terra bruciata si alternano. Maria li coglie con avidità, per non dimenticare, per avere dentro di sé quella terra che le è ancora sconosciuta, che vorrebbe amare con tutta sé stessa.

Forse perché è con Gabriele, o forse perché le ricorda la Sicilia, o magari entrambe le cose, non sa dirlo con certezza. Sa che trovarsi lì era quello che voleva.

La passerella divide il lido in due, la parte del ristorante e quella dello svago con il bigliardino, un flipper, il jukebox e tre Coin-op.

C'è gente che pranza ma Gabri non lascia il tempo a Maria di vedere le pietanze: si è messo a zampettare e con una mano la tira verso la spiaggia.

La sabbia è morbida, scotta come lava, sembra allungarsi all'infinito fino al ciglio del bagnasciuga.

Una sterminata serie di ombrelloni multicolori si interpone tra loro e il mare. La maggior parte sono chiusi ma qualcuno ha preferito pranzarci sotto, allietati da un timido vento che rinfresca dal duro calore estivo.

Antonio e Bea sono rimasti indietro, fermi al limite del lido a guardare il cielo terso e la moltitudine di ombrelloni.

Gabriele, invece, ha trovato il loro, in pochi gesti lo libera di una corda e lo apre.

"Vieni a sentire l'acqua" le dice.

Gettano gli asciugamani, i sandali e la borsa di Maria sotto l'ombrellone e ripartono a grandi falcate verso la riva.

Lui non ha mai smesso di sorridere, guarda il ventre acquoso come se fosse la cosa più bella del mondo, e Maria sa che per Gabriele lo è davvero.

La verità è che adesso quel mare lo sarà per entrambi. Le sembra di sentire la sua imponenza sulla pelle ancor prima di averlo ai piedi.

E dopo aver superato una serie di ombrelloni che lo spezzettavano alla loro vista, finalmente le dita dei suoi piedi ne vengono lambite. La schiuma si ritira insieme alle impronte umide che lasciano.

Gabriele libera la mano di Maria e si immerge fino alle ginocchia. Si toglie la maglietta e la getta sulla sabbia asciutta.

Qualcuno li guarda curiosi.

Maria esita, non è più sicura di cosa poter fare. Gabri, però, la incita a fare lo stesso. Così si convince.

Quando si toglie la maglietta è certa di aver sentito un commento di piacere da parte di uno dei ragazzi dietro. Per fortuna Gabriele non se ne accorge. Indossa un costume a due pezzi a tinta unica turchese. Si sente nuda ma non ha più importanza.

Gabri affonda nel mare lanciando un acuto per il freddo che prova.

Quella è la sua estate. La loro estate. Il resto… *resta fuori.*

Prima non l'ha notato ma adesso le sue iridi si sono riempite di quel dettaglio. Un singolo sussulto del cuore le fa riemergere il ricordo del campetto abbandonato a Cinisi.

Poco più in là, in mezzo ai lidi, ci sono due porte in legno senza reti, immobili nel loro perfetto equilibrio.

"Non immagini quante partite abbiamo fatto lì io e Antonio. Vero, Antò?"

Lui è sdraiato sull'asciugamano accanto a Bea, si limita a un mugugno.

Gabri se la ride perché lo ha svegliato.

"Stronzo" è l'unica parola che Maria riesce a capire.

"Ti piace qui?" le chiede Gabri, abbassando la voce, seduti su sedie di plastica bianche, vicini l'uno all'altra.

Lei vorrebbe dirgli tante di quelle cose che in un colpo sono troppe per le sue corde vocali, servirebbero mille bocche che parlassero all'unisono per rispondergli in modo adeguato.

"Dimmi che pensi" le chiede, scostandole i capelli dalla bocca. Sposta la sedia e le si mette di fronte, allagando le gambe per contenere ogni pezzo di lei.

Maria scrolla la testa, le brillano gli occhi, ha bisogno di un momento per fare ordine nei pensieri. Gabri lo capisce e, anche se guarda oltre le sue spalle, Maria scorge i suoi occhi attenti dietro quelle lenti che non rendono giustizia alla sua innocente bellezza. Non sa come spiegargli quel sentimento che prova, che è un misto di tristezza e felicità.

"Io non ho mai avuto la possibilità di tornare in Sicilia, dai miei. Da mio padre. Tu potresti restare qui, invece stai a Sedriano."

Prima di risponderle le mette le mani sulle ginocchia.

"Andiamo a Isola uno di questi giorni. Ti faccio conoscere Salvatore."

"È per tua madre che resti, vero?"

"Sì. Gli altri miei fratelli si sono sposati e lei è sola in casa. Non che le serva davvero compagnia, tutto il vicinato scende da lei per un bicchiere di vino o per farsi fare le carte. A volte giocano a briscola per ore, o a scopa. Non è una che soffre la solitudine."

"Tua madre è proprio forte."

"Quando si arrabbia fa paura."

Ridono. La loro risata sveglia di nuovo Antonio, che mugugna qualcosa di incomprensibile. Bea si gira e si copre il viso con il cappello di paglia comprato prima di partire, e lui la cinge da dietro facendo lo stesso movimento, racchiusi nell'ombra.

"Il fatto è" aggiunge Gabri, "che non vuole che scenda qui senza di lei. La Calabria è un bel posto, ma le nostre famiglie spesso sono in guerra. Salvatore ha un altro cognome perché è stato adottato. Però resta sempre mio fratello."

"Che significa che *sono in guerra*?"

"Non sono cose che è bene sapere, Marì."

"Mafia?"

"Non so che significa quella parola, ma credo che possa andare anche così. Salvatore è diventato uno potente. Mamma non vuole che *resto* con lui."

Tira via le mani dalle gambe di Maria, si alza, mira il lido e conclude: "Andiamo a prendere qualcosa da bere, Marì, che si muore di caldo qui."

Maria annuisce e, mentre camminano sulla passerella mano nella mano, con le lunghe cosce al vento, lancia per l'ultima volta un'occhiata alle porte chiedendosi dove sia finita la ragazza che era stata un tempo.

***

Antonio rolla su una cartina e confessa a Gabri che Bea è una bomba a letto, lo fa *godere* come nessun'altra prima.

"Sai, non mi hai mai detto com'è Maria, sotto questo aspetto."

Accende la sigaretta e sputa dalla bocca il fumo.

"Ci troviamo. È bello."

"Quanto bello, Gabri? Come con Sara?"

"No." Resta in silenzio.

Sono seduti su dei gradini. Hanno lasciato le ragazze dalla Signora per preparare la cena, anche se Mia si è portata avanti.

"Maria è particolare, Antò. Ha qualcosa dentro che quando fai l'amore con lei cerca di uscire. Ti è dato solo sentirlo e non averlo tutto."

"Che significa?"

"Che non ha ancora tirato fuori il meglio di sé."

"E tu, Gabri? Tu riesci a farlo?"

In lontananza si vedono le case che scendono. Sui balconi c'è gente che mangia, discute: famiglie o gruppi di amici. I gatti si inseguono nascondendosi sotto le macchine parcheggiate lungo i viali. Un cane randagio annusa l'aria, in cerca di cibo.

No, non ha mai pensato che potrebbe dare di più, ma Maria a volte è persa nei propri pensieri e in nessun modo riesce a comprenderla.

La prima volta che hanno fatto l'amore, a casa di mamma, lei si muoveva sotto di lui come un serpente, un abisso vergine, un flusso antico che ha lo stesso sapore delle foto sui libri di storia. L'Egitto. La Mesopotamia. Ama Maria perché ama quel mistero che custodisce dentro di sé con timidezza e paura. Non è come con Sara. Lei è stata da *una botta e via*. Maria è per sempre. Lei è il suo calice dell'immortalità, o la morte. Un'altra così, non la trova nemmeno in un'altra vita.

"Quando sei senza parole, fratè, mi fai paura. Ho l'impressione di non conoscerti affatto."

Gabri accenna un sorriso e poi dice: "Forse vediamo solo quello che ci interessa vedere nelle persone."

"Lo sai che ti voglio bene, Gabri. Sei la persona che più mi conosce. Ma ammetto che forse è come dici, non ti conosco abbastanza, vedo quello che voglio vedere. Tu sorridi sempre, anche a chi ti ha fatto un torto. Come fai?"

"Un sorriso non costa niente darlo."

"L'ho già sentita questa."

"Da chi?"

"Tua sorella. Un giorno ero arrabbiato perché avevi perdonato quel bastardo di Costantino. Ti aveva fatto un torto ma tu, dopo avergli tirato un ceffone, lo hai aiutato a rialzarsi e lo hai perdonato. Ero arrabbiato con te perché nel tuo sorriso c'era sincerità. Lo avevi perdonato davvero. Ho chiesto a Rosalina come ci riuscivi e lei mi ha risposto…"

"Un sorriso non costa niente darlo."

"Esatto."

"Lo diceva nonno. Da piccolo, mamma non poteva tenermi in casa e mi lasciava dai suoi genitori. Giuseppina e Rocco Arcuri. Nonno mi faceva ubriacare. Aveva uno scantinato dove faceva il vino. Ne era geloso e lo regalava solo a pochi fidati. E lui mi diceva sempre: *fatti rispettare. Sorridi a tutti. Non costa niente farlo. Così campi cent'anni.*"

"Un bel tipo. Non me ne avevi mai parlato."

"La famiglia è grande."

"Alla fine sono io il cattivo." Antonio ride, piano, contenuto come al solito. Aspira e rigetta il fumo osservando un gatto saltare su un balcone. Una signora anziana posa a terra un piattino di plastica pieno di carne tritata. La salutano.

"Che fai stasera, Gabri?"

"Se non è troppo stanca, vado giù al mare con Maria."

"Siete pazzi. Riposatevi. C'è tempo."

"No. Con lei il tempo non basta mai."

"Non ti ho mai visto innamorato. E sono contento che sia io il primo a vederti così."

Prima di uscire, Maria era in camera con Bea, l'aiutava a sistemarsi il trucco per la serata che l'attendeva. Le ha ricordato Carmela quando si prendeva cura di lei.

Mentre le passava la matita nera sotto gli occhi, seduta di fronte al grande specchio, con il vociare di Antonio che si lamentava di essere una schiappa a briscola quando sfidava la Signora, aveva iniziato a cantare a bocca chiusa.

"Chi la canta?" le aveva chiesto.

"Mia Martini."

"Come fa?"

Bea si era schiarita la gola e aveva intonato la prima strofa con leggerezza.

"E non finisce mica il cielo…
anche se manchi tu…
sarà dolore o è sempre cielo…
fin dove vado…"

Maria aveva chiuso gli occhi, lasciandosi coccolare dalla voce graffiata di Bea.

Ci pensa perché adesso sono in Marina, è buio, i pochi lampioni rallegrano appena le strade. Piccoli gruppi di amici entrano ed escono dai lidi che sfornano pizze e alcolici. C'è festa nell'aria.

"Chissà se avrò paura…
o il senso della voglia di te…
se avrò una faccia pulita e sicura…"

Le è rimasta in testa e la canticchia tra i denti. Bea le ha promesso che le regala il disco quando rientrano a Milano.

Gabri parla, racconta delle sue serate con gli amici di Vitrusi.

Da uno dei lidi lungo la spiaggia giunge la musica, alta, scuote tutto ciò che incontra e imponente entra nel corpo per dare ritmo alle membra. Gianni Bella intona a squarcia gola la sua migliore hit: *non si può morire dentro*.

Gabri pensa che Maria sia un po' come dice lui, *bella e triste*, pensieri suoi, e renderla felice questa notte è l'unica cosa che gli importa.

Si siedono e ordinano un cocktail. Dal jukebox parte la voce di Umberto Tozzi in "Tu." Maria pensa a Graziella che le ha fatto conoscere Claudio Baglioni e i cantautori della loro generazione mettendo a manetta la radiolina che prendeva soltanto canzoni italiane. Ed è come se ci fosse lì anche lei, certa che le sarebbe piaciuto godersi il mare e le chiacchiere.

Dopo quella volta allo stadio, non sono più riuscite a fare un'altra serata in coppia, tantomeno tra loro. A parte una sera, sedute sulle scale, a dirsi come è stata la prima volta che hanno fatto *all'amore*. Si erano abbracciate, dandosi delle migliori amiche. E poi basta, l'aveva guardata scendere al suo piano e scomparire dalla sua vita.

Le manca.

Ma adesso c'è Gabri, lì davanti, che le sorride con i suoi denti bianchi e dritti. Accende una sigaretta e lancia il fumo di lato per non darle fastidio. Le piace come la tiene stretta con le sue dita affusolate, con i due anelli neri, uno più grande dell'altro, e la catena d'oro che si intravede nella scollatura della camicia, premuta contro il petto bianco. Non sa ancora se sia amore, che cosa le provochi dentro, ma stare con lui la riporta alle cose migliori che ricorda di sé quando si sentiva libera. E resta così, a osservare ogni suo movimento, chiedendosi se andrà con un'altra facendola soffrire, se passerà come le mille storie di Graziella, o se sarà per sempre, come una volta le ha sussurrato all'orecchio.

"*Io e te... per sempre*" le aveva detto donandole la catenina d'oro con il cuore a metà. Adesso anche lui la porta su di sé, cosa insolita.

A parte gli anelli, Gabri non mette altro sul corpo. Ma quella è una serata speciale. I minuti passano, e così le ore. Si toccano. Si guardano. Quello che sta intorno non fa differenza.

Passano una canzone di Fossati, un vecchio tormentone.

Gabri la canticchia muovendo la testa come un pendolo a rallentatore. Lei gli dice che è stonato, di lasciare perdere, che rovina tutto. Lui fa il finto offeso e le morde una guancia.

Non mettermi in imbarazzo.

Tutti devono vedere che sei la mia donna e che sei felice con me.

Poi la prende per mano. Ormai è diventata un'abitudine trascinarla senza degnarle di una spiegazione. Lei lo lascia fare perché quell'allegria è contagiosa, e lo diventa ogni giorno di più.

Finiscono a camminare sul lungomare. Inutile parlare della luna, il suo riflesso li segue finché non si siedono vicini a uno scafo rovesciato. La musica del lido è lontana ma la voce di Baglioni che prende il sopravvento è inconfondibile: Graziella andava matta per quella canzone, "E tu", a volte era la sua preferita, dipendeva dall'umore che aveva.

Adesso di sicuro è la sua, di Maria.

Gabri le accarezza il viso, poggiando le labbra sulle sue e distendendola lungo il fianco della barca.

"E se ci vede qualcuno?"

"Solo la luna ci vede, amore."

Chiude gli occhi e non ci pensa più. Che importa? È buio. È notte. Le stelle sono tutte lì, forano la volta celeste scrivendo il loro destino.

Mentre lui la spoglia e inala il dolce profumo dei suoi capelli, le sovviene quella canzone di Mia Martini, la voce di Bea le ronza nelle orecchie, è sensuale, profonda, tanto da struggerla dentro, tanto da provocarle un piacere così inteso da trasmetterlo a Gabriele.

Le mani di lui sui suoi seni, il freddo degli anelli e la forza dei polpastrelli caldi, sono la presa di un'aquila.

Intreccia le gambe intorno alla vita di Gabri e si lascia scappare gemiti di piacere.

I vestiti sulla sabbia sono ombre e sembrano sciogliersi nella notte. La luna dietro le spalle di Gabriele, il suo riflesso disteso sul dorso del mare liscio prolungano le gambe di Maria all'illimitato.

"Ti amo" le sussurra per la prima volta in un orecchio.

E lei non ce la fa, esplode. Non le è capitato prima, quando di nascosto dalla Signora si infilavano nel suo letto, impregnandolo del loro odore. Ma lì c'è qualcosa, una forza dirompente che li scuote, li fa vibrare così tanto da poter strappare le radici del tempo, frantumando lo spazio che li possiede.

Riporta gli occhi alla volta straziata dalle stelle e pensa che Mia Martini aveva visto giusto, che deve aver scritto quella canzone in un raptus di amore e odio, perché certe cose sono davvero infinte, si allungano oltre tutto per restare impresse nelle memorie in eterno.

"Che canti, amore?"

"*… e non finisce mica il cielo.*"

Come un uomo

47

Alfredo è proprio un tipo strano.

Ha conosciuto un altro come lui, a Cinisi. Nonno Antonio li chiamava *i mosci*, e c'era un termine *diverso* che adesso le sfugge.

Gabri parla con lui come con chiunque altro, eppure la sua diversità è palese.

Antonio, invece, si è messo più in là, per non stargli vicino, ma Bea è affascinata dal portamento di Alfredo. Un bel tipo, con i capelli lunghi di un biondo scuro, che gli toccano le spalle. Le labbra macchiate di rosso, quasi che il rossetto gli sia sfuggito di mano. Matita nera sotto gli occhi verdi grandi come limoni. Calza dei pantaloncini da mare, alti, ancora più alti di come li tiene Maria. Gesticola con le mani, seduto con le eleganti gambe magre distese in avanti, incrociate ai piedi.

Gabri lo ha invitato a mangiare la pizza al lido la Sirena insieme a loro, solo che ad Antonio gli si legge in viso che certe cose non potrà mai accettarle.

Eppure, Alfredo riesce a tratti a strappargli un sorriso.

Quando portano la pizza, Alfredo ne mangia giusto qualche angolo, attento a non sbrodolarsi addosso il sugo che cola sulla cartina di plastica con cui viene servita.

Gabriele la spazza via in pochi bocconi, inzuppandosi il muso di rosso; non è da lui.

Bea chiede delle posate e consumerà unicamente metà del proprio trancio.

"Com'è, amore?" le chiede Gabri.

"Buonissima."

Alfredo si allunga verso di lei e le dice: "Sei proprio gnocca, lo sai?" Si mette a ridere ricadendo con la schiena sulla sedia.

"Non farci caso, Marì", ma anche Gabriele sta ridendo.

"Ve lo devo proprio dire, ragazzi", mastica un boccone e poi si mette ritto sul suo posto. "Non ho mai visto Gabriele innamorato."

Maria arrossisce.

"Sei una ragazza fortunata. Peccato che non gli piacciono i maschi, sennò te lo portavo via io."

Il mare è agitato, ci sono *i cavalloni*: è così che li chiamano lì. Nel pomeriggio sono anche più alti, tanto da inghiottire una persona. In lontananza, lungo l'orizzonte, nuvole pesanti cariche di fulmini avanzano verso la terraferma.

I cinque sono seduti sul lato estremo del ristorante e guardano la spiaggia svuotarsi di turisti. La birra posata sul tavolo. Bea appoggiata ad Antonio che le accarezza i capelli. Maria che guarda Gabri e Alfredo in piedi sui bordi del lido a ridere per ogni fulmine che lambisce il dorso del mare.

"Allora ci stai?" gli dice.

Gabriele si gira, guarda Maria, lei gli fa segno di "no" con l'indice. *È pericoloso*, dichiarano le sue labbra.

"Fidati di me, cara" insiste Alfredo, mentre si toglie la maglietta e si lascia schiaffeggiare dal vento che si muove alzando la sabbia della spiaggia.

"Un solo tuffo" fa Gabriele.

"È pericoloso" ribadisce Maria.

Un nuvolone nero passeggia sopra la riva, abbagliato dal tuono.

"Piove" annunciano dal lido.

"Adesso o mai più."

Gli occhi di Alfredo sono fuoco. A lui piace sentire l'adrenalina scorrergli nel corpo. È nato diverso, lo sa, per la maggior parte delle persone la sua storia apparirebbe insostenibile da ascoltare. Gabriele è uno dei pochi che la conosce, perché sono cresciuti lì. Vitrusi è il loro paese. La Signora Arcuri spesso andava a casa loro per fare il bucato, perché la madre di Alfredo aveva un *braccio fermo*, per via di qualcosa che i medici non erano in grado di curare. C'era da andare in America, ma l'America costava ed era troppo lontana.

Gabriele si toglie la maglietta e la getta su una sedia.

"Non fatelo ragazzi" interviene Antonio con voce annoiata.

"Ti divertiresti anche tu. Non fare l'omaccione. Spogliati e vieni con noi" lo sfida Alfredo.

Antonio rotea gli occhi, lo fa quando si deve calmare.

Gabri sghignazza dando le spalle ai suoi amici. Ha sentito Maria alzarsi al rombo del lampo, spaventata. Adesso sa che non c'è più tempo, se non partono subito lei li ferma, e conoscendola è consapevole che ha la forza per impedire loro di fare quella sciocchezza.

Dei ragazzi si sono accostati sulla passerella e li guardano con occhi attenti. Hanno capito. Uno di quelli si toglie la maglietta e, quando li vede partire, scatta verso il mare.

Gabri e Alfredo saltano giù dal muretto mentre Maria grida qualcosa che non sentono perché sovrastato dallo strepitio che spacca il cielo sopra il lido. Corrono a piedi nudi verso la riva, evitando una moltitudine di ombrelloni chiusi, come in una gara di sci.

Antonio si alza dalla sedia. "Quando sta con quello, Gabri diventa matto."

Bea al suo fianco guarda con apprensione i tre tuffarsi dentro un cavallone e scomparire dai loro occhi, mentre la pioggia batte su tutte le cose che incontra.

Maria tace. Una parte di lei si strapperebbe i vestiti per correre verso quelle onde che la richiamano. Un richiamo primitivo a cui nessun uomo sulla terra può resistere, ma lei si limita perché ha dovuto imparare a farlo. Al collegio. A casa Zanca.

Bea le mette una mano sul braccio, anche se Maria non si è mossa ha avuto la percezione di qualcosa. Le due si studiano, poi l'amica le fa un gesto con la testa come a dire: *non farlo*.

Le grida di gioia si mischiano ai fulmini e al battito della pioggia incessante. Le onde li travolgono, li fanno rotolare sulla riva sbeccando i gomiti e facendoli bere, però non importa, è troppo bello quel momento per delle lievi ferite.

Quando Gabri e l'altro ragazzo escono dall'acqua, cercando di sfuggire al risucchio della risacca, Alfredo è ancora in mare che cerca di nuotare in direzione della piattaforma che viene sbalzata dalle onde. Lo richiamano perché lui è uno a cui piace esagerare, fare le cose portandole all'eccesso. Così Gabri si vede costretto a gettarsi di nuovo in acqua, a combattere contro le onde sempre più alte, gridandogli di tornare indietro, che il gioco è finito. Alfredo ride, però non riesce a continuare, sono più forti di lui, così decide di assecondarlo e farsi portare a riva dai cavalloni.

I due escono abbracciati per non finire a terra trascinati dal potere del mare.

48

È diverso. Punto. Non c'è nulla di male. Anche se mamma preferisce non parlare con quelli come lui, li rispetta, e vuole che anche i suoi figli li rispettino. Nascono così, non ci si può fare niente.

Accade uno su mille.

Come Alfredo non se ne vede uno dai tempi di sua nonna, prima dell'inizio del secolo diciannove, quando Vitrusi non era altro che uno sputo su una montagna. Sono stati gli Arcuri e poche altre famiglie a farla risorgere dalle proprie ceneri, risollevando quello che i loro avi hanno lasciato dall'epoca dei romani. Lassù, accanto a Sant'Andrea e Davoli. Un mattone dopo l'altro. Legno. Sudore. Chiodi. Ruggine.

Tra famiglie, però, non sempre scorre buon sangue, anzi, il sangue scorre fuori dal corpo quando le cose non vanno per il verso giusto, e Alfredo l'ha vissuto sulla propria pelle.

La famiglia di suo padre fu giustiziata per questioni di rispetto. Non che, Alfredo, amasse particolarmente suo padre, lo picchiava, a volte aveva strane voglie, non così spesso però lo ha odiato per questo.

Un giorno, con mamma stavano rientrando dal mercato, casa era aperta, loro vivevano in fondo a una via, un tratto di campagna sterminata, con gli alberi di pere e le magnolie. *Una strage*, diranno. Li hanno trovati morti. Fucilati.

Alfredo aveva otto anni.

La madre non resse lo shock, un mese dopo le si era *fermato* il braccio. Se non fosse per la signora Arcuri, lei starebbe in un manicomio e lui chissà dove, affidato alla sorte.

Suo padre sapeva che era diverso, e quando poteva ne approfittava per picchiarlo o vedere se gli piaceva ciò che pensava. In fondo, anche suo padre era un po' *diverso*, ma lui ha resistito all'impulso di *viversi pienamente*.

Alfredo ha sempre avuto la consapevolezza che se non avesse vissuto sé stesso pienamente, sarebbe morto crescendo. Suo padre è stato ammazzato che aveva trent'anni, ma il suo volto ne dimostrava il doppio. Ecco come si muore crescendo: invecchiando prima. Una punizione del corpo per non aver assecondato il proprio istinto.

Alfredo era intelligente. A scuola prendeva i voti migliori, finché ci era potuto andare. Qualcuno lo rispettava ma altri ragazzini, se lo vedevano solo, ne approfittavano per picchiarlo.

E una volta Gabriele Arcuri si era messo di mezzo, prendendole di santa ragione.

Quel giorno Alfredo era tornato a casa senza un livido.

Gabriele non si era scomposto, aveva continuato a sorridere anche con la faccia sporca di terra e sangue. Si era rialzato spolverandosi i pantaloni neri, fatti a mano dalla Signora, e aveva pronunciato una sentenza definitiva: "Da oggi, quelli, non ti faranno più niente."

Avevano dieci anni.

I bambini sanno essere cattivi, gli adulti lo dicono sempre, per questo ci stanno attenti. E la Signora conosceva più di un modo per porre fine a quella ingiustizia. Vedendo Gabriele rientrare a casa malmesso, comprese all'istante cose fosse successo. Rosalina si era poi presa cura delle sue piccole ferite, lei, invece, era uscita di casa rientrando tre ore dopo.

Nessuno aveva dato più fastidio ad Alfredo.

A Gabri fu proibito frequentare quel ragazzo, ma i due sapevano che la loro amicizia era stata sancita per sempre da quell'intervento. Il signorino Arcuri non era tanto diverso da Alfredo, anche lui era *speciale*, anche lui in sé possedeva una stranezza che lo differenziava dagli altri bambini.

Ma poi Gabri era partito per raggiungere il resto della famiglia a Milano. Alfredo era rimasto solo. E allora c'era bisogno di qualcos'altro che lo rendesse invulnerabile, intoccabile. E un giorno incontrò lo scudo che lo avrebbe protetto dal dolore, ma non era fatto di carne e ossa, *quella* ci entrava nella carne e nelle ossa.

49

"Ecco come si divertono i maschi."

Bea si spalma la crema abbronzante commentando con amarezza le stranezze degli uomini.

"A me piace vederli correre."

Maria è seduta sull'asciugamano, prende il sole con la testa all'ombra.

È un buon mattino, la spiaggia si è riempita di turisti.

Maria ha gli occhi al campo da calcio per seguire le imprese di Gabriele e Antonio, che si sono fatti ingaggiare da un signore che cercava un paio di ragazzi per *completare una formazione*.

Bea lancia rapide occhiate ma il calcio proprio non le interessa. Il cinema e la musica sono le sue uniche passioni. Anche mentre sono lì a prendere il sole, lei canta.

Maria è estasiata dalla sua voce. Poco prima le ha detto che diventerà una cantante famosa, e Bea le ha dedicato il suo sorriso migliore.

"Potresti fare la modella se fossi un tantino più alta."

"Quanto dovrei essere alta?" le chiede Maria, ma non le importa, vuole vedere il suo ragazzo come se la cava con il pallone.

Sono appena scesi in campo e le poche palle che i due amici hanno toccato non sono state finalizzate bene.

"Un tantino di più. Non molto. Così."

Bea le mostra una misura indefinita con l'indice e il pollice. "Ma non è solo quello il problema."

"Che altro problema ho?" gli chiede con fare distratto.

Più i giorni passano e più lei assomiglia a Graziella.

La Signora, invece, parla poco in casa, ma quando sta con le donne del vicinato diventa più socievole. L'ha vista ridere e scherzare giocando a carte o offrendo un bicchiere di vino ai passanti che conosce. Quando discute con Gabri si fa seria, lo guarda con sospetto e contiene le proprie emozioni.

Antonio è l'unico che riesce a sciogliere quella serietà monolitica.

"Sei *tostarella*."

"Che significa *tostarella*?"

"Sei magra, sì. Voglio dire che non sei magra abbastanza. Devi essere più magra. Adesso le vogliono più magre."

"Più magra di così?"

"Sì. Come me."

In effetti Bea è più smilza di lei, però non le piace così. Forse perché quando stava a Cinisi ha sempre visto donne robuste che lavoravano senza sosta anche se erano in casa. Mariuccia era robusta, ma nonno diceva che aveva *un'ossatura grossa*, perché nonna non aveva un filo di pancia.

"Non ti offendere eh."

"No, tranquilla, stavo solo pensando."

"E a che pensavi?"

Non le sembra davvero interessata alla sua risposta, ma ci prova lo stesso. "Che la modella la potresti fare tu."

"No. Siamo alte uguali io e te. Abbiamo lo stesso problema come vedi. Io farò la cantante."

"Sì, sei brava in quello."

"Secondo me hai una bella voce pure tu."

Maria scuote la testa, non riesce a parlare.

Gabriele ha appena stoppato palla, non sa che fare. Due li si parano davanti. Si alza per vedere meglio, c'è troppa gente tra loro e il campo. Deve aver provato a tirare perché adesso qualcuno corre per recuperare la palla che si è persa oltre la porta.

"Allora ti piace il calcio, ho capito" commenta Bea.

"No, non è questo. Volevo vedere se Gabri segnava."

"E?"

"Ha perso palla, credo."

"Non c'è speranza per quei due, fidati di me. Fanno bene altre cose, ma con il calcio non ci sanno fare."

"Mi sa che hai ragione" le risponde con un filo di voce, un po' delusa.

"Hai mai giocato a calcio?"

Quella domanda è come una scossa sulla pelle.

"Sì."

"Come?"

La faccia di Bea è puro stupore, e adesso la guarda come la cosa più ripugnante sulla terra.

"Scherzavo, Bea. Ci caschi sempre."

Le sorride, e questa volta è lei a sentirsi un'attrice. E poi, perché le ha mentito? *Non è giusto.*

"Pensavo che fossi come Alfredo."

"E com'è Alfredo?"

"Beh… è strano. Sta dall'altra parte."

"Fa lo stesso" le risponde, pensando alla conversazione avuta con nonna Madia su sua madre. Così si convince che Bea abbia ragione, lei è *strana*, come lo è la sua famiglia. "Ma saprei giocare meglio di loro, se ci provassi."

"Non fare così, Marì, che mi spaventi."

"Cantami una canzone."

"Ora sì che mi piaci."

"Come fa quella di Baglioni?"

"Quale?"

"La vita è adesso."

Bea la canticchia. Vuole sentirla per ricordare Graziella. Per ricordarsi che ci sono delle svolte nella vita e spesso sono inaspettate, ti entrano dentro e ti costringono a cambiare, a vederti in un altro modo; sono lì per farti capire che se vuoi, puoi; che puoi essere diverso o migliore, o magari peggiore.

E mentre l'amica canta, continua a osservare Gabri e Antonio farsi schiacciare dai rivali. Ha ragione lei, loro sono fatti per altre cose ma potrebbero imparare anche quello se lo volessero veramente.

Questioni di scelte... forse anche di interesse.

"Domani ti insegno una canzone. La cantiamo insieme per Gabri e Antò. Va bene?"

D'improvviso si risveglia dal suo sogno. Le dice che va bene. *Domani.* Domani chissà cosa succederà?

50

Isola non è come se l'aspettava. È fatta di campi, contadini, ville bianche messe in fila con dei bei giardini intorno. O così almeno è quella parte di Isola.

Gabri in macchina non ha parlato.

Maria si è lasciata trasportare dal suo umore guardando dal finestrino il paesaggio frantumarsi al loro passaggio. Si è messa gli occhiali da sole, e resta lì, a farsi schiaffeggiare dal vento.

Quando arrivano parcheggiano dentro il cortile di una villa bianca, di un unico piano.

Maria la osserva con curiosità, le piacciono le porte finestre e gli archi che le girano attorno. Il tetto è dritto e lassù una donna anziana ci stende i panni.

Scendono dalla macchina e, proprio in quel momento, da una delle porte appare un ragazzo alto con i capelli tirati indietro, vestito di bianco; porta una grossa cintura nera alla vita, con la maglietta infilata nei lunghi calzoni scuri. Maria nota gli anelli alle dita, gli stessi di Gabri. È lui. Tore, o *Toretto* per i fratelli Arcuri. Per il resto, solo Salvatore. I paesani hanno altri modi per chiamarlo, ma a Maria non è stato detto come.

Quando sono più vicini, intravede i tatuaggi che gli coprono le braccia, due placche d'oro nella bocca e, forse, qualcos'altro che le sfugge.

"Il mio fratellino preferito" esordisce, strizzando Gabriele a
sé.

"Come stai?"

"Il tuo fratellone sta bene. Allora, chi mi hai portato?
Fammi conoscere questa bella femmina."

Maria sorride, e come vede i suoi occhi ha subito un istinto,
qualcosa che ha a che fare con nonno Antonio, ma lo capisce
soltanto mentre gli stringe la mano.

"Io li devo vedere negli occhi", le diceva quando quelli del nord
venivano a trovarli. Un segno di rispetto.

"Maria, vero? Come mia moglie, Maria. Vieni che te la
faccio conoscere, così parlate un po' tra di voi."

A tavola da bere c'è l'acqua e il vino. Le cose americane
Salvatore non le tiene, le dice che ha già troppi affari con loro, *e
tanto basta.*

La moglie è una signora mite, piccolina, di bell'aspetto,
anche lei come Mariuccia ha l'ossatura grossa. In tavola ha
messo peperoni e patate, spaghetti con le vongole, polpette
fritte di carne, gamberoni bolliti bagnati con il limone.

Si mangia per dieci ma sono in cinque.

La signora che stava sul balcone a stendere i panni, è la
madre di Maria, vive con loro in un piccolo appartamento
dentro la villa. Una donna silente ma attiva. A 55 anni si muove
con la stessa agilità di un atleta sul finire della carriera.

Ancor prima di mangiare, Salvatore ha bevuto due bicchieri
di vino e Gabriele altrettanti; adesso ricorda al fratello maggiore
che lui è come nonno Rocco, *bevono e fanno bere.* Se l'altro non
manda giù la stessa quantità di vino, si offendono.

"Non vale per le donne" si affretta a precisare Gabriele,
rivolgendo uno sguardo brillo a Maria.

Lei deve ammettere che Salvatore è un tipo tosto,
interessante, la sua stazza incute timore. A un certo punto le ha
mostrato, sotto insistenza di Gabriele, i tatuaggi sul petto.

"Voglio fare una Madonna qui", e indica un punto dietro la
spalla destra.

Quando è tempo di andare, Gabri diviene triste. Si sente brillo ma Maria gli ha fatto bere uno dei suoi rimedi casarecci.

"Non vieni a trovare mamma?"

"Domani dovrebbe chiamarmi. Tu, però, torna a trovarmi con la tua bella donna. Antò che fine ha fatto? Perché non è venuto?"

"Si ricorda ancora che gli hai combinato l'ultima volta."

Ridono. Poi si abbracciano e vanno via.

Sulla strada Maria vuole sapere che cosa è successo ad Antonio.

"Ha avuto la brutta idea di sfidare mio fratello a bere."

"E?"

"Salvatore non si è mai visto ubriaco. Ha buttato giù un bicchiere dopo l'altro e Antonio non ha retto. Però se manchi un solo bicchiere a tavola, l'ospite è costretto a pagare."

"Non ho capito, Gabri."

"È il padrone di casa a decidere quanto si beve a tavola, e tu devi bere quanto beve lui. Se non lo fai, paghi."

"E cosa paghi?"

"Nel caso di Antonio, mio fratello si è preso il suo Rolex."

Maria resta a bocca aperta.

"Non aveva scelta, fidati. Sono piccole leggi. Ma mio fratello non avrebbe mai fatto a gara con Antonio se lui non lo avesse sfidato. È stato stupido. Sai com'è fatto Antò, crede di essere il più duro di tutti, finché non ha conosciuto Tore che è peggio di lui."

Papà e nonno era diversi, pensa Maria. Una forza sottile, elegante. I Leone non avevano tatuaggi, non Cesare e Antonio almeno. Mentre guarda il paesaggio scorrere di nuovo via, pensa che prima o poi tornerà a trovarli e, magari, farà conoscere loro Gabriele.

Sarebbe bello.

Anche quando sono a casa, si accorge che Gabri vive con la testa in un altro mondo. Sorride, si sforza, parla ma vorrebbe tacere.

Dopo cena, Bea e Antonio sono con la Signora e Gena, giocano a carte ammazzando le zanzare con il moschino rosso. Fino a un minuto prima era con loro, ma adesso si china di fronte a Gabri che fuma una sigaretta appoggiato a un muretto con vista mare.

"Perché non mi dici qual è il problema? Tuo fratello, vero?"

Lo guarda aspirare con calma il fumo. Le sue dita. I suoi anelli. Occhi che di solito sono accesi, vivaci, che esprimono interesse per chiunque li osservi. Si è tolto gli occhiali da vista, talvolta lo fa per riflettere, ormai ha imparato a conoscerlo.

"Rosalina credeva che sarebbe stato migliore di noi, perché era finito in una famiglia ricca. Ma ho sempre saputo che non lo pensava veramente, che se ne era convinta per via di mamma."

Gli prende la mano libera per baciarla. La tiene appoggiata sulla sua guancia. Allora lui prova a farle un sorriso e getta la sigaretta.

"Credo che Rosalina non abbia ancora perdonato mia madre per quello che ha fatto. Dare via un figlio. Mamma si è pentita con gli anni, ma quando ha tentato di riprenderselo i giudici glielo hanno impedito. Salvatore aveva solo sei anni. Ormai è storia passata, ma loro ci soffrono ancora."

"E tu?"

"Ero troppo piccolo per capire. Anche Rosalina ha rischiato di essere data via. Lei il giorno che doveva partire si è messa a gridare. Così mamma l'ha tenuta. Non lo faceva per cattiveria, era povera e voleva che noi fossimo felici. Io non ricordo molto, ma certe sere non si mangiava, andavamo a letto a stomaco vuoto."

"Mi spiace."

Lui gira la testa per guardare il mare.

"Siamo stati fortunati perché qualsiasi cosa succedeva nella nostra vita, lui da laggiù ci proteggeva."

"Il mare?"

"Sì", e sorride. "Lo so che sembra una cosa stupida, ma io ho sempre trovato conforto quando lo guardavo. Se stavo male, mi bastavano dieci minuti a fissarlo per stare meglio."

Maria annuisce, se all'inizio ha pensato che fosse una cosa stupida, poi le è venuto in mente che anche lei da piccola ha avuto la stessa fortuna, che il mare in qualche modo l'ha confortata.

"Mamma è venuta a Milano per darci la possibilità di una vita migliore. Sai, lei non è mai stata una tipa romantica. Ha fatto dei figli ma poi non reggeva a stare con un uomo. Mio padre voleva portarla in America, lei non ne ha mai voluto sapere."

"Tua madre è incredibile."

"Al tempo ci si arrangiava, si faceva quel che si poteva. Lei lavorava giorno e notte. Quando si faceva *la raccolta*, andavamo a Milano, da marzo a novembre. Poi venivamo qui per il resto dei mesi, anche se io per un periodo ho abitato dai nonni. Faceva i panni per le signore disabili, aiutava i muratori nei cantieri."

"Non mi hai ancora spiegato perché stai così stasera."

Si allunga verso di lei e l'abbraccia, dandole un bacio sulla tempia. Ha un buon profumo tra i capelli e vorrebbe fare l'amore con lei lì, sugli aghi di pino ingialliti dal tempo, con i gatti che rovistano nella spazzatura e l'odore delle alici sotto sale.

"Vorrei che mamma avesse torto, che stare qui con Salvatore fosse più semplice, però non lo è. Lui non può tornare indietro."

Non dice altro, ma Maria sa che non le vuole confessare che Salvatore è una specie di gangster, un boss mafioso, forse perché per lui quelle verità sono dolorose e ammetterle non farebbe altro che accentuare il disagio che prova. Così lo stringe a sé e pensa che presto o tardi anche lei conoscerà la verità.

51

Dormire in quattro su un letto, è come stare in sei dentro una Panda. Alla fine, Gabri si è fatto dare due materassi dal vicinato, li han buttati a terra e si è sistemato con Maria.

La Signora è sveglia da prima dell'alba, però Maria è la prima dei ragazzi ad alzarsi. Una fitta sensazione al petto, simile a una morsa sul braccio, l'ha svegliata.

C'è un orologio a molla con al centro la figura di una gallina, segna le sei e trentacinque.

"Se vuoi il caffè, è pronto" le dice la Signora quando la vede spuntare nella sala.

Mia è seduta al tavolo a farsi i capelli. Non se ne era accorta prima, ma la treccia della Signora Arcuri le scende oltre le spalle e, anche se seduta, tocca terra per un altro metro.

"Grazie" le risponde.

Preleva un bicchierino di plastica e ci versa due dita di caffè, che mischia con lo zucchero. Poi si siede di fronte alla Signora, la osserva avvitare la coda dietro la nuca, giro dopo giro, aiutandosi con dei ferretti a due punte. Sul tavolo ci sono tre spessi spaghi neri.

"Stasera arrivano le doghe, così dormite meglio."

"Grazie." È imbarazzata. I movimenti agili delle mani di lei la incantano. Non ricorda un'altra donna con una treccia tanto lunga.

"Mi aiuti?"

Sgrana gli occhi e le fa un cenno affermativo con la testa.

"Mettiti dietro. Inizio a essere vecchia e stanca."

Maria lascia il bicchiere sul tavolo, si alza e con passo svelto aggira la Signora.

"Che cosa devo fare?"

"Così, guarda."

Le mani di Mia arrotolano un pezzo di treccia con due giri intorno al nodo, inserendo un ferretto per tenerla.

"Poi li togli e giri ancora. Finché non arriva su tutta."

"Ho capito."

Carmela le aveva insegnato a curarsi dei capelli delle altre ragazze.

Se ora non fa una figuraccia, lo deve a lei. La coda di Mia è robusta, oscura, liscia come uno specchio. Profuma di limone e di aria di mare. Ha sentito quell'odore nelle vecchie case di Cinisi, o ai mercati lungo la costa.

"Non ho mai visto una coda così, è bellissima."

La Signora tace, seduta ritta avvolta da una lunga veste nera.

Maria prende coraggio anche se Antonio le ha detto di comportarsi in modo educato e pacato, stare con Mia è un po' come avere vicino Mariuccia. Lei ha qualcosa in più, però, un vigore che traspare persino dai duri capelli intrecciati. Una coda selvaggia che in pochi istanti riesce a trasmetterle il grido più antico del mondo, qualcosa che giunge dagli anfratti della storia, un mistero così complesso da non poter essere compreso dai soli occhi.

"Da quando non li taglia?"

"Da quando è nato Gabriele."

La risposta la sorprende. Si allunga in avanti per respirarli da vicino, cogliere la totalità della loro fragranza per poterne possedere almeno il ricordo.

Quando ha finito, Maria si scosta. Un passo indietro. Osserva Mia completare l'opera infilando delicatamente i tre spaghi nella coda. Vorrebbe dirle che è stato un onore toccarli, ma quando lei si gira mostrandole un sorriso dolce come le notti degli innamorati, quella verità la sconvolge.

Lei è unica…

Si chiede se in vita sarà mai in grado di essere tanto forte da incutere riverenza e ammirazione senza usare parole o elogi, proprio come Mia Arcuri, la cui sola presenza basterebbe a piegare l'aggressività di un leone.

Quando arrivano al lido sono le otto.

Gabri e Antonio si fermano al bancone per ordinare la colazione. Bea scappa in bagno e Maria dice di voler andare a *pucciare i piedi am'mare* perché è sveglia dalle sei e mezza e non può resistere a quella tentazione. Anche se la stretta al petto si è sciolta, qualcosa la agita.

I turisti si svegliano tardi e prima delle undici la spiaggia è un cimitero di pali storti. Il mare è calmo, le dà pace. Solo che c'è qualcosa che disturba la sua visuale mentre lascia i sandali al loro ombrellone. Alza la testa per guardare meglio e si accorge che è una palla da calcio. Per metà è infilata tra due piccole dune, ha le toppe bianche e nere come il suo primo pallone. Un ricordo indelebile.

Torna a guardare il mare richiamata dal vociare di un gabbiano. Sorride. No, non ce la fa questa volta. Due anziani sono seduti vicino alla riva. Un trio di donne passeggia sul lungomare. Un bambino gioca con i secchielli mentre mamma e papà lo osservano seduti su comode sdraio. Non altro.

Raggiunge la palla, la guarda dall'alto ricordando quella bambina a Cinisi. Alza gli occhi all'orizzonte per vedere se ci sono Gabri e Antonio, ma sa che si saranno già seduti al tavolo a fumare, e Bea avrà dato vita al jukebox canticchiandoci sopra.

Le basta un attimo, con un colpo del collo del piede la palla slitta in alto, e minuscoli sassolini, a milioni, si sollevano insieme come in una danza cosmica; ma il pallone sale di più mentre quelli ricadono, tornando sabbia.

Il sorriso di Maria si allarga e il residuo di un malessere mattutino svanisce al secondo palleggio.

Poi perde l'equilibrio e la palla scivola in avanti, rimbalzando sulle dune.

"Da quanto tempo…" sussurra tra sé.

L'adrenalina si agita nel sangue. Con un colpo del piede sinistro e uno del destro, solleva di nuovo la palla. Quella va su, colpita a ripetizione da entrambi i piedi; poi passa alle ginocchia e ancora ai piedi. Cerca di mantenere l'equilibrio alternando alti e brevi palleggi. Si ricorda che quando stava a Cinisi, sul lungomare, aveva imparato a palleggiare di testa, così la calcia più forte, e quella slitta all'insù per piombare sulla sua fronte. Uno. Due. Tre. Poi una voce e la palla cade sulla sabbia, lontano dai suoi piedi.

Gabriele la guarda con occhi da gufo.

Maria non sa che dire, così fa l'unica cosa che le riesce naturale: ridere. Ride e si piega in avanti tenendosi la pancia. Quando l'ilarità diminuisce, Gabriele è ancora lì che la guarda come di fronte a un quadro di Picasso.

Lei si affretta a dire che è stata *solo* fortuna. Lui, però, non ci crede.

"Rifallo."

"Amore, ti prego, andiamo a mangiare. Lascia stare. Sono cose che possono fare tutti."

"Io non lo so fare. E nemmeno Antonio."

"Non sei cresciuto a Cinisi", e dicendogli questo si avvia verso il lido, dimenticandosi i sandali sulla sabbia.

Gabri, però, le afferra un braccio e le chiede di provarci ancora.

"Perché? Anche se ci riuscissi, che differenza farebbe dopo?"

Adesso ha paura. Teme il suo giudizio. Teme che non la guarderebbe più allo stesso modo.

Nessuna delle sue amiche l'ha guardata allo stesso modo dopo quella partita contro gli esterni. Sono state amiche, sì, hanno passato un altro anno insieme, ma soltanto Carmela non l'ha fatta sentire *diversa*.

"Di che parli, Marì? Voglio vedere come fai."

Gli spunta un sorriso, e in quell'accenno Maria si sente un po' rincuorata.

"Sei sicuro che non penserai male?"

"Dio santo, no! Mamma ha fatto il muratore per anni, che dovrei pensare di lei?"

Dietro le spalle di Gabri, vede che Bea si è affacciata dal lido per sapere se *va tutto bene*.

"Ti prego, non davanti a lei."

"Arriviamo" le grida. "Adesso lo puoi fare."

Maria si fa coraggio e torna alla palla.

Anche se Bea non è più affacciata al lido, le poche persone sotto gli ombrelloni le rivolgono la loro attenzione, ma lei non vi bada, non riesce nemmeno a sentirla quella presenza anche se sa che sono lì; lo sguardo di Gabriele sono gli occhi di una platea.

"Marì, che aspetti?"

Che aspetto? Non lo sa.

La palla slitta in aria, va su, supera la sua testa, così i suoi occhi finiscono contro il cielo, e pensa che quella voglia non se n'è mai andata, che *loro* non sono riusciti a fargliela passare.

***

Bea si è messa lo smalto migliore, di un rosso intenso, la matita nera intorno agli occhi e un lungo vestito trasparente verde acqua.

Maria porta un paio di pantaloni con gli orli larghi e scarpe aperte sul collo con un minimo di tacco nero. Si è fatta fare la coda dall'amica ma ha rinunciato al trucco sul viso, questa sera ha deciso che le dà fastidio.

La Signora brontola qualcosa con Gabriele e lui con una mano invita tutti loro a uscire.

Questioni di famiglia.

Scendono sotto.

La Panda è contro il muretto siepato di un parco per bambini. Antonio si accende una sigaretta e si appoggia alla macchina incrociando le gambe. Bea invita Maria a fare due passi per vedere il panorama. All'orizzonte il mare brilla ancora, una tovaglia azzurra a tratti più scura. Il cielo si è riempito di colori e un refolo di vento allieta i loro capelli profumati dalla lacca speciale di Beatrice.

"Tu prendi la pillola?"

Maria non è certa di aver capito cosa intende.

"Io la prendo. Antò è uno che ci dà dentro, non si fida dei preservativi."

"Io non prendo niente", una mezza verità.

Il medico le ha sostituito la precedente cura di ormoni con una pastiglia meno invasiva. Quando le arrivavano erano abbondanti e dolorose, ricorda ancora quel lontano Natale a casa Zanca, con nonna Madia che la puliva e dopo le ha asciugato le lacrime cantandole una canzoncina inventata al momento.

"Non usate protezioni?" glielo chiede in tono preoccupato. Dalla borsetta prende una sigaretta, l'accende e inizia a fumare. "Rischi di restare incinta. La cosa non ti preoccupa?"

"Dovrebbe?"

"Sei ancora giovane."

"Tu non desideri una famiglia?"

"Sì. Un giorno, non adesso. Adesso voglio divertirmi. Se Antonio mi ingravida, poi perdo l'occasione di diventare famosa."

"Comunque, Gabri alle volte li usa."

"I preservativi?"

"Sì."

"Scusa, Marì, ma quante volte lo fate… diciamo, in una settimana?"

"Non so…"

"Suvvia, non fare la ragazzina. Io e Antonio tutti i giorni."

"Pressappoco uguale."

Bea si mette a ridere. "Che significa *pressappoco uguale*?"

"Bea, significa che a volte tutti i giorni, ma altre volte capita che non ci vediamo."

"Giusto."

Maria si siede sull'altalena e l'amica la imita. Restano in silenzio per qualche istante, dondolando piano. Vedono Gabri scendere la rampa che porta al parcheggio di sotto, ha il viso abbassato.

"Hai mai avuto un orgasmo?"

"E tu come fai a capire quando hai un orgasmo?"

"Beh, lo capisci. Insomma, ti *svalvola*. È più profondo. Ti fa solleticare i piedi e a volte ti scappa da ridere che non ne puoi più."

"Io una volta ho pianto."

"Che significa, Marì? Fai l'amore e piangi?"

"Ma è come hai detto tu, ti esplode il cuore e provi qualcosa di folle, ma io non ho riso, ho pianto."

"Si vede che a te fa quell'effetto."

"Secondo te, perché?"

Scende dalla giostra e getta la sigaretta a terra pestandola sotto il tacco.

"Non so, Marì, tu sei strana. Che ti devo dire? Forse hai avuto una brutta infanzia. O forse non sei abituata a provare così tanto piacere."

Maria tace. Pensa che Bea in parte abbia ragione, per lungo tempo ha represso le proprie emozioni.

"A volte sei così seria, Marì. Non dovresti essere così seria alla tua età. Ti fa male."

Le sorride.

"Ecco, brava, quando sorridi sei più gnocca di me."

Antonio le richiama.

"Sai, Marì, io credo che noi siamo fortunate ad avere due uomini come loro. Non sanno giocare a calcio, però ci sanno fare a letto."

Al ristorante, con la musica di sottofondo e Bea che canticchia senza sosta muovendo il sedere sulla sedia, hanno ordinato spaghetti, astice e due bottiglie di champagne.

La testa gira. I sorrisi sembrano allungarsi all'infinito.

Antonio fa piedino alla sua amichetta mentre Gabri si limita a stringere la mano di Maria, parlandole talvolta all'orecchio. Bisbigli. Dolci idee.

"Andiamo in spiaggia" le dice, quando ormai alcuni tavoli sono stati spostati per far spazio alla pista da ballo.

Maria è d'accordo, dopo la conversazione con Bea ne ha voglia. Qualcosa di profondo preme contro le pareti del suo stomaco e le fa *formicolare* le dita dei piedi.

Sulla spiaggia c'è ancora gente che cammina, la notte non permette di distinguere un ombrellone da un bastone di legno.

Non importa, la gioventù si adatta.

Antonio e Bea sono rimasti al tavolo a coccolarsi e fumare, hanno un modo diverso di vivere la sessualità di coppia. Sono tipi che la tirano per le lunghe e poi esplodono all'improvviso, mentre Gabri non ce la fa ad aspettare, quando la passione preme ha bisogno di sfogarla subito. Maria ci si è abituata. Ha imparato a capire che per le donne è più facile, anche se non ne hanno voglia, sono sempre pronte.

"Buttiamoci in acqua."

"Gabri, abbiamo appena mangiato!"

"Dai, su, togliti i vestiti."

"Nudi?"

"Nudi, sì."

Gabri si toglie le scarpe e poi sbottona la camicia bianca restando a petto scoperto.

Maria cerca di fermarlo, lui si allontana, giocano, scherzano, con un piede le schizza addosso l'acqua della riva. Maria ride, si copre con le mani dicendo che si è lavata i capelli e che Bea ci ha messo mezz'ora per pettinarglieli.

A Gabri però non interessa, getta la camicia sulla sabbia scura e prende in braccio Maria, sollevandola da terra. Lei grida e ride. Gli dice di lasciarla andare, che è pazzo, pazzo da legare, ma ormai Gabri si è infilato in acqua fino alle ginocchia.

"No, non lasciarmi andare. È fredda. Mi farai fare una congestione."

"Non so nemmeno cosa sia una congestione, amore."

"È quella che mi farai venire se…"

Quando sprofonda in mare, cerca con i piedi di tenere ritto il busto per non bagnare i capelli, ma la coda si scioglie e le punte si bagnano.

"Questa me la paghi."

Gabriele scatta verso la riva per non farsi prendere e lei gli schizza l'acqua colpendolo alla schiena. È fredda, non importa. Balza in avanti vedendo che lui rallenta. Tenta di afferrarlo, Gabri si gira e la stende sulla battigia, con l'acqua che lambisce i loro piedi. Le allunga le mani all'indietro, oltre la testa, facendola sua prigioniera, e la bacia piegandosi sul suo corpo freddo.

Le bocche sanno di sale e i sessi si incendiano, bruciando fino ai margini dell'universo.

Qualcuno ride e allora devono scappare via.

Corrono sul lungomare allontanandosi dal ristorante e le sue luci, la musica scema, però a Maria pare di sentire Bea canticchiare quella canzone che parla di un cielo infinito.

Gabri la ferma, ha il fiatone, si baciano senza respiro e di nuovo sono sulla sabbia.

"Hai lasciato la camicia là."

"Torno a casa anche nudo" le risponde, aprendole i jeans e facendoli scivolare lungo le gambe abbronzate.

"Quelli arrivano fino a qui."

"Faccio tutta la costa ionica se necessario."

Maria si lascia baciare sotto, dove trabocca la lava del suo piacere.

L'acqua fredda lambisce i suoi fianchi. I capelli si allungano mentre il mare si ritira, e quando quello si fa di nuovo avanti, glieli restituisce insieme al sapore di pesce e legna secca.

Gabriele risale, le bacia il ventre, alza gli occhi per vedere l'espressione del suo piacere e ride, divertito dalla situazione in cui si sono messi.

"Marì, dobbiamo correre."

"No" gli risponde, scuotendo la testa sulla sabbia bagnata.

"Dobbiamo. Stanno arrivando da su."

Con un gesto l'aiuta a mettersi ritta con il busto. Di fretta riprende i jeans che le sono scivolati ai piedi. Ode il chiacchiericcio di un gruppo di ragazzi che passeggiano sulla passerella di legno.

"Forse è meglio tornare indietro" suggerisce lei.

"Quei due si saranno infilati in macchina a pomiciare."

Gabri si distrae e lei ne approfitta per spingerlo in acqua, poi corre via, lungo la riva, verso il ristorante.

"Prova a prendermi."

Gabri si rialza, fradicio. La rincorre gridandole che non può essere più veloce di lui, perché è una *femmina*. Ma Maria lo distanzia, la notte la inghiotte, sente le sue risa e scorge appena i suoi piedi che schizzano l'acqua e lasciano impronte che presto scompaiono al passaggio delle onde.

La Signora non c'è, si è svegliata presto ed è uscita senza fare rumore.

Ieri Gabri le ha detto che al sabato in piazza impera il mercato.

Fuori il sole sorge, lo vede affacciata al piccolo balcone grezzo, respira l'aria che sa di umidità e bucato a mano. Ha un presagio, un'altra mattina con la sensazione che stia per accadere qualcosa.

Insieme fanno colazione al tavolo. Caffè. Biscotti al burro.

Bea vuole il latte perché a casa è abituata così, ci inzuppa i Plasmon, ne va ghiotta. È allegra, forse perché la serata con Antonio è andata meglio del previsto. Gabri aveva ragione, si sono nascosti in macchina e hanno fatto sesso sui sedili dietro, coprendo i finestrini con gli asciugamani. Canta una canzone straniera, e per non farla smettere nessuno le chiede il titolo.

Antonio si sveglia e la prima cosa che fa è mettersi gli occhiali da sole. Quando non c'è la signora, resta a petto nudo in casa, come Gabri.

Il mercato in Marina l'hanno già visto, ma in paese, su in montagna, ne fanno uno simile.

Prima di scendere al mare, Bea e Maria lo percorrono cercando qualcosa di carino da comprare. C'è fermento, i mercanti gridano le loro prelibatezze. Olive. Salami. Caciotte. Mandorle. Composte di peperoni. Peperoncini. E poi costumi, caramelle, dischi e libri usati. Maria si compra degli occhiali da sole, Bea ha preferito puntare su un completo da spiaggia.

Alle nove e un quarto sono giù, in Marina. C'è chi viene e chi va. Gli ombrelloni aumentano, arrivano sin sotto al lido (i più giovani si sdraieranno al sole lungo le bianche mura).

Bea dà vita al Jukebox per far ascoltare a Maria la canzone che vorrebbe imparasse. Un successo di Loredana Bertè.

"Non ce la farò mai, Bea. Sei matta?"

"Non devi gridare come fa lei, tu fai le strofe."

Al bar ordinano un latte di mandorla con ghiaccio e poi si avviano alla spiaggia. Già in lontananza, Maria, nota il signore che ha organizzato la partita qualche giorno prima. Antonio scuote la testa, non è il tipo da bis con il calcio, *e poi quelli sono troppo forti*. Gabri cerca di convincerlo, ma inutilmente.

Quando sono più vicine, il signore allarga le braccia dispiaciuto, non è riuscito a convincere i due, e Gabri senza Antonio non si muove.

"Se non venite la partita non si fa…" proferisce lo sconosciuto.

Maria lo sente, qualcosa nell'affermazione dello sconosciuto la tenta. Proprio mentre è persa nella propria ossessione, Gabri incontra i suoi occhi e ha come l'impressione che la guardi dentro.

L'uomo fa per andarsene ma lui lo afferra per un braccio.

"Ho io il secondo."

A Maria esplode il cuore, perché Gabri non ha mai smesso di guardarla.

Antonio non capisce cosa stia accadendo, e lascia fare. Bea gli si siede a fianco inclinando la testa sulla sua spalla.

"Perfetto. Dov'è?"

Con un dito, Gabri, indica Maria.

Quando lo sconosciuto poggia l'attenzione su di lei, sorride senza eccesso per non mancarle di rispetto.

"Non è una partita tra ragazzi. Lo sapete che ci sono dei professionisti. Potrebbe farsi male, la *signora*."

"Signorina" precisa Maria.

La bocca di Gabriele si fa larga. Maria le ha raccontato che da bambina si annoiava e così ha iniziato a tirare i palloni contro i muri dei palazzi.

Lo sconosciuto distende le braccia in attesa di chiarimenti. Un signore calvo, di bell'aspetto, *forse un atleta*, pensa Maria.

"Proviamo. La mettiamo in attacco" suggerisce Gabriele.

L'uomo si gratta la nuca e squadra Maria dai piedi alla testa. Riflette. In fondo, è soltantoi una partitella di allenamento, non c'è competizione.

"Però se cade e si fa male, esce subito dal campo. Non voglio avere problemi."

"Non ne avrà" dice con grinta Maria.

Antonio e Bea la guardano come se si presentasse per la prima volta.

"Ragazzi, ma dite sul serio?" domanda l'amico.

Gabri gli lancia un'occhiata di intesa, e Antonio sa che quando fa così significa che ha la situazione sotto controllo.

Bea abbassa gli occhiali da sole per osservare Maria, l'amica ha cambiato la propria postura, a schiena dritta sfida tacitamente lo sconosciuto che ha di fronte, senza preoccupazioni.

"Bene. Io sono Vincenzo Iuliano."

Maria gli stringe la mano e pronuncia il proprio nome. Quello per un istante la guarda a bocca aperta, come se gli avesse confidato un segreto scioccante.

"D'accordo. Vi aspetto tra dieci minuti."

Quando va via, Bea si alza e, rivolta ai due, dice: "Mi avete convinta. Vengo a fare il tifo per voi."

Maria con un grido di gioia la abbraccia.

"Va bene, Marì, ma non stringere così forte."

Antonio scuote la testa con un filo di sorriso tra le labbra, in fondo anche lui è curioso di sapere come andrà a finire quella partita.

"Allora, amore, dimmi che hai già giocato contro dei maschi."

"Una volta."

"Ah. Solo una?"

"Una e mezza."

Vincenzo Iuliano presenta i due ragazzi al gruppo e, senza commentare il fatto di avere una donna in campo, divide le squadre secondo un proprio ordine di gioco.

"Per iniziare vi metto in squadra insieme", però non è convinto della scelta, rischiano di squilibrarsi troppo. "Se sarà il caso vi dividerò."

Guarda Maria con un accento serio tra le sopracciglia.

"Resta avanti. Quando ti passano la palla hai due scelte, tirare o darla a qualcun altro. Intesi?"

Lei annuisce, ha capito. C'è tensione, non sa se è una sua impressione o le nasce da dentro.

I maschi la osservano con interesse, non solo perché è lì con loro, lo sa. Gabri le ha indicato un tipo con i baffetti e il portiere avversario, raccontandole che giocano nel Catanzaro, in prima squadra. *Un allenamento speciale*, per migliorare le prestazioni fisiche.

Vincenzo da avvio alla partita.

Maria scatta in avanti, segue il movimento del pallone che rimbalza tra una duna e l'altra e spesso sfugge dai piedi dei ragazzi.

Sono bravi, hanno esperienza, lo vede, ma il problema più grande è il tizio che sta in porta, un vero osso duro.

Non importa, improvviserà. Non è neppure sicura di riuscire a giocare in mezzo a tutti loro, ne è passato di tempo dall'ultima volta. Ricorda ancora la faccia di Geco alla disfatta della sua squadra. Se non fosse intervenuto il Caporale, lo smacco sarebbe stato più evidente.

La palla slitta, passa sotto le gambe di un difensore e d'improvviso se la ritrova sui piedi. La stoppa piantandola nella sabbia. Qualcuno le grida di passarla *dietro*.

Un giocatore le si para innanzi per portargliela via, è indeciso se intervenire o lasciarla fare.

Maria calcia di tacco e la palla finisce a uno dei suoi.

"Trattami come tutti gli altri" gli chiede, vedendo l'indecisione dell'avversario.

Vincenzo da lontano deve averla sentita. "Quella vi fa il mazzo. Toglietele la palla se potete."

L'azione sfuma. Il famigerato portiere ha respinto un cross in area e ora quelli sono nell'altra metà campo e in pochi passaggi siglano la prima rete.

Gabri scuote la testa. Vincenzo l'ha messo in difesa ma adesso gli suggerisce di spostarsi sull'altro lato perché lì non va bene.

Palla al centro.

Bea e Antonio prendono posto ai bordi del campo, che è delimitato con una fune di canapa.

"Forza Marì."

Maria saluta l'amica con la mano, scattando in avanti per posizionarsi nei pressi della porta avversaria.

"Se mi segni, bellezza, ti pago da bere" le dice il portiere.

Gabriele respinge un attacco dei rivali e la palla finisce nella zona di Maria.

Qualcuno le grida di correre ma il difensore la supera.

"Fai movimento. Esci dal tuo guscio" la incita Vincenzo.

Alle sue spalle il portiere la deride.

Quando andava all'oratorio, i ragazzi la prendevano in giro perché era piccola e voleva giocare a calcio con loro. Le dicevano che con *quelle gambette* non sarebbe riuscita nemmeno a tirare un rigore.

La offendevano bisbigliando tra di loro perché lei era una Leone e bisognava darle rispetto.

Così lei scappava, raggiungeva il mare o si nascondeva al campetto segreto.

Se avesse piovuto, avrebbe fissato il cortile dalla finestra della sua camera.

E quando Cesare stava a Palermo, calciava nel lato della corte abbandonata, sotto gli occhi di Antonio e il tacito rimprovero di Mariuccia.

I rivali vanno di nuovo in vantaggio.

Vincenzo si gratta la testa, indeciso se cambiare formazione o spostare uno dei due fidanzatini. Non sapendo che fare, guarda Maria e si accorge che sorride, cammina sul campo con naturalezza, mostrando la sua sfrontata bellezza mediterranea.

Le lascerà un'opportunità, *il colpo di tacco di prima non può essere un caso*.

Si riprende. La sabbia viene scompigliata dalle gambe che corrono e calciano. Gabri riesce a sventare un altro attacco e lancia la palla in avanti. Vincenzo grida a uno dei suoi di saltare l'uomo e mandare a rete *la ragazza*.

Maria coglie un ordine sottointeso, con uno scatto si libera di un difensore, il ragazzo la lascia andare, certo che non sia un pericolo. Ma quelli superano la metà campo e, con un passaggio d'esterno che taglia la difesa, recapitano la palla su un fulmine dai capelli lunghi che la aggancia tenendola sollevata da terra. Maria carica il sinistro, e quando quella scende all'altezza del ginocchio, la impatta di collo pieno.

Il portiere sgrana gli occhi e, sorpreso, cerca di capire in che angolo la palla sia finita.

Gabri corre da lei e la solleva da terra.

Maria è in estasi e Bea batte le mani eccitata. Antonio commenta ma la sua voce si perde nel chiacchiericcio che si è creato intorno al campo.

Ragazzi e famiglie si sono avvicinati per osservare una ragazza calciare come un uomo.

Vincenzo richiama le squadre a prendere posto, senza dare enfasi a quello che è successo.

"Mi paghi da bere per ogni goal che ti faccio?" chiede al portiere mentre si avvia nella sua parte di campo.

Gabri inizia a divertirsi. È curioso. Vedere Maria giocare come un uomo è strano ma gli piace, è qualcosa che lo rende orgoglioso di lei. Così quando riprende palla, gliela lancia, e sa che anche gli altri, spettatori e giocatori, sono curiosi di sapere fino a che punto è brava.

Maria la raggiunge, impedendo che esca oltre la linea laterale. Il difensore le va incontro, con il fisico la sposta facendola cadere. Vincenzo chiama il fallo e qualcuno tra la folla si lamenta per il poco tatto avuto.

"Scusami, non volevo."

"Non ti devi scusare. Adesso che lo so, starò attenta."

"Tutto bene, qui?" si fa avanti Vincenzo.

"Sono stata molle, è colpa mia."

Anche Gabri si è avvicinato, pronto a far rissa con Antonio che nel frattempo si è alzato per intervenire.

Maria però sorride con la palla tra le mani. Coglie l'umore di Gabri e gli dice che *non è niente*, che non si devono preoccupare per una *stupida* caduta sulla sabbia.

Poggia la palla a terra e pretende di battere la punizione sul lato.

Vincenzo lascia fare e grida ai presenti di tornare alle proprie posizioni.

Il portiere mette uno in barriera. Maria pensa che non abbia ancora imparato la lezione più importante: *non sottovalutarla*.

Sono tutti pronti a saltare ma lei decide di fare quello che le riesce meglio: colpire senza ritegno. La sabbia slitta, portata via da un altro fulmine. La palla sfiora l'uomo in barriera e curva verso l'angolo alto della porta. Il portiere salta, si libra in volo come un pettirosso e con le dita la devia sul palo. Qualcun altro, però, approfittando del rimpallo, pareggia i conti.

Vincenzo annuisce soddisfatto, ha visto giusto. Continua a pensare che c'è un problema: al momento non ha nessuno come lei. E da adesso vuole scoprire le sue vere abilità.

I rivali in campo si guardano decisi a non lasciarle altro spazio.

Il ragazzo con i baffetti riapre la partita, segna il terzo e il quarto goal.

Maria è ferma in avanti, non sa che fare, qualsiasi palla cerchino di lanciarle, i difensori la anticipano.

Bea si sbraccia e incita l'amica a fare il *culo a quelli*. Antonio le dice di smetterla, ma la folla è dalla parte della ragazza: vogliono vederle fare un'altra delle sue prodezze.

Adesso Maria è di nuovo la Siciliana, qualcosa nel suo viso è cambiata. Più quelli la contrastano, impedendole di prendere palla, più sente crescerle in petto il desiderio di competizione.

Vincenzo dirige il gioco e la osserva di sottecchi. Quando ha deciso che deve averla sopravvalutata, lei in un lampo cambia la partita.

Gabri prende palla a centrocampo, lasciando la sua posizione, è un rischio, lo sa, e Vincenzo lo sta già rimproverando per aver fatto di testa propria.

Non importa.

"Vai amore", e alzandola con il collo da sotto la sabbia gli fa fare una palombella che casca sul piede destro di Maria.

L'aggancio lascia basita la folla che inizia a incitarla.

Maria intanto corre. Ha i capelli che le scivolano oltre le spalle, slittando nell'aria calda di agosto; a tratti la maglia bianca che indossa si solleva all'altezza dell'ombelico, mettendo in mostra la sua pancia piatta e abbronzata.

Inclina la testa in avanti, decisa a forare la difesa di quei ragazzi dal corpo tonico e l'aspetto elegante. E pensa che era da tempo che non provava così tante emozioni contrastanti, sentirsi indifesa e allo stesso tempo libera, come a Cinisi sulla spiaggia o durante gli anni del collegio. Ha l'impressione che persino le dune di sabbia ai suoi piedi, si stiano inchinando al suo passaggio, trasformando il campo in una distesa di erba infinita.

Quando il difensore si fa avanti, lei lo supera con un tunnel.

Vincenzo le suggerisce di passarla in mezzo, però Maria non ne vuole sapere, cambia direzione di gioco sbilanciando il secondo difensore. Si ritrova la palla sul sinistro, ma lei ha imparato a usare entrambi i piedi. Non si scomoda ad alzare la testa, sa che è perfettamente centrale alla porta, a meno di cinque metri.

Un terzo difensore entra in scivolata, troppo tardi: quando lei calcia, lasciando senza fiato una cinquantina di bocche spalancate, il portiere fa quel che può per deviarla.

Inutilmente.

La gente accorsa a vedere la partita le fa il filo, cerca di capire chi sia e come si chiama.

Gabri e Antonio la scortano via, mentre Bea le canta una canzone sbaciucchiandola come se fosse la sua sorellina minore.

I calciatori li lasciano andare anche se avrebbero voluto invitare i fidanzati a un'altra partita.

Vincenzo tace. Riflette. Lui è uno di quelli che crede che le cose non capitino per caso.

"È stato pazzesco."

Bea è la più eccitata.

"Vi prego, facciamoci un bagno."

Maria, invece, non sa come arginare le proprie emozioni.

Antonio la guarda come se non la conoscesse affatto.

Gabri la prende per mano e la trascina sulla riva. Bea vorrebbe seguirli ma Antonio la trattiene.

"Lasciali un po' soli."

"Hai ragione."

"Nemmeno Gabri se lo aspettava."

"Quella chissà cosa c'ha dentro."

"Che intendi?"

"Le ragazze come lei hanno un fuoco. O si bruciano e si fanno male. O bruciano e cambiano il mondo."

53

È di nuovo mattina.

È stata felice per un po', ieri. Le han fatto tante domande, soprattutto Bea che voleva capire dove avesse imparato a giocare così bene.

Ha rinunciato a farla cantare, non le si addice.

"Certo che formiamo una bella coppia io e te", se ne è uscita Bea mentre passeggiavano per le vie di Vitrusi fumandosi una sigaretta. "Tu sei forte con i piedi. Io sono forte con la voce."

Maria non aveva saputo risponderle. Bea le aveva chiesto se in qualche modo quel talento la facesse soffrire.

"Tutti gli artisti soffrono. Io soffro. Quando non posso esprimermi, sto male. Per questo mi senti cantare, ne ho bisogno per stare meglio."

Sì, Bea aveva ragione. Per questo, adesso, si sente peggio delle altre mattine. In un istante ha colmato un vuoto oceanico, e l'attimo dopo non le è rimasto più niente.

Dal balcone filtra una tenue luce rossa e gialla che si stende per tutta la sala, bucherellando il muro sull'altro lato.

La Signora è fuori, ormai succede spesso. Gira. Incontra le comari. Va a messa presto. E chissà cos'altro.

Insomma, quella luce l'attrae, così adesso ha le mani appoggiate sul basso muretto bianco del balcone e fissa il mare all'orizzonte.

Fa fresco sebbene non ci sia un filo di aria.

I capelli scompigliati sulle spalle sono da pettinare, e sa che ci penserà Beatrice a metterglieli in ordine.

Vorrebbe capire, chiedere al proprio stomaco quale sia il *fattore turbante*, perché è stata tanto felice e all'improvviso tanto triste. Le gambe sono indolenzite, anche se gira in bici o fa lunghe camminate a Sedriano, correre sulla sabbia e mantenere stabile un pallone che rimbalza continuamente sulle dune, è tutt'altra cosa.

Nell'immagine del mare c'è il volto di Cinisi, di nonno Antonio e le sue lunghe attese, seduto in silenzio ad ascoltare la requie del condominio.

I Leone comandano.

Anche nonno era speciale.

Papà, invece, ora le sembra uno che ha perso il controllo della propria vita.

Le sovviene un sorrido nel pensare che abbia messo al mondo una figlia con una prostituta.

Vorrebbe essere a Palermo per chiedergli come sia stato possibile.

E Maria sente che in qualche modo la sua presenza sulla Terra è un miracolo, qualcosa che può accadere una volta ogni mille anni. Avrebbe dovuto costringere nonna Madia a raccontarle la storia dei suoi genitori, invece aveva preferito non sapere.

Quello, in fondo, è un passato tanto lontano. Prima faceva male, adesso… adesso non lo sa che cosa le provoca.

Passi. Li riconosce.

"Buon giorno, amore."

Una voce bassa, delicata, come le sue mani che le stringono i fianchi e l'alito del primo mattino che le sfiora l'olfatto.

Gabriele appoggia il mento sulla spalla di Maria e non dice altro. Guardano innanzi il sole salire oltre l'orizzonte, sferzare il cielo e aprire a loro un nuovo giorno.

***

A Soverato il lungomare è per i sognatori, le giovani famiglie e i duri di cuore, l'unico luogo al mondo dove poter ritrovare sé stessi.

Gabri guida la nuova Audi di Salvatore che lo incita a dare gas per testare la tenuta su strada. Maria in silenzio si aggrappa al sedile davanti, mentre Bea, di fianco, stringe Antonio supplicandolo di farlo *smettere*; però Antonio sa che i tipi come Salvatore non li ferma nessuno.

Due macchine con i finestrini oscurati li seguono dietro, cercando di mantenere lo stesso passo.

Quando arrivano a destinazione, la luna è così grande che sembra voler stramazzare sulla terra.

Bea si dispiace per non avere con sé una macchina fotografica.

Con un cenno della mano, Salvatore invita uno dei suoi a fare delle fotografie alla serata. L'uomo vestito di nero annuisce e torna indietro per procurarsi la Polaroid. Gli altri *bodyguards* seguono Salvatore risalire la via che porta a una famosa discoteca della zona.

Gabri tiene vicina Maria mentre dialoga con suo fratello. Ogni tanto Salvatore gli scarica una pacca sulle spalle, oppure stuzzica Antonio che tace abbracciato a Bea.

All'ingresso della discoteca una fila di ragazzi attende di entrare, prendere posto, farsi la serata magari sniffando polvere di stelle. Qualcuno riconosce Salvatore. Uno del servizio di sicurezza supera il tumulto e lo saluta con riverenza.

"Fate spazio. Per favore signori, spostatevi."

A bracciate sposta i ragazzi che non capiscono che cosa accade. Poi lo vedono, un uomo e due coppie circondati da un drappello di guardie dai visi ben rasati e robusti.

Salvatore avanza con fierezza, consuma la sigaretta gettando in aria il fumo come un Papa che benedice i propri sudditi. Lo riconoscono in molti, alcuni ragazzi lo salutano con rispetto, spingendo gli altri a fianco a fare più spazio. Mentre con una mano fuma la sigaretta, con l'altra tiene la giacchetta dietro le spalle.

"Tranquilla, Marì, questa sera non te la scorderai mai" le dice Gabriele.

Bea, invece, sembra a suo agio, da quando sono scesi dalla macchina ha iniziato a ridere piano, eccitata dalla presenza degli scagnozzi di Salvatore.

Il titolare della discoteca li incontra alla cassa. Arriva con il fiatone e la fronte imperlata di sudore.

"Se lo avessi saputo prima, vi avrei ricevuti all'ingresso. Sono dispiaciuto."

Salvatore non si scompone, fa il suo ultimo tiro e spegne la sigaretta in un posacenere sul banco della cassa.

"Vogliamo un tavolo. Siamo quelli che siamo."

"Subito."

Con un colpo di mani mette all'opera due ragazzi per preparare una sala esclusiva.

"Nel frattempo, vi faccio accomodare dentro per un cocktail."

Maria si guarda intorno. La sua prima discoteca all'aperto con vista sul lungomare di Soverato.

Grossi fari sparano fasci luminosi nel cielo, bucando l'oscurità. Sulla pista c'è un folto numero di gente di diversa età, visi allegri, occhi ammiccanti e mani che si allungano in cerca del piacere.

"Tutto bene?" le chiede Gabri.

"Sì. È bello qui."

Salvatore dispone le guardie, dice che non ne vuole più di tre vicino, le altre si limiteranno a seguire i ragazzi ovunque, persino ai bagni.

"Non pensavo fosse così."

"Così come, amore?"

"Intendo lui."

"Nessuno pensava che sarebbe diventato un capo, Marì", e le bacia l'orecchio. "Non è una cattiva persona. Ne ha passate tante. Si è dovuto difendere e… adesso è quello che vedi."

Dopo poco prendono posto nella sala riservata.

Sul tavolino trovano champagne, cocomeri e altra frutta esotica.

Due guardie si sistemano all'ingresso. Salvatore dice loro di fare entrare solo belle donne, *se non ci sono i ragazzi*.

Ma i ragazzi, dopo un brindisi e un boccone di melone e miele, scappano sulla pista, perché la testa ne ha bisogno, deve girare il più possibile, far tremare le ginocchia e battere i piedi a terra. E i sorrisi necessitano di essere consumati, tanto che le mascelle il giorno dopo faranno male.

Bea canta e balla con le braccia al cielo e la testa rovesciata dietro. Antonio le si struscia contro, premendo le mani sul fondoschiena. Gabri li terrà lì almeno un'oretta prima di rientrare nella sala privata, è giusto che anche Salvatore si diverta. Con un'occhiata rapida alla tenda nera che la nasconde, scorge le guardie far passare due donne slanciate, una vestita di nero e l'altra di rosso, dell'est Europa. Tante volte ha pensato che non ci sia niente che possa fermarlo. Non c'è riuscita nemmeno la Signora.

"Un uomo fa quel che deve per conquistarsi un po' di rispetto" gli ha detto una volta. *"O morivo… o sopravvivevo."*

Gli dice di provare, che poi si sentirà *al massimo*. Gli dice che c'è una sala, se vuole portarla e *sbattersela* lì. Lui gli sorride. È indeciso. Una parte è il diavolo ma l'altra reclama il paradiso.

Gli dice che non deve farsi problemi, che è solo per divertirsi, che sorriderà meglio dopo e non lo dimenticheranno per lungo tempo.

Gli risponde che se lei si accorge che *è fatto*, potrebbe non capire.

Le donne le devi comandare tu, sennò ti schiacciano.

Così si decide. Ha ragione. Se fa come dice, si divertiranno come non mai.

54

Riapre gli occhi, lentamente. La luce del mattino punteggia la stanza. Le fanno male le gambe e anche più sopra. Non vuole pensarci, non ha mai visto Gabri così eccitato.

Gli ha detto *mai più una cosa del genere*.

Adesso è sola. C'è un chiacchiericcio nell'altra sala, riconosce le voci. Bea ha un tono agitato e sembra avercela con entrambi i ragazzi. Quello che c'è di buono è che si è addormentata subito e non ha bevuto troppo. Resta nel letto, in attesa di qualcosa. Fa bene ad aspettare perché dopo poco qualcuno esce di casa.

Bea compare nella stanza. Chiude gli occhi facendo finta di dormire ma l'amica deve aver capito. Le si avvicina piano e si china sul suo viso. L'alito di caffè e latte e il profumo dei suoi capelli li respira tutti.

"Marì, lo so che sei sveglia."

"Uh."

"Come stai?"

Si gira e le sorride.

"Come dovrei stare? Bene."

"Sì?"

Si stropiccia gli occhi e si alza sul busto. Sbadiglia.

"Li ho mandati a fare un giro. Prepariamo il pranzo e magari scendiamo nel pomeriggio. Ci stai?"

Annuisce.

Bea dà un bacio sulla tempia a Maria e poi fa per andarsene, sennonché si ferma dopo pochi passi.

"Che stronzi però."

"Non fa niente. È stata una bella serata."

"Sì, nessuno lo nega. Ma Antonio mi aveva giurato che avevano smesso con certa roba, invece la prendono ancora."

"Non è così, Bea."

"Non devi per forza difenderlo. Anche gli uomini sbagliano. Anzi, sbagliano più di noi donne che ci fidiamo di loro e già questo è uno sbaglio."

Adesso è in piedi con i capelli arruffati.

"Per Gabri, Salvatore è una specie di padre."

"Lo capisco, ma non doveva accettare quella roba."

"Lo so."

"Vieni a berti un caffè che ti pettino. Di là parliamo meglio."

"Grazie."

Il caffè è tiepido, ma non importa.

Bea le tira i capelli e le fa un po' male. Ma non importa nemmeno questo.

Non parlano più della serata, è andata, *quello che è fatto è fatto.*

"Se tu fossi un uomo, Marì, a quest'ora giocavi in serie A, vero?"

Maria ride divertita, una risata serena, commossa.

"Forse sì, chissà?"

"Non fare la modesta. A me non piace il calcio, ma vedere te mi ha fatto rivalutare la cosa."

"Ti dirò la verità, Bea."

"Sono tutta orecchie. Per una volta che parli!"

Ridacchia e poi le dice: "Non sono tifosa. Né seguo le partite alla tv come fanno molti. A me piace giocare e basta. Mi diverto perché non mi fa pensare a niente."

"Marì, ma tu sei felice?"

"Sì. Perché me lo chiedi?"

Bea esita. Le accarezza la testa con una mano e poi ci appoggia la sua guancia. Resta così, a respirare qualcosa di lei che non conosce.

"Perché non mi sembri felice veramente."

Nel pomeriggio sono in Marina con la Signora. I ragazzi sono rimasti al paese di sopra per incontrare dei parenti.

Mia è seduta sotto l'ombrellone e chiacchiera con le vicine, donne della stessa età.

Maria le ascolta per cullarsi nella loro cantilena dialettale.

Bea è sul bagnasciuga a inumidire i piedi, mette in mostra il suo fisico longilineo e abbronzato. Guarda qualcosa sulla riva, forse medita.

Le piace quella ragazza, è come Graziella, spensierata anche se è una cosa di facciata. Maria lo sa che quelle come loro dentro stanno male. Se lo sa è perché un po' lei stessa è come Bea e Grazia. Qualcosa nel profondo le unisce, una voglia di scatenare il grido primitivo interiore, liberarlo dalle catene della storia, per cambiare il mondo… o forse solo sé stessi.

Mia resta dritta anche sulla sdraio. Indossa un costume nero a due pezzi.

Maria le guarda la pomposa coda, quando entra in mare per bagnarsi non l'affonda mai, scende giù fino al collo e molleggia con l'unico scopo di rinfrescarsi dalla calura.

Le due donne si dicono qualcosa e poi Mia si alza, rovista nella borsa, preleva degli spiccioli e si incammina verso il lido.

"Arrivo subito. Vuoi qualcosa? Da bere?" chiede a Maria, carezzandole una spalla.

La ragazza scuote la testa.

Bea si è seduta sulla riva e raccoglie dei sassolini che poi lancia nel mare.

"Ai nostri tempi le cose erano diverse" se ne esce Gena.

Non sa da dove sia spuntata, ma le arriva dal lato sinistro degli ombrelloni. È scesa con loro in autobus, cosa insolita. Crede che sia stata la Signora a convincerla.

Gabri le ha raccontato che alcune anziane del paese hanno visto soltanto una volta il mare da vicino, e che ci sono i ragazzi della nuova generazione che non sono mai scesi da Vitrusi Alta. Ragazzi di 14 o 15 anni. Scelte di vita. Il mare lo miri dai balconi che sanno di gesso, o dalle scalinate che portano da una via all'altra.

Gena prende posto sulla sedia di Mia, quando poggia il suo sedere fa un sospiro di sollievo. Le gambe sono grosse, Maria pensa che siano gonfie, solcate da ramificazioni venose di un colore scuro. Sulla testa tiene una bandana bianca, e il costume è lo stesso della Signora, rigorosamente nero.

"Tutto bene, signora Gena?" le chiede, vedendola affaticata.

"Mio figlio, mi fa impazzire" le risponde, cercando di evitare il dialetto per non confonderla.

Maria si guarda intorno per vedere se c'è, non lo hanno ancora conosciuto però ha sentito dire dalla Signora che è arrivato l'altro ieri.

"Lo conosci *a Carmine?*"

"No."

"È qui con la moglie e il figlio, che si chiama Julian."

"Bel nome."

"Adesso si usa mettere questi nomi americani. Io però non li capisco, all'inizio ho fatto fatica a chiamarlo."

"Quanti anni?"

"Sei anni."

Poi ride, ma non nell'eccezione divertita, è più simile allo scherno, all'ironia dei fatti che le appaiono incomprensibili.

"Ai miei tempi ero felice. Noi tutte eravamo felici. Non avevamo niente e ci accontentavamo di tutto. Scendevamo a piedi dalla montagna e camminavamo fino a Soverato o Catanzaro. Mettevamo un fazzoletto sulla testa, così", e le fa vedere muovendo le mani sopra il capo, "e portavamo delle ceste enormi. Andata e ritorno. Al ritorno erano più pesanti, alle volte."

Con la coda dell'occhio scorge Bea alzarsi dal bagnasciuga con uno scatto improvviso. Una parte di lei vorrebbe seguirla, magari farsi un bagno più in là, ma Gena le piace, è una donna mite che ha del vissuto da raccontare.

"Adesso avete tutto e non siete felici. Noi non avevamo niente, lavoravamo ogni giorno eppure eravamo felici. Una parte lo era, sì. L'altra faceva fatica ma non avevamo scelta.

"La sera rientravamo a casa e preparavamo il pranzo per il giorno dopo con quello che si aveva. Io andavo di peperoni e patate. Li cucinavo insieme e li mettevo nel pane. Il giorno dopo si mangiava. Se volevi mangiare qualcosa di diverso, barattavi il pasto. Un pezzo a te per un pezzo di quello che hai tu. E chi non ne aveva, perché era più povero di altri, si faceva un pezzo per uno e così quella mangiava.

"Noi sì che eravamo delle brave persone. Questo il mondo se lo sta dimenticando. Si sta dimenticando cosa significa essere delle brave persone. Noi davamo tutto per far stare bene la nostra comunità."

"Hai lavorato con la Signora Arcuri?"

"Sì. Come ti dicevo, è proprio una brava donna. Non guardare l'apparenza, guarda dentro. Quando ero incinta di Carmine, si è presa cura di me. Anche se avevo bisogno di lavorare, lei si è organizzata con le altre donne per farmi avere il necessario."

"A che ora uscivate di casa per fare tutta quella strada?"

Alza un braccio in aria emettendo un sibilo dalla bocca.

"Partivamo alle cinque del mattino. Delle volte anche le quattro."

"Eravate felici lo stesso?" le chiede, incredula.

"Quando hai tutto, non hai niente. Quando hai poco o niente, ti rendi conto che quello che hai è tutto. Adesso se litighi con *maritatà*, lo lasci. Ne cambi uno, due, tre. Ai nostri tempi non si facevano queste cose."

"Marì" un grido da lontano.

"Mi scusi signora Gena, qualcuno mi chiama."

"Vai, vai bella. È là la tua amica", e le indica Bea che si sbraccia per farle cenno di raggiungerla.

Maria si alza e corre piano nella sua direzione.

Bea punta un dito a terra per farle vedere la capoccia di una grossa medusa spiaggiata.

"Che strana la vita."

"Perché?" chiede a Bea, mentre si china per osservare da vicino l'animale morto.

"Non so, mi viene da dire questo."

Maria alza gli occhi verso Bea e alle sue spalle osserva il volo dei gabbiani. Talvolta, la mattina, quando si affaccia al balcone, ci sono le rondini che danzano nel cielo, e resta lì ad ammirarle come se loro le volessero dire qualcosa. Ora lo capisce meglio, forse per i discorsi di Gena o forse perché Bea è così stupita nel vedere quella creatura spiaggiata, ma l'idea che le assilla la mente è forte, un richiamo arcaico che non sa da dove giunge.

Ogni giorno la vita ripete sé stessa.

Il pensiero vola subito via proprio come i gabbiani e le rondini al mattino, perché Bea le ha detto che non le sembra felice e Gena le ha ricordato che non ha alcun motivo apparente per non esserlo. Eppure, in nessun modo, riesce a risollevarsi. Ma quel breve pensiero, anche se ignoto, le dice qualcosa, le permette di avere un sorriso e iniziare a prendere in giro Bea che ha la faccia schifata.

"No, io non ci entro in acqua se ci sono quelle cose lì."

"E invece ci torni" le dice, spingendola in mare, affondando insieme tra le grida di terrore di Bea e di gioia sue.

***

Gabri è giù al muretto, fuma una sigaretta osservando di sbieco il mare.

Maria scende la rampa e in pochi istanti lo raggiunge.

Si sorridono.

Lei fa per dire qualcosa ma lui le accenna di non parlare. Allora lei si siede sul muretto contro la sua schiena, per sostenersi. E così restano, l'uno appoggiato all'altro: l'orizzonte cremisi sullo sfondo, gli alberi che ondeggiano allietati dal vento e le macchine che risalgono la montagna per trovare ristoro nei parcheggi.

"Mi spiace, Marì."

"Me lo hai già detto. E cosa ti ho risposto?"

"Di non farlo più."

"E allora perché fai così?"

Sente la sua schiena gonfiarsi e poi liberare l'aria e il fumo che ha aspirato dalla sigaretta. C'è qualcos'altro oltre al respiro e lo capisce subito: il battito del suo cuore. Dei loro cuori.

"Quando mi facevo, litigavo tutti i giorni con mamma. Rientravo la sera tardi e lei era lì che mi aspettava. Con le sue unghie lunghe mi feriva le braccia, la schiena, voleva farmi male perché la smettessi di distruggermi. Ma a me non importava. Avevo 16, 17 anni. Ho continuato così per quattro anni."

"Non mi hai mai detto come ne sei uscito."

"Una sera io e Antonio eravamo sballati. Abbiamo preso la macchina di suo padre e ci siamo schiantati contro un palo della luce. La macchina era irrecuperabile, ma noi miracolosamente vivi."

"Perché lo facevi?"

"Non lo so perché, ma ci faceva stare bene."

"È stato tuo fratello?"

Alza gli occhi al cielo per osservare i rami di un grosso albero.

"In un certo senso credo di sì. Io volevo stare qui, non a Milano."

"Adesso sei qui eppure hai accettato quella roba lo stesso."

"Non…", ma non sa che dire.

"Come è andata oggi con i tuoi cugini?"

"Bene."

"Solo bene?"

Si stacca da Maria e le si mette di fronte, cingendole le mani.

"Ti devo dire una cosa?"

Lei lo fissa con intensità, Gabri vede che non c'è paura in quello sguardo. Potrebbe dirle che ama un'altra e a lei non farebbe differenza. Ma ciò che ha da confessarle non la lascerà impassibile, ne è certo.

"Ti ricordi Vincenzo?"

Annuisce.

"È venuto a cercarmi."

"Che voleva?" gli chiede, vedendo la sua esitazione. "Ti vuole ingaggiare nel Catanzaro?" Ride. Piano. Per non offenderlo.

"Scusami, mi sono sbagliato. Non è venuto per cercare me, ma per cercare te."

"Ah."

"Già, ah!"

"E?"

"Ha una proposta da farti."

"A me? Perché?"

Gabri sospira, non sa come dirglielo però, poi, si rende conto che non ci sono molti altri modi per farlo.

"Ti va di fare un provino?"

"Di che tipo? Modella?"

"No."

"Che hai da ridere? Bea ha detto che se ero più alta e meno *tostarella*, potevo fare la modella."

"Sì, amore, sei bellissima, lo sai, ma non ridevo per questo. Ridevo perché si tratta di calcio non di moda."

Fa per ribattere ma rimane con la bocca aperta.

"Ecco, lo sapevo che avresti fatto questa faccia."

"È uno scherzo, vero?"

Prima scuote la testa e poi dice che non lo è.

"Ma sono una donna."

"Le donne hanno iniziato a giocare a calcio, non lo sapevi?"

"No."

"Poche squadre, credo al nord. Ne vogliono istituire una anche al sud."

"Non so come sentirmi" dice, mentre qualcosa emerge dal suo stomaco.

Lascia andare le mani di Gabri e si alza in piedi camminando a brevi tratti per riflettere sulla notizia appena ricevuta.

Poi si gira e chiede: "E quando dovrei fare questo provino?"

"Se ti va, domani."

"Non posso."

"Perché non puoi?" le chiede e la raggiunge per prenderle una mano, ma Maria lo allontana con garbo.

"Ho un lavoro, se lo lascio poi cosa trovo?"

"Fregatene del lavoro. Adesso fai il provino, vediamo cosa dicono."

Gli occhi di Maria brillano e Gabriele non ha nessuna idea di quello che prova, di quello che pensa, però vorrebbe essere nella sua testa per capirlo, per darle il sostegno di cui ha bisogno. Quando è così, lui si sente distante da lei come una terra e la sua luna.

"Va bene", alza le spalle e continua: "Se non è ancora una cosa certa, che importa? Proviamo."

Gabri la solleva di peso e la fa girare due volte ridendo per la contentezza.

"Diventerai la Maradona del calcio femminile."

"Piano Gabri, che mi fai rimettere."

La mette giù. Si guardano. In lei c'è dell'incertezza, così le accarezza il viso e le dice: "Se hai qualcosa per cui vale la pena lottare, lotta Marì. Io all'epoca ho scelto la droga perché non avevo niente, se non un sogno, che era quello di tornare nella mia terra, e come vedi non ho lottato abbastanza per realizzarlo. Se tu hai un sogno, Marì, seguilo. Io non ti abbandonerò."

Lei si irrigidisce e quei suoi occhi oscuri brillano come brilla il mare quando il sole è allo zenit. Così l'abbraccia, ma Maria resta di sasso, le braccia piantate lungo i fianchi e una voglia di piangere grande quanto tutto l'orizzonte possibile.

"Andrà bene" le dice, lisciandole i capelli con una mano e baciandole le gote umide.

Troppe emozioni in una sola giornata.

***

"Bea."
"Ho saputo, Marì. Sono contenta per te."

55

Una mattina strana.

C'è un campo da calcio a Catanzaro circondato da sterpaglia e fabbriche.

Gabri parcheggia e presto sono dentro.

Vincenzo e altri tre uomini conversano in mezzo al campetto di terra e sassi. Sull'altro lato ne scorgono un altro, con le porte bianche e l'erba verde che favilla contro il cielo.

Maria nota gli spalti vuoti, grigi come i muri delle città, alberi che delimitano il perimetro dello stadio, e nient'altro. Unicamente loro.

"Sei tranquilla?" le chiede Gabriele, prima di raggiungere Vincenzo e i suoi amici.

"Sì."

Vincenzo indica ai suoi che sono arrivati e poi si muovono per andargli incontro.

Saluti, battute e mani che si stringono.

"Vi presento Sandro Ponticelli. Mauro Corona. E Alessio Di Gennaro."

A Maria quei nomi non dicono niente, e quando guarda Gabri nemmeno lui sa chi siano.

"Preparatori atletici."

Maria annuisce, poi Vincenzo aggiunge: "E altro. Seguitemi."

I tre scrutano la ragazza con attenzione, la guardano per capire, nei loro occhi non c'è libidine. Sono professionisti, ben vestiti anche se è una calda mattina estiva.

"Come ti senti Maria?" chiede Vincenzo, accostandosi a lei.

"Bene, grazie."

"Ti faremo una serie di test."

"Che tipo di test?"

"Velocità. Dribbling. Potenza di tiro. Precisione. Fiato. Insomma, vorremmo verificare il tuo stato atletico, per capire a che punto sei. Immagino che non sei allenata."

"Immagina bene. Se *avrei* saputo che un giorno facevo un provino per giocare a calcio, mi sarei preparata."

Vincenzo non bada al linguaggio impreciso di Maria, è una che viene dal basso, ma la sua forza fisica è superiore a quella di molti di loro che provengono da famiglie agiate. Se non parla un italiano perfetto, non è colpa sua.

"Non preoccuparti, lo abbiamo messo in conto."

"Pensavo ci fossero altre come me oggi."

Vorrebbe dirle che altre come lei non esistono per quel poco che ha visto, ma tace, non è ancora il momento per la verità, prima devono essere certi che *ne valga la pena.*

Ci sono una serie di coni arancioni a terra.

I tre preparatori si sistemano nelle proprie posizioni, uno con il cronometro in mano sembra intenzionato a misurare i suoi tempi.

Maria deglutisce.

"Gabriele mi ha riferito che non hai mai giocato in una vera partita prima della scorsa volta a Marina di Vitrusi."

"È vero. L'unica partita è stata nel 1982, e la suora poi mi ha fatto passare la voglia di riprovarci."

Vincenzo le chiede scusa per essersi permesso di offenderla.

"Farebbe ridere anche a me" gli confessa.

"Si metta questi" le suggerisce Sandro, porgendole un sacchetto di plastica contenente una divisa da calciatore. "Laggiù c'è lo spogliatoio."

Ci va con Gabriele e dopo poco sono di nuovo sul campo. Gabri le stringe la mano per l'ultima volta prima di lasciarla ai preparatori.

"Mentre noi discutiamo, farai dieci giri di campo. Se non completi il giro, non succede niente di grave, ti fermi e resti dove sei. Noi veniamo e rileviamo i tuoi battiti."

"Lo faccio adesso?"

"Sì. Inizia."

La divisa è gialla, le calza giusta. Le scarpe sono bianche con i tacchetti neri. Si sente buffa in quella tenuta sportiva, ma è fresca, leggera, e la fa sentire un vero calciatore.

Gabri la segue con lo sguardo, tace.

Vincenzo gli si accosta e gli dice: "Come lei non ce ne sono molte. In America e in nord Europa ci sono donne di talento, ma come ho visto calciare Maria, non ne ho vista nessuna."

"Se il responso è positivo, la manderete all'estero?"

"È una possibilità."

"Non verrà. La conosco."

"Forse potrebbe cambiare idea."

"No. È venuta al provino sotto mie insistenze. Non è abituata alle luci della ribalta, è cresciuta sulla strada come tutti noi."

"Non importa. Se i test daranno esito positivo come penso, valuteremo per lei la strada migliore... se vorrà intraprenderla."

Maria completa i giri. Mauro le si avvicina e le ascolta i battiti. Con le dita le tasta il polso e poi annota qualcosa su un taccuino.

Alessio la invita a fare stretching seguendo i suoi movimenti, per sciogliere le gambe.

Gabri si avvicina a Mauro e Vincenzo e chiede come è andata la prima prova.

"È solo un riscaldamento, non vogliamo che si faccia male. Il vero test inizia adesso."

Quando lo stiramento muscolare si conclude, Sandro le chiede di zizzagare tra i birilli senza palla più veloce che può. La ragazza annuisce e, appena sente il via, parte a testa bassa.

"Adesso fallo con la palla. Andata e ritorno. Più veloce che puoi. Se pensi che lo puoi fare più veloce dopo il primo tentativo, lo rifai. Non c'è fretta."

Sandro è un uomo alto, dalla fronte spaziosa e l'accento campano. Le parla con voce dolce, pacata, come un padre che si rivolge con garbo alla figlia. Con lui è a suo agio. Mauro ha tratti più marcati, uno preciso, severo. Alessio sorride, un tipo in gamba, educato, però non sa dire altro su di lui.

Così si prepara.

Quando tocca il pallone, che è più duro di quelli che ha calciato nella sua vita, i suoi piedi si sentono parte della terra e, in un attimo, è pronta. Le danno il via e lei parte. Non sbaglia uno slalom.

Gabri trattiene il fiato, si è acceso una sigaretta che presto si consuma tra le dita. Lei trattiene la palla sui piedi come se avesse una calamita. È impressionato. Tutti lo sono.

Quando Maria torna indietro, con un mezzo sorriso tra le labbra, chiede se può rifarlo.

"Non ce n'è bisogno" le dice Mauro, appuntando il tempo sul taccuino.

"Posso fare di meglio."

Vincenzo acconsente. "Fallo."

Lei riparte.

Sa che può fare di meglio perché nei suoi piedi c'è la spiaggia di Cinisi, le onde che le portavano via il pallone e i sassi che saltava immaginando un difensore da scartare. E le sembra di rivedere quella spuma che lambiva le sue gambette da bambina, mentre cercava di raggiungere il pallone che veniva sbalzato lontano dalla risacca.

"Allora?" chiede Gabri quando lei ha finito.

Mauro alza la testa e guarda tutti loro con un'espressione di stupore.

"Allora? Ha fatto meglio di prima."

Maria adesso è sola nello spogliatoio. Sudata. Il fiato corto.

L'hanno mandata a cambiarsi, a farsi una doccia. Quei signori le hanno messo a disposizione saponi e una bibita bionda che sa di medicinali. Seduta con i gomiti appoggiati alle gambe e la testa reclinata, gli occhi sulle scarpe sporche di terra. I capelli le ricadono in avanti, e non c'è nessuno che può vedere il suo aspetto spettrale. Un'ora intensa. La fatica che prova però, in un modo che non comprende appieno, la fa sentire *a due passi dal paradiso*. Sì, è proprio questo che prova, come stare di fronte ai cancelli del Cielo e sapere che dietro c'è Dio ad attenderti. Così sorride… e nessuno la può vedere.

"Come è andata?"

Vincenzo ha lasciato andar via i tre per un altro impegno. Hanno discusso una decina di minuti prima di separarsi.

Gabriele li ha guardati da lontano cercando nei loro gesti delle risposte.

"La forma fisica non è ottimale, ma questo lo avevamo messo in conto", fa una pausa per valutare i dati registrati sul taccuino di Mauro Corona.

"A me non sembrava fuori forma."

"Non lo è infatti. Maria è in piena forma, ma quando giochi a livello agonistico ci vuole qualcosa di più."

"Lei lo potrebbe ottenere?"

"Sì, ne siamo convinti."

"Quindi, è andata bene."

"Bene? Beh, direi che è andata più che bene. Dovrà allenarsi per migliorare il fiato e la resistenza. Se vorrà giocare ad alti livelli, dovrà essere in grado di sostenere partite da un'ora e mezza."

"Alti livelli?"

Vincenzo fa un passo in avanti, per stargli più vicino. Gabri, però, è spaventato. Spaventato per quello che ha visto fare a Maria, e per quello che il sorriso dell'uomo che ha di fronte potrebbe significare.

"Valuteremo in due o tre giorni quali possibilità darle."

"Avete un'idea?"

"Loro molte ma io una sola."

“Posso sapere quale?”

“Al momento preferirei di no. Quando ne ho parlato con loro, mi hanno dato del pazzo, ma io vedo qualcosa in Maria e lei sarebbe sprecata per qualsiasi altra possibilità.”

Gabri si accende una sigaretta. L’adrenalina iniziale ha lasciato il posto all’ansia.

“Ne hai una anche per me?”

“Non pensavo fumassi.”

“Neppure io fino a questo momento.”

Gabri gli allunga il pacchetto di Marlboro.

“Grazie.”

“Quanto c’è da guadagnarci, secondo te, da tutta questa storia?”

Accende la sigaretta. Quando aspira tossisce.

“Cazzo, non sono più abituato.”

“Tira piano, fai così”, e gli fa vedere.

Lui ci riprova, ma tossisce ancora.

“Scusami, non fa per me. Ti ripagherò il pacchetto.”

“Non importa.”

“La tua è una domanda lecita. Ci tieni alla tua donna, si vede. E vedo che sei nervoso, come me.”

“Avevo notato. Credevo fossi un duro.”

Vincenzo ride e getta la sigaretta a terra spegnendola sotto la scarpa.

“La questione è molto seria, ragazzo. Maria è un talento acerbo, e se queste sono le premesse, chissà cosa ne verrà fuori se ci sarà qualcuno disposto ad allenarla, a puntare su di lei.”

“Qualcuno c’è. Ci sono io. Ci sei tu. E ci sono loro.”

“Non contare su di loro. Ci siamo io e te, ma tu non puoi fare proprio niente in questo ambiente, perché non sei nessuno. Senza offesa.”

“Nessuna offesa.”

"E io sono soltanto un talent scout con il compito di migliorare le prestazioni degli atleti. Io li cerco e poi li trasformo. Ne ho cresciuti tanti in questi anni. Ho lavorato persino nel Napoli, e non dico altro, perché i giovani sanno cosa significa Napoli quest'anno. E se non lo sanno, lo sapranno presto."

"Vai al dunque, Vincenzo. Inizio a non seguirti più."

"Ti dico che cosa farete. Ve ne andrete al mare e farete l'amore tutte le sere. Amatevi a più non posso. Divertitevi e non pensateci più. Qui c'è da guadagnarci da entrambe le parti, e quando dico così è perché so fino a che punto. Ma prima ho bisogno di un paio di giorni, forse anche una settimana, per sistemare delle questioni ingombranti. Se le cose andranno come penso, noi ci rivedremo, e non sarà per un semplice test."

Quando sono in macchina, Maria vuole sapere se Vincenzo si è sbilanciato sui risultati del provino.

"Amore, è andato tutto bene. Dice che si faranno risentire appena hanno sistemato le loro *questioni ingombranti*. Tu come stai?"

"Come a una che prima le hanno messo le ali per volare e poi d'improvviso gliele hanno tolte."

"Ti sbagli, Marì. Le ali le hai ancora."

56

Sellia Marina. Villaggio Uria.

Rosalina corre ad abbracciarli. Nicola li saluta con una delle sue battute del momento e Antonio gli chiede se ha un manuale segreto da cui attinge.

I piccoli Lijoi sono in spiaggia con altri parenti e la Signora chiede se stanno già preparando il pranzo. La figlia le dice che il sugo è pronto.

Il balcone al primo piano domina la piazza triangolare, delimitata da tre palazzine, Maria vi si affaccia e osserva in silenzio i bambini correre attorno alle siepi al centro, seguiti dagli occhi attenti dei genitori. Bea le è a fianco.

Rosalina ha impedito a chiunque di aiutarla in cucina, quando c'è la Signora si innervosisce e si adoperano insieme per non scomodare gli ospiti.

Gabri e Antonio giocano con i ragazzi, giù, nella piazzetta triangolare, li sentono ridere e gridare a pieni polmoni.

Quando si siedono a tavola sono in sedici a mangiare, Maria conosce appena la metà di loro.

Gabri le si mette a fianco e scherza con Ezio e Nicola ricordando i suoi primi tentativi di guidare una moto.

Antonio tiene a bada i bambini, ma Rino è vivace e continua ad alzarsi da tavola per andare a stuzzicare gli altri ospiti. Tutti parenti.

Maria si limita a sorridere e a scambiare poche battute con Bea. Rosalina l'ha invitata spesso alla casa di Roveda, i ragazzi la conoscono e così molti dei famigliari presenti; se non l'hanno mai vista in viso, Gabri ha fatto in modo che sapessero almeno della sua esistenza.

"Anch'io mi chiamo Maria" le dice una signora anziana dall'altro lato del banco.

Sulla tavola ci sono bibite gassate, vino bianco e rosso e bottiglie di acqua ghiacciata. Mia e Rosalina arrivano al tavolo con due grosse pentole piene di pasta al pomodoro. Mangeranno quelle e i peperoni con le patate scottate in padella con olio, sale e peperoncino. Mentre la figlia fa i piatti, adagiando lunghi spaghetti pregni di sugo, Mia torna in cucina e rientra con due pirofile di terracotta unte dalle bistecche impanate, fritte nell'olio.

Maria si è abituata presto a quello sfarzo.

Nonna Madia, invece, cucinava poco per evitare avanzi, e spesso lei era costretta a fare merenda a metà pomeriggio con formaggio e pane. Da quando sono in Calabria, teme di aver messo su almeno un paio di chili.

Bea non fa altro che lamentarsi di quanto mangia, e mentre osserva tutto quel ben di Dio, si chiede che fine farà la sua *linea.*

"Oddio, Marì, aiutami tu" le dice, facendola ridere.

"*Mancia, mancià*" la schernisce Rosalina, vedendo l'amica di Antonio perplessa di fronte al piatto di pasta che le ha messo davanti.

"No, Marì, non ce la posso fare."

"Rosa, questo lo prendo io, a lei mettine di meno. Grazie" interviene Maria.

"Che sei a dieta?" le chieda Rosalina.

"Sì" le risponde Bea, sforzandosi di sorridere. "Di solito non mangio molto."

Rosalina annuisce e le fa un piatto più piccolo.

"Quelli che avanzi li mangio io" le dice Antonio, dandole una leggera gomitata.

Nel pomeriggio la luce è bassa, l'aria più fresca, un tempo che richiama il riposo, la sonnolenza e la voglia di non fare niente. Non per i piccoli Lijoi, che si lamentano di voler a tutti i costi fare qualcosa, e alla fine Antonio e Gabri li scortano alla spiaggia per farli giocare in acqua.

Maria e Bea, invece, camminano sul lungomare.

Ci sono pochi ombrelloni sulla lunga spiaggia di Sellia, che si estende per diversi chilometri da un lato all'altro.

La marea bagna i loro piedi. Le unghie di Bea sono laccate di un giallo accesso. Maria si è rifiutata di farsele colorare. L'amica, però, l'ha convinta a mettersi una cavigliera, e adesso ne ha una d'argento che mostra con orgoglio.

"Dimmi la verità, Marì, ma ti piace così tanto sto pallone?"

"Non è il pallone, Bea."

Vedendo che tace guardandosi i piedi lasciare impronte che presto scompaiono con la risacca, la incita a dirle di più.

"Io amo cantare. Canterei tutta la vita. Anche adesso", e intona una canzone ad alta voce.

Maria si gira imbarazzata, ma la spiaggia è deserta a quell'ora.

"Vedi come sei?"

"Come sono?" le chiede Maria.

"Hai paura di quello che pensa di te la gente."

"Io non ho…"

"Marì!"

Beatrice si ferma puntando i piedi, costringendola a un confronto diretto.

"Che c'è Bea? Perché tutte queste domande?"

"Sei quella che sei, fregatene della gente."

"Non è così semplice."

"No, ti sbagli, è semplicissimo."

Le prende le mani per scrollarla.

"Per te è semplice perché canti. È normale vedere una ragazza cantare. Non è normale vedere una ragazza giocare a calcio."

"E questo chi lo ha stabilito?"

Maria tira per staccarsi dalla presa di Beatrice. Non sa cosa risponderle. Le emozioni che prova non le danno alcun argomento utile per controbattere.

"Lo vedi?"

"Cosa, Bea?"

"Che non sai cosa dire, che non sai nemmeno tu che cosa ti impedisce di essere quello che sei realmente."

"Che dovrei fare? Io non so essere come fai tu."

Beatrice scoppia a ridere, poi piano le accarezza un braccio e con voce dolce le dice: "Non devi essere come me, tu devi essere come sei tu."

"Io sono Maria, quella che vedi è quella che sono."

"Quello che cerco di dirti è che se avrai paura di affrontare il tuo dono, ti perderai. Magari qualcuno mi avesse fatto un provino per cantare in uno show televisivo, starei qui a saltare di gioia."

"Non è *strano*?"

"Cosa, Marì? Intendi il pallone? Ognuno è fatto a modo suo. Cosa devono dire gli omosessuali?"

"Chi?"

"Prendi Alfredo per esempio. Lui ha scelto di essere diverso, sentiva dentro di sé che non era come gli altri bambini. Per un po' si è nascosto ma poi si è mostrato per quello che era. Un diverso. E diverso non significa per forza *strano*. A volte è qualcosa di buono e altre volte no."

"Non lo so, Bea. È difficile."

"Se continuerai a pensare che è difficile, lo sarà davvero."

Il dottore le ha detto di smettere di fumare ma tutti sanno che lei è una fumatrice di quelle incallite che non la convinci nemmeno con un'offerta da un milione di lire. Il problema è che neppure il medico è riuscito a dissuaderla per via di un problema al seno che potrebbe peggiorare. Lei gli ha semplicemente risposto che avrebbe preso le pastiglie che voleva, se non avesse insistito su quel punto.

Nicola, però, le ha chiesto di diminuire e lei ne salta appena una al giorno.

Un anziano della zona le aveva consigliato che se voleva continuare a fumare, doveva smettere di mangiare formaggi e latticini, che fanno il muco nei polmoni e quello poi si prende anche il fumo.

Un pazzo lo aveva definito Rosalina.

"E dove lo prendo il calcio per le ossa poi?" aveva protestato a casa, quando quello se ne era andato con Ezio.

Il resto dei sedici è al mare, ma Maria e Bea sono rientrate presto a casa per farsi una doccia.

Rosalina è lì che fuma sul balcone, seduta alla tavolata con la sedia scostata di sbieco per distendere le gambe. Deve aver giocato a carte con la Signora e bevuto il caffè con l'anice, l'aria è pregna di quei sapori.

Le due si siedono al tavolo.

"Si è appena addormentato" commenta Rosalina, indicando la culla sotto l'ombra della tenda che protegge la veranda dal sole. "Bello qui, vero?"

"Mai visto un mare così pulito" le risponde Bea.

"È una zona ancora poco popolata. Qui era previsto un campetto da calcio, una piscina e un bar per i villeggianti, ma non hanno ancora finito i lavori."

"Da quanto tempo aspettate queste cose?"

"Da tanto. Troppo. Sono anni ormai."

Bea si guarda intorno. Una delle tre palazzine non è stata completata, i balconi sono nuovi, le finestre spoglie mostrano l'interno desolato, i fili elettrici penzolano dal soffitto e nient'altro vi dimora.

"Siamo stati i primi a venire qua, io e mio marito" le racconta. "Noi, quelli della nostra famiglia intendo." Spegne la sigaretta nel posacenere e si alza per controllare Terenzio nella culla.

"Meno male che dorme, sennò chi lo sente a quest'ora!"

Ride. Ha una risata grossa, dura, forse a causa del fumo.

"I bambini sono belli, ti danno soddisfazione, ma li devi educare sennò diventano cattivi e stupidi. Rino è vivace e Mirco cerca di imitarlo. Noi siamo cresciuti con niente, loro crescono con tutto."

"Se vuole andare al mare, lo curiamo noi il piccolino."

Rosalina sorride rivolta alla gentilezza di Bea.

"No, amore, non fa niente. Ci vado di mattina perché mi piace di più. E poi tra poco con Nicola esco a fare la spesa, quindi adesso mi rilasso. Voi fate come se foste a casa vostra. Giù c'è la doccia. Gli asciugamani sono in camera mia, nell'armadio. Prendeteli pure."

Poi se ne va, spingendo la carrozzina, diretta in bagno.

***

"Marì?"

"Dimmi."

"Dormi?"

"No. Ti sto rispondendo. Però abbassa la voce che ti sentono."

"Devi fare un altro provino."

"Cosa?"

"Abbassa la voce tu, adesso."

"No, non lo voglio sapere adesso. Sono troppo stanca."

"Va bene amore, ne riparliamo domani mattina."

"Sì, grazie."

"Sei stata bene oggi?"

"Benissimo. Perché me lo chiedi?"

"Così. Per sapere."

"Notte."

"Notte amore."

57

Vincenzo è felice di rivederla.

Naturalmente, si è accorto che nell'espressione di Maria c'è un'ombra, una punta di tristezza che è la paura di emergere. È cresciuto guardando in faccia talenti che poi hanno rifiutato cosa sarebbero potuti diventare. Non cercherà di convincere quella ragazza dagli occhi nocciolati a perseguire sé stessa se non lo desidera ardentemente.

Quelli come lei devono convincersi da soli, devono trovare dentro di sé le armi per far fronte al proprio potere interiore. È stato in India per diversi anni, gli anziani di laggiù gli parlavano spesso del tormento degli occidentali. *L'insoddisfazione li distrugge. Sull'insoddisfazione costruiscono tutto.*

"L'ignoranza è l'origine di ogni malessere", gli aveva detto il guru dell'ultimo Ashram che aveva visitato. L'Ashram era un appartamento incastrato nelle molte vie nascoste della città a sud di Delhi, con un ampio terrazzo-giardino dove si raccoglievano per pregare la mattina. Prima di allora non aveva mai conosciuto un guru donna.

Lei era giovane, dicevano che aveva 30 anni ma ne dimostrava al massimo diciannove.

Ed era proprio ciò che aveva scoperto successivamente, parlando con altri occidentali giunti all'Ashram a conoscere la donna che aveva *vinto il tempo.*

L'ignoranza è l'origine di ogni malessere.

Parole al vento per uno come lui, che aveva preferito coltivare talenti piuttosto che vivere di pace. Guardare Maria gli dà tormento, perché lei ha tutta l'espressione di una ossessionata da qualcosa che vuole tenere nascosto a ogni costo. E forse lei è un po' come quella donna straordinaria che sembrava davvero aver *vinto il tempo*: custodi di segreti.

O forse si sbaglia. Forse lei sarà abbastanza forte da superare quello che è pronto a proporle.

"Felice di rivedervi."

Maria e Gabriele gli stringono la mano. Sono fuori dallo stadio ma questa volta *all'interno* c'è fermento.

Sul campo ci sono una ventina di giocatori seguiti dai preparatori atletici che hanno già conosciuto.

"Prima di entrare vi voglio presentare due persone."

Mentre si incamminano, Gabri gli si mette a fianco. Vuole sapere.

"Altri preparatori atletici?"

"No. Un tipo diverso. Lavorano nello spettacolo."

"Allora non stiamo più parlando di calcio."

"Tra poco ci sarà una partitella di allenamento, voglio mettere in campo Maria, ma ho bisogno che gli altri credano che sia un maschio."

Gabri gli afferra un braccio.

Maria dietro tace.

"Ne hai una?"

Gabriele tira fuori dalla tasca dei jeans il pacchetto e gliele porge senza fiatare. Dall'altra tasca prende l'accendino che usa per dare fuoco al becco della sigaretta.

Vincenzo aspira e questa volta non tossisce.

"Mi sono allenato in questi due giorni."

"Non fa comunque per te."

"Ti ringrazio. Maria vieni qui."

Lei si avvicina. Lo guarda con occhi severi, attenti.

"Ti vogliono proporre l'estero. Se i dirigenti della nazionale italiana di calcio femminile ti vedranno giocare in una squadra tedesca o magari americana, ti prenderanno subito in nazionale e potresti partecipare ai Mondiali. Faresti la storia del calcio, ne sono certo."

"Io non voglio andare all'estero. La mia casa è qui."

Vincenzo lancia un'occhiata di intesa a Gabriele, incerto, però nemmeno lui sa quello che gli frulla in testa. Aspira, poi sputa il fumo e questa volta tossisce. Dal nervoso la getta a terra e la calpesta con forza.

"Ti devo due pacchetti adesso."

"Dicci quello che hai in mente" gli chiede Gabriele, mettendo un braccio intorno al collo di Maria per tranquillizzarla.

"Tu scarti come un uomo. Tiri come un uomo. Corri come un uomo. Ma sei una donna."

"Questo lo sapevamo già."

"Il punto è un altro. Il Catanzaro rischia di scomparire dal calcio che conta e qualcuno che sta molto in alto non è contento della cosa. Sono affari importanti quelli di cui vi parlo velatamente."

"Ma cosa c'entra Maria in tutto questo?"

"Abbiamo acquistato un buon attaccante ma non è sufficiente. Io voglio che Maria sia il suo secondo. Voglio che lei scenda in campo con gli altri uomini e porti il Catanzaro allo splendore di un tempo. E sapete perché sto facendo tutto questo?"

Maria lo guarda con occhi spalancati. Da piccola i ragazzi non la volevano in squadra, la allontanavano; adesso, all'improvviso, qualcuno le chiede di giocare ad alti livelli con dei professionisti.

"Vincè, ci prendi in giro?"

Gabri si fa avanti per pestarlo, Maria lo blocca con una mano e poi si rivolge a Vincenzo.

"Finisci il discorso" gli chiede.

"Marì, ti prego, ascoltami. La questione è delicata e lo capisco. Ti potresti fare male, ma avresti a disposizione i migliori medici del pianeta se ti dovesse succedere qualcosa."

"A questo gli faccio male io" s'inalbera Gabriele.

"Lascialo finire, Gabri. Smettila di fare così."

Allora lui si calma e con stizza si gira di spalle.

"Capisco quello che provate. Avete sempre una scelta, nessuno vi costringe a fare cose che non volete fare."

"Questo era chiaro" gli risponde Gabri, incrociando le braccia al petto.

"Maria, guardami. Ho conosciuto pochi come te. La verità è che come te non c'è nessuno. Tu sei una donna che gioca come un uomo. Forse non te ne eri accorta l'altra volta, ma hai giocato contro professionisti che militano in grandi club, e hai vinto. Non hanno fatto altro che parlare di te per giorni. È uscito persino un articolo di giornale e si parlava di una ragazza prodigio che ha dato spettacolo in spiaggia contro giocatori professionisti."

"Non ne sapevo niente. E tu Gabri?"

"Sono stato io a dirgli di non dirti niente, che te ne avrei parlato oggi stesso."

"Ma io sono una donna. Mi vedranno."

"Le donne non sono ammesse nel calcio che conta, vigila l'idea che siete fragili e che l'uomo sia più forte fisicamente."

"Tu vuoi mandarla al massacro, lo capisci?"

Adesso Gabri ha la voce bassa, per restare calmo. Lo fa per Maria. Antonio gli sarebbe saltato addosso già da un pezzo.

Da lontano si avvicinano due uomini alti, magri, uno indossa dei grossi occhiali da sole.

"Loro sono qui per camuffarti, Maria. Sarai un uomo. Scenderai in campo nella partitella come Mario Leone. Non sei obbligata. È un test. L'ultimo che ti chiedo di fare. Se vuoi giocare nel Catanzaro, questa è la tua occasione. Non sarà facile, ma ti assicuro che avrai il mio appoggio."

"Chi è che devo convincere?"

“Quelli che ti vogliono mandare all’estero. Quelli che pensano che una donna non possa essere forte come un uomo.”

“È una pazzia, Marì. Andiamocene, ti prego.”

“No.”

“Gli spacco la faccia, Marì. Te lo giuro.”

“Voglio provare.”

“Potresti farti male.”

“Mi sono già fatta male… tanto tempo fa.”

Quando lei entra in un furgone nero per iniziare il travestimento, Gabri si assicura che sia tutto pulito, poi chiede a Vincenzo di uscire un momento con lui per fumare una sigaretta. A terra, Gabri lo prende per il collo e lo inchioda a un muro.

“Senti, bastardo, non ti ho rotto il naso solo per rispetto di Maria che vuole seguire le tue stupide idee, ma se lei si fa male, giuro sulla cosa più cara che ho sulla terra, e su Dio, che ti farò ancora più male. Pagherai due volte tanto. Non so se mi sono spiegato?”

“Ti sei spiegato e ti prometto che non le succederà niente.”

“Ora svuoti il sacco. Io sarò per te come la morte. Tu sai come vanno certe cose, e io ho conoscenze potenti a Isola che potrebbero spazzare via *tutto* questo giochino in un colpo. Ti ritroveresti con il culo per terra e magari la testa su un piatto d’argento mentre guardi il resto del tuo corpo bruciare.”

“Ho compreso il punto.”

Gabriele lo lascia e gli allunga una sigaretta.

“Grazie.”

“Maria è fragile, non ha idea a cosa va in contro.”

“Per questo sono qui. Per questo siamo qui.”

“Ma io non posso fare molto una volta che è in campo. Se si fa male, non ho il potere di curarla.”

“A quello ci penso io. Dovrai fidarti.”

“Non ti conosco. Non mi fido di chi non conosco.”

“Mi pare che stiamo facendo già abbastanza conoscenza.”

“Sei fortunato che non ti ho spaccato la faccia.”

"Maria è fortunata."

"E vorrei che continuasse a essere così."

"Ma noi siamo ancora più fortunati perché abbiamo lei."

"Noi?"

"Maria è un talento come pochi. Io faccio questo mestiere da venti anni. Ho seguito personalmente alcuni dei campioni odierni, e quando stai a lungo con i campioni del mondo, diventa facile riconoscere il talento, anche se è acerbo."

"Dio quanto mi fai incazzare quando dici queste cose."

Vincenzo gli sorride. "Lo so, scusami. Vi sto cacciando in un bel casino, ma non sarete soli."

"Voglio sapere tutto."

"D'accordo."

La porta si apre e dal retro scendono tre uomini. Gabri due li riconosce, Vincenzo li ha presentati come Riccardo Landi e Giuliano Amato. Il terzo è più basso, in tenuta calcistica, con il simbolo del Catanzaro sulla divisa, un bel baffone sotto il naso e capelli legati dietro con un elastico. Le hanno rifatto anche le sopracciglia, aggiungendone di altre. Vorrebbe ridere, però il nervosismo gli impedisce di farlo, così le accenna un sorriso.

"Come sto?"

"Ti preferisco donna" le risponde.

Vincenzo è felice, ancora più di prima. L'hanno conciata come un uomo, il seno quasi non le si vede. "Dovrai smettere di farti la ceretta" le dice.

Gabri sospira, perché adora le sue gambe lisce.

"Metti queste."

Riccardo le passa una protesi bianca da mettere dentro la bocca.

"Che roba è?"

"Se parli penseranno che sei un po' effemminato. Con questi avrai una voce leggermente diversa. Ti prenderanno per un contadino o un analfabeta, per iniziare è il meglio che abbiamo."

"Ridicolo" sussurra tra sé Gabriele, che nel frattempo ha quasi finito il pacchetto di sigarette.

Maria gli si avvicina e lo abbraccia. "Andrà tutto bene."

"Non era questo che volevo per te."

"È solo un gioco. Domani ci faremo due risate."

"Non ci trovo niente da ridere, mi sento preso per il culo."

"Non ci trovi niente da ridere? Io lì dentro ho riso come una matta a vedermi così."

Lei si scosta e fa un giro su sé stessa per farsi mirare da Gabri. E allora, a quel punto, a Gabriele scappa una risata.

"Stanno per iniziare" li interrompe Vincenzo, mostrando il suo orologio.

Maria annuisce.

Gabri tace, irrequieto.

"Ti presenterò come Mario Leone. Vieni da Simeri Cricchi. È un paesino attaccato a Catanzaro. Sei in prova. Di ragazzi da provare ne ho portati a bizzeffe qui. Qualcuno è rimasto, altri hanno preferito gli oratori."

"Ho capito."

"Ricorda che l'ultima voce è tua. Però, promettimi che darai il massimo. Anche se lascerai perdere, anche se in cuor tuo già lo sai, almeno dimostrami che non mi sbagliavo sul tuo conto."

Gabriele ne fuma un'altra, ma non ne basterebbero cento per calmarlo. Adesso, insieme a Vincenzo, è seduto a bordocampo, defilato rispetto alla panchina dei calciatori.

Nessuno ha notato che Mario Leone in realtà è una ragazza. Il resto dei giocatori la supera di almeno una spanna.

"Lei è come Maradona. Io l'ho seguito, sai?"

"Basta con questa storia. Mi agiti."

"Lei palleggia come lui. Il pallone non è che un'estensione del loro corpo. Ovunque finisce, ovunque cerchino di calciarlo, quello torna, si attacca ai piedi, alle cosce, alla testa, e così possono fare di lui ciò che vogliono."

"Fumati la mia. Ne hai più bisogno di me."

Sospira. Essere meno tese è impossibile. Ci sono troppi muscoli e l'odore che quelli emanano è pesante, lontano anni luce dal suo. La terra è dura, più dura del cuore più duro del mondo. Quella terra le ricorda da dove viene. Gli avversari sono forti, come l'altra volta, come contro Geco e le onde del mare a Cinisi. Perché è lì?

Perché lo sei, Marì?

Fino a un momento prima, le era sembrato uno scherzo scendere in campo, adesso vorrebbe tornare su quel motorino con Graziella ad avere paura di una cosa sciocca, a cantare a squarcia gola quella canzone di Baglioni che ogni tanto ascolta e che Bea le dice di smetterla perché ormai è *vecchia*.

Non lo è per lei.

La spingono. Si difende. La deridono e, anche se vedono un maschio, a lei non fa differenza. Loro sono i ragazzi di Cinisi. Loro sono la suora statuaria che non voleva che facesse qualcosa di diverso da quello che di solito fanno le ragazzine. E allora si chiede perché non può essere come Bea, sognare di fare la cantante. O come Anna, che desiderava diventare un'attrice come *la* Raffaella Carrà.

Nonna Madia aveva smesso di lavorare da dopo il primo parto, sognava di aprire una propria azienda di borse ma ha preferito che restasse unicamente un'idea. Non altro.

Antonio e Cesare Leone erano proprio ciò che erano, uomini di comando. Lei era cresciuta con loro, e quel modo di crescere in mezzo a gente tanto orgogliosa, l'aveva resa un po' ribelle.

Hanno tentato di sopprimerla poi, la sua parte *ribelle*.

Ci hanno provato.

Oh sì, eccome.

La suora statuaria voleva mandarla via dall'istituto, diceva che una come lei *contamina* gli altri, non è di esempio. Nonna Madia l'aveva convinta del contrario ma il Caporale non aveva mai smesso di guardarla come qualcosa di fuori posto. Quella donna non faceva altro che arrabbiarsi e toccarsi le guance, come se volesse far sparire qualcosa dal proprio viso.

Non ha mai capito.

Gli altri segnano, adesso sono in svantaggio.

La sua squadra è molle, perde tutti i passaggi.

Quando le passano la palla, l'allenatore le suggerisce di darla in profondità per mandare a rete un certo Cosimo o forse si sbaglia sul nome. Due le sono subito addosso, ha paura, così la calcia d'esterno e la palla fa il suo dovere, solo che quel certo Cosimo non ci sa proprio fare.

È confusa, quelli continuano a darle indicazioni, corri di qua, corri di là, passala, scatta in avanti, posizionati al centro, smarcati dal difensore. Lei ci prova. Corre. Suda. La terra le entra nel naso e la fa starnutire. Uno la prende in giro, dicendo al compagno *dove l'hanno trovato a questo.*

Te lo faccio vedere io dove mi hanno trovata.

L'allenatore chiede cambio campo. Parla con alcuni giocatori e poi si rivolge a lei, la guarda con nervosismo, le chiede di finalizzare meglio le azioni, che è *rigido* in campo.

Eppure, lei ha corso tutto il tempo senza battere ciglio.

"Marì."

La voce proviene da dietro, è Vincenzo. Si avvicinano.

"Non ce la faccio."

"Sei solo nervosa."

"Non capisco cosa devo fare."

"Lo so, è normale. Un conto è giocare all'oratorio, un conto è avere a che fare con dei professionisti."

"Io non lo sapevo."

"Ascolta. Vada come vada, okay?"

Le brillano gli occhi e a Vincenzo dispiace, forse ha davvero fatto male a lanciarla in quell'odissea.

"D'accordo."

"Però, Maria, dammi retta, non hai niente da perdere. Se non capisci quello che ti chiedono, segui quello che sai. Fai quello che sai fare meglio. Intesi?"

Lei sembra persa.

Vincenzo la scrolla dalle spalle.

"Intesi, Maria?"

Annuisce e poi rientra in campo. Lancia un'ultima occhiata a bordocampo e vede che Gabriele la osserva con attenzione e le fa un cenno affermativo con la testa.

Sì, ha *inteso*.

Ci riprova ma il caos la stordisce. Il campo è troppo lungo e il fiato inizia a mancare. Venti minuti a tempo. Non ne ha molto.

Quelli vanno di nuovo in vantaggio, ha perso il conto dei goal che hanno subito.

I tacchetti sfregano la terra e le grida riempiono l'aria di altri rumori.

Dopo poco le arriva la palla, l'allenatore le dice di correre sulla fascia e poi crossare al centro. L'aggancia. Corre. Qualcosa arriva da dietro, cerca di passarla ma la contrastano. Resta ancora lì. Non sa come però, nella frenesia dei movimenti, coglie la figura di Vincenzo a bordocampo piegato sulle ginocchia. Allora qualcosa dentro di lei emerge, si arrabbia. Quei due l'hanno messa in una situazione scomoda. Avrebbe voluto prepararsi, magari fare un paio di allenamenti. Invece niente. Buttata lì come carne da macello. Sì, è arrabbiata. Non si trattano così le persone.

Scatta. Alza la palla con il piede destro e supera l'avversario. Un altro le va in contro, non le importa, cambia direzione e lo sbilancia, superandolo in velocità. È stanca, il fiato le si spezza in gola, forse non ce la farà a calciare di forza in porta, però ora che l'attenzione è tutta su di lei hanno lasciato quel certo Cosimo da solo. Le gridano alle spalle ordini che non sente. Continua a galoppare e, quando si sente sicura, fa fare una palombella al pallone. Cosimo la stoppa di petto goffamente, e quasi casca a terra. Il portiere esce dai pali per contrastarlo, ma lui, temendo di farsi male, di fretta calcia la palla mandandola in rete.

"È solo un pallone!" grida, rivolta a Cosimo. Quando gli si avvicina lo vede in faccia, è un ragazzino inesperto, forse più giovane di lei. "Quanto perdiamo?" gli chiede.

Quello balbettando le dice: "Quattro a uno."

"Vedi di segnare il resto che se usciamo dal campo sconfitti ti prendo a pedate nel culo. Intesi?"

Non sa da dove le viene, ma è una rabbia sana. Quando si gira, dandogli le spalle, sorride.

L'allenatore li applaude, ma ha visto di meglio. Anche ai principianti può capitare di concretizzare una bella azione.

Vincenzo è andato in cerca di altre sigarette, quando torna ne ha due in mano. Gabri lo ringrazia e iniziano l'ennesima fumata.

Si riparte. Non va bene. I giocatori in campo perdono spesso palla, ce ne sono un paio tosti, davvero forti, ma stanno con quegli altri. Il portiere poi le para tutte, anche se si è fatto beffare da Cosimo. Più lo guarda e più ha la sensazione di riconoscerlo.

Sì, è quello dell'altra volta alla spiaggia.

La prendeva in giro, però lei gli aveva fatto chiudere la bocca. Adesso lui ha fermato due dei loro tentativi e la partita sta per finire. Sono in svantaggio.

Allora che si fa?

Il viso di Vincenzo è cereo.

Gabriele si è alzato, con le mani in tasca osserva la partita. Silente. Maria incrocia i suoi occhi per un momento prima di cadere a terra e prendere il fallo. Gli scappa un'imprecazione, vorrebbe correre in campo e saltare addosso a quello che le ha fatto male.

Vincenzo lo fulmina con lo sguardo, dal labiale si legge: *devi stare calmo, è una tosta la tua ragazza.*

Alla prossima spinta a quello lo ammazzo.

Maria si rialza.

Uno le si mette a fianco pretendendo di calciare in porta.

"Non ci pensare nemmeno, il fallo l'ho subito io."

Ci deve essere qualcosa di folle negli occhi di lei, perché l'altro alza le mani e la lascia fare.

L'allenatore tace, ormai non importa chi batte la punizione, tra cinque minuti chiuderà la partita su un risultato già segnato. Ma quel tipo lì, quel Mario Leone con il numero 10 marcato dietro, non è male. Nel secondo tempo si è mosso bene, non ha mai perso palla e ha fatto segnare un goal.

Barriera. Tre giocatori. Fascia sinistra. Non è il suo piede ma l'allenatore voleva provarla su entrambi i fronti.

Maria decide che tirerà d'esterno. Era costretta a farlo quando la risacca risucchiava il pallone in mare.

Adesso anche Vincenzo si è alzato in piedi, spalla contro spalla a Gabriele.

Non ne può essere certa ma ha come l'impressione che entrambi sorridano. Si aspettano molto da lei, lo sa. Dopo faranno i conti. Anche se una parte di lei è felice, l'altra è furente perché non era pronta, si è sentita tradita, gettata come si gettano le cose che poi diventano rifiuti.

Prende la rincorsa. Si aspettano un cross.

Mai idea fu tanto sbagliata.

Mario Leone calcia d'esterno e la palla slitta in area sfiorando i capelli di uno dei difensori in barriera. Sale e gira a metà strada. Il portiere prova a rientrare sul suo palo, ma è troppo tardi. La palla scende e si insacca nel sette.

Cinque minuti dopo la partita è conclusa.

Maria ha perso e non ha più importanza, a testa bassa esce dal campo senza badare al richiamo dell'allenatore che li vuole tutti intorno a lui.

Gabriele e Vincenzo la seguono al furgone parcheggiato fuori. Entra. Si sveste e dice che adesso vuole tornare a casa.

"Prendi questa."

Vincenzo le allunga una bibita colorata per aiutarla a riprendere le forze. Lei l'accetta anche se il sapore non le piace.

Poi vanno via. Senza una parola. Vincenzo li osserva con le mani sui fianchi finché non può più vedere niente di loro.

"Vincenzo?"

"Sì, mister, eccomi."

"Dove è finito il tuo giocatore?"

"Non stava bene, l'ho fatto andare via."

"Beh, vedi di farlo tornare. Lo voglio in squadra."

Ha atteso per tutto il tragitto ma adesso non ce la fa più a trattenere le lacrime.

Gabri la abbraccia e restano appoggiati alla macchina in silenzio.

Maria gli picchia un pugno sul torace, è arrabbiata e non riesce a tirare fuori quello che sente a causa della stanchezza.

"Mi spiace" le dice lui.

E non c'è altro, per il momento.

58

La voce di Madia la conforta.

"Come stanno Aldo e Barbara?"

"Felici, credo."

"E tu come stai? Nonno che dice?"

"Sta qui, non vuole muoversi."

"Niente gite estive allora?"

"E che mi dici di te? Com'è la Calabria?"

Inserisce il secondo gettone e osserva i viandanti cianciare per strada. La gente si saluta cordiale, bei visi, sorridenti. Mia è entrata nel market degli alimentari per comprare latte, formaggi e pacchi di pasta bianca.

"Si respira un'aria diversa, nonna. Vi farebbe bene venire qui tu e nonno."

"Figurati. Dieci anni fa sarebbe stato diverso."

"Ti ha chiamato Aldo dall'America?"

"Sì. Un saluto veloce. Dice che è un altro mondo."

"Lo credo bene."

"Barbara ha preferito la montagna, si sta più freschi."

"Dille di venire qui."

"Hai conosciuto la madre di Gabriele?"

"Sì. Una donna particolare, la rispettano tutti, è una sorta di capo. Si chiama Mia."

"Bel nome."

"L'hai sentita?"

"Chi?"

"Hai capito, nonna. Lo sai chi."

Un sospiro. Madia è seduta di fronte al telefono nel silenzio del salotto. Amabile è occupato in bagno e sa che gli ci vorrà una buona mezz'ora per fare *i bisogni*. Lo stesso si guarda intorno, finché fissa la vetrata dove tante volte Maria si è affacciata in attesa di Gabriele.

"Le ho detto che hai un ragazzo. Spero di non aver fatto male."

"No. Credo di no."

"Mi ha fatto delle domande. Voleva sapere se era una brava persona."

"E cosa le hai risposto?"

"L'ho rassicurata. Credo che stia meditando di incontrarti."

"Un po' tardi."

"Non avercela con lei. È stata la prima. Voleva diventare una famosa, fare spettacolo. Noi l'abbiamo lasciata andare ma non pensavamo che finisse in mezzo a una strada. Màbie ha smesso da tempo di rimproverarla. Ormai per lui ci sono solo due figli."

"Non lo sapevo."

"Non sai molte cose sulla vita di tua madre. Forse dovresti…"

"Nonna, ti ringrazio, ma non è il momento."

"Hai un buon lavoro, una prospettiva di famiglia, le cose possono finalmente mettersi a posto. Non immagini quanto mi faccia soffrire questa situazione. Per me è ancora una figlia."

"Ne riparliamo quando torno a casa."

"Salutami Gabriele e sua madre."

"Lo farò. Ciao nonna, prenditi cura di te."

Proprio in quell'istante la chiamata si chiude.

Mia è alla cassa e con una rapida occhiata le fa capire che ha quasi fatto.

Non ha mai voluto che le persone non le raccontassero alcunché di sua madre. Nonna Madia ha persino nascosto le foto che la ritraevano da giovane, prima che uscisse di casa, prima di tante cose che nemmeno immagina.

La verità l'ha sentita un giorno dalla bocca di nonno Zanca, all'epoca era ancora in collegio e lui era arrabbiato con Madia, le aveva rimproverato di essere stata di *mano debole*, ma soltanto ora comprende le sue parole.

Seduto accanto a un lato del ristorante, si allunga sulla sedia e posa il pacchetto di sigarette sul tavolo, in attesa della bibita. Da lontano ha fatto cenno al ragazzo al banco per segnalargli che voleva *il solito*.

Ormai lo conoscono.

Maria è in spiaggia con Bea a giocare a pallavolo sulla riva. Antonio è sdraiato sotto il sole, vuole un'abbronzatura da paura per vincere uno dei concorsi da discoteca che ogni anno organizzano a Milano.

Mamma l'ha lasciata che giocava a carte con Genoveffa.

Il cameriere gli porta un latte di mandorla con ghiaccio.

"Ne offri uno anche a me?"

Lo riconosce dalla voce.

Alfredo.

Con un cenno della testa lo invita a sedersi e appena incontra gli occhi del ragazzo al banco gli fa capire che ne deve portare *un altro*.

"Taciturno?"

"Pensieroso. E tu che mi dici? Pensavo fossi a Catan*za*ro."

"Ci sono stato fino a questa mattina."

"Serata lunga eh?"

"Troppo stanco persino per dormire. E tu che mi dici dei tuoi pensieri? Dov'è la tua bella donna?"

"In spiaggia con Beatrice."

"E Antonio?"

"Si abbronza, ha le sue fisse quest'anno."

"Senti, avrei bisogno di sentirmi con tuo fratello." Lo dice a bassa voce.

"Tore?"

"E chi altri?"

Gabri si drizza sulla sedia appoggiando i gomiti al tavolo.

"Se è per quello che penso, te lo sconsiglio. Lo sai che è uno con cui è difficile trattare se sbagli."

Alfredo puzza di alcol, occhiaie che sembrano pozzi di petrolio e i capelli di due colori diversi. Ha già provato a seguirlo in una delle sue serate, e non ci è più tornato. Quella sera c'era anche Antonio, che non ha fatto altro che imprecare tutto il tempo.

"*Sono un uomo, non sono una checca*" ha gridato, uscendo dal locale con il viso imbronciato.

Alfredo le chiamava *le serate al massimo*.

"I soldi ce li ho."

"Fammi un favore…", ma si interrompe perché arriva il secondo latte di mandorla.

"Ho già comprato da tuo fratello."

"Lo so. Ma sai perché non è più successo dopo?"

"Posso immaginarlo."

"Allora se lo puoi immaginare, lascia stare."

"E tu, Gabri? Hai chiuso?"

"Sì. Ormai sarà da più di un anno."

"Sei sempre stato più forte. Forse anche io un giorno smetterò. Inizio a non capire più niente."

"Dammi retta, bevi e poi fila a dormire, hai una faccia che fa schifo."

"Hai ragione. Però sono passato anche per un altro motivo." Sorseggia il latte e poi rialza gli occhi su quelli di Gabri, che sono lì che lo osservano con attenzione. "Ho letto il giornale qualche giorno fa. C'era una foto e ho riconosciuto le chiappe della tua bella donna. Un piccolo prodigio della natura, non credi?"

"Lasciamo stare. È un brutto momento per parlare di questa cosa."

"Non ti chiedo altro, perché so come sei fatto, poi ti arrabbi, e sono troppo *stanca* per provare a difendermi."

"Non so perché te lo dico, ma una sera di queste con Antonio incontro Tore. Se ti va di venire con noi, dico che ti ho convinto io."

"Avrò gli ormoni a mille in mezzo a voi maschiacci."

Gabri sorride e dopo aver bevuto il latte si accende una sigaretta.

"Ne hai una anche per me?"

"Ti lascio il pacchetto, che se sei senza soldi poi chissà che mi combini in paese."

Alfredo ride, e quando lo fa i suoi occhi petrolio sbocciano come girasoli.

"Sei il migliore" gli dice per ringraziarlo.

"Non dirmelo, che i migliori sono sempre quelli che se ne vanno per primi."

Vincenzo ha il viso scavato, crateri lunari su pallide guance.

"Ma tu non ti abbronzi mai?" ci scherza su Gabriele mentre gli stringe la mano.

Si è portato dietro Antonio perché Maria si è rifiutata di incontrarlo. Gli ha detto che nessuno la metterà in una situazione tanto ridicola: camuffarsi *da uomo* per giocare nel calcio che conta.

Lei non è un uomo.

Gabri è lì per chiudere quella storia. Antonio è lì per farlo sembrare meno cattivo, dato che è l'amico a essere sempre stato un tipo sanguigno.

Vincenzo però non sembra avere paura.

"Metto il capello quando sto sotto il sole" risponde, sforzandosi di fare un sorriso. "Maria?"

"Non sta bene."

"Ah, capisco."

Gabriele gli allunga una sigaretta. Vincenzo lo stoppa con una mano.

"Se ricomincio poi mi faccio male" confessa.

"Oggi è una bella giornata, Vincè, le nostre belle ragazze sono al mare senza di noi e vorremmo raggiungerle presto. Fai veloce, per favore."

Antonio accende due sigarette e ne passa una a Gabriele.

L'altro si sfrega le mani, sudando dentro la camicia bianca.

"Voi credete nei miracoli?"

"Ma che stronzate…"

"Antò, facciamolo parlare" interviene Gabriele. "Non girarci intorno, Vincè, abbiamo fretta."

"Io non ho mai creduto nei miracoli, nemmeno quando stavo in India e una guru è ringiovanita da un giorno all'altro. La sera era un'adulta di cinquant'anni, la mattina dopo una ventenne in piena forma fisica. In India, in certi ambienti, non ha importanza di che sesso sei, di fronte al divino la sessualità scompare, e se sei un prodigio, la biologia perde significato. Ma non sono questi i miracoli che mi colpiscono. Sono le donne come Maria che mi fanno credere nei miracoli."

"Te lo chiedo ancora una volta, Vincè, vai al punto."

Si sfrega ancora le mani e poi parte.

"Vogliono offrire un milione e mezzo al mese più bonus a Mario Leone per giocare questa stagione."

"Sono un sacco di soldi" esclama Antonio.

"Tutto questo per aver fatto la partitella due giorni fa?"

"I dirigenti erano presenti, sapevano che c'era in campo una donna. Ho scommesso con loro."

Vincenzo tace, così Gabri è costretto a chiedergli di che tipo di *scommessa* hanno parlato.

"Da dove partire?"

"Vai al punto, non girarci intorno."

"Se il Catanzaro non riuscirà a raggiungere la serie B, io sarò tagliato fuori, perderò il mio lavoro e di questi tempi finirei in squadre troppo mediocri e sinceramente non ho più voglia di girare. Il mio matrimonio sta fallendo, se mi sposto perderò tutto ciò che amo, che è la mia famiglia."

"E questo cosa c'entra con Maria?" gli chiede Antonio.

"La dirigenza non è in grado di sostenere altri acquisti. Cercano un attaccante o un rifinitore a costo zero, sono disposti a pagarlo bene. Maria è la soluzione. Non lo capite?"

"No. Parlaci della scommessa" lo incalza Antonio, anche se Gabri ha capito benissimo.

"Mi sono giocato la reputazione, la mia carriera. Invece di uscire a gennaio, mi concederanno una dilazione di altri sei mesi, ma in cambio devo portare un campione in casa che faccia la differenza. Un campione a costo zero ma ben pagato. Mi seguite adesso?"

"Hai proposto una donna?" gli chiede Antonio, scettico. "Dimmi tu, Gabri, quando vuoi che gli meno un ceffone."

"Vai avanti" dice Gabriele rivolto a Vincenzo.

"Ho detto loro che il giocatore più forte che conosco a costo zero era una donna. Si sono messi a ridere. Così ho scommesso che faceva almeno un goal alla prima squadra, se mi davano la possibilità di farla scendere in campo."

"Ascolta, Gabri, una donna che gioca in un campionato di uomini è illegale, pericoloso, non si può tenere nascosta una cosa del genere a lungo."

"Il mio amico ha ragione."

"Ho pensato anche a questo."

"Prima voglio sapere come li hai convinti. Hai vinto una scommessa, ma se io fossi un dirigente di una società sportiva non sarei tanto sciocco da mettere una donna in campo. Scusami se non ti credo, Vincè, di prese per il culo ne ho sentite tante e ho un fiuto speciale quando le sento."

Vincenzo deglutisce, più sudato di prima. Le mani sono braci ardenti, la fronte una pentola in ebollizione.

Gabri insiste. "Vincè, sputa tutto. Ma dicci la verità."

Scuote la testa, in un primo momento è deciso a non dire altro.

Antonio fa un passo in avanti, scrocchia le dita di una mano. Allora Vincenzo si convince a mettere le carte in tavola.

"Credo che il mio matrimonio sia ormai a una rottura completa. Così ho scommesso quello che mi spetta."

"Bastano dei soldi per convincere dei dirigenti a far scendere in campo una donna? Io non ci credo che li hai convinti con una scommessa e una somma in denaro" insiste Gabriele.

"Mia moglie."

"Che c'entra tua moglie?"

"Ho cambiato idea", e gli indica la sigaretta.

Antonio spazientito gli cede la sua, la seconda, appena accesa.

"Grazie."

"Te la faccio ingoiare se ci fai perdere altro tempo."

"Mario Leone è suo fratello. Il suo sogno più grande era fare il calciatore. A undici anni era un piccolo prodigio, se lo ricordano tutti al Catanzaro, o almeno noi tecnici. A quattordici anni ha rischiato di far parte della prima squadra, era un talento, si muoveva veloce e segnava in tutte le partite. Io stavo all'estero ma mia moglie mi teneva informato sui suoi progressi. Se fosse diventato un campione, lo avrei seguito personalmente."

"È morto?" chiede spazientito Antonio.

"No. A sedici anni decidono di fargli disputare il campionato che conta, in prima squadra. Mia moglie mi convinse a trasferirmi al Catanzaro, e non fu difficile visto che era parente di uno dei dirigenti."

Gabri annuisce, iniziando a capire.

Vincenzo emette un sospiro di sollievo. La sua ultima carta.

"Due anni fa, in un'estate come questa, lo incontrai qui. Lui era nato da un'altra relazione, ma era pur sempre fratello di mia moglie, e lei ci teneva più di ogni altra cosa."

A quei ricordi, Vincenzo socchiude gli occhi.

"Quando lo vidi, gli dissi che mi sarei preso cura di lui e che con i miei allenamenti sarebbe diventato più forte. Lui mi chiese se sarebbe diventato forte come Platinì o Pelè. Gli dissi che dipendeva da lui, dal suo impegno.

"Poi, però, invece di riportarlo a casa, lo lasciai uscire con degli amici. Avevo promesso a mia moglie che mi sarei preso cura di lui e alla prima occasione lo abbandonai al suo destino."

"Un incidente?" chiede Gabriele.

"Sì. È vivo ma è costretto a stare su una sedia a rotelle. Mia moglie non mi ha mai perdonato. In questi giorni mi sono giocato tutto per convincerla a tentare questa strada."

"Una storia triste, ma noi non ti dobbiamo niente" lo punzecchia Antonio.

"Ricordate la prima domanda che vi ho fatto?"

I due amici si guardano, poi Gabriele ha come un'illuminazione.

"I miracoli?"

"Maria Leone. Mario Leone. A me questo sembra un miracolo."

"Forse è soltanto una coincidenza."

"Non lo è. Mario è un ragazzo basso, un po' effemminato. Ha occhi grandi e i capelli lunghi come Maria. Certo non è Maria, ma giocano allo stesso modo. La vita fa cose strane, non credete?"

"Insomma, tua moglie ha accettato di aiutarti a inserire una donna nel Catanzaro calcio, se avessero usato il nome di suo fratello?"

"Sì."

"Questo significa che Maria Leone non esisterà mai?"

Antonio non comprende la domanda di Gabriele ma Vincenzo ha colto il punto.

"Noi iscriveremo Mario Leone con la maglia numero 16."

"Uno strano numero."

"In futuro potrebbe ottenere il numero dieci."

"D'accordo" inizia Gabri. "Dirò a Maria dell'offerta. Potremmo chiedere anche molto di più se lei dovesse accettare."

"Ehi, Gabri, non così in fretta" lo redarguisce Antonio, battendo una mano sul petto dell'amico.

"È Maria che decide, ma io sono il suo agente. Voglio il massimo per lei."

"Affare fatto."

"Benissimo", e allunga la mano per stringere vigorosamente quella di Vincenzo. "Non ti prometto niente, però anche io credo nei miracoli. E hai ragione, Maria è un miracolo. Ci tengo a lei e voglio che viva il suo sogno."

"Per me sarà come una figlia."

***

"Sei matto."

Gabri non gli dà ascolto. Avvia la macchina e parte.

"Ma non ci pensi? Fermati un momento a pensare" insiste Antonio.

Scuote la testa, non ne vuole sentire.

"Non è come giocare all'oratorio o su una spiaggia. Lì la gente si fa male."

"Maria è forte. Ce la può fare. Entrerà nella storia."

"Ma allora sei tutto scemo. Sì, forse entrerà nella storia, ma dalla porta sbagliata. Lasciala andare all'estero, che giochi con quelle del suo sesso."

"È uno spreco. E poi lei ha già deciso che *all'estero* non ci vuole andare."

"Fate un figlio, mettete su famiglia, e vedrai che lei smetterà di pensare al pallone. È una donna, per Dio! Non può giocare con i maschi."

"Senti, Antò, non abbiamo ancora deciso niente. Lasciamo che sia Maria a decidere del proprio futuro."

"Io lo so, Gabri."

"Cosa sai?"

"Come andrà a finire."

"E come?"

"E so che tu vuoi stare qui, che questa è anche la tua occasione per stare con tuo fratello."

"Dimmi secondo te come andrà a finire."

"Che convincerai Maria a fare questa sciocchezza."

Così adesso la guarda da lontano, appoggiato al muretto perimetrale del lido.

La intravede muoversi dietro gli ombrelloni, che sono una moltitudine. Viene verso di lui perché ha visto Antonio con Bea sulla riva mentre rientrava dalla sua solita passeggiata lungo il mare.

È bella. Sorride. Oggi deve essere un buon giorno per lei. Porta dei pantaloncini cortissimi di un viola chiaro, una maglietta bianca a coprirle il bikini.

È come dice Vincenzo, lei è un miracolo, o forse *il miracolo*. Non lo sa, di sicuro è una breccia nel suo cuore e più di tutto vuole vederla felice, proprio come adesso che fa slalom tra un ombrellone e l'altro stando attenta a non alzare la sabbia.

Qualcuno gioca a pallone, sentono entrambi il rintocco di piedi che calciano. Il frusciare delle voci intorno scema, come se qualcuno abbassasse il volume in una scena da film.

Con un occhio chiuso e la sigaretta infilata in bocca, la accende per fumarsela. Ormai ha perso il conto dei pacchetti consumati, ma Gabriele è uno di quelli che si dice che può smettere quando vuole, la verità è che se adesso dovesse farlo il suo proposito fallirebbe miseramente.

"Perché non sei venuto alla spiaggia?" gli chiede.

Il sorriso di Maria è raggiante, gli occhi le brillano, c'è il mare nelle sue iridi e qualcosa dal sapore dell'amore.

Non l'ha mai vista così *splendente* come oggi.

La sua sensualità gli spacca il cuore. Una come lei con un ragazzo perduto come lui, all'improvviso quell'idea gli appare un'ingiustizia. Non se la merita. Eppure, lei è lì di fronte, allunga le piccole mani che intreccia dietro la sua nuca e lo abbracciano, affondando la testa tra il collo e la spalla.

Lascia andare la sigaretta e le bacia i capelli, che sono profumati.

Lei è un prodigio. Non può nascondere che vederla giocare lo fa sentire strano. Se non fosse la sua ragazza, si comporterebbe come Vincenzo. E lo sa che quelli in cui vivono sono i tempi dove le persone cercano di fare la storia, come John Lennon, Mohammed Alì e quel Papa che piace tanto alle signore del paese.

Non a mamma. Non devi parlarle dei Papi, va a messa tutte le volte che può ma non vede di buon occhio i preti.

"Qui fa più fresco" le risponde, anche se non è vero.

"Siete andati, vero?"

Gabri si fa coraggio e le confessa di aver parlato con Vincenzo.

"Gli hai detto che non se ne fa niente?"

"Sì."

"E?"

"Ci ha raccontato la sua storia."

"Voleva convincervi?"

"Voleva farlo, sì."

"Cosa non vuoi dirmi, Gabri?"

"Niente. Se sei decisa a non farlo, è inutile che ti dica altro."

Il sorriso di Maria si spegne, l'espressione resta conciliante.

"Le donne non giocano a calcio con gli uomini."

"Lo dici tu. Guarda là."

Sul campo della spiaggia un gruppo di ragazzi con le proprie compagne si scambiano un pallone giocando a rincorrersi.

"Hai visto che cosa hai combinato?"

"Che c'entro io?"

"Prima di te, non ho mai visto una ragazza calciare un pallone con i piedi, se non per sbaglio o mentre giocano a pallavolo sulla riva. Invece, adesso, guardale, lo fanno perché vogliono fare proprio quello che vedi. Giocare a pallone."

"Sarà solo un caso."

"Forse."

"Smettila di fumare, per favore."

La spegne contro il muretto bianco e la lascia lì sopra.

"Gabri, dimmi la verità. Tu vuoi che io lo faccia?"

"Io voglio che tu sia felice."

"E pensi che giocando nel Catanzaro come un uomo, io *sarei* felice?"

"Non lo so, questo lo sai solo tu. Hai talento, tutti lo abbiamo visto. Non si fa un goal del genere su punizione se non si è dei campioni."

"Forse è stata solo fortuna."

"Forse" dice, facendo un sospiro.

"Se mi vesto da uomo, mi amerai ancora?"

"Io ti amerò sempre, Marì. Anche se cambi sesso. Per me sei speciale."

Si baciano, un tocco appena delle labbra.

"Io sono felice qui con te. Da piccola giocavo per trovare un senso ai miei giorni, perché ero sola, ma non sono più sola. Ci sei tu. C'è la tua famiglia. Adesso c'è anche Bea. Sono fortunata."

"Noi siamo più fortunati, Marì… perché abbiamo te, che sei speciale."

"Me lo hai già detto. Più fai così, più non ti capisco."

"Hai ragione, scusami. Io non so cosa vuol dire essere speciali, avere un talento. Lo capisci? E mi chiedo che significhi avere una forza capace di cambiare le regole. E neanche pensandoci riesco ad immaginarlo."

"Ma tu hai talento."

"No, Marì, io sono un ragazzo manesco che cerca di essere migliore attraverso di te, con risultati alquanto discutibili. Io e Antonio eravamo pronti a spaccare la faccia a quello lì."

"Intendi Vincenzo?"

"Intendo lui."

"Perché? Perché fate queste cose?"

"Non guardarmi così."

"Così come?"

"Come se fossi *sbagliato*."

"Ma non lo sei" gli risponde, prendendogli il viso tra le mani. "Non lo sei. Davvero."

"Tu, Marì, puoi cambiare il mondo."

"Nessuno può cambiare il mondo."

"Non intendo *quel mondo*. Non te ne rendi conto?"

Scuote la testa, inizia a non comprendere i discorsi del suo fidanzato.

"Che ne dici se facciamo un bagno?"

"Questo discorso mi piace di più. Ma non abbiamo ancora finito di parlare *io e te*" lo redarguisce lei.

"Magari più tardi. Andiamo al mare adesso."

61

"Tore."

"Ehi fratellino, che succede?"

"Mi riposo un po' qui dentro."

"Non ti piace la musica?"

"Antonio è di là che si fa con una."

"E tu?"

"No. C'era quella dell'anno scorso. Ho fatto finta di non riconoscerla."

"E quel finocchio del tuo amico?"

"Meglio che non te lo dico."

"Lo so da me che fa. Starà attaccato al culo di un altro finocchio."

"Non essere duro con lui, è una brava persona."

"Non difenderlo."

"Lo conosco da tanto."

"Quelli come lui sono destinati a fare una vita senza regole."

"Allora un po' ti somiglia."

"Sì, ma abbiamo gusti differenti."

"Gliel'hai data?"

"No. Volevo prima farla provare a te."

"Non ci pensare, Tore. Io passo."

"Cosa credi, che il tuo amico stia ballando con quella lì senza aver preso niente?"

"Antonio?"

“Non fare lo stupido. Prendi.”

“No, Tore, non ce la faccio.”

“Sei con me, ti tengo d’occhio. Se so che fai queste cose quando non ci sono io, ti spezzo le gambe.”

“Se adesso la prendo, poi ne vorrò ancora.”

“E allora sarà un buon motivo per venirmi a trovare. Lo sai che ti voglio bene.”

“Mi freghi sempre.”

“Tieni. Di al tuo amichetto dell’altra sponda che ho cambiato idea.”

62

Un altro mattino. L'aria è fresca e il cielo annuvolato.

Gabri e Antonio non sono rientrati a Vitrusi. La Signora le ha detto che hanno *chiamato*, che stanno a Isola.

Rientrano pomeriggio.

Non c'è il telefono in casa, ce l'hanno Gena e le signore del palazzo di fronte.

Aiuta Mia a stendere i panni e dopo poco si sveglia anche Bea, che chiede dove *stanno* i *boys*.

Quando glielo dicono la sua faccia si stropiccia, come se avesse subito uno sgarbo.

Escono. C'è il mercato.

Bea fa scorta di lacci colorati, braccialetti, trucchi per unghie e viso. Tutta roba in svendita.

Mia è più silenziosa del solito, la bocca è ermetica e i suoi occhi di ghiaccio fissano l'orizzonte bucandolo.

A tratti piove, poche gocce, Bea si lamenta che se becca la botta d'acqua, rischia di rovinare i capelli che ha lavato con *cura* sotto il lavandino del balcone.

A pranzo sono da Gena e la famiglia di suo figlio. Si divertono. I lampi in lontananza fanno preoccupare perché al telegiornale dicono che stanno più a sud, in provincia di Crotone.

Passerà.

Bea decide di dormire un paio d'ore, in attesa dei *boys*.

Maria esce a fare un giro sotto lo sguardo severo di Mia che le dice di stare attenta. Cammina nelle vie dove talvolta Gabri la trascina raccontandole la sua infanzia.

Sorride a tratti ricordando quelle scene.

Quando arriva alla chiesa abbandonata, pensa che alla fine lì dentro non ci sono mai entrati. Poi risale la via e arriva alla seconda chiesa, quella più grande, dal cui fianco si vede il mare. Si appoggia alla ringhiera e resta così a fissarlo.

In basso, la strada che gira è percorsa da alcune macchine, altre sono parcheggiate lungo il muretto. Le porte delle case sono stranamente chiuse, tranne le finestre le cui tende sventolano rinfrescando le stanze.

E poi c'è una signora affacciata al muretto della strada che gira e scende fino a Marina di Vitrusi. Ha una fisionomia famigliare. Fisionomie difficili da dimenticare. È alta. Vestita di nero. Tiene una borsetta stretta sotto l'ascella come se temesse di perderla.

Maria strizza gli occhi, allungando lo sguardo. Le vede il profilo. Certe persone non si scordano, ma è assurdo pensarle in luoghi che mai avremmo creduto di rincontrarle. È un'idea folle. Irrazionale. Così si scosta dalla ringhiera, l'aggira e scende piano i gradini sull'altro lato della chiesa per avvicinarsi.

Se è come pensa, tutto cambia. Lo stupore sarebbe così grande da travolgerla. *Lei* che non aveva mai visto il mare. Lo sa perché Carmela sapeva sempre tutto. E poi fa quel gesto che le ha visto fare un milione di volte, toccarsi il viso come se volesse cancellarvi qualcosa sopra. Una macchia. Una ruga. Non lo sa di preciso.

Si deve fermare perché il clacson di un bus che ridiscende la via mette in allerta i passanti. A quel punto la sconosciuta si gira, Maria fa in tempo a scorgere il suo viso una frazione di secondo prima che il bus lo copra del tutto, fermandosi proprio in mezzo alla strada, di traverso.

Non sa se l'altra si è accorta di lei, ma adesso la osserva prendere posto sul pulmino, sedendosi con tranquillità. Forse certe persone si assomigliano e basta, perché lei non sarebbe mai venuta al sud.

Resta in piedi sull'ultima gradinata a guardare il bus suonare e sparire dietro la curva, portandosi via qualcosa di lei, qualcosa che le appartiene, un ricordo, una sensazione o un segno del destino.

Adesso c'è il mare a riempire i suoi occhi.

63

“Che succede Gabri?”

“Alfredo.”

Sette del mattino.

Gena è alla porta insieme a Mia, discutono. Anche Bea e Antonio, sentendo il trambusto, si sono alzati.

“Che è successo?”

Gabri preleva le chiavi della macchina e si avvia all’uscita. Maria lo segue.

“Marì, stasera partiamo. Pensaci tu alle nostre cose.”

“Prima voglio sapere.”

“Non qui” le sussurra all’orecchio. “Vieni fuori.”

Mia gli lancia un’occhiataccia. Certe cose le sente. “Quello si mette sempre nei guai. Quando lo vedo gliene dico quattro” dice, risentita, parlando in dialetto.

Maria e Gabri escono, e dopo poco sentono i passi di Bea e Antonio seguirli.

“Non possiamo andare tutti.”

“Che è successo al tuo amico?” gli chiede Antonio.

“Ha esagerato.”

“Che significa *ha esagerato*?” interviene Maria.

“Marì, significa che è strafatto” le risponde Bea, ruotando gli occhi al cielo. “Okay, io me ne vado al mare con la Signora. Se sei furba, Marì, vieni con me.”

“Io vado con Gabri.”

“Va bene. Sto io con Antonio. Voi andate.”

Gabri guarda l’amico e gli fa un cenno affermativo con il capo.

“Ci vediamo più tardi.”

“Si mette sempre nei casini.”

Maria prende gli occhiali da sole, abbassa il finestrino e si crogiola al vento. Quando arrivano sulla statale, in Marina, sono le sette e venti e la via è libera.

“Si è fatto male?”

Gabri scuote la testa picchiando un pugno sul volante.

“Lo hanno lasciato solo. Se si fa vedere in giro, lo ammazzano. Deve aver combinato una delle sue.”

“Che pensi di fare?”

“Giuro che questa volta gli alzo le mani.”

Mezz’ora dopo sono a Catanzaro.

Maria prova un tuffo al cuore nel vedere quel posto. Lì qualcuno le voleva proporre di diventare un uomo, ed è buffo pensarci ora che stanno andando a prendere Alfredo. Chiude gli occhi. Ha preso la sua decisione. Punto.

A quell’ora i turisti dormono, girano gli anziani o chi lavora ancora.

Alfredo è seduto sulla riva, con le gambe piegate sul petto. Il suo sguardo è perso all’orizzonte. Senza maglietta, i jeans strappati, i bracciali sui polsi e gli orecchini luccicanti ai lobi.

“Vi lascio da soli?” gli chiede Maria, quando ancora Alfredo è un puntino lontano.

“No. Impediscimi di menarlo, che se gli alzo le mani questa volta lo gonfio tutto.”

Senza una parola gli si siedono di fianco, Gabri preferisce la destra.

Il mare è una tavola, fruscia e risplende del sole del primo mattino. Qualcuno in fondo, pulisce la riva. I gabbiani sono appollaiati e occupano il lungomare.

"Grazie per essere venuti."

"Non hai freddo?" gli chiede Maria.

Alfredo le rivolge un sorriso, i suoi occhi sono gonfi e rossi. Un piccolo taglio gli schernisce il labbro.

"In macchina c'è un asciugamano."

"Non voglio andare via subito. Vi dispiace?"

Gabri fa un sospiro, porta pazienza. Se non ci fosse Maria, lo avrebbe trascinato a forza lungo la spiaggia.

"Colazione?" chiede, per sdrammatizzare.

Alfredo annuisce. "Tra un pochino."

Allora Gabri si accende una sigaretta e in tre restano seduti sulla riva a osservare l'orizzonte. Un peschereccio rientra dalla parte di Soverato. Lo spazzino è sparito e qualche altro gabbiano ha preso il volo in cerca di cibo.

"Siamo fortunati" spezza la quiete Alfredo. "Il mare qui è stupendo."

L'acqua è cristallina, si vede il fondo. Il primo tratto ha i sassi ma poi è solo sabbia. Ci sono piccoli pesciolini a riva e poco più in là fa capolino la testa di una medusa.

Alfredo lascia andare le gambe e immerge i piedi nella risacca.

"Mia madre diceva che ai tempi di sua madre, cioè mia nonna, di nonna Carolina, il mare era pieno di pesci. A settembre vedevano i tonni saltare laggiù. Mi diceva così, laggiù. Non molto più in là della piattaforma. E qualche volta c'erano i delfini. Gli uomini pescavano di tutto, c'erano tantissimi pesci e una o due volte hanno tirato a riva anche gli squali. Era pericoloso stare a riva. A una signora, un'amica di nonna Carolina, che si era messa con i piedi in ammollo, qualcosa le ha morso il calcagno e gliel'ha strappato. Adesso i bambini si spaventano per qualche medusa.

"Dicono che questo è il *nostro* mare, ma il mare non è nostro."

"Vuoi?" Gabri gli allunga metà della sua sigaretta.

Alfredo scuote la testa, è triste.

"Mia madre mi diceva di stare lontano dal mare, ma si vede che è il mare che non può stare lontano da me, perché qualsiasi cosa faccio alla fine mi ritrovo qui."

Maria si china dalla sua parte e gli dà un bacio sulla spalla fredda.

"Tremi tutto."

"Non è per il freddo, Marì."

"Cos'è che ti fa tremare allora?"

"Il futuro. Il futuro mi spaventa. Mi chiedo se mai riuscirò a pensarmi in una vita diversa."

"Cambia quello che non ti piace."

"Dovrei cambiare il mondo."

"Ci sarà qualcosa che ti piace, qualcosa che ti piace e che non vuoi cambiare?"

"Voi", e sorride, piegando la testa fino a farla sparire tra le gambe. Poi risale e dice: "Voi siete la cosa più bella che ho in questo momento, e non vorrei ci fosse altro."

Gabriele grugnisce, così Alfredo ridere perché sa che gli Arcuri non sono gente romantica.

"A lui non piacciono certe smancerie. Mi chiedo, Marì, come fai a sopportarlo."

Ridono insieme.

"Smettila o ti affogo" scherza Gabriele.

Al bar prendono caffè, brioches e latte di mandorla.
Mangiano.
Bevono. Ridono.
Alfredo racconta in parte la sua serata e poi chiede scusa a Gabriele per averlo scomodato tanto, che se poi parte è meglio che impari a controllarsi.

"Vieni con noi a Milano. Cambia vita" gli propone Gabri.

"E che farei là? Mi sentirei un pesce fuor d'acqua."

"Tutti noi ci siamo sentiti pesci fuor d'acqua" interviene Maria.

"Lo so, gioia mia, ma temo che fuggire da qui non cambierebbe ciò che sono."

"Ma ci siamo noi a Milano" esclama Gabri, dandogli una pacca sulla spalla.

"Lo so. Meglio non darvi altro peso. Pensate alla vostra vita. Fate dei figli finché potete. Magari uno chiamatelo come me quando morirò."

"Smettila o ti affogo veramente" lo minaccia l'amico.

"Tu e quell'altro fate sempre a cazzotti con qualcuno, io invece affogo negli amori non corrisposti. Come è difficile essere diversi."

Poi si alza e dice di dover andare in bagno.

Gabriele tocca la mano di Maria e i due restano a guardarsi con apprensione.

"Quando eravamo piccoli, io e mamma lo difendevamo dai ragazzini che volevano fargli del male. Dopo poco hanno smesso di prenderlo in giro. Poi ho iniziato a stare un po' a Milano e un po' a Vitrusi. Ci siamo persi di vista ma chiedevo sempre di lui. Era un amico. I miei fratelli li vedevo poco e lui per me era come un fratello. Un fratello strano", fa un sorriso su quell'ultima affermazione. Mette una mano in tasca, però Maria gli dice di fumarla *più tardi*.

"Hai ragione. Comunque. Non so come e né quando, ma credo che abbiamo iniziato insieme con la droga. Io a Milano e lui qui, da queste parti." Si ferma a riflette mentre osserva una donna con il passeggino chiedere qualcosa al banco del bar.

"Un giorno, Alfredo, mi disse che lui non la sognava una famiglia, che proprio non si vedeva padre di figli. Augurava a me di diventare padre. Disse che sarebbero stati figli fortunati."

Maria gli stringe più forte la mano e si appoggia alla sua spalla.

"Ha ragione, saranno dei figli fortunati."

Qualcosa scuote Gabri, e Maria, che è appoggiata con una guancia alla sua spalla, se ne accorge. La ragazza rialza la testa e cerca i suoi occhi: capisce subito che cosa l'ha colpito d'improvviso, spezzando quel momento.

Vincenzo.

È con la moglie, una signora molto magra dal viso spento, sorretto da spessi occhiali da sole.

Lui tira una carrozzina: seduto sopra c'è un ragazzo dai capelli dorati, con occhi di un azzurro intenso.

Una forza nascosta muove la testa di Vincenzo nella loro direzione. Gabri non sa che fare, tranne Maria, che si alza e resta lì, ferma, senza una parola. Lei fa così perché il ragazzo seduto sulla carrozzina indossa la stessa maglietta che le hanno prestato per giocare nel Catanzaro.

Vincenzo manda avanti la moglie dicendole che saluta degli amici, ma quando la donna incontra gli occhi di Maria, li sbarra colpita da qualcosa che non può comprendere. Poi spinge la carrozzina per andare via.

Maria, invece, vede che dietro c'è scritto Leone e, sotto, il numero 16.

Gabri stringe la mano a Vincenzo.

Maria resta a guardare il ragazzino e la donna sparire dalla visuale con mille domande per la testa e una strana sensazione di dolore. Le sembra di essere testimone di un frammento di spazio-tempo lentissimo, rallentato da una forza di gravità aliena: ci sono gli occhi di Vincenzo che la osservano mentre le sue labbra piano, piano discutono con Gabriele; e c'è la schiena di Gabriele, magra ma salda. E in lontananza, la testa di Alfredo che fa capolino dal bagno per tornare da loro.

"È stato un piacere" dice Vincenzo, abbracciando Gabriele. Poi alza una mano per salutare Maria, rivolgendole uno sguardo triste e dispiaciuto.

"Tutto bene, amore?"

"Chi era quel ragazzino?"

"Il fratello della moglie di Vincenzo. Perché me lo chiedi?"

"Aveva la maglia che ho indossato l'altra volta al campo."

"Non ci ho fatto caso", ma le sta mentendo: è una delle prime cose che ha notato, dopo il viso pallido di Vincenzo.

"Che cosa gli è successo?"

"Un incidente un paio di anni fa."

Si siedono.

"E tu come lo sai?"

"Non ricordo, me ne avrà parlato lui. Ma che ti importa adesso?"

"La moglie mi ha guardato storto, come se ce l'avesse con me."

"Senti, Marì, lasciamo perdere questa storia. Hai chiuso con loro, se pensano qualcosa di te, non è affar tuo."

Alfredo è al jukebox, Maria lo vede dietro la spalla di Gabriele, sull'altro lato del lido.

"Mi chiedo perché avesse quella maglia."

"Perché è sua, Marì."

Lei si blocca. Stranita. Apre la bocca e poi la richiude.

"Non chiedere altro."

"Tanto non cambio idea."

"Ne sei sicura?"

"Gabri, di cosa devo essere sicura? Dimmi chi è quel ragazzino."

Sbuffa e poi vuota il sacco.

"Mario Leone."

L10

64

1984

Le ragazzine della sua età vengono a vederlo giocare al campo. Restano ai margini con le loro magliettine attillate e le borsette rosa, scambiandosi sorrisi e battute, a dirsi quanto è bello con quella chioma bionda e chissà chi sceglierà, tra le tante, come fidanzata.

Oggi è il primo giorno con il marito di sua sorella.

Vincenzo.

Un tipo a posto, gli piace.

Non è invasivo, rispetta le persone ed è sempre di buon umore.

Mario non è sempre di buon umore, invece. Delle volte scapperebbe a Milano per prendere a pugni suo padre, ma quella voglia se la fa passare pensando che un giorno diventerà un campione e allora lo farà pentire di aver abbandonato *mamma* che già soffre abbastanza.

Sua sorella gli dice che non ha bisogno di un padre come Tiziano Brambilla, *gli uomini che non valgono niente è meglio dimenticarli*.

Lancia un'occhiata a bordocampo e nota Elena e Camilla, lo salutano muovendo le loro manine in aria. Sbuffa mentre trotta verso l'area di rigore dove lo aspetta Vincenzo. Uscirà con entrambe, durerà una o due settimane e poi passerà ad altre. Non soltanto la famiglia ha voluto farlo crescere in fretta, sono state le ragazze a costringerlo a diventare uomo prima di altri. In classe era l'unico che a 13 anni aveva fatto sesso con una ragazza.

Lei, invece, aveva sedici anni.

Non un granché la prima volta, però quella era già messa bene. Peccato che abbia dovuto scaricarla l'anno scorso per non continuare a litigare con il fratello di Luna, ossessionato da lei, *che poi è solo una zoccola e tutti lo sanno.*

Insomma, Lu lo aveva svezzato presto.

Vincenzo vuole testare come se la cava con i tiri in porta. Sono da un'ora sotto il sole e non ha fatto altro che correre, strecciare i muscoli e di nuovo correre, *per rinforzare il fiato*, come affermano i preparatori. Invece adesso è Vincenzo il suo preparatore speciale. Dicono che abbia un dono, che riesca a tirare fuori il meglio dalle persone. Inoltre, sua sorella gli ha riferito che ha lavorato con la nazionale italiana durante i Mondiali del 1982 e che è stato in India diverse volta in mezzo ai santi indiani.

Voglio diventare più forte di Platinì.

Allora devi imparare a calciare come lui.

E come si fa?

Così. Fai questo movimento.

Ci prova. La palla va subito sotto il sette.

Non è male.

Non è male? Ma non hai visto dove l'ho messa?

Quando giochi in partita non hai la visuale libera come adesso.

Allora Vincenzo ha preso dei manichini e li ha posizionati a coppie in area di rigore.

Un tocco e poi calcia. Non devi colpire i bersagli.

Calcia. Ritenta. I manichini cadono uno a uno. Un paio di palloni entrano in rete, altri colpiscono la traversa o slittano fuori.

Sei a buon punto. Ma devi migliorare.

Lancia di nuovo un'occhiata alle amiche. Ha *voglia.*

Vincenzo riesce a farlo sentire importante, il solo fatto che sia lì ad allenarlo fuori dal gruppo, lo mette in luce.

Tra poco arriva suo cugino che gli vuole far vedere la nuova auto. Con una scusa porterà anche Camilla ed Elena a fare un giro per Catanzaro. Tanto sono *troie* pure loro. Giovani, con il culo alto e le gambe lisce da mordere. Hanno poco seno, ma è solo l'inizio, promettono bene entrambe.

Non distrarti.

Scusami Vincè.

Avanti, ricominciamo.

65

Tornare a casa è un po' come non essere mai partiti, si ha la sensazione di aver fatto un lungo sogno, niente di reale.

Le Gescal dormono abbracciate dal sole. I panni sono stesi sui balconi grigi affacciati sul cortile. Gli androni delle scale sanno dello stesso odore di sempre: muri umidi come cantine.

Si salutano. Un bacio. Tra i capelli ancora il sapore della salsedine.

Un sogno che è svanito troppo in fretta.

E all'improvviso anche le giornate tristi passate, diventano momenti indimenticabili.

Tutto è bello.

Per un po'.

Amabile Zanca accende la pipa, seduto ma rivolto alla porta d'ingresso. Qualcuno sale lentamente le scale. Riconosce la cadenza. Anche se lei ha citofonato per farsi aprire, e Madia non si è lasciata sfuggire una parola su chi fosse, adesso non ha alcun dubbio.

E poi sapeva che sarebbe tornata tra *oggi e domani*.

Madia cammina per la sala sistemando le ultime cose, nervosa, agitata. Non un nervosismo cattivo, è felice di rivedere Maria. Tutto qui.

La porta si apre. È lei. Bella, abbronzata, le appare anche più alta e magra di prima.

Maria dirà che, invece, si sente ingrassata, che la Signora cucina per una legione e i pasti sembrano non finire mai. Di sicuro ha mangiato più di Bea, che comunque si è lamentata ogni giorno perché si vedeva grassa.

"Ben tornata" esordisce Madia, vedendola apparire dietro la porta.

Si abbracciano senza saper cosa aggiungere.

Maria alza gli occhi su nonno e Amabile le fa un cenno con la testa.

Mai preteso più di tanto da uno come il signor Zanca.

"Aldo?"

"Torna domani."

"Barbara come sta?"

"Viene stasera a cena."

"Con Gino?"

"Sì."

Amabile borbotta qualcosa tra i denti, liberando il proprio dissenso.

Insomma, si ricomincia.

***

Non ha le forze per dormire, così aiuta nonna Madia a preparare il pranzo. Il solito risotto, questa volta con patate e fagioli. Lo ha visto fare da Rosalina quando sono stati a Sellia Marina.

Amabile Zanca gradisce ma, a parte grugnire, non si sbilancia molto.

Ha raccontato della Calabria a Madia mentre preparavano il riso per non disturbare nonno durante il pranzo. Così a tavola si sono limitate a una breve chiacchierata su quello che è successo alle Gescal mentre era via.

"Graziella è rientrata ieri. Ha chiesto di te. Magari fai un salto a salutarla, più tardi."

"Lo farò."

Una signora della scala di fronte è rimasta chiusa in ascensore per due ore.

"Il figlio si è accorto che non rientrava e ha capito che doveva essere successo qualcosa. Era svenuta in ascensore."

"Adesso sta meglio?"

"Sì. Come se non fosse mai successo niente. Pensare che è una che non prendeva mai l'ascensore, ma sai, con l'età, ultimamente aveva iniziato a usarlo spesso."

"Che sfortuna."

E poi erano arrivati gli sbirri per un sopraluogo e avevano trovato piante di marijuana in casa dei signori Alba.

"Il figlio. La faceva crescere in camera, di nascosto. E poi la vendeva."

"Lo conosco?"

"Emiliano Alba."

Sì, un tipo che quando cammina molleggia, delle volte si veste come uno di quei paninari che ha visto in giro a Milano, ma lui è un punk, un ribelle che porta magliette con il simbolo dell'anarchia stampato sopra. Una volta ci ha scambiato due parole per caso. Le ha chiesto l'ora e poi ha voluto sapere se *aveva* il ragazzo. Lei gli aveva risposto che non ha mai portato orologi e che il ragazzo ce l'aveva, ma non era vero.

Peccato, bambola, sei una bella signorina.

"Si è allagato il garage di Battista. Pover'uomo. Màbie è sceso a dargli una mano. Ha fatto una piovuta la settimana scorsa, è venuta giù anche la grandine. Tutto il giorno."

"La fogna. Poi è venuto lo spurghi e abbiamo risolto" aggiunge con voce rauca Amabile Zanca, che ripiomba nel proprio silenzio trascinando gli occhi sul risotto fumante.

"Da noi alle volte mancava l'acqua, scendevamo a prenderla da una fontanella e riempivamo i secchi per lavarci la faccia o cucinare. La doccia la facevamo al lido. Ci siamo arrangiati, ma è stato bello."

"Sono contenta che ti sia divertita."

Poi è fuori.

Suona al citofono di Graziella e le risponde il fratello. Questa volta la sorella non c'è, *torna nel pomeriggio, sta dal fidanzato.* Glielo dice perché le ha promesso che se Maria avesse citofonato le avrebbe lasciato quel messaggio.

"Perché non vieni a fare un giro in moto con me pomeriggio?" le chiede, facendo la voce dolce.

"Non posso, mi vedo con il mio ragazzo."

"Ah, mi aveva detto Grazia che ti eri fidanzata. Ma io non sono geloso, è per un giro."

"Magari un'altra volta, ma non oggi. Ciao."

Non lo lascia replicare, va via, sentendo che dice qualcosa senza sapere cosa di preciso. Non le piace quel tipo. Gabri non è un santo, però non è viscido o volgare quando sta con lei. È manesco con chi sbaglia e dolce il resto del tempo. Non c'è un uomo migliore nella sua vita.

Pensa a questo mentre apre il garage e nota la sua piccola bici nell'ombra. La sua amata bike. Adesso è una specie di cimelio. Un relitto. Abbandonata a sé stessa. Sta lì e ha la sensazione che voglia dirle qualcosa.

Non ci pensa, esce.

Cammina.

Arriva al canale sul tratto dove passa sotto la strada.

Gabriele la faceva preoccupare quando lo attraversava per fare a gara con gli amici.

Una volta ci è venuto pure Vasco e per poco non restava bloccato. Antonio è tornato indietro a riprenderlo. Quando è riemerso, sputando acqua, invece di andare in *sbattimento* si è messo a ridere come un cretino.

Strani gli uomini.

Si siede e immerge i piedi nel flusso che scorre freddo, incontrastabile. Le vengono in mente così tante cose che ha bisogno di rivederle singolarmente come in una scena a rallentatore.

L'acqua le ricorda le mattine con Bea a canticchiare sedute sulla riva; le ricorda Gabri che la distendeva sulla sabbia nel buio dell'universo per fare l'amore; le ricorda la Signora con la sua treccia selvaggia, che si bagnava fino al collo per non guastarla; e le ricorda Antonio, l'unico a farsi il bagno mentre fumava una sigaretta; infine, Alfredo, come dimenticare? Lui che se ne stava rannicchiato davanti al sorgere del sole a chiedersi che ne sarà della sua vita, a temere quel futuro che non vede. Alfredo, in fondo, è una parte di tutti loro. Pensare a lui, significa pensare a Mario Leone e a ciò che dichiara quel nome.

Un caso. Una coincidenza. Un fato?

Non lo sa.

Anche lui un Leone.

I Leone comandano.

Il cielo si annuvola. Lo osserva mentre muove i piedi per schizzare l'acqua e rinfrescare i polpacci. Che importa se piove? Gabri e Alfredo hanno fatto il bagno sotto la pioggia… *i primi giorni.*

Quei due scemi, ridacchia tra sé.

Gli uomini sono bambini che hanno il corpo da adulti e la coscienza da infanti. No, sono soltanto sue stupide idee. È che alle volte basta poco per divertirsi e non tutti apprezzano le stesse cose. Quel giorno ha avuto una tale paura che adesso le sembra una bazzecola.

Gabri non ha paura di niente.

Chissà cosa pensa di me?

È stata debole. Forse è lei che non merita uno come lui. Forte. Spregiudicato. Lo ha lasciato andare avanti mentre lei se ne stava al mare, felice di non dover affrontare gli occhi imploranti di Vincenzo; li ha visti dopo, quegli occhi, e forse è stato anche peggio, poiché ha significato conoscere il suo segreto.

Non ha mai preteso di giocare in una squadra famosa, la sua unica ambizione era trovare degli amici da sfidare, con cui correre insieme, gridare, rotolarsi nel fango e (*chissà?*) magari fare l'amore tra i fili dell'erba secca ingiallita dal sole.

Quando torna a casa si getta sul letto.

Ha fatto in tempo a non beccare la pioggia.

Tra poco arrivano Barbara e Gino. È da un po' che quei due non vengono a cena insieme. Nonno alle volte sa essere scortese e pietrificante.

Si rigira più volte e alla fine torna a fissare il soffitto. A brevi attimi si addormenta, un sonno tormentato dove il mare si agita, le onde lo dividono e Alfredo è seduto sulla riva incurante del pericolo. Nell'ultimo sogno c'è il balcone bianco di casa Arcuri, le rondini che tempestano il cielo terso e il mare luccicante sotto Vitrusi Alta. Mia è lì che stende i panni, così dopo poco occupano quasi tutta la visuale, se non fosse per il vento che li solleva pigramente e permette di riavere uno scorcio dello Ionio.

Quando si sveglia è sudata e ha l'impressione di avere sotto il naso l'odore del gesso e dell'umido di quel piccolo balcone.

Un rumore. La pioggia picchietta contro le persiane. Ci sono delle voci, vengono dal salotto, le riconosce. Sono Barbara e Gino. Si mette ritta e con una mano asciuga il sudore dietro il collo. Prende un laccetto e si fa la coda, sventolando una mano di fronte al viso per farsi aria. La ventola attaccata al lampadario è ferma. Si allunga e tira la cordicella per farla partire. Non si sente bene. I piedi sfregano gli uni contro gli altri. Così decide di alzarsi per salutare Barbara.

"Come stai, Maria?"

È felice di rivederla.

Gino è seduto vicino ad Amabile Zanca in un'espressione tirata. Si sforza. Forse lo fa per amore di Barbara.

Non lo sa.

Quello che sa è che nonno, quando è di cattivo umore, mette paura.

Le risponde che sta bene, che è stata una vacanza *magnifica* e domani si riparte con il lavoro. Anche Barbara è contenta. Una bella ragazza di ventisei anni dagli occhi chiarissimi, i denti bianchi, dritti, e corti capelli biondi come gettoni d'oro.

Madia le chiede se l'aiuta in cucina, Maria fa un sospiro e risponde che deve scendere un attimo che passa Gabriele per ridarle una cosa. Mente. Nonna sembra cogliere qualcosa nell'incertezza della sua voce ma non ha motivo di dubitare.

Prendi l'ombrello. È lì.

Non sa perché, ma d'istinto nota gli occhi attenti di nonno rivolti proprio a lei. Lo vede mentre si accende la pipa e non smette un attimo di seguire ogni suo movimento. Quel suo sguardo le parla, mai è stato più eloquente come in quegli istanti.

Lei esce senza prendere l'ombrello.

Madia se ne accorge quando ormai Maria è in strada a correre trattenendo il fiato, a mischiare le lacrime con la pioggia. Sa soltanto che deve correre, arrivare il prima possibile da lui, nella speranza che non sia troppo tardi.

Il cielo tuona, però le gambe sono più veloci di quelle nuvole.

Mia prepara i panni da lavare a casa Lijoi. Nicola le ha promesso che presto le regalerà una lavatrice di ultima generazione. La Signora, però, gli ha risposto che non ne vuole sapere di tenere in casa un mostro che gira e fa tutto quel baccano. Lei è ancora abituata a lavare i vestiti sulla graticola di legno con il sapone di Marsiglia.

Ai suoi tempi il bucato lo si faceva insieme alle donne del quartiere, si usava la cenere, il limone per i panni più delicati, oppure la lisciva.

Le pentole a volte venivano scrostate con il succo di pomodoro, insomma, ci si arrangiava.

Con gli americani che hanno contaminato la loro cultura dopo le due guerre, alcuni uomini avevano iniziato ad usare la coca-cola per sgrassare i motori delle macchine, ed era vietato darla da bere ai bambini, se non in occasioni speciali. Natale. Pasqua.

Poi sono arrivati i polli, quelli grossi, la carne non era buona come i loro, che erano più piccoli e gustosi, però rendevano meglio ed era un vantaggio.

I tempi cambiano.

Quelli che hanno resistito alla contaminazione sono morti, lasciando spazio a tutto il resto, a chi non portava più sulle spalle la memoria dei propri padri, perché non l'aveva vissuta fino a farsela entrare nelle ossa.

Adesso le vogliono appioppare quel trabiccolo infernale. Le farebbe comodo, ma in una casa così piccola occuperebbe troppo spazio.

Gabriele è sdraiato sul divano con la pancia piena del pranzo. Non si sono parlati quella mattina, e adesso ha cose più urgenti da sbrigare. Tra poco piove, se lo sente, quando succede è perché il polso le dà fastidio.

Ha riempito il cesto di panni. Si mette un fazzoletto sulla testa ma d'improvviso decide di fare le carte. Si siede al tavolo della sala.

Gabri si gira per non sentire la sua presenza sugli occhi chiusi.

Apre il mazzo, lo mischia assaporando l'odore del cartoncino. Poi lo divide. Piano. Una dopo l'altra le carte sono sul tavolo a formare un rettangolo verticale.

Guarda la schiena di Gabri per riflettere su ciò che vuole sapere. Vaghe sensazioni le volteggiano nella testa, come tutte le volte che lo osserva nei suoi momenti di tranquillità, che non sono molti durante la giornata.

Con gli amici, o le ragazze, suo figlio si mostra pacato, gentile, serio, ma a casa non riesce a stare fermo un attimo. Per superare il trauma della droga, si era messo in testa di costruire un motorino. Rosalina ed Ezio gli avevano comprato i pezzi e ci mancava poco che riuscisse nell'impresa. Adesso il rottame se ne sta in cantina con una sola ruota e un motore che non si accenderà mai.

Se ha smesso è perché è arrivata la siciliana.

Così gira le carte. Lo fa velocemente perché i tuoni sono vicini, forse a Sedriano già piove. Niente asso di ori, né il settebello o il re di denari. Riproverà più tardi.

Prima di uscire si fa un caffè allungandolo con un pochino di anice. Il medico le ha detto di smetterla con quella roba e con il vino su ogni pasto, ma proprio non ci riesce. Quando Dio vuole prenderà la sua anima. Se lo dice spesso, il suo motto personale. Gabri odia quando si convince di cose che non hanno senso. Dio la porterà via più tardi se farà come le ha consigliato il dottore.

Per mamma è solo Dio a decidere, perché se lui vuole, l'anice e il vino non le ingrosseranno il fegato, o peggio.

Adesso è soddisfatta.

Lei è rientrata ieri sera dalla Calabria, ha avuto tempo per riposare, anche se a una certa età quei viaggi cominciano a stancarla.

Esce e appoggia la cesta dei panni sulla testa. Schiena dritta. Vestita di nero perché non ha altri colori nei cassetti. Sebbene gli uomini con cui è stata siano vivi e vegeti, ha chiuso con quello che i giovani chiamano l'amore e tutto il resto, l'unica cosa che conta nella vita sono i figli. Lei si è presa cura di loro come ha potuto, e adesso un pochino la aiutano, a parte Gabriele che a giorni alterni le fa prendere il nervoso.

Salvatore è un caso a parte, ma almeno Ezio e Rosalina si sono messi a posto.

Mentre si incammina per uscire dalla corte, vede la Siciliana svoltare l'angolo correndo per venirle incontro.

È sudata.

Quando è più vicina, si rende conto che ha preso la pioggia e le scarpe sono sporche di fango.

Maria si ferma a non più di cinque o sei passi dalla Signora.

"Faccia presto" le dice Maria.

"Ma tu che ci fai così conciata?"

"Volevo arrivare prima della pioggia."

"Vai dentro che Gabriele è sul divano. Io arrivo tra poco. Su, sbrigati."

All'ordine, scatta senza pensarci.

"Lascia le scarpe di fuori. Quando torno le puliamo."

Maria si limita ad annuire. Ha ancora il fiatone.

Gabri avverte qualcosa, forse è stato il tuono in lontananza o forse mamma che ha chiuso con dispetto la porta di casa per svegliarlo. È da lei. Lo fa per fargli capire che non è un fantasma, ma lui è troppo stanco per parlare. No, non stanco, *assonnato*. Guidare per venti ore con la Panda da un lato all'altro dell'Italia di quei tempi è dura, il traffico può essere più violento di una tempesta.

Si stropiccia gli occhi e sente che la porta si apre.

L'uscio ha due riquadri in vetro zigrinato, mostra soltanto ombre, e quella non è mamma.

Resta seduto finché Maria non appare, e allora si alza, prendendola per le mani e chiedendole che cosa succede. Non si aspettava di vederla oggi. Prima di lasciarsi, lei aveva espresso il desiderio di stare a casa tutto il giorno perché *domani* ricominciava a lavorare.

Maria respira come un rospo e lo guarda con occhi giganti, senza battiti di ciglia.

"Sei bagnata. Andiamo in bagno che ti cambi."

Lei scrolla la testa, si schiarisce la gola e chiede un sorso di acqua.

"Acqua frizzante."

Gabriele gliela porge. Lui, invece, opta per un caffè e sotto il lavandino della cucina si risciacqua la faccia. Occhi rossi. Un lato della guancia rigata dal cuscino.

"Siediti, per favore."

Scosta una sedia del tavolo da pranzo, e lei prende posto.

"Marì, per dio, che è successo?"

"Megghiu u tintu canusciutu ca u buonu a canusciri."

"E che significa?"

"È un po' come il detto di nonna Madia. Chi lascia la vecchia via per quella nuova, non sa quello che trova."

"Non ti capisco, Marì. Mi sono appena svegliato, scusami."

Adesso lei sorride.

"Asciugati la faccia."

Gabri prende un piccolo asciugamano e le strofina il viso.

Quando lo scosta, il sorriso di Maria è ancora lì, i suoi occhi brillano come tutte quelle volte che al mare di Vitrusi la guardava per saziarsi di lei.

"Non mi vorrai dire che hai cambiato idea?"

Le sorride anche lui.

"Che cosa ne sarà di noi dopo?"

Gabri si mette dritto e sospira. "Andiamo e scopriamolo."

"Tu non hai paura?"

"Devo ancora scoprire di cosa ho paura. Ma un pochino sono preoccupato. Non per me, ma per te."

"Non vuoi più che lo faccia?"

Si sporge verso di lei e le prende le mani, che sono fredde e umide.

"Non durerà per sempre, lo sai."

"Intendi noi?"

Le ride in faccia chinando la testa sulle sue mani.

"No, Marì, non noi. Il calcio. Parlo del calcio."

"Forse le cose non accadono per caso. Quel ragazzo, Mario… lui sognava di diventare un grande campione, però io non ho mai sognato di diventare un campione."

"Lo so, Marì, me lo hai già detto. E allora perché lo vuoi fare?"

"Non lo so, però se non lo faccio non lo saprò mai."

"Devo chiamare Vincenzo, sentire se non è tardi."

"Pensi che sia tardi?"

"Credo di no. E credo che in questo momento Vincenzo si starà grattando il naso. Vedrai che appena lo chiamo risponde subito."

Ridono. Poi lo chiamano.

Quando arriva la Signora, loro sono lì ad aspettarla. Non sanno come dirglielo, ma alla fine Gabriele trova il coraggio.

Partiranno. Andranno giù perché Maria ha trovato un lavoro a Catanzaro. La stessa ditta. *Un trasferimento.*

Mentono.

La Signora non crede a una sola parola e si arrabbia.

Gabriele la conosce, sapeva che si sarebbe opposta, però adesso si sente come Salvatore: nessuno potrà fermarli.

***

Amabile Zanca questa volta è in piedi, un'altra delle cose strane della vita. Madia è seduta di fronte alla televisione intenta nel cucito, agitata, lui lo capisce da come sferruzza con gli aghi. È un maglioncino per Maria, in vista della stagione fredda. Gliene ha fatto uno identico ogni anno da dopo il collegio, e la siciliana non ha mai mancato di metterli. Sono comodi, tengono caldo.

Adesso, Madia alza gli occhi dal proprio lavoro e osserva la nipote sulla soglia di casa. Un déjà-vu.

Amabile le ha aperto la porta, resta lì a scrutare Maria con un'espressione di sottile divertimento.

E lei dopo aver incrociato gli occhi di nonna, occhi di rimprovero per essere uscita con quel tempaccio (senza aver nemmeno preso l'ombrello), cerca di capire che cosa voglia dirgli nonno con la sua espressione sorniona che traspare da ogni muscolo del viso.

"È venuta a cercarti Graziella. Adesso la trovi."

"Grazie nonno."

E poi le dice una cosa che la lascia di stucco. Può giurare di non aver mai sentito Amabile Zanca parlare di sua figlia (la sua prima figlia) di fronte a lei.

"Spero che sarai migliore di tua madre."

Maria non sa cosa ribattere, ha come l'impressione che gli occhi di nonno Amabile luccichino, che anche per lui confessarsi a quel modo sia come sciogliere un peso pressante nel petto, un dolore che tace e che presto o tardi si sfoga.

Solo a quel punto Madia si alza.

Gabriele, invece, è finito a Bareggio. Non un posto qualsiasi, è lì dove è iniziata la sua odissea. Anni fa.

Il ragazzo con cui si incontra è al banco, scambia mani e battute con il proprietario del bar. Un rito. Si chiede se certe cose cambieranno mai, ma la risposta è evidente, perché lui è uno dei motivi di un mondo che va a rotoli.

Sospira.

Si accende una sigaretta e resta al tavolo a fumare con davanti un bicchiere di vino rosso. Festeggia a suo modo, ma per concludere in bellezza ha bisogno di altro.

Il ragazzo saluta il barista e converge nella sua direzione. Deve aver preso qualche altro chilo dall'ultima volta, quando Antonio gli ha menato un bel ceffone tanto da metterlo in ginocchio. Suda come non ha mai visto nessuno sudare. Con un fazzoletto si passa continuamente il viso. *È un porco.* Poi pensa che i maiali sono migliori di loro, che di colpe ne hanno più di una.

"Piacere di rivederti."

"Accomodati", e fa scivolare sul tavolino il pacchetto di sigarette aperto.

Quando Gigio si appoggia, la sedia scricchiola.

"Lo sai che se vai avanti così, ti uccidi con le tue stesse mani?"

Gigio gli sorride, beffardo. Passa di nuovo il fazzoletto sulla fronte e poi gli risponde: "Allora che non abbiamo capito un cazzo dalla vita siamo in due."

Non gli può dare torto.

Graziella si è tinta i capelli di biondo. Maria ora la guarda con sorpresa.

"Che hai combinato lassù?"

"Volevo cambiare."

Stanno sul pianerottolo, fuori piove, altrimenti avrebbero fatto un giro. Si siedono sulle scale.

Maria contro la ringhiera e Grazia contro il muro.

"Stai bene."

"Grazie. Mi fa piacere rivederti. Come è stato?"

"Bello. Mi sono divertita."

"Tutto qui? Sei stata via venti giorni e quello che sai dire è *bello* e che ti sei *divertita*? Non ci credo, ormai ti conosco."

"Già, mi conosci. Proviamo con te, tu che mi dici?"

"Beh, uao! Mi sono divertita anche io. Abbiamo girato diversi paesi della costa adriatica. Abbiamo fatto il bagno a Rimini, a Porto San Giorgio, siamo arrivati fino a Gallipoli. Facevamo campeggio. Ci spostavamo in moto."

"Pensavo che…"

"Lo pensavo anche io, ma mi ha voluto fare una sorpresa. È stato impegnativo, però ne è valsa la pena. Voleva regalarmi qualcosa di unico e ci è riuscito. L'Italia è un bel posto, non questi casermoni grigi e maleodoranti che ti uccidono giorno dopo giorno."

"È la nostra casa."

"Sì. Ci si abitua a tutto. Sembra che hai fatto la maratona di New York. Tutto bene?"

Maria si tocca i capelli che sono in parte umidi.

"Una corsa contro il tempo."

"Sei matta, lo sai?"

Ridono insieme e si prendono per mano.

"Ti inviterei a cena da me, ma con mio fratello che ti sbava addosso proprio non me la sento."

"Non ti preoccupare, forse dovrei invitarti io."

"Ho di là Massimo, non mi va che resti solo con i miei. Piuttosto, dimmi come è stato conoscere la signora Arcuri."

"È una donna forte, seria, sa anche divertirsi e gioca sempre a carte. Briscola. Ruba mazzetto, scopa e delle volte fa il solitario per sapere come andranno le cose nel futuro. E poi ha questa treccia lunghissima che le arriva ai piedi."

"Sembra che ti abbia colpito più lei che la Calabria."

"Lei è la Calabria."

"Non fare metafore con me che non le capisco. Da quando sei così?"

"Così come?"

"Così enigmatica… o enigmistica? Come si dice?"

Maria ridere piegandosi in avanti fino ad appoggiare la testa sulla spalla di Graziella.

"Ti faccio sempre ridere io, eh?"

Rialza la testa mentre le muore il sorriso tra le labbra.

Sì, Grazia ha il potere di farla stare bene, ma è arrivato il momento di confessarle la sua partenza.

Non hanno ancora ricevuto la conferma definitiva da Vincenzo, lui si è detto abbastanza certo che con le pressioni di sua moglie *la cosa si potrà concludere in fretta*. Nel frattempo, chiederà a un preparatore atletico di Magenta di seguirla, di allenarla, per non arrivare impreparata all'inizio del campionato di Serie C.

Niente di tutto questo può raccontare a Grazia, e il fatto la disturba, lei è la sua migliore amica.

"Perché adesso mi guardi così?"

"Forse tra sei giorni parto."

"E dove vai? Ti han dato altre vacanze?"

"Torno in Calabria. Torno là per abitarci con Gabri. Cambiamo vita. Per un po'."

"Che significa, per un po'?"

"Di tutta la frase ti sei fermata solo su *per un po'*?"

"Non ti capisco, Marì, ma davvero lo fate?"

"Sì."

"E sei felice?"

"Credo di sì."

"Non puoi crederlo e basta, se fai una cosa del genere lo devi sapere con sicurezza." Alza il tono della voce e le si avvicina fino a prenderle entrambe le mani. "Mi lasci sola?"

"Non dire così."

"Lo so, siamo grandi e vaccinate, ma mi mancherai."

"Mi mancherai anche tu."

"E cosa andrai a fare laggiù?"

"Ho detto a nonna che mi trasferiscono con il lavoro."

"Ma non è così."

Maria scuote la testa.

"E?"

Prova un'irrefrenabile voglia di confessarle la verità ma la verità non si può dire, anche se forse Graziella capirebbe.

Gabri le ha fatto promettere che non dovrà *mai* raccontare come stanno le cose, che è troppo pericoloso.

Vincenzo si è raccomandato più di una volta, al telefono, di essere cauti, che se in qualche modo si dovesse venire a scoprire che una ragazza gioca in un campionato di calcio maschile, potrebbero finire nei *casini*.

Non può farci niente, deve mentire.

"Gabri ha trovato lavoro, con suo fratello. Staremo bene."

"Quel fratello?"

"Già."

"Dio, Maria, quanto mi mancherai."

L'abbraccia, stringendola al petto.

Per un po' non si dicono altro.

Meglio così.

"Mi prometti che se non sarai felice, mi chiami e torni da me?"

"Te lo prometto."

Ma Maria sa di non poter mantenere quella promessa.

***

"Pronto" la voce di Antonio è rauca, strozzata dal sonno.

"Ehi fratè, come va?"

"Gabri. Che succede a quest'ora?" Guarda l'orologio sul comodino che segna le undici di sera.

"Ti pensavo."

"Non fare lo stupido. Da dove stai chiamando?"

"Da una cabina telefonica."

"Lo sapevo. Ti vengo a prendere."

"Grazie."

"Sei pazzo. Lo sai che sei pazzo, vero? Appena arrivo ti meno due ceffoni."

"Spero proprio che tu lo faccia. Ti aspetto. Mi sdraio qui per terra sul marciapiede. Sono alle Quattro Elle."

"Devo chiamare un'ambulanza?"

"No, non è così grave. Basti tu."

Almeno non ha dovuto mentire a Beatrice. Lei lo ha saputo da Antonio, e la cosa la consola perché di recitare un'altra volta non le andava.

Bea le ha dato un bacio sulle labbra dicendole: "Sei la persona più strana e straordinaria che abbia mai conosciuto. Verrò a trovarti presto."

Strana. Straordinaria. Lei non si sente straordinaria, strana sì, ma non altro.

Bea si è messa a piangere, non lo ha fatto davanti a loro, se ne è accorta guardando dallo specchietto laterale dell'auto di Gabriele. Lei che si china contro il petto di Antonio e fa vibrare le spalle per i singhiozzi che non riesce più a trattenere.

Gabri ha occhi stanchi, in quei cinque giorni è stato più taciturno del solito. La veniva a prendere sotto casa, la portava a Magenta, restava a bordocampo con la sigaretta tra le dita e poi rientravano.

Un paio di volte si sono fermati da un paninaro, un parente dei Lijoi.

Maria crede che quella stanchezza che gli vede negli occhi sia per causa della Signora, non hanno fatto altro che litigare, le è bastato vederla furiosa una volta per capire che nemmeno lei avrebbe avuto voglia di parlare dopo.

Abbassa il finestrino, si mette gli occhiali da sole e si lascia andare alla visione del paesaggio che scorre meno veloce dei suoi pensieri.

Ormai è fatta. Non si torna indietro.

“Vincenzo?”

“Ciao Diego. Scusami se non mi sono fatto più sentire, ma avevo delle faccende da sbrigare.”

“Per quella ragazza?”

“Sì. Ti ringrazio per il tempo che le hai dedicato.”

“Sono io che devo ringraziare te. Volevo darti un resoconto. È fuori forma, ma Dio deve aver sbagliato qualcosa, perché se nasceva maschio questa qui diventava Maradona.”

“Lo abbiamo pensato in tanti.”

“Il calcio femminile andrà forte con una come lei. Dalle mie parti la posso inserire.”

“Qui ha famiglia, Diego. Un giorno magari ne riparliamo, d’accordo?”

“Sì, d’accordo.”

“Ora ti devo lasciare. Stammi bene. Grazie ancora.”

Casa Arcuri ha lo stesso odore di quando l'ha lasciata.

La prima cosa che le viene spontaneo fare è uscire sul balcone. L'aria, il sole e le ombre riempiono la figura di Maria richiamando nei suoi pensieri il sogno di una nuova vita che l'attende. Forse non sarà tutto perfetto, però adesso sa che è nel luogo in cui è giusto che stia.

Gabri le passa una mano intorno al ventre e la stringe forte a sé. Le respira i capelli e le dice che l'ama, che mai come in quel momento l'ha amata tanto.

✳✳✳

"Posso abbracciarti?"

Maria acconsente ma Vincenzo ha bisogno anche dell'approvazione del fidanzato.

"Posso?"

Gabri non si scompone, annuisce e si volta a guardare il campo da calcio.

Vincenzo stringe Maria e le sussurra che da quel momento in poi per lui sarà *come una figlia*.

"Che ci facciamo qui? Perché non siamo con la squadra?"

Gabri parla in tono duro, non ce l'ha con Vincenzo, un po' è la stanchezza dei giorni di viaggio e un po' la colpa è di Salvatore. Non potrà mentire a Tore e non ha idea di quale sarà la sua reazione.

"Maria non può stare con la squadra. Ci sono i giornalisti. Ci sono le tv locali. Non sempre, ma può capitare. E poi non tutti quelli che lavorano per il Catanzaro conoscono la verità."

Con un cenno della mano li invita a entrare.

Maria si guarda intorno con meraviglia, quel campo ha qualcosa che l'attrae. Le ricorda Cinisi. L'erba e la terra hanno lo stesso colore.

"Quelli che sanno sono in pochi. La dirigenza. L'allenatore. Abbiamo provveduto a ingaggiare dei medici fidati per lei. Esclusivamente per lei. Questa cosa non si deve sapere."

"Questo lo sappiamo già."

Vincenzo si ferma e indica lo spogliatoio. Poi si rivolge a Maria.

"Ogni mattina alle otto verrai qui. È necessario per metterti nella condizione di giocare novanti minuti."

"Quando?"

"Non le prime di campionato, Marì, mi dispiace. Domani firmerai il contratto, ma io e te dobbiamo iniziare subito ad allenarci. Più tardi verrà qui un medico di fiducia per visitarti. Ti farà domande personali, devi rispondere sinceramente."

"Quindi, oggi è il mio primo vero allenamento?"

Vincenzo vorrebbe abbracciarla un'altra volta, ma si limita a informarla che il camerino numero 6 è riservato a Mario Leone e a nessun altro.

"Dentro troverai le chiavi. Portale con te e non perderle. Io ne ho una copia. Presto avrai la casacca originale, ma al momento non ti manca altro. Ho fatto confezionare delle scarpe su misura per te. Su un lato troverai scritto l'iniziale del tuo cognome e il numero della divisa."

"Ellesedici" sussurra Gabri.

"Ti piace?" le chiede Vincenzo.

"Suona bene."

"Perfetto. Ti aspetto al campo."

✳✳✳

A casa si getta sul divano.

Maria non se l'è sentita di uscire a pranzo con Vincenzo. Ha preso un panino, bevuto una di quelle bibite che sanno di medicinali, e adesso Gabri sta tagliando mozzarella, insalata e pomodorini per farle mangiare qualcosa di fresco.

Le hanno dato anche una dieta e l'idea non le piace affatto. Oltretutto, Vincenzo le ha proibito la discoteca e il sesso prima di ogni partita.

Regole, cose che a casa Leone, a Cinisi, si facevano al momento, poche erano fisse.

"Andiamo al mare?"

"Non so se ne ho le forze."

Chiude gli occhi mentre ascolta la voce di Gabriele dirle qualcosa a proposito dell'acqua salata e si addormenta con quella sinfonia che piano, piano scema e sparisce nel buio dietro le sue palpebre.

Quando si sveglia, sono le cinque del pomeriggio.

L'appartamento non ha suono. Le tende trattengono la luce del sole, solamente una lama taglia la stanza mettendo in mostra la danza della polvere.

Poi si alza, scosta la tenda e dal lavandino del balcone si sciacqua la faccia. È un pomeriggio afoso. Qualcuno cerca di aprire la porta, la raggiungono due voci, e le riconosce entrambe.

Gabriele è tornato.

Quelli della Dirigenza le hanno stretto la mano.

Tre uomini in giacca e cravatta che odoravano di tabacco.

Gabriele era al suo fianco.

Poche parole. Un unico augurio.

Dai loro sguardi, Maria, ha capito che manterranno le distanze da lei. Nessuna donna ha mai giocato nel calcio che conta. E nessun uomo del calcio che conta oserebbe metterne una in campo. Lo sa.

E allora perché è lì?

Adesso che ha iniziato l'allenamento, Gabriele è andato via per incontrare suo fratello a Isola. Tornerà a prenderla in tempo per riportarla sul suo divano.

Vincenzo la fa correre un'ora e sinceramente sente che le forze la abbandonano. Glielo confida. Dopo poco, le dice che va bene così e le fa bere una bibita dolce.

"Ti tirerà su."

"Sono fiacca."

"I primi giorni sono i più duri. Devi resistere. Poi andrà meglio."

Il sorriso di Vincenzo ha il potere di rassicurarla, e non è unicamente per quel suo modo di accennare dell'apprezzamento o una rassicurazione, lui esprime la tenacia di qualcuno che rompe gli schemi.

Un uomo diverso da chiunque abbia mai incontrato.

A Cinisi aveva conosciuto il *ragazzo della radio* che parlava contro la mafia. L'aveva incontrato poche volte. In una di quelle, lei portava un pallone sottobraccio, lo aveva trovato contro il muro di un palazzo, sgonfio e con le toppe divelte. Lui le veniva incontro, camminando piano al centro della via sterrata.

Le disse che lei non aveva colpe se era nata come una *Leone*.

Poi Peppino aveva trovato il modo di gonfiarle quel pallone e l'aveva lasciata andare dicendole che anche nella vita reale, un giorno, avrebbe dovuto correre per vincere, e di non dimenticarlo mai.

"Dove hai imparato a dribblare?" le chiede Vincenzo, vedendola pensierosa.

"Non lo so. Lo immaginavo."

"Come? Come lo immaginavi?"

"Io… non lo so."

"Va bene, non importa. Quando sarai in campo sarà tutto diverso. Non è più come un tempo, prima c'era rispetto, ma nel calcio moderno spesso ci si insulta e i pestoni sono dolorosi."

"I *pestoni?*"

"Gli interventi da dietro. I falli. Quando il giocatore cerca di toglierti la palla ma invece del pallone prende i piedi o le gambe. Devi saperti difendere quando sarai laggiù", e le indica il campo verde, quello a fianco. Lì ancora non ci sono stati.

Vincenzo la vuole allenare sulla terra per renderle più facile il passaggio su un vero campo da calcio.

"Venerdì farai una partitella di allenamento con i tuoi compagni di squadra. Quel giorno non sarai Maria. Ci siamo intesi?"

Intesi.

"Hai paura?"

Scuote la testa. *No.*

Vincenzo la affronta con aria dura.

"Forse un po'."

"Se io fossi in te, avrei *tanta* paura."

"Ne avrò quanto ne basta il giorno del mio esordio."

“Faremo in modo che per quel giorno sarai pronta a tutto.”

Gabriele vuole sapere come è andata, però Maria gli chiede subito di Salvatore.
“Gli hai detto la verità?”
“Non potevo mentirgli.”
“Perché?”
“Marì, stiamo parlando di *Tore*. Si vede che ancora non hai capito.”
“Ho capito benissimo, scusami. Che ti ha risposto?”
“Che siamo due pazzi. Che ti ho cacciata in un bel guaio.”
“Bel conforto.”
Gabri ridacchia mentre svolta per dirigersi al mare.
“Non andiamo a casa? Sono stanchissima.”
“Ma non lo sai che chi dorme non piglia pesci?” le dice.
“Non ho il costume.”
“Presto sarai ricca, puoi permettertelo.”
“Anche prima, stupido. Non è mica una casa, un costume!”
“Lo compri anche a me?”
“Solo se lo posso scegliere io.”
“Come desidera, signorina Leone.”

Il mare sembra fatto di scintilla bianche, le trasmette pace.
Seduti sulla riva fissano l’orizzonte bagnando i piedi nella risacca che scende e sale, mentre gruppi di turisti e famiglie si ritirano al lido per evitare il caldo di quelle ore.
“Sei contento di essere qui?”
“Lo sai, Marì. La Calabria è la mia terra.”
“Non azzardarti a lavorare per tuo fratello.”
“Che ci sarebbe di male?”
“Me lo hai detto tu che divento ricca… bastano per entrambi.”
“Qualcosa la devo fare pure io.”
“Lo sai cosa devi fare.”
“Cosa? Cosa devo fare?”
“Starmi vicino. Non sono pronta per tutto questo.”
“Non ti lascerò sola. È una promessa.”

Corre. Le dice di diminuire e, quando fischia, di aumentare finché non sente un altro suono.

Va bene. Ci prova.

Fischia.

Tira i muscoli al massimo dando quello che può. Impreca tra sé e il secondo fischio la solleva. Rallenta. Vira. Con la testa china, segue la linea bianca che delimita il campo. Sassi. Terra. Polvere. Lo sforzo è snervante ma hanno tutti fiducia in lei e domani ha la partitella di allenamento.

C'è ancora tempo per il campionato: venti giorni. La trasferta contro la Salernitana. Non giocherà.

Vincenzo le continua a ripetere che non è pronta e, anche se odia ammetterlo, gli crede. Lo capisce perché fatica a fare un'ora di corsa. L'afa non aiuta.

Il sole cade sulla terra con pesantezza.

Fischia. Corre. I muscoli si tirano. Poi Vincenzo le dice che si può fermare. Lei al piccolo trotto si ferma dopo alcuni metri.

"Facciamo stretching."

Le passa un asciugamano.

"Ho sete."

"Prendi." Da uno zaino preleva una bevanda analcolica.

"Voglio l'acqua."

"Dopo. Bevi questa."

Sbuffa e si sforza di seguire le indicazioni di Vincenzo. Le ha passato anche delle barrette energetiche e vuole che segua la dieta con regolarità.

Non gli ha detto che ieri, lei e Gabri, hanno acquistato gli alimenti per la sua dieta. Si è stupita nell'apprendere che il pane e i prodotti da forno sono indicati una volta alla settimana e che dovrà bere diversi litri di latte. Latte, uova, riso, pasta e verdure verdi che mangiava unicamente a Cinisi. Broccoli, asparagi e quant'altro. Insalata ogni giorno.

Gena ha guardato la sua dieta con un'espressione contrariata, lei che voleva regalare a loro una cassa di passata di pomodoro fatta in casa.

Vincenzo le ha detto che la *pasta bianca* indebolisce l'intestino, lo gonfia e, se mangiata in eccesso, rende apatici.

Strane teorie. Non lo sa se è vero, però ogni giorno che passa con lui impara qualcosa.

La scuola l'annoiava, se non l'avessero costretta ad andare in un collegio di suore, avrebbe continuato a stare a casa, pensare soltanto al pallone o a camminare per le cascine di Sedriano.

Con Vincenzo è diverso.

Lui le parla con amore, è paziente. È lì per lei. Non le ha mai fatto toccare un pallone in quei giorni, ma si ricorda ancora come si fa.

"Dobbiamo mettere su più muscoli, Marì. Prendi i pesi, quelli lì, e fai questi piegamenti. Dieci in avanti e poi dieci torni indietro. Ti fermi, fai un respiro e poi riparti. Dieci in avanti e dieci per tornare indietro. E di nuovo dopo un bel respiro."

Gena ha preparato per cena un'abbuffata di pesce misto. Fritto. Al forno. Con gli spaghetti.

Maria, però, ha troppa fame. All'inizio la stanchezza non la faceva mangiare ma adesso il corpo le chiede di più. Per non farsi tentare da tanto cibo, prendono i tranci di pesce al forno e lo portano nella loro culla che è casa Arcuri.

Gabri mette a bollire il riso che mangeranno con l'insalata.

Maria vorrebbe riempire il buco che sente nello stomaco con un pezzo di pane. Lo guarda, lì, fermo nella cesta. Gabri se ne accorge e lo copre con un pezzo di stoffa.

"Lo sai."

"Accidenti alla dieta."

"Accidenti? Da quando dici *accidenti*?"

"Colpa di Vincè. Quando è in ritardo o manca una chiamata dice *accidenti*."

"Questi del nord. Non ti abituare troppo."

La sera è stellata, dal balcone si vede uno squarcio di cielo. Il mare si confonde con l'universo, e una luna sottile come la lama di una spada gli si riflette sopra come un sorriso.

Portano delle sedie sul balcone e lì si siedono per catturare una soffice corrente di aria fresca che spira piano, smuovendo anche le fronde degli alberi stesi lungo il corso che porta al parcheggio.

Non devono per forza parlare.

Ogni tanto Gabri la guarda sollevando l'angolo sinistro del labbro. Quando di nuovo toglie lo sguardo, Maria lo fissa.

Giocano così, nel silenzio, sapendo che l'amore non ha bisogno di molte parole, certe volte bastano i respiri. E il respiro è vita.

71

La fascia le stringe il seno, tanto da farle male. Lo stilista le ha detto che dovrà abituarsi. Le consiglia di portarla anche di giorno, però lei non ne vuole proprio sapere di soffocare così il petto. Ormai ha una terza, e nonna Madia le ha confessato che potrebbe crescerle ancora. Se fosse vero, sarebbe un guaio, nemmeno loro riuscirebbero a *nasconderlo*.

Si infila la maglia, le scarpe da allenamento (che non sono quelle con la targa L16) ed esce per ultima dal camerino. Non possono riservarle uno spogliatoio, qualcuno potrebbe insospettirsi.

Il giovane Mario Leone era conosciuto.

I ragazzi della sua età sono stati messi al corrente che non è lo stesso Mario Leone di Simeri Cricchi. Ma Maria di tutte queste cose non sa nulla, Vincenzo le dice spesso che lei si deve soltanto preoccupare di allenarsi e *seguire* la dieta.

I baffetti proprio non le piacciono, le fanno prurito e teme che se starnutisse forte, potrebbero saltare via.

E poi le hanno accorciato i capelli per darle un'aria da *maschiaccio*.

Le hanno anche sconsigliato di guardarsi allo specchio o di passare del tempo a rimirarsi, per evitare che si faccia prendere dallo sconforto. Dato che non era convinta che ci sarebbe riuscita, Vincenzo le aveva detto che non si doveva preoccupare del *look*, che lei doveva pensare a giocare, fare quello che le riusciva meglio: *calciare come un uomo*.

Gabri le accarezza il viso. Maria sa che una parte di lui è sofferente, un compromesso che hanno accettato entrambi nella speranza di un futuro migliore.

Vincenzo è serio, tirato, ha chiesto una sigaretta a Gabriele e la fuma come se fosse l'ultimo piacere concessogli in vita.

L'allenatore le fa un cenno e con due parole le spiega che starà dietro le punte.

Maria annuisce, seria, anche se Vincenzo le ha già spiegato tutto.

Te lo ripeto per sicurezza, ho fatto delle modifiche, si giustifica l'allenatore.

Entra in campo.

I ragazzi la notano, tra di loro sussurrano. Quello che vedono è un uomo effemminato di bassa statura.

Maria pensa sia imbarazzante dover subire quegli sguardi.

Quando si posiziona, un tipo con i baffetti le fa l'occhiolino. Vincenzo le ha riferito che puntano molto su *baffetti*, come lo chiama lei, e poi è uno che fa goal anche dai calci d'angolo.

Arriva il fischio di inizio e, d'istinto, Maria osserva Gabriele a bordocampo fumarsi una delle sue mille sigarette, attento, sempre rivolto a lei.

Quel suo sguardo le dà conforto.

La verità è che in campo è sola.

Vincenzo glielo ha fatto capire più di una volta: deve imparare a proteggersi, e per imparare non ha altra possibilità che prendere i *pestoni*.

Alla prima occasione stoppa la palla di petto, le fa male e sa che dovrà abituarsi. Chiederà se la prossima volta possono *stringergliela* di meno, perché così la pressione è insopportabile.

Suda.

Mette a terra la sfera e si gira. Veloce. Sente i passi degli avversari strusciare sull'erba, le vanno in contro con decisione. Allora lei avanza, e quando vedono che punta la porta qualcuno cerca di strattonarla.

Maria passa la palla sulla fascia correndo al centro del campo per ricevere un'eventuale ribattuta.

L'azione, però, fallisce.

Gli altri ripartono.

Alla fine del primo tempo, Vincenzo le ripete la solita solfa delle sfide importanti, perché quella è *soltanto* una partitella tra compagni e non deve pensare che sia come in campionato.

Maria cerca di comunicargli che ha capito, che le serve più *tempo* per sbloccarsi.

Così Vincenzo si calma e Gabriele lo invita a fumarsi un'altra sigaretta.

Si riprende.

Maria sorseggia una bibita e poi si posiziona in campo.

Questa volta l'allenatore pretende che dia più *spinta* alle fasce.

Non sa cosa voglia dire, annuisce e poi guarda Vincenzo con una nota di rimprovero negli occhi.

Siamo in parità.

Il ragazzo con i *baffettoni* non è male, lo deve ammettere, ha segnato due goal con tiri precisi agli angoli della porta.

Lei non è riuscita a fare un tiro, e poi c'è quel portiere che sorride sempre e ha proprio voglia di farlo smettere.

Adesso la cercano, è la sua occasione.

Contropiede.

Le arriva la palla, rasoterra. Non ci pensa a fermarsi, quando tocca il piede destro se la allunga in avanti sbilanciando il difensore. Non lo può vedere ma Vincenzo ha battuto le mani facendo cadere la sigaretta dalla bocca.

Un altro difensore scende sul lato per rubarle palla, soltanto che Maria ha deciso di dare tutto il proprio fiato per quell'unica azione.

Raggiunge la sfera e la schiaccia sotto il piede, ruota su sé stessa e sfugge al secondo difensore.

È troppo defilata, non è certa di riuscire a segnare da lì. Alza lo sguardo e mette un cross in mezzo all'aria, c'è ancora quel ragazzo, Cosimo, deve essere migliorato perché la colpisce di testa e spiazza il portiere.

Vantaggio.

I ragazzi li applaudono e anche il mister batte le mani per complimentarsi con loro.

72

Domenica si esce presto la mattina.

Don Ambrosio celebra la massa alle otto in punto e poi alle undici.

Maria non è riuscita a dormire, così si è alzata, ha preparato il caffè ed è filata dietro la coda di piccole donne vestite di nero che procedevano per presenziare alla santa funzione.

Tra loro c'è Gena, che la saluta da lontano intenta a sostenere la madre che cammina male dalla parte sinistra.

Non è convinta del motivo che l'ha spinta ad avviarsi alla chiesa principale di Vitrusi, in qualche modo ne ha bisogno, perché le paure non se ne vanno via da sole, ci vuole una mano per superarle. Non può buttare l'ansia che prova sulle spalle di Gabriele, e nemmeno chiedere a sé stessa di essere così coraggiosa da fronteggiare con forza qualsiasi situazione. Ha avuto poco tempo per capire che cosa le succede dentro. Se non è al campo, sta con Gabriele, e se lui non c'è, allora dorme. Dorme su quel divano che odora di polvere con il viso rivolto al balcone, per guardare il cielo. Lo fissa per due minuti e poi, *bum*, cade nel mondo dei sogni.

Le fanno male le gambe, non come all'inizio però. Il piede destro questa mattina le dà fastidio.

Verso le dieci andrà al campo per continuare l'allenamento, oggi sarà diverso, si inizia tardi e forse lavoreranno sugli schemi.

La partita di allenamento le ha fatto capire che del calcio lei non ci capisce molto.

All'interno della chiesa, i passi dei fedeli rimbombano sulle pareti umide che odorano di intonaco e sabbia bagnata. Guarda in alto, dove ci sono gli affreschi e si lascia inebriare dalla maestosità della costruzione.

Alta. Imponente.

A Cinisi la chiesa era piccola e sapeva di incenso. Qui l'incenso arriva più avanti: quando giunge al centro della via, si vede costretta a prendere posto accanto a una signora che ha già visto, una di quelle che abita i vicoli e talvolta, con Gabri, ha incrociato seduta davanti alla porta di casa a recitare il rosario a bassa voce.

Sopra l'altare c'è una grande croce senza Gesù. Le comari in prima fila cantano con le mani premute sul grembo e gli occhi rivolti all'altare.

Maria si fa il segno della croce mentre si siede. La signora al fianco le mostra un piccolo sorriso di benvenuto. Anche lei è piccola, la donna più minuta che abbia mai conosciuto.

C'è qualcosa di surreale in quel posto.

La gente cammina piano, a testa bassa, in segno di massimo rispetto. Non sa se sono vere le storie del Natale e della Pasqua; non sa se Gesù sia veramente il figlio di Dio come dicono o è solamente una favola per far sperare in una vita migliore dopo la morte. Quello che sa di certo, è che il motivo per cui è lì non ha a che fare con la storia dei cristiani, ma unicamente con Dio.

Dio non lo conosce.

Una volta nonno Antonio le ha detto che Dio le persone lo cercano in chiesa ma se Lui esistesse davvero, allora, starebbe *dappertutto*.

Lei non riesce a vederlo *dappertutto*, seppur attraverso il canto delle donne più avanti, attraverso la signora al suo fianco e tutte quelle teste abbassate, è come se lo intuisse, come se loro insieme riuscissero a trasmetterle la Sua presenza.

Nonno non approverebbe. Nemmeno nonno Amabile. Chi ha fatto la guerra non crede in Dio.

Chiude gli occhi e si chiede perché è lì; perché ha lasciato tutto per inseguire il sogno di un altro; perché non ha saputo andare avanti con la vecchia vita?

Perché?

Non lo chiede a sé stessa, lo chiede a Dio.

Se c'è qualcosa che può darle una risposta certa, crede sia Lui.

Ma Lui non c'è.

Si è solo illusa e se ne rende conto dopo poco.

Nonno aveva ragione.

Quando la messa inizia, lei esce, andando contro corrente, sbattendo la spalla di un signore e finendo tra le braccia di un altro.

"Mi scusi."

È che all'improvviso sente la necessità di piangere. Delle volte va così, non sa perché. Sarà stata la croce, il brusio delle donne davanti o quell'aria pacata della gente che cerca conforto, le viene su dallo stomaco e provoca lacrime.

All'aperto, con il sole che le si stampa sulla fronte, non ha più voglia di piangere.

Nonna Madia una volta le ha detto che alle donne succede di dover piangere all'improvviso.

"Se sei da sola, non frenarle."

Prova a sorride. Ci riesce. Poi si siede sulle gradinate della chiesa e ascolta la messa da lì, in silenzio, imbarazzata dai passanti che la osservano con interesse.

✳✳✳

Vincenzo ha una brutta cera.

"Forse non ho digerito bene il pasto di ieri sera" si giustifica quando Gabri gli fa notare che è pallido e ha il retro della camicia bagnata.

Maria intanto va a cambiarsi.

"Si capisce che menti, ormai ti conosco. Ti dirò la verità, tu mi piaci, ma non mi fido."

Gabri accende una sigaretta e gliela passa.

"No, grazie. Starei ancora più male."

"Ci si fida di uno che ti dà delle risposte sincere."

"Ti sbagli, Gabriele. Meglio non fidarsi di nessuno. Ma non ti preoccupare, Maria per me è come una figlia, non permetterò che le succeda nulla di grave."

Si avviano al campo di terra e lì Vincenzo prende posto in panchina, all'ombra.

"Maria è in gamba."

"Ma non migliora, vero?"

Scuote la testa appoggiandosi coi gomiti sulle ginocchia.

"La capisco. Essere sbattuta all'improvviso nel calcio che conta, tra uomini che si allenano da quando sono ragazzini, non sarebbe facile per nessuno. Pensavo che sarebbe stata pronta per la seconda di campionato, ma temo che le ci vorrà più di un mese."

"Da come ne parlavi, pensavo peggio."

"Nel mio lavoro sono il migliore. Non lo dico per pura vanteria, me lo riconoscono. Sono stato sulla cresta dell'onda per venti anni, finché non è accaduta quella cosa che sappiamo. E adesso sono qui. Maria non deve riscattare nulla, io ho fatto la mia parte per questo sport. Quando la osservo penso che farla giocare ne valga la pena. Lei è un talento strepitoso.

"L'altra notte ho sognato che giocava a fianco di Maradona" ammette.

Gabriele scuote la testa, infastidito.

"Ma lo sappiamo entrambi che è pura fantasia. Quanto potrà andare avanti questa messa in scena? Un anno? Due?"

"Io proprio non lo so. Di sicuro non arriverà mai a giocare in serie A."

"Ma almeno in serie A ci porterà il Catanzaro."

"È quello che ci auguriamo tutti."

"Come va con tua moglie?"

Vincenzo porta le mani dietro la nuca. Dopo un profondo respiro, gli risponde: "Tu sai dove colpire, eh?"

"Me lo ha insegnato mia madre. Dice che le donne sono la disperazione dell'uomo."

"Dice bene, la Signora. Dice proprio bene."

***

Lei si è addormentata sul divano, è lì sopra dalle quattro del pomeriggio e adesso è sera.

Gabri è stato da Gena per vedere il telegiornale, fare una partita a carte, passare il tempo. Quando rientra, punzecchia Maria per svegliarla. Lei mugugna e si gira dall'altra parte.

"Sveglia, dormigliona."

"Lasciami stare" protesta, coprendosi la testa con le braccia.

Gabri trova uno spazio e si siede accanto alla schiena di Maria, che è nuda per il forte calore del giorno. Con due dita le tocca la pelle, le fa scivolare fino all'attaccatura dei capelli. Lei protesta.

"Non fare la bambina. Su, svegliati che andiamo."

A quel punto Maria solleva la testa e lo scruta con un occhio aperto.

"C'è una bella serata al lido."

Tace, respira piano. Prova ad aprire l'altro occhio ma non ha la forza per farlo, è come se avesse dei grumi incastrati sotto la palpebra.

"Invece vieni" le risponde, intuendo i suoi pensieri.

Con uno scatto, Maria, affonda la testa nel divano, muovendola in segno di dissenso.

"Ho capito" dice alzandosi, "ti va di fare i capricci. Allora facciamo così. Io vado e mi diverto, e tu dormi. Lo sai come finirà, eh Marì?"

"No" gli risponde.

"Che ti svegli nel cuore della notte quando io torno. Così poi sono io che dormo e tu non sai che fare in piedi da sola."

Maria sbuffa. Quando si gira sorride, uno di quei sorrisi lievi, che significano: va bene, mi hai convinta ma mi scoccia.

"Viene anche Alfredo."

Apre anche l'altro occhio per osservare meglio l'incertezza di Gabriele.

"Ha preso un tavolo con gli amici di Catanzaro."

Si alza sul busto lentamente e dice: "Sono come lui?"

"Sì. Ti assicuro che ti divertirai. Lo vedo come sei tirata, hai bisogno di sfogarti. È la serata giusta."

"Ma domani…"

"Non facciamo tardi. E poi hai dormito tutto il pomeriggio, un paio d'ore fuori non ti faranno male."

Maria si veste, passandosi il rossetto sulle labbra come gli ha insegnato Grazia, e si fa la treccia dietro. Allo specchio nota che il suo viso è meno rotondo, gli allenamenti la stanno definendo. Le gambe messe in mostra da un jeans cortissimo sono sode, la fanno apparire più alta.

Quando arrivano al Lido è mezzanotte e la musica si sente a un chilometro di distanza.

Scendono dalla macchina e vengono raggiunti dalle grida di felicità di Alfredo che corre sbracciandosi nella loro direzione.

"A te ti ho già salutato" scherza con Gabri, puntando Maria. Con un abbraccio la solleva e la fa ruotare come una ballerina.

"Che bello vederti. Come stai?"

"Bene."

"Ma sì, si vede. Sei in formissima. Sei splendida. Ancora più gnocca di prima. Dai, venite, vi presento gli altri."

Al tavolo *gli altri* sono Zero, Tim (che è inglese), Rocco e Mattia. Ragazzi alti, palestrati, con camicie estive e jeans stracciati all'altezza delle ginocchia. Bei visi. Tim ha la carnagione più chiara, le guance quando beve gli diventano rosse e spuntano piccole lentiggini intorno al naso.

"Lui da quanto è qui?" chiede Maria ad Alfredo, indicando Tim che poco dopo capisce e le risponde: "Una settimana."

"Ma allora lo capisci l'italiano?"

Ride alzando la coppa di birra e scuote la testa in segno negativo.

"Capisce quanto basta, fidati di me" l'avvisa Alfredo. "Insegna in una scuola famosa inglese. Ehi, Tim, dove insegni? Teachers. School. Learning."

"Oxford."

Maria però non sa che vuol dire Oxford. Gabri vede l'espressione della sua fidanzata e la deride.

"Nemmeno tu lo sai, non fare così."

"Nessuno di noi lo sapeva prima di conoscere Tim" interviene Zero, con il suo accento napoletano. "Pensavo fosse una medicina quando me l'ha detto."

Gli altri ridono e Maria li imita anche se non è riuscita a cogliere l'ironia della sua battuta. A lei, *Oxford*, sembra più la marca di un'automobile.

"Come lo avete conosciuto?" chiede Gabri.

"A una delle nostre serate. Devo aggiungere altro?" Alfredo gli fa l'occhiolino. "A proposito, non mi avete ancora detto che ci fate qui."

Gabri e Maria si guardano e poi scoppiano a ridere.

"Ah, bene. Allora la cosa è più grave del previsto."

"Gravissima, Alfi", ma Gabri ancora ride e con una mano si copre la bocca.

"Questi due sono innamorati, lasciali stare" li difende Zero. "Piuttosto, avete voglia di un po' di bollicine?"

"Sì" risponde Maria.

Zero richiama il cameriere.

Quando quello arriva, gli ordina dello champagne. Vuole festeggiare. Non sa perché ma quei due ragazzi gli piacciono. Sono carini insieme.

"Prima ci sbronziamo per bene, e poi tutti in pista" grida Alfredo, pungolando con un dito il fianco di Tim.

73

Quando apre gli occhi, sa già di essere in ritardo.

Gabri ronfa, non è di aiuto. Una parte di lei vorrebbe inveire, però l'immagine di Alfredo che resta in mutande in mezzo alla pista le solleva un sorriso.

La sua breve risata sveglia Gabri.

"Quanto tardi è?"

"Molto tardi."

"Dio santo, quello ci ammazza."

Vincenzo è seduto in panchina, li guarda in silenzio mentre si avvicinano, indeciso se arrabbiarsi o passarci sopra. Le dita grattano i pantaloni. Spera che Gabriele almeno abbia portato più di un pacchetto di sigarette.

"Mi spiace, Vincè."

Lui si alza in silenzio, sospira e non prova nemmeno a sorridere.

"È bello rivedervi, ragazzi. Maria vai a cambiarti. Quando sei pronta fai dieci giri di campo e poi vieni alla porta."

Lei annuisce e, senza aggiungere altro, si dirige allo spogliatoio.

"Tutto bene, Vincè?"

"Poche cose vanno bene nella vita, ma ringrazio sempre il cielo perché comunque sono fortunato più di altri. Senti un po', lo so che avete sgarrato ieri sera, lo capisco, siete giovani, però, Gabri, guardami." Gli occhi di entrambi si incontrano. "Quello che stiamo facendo è importante, non scordatevelo mai. E puoi fidarti di me che ci sarà tempo per divertirsi. E quando verrà quel tempo, vi assicuro che sarà grandioso. Io ne so qualcosa."

"Ci dispiace."

"Lo so, ma non voglio arrabbiarmi, ho già troppo nervoso dentro per avercela anche con voi. Io vi voglio bene. Ve lo giuro. Però sono contento, forse a Maria le ha fatto anche bene. Ma sappi che ogni eccesso che le fai fare, è un giorno di allenamento sprecato."

"Lei ieri sera era felice."

"È un'ottima cosa."

"Le vuoi?"

"Sì. Non aspettavo altro."

Maria ha il fiatone già al sesto giro ma per non turbare l'agitazione di Vincenzo resiste alla fatica.

Poi corre verso la porta.

"Oggi imparerai a colpire di testa."

Uno dei suoi punti deboli e Vincenzo lo sa, ne hanno già parlato.

Quando iniziano l'allenamento, si accorge che Gabri ridacchia a bordocampo, cercando di nascondere l'ilarità fumando una sigaretta dopo l'altra. Anche se sono entrambi stanchi per il peso di quello che presto dovranno affrontare, è contenta per lo scorcio di vita che stanno passando insieme. Pensa che forse le cose meno facili sono quelle che alla fine ti danno di più. Non lo sa con certezza, però con gli anni si è fatta questa idea. Lei da piccola non sapeva cosa significasse avere un futuro, un lavoro, una famiglia, il suo mondo erano Cinisi, nonno Antonio e Mariuccia.

Ci sono dei momenti che non dimenticherà mai. Le sovviene l'immagine di nonno Antonio che la mette sulle gambe mentre gli anziani prendono posto sulla lunga tavola imbandita dalle prelibatezze di Mariuccia. Certe volte vorrebbe che il mondo si fermasse a quei momenti, poter decidere quando mandarli avanti per evitare quelli dolorosi. Solo che sarebbe come tradire sé stessi, perché si è tutti i momenti che si sono vissuti, non soltanto quelli più belli.

***

21 settembre 1986. Prima partita di campionato. Serie C.
Salernitana 1
Catanzaro 0

74

"Forse è ora di conoscerlo."

"A chi ti riferisci, Marì?"

"Lo sai a chi."

"Non credo sia il caso."

"Sono venuta per lui, è il minimo."

"Non sei venuta per lui. Chiudiamo il discorso."

"Perché quando parliamo di Mario Leone, sia te che Vincenzo vi innervosite?"

"Un giorno lo conoscerai. Quando ce ne sarà l'opportunità."

"Non vi capisco."

"Certe volte le persone non sono come ce le immaginiamo."

"Perché? Che cosa ha di strano Mario Leone?"

"È un ragazzino paralizzato."

"Lo so da me che è un ragazzino paralizzato, ti ho chiesto che cosa ha di così strano."

"Diciamo che non ha senso dell'umorismo."

"Nemmeno io in questo momento. Mi fate venire i nervi."

"Adesso stai tranquilla, ti prometto che lo incontrerai. Abbi fiducia."

"Mi chiedo come riesca ad accettare il fatto che sia una donna a portare il suo nome, la maglia che gli spettava."

"Se lo vuoi sapere, Marì, ti basta guardare l'espressione di Vincenzo da quando siamo tornati."

"Pensavo che fosse per le pressioni della Dirigenza e di sua moglie."

"In parte è vero quello che dici, ma dietro tutto c'è quel ragazzino: Mario."

"E tu come lo sai?"

"Vincè parla meglio quando fuma."

"Lo sai che dovresti smettere, vero? Gli attacchi anche il vizio, adesso?"

"Smetterò… quando staremo tutti più tranquilli."

75

Dietro l'oratorio di Vitrusi c'è un punto in cui si vede buona parte della costa Ionica. Soverato. Catanzaro. Isola. Sellia Marina.

Maria è affacciata a una terrazza con Vincenzo e Gabriele al suo fianco. Alcuni ragazzi giocano nel campetto a cinque sollevando polvere e grida. Non è andata bene come prima di campionato, ma non ne parlano. Sono bastati gli sguardi della Dirigenza seduti in tribuna affianco a loro, per capire l'aria che tirava al Club.

"Allora non ci dici come mai siamo qui?" gli chiede Gabriele.

Vincenzo si stacca dalla ringhiera e osserva dall'alto i ragazzi giocare nel piccolo campetto recintato, lo hanno chiuso per evitare che il pallone scivoli lungo la montagna.

Undici del mattino.

"Che ne dite di una partitella?" chiede. Guarda i loro volti perplessi e sorride. "Che ne pensi Gabriele?"

Il ragazzo alza le spalle e risponde: "Se giochi pure tu, ci sto."

"Maria?"

"Sono con voi."

Vincenzo parla con i ragazzi e insieme formano due squadre da cinque giocatori l'una. Don Ambrosio non c'è, un paio di suore hanno allungato gli occhi per vedere la ragazza che si è posizionata a centrocampo. I sette sono tutti di Vitrusi, ragazzi tra i quattordici e i sedici anni, vivaci e in buona forma.

Gabriele si è messo in porta, dichiarando di non avere fiato.

"Smetti di fumare" lo redarguisce bonariamente Vincenzo.

Poi si inizia.

I ragazzi non badano a una donna in campo, come tocca palla le vanno subito addosso. Lei ne evita uno ma il secondo gliela porta via.

"Hai capito perché ti ho portato qui adesso?" le domanda Vincenzo.

Quei giovani non hanno pregiudizi, le toglieranno la palla a costo di farle male. È quello che si deve aspettare quando scenderà in campo in uno stadio, e sarà *un uomo* agli occhi degli avversari, non le faranno alcuno sconto.

Vincenzo ci riprova. Le passa la palla e lei cerca di divincolarsi da un quattordicenne che le va incontro con foga.

Perde palla. Esce di lato.

"Avanti, Marì. Batti il fallo laterale. Passala qui" le suggerisce Vincenzo, ridendo.

I ragazzi corrono lungo il piccolo campo disordinatamente, si lanciano il pallone con precisione e tirano da ogni angolazione, desiderosi di fare goal.

Quando finisce la partita, dopo mezz'ora, lei è riuscita a fare un unico tiro in porta, senza segnare.

"Time out, ragazzi. Time out" li informa Vincenzo.

I tre si siedono a una panchina mentre quelli ancora giocano.

Gabri accavalla le gambe e si accende una sigaretta.

Maria e Vincenzo si asciugano la fronte dal sudore con una pezza. Non fa molto caldo, il cielo è coperto ma ci sono comunque ventotto gradi.

"Non mi hanno dato il tempo di fare niente" protesta Maria. "Sembrano persino più bravi dei miei compagni di squadra."

"Non lo sono. È una tua idea. Loro non hanno schemi. Danno tutto perché sono giovani e possono farlo. Corrono da una parte all'altra con la sola idea in testa di segnare. Non gliene frega niente di difendere, capisci cosa voglio dire?"

"No."

"Il tuo compito è quello di mandare a rete Palanca, nessuno ti chiede di fare altro. Quello è il tuo obiettivo. Sii come loro, anzi meglio di loro. Avrai un *tuo* posto in una zona precisa del campo. E tutto quel tratto, Marì, sarà tuo. Difendilo. Usalo per arrivare in porta. Sii spregiudicata come quei ragazzi. Guardali."

Quelli corrono e si insultano per le azioni mancate o un passaggio negato. Giocano per sé stessi. Quando segnano, imitano le gesta dei grandi campioni, saltando o correndo lungo il bordocampo.

"Domani verremo qui e li sfideremo di nuovo."

"Ma adesso che facciamo?"

"Mangiamo. Poi scendiamo in Marina a piedi."

"Non ci penso proprio" protesta Gabri. "Sono sette chilometri."

"Non tu, ci precederai in macchina."

"E che facciamo in Marina?" chiede Maria.

"Continuiamo l'allenamento, ma sulla spiaggia."

***

Gabriele si sdraia sotto l'ombrellone di mamma indossando occhiali da sole. Ascolta le indicazioni di Vincenzo che istiga Maria a correre con l'acqua che le arriva al bacino. Non sa di preciso quanto tempo sia passato, però di sicuro lui si sarebbe stancato da un pezzo.

Vincenzo ha cambiato registro, ha capito che per sbloccare Maria le deve far rivivere quello che più ama: giocare in armonia e ritrovare l'acqua. Ogni tanto sbircia, per vedere la sua espressione.

Lei sembra felice.

Vincenzo a tratti le lancia la palla e vuole che la colpisca al volo con una rovesciata. Non è un vero allenamento, ed è buffo perché ora Gabriele finalmente comprende la vera specialità di Vincenzo. Prima erano soltanto parole. Però Vincenzo capisce veramente le persone, e riesce a tirare fuori il meglio dai talenti.

"Sono stanco, Marì. Ma tu non ti fermare. Esci dall'acqua e corri fino all'ultimo lido e poi torna qui, che ci riposiamo insieme."

Lei dice qualcosa e poi parte al galoppo. I suoi capelli neri, selvaggi, si frantumano al vento assorbendo la salsedine. Le sue gambe sfrecciano, lisce e compatte, nello spazio-tempo. Adesso gli occhi le brillano e il cuore un po' ha ritrovato la pace.

***

28 settembre 1986
Catanzaro   1
Foggia   2

76

Lui è di là, nella propria stanza. La porta è socchiusa e l'ombra e la luce che filtra da una finestra dell'interno mettono in mostra metà del suo profilo, seduto con la testa reclinata verso il petto. Muove la bocca in un arcigno slittamento delle labbra per lanciare maledizioni, sfogare la propria rabbia.

Nell'ultimo periodo è peggiorato, e lo sa che non deve essere facile. È *soltanto* un ragazzo. La vede bene quella bocca, che è pura oscurità, muoversi, sbavare, tendere le mascelle fino a fargli scricchiolare le ossa. Se non fosse per la luce, direbbe che quella stanza è l'oblio dei dannati.

Perché lui è sicuramente un *dannato*.

Di storie come la sua ne ha sentite poche, ma ci sono, esistono. Qualcuno si rassegna, altri lottano anche se perderanno. Ecco, il ragazzo che aveva scelto la seconda via fino a un mese prima, aveva poi deciso che la sua vita non valeva più niente.

Esplode dalle labbra parole che nessun essere umano vorrebbe udire.

Sara è uscita di casa perché ormai non lo regge, così Vincenzo lo subisce in silenzio per entrambi.

Adesso Mario agita la mano destra sul bracciolo, facendo rumore, forse lo romperà di nuovo, cose che costano ma non importa, lo ripareranno un'altra volta. La sua voce è una tempesta, ormai dura da un'ora. Quando si fermerà, stanco e senza fiato, sarà come il silenzio dopo il passaggio di un maremoto.

Una quiete di ghiaccio dal sapore della desolazione.

Vincenzo ha imparato che ci sono diversi tipi di silenzio. C'è il silenzio della natura e quello della civiltà nei paesi, di notte, quando tutti dormono. Qualcuno scrisse che esistono infiniti più piccoli e infiniti più grandi. Vale anche per il silenzio secondo lui, alcuni sono pieni, molto più spaventosi e vasti di altri.

Sospira. Attende.

Ha cercato di calmarlo, ma lui ha iniziato a sbavare con gli occhi rossi che sembravano voler piangere lacrime di sangue.

Se soltanto fosse stato in grado di muovere quel corpicino adesso di pietra grezza, con quell'ira sarebbe stato capace di uccidere qualcuno.

Non c'è argomento che possa sollevarlo.

All'inizio le parole funzionavano, gli incoraggiamenti pure, tuttavia col tempo lui aveva preso sempre più coscienza della propria inutilità.

Un destino avverso.

Vincenzo ha smesso di credere in Dio a causa di quel ragazzo, perché davvero *l'Altissimo* non può aver permesso all'uomo di provare sofferenze tanto estreme. E quando è così, quel dolore è capace di tirare fuori in un uomo la furia dei demoni.

Poi il silenzio piomba senza preavviso. Gli ci vogliono alcuni secondi per realizzare che è finita... *per il momento.*

Si avvicina alla stanza con un bicchiere di acqua in mano, apre la porta lentamente e osserva il ragazzo messo di profilo. Il petto si muove a un ritmo concitato. Il viso rosso fuoco, le guance piegate da lacrime silenti. Non chiede, allunga il bicchiere per farlo bere e quello, con l'unico arto ancora funzionante, lo getta a terra.

Il bicchiere rotola sul marmo, svuotandosi. Vincenzo lo guarda e pensa che gli stia mostrando proprio come lui si sente: a terra, svuotato di tutto.

77

19 ottobre 1986. Stadio Italia.

I compagni hanno lasciato lo spogliatoio da pochi minuti.

Maria è rimasta fuori ad aspettarli, l'hanno acconciata da uomo in un furgone nero e poi Vincenzo l'ha scortata con Renato Cerra (uno dei medici incaricati di seguire la ragazza), fino all'imbocco del tunnel, sotto il suono assordante della tifoseria che scuote gli spalti.

Il mister le si avvicina, è infastidito, non ha il controllo sul *falso giocatore*, le sballa gli schemi, non sa mai fino a che punto può fidarsi. Un conto è il talento e un altro è scendere in un campo di professionisti. Lì non si scherza.

"Hai capito?" le chiede, notando che fissa imbambolata i compagni di squadra passarle accanto e prendere posto in campo.

Là fuori, oltre il tunnel degli spogliatoi, giornalisti scattano foto a ripetizione, e le voci chiassose dei tifosi intonano cori di sostegno.

Vincenzo viene in suo soccorso, scambia due parole con il mister e, quando lui se ne va, lanciandole un'occhiataccia, le dice che *ormai* è pronta, è il *suo* momento.

Maria scuote la testa, vorrebbe ci fosse anche Gabriele, sentire la sua mano calda che la stringe forte, che le dà conforto, ma lui è in tribuna, non gli hanno permesso di *scendere sotto*.

La fascia preme attorno al petto, anche se gliel'hanno allentata, ha come l'impressione che voglia stritolarla.

"Avanti, Maria, respira. Fai come me", e le fa vedere una tecnica che ha imparato negli Ashram indiani.

Lei ci prova ma è troppo nervosa per dargli retta.

"Chiudi gli occhi. Fallo per me, chiudili."

Scuote la testa, di nuovo, perché l'idea di vedere il buio è peggio dell'ansia da prestazione che le spezza il fiato.

"Ascolta. Guardami", e le prende tra le mani il viso girandolo nella propria direzione. "In nessun modo possiamo arrivare pronti alle fasi importanti della nostra vita, semplicemente ci proviamo. Lo facciamo usando il bagaglio di esperienze che ci portiamo sulle spalle. Quindi, dammi retta, so che stai pensando di tornare indietro, ma ti assicuro che poi te ne penti. Là fuori non c'è niente di diverso dai giorni che abbiamo passato insieme. Io, te e Gabri. Ricordi?"

Sì, certo che ricorda, però adesso è molto più difficile.

Vincenzo alza gli occhi e vede che la squadra si è allineata per il saluto al pubblico.

L'arbitro fa il conteggio, nota che manca un giocatore, d'improvviso gira la testa e incontra i loro occhi.

"Una volta mi hai raccontato che hai fatto il mazzo a *quelli di fuori*, i rivali dei tuoi amici del collegio. Avevi forse paura?"

"No. Non ne avevo."

"I tuoi compagni di squadra ti stanno aspettando. Perderanno un'altra partita se non ti unisci a loro. Fai come quella volta che mi hai raccontato. Alzati e corri in campo per aiutarli a vincere. Lo puoi fare?"

"Sì."

"Non ho sentito. Lo puoi fare, Maria?"

"Sì, Vincè, lo *posso* fare."

"E allora che aspetti? Vai… e divertiti."

Avanza. Incerta.

L'arbitro la sta guardando e, quando emerge dal tunnel, nota che il mister mastica nervosamente una cicca. Non è l'unica a provare dell'ansia.

Un po' il fatto la solleva.

I suoi compagni la osservano, seri.

Baffetti, che ha scoperto si chiama Palanca, la scruta serio.

Il portiere del Catanzaro, di cui non ricorda il nome, le mostra il pollice, per incoraggiarla.

Il grido della folla la investe e abbassa la testa come se avesse il sentore di un oggetto pesante sopra di lei. Ma non è niente. Il fiato dei tifosi è poderoso, pungente, gridano il *suo* nome anche se non la conoscono e pensano che sia *un* uomo.

Trotta prendendo aria nei polmoni e si mette a fianco del portiere. Lui la guarda con espressione seria e le dice: "Fai quello che ti ho visto fare in allenamento. Dobbiamo vincere."

"Lo farò" risponde voce a bassa il falso Mario Leone.

Il portiere le dà una gomitata facendole l'occhiolino.

"E tu vedi di non farti segnare" aggiunge, allontanandosi.

Vincenzo prende posto in panchina, ora avrebbe bisogno di una delle sigarette di Gabriele. Pensa a lui, a come può sentirsi. Sta lassù, sugli spalti, una testa fra le tante con il cuore rivolto a Maria. Anche per lui è così. Maria diventerà il simbolo della libertà dei tempi che corrono.

Tempi di rivoluzione, di compromessi, bombe e pace.

Tempi in cui l'umanità non ha ancora imboccato una direzione certa, anche se la tecnologia ha preso il sopravvento e cambierà per sempre lo stile di vita del popolo italiano.

La Yogini dell'ultimo Ashram indiano in cui aveva abitato, gli aveva predetto che un giorno avrebbe incontrato una donna speciale che avrebbe dovuto aiutare.

Non è ancora certo che quella donna sia Maria, e guardandola emergere tra corpi più possenti del suo, non può fare a meno di credere che la Yogini avesse ragione.

Il mister mastica la seconda cicca in pochi minuti. Con una frecciata sfoga la propria avversione per quella ragazza in campo.

Vincenzo si augura che non parli mai a quel modo di fronte a Gabriele, il ragazzo è un tipo che non scherza quando si tratta della sua amata.

Lo comprende.

Per questo non lo hanno fatto *scendere sotto*, non è pronto a quel tipo di pressione. Le parole in quell'ambiente servono unicamente per trovare un compromesso tra la guerra e la pace con sé stessi.

Maria ha preso posto in campo.

Le sorride anche se non può vederlo.

Pensa ai giorni passati insieme, boccate d'aria fresca, in un momento cruciale della sua vita. Prova una profonda gratitudine per quella ragazza e forse mai si renderà conto sino a che punto le è riconoscente.

Adesso è fatta. L'arbitro fischia.

Qualcuno si fa il segno della croce o alza gli occhi al cielo.

Palanca la passa indietro e Maria tocca la prima palla da professionista.

Gabriele ha promesso che non avrebbe fumato durante la partita. Quando lo aveva giurato aveva creduto fermamente che ci sarebbe riuscito.

Dopo dieci minuti dal calcio di inizio, vedendola cadere a terra per un fallo da dietro, tira fuori le sigarette perché è l'unico modo che conosce per non finire divorato dall'ira.

Giocare lì non è come stare in un oratorio o al campetto degli allenamenti. Ci sono migliaia di sguardi e voci che gridano felicità e sconforto.

Il mister non fa altro che rimproverarla e una volta l'ha chiamata *Maria*. Ha visto Vincenzo alzarsi e dirgli di calmarsi. Lui lo sa che la Leone ha bisogno di un po' di tempo per ingranare.

Si chiede perché mai sia così difficile. Ed è strano che Vincenzo le abbia ricordato il collegio, prima.

Quando gliene ha parlato?

Ah, sì, adesso le viene in mente, è successo una delle volte che si sono allenati al mare. Gli ha confidato che da ragazzina giocava sulla spiaggia di Cinisi immaginando di lanciare o dribblare un giocatore.

Fantasie.

Vincenzo, sentendo quelle storie, la guardava stupito, e lo può capire. I grandi calciatori si sono allenati con altri grandi calciatori.

Lei, invece, fantasticava, immaginava. Ogni giorno che passava tirava sempre un po' più forte, le sue gambette da bambina diventavano un po' più forti.

E adesso è lì.

Guarda verso gli spalti per cercare il viso di Gabriele, ma ci sono troppi sguardi, troppi movimenti, quel caos le dà fastidio.

La verità è che adesso è sola. Sola come era sola quando stava in collegio anche se aveva trovato delle amiche. Vincenzo l'aveva avvertita. Ed è giusto così.

Da quando si è abituata a qualcuno che le guarda continuamente le spalle? Da quando si è lasciata proteggere a tutti i costi?

Lei non ne ha bisogno.

Ha deciso. Manderà a rete quel *baffetti*. Farà il suo dovere. Poi uscirà dal campo a testa bassa, e magari la prossima volta sarà più facile affrontare tutto quel caos.

Sorrento   0
Catanzaro   1 (Palanca)

78

Maria non ha voluto festeggiare la prima vittoria del Catanzaro dopo cinque giornate di Campionato.

Qualcuno lo ha definito *un miracolo*. Non una bella partita di sicuro, ma il risultato dà coraggio.

Sanno di chi è il merito, anche se ha segnato *baffetti*.

Quando si sveglia, nel letto è da sola. Qualcuno nella sala si muove spostando le sedie.

Strano, si è svegliato prima di lei.

Che ore sono?

Le sette e mezza di mattina.

C'è odore di caffè e cornetti caldi.

Si alza e Gabri le dà il buon giorno facendola accomodare al tavolo, perché ha preparato una colazione speciale per la *sua campionessa preferita*.

Lei ancora non si capacita di aver disputato settanta minuti in un vero stadio. Dopo, l'hanno fatta uscire perché il fiato e la salivazione le mancavano.

Vincenzo l'ha abbracciata come se avesse vinto la medaglia d'oro alle olimpiadi.

Il mister, invece, si è limitato a una stretta di meno: non masticava più nervosamente. Anche se si era mostrato duro, era felice.

Una vittoria di misura, ma fino a quel momento il Catanzaro non aveva ancora preso i due punti.

"E dove le hai comprate… queste cose?" gli chiede, meravigliata.

Lo stomaco brontola, si mangerebbe mezza tavola.

"Totò le sfornava fresche questa mattina. Sono andato al laboratorio e gli ho detto che se non voleva guai con mio fratello Tore, me ne doveva dare almeno dieci."

"Sei il solito barbaro."

"È che ti amo troppo, e mi fai esagerare nelle cose."

Si baciano.

Quando hanno finito la colazione, Gabriele la prende in braccio e tornano sul letto. Anche se Vincenzo li aspetta al campo per l'allenamento delle nove, sentono il bisogno di sfogare la libido che provano, non fosse altro che per scaricare la tensione accumulata.

E lui ritrova il corpo di lei, che è liscio, abbronzato, leggero come l'aria e morbido come un cuscino. E lei ritrova gli occhi seri di lui, che la guardano con desiderio; le sue dita affusolate la solcano, come tentacoli in cerca di cibo.

Non importa se è stato difficile. Loro hanno ancora quei momenti che valgono tutta la sofferenza del mondo.

79

26 ottobre 1986

Tra poco si gioca. Rientrare in campo non la spaventa più, il cuore può battere forte, però le gambe sono leggere, e se quelle vanno bene non ha molto da temere.

Nella sua vita ha dovuto abituarsi velocemente ai cambiamenti.

Il piede destro tamburella a terra, gli occhi fissi sullo specchio mobile. Non dovrebbe indugiare oltre, e poi glielo hanno sconsigliato. Si è convinta che più spende tempo a vedersi *come un uomo*, e più le riesce facile stare in mezzo a loro.

Così è sicura che anche lei si convincerebbe di esserlo.

Chi è lei?

Chi è *lui*?

Un uomo.

Mario Leone.

I Leoni comandano.

Vincenzo vuole che regni sul suo tratto di campo. Lo farà.

Dicono che sarà una partita difficile perché anche gli avversari cercano i punti. Adesso sono al campo di allenamento, e la stanno aspettando per andare allo stadio.

Lei di muoversi ora non ne vuole sapere.

Deve capire.

Assicurarsi che su quel volto camuffato non ci sia un'altra storia, che è quella di suo padre. Eppure, l'evidenza la spaventa, l'evidenza è peggio di giocare contro undici professionisti.

Guardarsi e non riconoscersi.

Non ci ha fatto caso le volte scorse.

Prima c'era il terrore, l'ansia da prestazione. Cosa poteva farle quella maschera di carnevale che la rendeva un maschio, se la sua più grande sfida era contro le regole del gioco e non il gioco in sé stesso?

Un uomo.

Non è più Maria.

In fondo, non è molto diverso da come si è sentita per tanti anni. Lei, cresciuta sotto lo sguardo vigile di nonno Antonio e quello severo di Cesare Leone. Non sa cosa *significa* essere donna, una *vera* donna. Mariuccia passava le sue giornate in casa, odorava di panni lavati e gelsomino, che era l'unico profumo disponibile nella corte: lo facevano le signore quando i fiori spuntavano in primavera. Un ricordo strano che le sovviene tutto d'un fiato e non sapeva nemmeno di custodirlo.

I gelsomini. Le margherite.

C'erano prati che in primavera e in estate profumavano di quei fiori. L'aria si faceva intensa, colma di sapori che litigavano nel vento.

Adesso che l'hanno conciata *come un uomo*, un po' rivede suo padre. È la prima volta che le succede.

Suo padre. Cesare Leone. Lei è *suo padre*. Vestita così, travestita a quel modo, è tutta lui. Non può esserci nulla di peggio che assomigliare a qualcuno che ha rinnegato la propria famiglia.

No, non può farle paura un gruppo di ragazzoni che tirano palloni, non più dopo aver riconosciuto il volto di Cesare Leone nel proprio. Vorrebbe strapparsi quei baffoni e tagliarsi i capelli gridando la frustrazione che prova.

Se non lo fa è per Gabriele. Se non lo fa è per Vincenzo.

Loro fuori la aspettano.

"Andiamo a vincere un'altra partita, Marì" sussurra tra sé.

La porta si apre, piano, all'altro capo della stanza spunta la testa di Gabriele. Sente l'odore del tabacco che ha addosso.

"Amore, tutto bene?"

Annuisce.

"Hai bisogno di più tempo?"

"No. Sono pronta."

Quando si alza, i muscoli delle gambe si rilassano. La sua forma è perfetta. Gabriele la guarda e pensa a un lupo. Non lo sa ma qualcuno, prima di lui, l'ha pensato.

Han pensato che lei fosse un lupo.

***

Maradona fa esplodere l'Olimpico segnando al primo minuto della ripresa. Cross in mezzo, lui la stoppa e davanti al portiere non ha pietà. La rete si gonfia, gli spalti tremano, il boato raggiunge le prime nuvole del cielo e si perdere per sempre nel buio dell'universo.

Prende palla, la scambia, uno-due veloce.

Il mister chiama la profondità, deve lanciarla, permettere a Baffetti di segnare.

Alza la testa, un difensore cerca di disarcionarla, non ci riesce, cambia direzione sfuggendo alla marcatura. Poi la colpisce come le ha fatto vedere Vincenzo, di esterno, per darle il giro. La palla vola verso l'aria di rigore, un difensore si allunga per contrastarla ma l'effetto lo inganna. Palanca la stoppa, la sposta e poi calcia. È un gran goal.

Maria contempla gli spalti, i tifosi gridano producendo un boato mille volte più potente di quello udito a Sorrento.

Giocano in casa, il cuore catanzarese è lì. Giallo-rosso.

"Avanti così, ragazzi" grida di gioia il mister.

Qualcuno la solleva, quel *baffetti* è venuto a festeggiare facendola girare come una trottola.

Si sente in imbarazzo e non vuole pensare a Gabri, che starà *su tutte le furie*.

Non gli piace quando gli uomini la toccano.

Il Benevento sembra una squadra stanca, giocano come i ragazzi del campetto a cinque su a Vitrusi, corrono senza dare senso alle loro azioni.

Vinceranno, lo sa. Quello che non sa, è che tra poco farà la storia.

Nel secondo tempo le cercano di più, non ne perde una. Il centrocampo è suo, è come se avesse lasciato un marchio maledetto.

Il mister però le ha detto che devono segnare gli attaccanti, non lei, ma quel *baffetti* non è in forma anche se ha fatto un bel goal nel primo tempo. Merito suo, naturalmente.

La difesa del Benevento si chiude, hanno capito che c'è solo un giocatore in campo. Dopo un po' la marcano in due. Così il mister incita i suoi a cambiare gioco.

Il Catanzaro corre sull'altra fascia, ma gli avversari non vogliono saperne di prendere un altro goal.

Maria è stanca, non come altre volte, e ha fatto cenno a Vincenzo di sostituirla. Il mister ci pensa su, e quando vede che gli avversari spingono per cercare il pareggio, desiste.

Dopo cinque minuti, si china per prendere fiato, per far vedere che è al limite. Allora passa vicino alla panchina, il mister la guarda con rimprovero, le dice che deve resistere, che non possono permettersi di pareggiare.

Ha capito.

Non c'è problema.

Lancia un'occhiata a Vincenzo e parte verso la metà campo.

È un attimo. Lei si sposta di sua iniziativa, centrale, più avanti delle punte.

Quando il pallone viene respinto e il Catanzaro riparte in contropiede, lei è l'ultima dei suoi. Corre trenta metri fino ad arrivare al limite dell'area di rigore. Il compagno mette in mezzo la palla e Maria ci arriva puntuale, la stoppa e tira dopo un rimbalzo.

Il portiere casca sulle proprie natiche, senza colpe.

La rete si gonfia. Gli spalti dello stadio tremano.

Diranno che ha segnato *come* Maradona *contro* la Roma.

Vincenzo non esulta. È un goal troppo bello. Soltanto ora si rende conto del guaio in cui ha cacciato Maria Leone. È una furia. In quei giorni è come se si fosse liberata di qualcosa. Ha superato in fretta l'ansia da prestazione e conosce il motivo: adesso in campo si sente come a casa.

A suo agio.

Se il mister le avesse lasciato più spazio, il Benevento se ne sarebbe tornato a casa sommerso di goal.

Maria non ci pensa a esultare, sente che invocano il suo nome dagli spalti, ma lei corre verso il tunnel, vuole andare via, è stanca e desidera togliersi quella *buffonata* dalla faccia.

Non è un uomo.

Non è Mario Leone.

Lei è Maria. *Maria e basta.*

Vincenzo la segue, facendo cenno al mister che per oggi è tutto.

"Dobbiamo parlare."

Maria arriva al trotto, stanca.

C'è anche Gabriele, stranamente senza sigaretta. Un viso pallido, scavato, forse ha deciso di seguire il loro consiglio, perché anche Vincenzo gli ha suggerito di ridurre *quel* vizio.

Prende la bottiglia di acqua per dissetarsi. Si è fatta la treccia, le scende poco oltre le spalle e sulla punta ci ha girato un elastico rosso.

"Per oggi può bastare. I ragazzi stasera hanno la cena con la dirigenza, se volete possiamo…"

"Stasera abbiamo un altro impegno" si affretta a dire Maria, lanciando un'occhiata di intesa a Gabriele.

"Ah, va bene, forse è meglio così."

"Solo questo?"

Vincenzo si pizzica le mani e prima di parlare osserva Gabriele, per capire l'umore. Il ragazzo non ha un bell'aspetto ma sembra tranquillo.

"La squadra è piaciuta, ha guadagnato punti. Grazie anche a te."

Osserva Maria, è affaticata però almeno lei ha un bell'aspetto. Quando è uscita dal campo, l'ha trovata in lacrime nello spogliatoio. Fuori dal camerino c'era un giornalista che per poco non scopriva chi fosse. Lo aveva dovuto cacciare con forza, dicendogli che il giocatore non stava bene, di non intromettersi.

Maria piangeva con uno strano sorriso di gioia sul viso. Non era triste per qualcosa, si liberava semplicemente delle sue incertezze.

Delle sue paure.

"Non possiamo portarti a Teramo, domenica."

"E perché mai?" interviene Gabriele, affiancatosi a Maria. Con un braccio le cinge il fianco.

"Non leggete i giornali?"

Maria scrolla la testa, Gabri però ne è informato. Parlano di lei, di Mario Leone e le sue *miracolose* prestazioni che hanno fatto vincere il Catanzaro.

"Non le hai detto niente?"

"Le ho detto che ha ricevuto ottime critiche dai giornali."

"Non è solo questo, ragazzi. I giornalisti hanno chiesto di incontrare Mario Leone. Fanno domande. Vogliono sapere la storia della nuova stella nascente."

"Credo sia normale."

"Non possiamo mettere Maria sotto i riflettori. Dobbiamo concordare delle dichiarazioni insieme. Ma se Maria finisce in televisione, il bluff non reggerà a lungo."

"Che possiamo fare, allora?" gli chiede lei.

"Intanto discuteremo le dichiarazioni da rilasciare. La dirigenza concorda con me che non puoi giocare tutte le partite. A Teramo si aspettano di vederti in campo. I tifosi ti vogliono titolare e le testate giornalistiche che si occupano di calcio ne vogliono parlare."

"Non capisco" risponde Maria, "dite a quelli lì che mi rifiuto di lasciare dichiarazioni. Inventiamo una scusa."

Vincenzo congiunge le mani e le porta al viso, in segno di riflessione.

"Marì. Quello che genera un campione, non è soltanto felicità per i tifosi. Genera soldi. Genera sponsor. Genera pubblicità. Genera curiosità. A noi va tutto bene, ma per quanto riguarda quest'ultimo aspetto, *la curiosità*, non siamo pronti a sfamarla. Soprattutto, non sei pronta tu a sostenerla. Sei una donna, non sei un uomo."

"Ha ragione Maria a questo punto. Basterà dire ai giornalisti che non vuole rilasciare dichiarazioni. Tuteleremo la sua figura."

"Questo lo stiamo già facendo. La questione è molto più sottile. Se lei scende in campo a Teramo, succederà tutto in fretta e rischieremo di mandare a monte il lavoro fatto finora. Non ti cambierà la vita saltare una partita, ne giocherai molte altre. Vi chiedo di fidarvi di me."

"Ci fidiamo, Vincè" confessa Maria.

***

2 novembre 1986

Teramo	0
Catanzaro	0

81

"Perché quella *troia* non è scesa in campo?"

"Adesso calmati, per favore."

"Non dirmi di calmarmi. Non dirmi di calmarmi. Che senso ha? Dimmi che stramaledetto senso ha?"

Vincenzo guarda Sara. Lei scuote la testa mentre prepara il caffè.

"Stiamo cercando di tutelarla. Non è una cosa semplice."

Gli occhi del ragazzo saettano da una parte all'altra e li spalanca come se volesse inghiottire entrambi.

"E tu non gli dici niente? Le hanno dato il mio nome per lasciarla in panchina? Peggio, in tribuna!"

"Amore, non fare così."

"Non sono *il tuo* amore, sono tuo fratello, santo Dio!"

"Domenica giocherà" si affretta a chiudere il discorso Vincenzo.

"Sarà meglio per voi. Facevo un casino sennò."

Con la mano buona preme un pulsante per avviare il motore della sedia a rotelle.

Quando esce dalla cucina, Sara chiude gli occhi liberando un lungo sospiro di sollievo.

Vincenzo nota che le mani ancorate alla caffettiera, le tremano.

"Pensavo che il suo umore sarebbe migliorato, invece…"

"Ci vuole più tempo" la conforta Vincenzo, toccandole una spalla.

Solo che durante l'allenamento mattutino, Maria prende una storta alla caviglia. Il professor Cerra dirà che non potrà giocare la prossima partita ma che, sicuramente, i tifosi potranno vederla in campo contro il Cosenza.

"Mi dispiace, Vincè."
"Quello che conta è che ti riprendi. Non devi dispiacertene."
"Mi dispiace per te, non per la squadra."
"Per me?"
"Sì, per te."
"Non devi, davvero."
"Non lo so, ti guardo e penso di averti fatto un torto. Per questo mi dispiace."
"Allora sappi che non me lo hai fatto il torto di cui parli. Va bene così. Quando ti riprenderai scenderai in campo e tutto questo sarà passato."
"Sei sempre così gentile con noi."
"Ho paura del tuo fidanzato."
Ridono.

9 novembre 1986

Catanzaro   0
Livorno   0

***

"I tifosi si stavano chiedendo che fine avesse fatto Leone, ed eccolo qui, in campo dal primo minuto."

"Hanno parlato di un infortunio ma non è trapelato altro dalla società."

"Vige un alone di mistero su questo giocatore che a detta di alcuni è straordinario. Lo abbiamo visto unicamente in due gare, e oggi ci aspettiamo che dia qualcosa in più a questo Catanzaro che proprio non si decide a decollare."

"C'è grande attesa attorno a Mario Leone, qualcuno dice che non si alleni insieme ai suoi compagni, che abbia a disposizione uno staff di preparatori personale."

"Forse sono fantasie per miticizzarlo."

"L'arbitro sta per dare il fischio di avvio. Siamo pronti."

La fascia stringe, questa volta ha la sensazione che faccia meno male. Anche se ha saltato due partite, quelle domeniche se l'è messa per imparare a sopportare il dolore. Alla sera, quando la toglie, il seno è livido, se lo tocca poi grida.

È un rito, ormai lo fa tutte le volte, guardare gli spalti alla ricerca degli occhi di Gabri. Sa dove si è messo, è vicino ai Dirigenti. Lo vede.

Sono a Cosenza.

I tifosi hanno fatto un piccolo striscione per lei. C'è scritto "Noi siamo i Padroni perché abbiamo i Leoni." E sotto il suo numero, il 16. Sorride. Anche Vincenzo mira quello striscione, ma non sembra contento. È per via di quel discorso che le ha fatto, teme che la fama possa compromettere il loro segreto.

Lei, però, non è d'accordo con Vincenzo.

Starà alla larga dalla fama.

| Cosenza | 1 |
| Catanzaro | 3 ('20, '36 Palanca, '54 Leone) |

"Qualcuno ci sta seguendo" annuncia Gabriele.

Vincenzo è alla guida. Maria dorme dietro, è sera, rientrano da un'ennesima vittoria. Lei ha travolto la Nocerina con tre reti. I tifosi, infervoriti, volevano scendere in campo per conoscere Mario Leone, sono dovuti intervenire i poliziotti per tenerli calmi.

La stampa la cerca.

Uno più uno fa due.

"Come fai a dirlo?"

"Mi prendi in giro? Con chi pensi di parlare?"

Non gli chiede altro, in effetti Gabriele sa il fatto suo. È uno che in quelle zone ci è cresciuto e non è stata una vita *rosa e fiori.*

"Chi sarà?"

"Non lo so, Vincè, è un furgone nero."

"Giornalisti. I peggiori, perché sono della tv."

"Come fai a dirlo?"

"Hai detto che è un furgone, giusto?"

Maria allunga il collo da dietro, per seguire il discorso.

Ha paura.

"Sì. Nero. Non lo vedi?"

"Sì."

Girano per una via e dopo poco quello fa lo stesso.

"Come lo seminiamo?"

"Fai come ti dico io."

Gli occhi di Gabriele si trasformano in lame. Sì, il ragazzo sa il fatto suo.

"Entra lì. Poi fermati a quello stop in fondo. Io e Maria scendiamo, ce la facciamo a piedi tra i vicoli. Nessuno li conosce come li conosco io. Tu riparti e va via. Se sono giornalisti, non dovresti avere grane."

Guarda dallo specchietto e nota che il furgone non lo insegue più.

Quando arriva a casa apre il cancellone e parcheggia frettolosamente la macchina nel vialetto. La spegne. Le luci che prima mostravano scorci del paesaggio si chiudono, lasciandolo al buio della notte.

Scende, piano. Resta in ascolto ma nessun rombo risale la via. Con un sospiro entra dalla veranda e poi si chiude in casa.

Non vuole ancora credere che la situazione possa essergli sfuggita di mano.

"Buon natale."

La voce di Graziella la rincuora. È salita a casa Zanca per salutarla, è stato Aldo a farle quel favore.

"Buon Natale a te. Come stai?"

Grazia ridacchia, Maria immagina che si stia toccando i capelli, che è il suo vizio, li rigira con l'indice come fossero spaghetti nel piatto. Lo fa quando è nervosa o quando è eccitata per qualcosa. L'ultima volta che l'ha sentita, erano sulle scale a parlare del loro futuro, a dirsi che saranno sempre amiche.

Chiamerà anche Bea, dopo.

"Benissimo, Maria. Speravo tornassi da queste parti per fare il Natale insieme."

"Lo speravo anche io, ma degli impegni ci hanno tenuti qui."

"Come ve la state cavando?"

"È un'altra vita. I ritmi sono più lenti." È vero per gli altri, non per lei che ha continuato ad allenarsi fino al 24 mattina. Se non è andata anche oggi al campo di allenamento, lo deve a Gabri che ha convinto Vincenzo a farla staccare.

In effetti, questa mattina le forze le mancano.

"Lo sai che mi manchi, vero?"

"Lo so, Grazia. Perché non scendete voi una volta?"

"Lo farò, è una promessa. Ne ho già parlato con Massimo."

"Allora vi aspetto."

Bea è al settimo cielo. Le confessa di amare Antonio e che si vogliono sposare, fare dei figli.

Maria pensa che quando lo dirà a Gabriele resterà di sasso. Da uno come Antonio non si aspettano *certe cose*. Proprio da lui che non aveva mai ammesso apertamente che Beatrice fosse la sua fidanzata.

"Ho letto i giornali quando potevo. Beh, se non fosse per Antonio che li compra, non li leggerei. Sei tu *quello* allora?"

"Sì."

"Fantastico, sei famosa. Oddio, volevo dire che sei famoso!"

Ride.

"Che mi dici di te, Marì?"

"Sto bene, Bea. Te l'ho già detto. Non è sempre facile ma faccio il lavoro più bello del mondo, non posso lamentarmi."

"Che sei strana eh."

"Lo so, me lo dicono tutti."

"Spero che sai quello che fai. Io ti penso sempre. Sappi che sono orgogliosa di te."

Nessun'altra persona, a parte Gabri, le aveva mai detto una cosa del genere.

"Grazie, Bea."

"Chiama Gabri, che Antò qui mi pressa che vuole parlargli."

"Va bene. Ciao Bea. Vi voglio bene."

Osserva la condensa uscire dalle labbra di un signore, l'uomo cammina lungo i parcheggi diretto al parchetto con il cane. Non lo conosce, però da quel balcone oltre al mare può vedere la strada sotto, le palazzine intorno e il parco dove con Bea, l'estate scorsa, andava a parlare del futuro. Parlavano di sogni, parlavano dei loro fidanzati. E le fa così strano che la sua amica dell'estate adesso si voglia fare una famiglia. Al telefono, giorni fa, non ci aveva fatto caso, ma adesso ricorda nitidamente che lei voleva pensare alla *carriera*, che un figlio o il matrimonio potevano essere di ostacolo ai suoi obiettivi.

L'amore cambia tutto.

"Sei pronta?" le chiede Gabri.

Stanno per uscire.

Non le va di incontrare Salvatore, immergersi in quei modi che le ricordano suo padre, che le ricordano di non appartenere a niente se non a Gabri, che la stringe forte da dietro e le bacia il collo per darle calore.

Hanno provato a invitare Vincenzo, ma lui preferisce stare con la famiglia.

All'improvviso si rende conto che è stato un attimo vivere tutti quei giorni da quando sono tornati a Vitrusi. Uno schiocco di dita. Hanno parlato di lei, talvolta, nei programmi sportivi, le è stato solo riferito, non ha mai seguito perché le hanno consigliato di non lasciarsi condizionare dagli opinionisti.

Non è per *Maria* Leone il successo.

Basta una vocale per cambiare tutto. Però è così, perché tra Mario e Maria c'è un abisso.

"Sono pronta."

"Vedrai che ci divertiamo."

"Lo sai che ti amo?"

Le sue mani intrecciate sul suo ventre vibrano. Le sente. Sono scosse improvvise.

"Non me lo hai mai detto."

Si gira, scivolando come acqua da un torrente attorno al corpo di Gabriele, per guardarlo negli occhi.

"Credevo che non ce ne fosse bisogno."

Le sorride. C'è qualcosa di strano nell'espressione di Gabriele, è come se lo avesse risvegliato da un lungo letargo. È dimagrito nell'ultimo periodo, e fuma di meno. Talvolta salta i pasti dicendo che ha mangiato un panino di nascosto, però sa che mente. Da quando sono a Vitrusi non gli ha mai chiesto come si sente, se sta bene, se quella situazione lo stressa o altro. Non lo ha fatto perché pensa che sia forte, la sua roccia, la sua spalla.

"Però, se dobbiamo essere precisi, tecnicamente non mi hai detto *ti amo*. Mi hai solo chiesto *se* sapevo che mi ami."

"Da quando sei pignolo?"

"Da quando sto con un fenomeno del calcio."

"Sei furbo tu."

"Va bene, mi farò bastare il tuo sforzo. Ora andiamo che si fa tardi."

Le stampa un bacio sulla fronte e si gira per andarsene. Lei si morde il labbro e poi allunga una mano per fermarlo.

"Che succede?"

"Niente. Volevo dirti che ti amo."

"Mi vuoi fare uscire pazzo questa sera?"

"Ma tu non ci pensi mai a una famiglia?"

"Intendi per noi? Io e te?"

"Sì? E chi altri?"

"Ci penso spesso. Un giorno saremo una famiglia. Avremo dei figli. Cinque figli."

"Non essere stupido. Cinque figli?"

Le si avvicina e l'abbraccia.

Lei continua a sorridere, occhi grandi come girasoli.

Una serata fredda, con la luna alta gialla limone, che li osserva severa.

"Dieci figli."

"Sei pazzo. Io non ti sposo."

"E chi ha parlato di sposarsi?"

"Se vuoi dei figli ci dobbiamo sposare."

"Mamma non si è mai sposata."

"Mamma non fa testo. Nessuno è come lei."

"E lei com'è?"

"Non lo so. Speciale."

Gabriele le morde una guancia, Maria grida dal dolore e gli pizzica un fianco per farlo smettere.

"Se non mi dai dieci figli, non ti sposo."

"E chi li mantiene poi?"

"Tu. Sei tu la star."

"Scemo. Non sai mai essere serio su queste cose."

"Un giorno racconteremo ai nostri figli che sei stata una campionessa incompresa."

"Incompresa?"

"Sì, *incompresa.*"

"Ma che significa *incompresa?*"

"Nessuno sa chi sei."

"Vabbè, lasciamo perdere. E che altro gli diremo?"

"Vediamo… gli diremo che papà e mamma si amano, che nella vita tutto è possibile, che i sogni sono possibili, che l'amore è possibile, che incredibile si dice solo quando sogni e amori sono reali, e non soltanto storie di fantasia."

"Come noi?"

"Come noi, Marì."

"Lo dicevo io, che ti amo."

86

15 febbraio 1987

Licata   0

Il mister l'ha fatta uscire al '60 minuto, per non rischiare un linciaggio. I tifosi sono elettrizzati, la presenza di Mario Leone e Palanca a fare grande il Catanzaro crea fermento. Non si era più vista una tifoseria così accanita dai tempi della Seria A.

Maria ride mentre esce dallo stadio e poi ripartono sul BMW di Vincenzo Iuliano.

Gabri si è messo dietro, l'abbraccia forte.

"Scusaci, Vincè."

"Fate pure, ma con decenza."

La macchina parte, lenta, qualcuno si è accorto dello strano movimento e richiama altri per indicare che lì forse c'è *Mario Leone.*

"Fa presto" lo incalza Gabriele, guardando fuori.

Poi sono in strada.

Maria è rimasta bassa per non venire immortalata da un signore che scattava foto nella loro direzione.

Si è cambiata nello spogliatoio, cosa che le avevano sconsigliato di fare, ma la pazienza non fa parte dei suoi pregi.

"Bella partita" le dice Vincenzo.

Lei lo ringrazia, ma è troppo eccitata. I tifosi non fanno altro che gridare il suo nome, dedicarle cori e striscioni.

"Dove andiamo?" chiede lei.

"A casa, amore."

"Andiamo a festeggiare."

"E dove?" si intromette Vincenzo.

"Un posto magico. Fatemi vedere la Calabria"

"Amore, tu ci stai già in Calabria."

Lei scuote la testa, vorrebbe spiegarglielo meglio ma non ci riesce, l'adrenalina le fa mancare le parole.

"Lo so io un posto" li sorprende Vincenzo.

Poi sono in Sila.

La luce del cielo è più bassa e la via celeste è punteggiata di piccole nuvole ritoccate dal vento.

Ci sono una decina di gradi.

Hanno percorso un paio di chilometri a piedi prima di raggiungere uno spiazzo, circondati dai monti, al cui centro emerge un lago.

Maria esprime la propria felicità con un sorriso costante.

Cammina più avanti degli altri e talvolta saltella.

Anche se ha corso per un'ora, è piena di energie; non come Gabri che tiene il fiatone, sostenuto da Vincenzo che lo deride bonariamente.

"Niente sigarette qui, amico mio."

"Non ho mai visto un posto più bello in vita mia" grida Maria a pieni polmoni, contro quel cielo gelido e libero. "Guardate là." Con un dito indica delle mucche al pascolo.

"Ci sono anche i lupi" la informa Vincenzo.

"Davvero?"

"E le volpi. Chiedi ai silani."

"Si mangiano i loro polli" aggiunge Gabriele.

Lei gira su sé stessa allargando le braccia, come se in quel gesto volesse far parte del panorama, cingerlo completamente, fendere l'aria con le dita creando varchi spazio-temporali.

"Ma tu non ti stanchi mai?" le chiede Gabri, piegandosi sulle ginocchia per prendere fiato. "Qui fa un freddo cane."

"Non ci posso credere" sussurra Vincenzo, ma tanto basta per farsi sentire da Maria che si gira e lo guarda con curiosità.

Subito il richiamo di un uccello li costringe a mirare il cielo in cerca della sua presenza.

"Di là, Maria."

"Chi è?"

"Un nibbio reale. Non ce ne sono rimasti molti."

"Allora porta fortuna" ci scherza su Gabriele.

"È meraviglioso" esclama Maria, portandosi le mani alla bocca, come se volesse contenere il proprio stupore. "Perché non mi avete detto prima che esiste un posto così bello in Calabria?"

Gabri solleva le mani in un gesto di innocenza e dubbio.

"E questo è solamente un tratto della Sila. Hai qualche altro desiderio per oggi?"

Lei pare rifletterci ma Gabri la conosce, quando fa così è perché sa quello che vuole.

"Sì. Ho un'altra richiesta."

"Il sole sta calando, fai in fretta. I desideri al calar della notte diventano lucciole" la solletica Vincenzo.

"Hai detto che nella trasferta a Benevento non ci posso venire, vero?"

"Sì, è vero."

"Voglio andare a vedere Maradona."

"Davvero?" le chiede Gabri, stupito.

"Voglio vedere con i miei occhi il giocatore più forte del mondo."

"Si può fare" le dice Vincenzo.

"Gabri?"

"Ma certo. Si può fare."

87

Quel piccoletto è in campo. Corre. Schernisce gli avversari con le sue giocate da funambolo. Poche palle perse e molti assist.

La partita non è un granché, Maria la segue con interesse dal primo anello. Stanno con i napoletani, che gridano facendo vibrare gli spalti.

È un altro calcio, lo capisce subito. Quella è la Serie A. Un sogno.

Gabri una sera le ha detto che lei in Serie A non potrà mai giocarci, che ci sono più controlli e *gli ingaggi sono seri*. Non farebbero mai passare una donna. Eppure, nel profondo, mentre guarda il Napoli, sente che se è riuscita a giocare in Serie C, forse potrebbe realizzare anche quel sogno.

La Serie A.

Non le ha detto Gabri che lei è una che cambia le regole? Sì, è stato proprio lui a dirglielo.

Il Napoli è in svantaggio. Recupereranno, lo sa. Quello corre troppo, ha la faccia di uno che prima o poi *la mette dentro*. È come lei, non rinuncia, combatte fino alla fine.

Anche lui è un *leone*.

Il goal dell'argentino arriva nella ripresa, lascia a bocca aperta gli spettatori. Un cross dalla fascia e lui, come un tuffatore olimpionico, la aggancia di testa radente al suolo.

Ora Maria si è convinta… nessuno è come lui.

***

C'è un biglietto sul tavolo della sala. È Sara, lo capisce dalla scrittura. Non ci sono per cena e lei gli ha lasciato qualcosa in frigo.

Un po' di pace.

Chissà come è andata a Napoli?

Ormai pensa più a Maria e Gabriele che alla sua famiglia.

Ci sono dei problemi, il nome di Mario Leone ha fatto il giro d'Italia, squadre importanti scendono a Catanzaro per vederlo giocare.

Sapeva che era forte, ma non così forte.

A loro serviva qualcuno che a centrocampo cambiasse le regole del gioco, non un fuoriclasse che segnasse come Maradona. Quelli come Maradona e Maria ne nascono uno ogni venti o forse trent'anni. Capaci di risolvere le partite più difficili con il loro estro selvaggio.

Maradona ha vinto i mondiali da solo, un artista.

Loro sono artisti.

Dipingono le partite a seconda dell'umore, del loro temperamento. Non sai mai quando ti faranno male e non sai mai fino a che punto supereranno il limite. Quando li guardi scendere in campo, sai soltanto che ogni parte del tuo corpo ha voglia di sapere che cosa faranno per stupirti, per farti godere.

Non ha fame.

Guarda dalla finestra e si accorge che c'è quel furgone. Sta lungo la via, sotto un lampione spento, la sua sagoma è distinguibile dalla poca luce che lo raggiunge.

Ha una pistola in casa. La tiene in una cassaforte, di quei tempi meglio non fidarsi troppo.

Sospira.

Accende la tele. Guarda il telegiornale e applaude il goal di Maradona. Un genio. Proprio come pensava, quelli sono artisti. In un attimo sistemano brutte partite.

È agitato, lo vede perché il piede tamburella e si pizzica le mani.

La pistola, adesso, è posata sul tavolo, nemmeno Sara sa che ce l'ha. Si alza. Torna alla finestra. Il furgone è ancora lì.

Quanto è passato?

Un'ora.

Un altro sospiro. Forse è meglio chiamare il servizio di vigilanza del quartiere. Che li paga a fare se passano due volte al giorno e non si accorgono di una macchina fuori posto?

Un furgone si vede anche meglio.

Che farebbe Gabri?

Lo sa che farebbe: con il suo bel sorriso di sicuro quello scende in strada per capire.

Ma lui non è come Gabriele.

Ha preso la pistola e adesso la rimira appoggiandola sul tavolo della sala. Pensa che con quella starà tranquillo.

Poi si decide.

La prende. Si mette il cappotto e poi esce.

88

All'ospedale di Catanzaro c'è il dottor Cerra. Incontra Gabriele e Maria in corridoio per accompagnarli da Vincenzo.

Gabri odia gli ospedali, non sopporta l'odore e quello che simboleggiano. C'è stato per Vasco. C'è stato quando per poco non finiva ammazzato con Antonio. C'è stato per *la merda* che si sniffava credendosi invincibile.

C'è stato da piccolo, per una caduta, o forse più di una, ma non ricorda. C'è stato anche per Maria, una visita di controllo alla caviglia.

Adesso è lì per Vincenzo.

Maria è pensierosa, come ha saputo il fatto ha smesso di parlare, la sua serenità è scomparsa come talvolta le nuvole oscurano il sole per giorni.

Gabri l'ha capito, Maria si sente in colpa. Non può farci nulla, sono le regole del gioco.

Mario Leone è diventato più grande di quanto doveva.

La situazione è sfuggita di mano.

Quando entrano nella stanza, Vincenzo ha un gesso alla gamba e una benda sulla testa.

Gabri ha una vaga idea di quello che gli è successo, sa come si risolvono certe questioni da quelle parti.

Qualcuno non si è voluto sporcare le mani e ha mandato avanti *la feccia*.

Un richiamo. Un avvertimento.

Il dottor Cerra li lascia soli.

"Non dire che ti dispiace, Marì. Lo so che lo stavi per dire."

"Okay."

"Da quando dici *okay*?" Le sorride.

"Colpa della televisione."

"Come stai?" gli chiede Gabri.

"Non male. Vorrei essere a casa mia con le gambe sul tavolo, ma sono qui. Poteva andare peggio."

"Non ti avrebbero mai ucciso, tranquillo."

"E come lo sai?"

"Ho imparato qualcosa crescendo da queste parti."

"Cosa è successo?" gli chiede Maria.

"C'era quel furgone parcheggiato sulla via, volevo vedere di chi fosse. Mi stavano sorvegliando. Per la paura ho reagito e loro si sono spaventati. Avevo una pistola."

"Hai capito chi erano?"

"Mi sono fatto un'idea, ma non posso esserne certo."

"Tifosi?" insiste Gabri.

"Chiunque sia stato, non ha ottenuto niente."

"E adesso, che facciamo?"

"Corri, Marì. Tutti i giorni. Non hai bisogno di me. E poi, non mi terranno qui a vita."

***

"Secondo te, Gabri?"

"Qualcuno vuole sapere."

"Di me dici?"

"Sì. Vogliono sapere chi sei."

"Chi lo vuole sapere?"

"Non lo so. Forse i tifosi. Forse i giornali."

"Che facciamo?"

"Niente, Marì. Finché stai con me, nessuno ti tocca."

89

11 maggio 1987
Corriere dello Sport, titola: Napoli, sei nella storia.

***

Il 7 giugno a Catanzaro si festeggia ufficialmente la promozione in serie B, la squadra vince di prepotenza contro la Casertana, allontanando definitivamente lo spettro di Barletta, seconda a un punto di distacco.

Mario Leone ha giocato solo un tempo a causa dei disordini dei tifosi che chiedevano a gran voce un incontro con il loro nuovo campione.

Qualcuno ha capito, già da qualche domenica, che il vero volto di Mario Leone è stato *camuffato*.

I tifosi sanno.

Lo scrivono sui muri. Vogliono saperla tutta la verità.

Perché Mario Leone non è mai uscito con la sua vera faccia da uno stadio, al suo posto c'era qualcun altro.

Ma chi?

A Simeri Cricchi una famiglia ha lamentato la visita di un giornalista, un certo Giorgio Perrone. Vincenzo lo ha saputo perché la famiglia in questione erano i Leone.

"Lo scopriranno presto" gli ha detto Sara, amareggiata.

"Teniamo duro."

Prima di quella domenica sera, non si è mai resta conto di quanti ragazzi hanno giocato con lei durante quella stagione.

Una festa intima, per pochi.

I giocatori hanno saputo dalla Dirigenza che il ragazzo con il numero sedici dal volto effemminato, è una donna.

Vincenzo è lì in un canto a bere champagne con Gabriele.

Presto o tardi *il loro* segreto verrà rivelato, pensa.

Un giorno qualcuno dei presenti lo confesserà a un giornalista, perché le cose vanno così, niente nel calcio resta celato a lungo da diventare leggenda.

Qualcuno parlerà. Qualcuno canterà.

Non oggi. Oggi si festeggia.

Maria cammina al centro della sala chiacchierando con i compagni di squadra. Molti di loro hanno famiglia, con dei figli. Chi è scapolo cerca di farle gli occhi dolci, ma non importa, non c'è abbastanza forza nei loro intenti per Maria.

Lei volteggia da una parte all'altra del locale con un calice di champagne in mano mostrando nelle brevi risa la propria innocente giovinezza.

Gabriele la osserva seduto a un divanetto, vestito in giacca e cravatta, mentre rigira una sigaretta non ancora accesa tra le dita. È contento perché lei è felice. Ha giocato alla grande. I ragazzi le fanno mille domande, non sono mai stati con lei abbastanza a lungo per conoscerla.

I dirigenti si sono congratulati sebbene tengona le dovute distanze, sanno che non durerà, che lei è come il lampo che preannuncia la tempesta. Un abbaglio. Un evento destinato a passare come tutto il resto. Una memoria che resterà per sempre impressa nei cuori di chi l'ha vissuta. Una storia interessante ma anche triste.

Sì, Maria è felice, sogna la Serie A, Gabri lo sa che ci pensa spesso. Ha visto quel piccoletto al San Paolo, un mito, un genio, e si sente come lui. Quando scende in campo, Maradona è libero, per questo cambia le regole del gioco. Maria ha faticato all'inizio ma, poi, ha distrutto ogni squadra contro cui ha giocato. Gabri ha saputo che detiene un record. Il record di partite vinte consecutivamente. Mai nessuno prima, in Europa, ne ha vinte tante di fila.

Lei ha marcato la sua firma in ognuna di esse.

"L'hanno chiesta al nord" gli confessa Vincenzo.

C'è la musica di sottofondo, e il chiacchiericcio generale li costringe ad avvicinarsi come chi sussurra segreti.

"Chi?"

"Hellas Verona. Vanno forte."

"Avanti, Vincè, non prendermi per il culo, fai il nome giusto."

"Il diavolo ha chiesto di lei."

Gabri ammutolisce, prende l'accendino dalla tasca.

"Non dovresti."

"No, non dovrei. Siamo in un casino. Quanto potrà andare avanti?"

"La prossima stagione dovremo pianificarla meglio. Siamo in serie B. Ci sono i controlli. Antidoping e cose di questo genere. L'iscrizione di Mario Leone non sarà facile, i diavoli tenteranno di ingaggiarla. La dirigenza sarà costretta a smuovere i propri contatti per tenerla con noi. Ma la serie A… no, la serie A è tutt'altra cosa."

"Lei ci spera."

"Per Maria è cambiato tutto, lo so. All'inizio manco ci pensava."

"Vuole giocare contro Maradona."

Vincenzo ridacchia. "Passala anche a me, va."

"Poi ti fa male. Facciamo che non la fumiamo né tu e né io. Va bene?" Gli strizza l'occhio e piegando le dita la spezza.

"Che fai?"

"Ho promesso a Maria che se vinceva il campionato smettevo di fumare."

"E perché la tenevi in mano?"

"Pensavo che sarebbe stata l'ultima."

"Domani non potrai fumare."

"Domani non so neanche se ci arrivo. Penso a oggi. Penso a lei che è così felice."

La indica. La guarda. È affascinato da lei, l'ama più di tutto l'amore del mondo, non saprebbe che fare senza, non saprebbe se esiste senza.

"Ti devo dire una cosa."

"Devo prendere una sigaretta?"

"No, no. È una buona notizia."

"Parla, non farmi stare in pena."

"Mario… il vero Mario, sta meglio. Non l'ho mai visto felice come negli ultimi due mesi. Vuole rivedere tutte le partite il lunedì sera. Ci sta ore a guardarla giocare, a vedere che porta il suo nome. Con il telecomando manda avanti e indietro le azioni di Maria ed esulta."

"Ultimamente lo avevo visto allo stadio."

"Sì. Prima di Natale si era rifiutato di vederla. Ma poi… forse iniziava a vederla *come una parte di sé*."

"Sono contento per voi, Vincè. Te lo meriti. Sei un brav'uomo."

***

Le vie di Vitrusi sono tetre. I pipistrelli svolazzano da una tegola all'altra, cibandosi di zanzare e altri insetti. Le poche luci non danno forza, la notte le schernisce. Bolle opache, come vetri zigrinati. I moscerini si nutrono di quei chiarori, ci danzano dentro finché non si stancano, e quando arriva l'alba muoiono sfiniti.

Gabri le tiene la mano e le racconta di mamma.

Maria ascolta ma è persa in altri pensieri. Si è sentita accettata dal gruppo, anche se erano tutti uomini. Qualcuno l'ha invitata a cena, vorrebbe farle conoscere la propria famiglia, cose che non potrà mai accettare.

Scendono la via e arrivano a casa Arcuri. Gena si affretta a uscire di casa. Insolito, a quell'ora dorme.

"Gabrielino."

"Che succede, Gena?"

"Tuo fratello" dice, affacciandosi alla porta. Emerge piano, una signora di peso, dal viso stanco. Non fa caldo ma lei suda.

"Mi ha cercato?"

"Sta in prigione. È stato arrestato."

Gabri lascia la mano di Maria, il cuore sussulta e il fiato viene risucchiato in un colpo nei polmoni. Difficile ributtarlo fuori adesso.

"Quando è successo?"

"Ieri sera. Mi ha informata oggi Rosalina, sennò la Signora manco ci pensava a dirtelo."

"Porca puttana" esclama ad alta voce, cercando comunque di contenersi.

"Mi dispiace che te l'ho detto io."

"Grazie Gena. Ti ha detto se sta a Passovecchio?"

"Non mi ha detto dove. Però vuole che la richiami domani."

Quando entra in casa, la prima cosa che fa è affacciarsi al balcone per prendere una boccata d'aria.

Maria lo raggiunge e lo abbraccia da dietro, un tocco leggero, perché non ha mai visto Gabriele in quello stato. Testa china, mani salde al muretto, in tensione. Guarda ma non vede. Sente ma non ascolta.

Salvatore è più di un fratello.

Le cose importanti
per essere felici

90

Tre mesi dopo.

Amo la primavera.

L'estate, però, mi manda in estasi. È l'apice di ogni cosa.

C'è una strada che si immerge tra le cascine di Sedriano, costeggiata da alberi e corsi d'acqua. Mi sono intrufolato nelle vie secondarie piene di buche e sassi. Il mais non è ancora pronto. Le spighe di grano crescono, ma sono acerbe. Distese agricole riempiono i bordi della mia visuale. Cerco gli alberi, mi allieta la loro ombra, che è fresca e protegge dal sole. Ne hanno tagliati molti e quelli che ci sono non bastano al riparo.

Più avanti c'è un crocevia di strade di campagna, troverò grandi cipressi e farnie. Hanno messo delle panchine ai lati e la statua della Madonna. Bianca e azzurra. Non so per quale motivo l'abbiano messa lì, un luogo lontano, immerso nel verde, nell'aria che sa di liquame e sterco e talvolta di fiori bianchi e gialli di cui non conosco il nome.

Brevi zaffate di vento agitano le fronde.

Siamo in luglio, ci sono 36 gradi. Le chiamano bombe di calore e dicono che a causa del riscaldamento globale ce ne saranno sempre di più nei prossimi anni.

C'è chi non crede a queste cose, ma io sono uno di quelli senza dubbi a riguardo.

Mentre chiudo gli occhi e mi spingo al crocevia, vedo il sole stampato dietro le palpebre e sento il terreno gridare sotto i miei piedi. Non sto vacillando, so che è il mio cuore.

Ho comprato una reflex. Penzola sul mio petto, vorrei scattare delle foto. Il tema sarà la natura. A Londra mi sono avvicinato all'Associazione perché si batteva per la salvaguardia dell'ambiente. Per un po' ho creduto che quella rivoluzione potesse sfamare il mio desiderio di giustizia ma, poi, ha solo scardinato una dopo l'altra le mie certezze.

Apro gli occhi e, barcollando tra le buche, raggiungo il crocevia. Le fronde più alte degli alberi sembrano volersi chinare per omaggiare il mio passaggio. Colgo l'occasione per sollevare Sindy e catturare in una sequenza di rapidi scatti quell'immagine che si è introdotta nella mia mente come se fossi preda di uno stato allucinogeno.

Katy ormai si è spenta.

Tutto passa. E lei è stata una piacevole storia d'amore.

Ora c'è Sindy, in ricordo di un'amica che ho conosciuto a Londra, poco prima di entrare nell'Associazione.

È stata lei a farmi conoscere il Ristorante con le sue attività ambientaliste. Aveva un bel sorriso e un giorno le dissi che avrei voluto fotografarglielo per renderlo immortale.

"A me basta che lo ricordi tu."

Sue parole. Dovrei essere arrabbiato con Sindy, ma non ci riesco. Non posso più negare la mia esperienza, sarebbe come ripudiare una parte di me stesso.

Scatto un'altra foto. Ho colto di sbieco la statua della Madonna tra gli alberi, nascosta dalle foglie e i rami.

Mi siedo al canale. Sento la freschezza dell'acqua anche senza toccarla. Scatto un'altra foto, si vedono i miei piedi.

Il calore del sole è potente. Batuffoli di nuvole bianche gli girano attorno come se pregassero un antico Totem.

Scorgo un coniglio tra il mais. Rumina qualcosa fermo sul bordo del campo. È lontano, però con l'obiettivo giusto posso cogliere il suo momento.

Ho quello che mi serve.

Cerco di non fare movimenti bruschi, anche se è lontano vorrei non sbagliare.

Mentre monto l'obiettivo, lancio rapide occhiate al coniglio. Vive nella sua quiete e resta in allerta, sa di essere in fondo alla catena alimentare. Sorrido per via delle sue buffe orecchie e, mirando con un unico occhio, cerco di trovare l'attimo perfetto per impressionarlo per sempre.

Poi accade. È fatta.

Quando rialzo lo sguardo, lui non c'è più.

Più tardi incontro Matteo. Gli ho promesso che ci saremmo visti dal giorno in cui sono sceso a Milano, ma soltanto ieri l'ho ricontattato. So di non essere un buon amico, in fondo non lo sono stato nemmeno per Josh. Lui mi manca. Non è una cosa che mi fa soffrire, non allo stesso modo di prima. Sono sereno. Sarà l'estate, sarà che ho ritrovato Katy e ora ho Sindy, non lo so, qualsiasi cosa sia, dico *grazie*.

Ho preso per un'altra via di campagna.

Il display del telefono indica le due e un quarto.

Entro nell'ombra degli alberi e abbatto tutti i pensieri.

Solo uno resta in piedi.

Dina era il presidente dell'Associazione per cui lavoravo a Londra. Nato in India, suo padre era un contadino che era morto ucciso dai debiti. Un ragazzino cresciuto nell'ingiustizia, che insegnava la chiarezza, la tolleranza, a riflettere sulle azioni, a compiere scelte vincendo la paura. Sì, la paura, quella che spesso ci porta sull'orlo di un baratro, a non capire, a lasciarci sospingere a occhi chiusi. Ma Dina voleva che noi, che eravamo come suoi figli, prendessimo la nostra corrente e la affrontassimo a occhi aperti.

Se soltanto, a volte, ricordare non fosse tanto doloroso…

La vedo.

Cammina con le braccia leggermente allargate, come quando hai sudato troppo e tieni i gomiti alzati per rinfrescare un po' le ascelle.

La chiamo ma con l'età ha iniziato a sentirci di meno. Provo di nuovo e ottengo lo stesso risultato. Lei passeggia avvolta nei propri pensieri. Così la osservo: mi incanta il suo modo goffo di avanzare nella vita.

Un guerriero.

Gira la testa e scorgo il suo profilo, le labbra si muovono appena perché abbiamo la stessa abitudine di parlare da soli a bassa voce quando camminiamo. Qualcuno dice che è un atteggiamento da matti, ma non sono d'accordo.

La strada è stretta, fiancheggiata da corti e alberi. Un canale d'acqua la incrocia passandole sotto. Lei si è fermata proprio in quel punto per guardarlo e, stranamente, so perché.

Ricordi.

Corro. Voglio raggiungerla.

Dopo poco sente i passi e si volta nella mia direzione.

All'inizio non dice niente perché non si aspetta di vedermi.

Quando la richiamo per l'ennesima volta, il viso le si illumina e lancia un gridolino di contentezza.

"Amore" mi dice, allargando ancor di più le braccia.

"È da un pezzo che ti chiamo."

"Dove sei stato?"

"Di là", con la mano le indico il mondo alle mie spalle, tanto sa cosa significa.

"Le cascine" dice con la cadenza di una bambina che ha risposto correttamente all'interrogazione. "Volevo andarci anche io ma fa troppo caldo."

"Una di queste sere ci andiamo se ti va, quando fa più fresco."

Annuisce e torna a guardare il fiumiciattolo. Alza una mano e lo indica con un dito.

"Quanti bagni facevamo d'estate con tuo padre qui."

Sorrido e non penso a niente.

Non ci sono ricordi o immagini su ciò che dice, sono tutti contenuti dentro di lei, una storia lontana anni luce da me, però ho la sensazione di poter percepire la gioia di quei suoi tempi. Non la colgo appieno, è come se me ne avesse concessa un pezzettino per non lasciarmi in disparte. I fantasmi del passato le danzano attorno e sento le mie mani che si avvinghiano a Sindy perché vorrebbero fotografarli. Cose che vede solo lei e sono bandite ai miei occhi. Nemmeno Sindy può fare quel miracolo, quei ricordi sono custoditi dentro mia madre come perle in una conchiglia e non c'è modo di conoscerli se non attraverso i racconti.

"Lui e i suoi amici passavano sotto la strada e uscivano dall'altra parte. Mi faceva prendere un colpo ma lui si divertiva e io mi arrabbiavo perché non volevo che lo facesse."

Guardo l'acqua che si inabissa sotto l'asfalto.

"Io non riuscirei a farlo."

"Tuo padre non aveva paura di niente."

Alzo Sindy e scatto una foto a mia madre. La colgo mentre i suoi capelli si sollevano come le catene di una giostra in movimento.

"Allora hai deciso?"

Annuisco. "Voglio provarci."

"Fai bene", mi guarda e questa volta i suoi occhi sono seri. "Cerca di realizzare quello che vuoi fare finché sono in vita. Adesso abbiamo una casa, non è più come prima che non avevamo niente. Fallo. Se vuoi studiare, studia. Non pensare a me, io vado avanti. Pensa al tuo futuro."

"Ci sto provando."

"L'importante nella vita è la salute. Se hai quella, puoi fare tutto."

"Voglio essere felice" dico, abbandonando lo sguardo al canale, e so che lei mi sta ancora fissando, più decisa di me.

"Se fossi nata uomo, avrei spaccato il mondo."

"Allora lo farò io per te."

"Quello che conta è quello che vuoi."

"Sì. Voglio essere felice."

A casa trovo una foto di mia madre mentre palleggia in costume da bagno. Il piede destro alzato da terra di una spanna e la palla alta oltre la cinta. È giovane, si vede dal viso e dalle gambe snelle.

Il bianco e nero le donano una sorta di mistero, una vita che non conosco, che è sbiadita proprio come quella foto.

Ma attraverso quell'immagine capisco tante cose.

Riconosco la sabbia, che è di Vitrusi. E Vitrusi mi ricorda la mia di infanzia e, quindi, posso sentire lo stesso odore di pesce e alghe di cui era pregna.

Ho giocato anche io lì, ma lei prima di me.

Prima di me, Maria Leone ha lasciato le proprie orme.

Prima di me, ha amato e sognato.

E poi penso che mia madre abbia ragione, non c'è più motivo di aver paura, di temere il mondo, di nascondermi e tormentarmi.

Ora esco.

***

"Finalmente" mi dice quando arrivo.

È seduto a una panchina, siamo all'interno del parco di Sedriano.

È sera e un sole rosa, rosso e giallo stempera le nuvole a ovest, donandoci una visione biblica, come se un carro celeste da un momento all'altro potesse sbucare tra quelle e trascinare a terra il fuoco del cielo.

Ci abbracciamo, gli do una pacca sulla schiena.

"È nuova?"

"Sì", la prendo tra le mani e gliela mostro.

"Allora che si dice?"

Scuoto la testa, non so da dove partire. "Sono qui. Sono tornato. Ricomincio."

"Già, e tu sei bravo in questo."

Accenno un sorriso perché la sua uscita mi sorprende.

Matteo non è cambiato dall'ultima volta che l'ho visto, prima di partire per Londra. C'è soltanto un particolare che risalta subito all'occhio: non ha più i rasta. Li portava lunghi fin oltre le spalle e per contenerli li raccoglieva in una fascia multicolore.

Lo guardo e penso subito che debba aver smesso anche di fumare marijuana.

"Sono contento di rivederti."

Ha labbra lunghe e arcigne, un po' come il joker di Batman. Un bel tipo.

"Allora ho saputo che ti sei fidanzato."

Adesso ride. "E come lo sai?"

"Facebook."

"Mi sono tolto da Facebook l'anno scorso, quelli ti spiano la vita."

"Lo so, ma lo faccio per i contatti. E poi non ho nulla da nascondere, la mia vita non è così interessante."

"Sì, è vero, ma dovresti vedere quel film su Snowden."

"Ah sì, l'ho visto a Londra. Bellissimo."

Poi indica di nuovo Sindy mentre mi siedo al suo fianco. "Hai trovato una nuova *Martina* da immortalare?"

"No. Non ancora."

"Vuoi dirmi che non c'è stata una seconda Martina a Londra?", sbarra gli occhi come se gli avessero appena confessato che la terra è piatta.

"Non stavamo parlando della tua relazione?"

"Hai ragione, mi hai beccato prima tu."

Scava nelle tasche e tira fuori una sigaretta. Con un gesto mi chiede se ne voglio una ma diniego la gentilezza.

"Meno male che tu quel vizio non l'hai mai preso."

"Pensavo ad altro."

"Io ho smesso con certa roba."

"Per questo hai tagliato i capelli? Non sono l'unico a ricominciare, allora."

Con un gesto del pollice attiva lo zippo e milioni di scintille bruciano il gas al suo interno, facendo emergere una fiamma alta e orgogliosa. Brucia la punta della sigaretta, fa un bel respiro e dopo poco rigetta il fumo.

“Non ti dispiace se…?”

“No, vai tranquillo. Siamo all’aperto.”

Cambia posizione per cercare di non farmi arrivare il fumo in faccia. Calza dei sandali, pantaloncini corti e una maglietta grigia. È magro e poco più basso di me. Stessa generazione.

Inclina la testa in un gesto rapido, quasi non lo colgo se non fosse che ho abituato l’occhio ai particolari. “Ci siamo conosciuti due anni fa. Si chiama Romina, è pugliese. Studia a Milano con la sorella. Dopo ti faccio vedere una sua foto… appena finisco questa. E tu che mi dici?”

“Che ti dico?”, non lo so. Stringo Sindy nelle mani e senza pensarci gli parlo di Nicole. “Sono stato con una per sei mesi. Una storia un po’ particolare. Lavoravamo insieme in un ristorante macrobiotico.”

“Che è successo?”, me lo chiede all’improvviso e mi rendo conto di aver perso lo sguardo su un cipresso e di essere rimasto in silenzio per diversi secondi.

“Ah beh… che è successo? È successo che non ci siamo capiti.”

Vedo che aggrotta le sopracciglia, ma non ho molta voglia di parlarne. Mi sforzo perché in fondo capisco che Matteo non può sapere, proprio come certe volte non riesco a capire mia madre e i suoi ricordi.

“Ho bisogno di scaldarmi un po’. Perché non ci prendiamo un gelato?”

“Buona idea.”

Ho preso pistacchio e nocciola.

Lui, invece, ha preferito lo zabaione e la stracciatella.

Io sono uno da coppetta a differenza di Matteo.

Camminiamo nel parco mentre cerco di non far sciogliere il gelato.

“Anche io ho lavorato in un ristorante vegano.”

La sua ammissione mi sorprende, proprio da lui che era il re delle grigliate all’aperto.

“Davvero?”

Sì, diamine, sono sorpreso.

“Davvero! Non ti ricordi?”

Scuoto la testa.

"Mi avevi scritto tre anni fa che lavoravi in un ristorante *quasi* vegano."

Rido. "Non ricordo, ma quel *quasi vegano* è imbarazzante."

"Sì, l'ho pensato anche io. Così per curiosità ne ho cercato uno e mi sono appassionato. Un vegano vero, senza il *quasi*."

"Cioè?"

"Due anni da vegano, ci crederesti mai?"

Ha un bel sorriso ampio e genuino. Appare come un bambino che trova il regalo di Natale sotto l'albero.

"E che è successo dopo? Avevi paura di morire?"

"No, beh, quando poi ho lasciato ho fatto fatica a continuare. Certe volte mangio le uova e quando esco con Romi magari ci capita di prendere del pesce. Cerco di limitarmi."

"Buona idea" dico, mentre sollevo Sindy e scatto una foto al cielo.

"Perché non mi parli di Martina due?"

"*Martina due* si chiamava Nicole."

"Era fica?"

"Molto *fica* direi."

"E cosa non ha funzionato?"

"Troppe cose, non saprei da dove partire."

Lui si ferma, dà un colpo di lingua al gelato che cola su un lato del cono e, dopo aver deglutito, mi fa: "Perché non parti dalla fine?"

Già… la fine. E sentiamo, Gabri, come è finita? Te lo ricordi?

***

Che cosa le può dire?

Fare sesso è un supplizio ormai.

Le mani fredde di lei non sono mai state tanto gelide.

Adesso è nuda accanto a lui, girata sul fianco a guardare il muro, in silenzio.

Gabri, invece, fissa il soffitto e prova malinconia. Muove il capo verso la sua schiena, la coperta le arriva sino all'osso sacro delineando un tratto dei glutei. Pallido. Morbido come ricorda è morbido il cotone. Poi fa scivolare una mano sulla coperta e lo scopre per guardarlo tutto.

Ha ancora voglia di lei.

Scansa la trapunta e si accosta alla sua schiena, passandole un braccio tra collo e cuscino e con la mano sinistra le accarezza la lunga coscia.

Lei mugugna, un minuscolo lamento di piacere.

Le bacia il collo, scostandole i capelli con il naso, per andare sempre più a fondo. È rigida. Come prima. Il desiderio, però, è più forte di un iceberg che si erge imponente per oscurare la luce di un sole.

La mano sinistra si infila tra le cosce di lei. La sente. È umida.

Nicole gira la testa e incontra le sue labbra, questa volta ha gli occhi chiusi.

Eppure, è certo che si stia sforzando.

Perché?

Insiste. Vuole completamente farla sua, ancora una volta.

Si aiuta con il braccio e le alza una gamba. La penetra.

Un altro lamento di piacere.

Tace. Non prova appagamento emotivo, solo fisico. Lei, invece, suona come un'arpa, soave.

Adesso è mattino. Nicole sonnecchia sul lettone.

Gabriele si alza e cerca nel tenue chiarore le calze. Evita di pensare a cosa prova. Da una settimana a quella parte non fanno altro che litigare, non capirsi, lei è stanca di vedere quelli dell'Associazione e lui ne fa ancora parte.

Josh è partito da un mese. Si sono sentiti per telefono, ma l'ultima volta gli ha chiesto di non *richiamare* più. Ascoltare la sua voce gli torce lo stomaco. Non come quando si è arrabbiati, è un movimento simile allo strazio per qualcosa di importante che abbiamo perso.

Da quando l'amico è partito, lei non gli ha nemmeno chiesto come si sente. Il suo *"vi siete sentiti?"*, è stata l'unica scintilla di interesse nei loro confronti.

La verità è che Nicole ha il corpo sul suo letto e la testa in un altro mondo. Vorrebbe partire, andarsene, girare il mondo. Sola. E l'assenza di emozione che prova quando sta con lui, lo atterrisce.

Le posa un bacio sulla fronte, lei borbotta qualcosa.

Pensa di essere un debole, perché non ha il coraggio di affrontare la verità. E affrontare la verità significa affrontare lei, che è il *suo* demone.

Nicole è più forte.

Da quando Josh è partito e anche lei ha abbandonato il lavoro, non è stato più in grado di gestire le situazioni.

La clientela è calata, ci sono malumori in cucina e con alcuni associati. Stare undici ore chiuso tra quattro mura, con il sibilo delle pentole a pressione e la sensazione che tutto ti stia sfuggendo, è come un'apnea anche dopo che l'acqua ha saturato i polmoni.

Richiude la porta. Esce. Arriva al Ristorante. Al suo devi fare questo, devi fare quell'altro.

Dopo venti minuti, riceve un sms di Nicole. Prima di aprire la chat, si infila le ciabatte e, chino sulle ginocchia, osserva l'armadietto socchiuso di Josh e pensa alle volte che si sono scambiati i vestiti o simulato dei furti.

Sopportare il lavoro era più semplice quando c'era lui.

E lo sa, mentre apre il messaggio di Nicole, che è arrivato il momento di affrontare la verità e il suo esito.

Prende il bus per tornare a casa.

Cosa insolita.

Lui che ha fatto delle proprie gambe il mezzo di trasporto quotidiano.

Ricorda quella volta al convegno, l'università che si svuotava e Josh che faceva lo scemo ballando come un piccolo indiano Cherokee. E lei che lo fissava con interesse, curiosa di sapere cosa si nascondesse sotto la giacca e la cravatta e quel sorriso da saputello.

Così Gabriele si era aperto a lei, spogliandosi di ogni difesa.

E mentre prende posto e poggia la testa sulla vetrata, pensa a quanto faranno male i giorni da quel momento in avanti senza di lei.

***

Mi dico che certe cose finiscono e basta. Devono finire. Sono cicli inconoscibili. Per quanto ci sforziamo, la loro forza, la loro ragione di esistere nella nostra vita, è più grande di noi. Noi dobbiamo accettarli, prendervi parte, soffrire tutto il tempo necessario per capire. E per capire bisogna andare avanti.

E io, dopo quella volta, anche se imprecavo Dio per avermi portato via ciò che per me era importante, non mi sono fermato.

E non è una volontà unicamente tua, il tempo non guarda indietro come fanno gli uomini, lui si adagia sullo spazio che si crea di continuo. Sono due amanti perfetti. Sanno che l'uno non può esistere senza l'altro.

"Credi che non ti amasse abbastanza?"

"Credo che siamo stati attratti dal bisogno di conforto, niente di più. L'amore c'entra poco."

Matteo però non sembra convinto di quanto dico. "Ma tu l'amavi? L'ami ancora?"

"Sì, certo che l'amavo, però questo non cambia il fatto che avevamo bisogno l'uno dell'altra in quel momento. Perché entrambi eravamo stanchi di non sapere cosa fare della nostra vita."

"E adesso?"

"Cosa intendi?"

Ci siamo messi a sedere di nuovo sulla stessa panchina.

"Intendo dire, se adesso sai cosa fare del tuo futuro, della tua vita?"

Alzo Sindy nella sua direzione.

"Allora finalmente ti sei deciso a seguire la tua passione?"

“Sto partecipando a un concorso internazionale di fotografia. Gli scatti migliori saranno esposti a New York in autunno. Ci sarà una fiera importante sull'arte. Voglio girare il mondo. Fotografare le guerre, la natura, insomma, dare informazione.”

“Un Freelancer.”

“Qualcosa del genere.”

“Ti serviranno dei soldi per iniziare.”

Alzo le spalle.

“Farò dei lavoretti mentre studio giornalismo. Ho trovato dei corsi. Il mio interesse principale è la fotografia. Penso che comprerò una videocamera.”

“Farai dei documentari?”

“Ho tante idee e questa volta non le voglio sopprimere. Ci sono cose là fuori che attendono di essere raccontate. E io mi propongo di farlo.”

Matteo è eccitato, mi guarda come mai l'ho visto fare in tanti anni che ci conosciamo. “Apri un blog.”

“Ci sto già lavorando.”

“Di cosa vuoi parlare?”

“Il tema principale sarà l'ambiente. Cambiamenti climatici e tutto il resto. È lo stesso tema che ho proposto al concorso.”

“E dove hai fatto le foto?”

Getto la coppetta del gelato nella spazzatura pensando allo spreco, pensando che di certo non è un buon inizio, e so che ci sono cose che devo ancora migliorare, cose che non conosco.

“La prima fase del concorso si limitava a delle foto che rappresentassero chi siamo. Una volta selezionate le migliori, si accede alla finale con un tema a scelta. Ecco, io sono passato. Partirò a giorni per visitare dei siti in Italia. Voglio rappresentare il mio Paese.”

“Dove andrai?”

“Sellia Maria, per iniziare. Sta in provincia di Catanzaro, vicino dove abitava nonna Mia.”

Matteo mi fa altre mille domande, e mentre rispondo penso che ho una voglia matta di tornare al paese dei miei genitori, ricominciare da lì.

Ricominciare dalla sabbia bianca, dalle onde del mare, dal salmastro che profuma l'aria e dall'odore del basilico nel sugo.

Ricominciare dove ho lasciato il mio cuore.

Lì ho i ricordi più belli della mia vita, che sono la mia infanzia. Ci sono gli occhi azzurri di nonna Mia, i racconti delle comari su mio padre, che faceva loro gli scherzi rubando i panni o i vasi sui bordi dei balconi grezzi.

E, in profondità, ci sono le orme di mia madre mentre palleggia o calcia un pallone di fronte allo stupore di decine di persone. Forse lei ha ragione, se fosse stata un uomo avrebbe "spaccato" il mondo, sarebbe stato un campione.

Non importa adesso ciò che poteva essere, perché lei ha comunque vinto le sue battaglie ed è andata avanti.

Ora tocca a me.

Ogni giorno cerco di ricordarmi che la mia vita non è scontata, che una donna forte e fragile allo stesso tempo l'ha custodita in sé e ha combattuto per proteggerla affinché io, un giorno, la completassi vivendola al massimo delle mie capacità.

Voglio andare a New York. So che posso farcela. Come me ce ne sono mille e forse più, ma non importa.

Ci sono solo io e il mondo mi attende.

"Dimmi la verità, Lele, c'è un momento nella tua vita che vorresti cambiare, che vorresti fosse andato diversamente?"

"Non lo so. Ci devo pensare."

"Non vorresti fare qualcosa di diverso? Ad esempio con Martina?"

Non so che dire.

Taccio e ascolto le macchine che sfrecciano sulla strada.

Lo sguardo di Matteo sul mio viso fa lo stesso rumore di quei motori.

Tuo padre non aveva paura di niente.

Le paure sono solo ostacoli, è come dice Dina, e adesso lo capisco.

Mi sento pronto a smuovere quegli ostacoli per vedere quanta parte di me c'è oltre, per ritrovarla e unirmi a essa. Solo così potrò scoprire i pezzi mancanti di Gabriele.

Superare passo dopo passo le mie paure. Non importa quanto tempo ci vorrà, ho fatto la mia scelta. Se continuerò a fuggire, non saprò mai chi sono.

"Io credo che sarà per un'altra vita."

"Un'altra vita dici, eh?"

"Alla fine, le ho scritto che l'avrei amata per sempre, come dice quella canzone di Withney Hudson. I hope life treats you kind, and I hope you have all you've dreamed of, and I wish you joy and happiness. But above all this, I wish you love."

"Intendi Nicole?"

"Volevo farle capire che da parte mia c'era stato qualcosa di vero."

Alziamo entrambi lo sguardo all'orizzonte.

Penso a Josh perché ora capisco che Matteo mi è mancato. Un buon amico.

La vita di certe persone sembra fatta apposta per creare punti fermi ad altri. E il fatto che lui si accontenti di quel che ha, crea un punto fermo per me, che ho scelto l'opposto, di andare oltre i miei limiti.

"Sai cosa ho capito, *Lele*?"

"Cosa?"

"Che c'è un motivo a tutto. Dipende da noi quel motivo. Dipende da quello che esprimiamo, dalle decisioni che prendiamo."

"Da quando sei diventato un filosofo?"

"Farsi di marijuana ha i suoi vantaggi."

Gli do una pacca sulla spalla e continuiamo a ridere. Che ci importa della filosofia se l'intero il sapere del mondo non può reggere la bellezza di un cielo e una risata in amicizia?

Ecco quali sono le cose importanti per essere felici.

Per tutto quello che mi hai dato

91

Odore di polvere, non di quella depositatasi sul suolo, più simile alle tende dimenticate. E di piscio. Di quest'ultimo odore la maggior parte non lo percepirebbe, e anche per Gabriele è più una sensazione che una realtà.

Salvatore lo hanno considerato pericoloso, non lo può vedere nessuno. È così da due settimane.

Mamma sta scendendo, lo sa, non gli parla, però Gabri è certo che lei da un momento all'altro farà la sua apparizione.

Una porta si apre e lui è in manette.

Sorride alle guardie, parlano tra loro come tra vecchi amici.

Tore è uno che conosce molta gente. La famiglia adottiva erano persone che lavoravano nei tribunali, *immanicate* in ogni dove.

Brutta fine hanno fatto.

Gabriele ha atteso il suo arrivo per accendersi una sigaretta, non sa se le regole lo permettono ma vederlo scherzare con le guardie lo tira su, anche lì fa il suo gioco.

Limitatamente.

"Fratellino."

Si abbracciano e poi si siedono al tavolo.

Gabri gli allunga una sigaretta, le guardie fanno finta di niente. Ragazzi poco più grandi di Gabriele.

"Da chi credi che comprano la roba che fumano quando non lavorano?"

“Dai tuoi, immagino.”

“Non è per quello che sono qui, se ti interessa saperlo. Lo spaccio non fa parte del mio vero business. Quella è roba per perdenti.”

“E perché sei qui?” Il tono di Gabri è duro. “Nessuno parla.”

“E così sarà in futuro. Nessuno deve parlare.”

La barba è incolta, gli punteggia il viso reso grigio dagli anni.

A Gabriele fa strano vederlo così poco curato, anche se Tore ha il tipico aspetto dei dannati. Mascelle squadrate, la fronte spaziosa solcata da tre linee orizzontali ben marcate. Penseresti di lui che nemmeno le pallottole possano fermarlo, e Gabri sa che più di uno ha tentato di ammazzarlo. Si è dovuto difendere con i denti, ed è sopravvissuto.

Tore lo diceva che se sopravviveva, sarebbe diventato qualcuno.

Tore non sbaglia mai. Vede lungo.

Fuma sebbene abbia promesso che smetteva, ma non importa adesso, la tensione lo convince che quella è una situazione straordinaria.

“Non si chiede *come stai*? Non fare quella faccia.”

“Sono incazzato nero.”

“Tu? E per cosa?”

Gabri allarga le braccia per mostrargli la stanza in cui si trovano.

“Pensi che non lo sapevo che prima o poi sarei finito qui? Non immagini quante volte ho rischiato la galera.”

“Non è una bella cosa.”

“Nemmeno quando ti ammazzano i genitori davanti agli occhi e la tua unica occasione per farcela è diventare peggio di chi li ha uccisi, è una bella cosa.”

“Mi spiace.”

“Lo so che ti dispiace. Non devi usare quel tono con me.”

“Proprio adesso che stava andando tutto bene.”

“Cazzate” esclama, senza scomporsi.

“Perché dici così?”

"Piccoli avvenimenti preannunciano grandi cambiamenti. Ricordatelo sempre. Se uno ci fa caso, la vita ci parla prima. Muove le pedine in un certo modo per arrivare all'atto finale. Poi si riparte. Non pensarla come uno schema prestabilito, è simile a un flusso. Quelli come me devono farci caso *al flusso*, sennò finiscono ammazzati. Pensi che me ne sarei stato per anni con tre guardie del corpo attaccate al culo giorno e notte?"

"No, credo di no" gli risponde, in tono sconfortato.

"Ti vedo sciupato, fratellino. Scopi troppo?" La sua risata coglie la curiosità delle guardie che si affacciano nella stanza per vedere che succede. "Come sta la tua bella femmina?"

"Bene. Ti saluta."

"Un prodigio. È più di quanto meriti un uomo."

"Che significa?"

"Ne ho conosciute tante di donne, lo sai. Sono tutte come Maria ma non lo sanno. Quelle che lo sanno, non trovano mai uomini abbastanza forti che reggano il confronto."

"Mi stai dicendo che, Marì, è troppo per me?"

"Ti sto dicendo di fare un figlio prima che sia tardi. Quelle come lei se non le fermi, poi volano in cieli lontani. Dà retta a me, lasciate stare questa pagliacciata del calcio e fatevi una famiglia."

"Non durerà comunque."

"Lo so. Ma potrebbe già essere tardi. Ricorda quello che ti ho detto dei cambiamenti."

"Che cosa succederà? Parlo di te."

Spegne la sigaretta nel posacene e risponde: "Me ne starò al fresco qualche anno. Questa volta non me la cavo. Ma non temere per me, come ti ho già detto sapevo che sarebbe successo. Va a trovare Maria qualche volta… *la mia* Maria. Fatele compagnia, le servirà. Lei qui non ci viene, e non fatecela venire. È una delle poche cose buone che ho nella vita, non mi va che veda questo", e indica il suo viso.

"Farò come dici."

"Ehi, fratellino, guardami."

A fatica, Gabri, solleva gli occhi nei suoi. Tenendo le labbra serrate, digrigna i denti per sopportare il dolore.

Mamma aveva ragione su Salvatore: un figlio perso, irrecuperabile. Tutti loro gli hanno voluto bene in egual misura, perché il sangue non si dimentica. Il sangue è sangue.

"Se hai bisogno di grano per ricominciare, vi aiuto io. Non importa dove sto, fuori c'è chi sa. Fatevi una nuova vita. Andate via. Non fare i miei stessi errori, sei ancora in tempo."

Gabri non risponde. Dopo poco non regge lo sguardo e mira la finestra aperta sul giardino laterale.

Non sa a cosa pensare, ma Tore ha ragione. Maria è felice, felice davvero, però qualcuno ha iniziato a farsi male e le prospettive future non sono buone.

"Riferisci *alla Signora* che Salvatore sta bene, che se la caverà, come ha fatto da quando era bambino."

E poi capisce che è sempre stato questo il punto: Tore non l'ha mai perdonata per averlo dato in affidamento a un'altra famiglia. Una famiglia che comunque ha amato con tutto sé stesso.

92

Estate 1987

Lei entra e basta, senza preavviso, tanto Gabri lo immaginava.

Maria è al mercato, niente allenamenti per quella settimana.

Luglio è imminente.

Non le permettono di giocare le amichevoli, troppi occhi su di lei, ma non soltanto quelli, ci sono bocche e mani che vorrebbero dire o fare qualcosa per portarla via.

Per Vincenzo una cessione non si discute, impossibile anche solo immaginare di considerarla una via possibile.

Mario Leone è unico, vivrà e morirà nel Catanzaro.

Maria crede ancora nella Serie A. Non hanno capito se la sua è soltanto testardaggine per non starli ad ascoltare, o un suo modo di restare positiva, andare avanti.

Il viso di Mia Arcuri è bruno, una eclissi di luna. Non ce l'ha con Gabriele, non le piacciono le emergenze. Sarebbe voluta scendere a Vitrusi subito, ma non è riuscita a piantare in asso i lavori per questioni di rispetto nei confronti delle persone che hanno fiducia in lei.

E poi c'era Gabri, almeno lui ha cercato di stare vicino a Salvatore.

"Quanta fretta" le dice, seduto vicino al balcone con una sigaretta in mano. Quando Maria è via le fuma, non che lei non lo sappia, però almeno un pacchetto gli dura un giorno in più.

"Dov'è Maria?"

“Al mercato.”

“Non lavora il sabato?”

Mamma non è stupida, non è mai andata a scuola ma i conti non li ha mai sbagliati. E non è una questione di carte da gioco, con quel suo modo di fare il “solitario” per prevedere il futuro, è una dote insita in lei.

“No, non lavora il sabato. È andato bene il viaggio?”

Mia prende l’acqua dal frigo e ne beve un sorso da un bicchierino di plastica.

“Non avete vino?”

Gabriele scuote la testa.

“Più tardi vado in paese” proferisce, gettando la valigia sul divano. “Adesso sistemo le mie cose.”

Filomena Procopio lavora al supermarket di Marina di Vitrusi. È lì che Maria l’ha conosciuta.

Anche se Vincenzo le ha lasciato un mese di riposo fino a metà luglio, talvolta è scesa in Marina a piedi, per poi risalire in autostop. Gabri in quelle occasioni è rimasto a casa a cucinare.

Così quando arrivava giù, si infilava nel supermarket sulla statale per prendere da bere.

Filomena delle volte era alla cassa, l’unica delle commesse con il profilo fine, persino più magra di Beatrice.

Si sono parlate. Si sono piaciute. E un giorno di quelli, in cui Maria è scesa a piedi, hanno mangiato insieme una pizza al ristorante di Ettore Arcuri.

Ettore è un uomo serio, Maria non poteva aspettarsi diversamente dal fratello della Signora. È discreto, non le ha mai fatto domande private.

Un uomo disponibile.

La mattina del mercato e dell’arrivo di Mia, Maria ha chiesto a Filomena, chiamandola da una cabina telefonica, se le andava nel pomeriggio di fare il primo bagno dell’estate.

“Tu sei matta come me. E che gli dico a Pietro?”

“Che esci con una matta come te e che non potevi dirmi di no.”

“Sicura che il tuo fidanzato non viene?”

“Si deve vedere con un amico.”

"Va bene, ci vediamo qui da me. Sai dove abito. Basta che citofoni."

Gabri le aveva accennato che lei sarebbe arrivata a giorni, quindi, quando la vede, non si stupisce di trovarla già lì.

L'aria in casa è tesa, se non fosse che pranzeranno da Gena, sarebbe scesa di tutta fretta in Marina al ristorante di Ettore per evadere da tanta densità.

In silenzio rassettano la casa e poi lei e Mia si spostano da Gena per aiutarla a preparare la tavola. Anche se ha fatto quindici ore di pullman, Mia sembra avere più energie di tutti loro.

Gena rallegra il pranzo con la notizia di un secondo nipotino in procinto di venire al mondo. Maria la osserva e pensa se quella felicità possa darle di più del calcio, delle vittorie, del calore dei tifosi che vorrebbero conoscerla; o più di quanto può darle Gabri, che è lì a sostenerla.

Avere un figlio. Dargli un nome. Nutrirlo dentro di sé, coi pensieri, con il cibo, con i sussurri e l'amore di un padre vicino.

Gena è talmente felice di aver messo al mondo un figlio, mentre Maria di sua madre non sa niente. Non sa se c'è mai stato un momento nella *sua* vita in cui l'abbia amata, in cui l'abbia desiderata veramente.

"Io scendo in Marina" dice, accostandosi all'orecchio di Gabri.

Lui le fa un cenno affermativo, con gli occhi rivolti al telegiornale.

"Sto con una. Filomena. Ti ricordi di lei?"

Gabri oggi non parla, lo capisce. Conosce a memoria i suoi gesti.

Delle volte resta a fissarlo mentre parla con qualcuno o se sta dormendo profondamente. È così che lo ha conosciuto, attraverso le sue particolarità. Al modo di tenere la sigaretta tra indice e medio. Quando è seduto a guardare la televisione e resta chino in avanti con gli occhi socchiusi. Le volte che cucina e gira il mestolo per tutto il tempo nel sugo, come se facendo così quello diventasse più buono.

Gesti. Solo gesti, che sono suoi e di nessun altro.

Ci si innamora anche di quelli.

Filomena è bella perché lei è come il sole, capace di splendere perennemente. Troppo presto per dire se sia una caratteristica peculiare, se sia sempre di buon'umore. Adesso reclina la testa all'indietro, seduta sull'asciugamano nel suo confortevole costume da bagno, mettendo in mostra una fila di denti bianchi.

A Maria qualcuno si è *stortato*, un accenno, delle volte li tocca per sapere se sono ancora al loro posto. È preoccupata perché nonna Madia dice che in famiglia hanno avuto la piorrea. Non sa bene cosa significhi, di certo perdi i denti.

L'idea la spaventa.

Filomena ha i capelli castani, lisci come spaghetti.

Se Beatrice la vedesse direbbe che potrebbe fare la modella.

Un fisico asciutto, alta più di loro.

Un po' la invidia. Anche se con gli allenamenti è dimagrita, ha le ossa grosse come Mariuccia.

"Nata e cresciuta a Vitrusi. Contenta di esserlo" proferisce, sfoggiando i suoi mille denti. Occhi grandi, che riflettono come specchi il mondo circostante. "Mamma è morta nell'ottanta. Papà si è preso cura di me. Da un anno vivo con Pietro e forse il prossimo ci sposiamo."

"Mi spiace per tua madre."

"Mamma era una tosta. Mi ha insegnato tante cose. Lei faceva l'insegnante, sapeva tutto. Papà invece lavora alle poste."

Maria vorrebbe confessarle che sua madre era una prostituta, che forse ancora lo è, che *invece* di insegnare la conoscenza, insegnava l'amore in modi difficili da immaginare.

E anche se le sembra strano pensarlo, forse, diversi i termini, rimane il donare a qualcun altro un pezzetto di sé stessi, che fosse una storia o una carezza proibita, loro, inesplicabilmente, si sono date al prossimo.

"A mamma tutti volevano bene, anche i ragazzini pestiferi che la facevano arrabbiare. Lei quando poteva gli faceva fare lezione fuori, all'aperto. Era una *grande*, davvero. Una delle poche di qui a conoscere due lingue straniere."

I gabbiani si sollevano dalla riva e sprofondano nello spazio, radenti al mare calmo di un pomeriggio di giugno.

Maria pensa che anche la voce di Filomena abbia qualcosa di speciale, ascoltarla la tranquillizza, cosa atipica da parte sua, visto che dai discorsi di Bea e Grazia si dissociava spesso.

Filo parla con leggerezza, con la sua bocca grande articola dolci parole.

Vorrebbe avere quelle qualità.

Invece, l'hanno fatta diventare un maschio. Forse è per questo che si sente così attratta da lei.

Filomena esprime la sensualità di una ragazza, nessuno potrebbe farla diventare un uomo, nemmeno il miglior truccatore del mondo.

"Mamma voleva che diventassi una ballerina, e non sarebbe contenta di sapere che ho rinunciato al sogno."

"Come mai?"

"Voglio farmi una famiglia. Sposarmi. Fare dei figli. Crescerli e mandarli all'università. Non sarò io a dire loro quali sogni inseguire, sceglieranno la propria strada, ma prima li farò intelligenti. Dovranno studiare tanto. Non come me, che sono una capra."

Maria ride e le risponde che non è vero che lei è una *capra*.

"Sì, è vero, non me ne vergogno. Ho lasciato la scuola apposta."

"E Pietro che lavoro fa?"

"Mobili. Ha la ditta del padre. Invece tu, Marì? Non mi hai detto che ci fai qui a Vitrusi con il ragazzo."

"Una storia lunga."

"Beh, che stiamo qui a fare? Ti ascolto se vuoi. Mica vorrai che parlo tutto il tempo io?"

E non sa perché, ma con lei non ci riesce a mentire. Le dice tutto… o quasi.

Quando rientra, è sera.

Mia prepara il sugo, uno dei suoi capolavori culinari. Lo fa con gli avanzi del maiale, e il pomodoro.

"Gabri?" le chiede.

"Non viene a mangiare. Sta con quello."

"Alfredo?"

"Sì, Alfredo. Spero non facciano tardi, sono stanca io."

All'improvviso ha una spiacevole sensazione. Non una di quelle con il presagio di morte, più simile alla preoccupazione di una madre che vede il proprio figlio di sei anni correre su una strada piena di sassi e buche, e sa che se non lo ferma cadendo si farà male.

93

Sila.

Sila silente.

Strano, pensa.

Lui gli ha chiesto se lo portava sui monti a fare un giro.

Sara si è accorta che la richiesta di Mario lo ha lasciato sconcertato, sebbene non abbia colto appieno le motivazioni.

Vincenzo lo ha spinto a fatica su un percorso segnato, non sapendo bene che aspettarsi da uno come lui.

Non hanno parlato per tutto il tragitto.

Sara cammina dietro con la borsetta premuta contro il fianco, respira intensamente, i suoi grandi occhi nocciola sembrano polmoni avidi di ossigeno. Non si può venire in Sila e restare indifferenti.

I fianchi delle montagne riempiti di alberi verdi, nascondono la natura selvaggia che a tratti sbuca sugli spazi aperti.

Una volpe che insegue una lepre.

L'upupa che cerca qualcosa tra i fili d'erba, con il becco fine e la cresta allungata dietro il capo.

Presto le zone boschive si riempiranno di gufi e lupi solitari.

Vincenzo ha un pensiero estemporaneo, fugace, che si rivolge alla bellezza. Sebbene non siano lì a vedere la Sila, costretti nelle città o nelle campagne, quel mondo meraviglioso continua a esistere senza pretese. Non chiede di essere premiato. Non chiede di essere fotografato. Non chiede di attestare la propria unicità. Semplicemente esiste.

Mario osserva una farfalla dalle sfumature rosse, gialle e nere. Vincenzo la segue con lo sguardo, rapito dallo stesso incanto del ragazzo. Domani di quella bellezza nessuno parlerà. Se non ci fossero i loro occhi a coglierla, lei avrebbe continuato a esistere indisturbata, senza elogi. Vibra mostruosa tra i fiori e i fili d'erba, danzando verso il lago nascosto dietro a una fitta rete di alberi. Sparirà tra le fronde e magari verrà inghiottita dai predatori. Non lo sapranno mai, resta unicamente quel momento. Ed è felice di viverlo, perché è uno dei pochi in cui Mario si lascia travolgere dall'incantesimo delle cose del mondo che lo circondano.

Poi lui si gira con un sorriso ampio, singolare, uno di quelli che non gli ha più visto fare da quel giorno che lo ha allenato per la prima volta. Sara sussulta, piano, porta una mano alla bocca per fermare qualcosa che vuole uscire. Gli occhi di Mario sono tornati bambini, ed è bastato quella dimensione magica e ineluttabile per risvegliarli.

La Sila e Maria. Loro sono gli artefici di quel miracolo.

94

Ieri l'ha aspettato tutto il giorno. Si è alzata alle cinque con il cuore a mille e ha bevuto il caffè con l'anice come fa la Signora. Una roba da non ripetere ma almeno l'ha tirata su. Non è uscita nemmeno nel pomeriggio, sebbene le gambe la spingessero a muoversi in ogni direzione.

Alle otto e mezza di sera aveva già gli occhi pesanti. Alle dieci dormiva. Si è sdraiata sul letto e lì è rimasta fino all'alba.

Adesso sono le sei del pomeriggio ed è seduta fuori, sui gradini della scala a fianco. Sente dei passi scendere la via di sopra, e sa che sono i suoi perché delle volte strascica i piedi.

Quando spunta dalla via, nota subito il viso scavato, pallido. Ha il solito bel sorriso. Le sorride sempre.

Gabri sorride a tutti.

Una volta le ha detto che un sorriso *non costa niente darlo*, che esprime più sincerità di mille parole pronunciate bene.

Si presenta in pantaloncini corti e una camicia scollata sul petto. La collana con il cuore a metà non l'ha più indossata da quando sono venuti a Vitrusi.

Lei la mette ogni tanto.

"Dove cazzo eri?"

Vorrebbe stare serena, ricambiare quel sorriso tenero e audace; vorrebbe abbracciarlo e dirgli soltanto di non scomparire dalla sua vita mai più di un'ora; vorrebbe non dover ascoltare le sue ragioni per fare finta che non sia successo nulla.

Vorrebbe.

"Sono stato a Catanzaro, da Alfredo."

Maria pianta i pugni sui fianchi e si avvicina. La Signora è in casa, Gena fa rumore ai fornelli, ma non le importa se sentono, è stata in pensiero per due giorni, quello è il minimo.

Sfogarsi.

Così pianta anche gli occhi nei suoi. Fermi.

"Ma fare una *cazzo* di chiamata, no? Una, per Dio!"

"Lo so, mi dispiace."

"No, non ti dispiace. Da quand'è che non te ne frega un cavolo delle persone che ti vogliono bene?"

"Marì, ho detto che mi dispiace."

Cerca di toccarla ma lei si tira indietro, furente perché lui continua a sorride anche se in modo diverso, a disagio.

"Tu a me non mi fotti, sai. Non mi fotti. Io so che cosa avete fatto tu e quell'altro."

"Di che parli?"

"Parlo della merda che vi prendete. Ecco di cosa parlo."

"No, Marì, non è così."

Mente e lo vede subito che quella bugia non ha effetto, Maria è come la Signora, non può prenderla in giro.

"Ma che cazzo ti salta in mente? Vuoi bruciare la tua vita come ha fatto tuo fratello? Va bene, fallo, ma senza di me. Non mi metti in mezzo a queste puttanate, hai capito?"

Adesso è rossa in viso. Per tutto il tempo ha tenuto spalancati gli occhi, fissi nei suoi che sono deboli e vacillano di fronte a quella determinazione.

"Lascia stare mio fratello" le dice, smorzando il sorriso.

"Ah, bene! Vedi? Se ti toccano le persone che veramente contano, diventi serio in un colpo."

"Marì, sono stanco. Possiamo parlarne dentro?"

"Prego" gli risponde, mettendosi di lato per farlo passare. "Adesso vado io a fare un giro. Di là c'è tua madre che ti aspetta. Magari riesce a farti dire la verità."

Non aspetta di sentirlo ribattere, lo supera e risale la stradina per andare in paese. Gabri la richiama ma lei corre per non sentire la sua voce.

Quando arriva in piazza si fionda nella chiesa.

Non c'è nessuno a quell'ora a parte un ragazzo in prima fila.

Si guarda intorno per cercare conforto nelle immagini religiose dipinte sui muri. Non ha voglia di piangere, la rabbia le tiene alto il morale. Avanza. I suoi passi echeggiano piano, la chiesa è fredda, l'odore di incenso e polvere riempie l'aria. E ora è certa che quel ragazzo abbia un profilo familiare.

È lui, *Alfredo*.

Ma che ci fa lì?

Allora gli va vicino e lui, come sente una presenza alle spalle, si gira.

"Non so perché ma qualcosa mi diceva che se venivo qui avrei ricevuto un segno. E il segno sei tu, Marì."

"Che fai stasera?"

Tace, stupito dalla domanda.

Maria ha l'aspetto di una arrabbiata, se è lì è perché ha litigato con Gabriele, sa come vanno certe cose. Quando litiga con Zero, finisce che uno dei due scappa, cammina per ore finché non trova un posto adatto per riposare i pensieri.

"Non voglio che tu venga con me, Marì", ma le sta mentendo. Lei è il suo segno. Un *segno* di Dio.

"Non mi interessa quello che vuoi tu. Fammi vedere quello che fate."

Dopo aver cenato in un ristorante di Catanzaro, fanno una passeggiata sul lungomare, poi finiscono da Paola, una ragazza alternativa bianca come un foglio di carta, con tatuaggi floreali sulle braccia e un piercing sull'ombelico.

Sono lì per prepararsi alla serata.

Paola le fa indossare un abito provocante, lucido, con ricami e perline lungo i bordi e una scollatura al centro del petto.

Si truccano insieme, ridono. Bevono vino e cantano le canzoni straniere che passano alla radio senza azzeccare una parola.

Su una Mercedes grigia volano in discoteca. È mezzanotte. I fari a Pietragrande bucano il cielo e le luci delle case attorno alla costa punteggiano la cornice di quel quadro.

Maria è brilla, tre bicchieri di vino sono un record per lei.

Paola li regge meglio, ne approfitta per solleticarla, baciarle le guance e prenderla in giro. Maria lascia fare, non sa più dove inizia la ragione e dove finisce la propria integrità.

Alfredo è sul sedile davanti, ogni tanto si gira a guardarla, sorride, le vuole bene, può stare tranquilla. Zero guida, in silenzio.

Le file di macchine riempiono i bordi delle strade, così optano per il parcheggio sorvegliato.

Entrano. Pagano. Prendono i cocktail al bar e poi si lanciano in pista.

Maria balla attaccata a Paola che non la molla un momento. Muove la testa da una parte all'altra, lanciando i capelli come fossero mille ami protesi sul mare.

"Lo sai che sono un uomo?" le dice, gridando, Maria.

"Sei un uomo? Maria è un uomo, ragazzi!"

Dopo poco Alfredo si fa seguire in una stanza riservata, lì ci sono gli altri, tutti suoi amici. Sul tavolo c'è la frutta e lo champagne.

Qualcuno sta sniffando polvere bianca e altri si sbaciucchiano sui divanetti. Uomini con uomini. Donne con donne.

"Guardate che cosa abbiamo portato" dice uno, all'improvviso. Tiene tra le mani un sacco che rovescia a terra per mostrarne il contenuto. Oggetti. Oggetti di ogni forma e colore. Ci sono dei falli finti. Parrucche. Trucchi. Tanto altro.

Maria sghignazza, divertita da quegli strani oggetti che prima di allora non ha mai visto.

Alfredo le passa lo champagne e poi invita il resto del gruppo a fare un brindisi.

Brindano sollevando calici frizzanti pieni di piccole perle argentate.

Alfredo beve e poi si bacia con Zero.

Maria intanto si siede, Paola invece preleva da terra uno dei falli e, parlando tra sé a bassa voce, lo fa vibrare nell'aria. Un oggetto rosa, gommoso, lungo una ventina di centimetri.

"Maria ha detto di essere un uomo" esclama, facendo ridere chi la guarda, mentre continua ad agitare il fallo che oscilla come una spiga schiaffeggiata dal vento. "Marì, facci vedere l'uomo che sei."

Maria è troppo confusa per giocare.

Paola la incalza, gli fa vedere. Il fallo ha un laccio, una specie di cinghia. Si abbassa i pantaloni e resta in mutande.

Maria apre la bocca, in pieno stupore. Appoggia il calice sul tavolo e si alza per coprire Paola, ma Alfredo la ferma, le dice che *sta solo giocando, non succede niente.*

L'amica avvita la cinghia al bacino e il fallo le aderisce perfettamente contro le mutande. Se lo infila dentro per far vedere il rigonfiamento. Ride. Uno dei ragazzi fa finta di strusciarsi contro di lei.

"Questo è essere uomo, Marì."

Ridono tutti ma Maria non ci riesce. Vorrebbe dire a Paola di smettere, che non la diverte quel gioco. Alfredo la tiene per le spalle, la blocca, premendo forte le dita sulla sua carne.

Dentro urla.

Paola sgancia la cinghia e la allunga a Maria. La siciliana osserva il fallo, disgustata, no, non ce la fa a fare quello che le chiede.

La voce di Paola si fa dolce, le dice: "È un gioco. Ci stiamo solo divertendo."

Alfredo prende il fallo e lo avvicina ancor di più a Maria.

"Facci vedere quanto sei sexy se fossi un uomo."

"Mancano i baffi." Lo ha detto, lo ha proprio detto.

Certe domeniche lo faceva, si metteva la fascia e provava i baffi. Ma dei baffi non lo ha mai detto a nessuno, mentiva persino a sé stessa. Lo faceva per vedersi uomo, perché solo se si fa uomo può continuare a divertirsi, può continuare a giocare al pallone, fare quello che le riesce meglio.

E poi… lo sa che non arriverà mai alla Serie A, non è vero che è una che *cambia le regole*, le ha soltanto aggirate per un po'.

Paola ha trovato i baffi tra le cose a terra. Adesso i presenti la incalzano.

Si abbassa i jeans, con un calcio li scosta dai piedi. Mentre Alfredo le mette i baffi, lei si avvita la cinghia all'anca.

"Mettiti anche questa" le dice Zero, serio.

Tra tutti, Zero, sembra quello che si diverte meno. Le passa un busto di uomo palestrato con i rilievi del petto e gli addominali. Allora Maria si toglie la maglietta e resta in reggiseno. Si fa aiutare da Alfredo per legare il busto finto dietro, con dei lacci.

È fatta.

Tutti l'applaudono.

Lei sorride sentendosi in imbarazzo.

Paola le accarezza il busto di plastica, facendo finta di eccitarsi. Alle spalle sente un rumore e vede che alcuni ragazzi spostano uno specchio verticale, alto quanto loro. Li guarda a bocca aperta mentre Alfredo completa l'opera raccogliendo i suoi capelli in una coda.

La sua forma adesso è riflessa.

La prima cosa che pensa è che sembra un mostro, qualcosa che non ha definizione.

Qualcosa di sbagliato.

"Avvicinati" le dicono i ragazzi.

Zero si è messo di fianco a lei con le braccia conserte. "Forse non è il caso" dichiara, intuendo i pensieri di Maria.

Quelli spingono lo specchio più vicino, tanto che lei rabbrividisce nel vedere che ha qualcosa che le penzola all'altezza della vagina. Muove il bacino e anche quello si sposta. Una proboscide di elefante in cerca di acqua.

Paola scoppia a ridere contagiando altri.

"Come ti senti?" le chiede Alfredo.

Lei rivede nei propri occhi il viso duro di Cesare Leone.

Non potrebbe sentirsi peggio, ma già lo sapeva che conciata *come un uomo* assomigliava a *lui*.

"Voglio tornare donna."

Allora Paola smette di ridere e capisce.

Zero fa un gesto e i ragazzi spostano lo specchio. Lo show è finito. Alfredo la aiuta a spogliarsi e le chiede se vuole fare due passi fuori, per prendere una boccata di aria fresca.

Lei acconsente.

"Gli avete fatto fare questo a Gabri?" domanda, quando sono fuori e l'aria fresca allieta le sue membra.

Camminano lungo il bordo della strada, guardando la costa e le sue piccole luci, delle case insonni o dei pochi fari lungo le vie. Il mare è oscuro, a tratti lambito dai fasci luminosi della discoteca che lo svestono dalle tenebre.

"No."

"*No* e basta?"

Alfredo non vuole parlare, una questione di rispetto, di amicizia, lo comprende.

"Posso chiederti una cosa?"

"Puoi chiedermi tutto."

"Non ti chiederò se Gabri si droga ancora, se lo fate insieme, insomma. Ti chiedo solo di non farglielo fare. Ti prego. Fallo per me. Non voglio perderlo."

Alfredo si passa le mani sul viso e tira su con il naso. Fissa l'orizzonte con i suoi occhi persi, che sembrano quasi voler affondare nel nero della notte, e lì smarrirsi, riposare per sempre.

"Lo sai come è fatto" dice per giustificarsi. "Se decide una cosa, non c'è nessuno in grado di fargli cambiare idea."

"E tu provaci."

"Non posso."

"Mi chiedo perché lo fa. Perché?"

Dalla rabbia si scosta dal guardrail e si mette in mezzo alla via, lo sguardo scende lungo la fila di macchine che scompare nelle ombre più lontane.

"È un modo per sopravvivere."

"Ma perché? Abbiamo tutto. Ci siamo persino comprati una macchina nuova. Siamo ricchi."

"Non è questo il punto. Lui deve reggere la forte pressione che vivete entrambi. E quando non ce la fa, viene da me."

Maria non vuole più sentire una parola.

Nell'oscurità vede sé stessa e quello specchio che le mostra il mostro che è diventata.

I Leone comandano.

Adesso è troppo brilla per ragionare, ogni parola di Alfredo è una coltellata. Le giustificazioni non servono.

"Che ci facevi in chiesa su a Vitrusi?"

"Niente di importante. Ero stanco, volevo riposarmi."

"E ti metti in una chiesa?"

"Non lo hai forse fatto anche tu?"

"Voglio rientrare."

"Sicura?"

"Sì. Ma niente falli questa volta."

Alfredo ridacchia. Poi rientrano.

95

Quella mattina chiede ad Alfredo di accompagnarla a Marina di Vitrusi. Vuole vedere il mare, riordinare i pensieri.

Sono le sei.

La serata è scivolata via insieme alle ombre, risucchiata nelle crepe dei muri e dagli occhi dei gechi.

Le duole la schiena all'altezza delle reni, ci posa le mani per farsi un automassaggio, le servirà più di un giorno di riposo per riprendersi.

Alfredo è taciturno, resta seduto sul sedile del terzo con un paio di grossi occhiali da sole sul naso, mentre Zero picchietta le dita sul volante, guidando piano. Zero è uno tosto, gliel'ha detto Alfredo, di lui si può fidare. Maria non sa il perché, però si fida. Le è rimasto accanto tutta la notte, tenendo a debita distanza Paola che aveva strane intenzioni con lei.

Il mare è una pianura azzurra che riflette l'alba.

"Grazie ragazzi per la bella serata."

"Gabri è una brava persona" le risponde Alfredo, dandole un bacio sulla guancia.

Zero l'abbraccia, l'avvolge con le sue braccia tatuate dandole conforto. "Ci vediamo presto. Buona giornata."

"Anche a voi."

Poi loro ripartono.

Osserva la Mercedes rimpicciolirsi dando le spalle al mare.

Il Lido tace ma il richiamo dei gabbiani la invita a riva. La spiaggia è un cimitero di ombrelloni chiusi, sparsi lungo il litorale ionico. Supera il lido, percorre la passerella e si toglie le scarpe. C'è l'ombrellone di Mia, ma non fa così caldo da nascondersi all'ombra.

L'acqua è fresca, in alcuni punti anche tiepida. È piacevole.

Gabri sarà in pensiero.

Adesso non le importa, più tardi chiamerà Gena per avvisarlo e si farà venire a prendere. Non sa come andranno le cose, di sicuro ha bisogno di tempo per riflettere su quello che le è accaduto.

Nemmeno il mare riesce a toglierle dai pensieri l'immagine di lei che si dimena con un fallo finto tra le gambe.

Non sono un uomo.

Gabri parcheggia l'Alfa e al bar del lido chiede due bicchieri di latte di mandorla.

L'ha notata subito, Maria è seduta sul muretto esterno a fissare il mare. La raggiunge con passo cauto, lei ha le braccia distese e muove i piedi nel vuoto come se pedalasse.

Sa che l'ha sentito ma non si gira.

Così le si mette di fianco, tanto che le dita delle mani si sfiorano. Non ha il coraggio di arrabbiarsi con lei anche se è stato in pensiero e non è riuscito a dormire. Ha persino pensato al peggio, magari lei che cade in un dirupo.

Maria china la testa e l'appoggia sulla spalla di Gabriele, così lui si avvicina ancora di più per farla stare comoda. Le passa un braccio attorno alla vita e restano in silenzio.

Nel frattempo, il barista appoggia le due bevande sul tavolo dietro di loro, con discrezione.

Resteranno lì un altro po', mentre altri prenderanno posto o passeranno per raggiungere la spiaggia.

E nel silenzio sferzato dalla risacca che bagna lo Ionio, si perdoneranno.

96

Vincenzo è in piedi al centro del campo. Mira lontano, prima una porta e poi l'altra.

Maria, invece, si è fiondata nello spogliatoio, Gabri tornerà più tardi, accompagna la Signora al carcere per capire meglio la situazione con Salvatore.

Lei ancora non c'è stata da Salvatore, e sembra che nessuno voglia farla andare da lui.

Meglio così.

Tra l'altro, la Signora, sa tutto del suo *vero* lavoro. Glielo hanno detto insieme mentre erano a tavola per il pranzo.

Mia non ha battuto ciglio, non si è arrabbiata come pensavano. Gabri crede che sia per via di Tore, che il resto in questo momento per lei conti poco o niente.

Oggi si riparte con gli allenamenti, si sente in forma, dolcemente contenta.

Ha saputo da Bea che lei e Antonio non scenderanno in Calabria questa estate, partono per la Grecia e poi andranno in Spagna. L'amica vuole vedere l'estero e, magari, imparare lo spagnolo.

Secondo Gabri, Antonio non ha voglia di fare quei giri, si è innamorato di Bea e accetta le sue stranezze.

È buffo che per loro sia un fatto strano che Beatrice voglia girare il mondo. Lei sta bene in Calabria, al momento non vorrebbe essere in un posto diverso, a parte Cinisi. Ci pensa perché sono passati diversi anni, si chiede come saranno invecchiati nonno e Mariuccia.

Nonno se lo immagina sempre lo stesso, con i piedi scalzi al mattino e il sole che spunta sulla testa dalla palazzina di fronte. Mariuccia prepara il pomodoro e magari cuoce le interiora del vitello nel sugo. I vecchi del condominio si svegliano presto, ma nessuno ha il fisico di nonno Antonio. Anche d'inverno l'ha visto uscire a maniche corte e con i piedi scalzi. Le diceva che quell'aria fresca del mattino gli rinforzava le ossa.

Strane abitudini, ma ci è abituata a pensare che è la sua famiglia a essere strana.

Di Cesare non ha ricordi così nitidi, se non quel suo viso sempre imbronciato e severo.

Vorrebbe ricordare meglio mamma per poter fare un confronto.

Ma che importa oramai?

A chiunque assomigli, loro sono distanti anni luce da lei, non sanno nemmeno che è lì che li pensa, che anche per un solo giorno desidera incontrarli.

Vincenzo si gira quando sente i passi di Maria scricchiolare sulla terra del campo. È trascorso più di un mese dall'ultima volta che si sono visti.

Guardare lui toglie il passato, quello più lontano, e la riporta al presente, alla propria passione, al festeggiamento con i compagni di squadra che le hanno detto che l'ammirano, che in Italia ci sono altre donne come lei che stanno cercando di far conoscere il calcio femminile. Le hanno parlato di una certa Carolina e di altre di cui non ha appuntato i nomi, ma lei ormai ha scelto di indossare una maschera per giocare nel calcio che già conta.

Eppure, ultimamente, ha riflettuto sul fatto che forse non è l'unica; che forse è soltanto cresciuta nei posti sbagliati con le persone sbagliate.

"Maria." Pronuncia il suo nome in segno di saluto.

"Vincè" lo imita lei.

Si abbracciano in silenzio.

"Ti stai abbronzando, vedo."

"Sono sempre in giro."

Vincenzo annuisce, i piedi ben puntati sul disco di battuta, al centro del campo.

"Allora, ti sei tenuta in forma?"

"Ci ho provato. Come mai non ti sei mosso da qui?"

Vincenzo alza gli occhi sopra di lei, per mirare qualcosa oltre le spalle di Maria, forse il volo di un uccello o qualcosa che viaggia nella sua mente. Lei non lo sa, non può chiederglielo, ma per lui quello è un nuovo inizio, ed è giusto che partano dal centro, dal punto in cui si sono lasciati.

"Riflettevo."

"E non potevi farlo seduto?"

"A volte uno ha bisogno di un punto di vista diverso per trovare le risposte che cerca."

Maria si guarda intorno, con la testa gli fa un cenno affermativo perché lei per trovare un nuovo punto di vista fa come Alfredo: osserva il mare. L'orizzonte del mare, la sua vastità, le fa credere che non esista posto più adatto per lasciare andare i pensieri negativi.

"È successo qualcosa?"

"Sono successe molte cose in questi giorni."

"La tua famiglia sta bene?"

"Sì, Marì. È un buon periodo per noi. Volevo salutare Gabriele, ma ho visto che andava via."

"Tornerà. Hanno arrestato Salvatore."

"Sì, me ne ha parlato."

"Allora siamo in Serie B." Cambia discorso. La verità è che vuole sapere qualcosa di più.

"Lo siamo, Marì. E, tornando a noi, inizieremo a lavorare diversamente rispetto alla stagione passata."

Maria flette le sopracciglia per chiedere delucidazioni.

"Due anni fa il Catanzaro era in serie B, una stagione disastrosa finita in penultima posizione. Eppure, pensavamo di poter almeno restare a galla, invece il tracollo è stato evidente sin dalle prime giornate."

"Che non sarà facile me lo avevi già detto."

"Il fatto Marì, è che non potremo contare su di te."

"Che significa?"

"Giocherai in casa, ma per quanto riguarda le trasferte saremo molto accorti. Quest'anno abbiamo Lazio e Bologna, campi che sono controllati. Giornali. Tv. La federazione calcistica. Ci guarderanno tutti. Siamo nel calcio che conta."

Vorrebbe aggiungere che le sue prestazioni di certo finiranno nell'occhio del ciclone e che *chiunque* vorrà parlare di Mario Leone.

Maria abbassa lo sguardo, anche lei vorrebbe dire tante di quelle cose ma non se la sente di dare corda alla frustrazione. La giornata è iniziata bene, si è svegliata di buon umore e la Signora le ha persino sorriso.

È combattuta perché dopo aver realizzato il sogno di giocare a pallone, quello di arrivare in Serie A sta diventando ogni giorno di più un lontano miraggio.

Lo sa che non deve farsi illusioni.

Forse dovrebbe considerare l'idea di seguire le donne, di lottare con loro per far emergere il calcio femminile; o forse è giusto che affronti la vita giorno per giorno, vedere come va.

E poi, è buffo, abituarsi a qualcosa e sapere che non manca molto per perderlo.

Non fa niente. La verità è che non è mai cambiato niente, mi sono solo illusa.

"Ma a noi adesso che ci importa, Vincè? Non dobbiamo allenarci?"

***

Filomena la riconosce da come cammina.

Ora comprende perché sua madre voleva facesse la ballerina, in punta di piedi molleggia come se dovesse girare su sé stessa da un momento all'altro.

Filo è leggera, porta quel suo sorriso con spensieratezza e non le importa del giudizio della gente. A Maria invece importa eccome. Adesso lei fa parte delle sue amiche del cuore, insieme a Grazia e Bea. Loro le hanno insegnato a fregarsene di quello che potrebbe pensare la gente, di essere sé stessa, che la vita così la vive meglio.

Forse hanno ragione, ancora Maria non lo sa.

Capisce, però, che ci sono dei compromessi, come con la Serie C e la Serie B. Limiti, compromessi, per lei non è sempre possibile mostrarsi per quello che si è, certe volte bisogna essere sottili, cambiare registro all'occorrenza.

"Ciao, Marì."

Maria le bacia una guancia e poi resta a guardarla sorpresa.

"Pare che hai visto un fantasma? Tutto bene?"

"È che oggi hai qualcosa di diverso."

Filo batte le mani alzando le punte dei piedi.

"È che ho una bella notizia da darti e volevo che tu fossi la prima a saperlo. Beh, nonna già lo sa, però, fuori dalla famiglia, sei la prima."

"Che è successo?"

"Sono incinta. Non è una bella notizia?"

All'inizio non sa ribattere, la studia con semplicità e un principio di bocca aperta, indecisa su come ci si dovrebbe sentire.

Non sa che pensare.

Rosalina aveva appena partorito Terenzio quando l'aveva conosciuta.

Di sicuro si aspetta che Barbara le darà *la buona notizia*, prima o poi. Di Aldo non se ne parla, da quando ha conosciuto Alfredo pensa che quei due si assomiglino molto.

"Marì, che mi dici?"

"Che ti dico? Ti dico, bene."

Filo le salta addosso per abbracciarla, tanto da spingerla indietro. Maria la sente saltellare sulle punte mentre appoggia il mento sulle sue spalle. Filo è al settimo cielo. Non sa se ce ne sono di più di cieli, e se ce ne sono lei sta proprio in quello più alto. Ora la fa girare, girano come dischi, mentre Filo esterna con grida e frasi disconnesse la propria gioia.

L'ha saputo ieri. Nonna l'ha capito dai suoi continui mal di testa, le diceva che qualcosa era cambiata sul suo viso, *un dettaglio quasi invisibile*.

"Sono felice per te, Filo. Te lo meriti."

Così, in un colpo, l'amica è riuscita a spazzare via i suoi nebulosi pensieri. Quella gioia è lì per lei, in qualche modo cerca di farle capire che la felicità non è solamente un sogno.

97

13 settembre 1987

Con lo sguardo cerca Gabri che sta appoggiato al battente della porta d'ingresso.

Gena è appena uscita di casa per tornare alla partita di carte con la Signora, sedute attorno a un tavolino di plastica.

"Vincè. Allora come è andata?"

Anche se il Catanzaro giocava in casa, non se l'è sentita di andare allo stadio, a giorni le verranno le mestruazioni e ultimamente, da quando ha smesso con *la medicina*, le sono tornate abbondanti e dolorose.

Dovrà tornare dal medico.

"C'è anche Gabriele?"

"Sì, è qui."

"Non siamo riusciti ad andare oltre il pari."

"È una buona notizia."

"Lo è, sì. Il Brescia era una delle favorite, ce la siamo cavata bene."

"Dovevate farmi giocare."

"Lo abbiamo fatto per proteggerti."

Si chiede da cosa dovranno mai proteggerla, ormai non lo sa più. Mario Leone infortunato, questo ha letto sui giornali, una continua messa in scena di falsità e accordi.

Poi si chiede in che momento ha accettato tutto quello.

98

27 settembre 1987

Adesso è in campo.

Ha saltato due partite e volevano tenerla lontana anche da quella, soprattutto Vincenzo, perché i due pareggi non hanno fatto piacere alla Dirigenza, che ha chiesto a gran voce il rientro di Mario Leone.

Vincenzo è sempre più apprensivo, qualcosa è cambiato, ma il suo preparatore atletico non le confessa mai i propri pensieri.

Anche Gabri tace, le dice che Vincè *sa il fatto suo*, che cerca soltanto di proteggere il loro segreto.

I tifosi la reclamano a gran voce. Quando entra in campo esplodono di contentezza. I loro occhi pesano sulle sue spalle, quel nome, Mario Leone, è portato all'esasperazione, lo sentono fino in strada.

Vincenzo è in piedi, accanto al mister, dialogano e la osservano.

Lo sa che la toglieranno a metà del secondo tempo, lo hanno già concordato.

Le scoccia. Vuole giocare fino alla fine.

Non ricorda una sola partita conclusa insieme ai suoi compagni.

Le hanno detto che è pericoloso. I giornalisti la cercano, i tifosi la osannano. No, non lei, vogliono Mario Leone, lo *showman* del calcio, colui che a suon di goal ha trascinato in Serie B il Catanzaro dopo un avvio deludente.

Palanca le fa l'occhiolino. Gli altri compagni la sostengono, però loro non sanno quello che deve sobbarcarsi, perché fare finta di essere qualcun altro ha iniziato a starle stretto.

L'arbitro le lancia un'occhiata strana, è incuriosito dal suo aspetto. Si è fermato di fronte a lei, le chiede se si sente bene, e mentre attende una risposta continua a guardarla dalla testa ai piedi.

"Tutto *apposto*" gli risponde.

Fatica a parlare perché la protesi le allarga la mascella. Vincenzo le ha suggerito di fare unicamente accenni, ma quello è un arbitro non un giocatore (o un giornalista), non può ignorarlo.

Pensa che sia finita, alle sue spalle vede che Vincenzo e il mister seguono la scena, l'arbitro invece allunga una mano e le tasta il petto con due dita.

Doveva immaginarselo, ha chiesto se stringevano di meno, i truccatori si sono lamentati però lei non ha voluto sapere ragioni: quello è il suo seno, in fondo.

Soltanto che, adesso, l'arbitro sembra turbato, così Maria con un gesto di stizza si tira indietro, accigliata.

Senza vedere la sua reazione, corre per prendere posizione in campo. I compagni la guardano in cerca di risposte ma lei ha già il fiatone perché il cuore le batte a mille.

Pensa che forse l'abbiano scoperta, che doveva stringere di più quella maledetta fascia. Si tasta i baffi per assicurarsi che siano ancora lì, al loro posto. Nessuno guardandola vedrebbe una donna, però se le toccano il petto se ne accorgono del trucco.

L'arbitro ha preso il proprio posto e non sembra più interessato al numero *dieci* del Catanzaro. *Il numero* che lei si è guadagnata nella stagione passata.

Cerca Gabri sugli anelli domandandosi se non sia arrivato il momento di farla finita.

Vincenzo le ha insegnato a respirare, diceva che era una meditazione Yoga appresa durante i suoi anni in India.

Maria non ha idea di cosa significhi quel mondo lontano, ma l'aiuta. L'aiuta a fare spazio, a spostare le incertezze per lasciare il posto alla determinazione.

Non c'è un'altra via.

Saltella sulle punte.

Fischio d'inizio.

Gliela passano indietro. Baffetti è già partito in avanti, è come se si aspettasse di arrivare in area di rigore all'istante. È come se già sapesse che lei, L10, spodesterà gli avversari come una legione romana scesa in battaglia.

La palla arriva e si blocca sul suo piede. E lo capisce che è sempre stata brava, che talvolta, camminando per la campagna di Sedriano, immaginava che il pallone fosse lì, tra i suoi piedi, come una protuberanza del corpo, un'estensione invisibile nata con lei.

Il mister le grida di muoversi. È agitato. La Serie B è il loro mostro, il ciclope che continua ad abbatterli, facendoli arretrare.

Vincenzo è seduto in panchina, silenzioso come in ogni partita. Lui osserva, prende nota. Lo ha fatto infinite volte, e con quel suo modo di riflettere, stare attento, l'ha fatta diventare un giocatore migliore.

Prima di Vincenzo era brava, lo era davvero. Adesso, però, dopo di lui, è diventata una professionista. Può giocare quella partita, e oltre.

Vincenzo annuisce, un lieve accenno del capo.

Allora, sposta la palla sulla sinistra per evitare un avversario.

Aspira.

E, infine, quando rilascia il soffio della vita che ha trattenuto nel petto, scatta in avanti, lasciando indietro il suo marcatore.

Il Messina si chiude. Hanno capito che con quel Mario Leone in campo, c'è una pressione diversa, è come se lui da solo sprigionasse una gravità doppia.

Il mister l'ha posizionata sulla fascia sinistra.

Da quella parte può crossare. Tirare con ambedue i piedi.

Maria corre costringendo i suoi compagni a smarcarsi, ad allungarsi in avanti con un alto grado di rischio.

Quando le arriva di nuovo la palla, alza la testa per vedere Baffetti scendere verso il centro dell'aria di rigore; prova il cross, la palla gira e precipita come un asteroide in collisione verso un nugolo di giocatori.

Baffetti è pronto, fa per saltare ma subito due difensori lo stringono, deviando la palombella che sarebbe di certo atterrata sulla testa del marchigiano.

Maria sbuffa. Palanca non è molto alto, deve pensare a qualcosa di diverso.

Il Messina riparte.

Sono passati cinque minuti e il mister è già arrabbiato con lei perché sta spingendo troppo, rischiano di scoprirsi, di far ripartire in contropiede gli avversari. Ed è ciò che accade.

"Va bene" sussurra tra sé.

Torna indietro.

Il campo sembra stendersi all'infinito, però se ora si scoraggia rischia di dar ragione al mister.

Il Messina supera la metà campo. C'è uno scambio veloce, uno-due, e subito dopo si spostano sulla fascia destra, lontana da Maria.

È come se cercassero di evitarla, di portare quella calamita lontano da lei, tanto che i poli, *i suoi piedi e il pallone*, non possano più essere in grado di attrarsi.

Vincenzo, però, le aveva insegnato a rientrare, a dare manforte alla difesa. Le diceva che era vitale, che se avesse recuperato il pallone con gli avversari in contropiede, avrebbe potuto ribaltare la situazione.

Sei minuti di gioco.

Lei arriva vicino all'aria di rigore, scendendo dalla sinistra. Incrocia lo sguardo con il portiere, un segno d'intesa, perché anche se corresse più velocemente, non farebbe mai in tempo a raggiungere il giocatore avversario.

Il terzino mette la palla in mezzo. Sono tre (Messina) contro quattro. Maria non è tra loro, si trova giusto qualche metro fuori dalla linea dell'aria di rigore. Si è fermata lì, perché ha avuto un'intuizione.

Il portiere esce dai pali, svetta su tutti e con un pugno devia la palla oltre i sette giocatori in area. Dopo un ribalzo, la sfera raggiunge Maria. Lei deve stopparla di petto, metterla a terra, girarsi ed evitare un avversario.

Un azzardo.

Vincenzo le ha insegnato che non si deva mai provare a dribblare un marcatore vicino alla propria aria di rigore.

Non aveva scelta.

Spinge la palla in avanti per trovare il ritmo giusto, per correre più veloce. Ne arrivano altri, e questa volta non ha intenzione di rischiare, ci sono troppi metri di campo e, la verità, è che ha un'altra idea.

Colpisce il pallone d'esterno, verso la sua destra. C'è uno dei suoi smarcato, il Messina lo ha lasciato libero. Lui, invece, può avanzare almeno trenta metri prima di liberarsi della palla.

Maria spinge sulle gambe. Si è allenata per correre anche un'ora, non perderà il fiato.

Baffetti si avvicina all'area di rigore avversaria, pronto per saltare o eseguire una delle sue acrobazie. Maria lo rispetta, sì, ha sempre pensato che fosse un *buon giocatore*. Il problema è che oggi lo marcano in troppi. Il Messina lascia salire il Catanzaro sulla destra per marcare stretto Baffetti.

Maria ha capito.

È una cosa che Vincenzo le ha spiegato mille volte.

Sentire.

Sentire il campo. Avere una visuale dell'insieme.

E lei, per la prima volta, ne ha una sua.

C'è un cross. Baffetti galoppa verso la palombella ma i difensori la deviano.

La palla esce dall'aria di rigore.

Un giocatore del Messina sembra pronto a spedirla lontano, ma mentre carica il destro, qualcosa gliela porta via, una specie di vento denso come un corpo umano, veloce come una saetta, tenace come il mare.

Maria lascia che la palla faccia un piccolo rimbalzo prima di calciarla e dare al Catanzaro la rete di vantaggio.

I compagni la circondano, abbracciandola. Maria, sudata, si passa una mano sulla fronte, chiedendo a loro di fare piano, che deve riprendere fiato.

"Ne facciamo un altro?" chiede qualcuno alle sue spalle.

Maria si gira e vede il portiere. Ha corso fino all'altro capo del campo per stringerle la mano. Lei ricambia la cortesia, felice. Poi annuisce e dice che non vede l'ora di rifarlo.

Maria lo rifarà. Nel secondo tempo. Salterà l'uomo sulla fascia, entrando in area e, colpendo la palla come le è stato insegnato, la metterà nel sette, dove la traversa e il palo destro si incrociano nel punto più alto della porta.

Per darle il giro devi fare questo movimento, le aveva spiegato Vincenzo.

Come Platinì.

Come Maradona.

Come adesso fa Mario Leone, con uno stile unico e senza precedenti.

Catanzaro   2 ('7, '51 Mario Leone)
Messina   0

99

Si alza presto per fare due passi.

Ha fatto colazione con Mia, in placido silenzio. L'ha aiutata a pettinarsi i capelli, ad aggiustare quella coda fatiscente e, dopo averla arrotolata, è uscita in contro all'aria fresca dell'autunno.

La via principale di Vitrusi è sommersa di foglie gialle e rosse che cadono dagli alberi ai margini della strada. C'è buon umore e se ne fa contagiare. Così si lancia per le strette vie, semplicemente per perdersi, per dimenticare i propri impegni.

Vincenzo l'aspetta per le nove al campo ma gli darà buca, o almeno non lo raggiungerà in orario.

È stanca.

Una stanchezza mentale che non comprende.

Da un po' stanno tutti meglio, persino Gabri che sembra non aver più abusato di alcuna droga.

Vorrebbe chiamare Filomena, sa che è impegnata con il lavoro, e non ha nessun altro da disturbare.

Dopo mezz'ora arriva alla chiesa vicino alla strada che scende in Marina, sale i gradini e si appoggia alla ringhiera a osservare il mare.

Oggi è agitato, il mare, lo vede dalle lievi increspature bianche che ornano il suo ventre.

Ricorda quel giorno in cui le è sembrato di vedere il Caporale. Le viene in mente in un colpo e si stupisce perché era qualcosa che aveva dimenticato. Eppure, lei era lì, più sotto, affacciata al muretto che separa la strada dal burrone. E se anche si sbagliasse, le piace pensare che gli occhi di suor Giordano abbiano visto il suo primo mare in Calabria.

Dove sono finiti quegli anni?

Se lo chiede, prova a ricordare.

La prima immagine è di Giulia, dei suoi capelli biondi, di quel suo modo di atteggiarsi da reginetta, da prima della classe. Giulia era forte, *faceva bene ad atteggiarsi*. Lo pensa davvero. In fondo, ognuna di loro l'aveva invidiata.

Al pensiero di Carmela, invece, le sovviene un moto di tristezza e gratitudine. Si volevano bene. La sua prima amica di giochi, la sua prima amica di vita.

Come dimenticarla?

Le teneva la mano quando scendevano in cortile, le teneva la mano per andare in mensa o in bagno. Si occupava di lei e dopo un po' ha dovuto ricambiare. È stata l'unica a insegnarle il segreto dell'amicizia o, forse, quello era il segreto dell'amore: occuparsi delle persone, stare loro vicino nella *buona e nella cattiva sorte*. Carmela aveva sentito quelle frasi a un matrimonio, il suo sogno: sposarsi giovane e fare famiglia.

Quando rientra trova Gabri lungo la via che scende fino a casa. Una discesa leggera, stretta tra due palazzi. Ci sono le salamandre sui muri e, dalle anguste finestre all'altezza delle ginocchia, si possono ascoltare le conversazioni dentro le case.

Qualcuno ha lasciato il televisore acceso a un volume esagerato.

Non importa.

Gabri le sorride.

Si avvicina e gli chiede se ha fumato, l'odore del tabacco impregna i suoi baci.

"Ero nervoso, non ti ho vista arrivare e ho pensato…"

"Scusami, sono andata a fare un giro."

"Siamo in ritardo."

"Non mi va oggi."

Gabriele l'abbraccia e porge le labbra al suo orecchio, per sussurrare piano. "Che hai, Marì? Non stai bene?"

Sente le mani di Maria stringerlo forte, avvinghiarsi come se temessero di perderlo.

"Che vuoi che faccia?"

"Niente. Stammi vicino."

"Io sono qui."

Per qualche secondo dondolano abbracciati. A parte i gatti e le salamandre, non c'è nessuno.

Il rumore della tv scema ma al suo posto qualcuno ha acceso una radiolina. La voce di un dj annuncia la prossima canzone sopra le note di un piano triste, lento.

Maria è attirata dalla voce della cantante, l'ha già sentita, forse per merito di Bea. Non la canzone, ma chi la canta. La canzone è nuova, l'ha riferito il dj all'inizio.

"Balla con me" gli chiede.

"Sei matta?" le risponde dolcemente Gabri.

"Dai, balla con me" insiste, spronandolo a muoversi come fa lei.

"Va bene, ballo con te."

Imbarazzato, imita i passi di lei.

Quella canzone parla di donne, della forza delle donne. Gabriele, però, si accorge di un'altra cosa: la canzone parla di Maria, di quello che ha dentro, di quello che vorrebbe dirgli ma non ha il coraggio di confessare. Si rammarica, deluso e miserabile, perché Salvatore lo ha portato via con la testa e ha lasciato nel proprio dolore Maria, colei che ama più di ogni altra cosa al mondo.

I gatti scorrazzano vicino ai loro piedi, veloci, mentre danzano come le foglie in autunno quando si staccano dai rami, circondati dalle pareti grigie che sanno di umido e stendono ombre pesanti sull'asfalto. E non importa se ci sono occhi indelicati a osservarli dietro le persiane, la canzone spacca l'aria e cade sulle cose attorno come un sogno.

"Mi ami ancora?"

"Ti amo sempre" le risponde.

Il pianoforte rallenta la melodia, la frantuma, la seppellisce con quello che ne è stato del loro ballo, che diviene presto un ricordo.

"E se ti dicessi che non voglio più giocare?"

"Ti direi che nessuno ti costringe a continuare."

Gabriele si stacca da lei per guardarla negli occhi, la tiene dalle spalle per non lasciarla andare, per farle capire che lui resta anche se decide di abbandonare tutto. Lei non ha mai voluto diventare un campione, forse lo diceva per convincersi che quello che stava facendo era sbagliato ma, poi, ha visto Maradona e ha pensato che poteva raggiungerlo, diventare forte come lui. La verità, è che nessuno è più forte di quel ragazzo. Più forte c'è solo Dio, e dopo Dio c'è Diego. E dopo Diego c'è Maria, o forse stanno alla pari.

"Possiamo finirla oggi stesso, se vuoi."

"No." Agita la testa per dare forza alla sua determinazione.

"Parla, Marì, non giriamoci attorno."

"Ho un contratto, ci sono delle clausole, lo sai."

"Questo non è un problema. Pagheremo, se sarà necessario."

"No, Gabri, il problema non è il contratto, lo dicevo per dire."

"Vincenzo?"

Annuisce, seria, dagli occhi lui le vede il dolore che prova.

"Vincenzo capirà. E poi lo sapevamo che non sarebbe durato per sempre. Lo sai anche tu. Per poco domenica non ti beccava *quell'arbitro*."

Maria si mette a ridere. "Chissà cosa hai pensato da lassù?"

"Mi sono alzato e, giuro, stavo per buttarmi dal secondo anello per tagliargli le mani."

Maria attira Gabriele contro il suo corpo per sentirlo su di sé.

"Voglio fare l'amore."

"C'è mamma in casa."

"Allora voglio correre per le vie di Vitrusi come facevamo i primi tempi. Ricordi?"

"Questo si può fare. Così quando torniamo mamma sarà già uscita e facciamo l'amore."

"Ci stiamo dimenticando di Vincenzo?"

"Cavolo, Vincè!"

Gabri le dice di aspettare, che lo avvisa lui. Maria ride mentre lo guarda sgambettare lungo la via con i sandali aperti. I gatti se la squagliano al suo passaggio, lasciando ai bordi del muro pezzi di prede o di altro. Poi sospira. Pensa che certe cose vadano così, ci si incastra e si chiede aiuto per capire come uscirne.

100

11 ottobre 1987

Sono in svantaggio.

Quelli del Parma corrono più di loro, se il mister non cambierà schema affonderanno di sicuro.

È la prima partita in cui si trova in difficoltà.

I compagni non riescono a passarle la palla, e quando le arriva non finalizzano i suoi assist.

I tifosi le hanno dedicato uno striscione più grande, steso lungo la curva riservata ai catanzaresi. *Mario Leone.* È lei. Non ci bada ma sente le loro voci.

Vogliono vincere.

In campionato non sono messi bene. Maria dà la colpa a Vincenzo che non la fa giocare abbastanza. Ormai se è pericoloso non le importa più, ha fatto la sua scelta, forse farà un favore anche a Vincenzo se andrà via.

Mario Leone ha avuto il suo momento di gloria, non può fare altro per loro.

Le arriva la palla. *Adesso basta.*

Salta il primo giocatore, le è venuto contro per farle fallo ma è rimasta in piedi. Gli lancia un'occhiataccia e quello pare spaventarsi. Fila via per non farsi recuperare, allungandosi la palla e superando la metà campo.

Corre veloce, più veloce dei difensori che scendono di lato per contrastarla. Non ci riescono. Maria la passa a uno dei suoi sul fianco e gli grida di chiudere il triangolo. Palanca la asseconda, ha dei piedi buoni. Così si ritrova il pallone sulla traiettoria, centrale. Il portiere esce per sbarrarle la strada ma lei con un tocco di punta gli fa un pallonetto.

Lo stadio implode.

I compagni la sollevano per ringraziarla.

Lei ride e guarda nella direzione della panchina per lanciare un messaggio al mister che le ha riferito che nel secondo tempo non entra.

Hanno bisogno di lei, è questo il messaggio.

Al rientro nello spogliatoio, il mister le dice che ha ricevuto la disposizione di farla uscire, che al massimo le concede dieci minuti, dieci minuti che comunque equivalgono a disobbedire a un ordine *dall'alto*.

"Quindici. Lasciamene quindici."

"Non posso. Mi fanno delle pressioni che nemmeno immagini."

"Ma la volete vincere questa partita o no?"

"Dovevamo chiuderla nel primo tempo."

"Questi qui sono più forti degli altri."

"Va bene, te ne lascio quindici, ma non uno di più."

Quindici le bastano. In quindici minuti ha fatto grande il suo collegio, può riuscirci anche contro il Parma.

Rientrano.

Chiede a Palanca e a quel Cosimo di sostenerla, di darle la palla quando scattano in contropiede.

Il Parma colpisce un palo. Va male.

Vincenzo si alza e chiede al mister di togliere il suo giocatore. La richiesta gli viene negata.

Maria nota che i due allenatori litigano anche se in modo sottile, per non destare sospetti.

Non c'è problema, alla prima occasione la *mette dentro*.

Non deve aspettare molto, arriva un cross dalla fascia ma i difensori avversari sventano la minaccia.

Maria intercetta la palla vagante, stampa la palla a terra e guarda come sono messi i suoi.

Uno entra in scivolata per toglierle la sfera, non ci riesce, Mario Leone si scansa di lato e con un colpo di punta la fa recapitare ai piedi di Palanca, solo di fronte al portiere.

Gran goal.

Vincenzo torna alla carica, insiste, vuole che tolga il suo giocatore dal campo. Maria arriva fino alla panchina e gli dice che il mister le ha promesso ancora cinque minuti.

"Marì, dobbiamo andare. C'è una mandria di giornalisti là fuori, si aspettano che tu esca prima, ormai siamo al limite. Come vedranno che entri negli spogliatoti, quelli si apposteranno per avere una tua intervista."

"Voglio vincere questa partita."

"La stiamo vincendo."

"Se esco, quelli ci massacrano. Ancora cinque minuti."

"Va bene, Marì. Vai."

È di nuovo in campo. Corre. Si sbraccia. Non ha molto tempo. Il Parma è in avanti, sono veloci e cambiano gioco facilmente, ma non sono bravi sotto porta, mancano un'altra azione.

Allora lei grida, vuole la palla. Anche i tifosi gridano, vogliono vedere L10 compiere una delle sue prodezze.

Lei li accontenta.

Sfreccia sulla fascia, spostandosi dalla sua posizione. Qualcuno le lancia la sfera e lei ci mette tutta la forza per raggiungerla prima che esca lateralmente. Con la punta del piede la tiene in gioco. Un avversario cerca di portargliela via, lei è sbilanciata ma con un altro tocco gliela fa passare sotto le gambe.

Fa pressione sui muscoli e si lancia in avanti, deve superarlo un'altra volta, un tunnel e dritta verso l'aria di rigore sulla fascia di sinistra.

Entra in aria ma la difesa la scherma, non ha importanza: era quello che voleva.

Palanca è fermo all'interno della lunetta dell'aria di rigore, solo, deve fargli arrivare la palla.

Il primo difensore si fa avanti, lei gli sfugge e finalmente trova il pertugio per darla al centro.

Palanca scatta, ci arriva di testa prima di altri.

La rete si gonfia e questa volta sembra che lo stadio imploda per davvero.

Mentre gli altri festeggiano, Maria corre via verso gli spogliatoi.

Forse il Parma riuscirà a pareggiare, non lo sa, ma il mister ha mantenuto la promessa e lei la sua.

Soltanto ora, però, a un passo dal tunnel, si accorge che ci sono dei ragazzi seduti su sedie a rotelle a livello del campo, separati da una transenna, e tra quelli riconosce il ragazzino che ha visto al lido di Catanzaro l'anno scorso, proprio lui, Mario Leone.

L'autentico Mario Leone.

Le hanno detto che è un ragazzo dispotico, crudele, privo di sensibilità, che il dramma subito lo ha trasformato in un mostro. Eppure, Mario ha un'espressione dolce, la guarda con occhi grandi e lucidi, fermo sul suo trono maledetto, accanto ad altri come lui. È un bel ragazzo, di un biondo abbagliante.

Ha sempre pensato di volerlo incontrare ma li hanno tenuti lontani l'uno dall'altro.

Perché?

Rallenta. Si guardano. Un momento che le sembra durare in eterno, mentre alle sue spalle i compagni festeggiano e presto riprendono i loro posti in campo. I tifosi su quel lato le lanciano qualcosa.

Distoglie gli occhi da Mario Leone e guarda a terra.

Sono lettere. La cosa che la sorprende di più è un pupazzo con un cuore rosso premuto contro il petto. Un regalo che un ragazzino farebbe alla propria fidanzata.

Qualcuno sa.

Raccoglie le due lettere e il pupazzo. Alza lo sguardo e vede Vincenzo che con una mano la invita a entrare nel tunnel, cambiarsi e slittare via da quello stadio che sembra voler detonare all'improvviso.

Mario Leone non ha mai smesso di guardarla. Maria, invece, vorrebbe spogliarsi per fargli vedere che non è un uomo, e ridargli la possibilità di camminare così che possa prendere il suo posto in campo.

Ora comprende Vincenzo. È tutto più chiaro.

Mario…

… Maria.

Non era un caso. Anche se non lo ha mai visto su un campo da gioco, lui ha lo stesso sguardo dei campioni, lo stesso sguardo di quel Maradona che ha visto a Napoli, lo stesso di quei giocatori che se gli dai altri quindici minuti ti cambiano una brutta partita.

Un campione mancato. Per fatalità. Per distrazione umana.

Non lo sa per cosa.

Un ragazzo di una bellezza disarmante seduto su un trono di ferro, inchiodato al proprio destino, mentre lei vive il sogno che lui non può più reclamare.

Adesso, Maria è persa per sempre.

***

"Voglio incontrarlo."

"Non è il caso, Marì."

"Possibile che lui non abbia mai voluto incontrarmi?"

"Sì. Ha chiesto di te."

"Quando? E perché non è ancora successo?"

"Non volevo dirtelo così."

"Dirmi cosa, per Dio!"

"Dirti che ha deciso di farla finita."

Non ha pianto mentre erano in macchina, lo fa ora che Gabriele è salito in centro per prendere una cosa che ha dimenticato la Signora.

Ha letto le lettere e visto la dedica sul pupazzo.

Qualcuno sa.

Adesso ne è certa.

I tifosi vogliono *conoscerlo.*

Sono andati oltre, questo è certo, ormai è un idolo. Lo capisce dalle parole di elogio e amore profuse tra quelle righe scritte male.

Non è per questo che piange.

Il dolore è ben più profondo.

Mario Leone ha deciso di *farla finita.* Parole di Vincenzo Iuliano, le ha sentite e avevano la forma di aghi o spade.

La voce di Vincè aveva tremato, nemmeno Gabriele sapeva.

Con le mani al viso sprofonda nel proprio dolore e non le importa se la sentono, fa troppo male. Quel ragazzo. Quei suoi occhi. L'immobilità.

La vita è ingiusta.

Piange e grida. Nessuno la può fermare. Sta lì, seduta, piegata su sé stessa in un angolo del letto e pensa che mai ha provato un dolore tanto soffocante.

Qualcosa si muove e non è solo lei che singhiozza e sbava sulle mani che premono il viso, è un'energia diversa. Lo capisce quando sente il suo odore. Un braccio l'avvolge e la conforta, tirandola verso un petto duro e sicuro.

Mia Arcuri.

101

6 dicembre 1987

L'ora della verità arriva quando meno te lo aspetti.

Vincenzo ha insistito per tenerli lontani ma alla fine Gabri ha dovuto forzare la mano e convincerlo che Maria ormai è decisa.

Lo vogliono entrambi.

Tra due ore inizia la partita, la sua ultima partita. Vincenzo non ha cercato di farle cambiare idea, l'ha guardata dicendole che ne era comunque *valsa la pena.*

Non le hanno permesso di fare altre partite dopo il Parma, la squadra ne ha risentito sebbene abbia giocato con onore anche senza di lei.

Pochi punti, stabili al centro alla classifica.

Non arriveranno in Serie A, però forse riusciranno a restare in B e magari puntare su una campagna acquisti per rinforzare il centrocampo.

Gabri le stringe le mani e la lascia andare incontro al proprio destino. Le sorride, un sorriso di coraggio, che non fa male, che è lì per lei.

La porta si chiude e lei avverte subito l'odore che permea la casa, le ricorda gli oleandri o forse le rose, non riesce a distinguerlo perché è spezzato da qualcosa in sottofondo, qualcosa che sa di medicinali.

Un secondo accesso la porta in un'ampia sala.

Lui è all'altro capo, rivolto alla veranda, immobile a mostrare un profilo tagliente.

Gli si avvicina piano, passi corti, misurati. Quell'odore di sottofondo viene da lui, le ricorda gli ospedali. L'immagine di Mario Leone è celestiale, bella, un peccato accostarla a certi luoghi.

Mario decide di guardarla, non ha più lo stesso sorriso dell'altra volta, è serio e i suoi occhi sono come quarzi. Il loro splendore è stato tranciato dall'enorme peso che portano. Un ragazzino che dimostra il doppio dei suoi anni, che ha dovuto sopportare il peso della propria impotenza.

Non lo ha mai conosciuto eppure, in parte, è diventata uomo per merito suo.

Due vite strane, spezzate da qualcosa, un destino che li ha spinti a nascondersi, a divenire dei mostri. Mario, però, non è soltanto *un mostro*, la sua bellezza è sconvolgente quanto la durezza che ha levigato i suoi dolci lineamenti.

"Allora adesso lo sai anche tu" esordisce, grave.

"Sì. Ho saputo."

"E che ne pensi?"

Con gli occhi, Maria, cerca una sedia o un punto in cui sedersi.

Il fatto è che non vuole mettersi comoda.

Così si abbassa e appoggia la schiena contro il divano, con il sedere adagiato sul marmo lucido della casa. Resta lì, con le gambe leggermente piegate e le mani a terra, a sentire il freddo del pavimento.

Si guardano. Lei non sa cosa dire, preferisce non mentirgli. Se mentisse a Mario, farebbe uno sgarbo anche a sé stessa.

Mario…

… Maria.

Sono due in uno, o uno in due. Non comprende se ci sia una differenza. Lui è maschio e lei…

"Penso che sei un codardo."

Accusa il colpo senza scomporsi.

Forse non gli importa di quello che pensa un estraneo. *Ha ragione.* Lei non è su una sedia rotelle con il corpo paralizzato.

Mario solleva le dita della mano destra come se volesse farle vedere che qualcosa di lui, a parte la testa, si è salvato. Toglie i suoi occhi da quelli di Maria e li rivolge alla veranda, per osservare il bel giardino.

"Quando mi hanno detto che il mio nome lo avrebbe portato una donna, sono montato su tutte le furie, volevo ammazzare qualcuno."

Maria rabbrividisce, pensa che quelle parole non stiano bene su un viso così bello.

"Ma Vincenzo era sicuro… era sicuro che tu fossi la soluzione ai miei problemi. Gli ho gridato contro il mio odio per giorni e poi mi ha detto che non se ne faceva più niente, che Maria Leone aveva rinunciato a diventare qualcuno."

Sorride e rivolge un'unica occhiata alla ragazza seduta a terra. Le piace, è una tosta, se l'avesse conosciuta quando poteva muovere le gambe, non se la sarebbe lasciata scappare.

"Vincenzo ha visto giusto, e tu sei tornata."

"Quella volta al lido… io ti ho visto."

"Sì, mi ricordo, ma non pensavo che fossi tu. Ero furente e li ho obbligati a portarmi al mare presto."

"Se non ti avessi visto quel giorno, non sarei mai tornata indietro."

"La vita è strana. Non pensi?"

Mario le mostra un brevissimo scorcio di serenità, allargando le labbra e socchiudendo gli occhi.

Maria restituisce il sorriso colpita da quello sforzo.

"L'ho sempre saputo che non sarebbe durata a lungo. Anche all'inizio, quando ho capito che tu avevi qualcosa di me, che eri potente, spregiudicata, che facevi vincere partite impossibili, sapevo che presto o tardi quel film sarebbe finito. Una donna che si veste da uomo per giocare in un campionato di calcio maschile… fantasia."

Mario lo trova divertente e lei lo lascia fare, anche se *quella fantasia* li ha fatti sognare entrambi, perché è ancora realtà.

Tangibile. Viva.

Tra poco lei scenderà in campo e darà un nuovo assaggio della sua forza.

Una donna contro undici uomini.

Mario le trasmette una carica che mai ha provato con altri. Lui sta fermo nella propria impotenza, simile alle ombre che occupano gli spazi a loro riservati dalle lame di luce, ed è fragile e duro allo stesso tempo proprio come si è sentita lei per anni: inchiodata alle regole dei grandi.

In campo le ha fatte lei le regole, per questo hanno vinto. E laggiù, nel luogo che più temeva, è diventata più forte ma anche più fragile.

Mario non può combattere, non può realizzare le molte cose che sognava, lei può farlo però: andare avanti, mettere su famiglia o decidere di cambiare vita.

Anche se vorrebbe dirgli di non arrendersi, di trovare un nuovo senso ai giorni, non ne ha il coraggio. Tutto nella sua esile figura di maschio esprime il fascino della fine.

Mario non attende altro, per questo non le concede mai troppo il suo sguardo, perché è lì che, Maria, ha scorto che la sua contentezza risiede proprio nella scelta intrapresa.

"Se lo vuoi sapere, non è colpa tua se ho deciso di farla finita."

"Vorrei che tutto fosse andato diversamente."

"Penso che ognuno di noi abbia avuto almeno una volta nella vita questo pensiero. Voglio farti sapere che io non ho paura, che sono sereno. Che me ne vado felice. Per tutto quello che mi hai dato, Maria, io ti sono grato."

La voce gli si spezza proprio sul suo nome. Non osa guardarla perché è facile alle lacrime, e osservare il cortile gli dà la forza per trattenerle ancora un po'.

Lei si alza, un brivido le solleva i peli delle braccia, graffiandole la schiena. Non potrebbe stare comoda in nessuna posizione adesso. Anche piangere, sarebbe come fare niente.

Il silenzio li divide. I pensieri li dividono.

"Per tutto quello che tu hai dato a me, Mario, io ti sono grata."

A quelle parole lui non ce la fa più, china la testa sul petto e scoppia a piangere, tranquillo, senza fretta.

Maria invece trema, tremano le mani, tremano le gambe e vacillano anche le labbra che vorrebbero dire di più ma fa troppo male.

"Io non volevo che andasse così… non volevo. *Perché?*"

Maria si fa avanti mentre lui singhiozza. Quando è vicina si inginocchia ai suoi piedi e con una mano gli alza il viso. È rosso, graffiato da lacrime che faticano a scendere.

"Voglio sapere una cosa. Me la dici se te lo chiedo?"

"Come vuoi, Maria."

"Qual è stato il goal più bello di Mario Leone?"

"Lo so quale è stato. Diciotto aprile 1986, giorno del mio compleanno. Catanzaro-Siena, due a zero. Mario Leone segna con tiro al volo dal limite dell'area. Un gran goal, lo hanno scritto pure sui giornali. Te lo ricordi?"

Lei annuisce, sorpresa.

"Che cosa pensi? Lo avrei segnato pure io se fossi stato al tuo posto."

Ridono, piano, senza far troppo rumore. Si sente parte di lui e maledice sé stessa per non averlo incontrato prima.

"E me la dici un'altra cosa se te la chiedo?"

"Come prima, Maria."

"Qual è il posto più bello della Calabria in cui vorresti vivere?"

"La Sila."

"Lo sapevo."

"Te lo ha detto Vincenzo?"

"No. È anche il mio posto preferito. Che ne dici se ci andiamo insieme un giorno?"

"Dico che ne vale la pena, e che ci vengo con te."

Gli tocca la mano buona e accarezza le sue dita. Mario le sorride con i suoi occhi chiari e lucidi che la guardano con ammirazione e gratitudine.

"Se ti avessi conosciuta *prima di questo*, ti avrei fatta mia."

"Per questo complimento, segnerò un goal per te."

"Non giocherai più dopo, vero?"

"Resterò a disposizione per un po', per via delle clausole che mi legano alla società fino al termine della stagione. Credo che ormai il trucco non reggerà a lungo, ed è meglio che mi preparo ad andarmene, appena non sarà più un segreto."

"Un vero peccato."

"Anche se è stata dura, mi sono divertita."

"Ci siamo divertiti. Grazie ancora Maria. Grazie per quello che sei."

Maria si alza e gli dà un bacio leggero sulle labbra. Labbra calde, morbide.

Lui lascia fare, il corpo non prova niente ma la testa gira come la ventola di un motoscafo.

"Sì. Grazie. Per tutto quello che ci siamo dati."

| Catanzaro | 1 ('34 Leone) |
| Arezzo | 0 |

102

Ufficialmente, Maria giocò la sua ultima partita il primo maggio del 1988, regalando tre punti importanti alla squadra. Fece appena in tempo a fuggire dalle dichiarazioni di un giornalista, sostenute da foto e contatti non ben definiti, sulla presunta falsa identità di Mario Leone.

La federazione calcistica italiana aprì un fascicolo, ma unicamente un anno più tardi qualcuno confessò che dietro al campione si nascondeva *una donna* di cui nessuno conosceva la vera identità. Soltanto anni più tardi, agli inizi del ventunesimo secolo, le indagini appurarono senza alcuna macchia che Mario Leone era una donna.

Nessuno, però, riuscì mai a rintracciare colei che diede il volto al mito di Mario Leone.

| Catanzaro | 3 |
| Padova | 0 |

Al termine della stagione la società sfiorò la promozione mancandola per un unico punto.

Maria quel giorno guardò il giornale e pensò che se fossero stati più forti, se avessero resistito alla guerra mediatica, il sogno della Serie A si sarebbe realizzato.

***

18 aprile 1988.

Vincenzo è rimasto indietro con Gabriele e Sara. Loro, invece, hanno voluto salire più in alto per avere una maggiore visuale sulla Sila.

Ci sono venti gradi, per lo sforzo stanno tutti sudando.

I due Leone ridono e a gran voce danno delle schiappe a chi è rimasto indietro.

Un grande uccello sorvola la zona, Maria lo riconosce, è il nibbio dell'altra volta.

"Vincè dice che sono protetti, che ce ne sono pochi", ci tiene a precisare.

Mario osserva, sereno.

"Nella prossima vita voglio essere un nibbio, così potrò volare come lui. Guardalo quanto è bello."

Il suo richiamo risveglia la natura, è possente, magico. Lungo il fianco della bassa cresta collinare ci sono altri animali. Mucche e pecore al pascolo, dei cani abbaiano per farle stare insieme.

Non è la prima volta che vengono in Sila. Da quando se lo sono promessi, lo hanno fatto ogni mese. Sanno che la vita non li ha messi lì a caso, che erano destinati a stare uniti.

Maria, però, è agitata, evita di darlo a vedere a Mario, anche se lui riesce a cogliere molte più sfumature di lei rispetto a Gabriele. Non oggi, oggi lui ha lasciato andare i pensieri e le preoccupazioni per il futuro, perché *la fine* è vicina.

"Io voglio essere uno scoiattolo. Guarda là."

Lo vede, si sta arrampicando su un albero salendo a spirale la corteccia.

"Credo che il nibbio mangia gli scoiattoli."

Maria ferma la carrozzina e distende le braccia per sentire l'aria fresca che spira dalle nuvole.

"Ma tu quando mi vedrai, nella prossima vita, non mi mangerai."

"Non esserne così certa. E poi come faccio a riconoscerti?"

“Non lo so, ma lo saprai.”

“Hai ragione.” Non dice altro, ha capito, sono cose sottili, non spiegabili, che talvolta succedono agli umani e, forse, anche agli animali della Sila.

“Sila silente.”

“Cosa?” gli chiede Maria.

“Niente. Mi piace dirlo quando sono qui. *Sila silente.*”

“Che vuol dire?”

“Ma non sei andata a scuola?”

Si mette le mani ai fianchi e risponde: “Senti, ragazzino, ci sono andata, ma non so cosa vuol dire. Mi fai capire tu o devo chiederlo a Vincenzo?”

“Lascialo stare. È una cosa che ho sentito da lui, ma per me ha un altro significato. Quando sono qui capisco che cosa significa la pace. Tutto qui.”

“Tutto qui?”

“Ah, lascia perdere. Sei brava con i piedi però di testa devi migliorare.”

Gli mena un buffetto sulla testa mentre osserva i tre fermarsi a un centinaio di metri sotto l’altopiano. Gabri dice qualcosa ma la sua voce si perde nel vento.

Non importa.

Dall’altra parte si stagliano i monti, un lago, il bosco e centinaia di uccelli che prendono il volo in maniera composta, smuovendo le fronde degli alberi.

“Ho detto a mia sorella che voglio essere cremato, che devono spargere le mie ceneri qui, sulla Sila. Voglio far parte di questo posto, questa sarà la mia prossima casa. È bello, vero?”

“Sì, bellissimo.”

“Voglio che ci sia anche tu quando le spargeranno. Voglio che mi guardi danzare nell’aria e disperdermi nell’erba o in quel lago, fate come vi pare, basta che mi portate qui.”

Maria lo sposta per mettersi dietro, non vuole che veda il suo dolore. Lo lascia parlare anche se quei discorsi la feriscono.

Ha passato dei bei giorni con Mario Leone.

Per tutto quello che mi hai dato…

"La prossima volta che vedrai un nibbio, Maria, penserai che sono io, vero?" Lo dice con la stessa spensieratezza di un bambino, ed è stupita perché lui non ha mai avuto veramente paura di andare in contro alla morte.

"Sì. Lo penserò."

"Ti guarderò da lassù e farò un gran grido. Sarà così forte che lo sentiranno tutti gli animali della Sila."

"Secondo me sarai una rana."

Scoppia ridere e poi le chiede come un'idea del genere le sia venuta in mente.

"Non lo so, ti vedo più rana."

"Sei pazza. Uno come me, *rana*? Non ci pensare proprio. Non posso neanche toccarmi, porti sfortuna."

"Basta che ti ricordi di non mangiarmi."

"E tu non dire più che divento una rana, sennò scendo giù e ti mangio."

Il sole è più basso rispetto a quando sono arrivati. Abbaglia tutte le cose con dolcezza, una carezza che rilassa, riscalda il cuore con garbo e si adagia nei pensieri lentamente.

"Maria, ho una cosa da chiederti."

"Dimmi pure."

"Vorrei che scendessi in campo ancora una volta. Lo faresti per me? Una volta soltanto."

"Lo farò. Lo farò per te. Solo per te."

Lui volta la testa per guardarla negli occhi, si accorge che lei ha pianto ma il suo buonumore lo rincuora. Lo sa che per loro non è facile accettare quella scelta, anche se non sanno quanto difficile sia affrontarla, e che ha dato a vedere che niente lo faceva vacillare. La morte lo spaventa, ma ancor di più lo spaventa vivere in quello stato. Maria gli ha regalato un anno di emozioni, un anno di vera vita, sebbene non sarebbe durata a lungo. Meglio uscire di scena sull'onda di quella insperata gioia, piuttosto che rinchiudersi nell'ombra dei periodi bui.

"Però prometti che quando sarai un nibbio, non verrai giù a mangiarmi?"

"Prometto."

"Adesso sono più tranquilla."

Il nibbio vola lontano, appena sotto il sole, gli va in contro senza temere la sua enorme potenza. Mario spalanca la bocca, stupito di fronte a tanto coraggio e magnificenza. Sì, sarà un nibbio come quello, capace di sollevarsi in aria e sfidare il cielo.

Mario Leone morì nel suo letto il due maggio del 1988. La televisione era accesa quando il medico ne constatò la morte. Lo schermo proiettava le immagini di Maria in goal contro il Padova.

I giornali locali scriveranno *"morte improvvisa"*.

Un'altra menzogna per Maria, una menzogna che dovette soffocare con dolore. Per non morirci dentro, promise a sé stessa di dimenticare presto quel dramma.

Le sue spoglie furono bruciate, le ceneri messe in un piccolo vaso.

Dovettero aspettare una settimana prima di tornare in Sila, a causa delle forti piogge.

Sara e Vincenzo sparsero le ceneri dalla cresta di un monte al soffio del primo vento. Maria, stretta a Gabriele, le guardò sollevarsi e danzare lontano nascondendo i suoi occhi lucidi dietro a spessi occhiali da sole. Non una parola.

Solo… *Sila silente*, proprio come Mario le aveva detto.

Un silenzio vasto come un dolore inesauribile.

Ricomincio da qui

103

Mia madre è in fondo. Sola.

Guarda il mare nella sua tenuta da spiaggia: pantaloncini sportivi, una maglietta bianca a maniche corte e il foulard attorno alla testa per evitare colpi di sole.

Presto faremo cena ma adesso ci godiamo il silenzio.

Vorrei raggiungerla, invece aspetto.

Si è fatta il suo giro sul lungomare di Sellia Marina raccogliendo conchiglie e sassi bianchi, come faceva nonna Mia. Da bambino avevo lo stesso vizio, non per questa estate però, i gesti di mia madre bastano.

E poi chissà dove finiranno?

Sul tavolo della casa che abbiamo affittato, c'è un bicchiere pieno di sassi bianchi, un altro sta in bagno mentre le conchiglie dormono in un panno sul balcone, e non so cosa abbia intenzione di farci.

Lei sta lì, immota, lascia che la risacca le bagni i piedi. Il suo sguardo si allunga sul mare, lo accarezza. Alzo Sindy e la colgo. È estatica e silenziosa come i segreti che racchiude.

Abbiamo provato a fare due tiri a pallone questa mattina, mi sono cimentato in porta come ai tempi di *Gullit* o ancor prima, quando per un periodo ho giocato nella Sedrianese.

Tredici anni. Secoli fa per la mia mente.

Il suo primo tiro è stato una *cannonata*, non sono riuscito a cogliere la traiettoria che già mi stava alle spalle. La sfera ha continuato a rotolare per un centinaio di metri scombussolando la vita tra gli ombrelloni. Un ragazzo si è alzato dal lettino e ci ha rilanciato la palla.

"*Magari iniziamo piano*" le ho detto.

Non mi è stata nemmeno ad ascoltare, ha tirato su il pallone con un colpo del piede destro, ha palleggiato per qualche secondo e, poi, ho visto il palo alla mia destra tremare come se ci fosse passato sopra un trapano da cantiere.

"*Cazzo che tiro.*" Ha strepitato una voce alle mie spalle: era il tizio che ci aveva ridato il pallone.

Come mi giro verso di lui per dirgli che *è tutto nella norma*, sento mia madre dire: "*Sei molle. Muoviti un po'.*"

Facile per lei.

Alla fine, abbiamo giocato al volo e il ragazzo, Bruno, quando mia madre se ne è andata perché iniziava a farle male la schiena, mi ha detto: "Vai 'chi megghiu toi e facci i spisi."

In poche parole: impara dai migliori.

Con Bruno ci siamo dati appuntamento per stasera, lo porto con noi a fare un giro.

Una serata di sbronze sperando di rimediare *buone conoscenze*.

Non la disturbo, mi limito a osservare.

Ho altri pensieri, e dato che lei si è persa nei propri le faccio una serie di scatti.

La spiaggia è abitata da pochi intimi, la mole è arrivata alle undici e se ne è andata poco prima delle tre del pomeriggio. Chi è rimasto starà attendendo il tramonto, che da queste parti regala arcaici scenari.

Lo aspettiamo tutti, ammesso che lei resti lì.

Le ho promesso che cucinavo gli spaghetti con le vongole fresche. Aglio. Olio. Un bicchiere di vino. Poi lei penserà a cospargerli con pepe e altro olio. Di quest'ultimo ne mette sempre a iosa su qualsiasi cosa mangia. Mi ricorda nonna Mia che faceva la stessa cosa con il peperoncino.

Sento qualcuno parlare ad alta voce, mi giro, un trio di uomini sistema i tavoli al Lido la Papaya, in preparazione della cena. Faranno pizza, spaghetti, risotto e insalate miste. I tranci di pizza al pomodoro e basilico sono i più buoni della Calabria.

Raggiungo la riva.

Lascio i sandali poco più indietro.

L'acqua è sporca ma fino alle 10 del mattino è caraibica, un mare brillante, cristallino.

Lei mi ha visto, con la mano mi saluta mentre mi viene in contro. Sorride, non si sbilancia troppo, per via della piorrea è costretta a mettersi una fila di denti artificiali che talvolta le ballano nella bocca.

Un altro scatto e questa volta mi fa segno con le mani di smetterla.

Poi, si toglie il foulard abbassandolo fino al collo.

"Che te frega?"

"Oh no, dai, guarda come sono conciata. Ho i capelli spettinati."

"Ma smettila, che sei uscita bene."

Quando è più vicina le faccio vedere l'ultima foto. La frangia le copre il viso piegato verso destra, come se cercasse qualcosa vicino ai piedi.

"Non mi si vede la faccia, meglio così."

"Non importa, questa sei tu."

Non dice niente, lo so che non le sono mai piaciute le foto che la ritraggono, forse non comprende nemmeno questa mia insolita passione per la fotografia.

Eppure, quando tocco Sindy, o miro un bersaglio da immortalare, mi sento il padrone del tempo, del mio e della persona a cui ho rivolto l'occhio della reflex. È qualcosa che stento a spiegare, e forse non c'è bisogno di farlo.

Accade e basta.

Un momento che conosco soltanto io, proprio come i segreti del cuore di mia madre. Qualcosa di personale, talmente intimo che è inesprimibile e bello.

Ecco, *semplicemente* bello.

"Sono stanca, ho camminato tutto il giorno."

Quando ancora giocava a pallone e poi si doveva occupare di noi, non l'ho mai sentita dire che era stanca. Le è sempre piaciuto darsi da fare. E so che il suo momento preferito è quando si chiude in camera con la televisione accesa, non importa quello che trasmettono, è un sottofondo che le fa comodo, come se la incantasse. E così, dopo poco, si addormenta.

Gliel'ho visto fare tante volte, soprattutto quando stavamo a Roveda e lei dormiva sul divano. Lei non ha mai amato il padre di mio fratello, un rapporto di comodo, ne abbiamo sofferto tutti ma mai quanto lei.

Alla fine, ne siamo usciti e ognuno ha preso la propria strada.

Si china e raccoglie un sasso bianco, me lo fa vedere.

"Bello, vero?"

"Sì, ma'. Non ne hai già presi abbastanza?"

Alza le spalle e lancia un'ultima occhiata al mare.

Agosto. Un caldo che stritola le ossa.

"Andiamo che devo preparare qualcosa per tuo fratello."

"Non mangia gli spaghetti con noi?"

"Lo sai com'è fatto."

"Già" sussurro.

Lei si avvia. I miei occhi cercano ancora qualcosa, uno spunto o unicamente il cielo che piano, piano si addormenta.

Con una mano tengo Sindy, l'altra è distesa lungo il fianco e non si cura di altro.

Dopo pochi secondi, arriva la voce di mia madre.

"È qui", so che sta parlando di Maurizio. Non è tipo che ama il mare di pomeriggio, gli bastano le sue due ore e mezza la mattina. Ed è fresco, abbronzato come non mai, con i capelli perfettamente sparati in alto.

Un precisino, non come me.

"Ehi ma'."

Non si gira, continua a camminare lenta con la testa abbassata perché c'è uno strato di sassi che le solleticano i piedi.

"Domani giochiamo ancora?"

Vedo che scuote la testa e con una mano si preme la schiena. "Non ho più l'età."

"Tutte scuse."

"Dai andiamo che mangiamo. Sbrigati."

"Per dispetto ti fotografo da dietro."

"No, no che sono grassa."

"Allora ti fotografo mentre dormi."

Lei protesta, dice che la devo lasciare in pace, che sono finiti i tempi della sua *bellezza.*

"Trovati una *sbarbata* questa sera, così le fai a lei le foto."

"Voglio restare qui per sempre" dico, allargando le braccia per stirare i muscoli.

"Quando sono in pensione veniamo qui a vivere. Io e te."

"E la *sbarbata.*"

"Con chi vuoi, tanto io avrò la mia camera, poi fate come volete."

Rido.

La prendo in giro.

Vedo Mauri da lontano, fermo a braccia conserte sulla passerella centrale che divide il Lido a metà.

"Stasera la trovo anche a Maurizio *la fidanzata.*"

"Ma speriamo!"

Lui deve averci sentito perché fa un gesto nervoso con la testa, non gli piacciono certi discorsi, soprattutto se riguardano le donne.

Insomma, questa è la mia famiglia e stasera si esce.

***

Le luci stroboscopiche sembrano fatte apposta per sballarti ancora di più. A Josh piacevano.

Ho bevuto una *cuba libre* e Terenzio, mio cugino, me ne voleva offrire un altro. Non ho accettato. Sono sensibile all'alcol e la testa è partita dopo i primi due sorsi.

Mauri ha preso un *mojito* mentre Bruno sorride guardando le tipe ballare in pista con un bel bicchiere ghiacciato di rum in mano. Un tipo sveglio. Ultimamente ha girato il mondo ed è tornato a casa da pochi mesi. Gli ho proposto di venire con me e mio fratello a Vitrusi uno di questi giorni.

La sua risposta è sempre la stessa: *"Dove vuoi."*

Mi piace il suo accento calabrese, vorrei avercelo pure io. Non so perché ci penso tanto, forse dovrei accettare un altro cuba e divertirmi.

Guardo alle mie spalle e vedo Rino ridere. Tez compare all'improvviso, mi parla da lontano e leggo il suo labiale. Questa volta annuisco, so come è fatto, quando decide di offrirti qualcosa va fino in fondo.

"Buttati no!"

Scuoto la testa. Mio fratello mi scruta con aria di sfida.

"Vai tu. Tanti anni di *break* e poi stai lì fermo come un mulo a guardare gli altri ballare. Sei una vergogna."

Mi avvicino a Bruno. "Ne bevo un altro e poi ti giuro che mi butto in pista."

Il Dj fa un annuncio, è arrivato il turno del tormentone dell'estate. Una fila di ragazzi e ragazze si posizionano davanti alla consolle per accompagnarci nel balletto. Il mio sguardo va oltre loro e vedo il mare, una breccia, è costellato da puntini luminosi, un po' per effetto della luna e un po' per le luci del lido.

"Ehi cuggì, t'ena" mi fa Tez.

Mi dà una gomitata e senza guardarmi negli occhi mi passa il secondo cuba.

"Grazie. Spero che sia più forte di quell'altro."

"Bevi, bevi, che ti fa bene", e poi sghignazza, facendo ballare il gargarozzo.

"E tu non ridere" mi rivolgo a mio fratello che, prontamente, mi fa il dito medio.

"Adesso ci buttiamo lì in mezzo e facciamo bordello" se ne esce Tez.

"Questo è parlare" lo incoraggia Bruno.

Okay, butto giù, un sorso lungo. È freddo e per nulla buono, però è molto meglio di tanti altri cocktail.

"Chiano che t'imbriachi."

Bruno mi dà una pacca sulle spalle e inizia a ridere.

"Dio non ce la faccio, finiscilo tu."

Non ci pensa due volte, me lo toglie dalle mani e fa un sorso.

Mi guardo in giro, Rino fuma e Tez parla con Mauri di qualcosa che non sento, la musica è troppo forte. Mi spintonano. Chiudo gli occhi e il mio naso rapisce gli odori intorno. Fragranze. Ormoni. Tabacco. Frutta e spray per le zanzare. Quando qualcosa di freddo colpisce il mio braccio, mi giro e vedo il *cuba* puntato verso di me.

"Finiscilo e poi partiamo."

Resto sospeso per un secondo pensando di voler scattare una foto ma adesso Sindy non è con me, l'ho lasciata a riposare in camera, sul letto. È lì, al buio, spenta, ed è buffo mentre penso che anche lei è piena di qualcosa. *Ricordi.* È come se fosse viva ma in un modo diverso.

"Avanti, butta giù."

"Butto giù."

Il sorso finale mi sballa e strizzo gli occhi per il disgusto.

Bruno mi toglie il bicchiere dalle mani, lo posa in un angolo e poi mi spinge nella calca che segue il balletto dell'estate.

"Des-pa-cito" inizio io ad alta voce, ma anche Bruno ha preso a cantarla.

In mezzo alla calca le mani si toccano, è un miscuglio di ombre e luci a intermittenza, come scatti fotografici a ripetizione. Gli occhi delle ragazze sono magnetici, frange che si spostano da destra a sinistra, e tacchi alti una spanna che battono il pavimento logoro di sentori.

La testa gira.

Tez e Mauri mi raggiungono.

La musica è più alta.

Va bene, siamo qui per divertirci.

Non riesco a capire quanto stia passando ma noto lo sguardo di una ragazza bionda, con i tacchi la sua fronte mi arriva al naso, lo capisco anche se sta più in là rispetto a noi. Assomiglia a quell'attrice che mi piace tanto, Teresa Palmer.

"Non t'imbambolare, dalle addosso."

Bruno mi spintona, è uno scaltro, certe cose le capisce al volo, probabilmente la fisso già da qualche minuto.

Lei lancia occhiate ma è stretta tra le amiche.

Mi sudano le mani, e sto morendo di imbarazzo.

Bruno continua a spingermi da dietro e alla fine mi ritrovo nel mezzo del gruppo. Dato che non so cosa fare, faccio quello che mi viene più spontaneo: rido. Non guardo le sue amiche, che si staranno chiedendo se oltre a ridere ho qualche altra *carta da giocare*.

Miro lei perché è troppo bella e ignorarla sarebbe come disonorare la vita.

In un attimo ci giriamo attorno, danziamo ma non so che dirle. Lei sbatte le ciglia tenendo la testa leggermente piegata verso l'interno. I suoi capelli svolazzano nello spazio lanciando aromi e seduzioni segrete. Non ha importanza nient'altro, allungo la mano e trovo la sua. È tiepida. Ci speravo, altrimenti mi avrebbe ricordato Nicole. No, chiunque sia la sconosciuta di fronte, *non* sa di Nicole.

La terra gira e anche noi. Sembra un sogno perché non abbiamo bisogno di parlare, e tenerle la mano è un po' come tornare bambini. Le faccio fare un giro su sé stessa e ridiamo.

Dio, stiamo ridendo davvero per una cavolata del genere?

Vorrei girarmi a guardare Tez e dirgli che ne voglio di più, ma sarebbe uno spreco distogliere gli occhi da lei.

Chi sei?

La musica cambia.

Non so quanto tempo stia passando, i colori sono nitidi e riesco a cogliere ogni dettaglio. Ha pelle di latte e occhi come le effigi egiziane.

La sua mano è ancorata alla mia, così l'avvicino e finiamo guancia contro guancia. Sento i suoi capelli rigarmi la pelle e la fragranza che indossa sfinire i miei sensi.

Senza pensarci, le sussurro: "Stop breathing if I don't see you anymore."

Si ferma il respiro se non ti vedo ancora.

Ci voltiamo nello stesso istante perché è insopportabile la vista senza guardarci. Sta per dire qualcosa, vedo il suo imbarazzo ma le amiche la portano via. Pare un momento lungo un infinito le nostre dita che scivolano le une sulle altre prima di staccarsi e immergersi nello spazio multicolore della sala.

Non so se può capirmi ma, mentre ancora vedo i suoi occhi nei miei, le sussurro: "*It is only with the heart that one can see rightly, what is essential is invisible to the eyes.*"

Non sono frasi mie. Le imparavo a memoria a Londra per migliorare l'inglese.

Poi lei si perde e mi do dello stupido perché non siamo in Inghilterra.

Bruno mi batte una mano sul petto e mi dice che sono un "gallo." Non mi sento un *gallo*, piuttosto una tigre che ha lasciato andare via la preda. Resto immobile a guardare dove prima stavano i suoi occhi e mi dico che forse *è meglio così*. Devo pensare a me stesso, alla strada che voglio percorrere, lei mi frenerebbe. Per lei perderei la testa.

Ho bisogno di uscire dalla calca, cerco un riparo, una sedia, qualcosa su cui poggiare le chiappe.

Cammino a testa china e trovo uno spazio lungo la panca gremita di ragazzi. Sento qualcosa di morbido contro le mie cosce, noto che ai miei fianchi ci sono delle donne. Profumano di rose e alcol.

Mi passo una mano sulla fronte e cerco Bruno o uno dei miei cugini per non pensare alla voglia matta di rivederla.

Mi dico che devo passarci sopra, dimenticare.

Bruno balla al centro della sala. Mauri è appoggiato con una spalla a un pilastro, guarda gli altri muoversi. Terenzio e Rino scompaiono diretti al bar, conoscono un po' di gente lì.

Vorrei vomitare.

Ho bisogno di un po' di aria fresca.

Prima era unicamente una breccia, adesso è pura vastità. La luna immerge il suo riflesso dorato nella quieta marea dello Ionio lasciandomi senza parole.

Percepisco i suoni dell'universo gravitare attorno alla mia testa. La risacca. La musica rombante che proviene dal lido. Qualcuno che ridacchia nascosto dietro una scialuppa ribaltata sulla sabbia. Persino lo scintillio della luna sul mare ha un proprio rumore, che è sottile, in nessun caso udibile.

Qualcuno ha spezzato un legnetto a terra.

Tendo l'orecchio e mi volto piano. La vedo. È come nel film di Pinocchio quando appare la fata turchina.

È lei.

Se fossi lucido, il cuore sarebbe già esploso nel petto per l'imbarazzo.

Dice "ciao."

Non riesco a parlarle. Le mostro il mio sorriso da ebete. Poi mi avvicino. Sono due passi, abbastanza per farle capire che c'è dell'interesse, che se non parlo è perché lei mi fa mancare le parole.

In una mano tiene i tacchi, a piedi nudi sfida la sabbia fresca della sera. Piega la testa su un lato, mentre io mi abbandono nel suono della sua voce.

"Mia madre è scozzese. Come facevi a sapere che ti avrei capito?"

Devo aver fatto una faccia strana perché subito dopo aggiunge: "Intendo prima, quando hai parlato in inglese. Hai detto che l'essenziale è invisibile agli occhi, eppure non facevi altro che guardarmi."

"È colpa tua, mi fai dire cose assurde."

Lei fa un nuovo passo verso di me, una ballerina in punta di piedi. Si crogiola come una bambina timida pronta al suo primo bacio.

Io resto impassibile perché anche se siamo a un laccio di distanza, è come se la toccassi.

Mentre muove gli occhi in cerca dei miei, delle mie labbra, di qualcosa che devo aver stampato sul viso, ho come la sensazione di star facendo l'amore con lei.

"Che ci fai qua fuori? Perché non vieni dentro?"

"È troppo bello qui per stare là. E comunque…"

Preme un dito sulle *mie* labbra intimandomi di fare silenzio. "Non adesso."

"Mi vuoi far morire?" le dico, mettendo in bella mostra i miei pensieri. "Se non saprò chi sei, domani farà troppo male, sembrerà che niente di tutto questo sia mai accaduto."

"Sei buffo. Difficile trovare dei maschi romantici."

"Forse ho bevuto troppo."

"Sì, anche io."

Poi di nuovo silenzio. Lei mi guarda ma capisco che i suoi occhi sono andati oltre me, gettandosi alle mie spalle.

"Possiamo continuare a ballare qui, se vuoi."

Fa un inchino e mi dice: "Con piacere." Un passo ed è tra le mie braccia.

Penso che l'Universo ci stia guardando, perché proprio in quell'istante parte una vecchia canzone che ascoltavo quando stavo a Londra, Faded di Alan Walker. Un remix con il sottofondo di un piano melodico che ci fa girare come pianeti intorno a un sole.

I fianchi sono morbidi ma non vedo altro se non i suoi occhi azzurri incorniciati dal tocco di una matita nera.

"Si vede che non sei tipo da discoteche."

"Forse è per questo che sono scappato da lì."

Non è tutto perfetto ma fa parte del gioco. La stringo più forte e lei si lascia andare, la sua testa si appoggia sulla mia spalla e sento le sue labbra premere sul collo.

L'apice e l'abisso.

Prego solo che possa non finire mai.

***

Ricomincio da qui.

Se non me lo avesse detto, non l'avrei mai notato. La scritta esiste davvero. Ne avevo sentito parlare da ragazzino, quando la famiglia era unita. I miei cugini dicevano che era il simbolo del rispetto dei catanzaresi nei confronti di mia madre. Ecco un'altra fetta della sua vita che conosco poco.

Le ho chiesto se ce ne sono altre.

"*A tuo padre non piacevano queste cose.*"

"*La mia è stata una generazione di scritte su banchi, muri, sedie…*"

"*Non è questa la questione, il nostro era un segreto*", e non so proprio cosa deve aver immaginato mentre me lo diceva.

Non so niente di te, papà.

I cugini dicono che eri *uno tosto*, in effetti qui tutti ti ricordano e quando cammino chi mi riconosce dice che sono la tua copia. Zia Rosalina l'amava profondamente, una sera mi disse che la droga l'aveva portato alla *rovina*.

Preferisco le foto, che sono imparziali, alle verità che ancora non sono pronto ad affrontare. Forse non ha così importanza il non capire certe dinamiche, forse ne ha solamente quando ci sentiamo bloccati e dobbiamo capire che cos'è che ci rende deboli.

Tornare a casa dopo cinque anni, è stato il modo per risollevare il mio umore, che era sottoterra.

Vitrusi è viva, piena di tutti i momenti di ogni suo tempo.

Alzo Sindy e scatto una foto al simbolo che rappresenta la gioventù di mia madre, di cui io so poco o forse niente.

L10

Anche se è sbiadito, il simbolo si legge ancora. Il muro è crepato in più punti e ci sono i rimasugli di cartelli pubblicitari che qualche volta devono averlo coperto.

Lo guardo e penso che sia rimasto lì contro ogni avversità. La pioggia. Il vento. L'erosione del cemento. Proprio come mia madre, niente è riuscito a scalfirlo. È andato avanti a modo suo, impotente di fronte agli eventi della vita.

"Andiamo?"

È mio fratello.

Bruno è più silenzioso del solito, non è mai stato a Vitrusi.

Adesso stiamo scendendo in Marina.

Ho convinto Mauri a portarmi alla vecchia casa, quella di nonna Mia. Entrare è stato come tornare ragazzino. Lo stesso odore di polvere, salame piccante e olive verdi in salamoia. Ci ha fatto accomodare la vicina, a cui la zia ha lasciato le chiavi.

Sono passati sette anni dall'ultima volta che sono stato qui.

Ho scattato una fotografia dal balcone per prendere Marina di Vitrusi, con il mare e le strade che serpeggiano tra le case bianche e il villaggio vacanze vicino ai lidi. Un albero taglia in due la fotografia. La userò per il blog.

Lei non è venuta con noi, voleva riposare.

Credo che non abbia motivo di stare qui, alla sua età *forse* è meglio dimenticare.

Qualche giorno fa mi ha detto: *"Mi sento un'altra persona."*

Le ho chiesto le motivazioni ma si è limitata a una scrollata di spalle.

Quello che so è che per me è tutto diverso, ho ancora bisogno di ricordare, perché le mie radici mi danno la forza per continuare.

La spiaggia si riempie.

Non è più come un tempo, quando gli ombrelloni erano l'unica cosa che si vedeva. La loro concentrazione era così intensa da pensare che non ci fosse altro. Il mare era una striscia che si intravedeva qua e là tra i profili di teste, braccia, sdraio e i braccioli per bambini.

Ora gli ombrelloni sono alberelli sparsi a mucchi come funghi in mezzo al prato.

Mauri e Bruno si sono tolti la maglietta.

Ho preso la maschera perché senza mi annoio. A me piace spaziare, scendere in profondità e nuotare radente al fondale, seguendo i pochi pesci rimasti.

Un tempo ne potevi vedere di più.

Ma che dobbiamo fare?

È così che va il mondo: si prende tutto quello che può. Ho sentito dire che lo fanno *per il benessere* degli occidentali, e spesso si dimenticano che la bellezza della vita risiede nella sua biodiversità.

Non importa adesso. Ci sarà tempo per le battaglie.

L'ultima volta di noi

104

Cinisi. 197?

"Mamma?"

Lei le sembra altissima. La contempla con i suoi piccoli occhi nocciola e con le manine le chiede di prenderla in braccio, comoda nelle proprie scarpette nere adagiate sulla terra dura di Cinisi. Non riesce a vederle il viso, il sole si staglia sopra i suoi capelli ricci tinti di rosso, come un'aureola dorata le abbaglia la visuale.

Mamma sta di certo sorridendo, una bocca grande sostenuta da una fila di denti bianchi, le guance paffute, una statura media, ma lei per ogni occasione porta scarpe coi tacchi.

Maria allunga le mani ancora più in alto, di più, finché anche la schiena curva, non può raggiungere il suo collo dal quale penzola la croce d'oro che le ha regalato papà.

Mamma le dice qualcosa, deve *aspettare*, il treno è in partenza e non ha fatto il biglietto. Manca poco. Se lo perde, poi, *papà si arrabbia* e non vogliono che questo accada.

Stai ferma qui.

Lei ci prova a stare *ferma* ma è agitata.

Mamma è strana in questi giorni.

Anche se gli adulti non li capisce, litigano e poi fanno pace come se niente fosse mai accaduto. Non vuole essere un peso per lei, desidera soltanto un abbraccio, che la stringa tra le sue robuste braccia come faceva prima che la mandassero a scuola.

Lei a scuola non ci vuole più andare, i ragazzi sono cattivi e le ragazze non fanno amicizia tra di loro. Ha iniziato a chiedersi se quello è un mondo giusto, o forse non fa per lei e basta.

Mamma le ordina di sedersi alla panchina, sennò si arrabbia.

Le mette il broncio e la guarda avvicinarsi allo sportello per i biglietti.

Il treno è ancora fermo, sbuffa, fa un tale casino la gente che quello quando se ne andrà nessuno ci farà caso.

Non vuole che lei se ne vada. La lasciano sola e poi d'improvviso tornano come se niente fosse.

Non è giusto.

Adesso la vede bene, ha messo quelle scarpe scomode che la alzano di qualche centimetro e il rossetto che la fa sembrare una papera. Ma mamma per lei è bellissima. Una volta le ha confidato che quando sta via, è perché va a Roma o su a Milano per *girare un film*. Nonno Antonio una sera le ha dato della bugiarda, che non si azzardasse più a parlare con lui se prima non si *puliva* la bocca dalle menzogne.

Gli adulti sono proprio strani.

"Amore, ho fatto il biglietto. Nonno ti aspetta in macchina, ti prometto che torno presto."

Si china su di lei e le stampa un bacio sulla testa.

Maria allunga ancora le mani, ma la madre si è girata per prendere il treno e l'ha lasciata lì, ferma, come una statua.

Poi il treno fischia e riparte.

Allora sente che le braccine le fanno male e le abbassa, lentamente.

Un'ombra cala su di lei, dalle sue spalle. Non ha bisogno di girarsi per sapere che è nonno Antonio.

Le sue mani le cingono i fianchi e la sollevano di peso.

Almeno lui l'abbraccia.

"Andiamo che aiutiamo Mariuccia a fare la sfoglia. Ti piace, vero Marì?"

1989

"Ciao ragazzi, ci vediamo lunedì. Fate i bravi."

Quelli posano nel furgoncino gli ultimi attrezzi per poi andare a cambiarsi nei container.

La terra è marmorea, lastre di ghiaccio la tappezzano e il rischio è di scivolare senza preavviso. Dopo il lavoro ci si copre con spesse sciarpe di lana. L'hanno definito *un inverno anomalo*.

Gabriele si chiude nel cappotto, sale sull'Alfa e per un momento resta a guardare il cantiere. Ci lavorano da novembre, costruiscono il futuro di Arluno, un paesino confinante con Sedriano. Accende la radio ma come sente la voce di un dj la spegne. Oggi no, oggi non è dell'umore adatto. Eppure, quella stazione l'ascolta spesso, Radio Deejay, sono nati da qualche anno e hanno preso piede in poco tempo. Le loro voci sono come il caffè alla mattina.

Appoggia le mani sul volante e ci infila la testa, se non accende il riscaldamento finisce che i piedi gli si ghiacciano. Non è il tipo che si ammala facilmente però, deve ammettere, che sotto natale l'influenza gli ha fatto passare brutti momenti.

Dovrà tenere duro.

Nicola gli ha offerto di ristrutturarsi un piccolo appartamento su cui ha investito, sta dalle parti di Bareggio, nei pressi del parco Arcadia. Una buona zona. C'è una camera, la cucina e un salotto dove riposare al rientro dal lavoro.

Maria è tornata alla Borletti, anche se adesso si chiama Magneti Marelli e sta a Corbetta.

Riflette, si sente fuori posto, quel lavoro non fa per lui, è come mettere un pesce di mare in acqua dolce.

Nicola lo paga di più, gli passa del *nero*, questo perché Rosalina vuole che si faccia l'appartamento, ma con quei soldi, talvolta, ci compra altro.

A Maria ancora non ha detto niente, spera di riuscire a ristrutturarla per l'estate, così usciranno da casa di mamma, che ha iniziato a litigare anche con lei. Si sta stretti e gli umori sono *ballerini*.

Maria, poi, è fatta a suo modo, non accetta di essere comandata.

La verità è che prima giocava a calcio, proprio quando iniziava a divertirsi il tempo e le situazioni l'hanno costretta a ritirarsi.

Delle volte è passata al cantiere a trovarlo ma, ultimamente, accade di rado.

Alza la testa.

La luce del sole si abbassa, mostra le ombre che ha nascosto durante il giorno.

Le braccia odorano di vernice, di cemento e di polvere. La pelle si è impregnata di quegli odori e delle volte ha come l'impressione che anche lavandosi non se ne vadano via. Li sente mentre dorme o fa l'amore con Maria, anche se l'amore accade meno spesso del solito. Si è stanchi alla sera, si sta di fronte alla televisione a guardare i film o gli show trasmessi da Canale 5, che a lei piacciono tanto perché Amabile Zanca li seguiva con interesse.

Ridono, si divertono, ma poi finisce lì, la mattina ci si sveglia e, dopo la colazione, si corre.

Mamma vigila, non ha intenzione di farsi fregare un'altra volta.

Guarda le proprie mani, che sono fatte di tagli e screpolature. A Gelsi, che lavora con Nicola da nove anni, gli sono venute le croste, deve farsi le punture per farle andare via, forse verranno anche a lui se non si decide ad andare dal dottore.

Gli hanno detto che *succede* d'inverno anche se non a tutti, il motivo, però, resta un mistero.

Lui non è adatto a quel lavoro. Ci prova. Vuole farsi una famiglia con Maria. Dovrebbe andare all'appartamento per piastrellare la cucina ma quando accende la macchina pensa che oggi c'è un'altra destinazione da raggiungere.

Vasco è lo stesso di sempre, uno che le lezioni non le impara mai. Non può giudicarlo, anche lui non le ha ancora assimilate.

Alle Quattro Elle si siedono a una panchina del parco centrale, le scritte la riempiono, così come riempiono i muri bordeaux delle palazzine attorno. Un bel posto, se non fosse che piccoli gruppi di ragazzi lasciano a terra birre, mozziconi e fazzoletti sporchi.

Si passano le sigarette e poi Vasco tira fuori una siringa con l'ago fine. È robaccia, lo sa, ma se inizia a farsi vedere in giro poi finisce che Antonio lo viene a sapere e si incazza. Invece Vasco è tranquillo, ha tutto da guadagnare dal silenzio di Gabriele, è anche uno che paga subito.

"Questa la offro io" gli dice. Si schiarisce la gola e inizia a cantare: *"Sensazioni, sensazioni, vogliono tutti provare… non ci bastano le solite emozioni, vogliamo bruciare."*

"Da quando ti piace quel tipo?"

"È uno di noi."

"Tu sei come lui, hai pure lo stesso nome."

"Ma io sono di Modena, lui è cresciuto in periferia."

"Che cambia, Vasco? Sempre di lì siete. Dai, muoviti che non voglio fare tardi."

106

Un trillo.

Non può essere vero.

A fatica apre un occhio, sdraiata di lato sul letto. Deve essere molto presto, c'è poca luce e, poi, la Signora sarà già sveglia, ci penserà lei a rispondere. Allunga una mano e al tatto le coperte sono fredde.

Gabri non c'è, non è rientrato.

Sospira, chiude l'occhio e ascolta i rumori della casa.

Il telefono continua a squillare.

Mia si sta alzando, lo capisce dall'impatto dei piedi sul pavimento, cercano le ciabatte, ci vanno a sbattere e le fa strisciare.

Di questo passo, chiunque stia chiamando, metterà giù il telefono pensando che nessuno risponderà: ma quello insiste. Forsa va avanti da un minuto e mezzo, non ne è certa, ha gli occhi pesanti e il corpo reagisce a rilento.

Voltandosi nel suo lato, osserva l'orologio-sveglia adagiato sul comodino: mancano pochi minuti alle cinque.

Allora d'un colpo si mette con il busto ritto, facendo scivolare le coperte ai piedi.

Nonna Madia le diceva che le chiamate del mattino non presagiscono mai buone notizie.

La Signora ha risposto al telefono, con voce atona chiede chi disturba a quell'ora del giorno.

Maria attende, un'attesa infinita perché Mia Arcuri si limita a grugnire senza proferire parola.

Mette a terra il primo piede cercando di non smuovere il materasso, vuole sentire tutto. Porta sul pavimento anche il secondo piede e resta a bocca aperta, senza respiro.

Quando Mia mette giù la cornetta del telefono ha l'impressione che l'abbia scagliata con forza e risentimento. Un suono secco, di rottura.

Di solito è una che si controlla.

Non è la prima volta che Gabri non rientra a dormire o lo trovano sul divano (la mattina presto) con ancora i vestiti addosso.

È accaduto a gennaio, ha dormito in macchina dopo averla parcheggiata nella corte, era così strafatto da non riuscire a scendere.

La Signora è *andata su tutte le furie*, lei, invece, ha preso le sue difese, credendo che sarebbe stata l'ultima volta.

Per un po' ha creduto tante cose, che Gabri cercasse un modo per evadere dal dolore di un fratello in prigione o da una vita monotona che non dà soddisfazioni; che di quei tempi i ragazzi cercano piaceri particolari per sentirsi più forti o, semplicemente, più fuori.

Gabri non ha paura di morire… o forse ne ha molta.

Non ha ancora deciso quale delle due opzioni sia la verità.

Uno che fa così, come può aver paura della morte?

Poi si è fatto prendere a schiaffi da Antonio, che lo ha sorpreso alle Quattro Elle a infilarsi *robaccia* nel sangue con Vasco.

Lo sa perché Beatrice le ha raccontato ogni dettaglio.

Gabri non è riuscito a difendersi, non aveva nemmeno le forze per muovere le gambe, sdraiato sull'erba fradicia di febbraio guardava il cielo. Antonio lo ha tirato su e lo ha gonfiato di botte. Bea ha giurato di averlo visto rientrare a casa piangendo di rabbia.

E adesso… adesso Gabri ha esagerato.

L'ha perdonato in passato, e se lo ha fatto è perché credeva fermamente che lui l'amasse a tal punto da rinunciare a quei frivoli piaceri.

"Questa volta gli è andata bene", ha sentenziato il medico in tono grave.

Li ha liquidati subito per un'urgenza al pronto soccorso. Cose che vede spesso, cose a cui poi ci si stanca presto. Gente che non si vuol bene e affoga sé stessa nella *merda*. Ecco quale era il senso della sua espressione mentre diceva a Rosalina e Maria che se l'era cavata *per un soffio*.

Un'infermiera ha ribadito loro lo stesso concetto, avendo cura di aggiungere *"La prossima volta potrebbe essere l'ultima."*

L'ultima non suona bene.

Maria si graffia i palmi delle mani nascondendosi da Rosalina, non vuole che la veda fragile.

Gabriele è stato in ospedale una giornata, non sa bene che cosa gli abbiano fatto, ma lui sta camminando sostenendo un viso pallido sulle spalle incurvate e il solito sorriso che le sembra più rivolto alla vita, o forse alla morte, che a loro che sono lì ad aspettarlo da più di un'ora. Arride come a dire che Dio non ce la farà a portarlo via, che è riuscito a scampargli per un pelo.

Rosalina ha tutta l'aria di volerlo prendere a schiaffi, ma gli vuole così bene che quando arriva lo abbraccia dandogli del *cornuto*.

"Ci hai fatto prendere un colpo" poi aggiunge.

Gabri non parla, porta avanti la sua espressione di scherno e osserva Maria che lo studia in silenzio, aspettando che Rosalina finisca di coccolarselo.

"Mamma?"

"Siamo venute noi, lei ti aspetta a casa."

Si avvicina a Maria, si abbracciano senza rivolgersi la `parola.

Non lo può perdonare, quell'infermiera ha detto che la prossima volta *potrebbe essere l'ultima.*

Non esiste parola peggiore di quella.

Ultima.

Rosalina, in macchina, gli fa la predica in tono pacato, comprensivo. Sono cose che succedono sembra voler dire, si possono capire, si possono superare.

Maria non lo accetta, con le braccia conserte li ascolta dialogare fissando il finestrino laterale.

Loro sono davanti, Rosalina guida rispettando limiti e divieti.

Quando arrivano a Roveda, Mia li attende in piedi fuori dalla porta. Un viso scuro, di ghiaccio, occhi che a guardarli per più di un secondo ti trasformano in pietra. Le sue mani conserte sotto il ventre, a Maria, ricordano il Caporale.

Ha imparato una parola alla Magneti Marelli, l'ha sentita per la prima volta da un capo reparto.

Intransigente.

Ecco come sono quelle come il Caporale e Mia Arcuri: intransigenti.

Non si scherza col fuoco.

È un brutto momento. Nuvole pesanti avanzano sul milanese, prima di sera piove, ci può giurare.

Gabriele continua a sforzarsi di sorridere e, sceso dalla macchina, dice a mamma che *va tutto bene,* che è stato un caso. Mia non la frega nessuno, con un colpo rapido gli pianta cinque dita sulla guancia sinistra, facendogli saltare gli occhiali dal naso.

Maria non guarda e di striscio vede Rosalina trasalire per lo spavento.

Guai a dire una parola.

"Cornuto" esclama, come ha fatto Rosa all'ospedale.

La frase successiva Maria non riesce a tradurla, Mia spara fuori dalle labbra, in dialetto stretto, una serie di parole incomprensibili. Ne coglie il senso.

"Fila dentro. E guai a te se lo fai ancora" conclude, riprendendo una via di mezzo tra il dialetto e l'italiano corrente.

"Ma'" la richiama Rosalina.

Mia si volta e la punta con due occhi pieni di astio. "Lascialo tranquillo. Domani ci parla Ezio."

"Non capisce niente. Parli con un muro."

"Marì, pensaci tu" le chiede a bassa voce Rosalina.

Maria annuisce ma non è certa di essere all'altezza di quel compito.

Mia rientra in casa e si fionda in cucina.

Quando Rosalina riparte in macchina, Maria è ancora fuori, le palazzine sono così alte che deve inarcare la spina dorsale per scrutare il cielo.

Nuvole. Pioggia.

Quelli del meteo ci hanno preso questa volta, non sarà una buona giornata.

Passi. I suoi, di Gabri.

Non l'ha vista rientrare e così è uscito.

Che brutta cera.

Da quando è diventato un fantasma nella sua vita? Da quando ha permesso che lui si autodistruggesse?

Vorrebbe insultarlo per averla fatta stare male, per aver dovuto sentire quella stramaledetta parola.

Ultima.

Non ha già dovuto soffrire abbastanza perdite in passato?

È inutile che la guarda così, cercando di strapparle un sorriso perché in fondo è andato tutto bene.

Sì, ti sei salvato, prima *dell'ultima*, ma basta un altro passo del genere e *ultima* diventa una conferma.

Le si avvicina, lo lascia fare. Come tutte le altre volte le cinge i fianchi, scruta i suoi occhi.

Maria ha l'impressione di essere gelida come Mia Arcuri, di avere anche lei occhi di ghiaccio con cui guardare al mondo, alle persone, e incutere timore.

È solo una sensazione, Gabri non si lascia intimidire, resta su di lei, sprofonda dentro alle sue iridi riempendole della propria immagine, del proprio odore che adesso è mischiato ai medicinali. Non gli bastava la polvere dei cantieri, adesso pure gli ospedali sono entrati nella loro vita.

Anche se è passato quasi un anno, non ha dimenticato cosa è successo a Catanzaro, gli occhi di Vincenzo che le davano "l'arrivederci", la voce pacata di Sara Leone che certe volte la rincorre nei sogni e le ricorda che una parte di lei se ne è andata quando Mario Leone ha preso le pillole decisive.

L'ultima.

Eppure, dopo la sua morte, hanno passato giorni sereni. Con i guadagni del contratto calcistico sono rimasti in Calabria fino ai primi di settembre.

Poi sono tornati. Se non fosse per Graziella non avrebbe nemmeno un lavoro. Lei ha fatto pressione ai pian alti, ci è voluto un mese e alla fine l'hanno ripresa a lavorare. Chi si ricordava di lei, ne parlava bene.

Ora non lascerebbe il proprio lavoro *per niente al mondo*.

L'addio al calcio che conta è svanito insieme alle ceneri di Mario Leone.

Adesso Gabri non le può chiedere di restare impassibile, di fidarsi di lui, con tutto l'amore che prova sarebbe come ucciderlo. Se non ha funzionato prima, forse è arrivato il momento di fare una scelta differente.

"Io torno dai miei."

La rivelazione apre un varco nei pensieri di Gabri, prima di quel momento non ha mai preso in considerazione l'idea che Maria potesse lasciarlo. La tiene per le spalle, stringe forte, deglutendo per la paura che gli sale dalle viscere.

"Che dici, Marì?"

"Non posso e non voglio vedere che distruggi la tua vita. Mi è già bastato *lui*."

Gabri capisce che si sta riferendo a Mario Leone. Maria ne ha sofferto in silenzio, lasciandosi accarezzare dalla giovane estate della Calabria, ma spesso restava per ore seduta sulla riva, osservava il cielo, i gabbiani, il mare e le sue maree. Restava immota perché se avesse fatto anche un solo movimento si sarebbe disgregata come un vaso colpito da un proiettile.

E allora lui la cingeva da dietro e lasciava che lei si appoggiasse al suo corpo. Il cielo diventava rosa, le nuvole si sfaldavano come se un pittore le avesse scombinate con le dita, lisciandole per tutto lo spazio accessibile.

"Pensi che andandotene, farò meglio di così?"

Maria fa un passo indietro in cerca di una via d'uscita. È talmente tesa che a guardarlo le fanno male gli occhi.

"Devi scegliere, Gabri."

"Cosa devo scegliere?"

"Scegli tra me e lei. O Maria o la cocaina."

"Ho già scelto."

"Adesso io torno da nonna. Per un po'. Ti lascio il tempo per pensare."

"Non ce n'è bisogno, amore."

"Avevi già promesso, ricordi? Ma non è servito a niente."

"Ma adesso è diverso."

"Forse. Non lo so. Anche le altre volte *era diverso*. Non farmi aspettare molto. Ma quando hai scelto... che sia la scelta definitiva."

"Io..."

Lei gli intima di non dire altro. Si stacca da lui e cammina verso l'uscita della corte.

"Maria?"

Non vuole più ascoltarlo.

Le ha fatto troppo male.

Mia si affaccia alla finestra, osserva la scena, muta, accigliata, al posto di Maria avrebbe fatto la stessa cosa. Un uomo deve mostrare il proprio valore, altrimenti è un perdente, ed è meglio che resti solo.

Arrivata alle Gescal, citofona subito a Graziella. Prega che sia lei a rispondere. Quando sente la sua voce è così contenta che scoppia a piangere.

La mattina seguente si sveglia.

Sdraiata sul letto fissa il soffitto appena illuminato dalla coraggiosa luce che si infila tra le fessure delle persiane.

Respira piano, resta in ascolto, teme che se liberasse i pensieri quelli prenderebbero possesso della sua mente. Qualcuno, dispettoso, si è già rivelato, le ricorda cosa è successo ieri.

L'aria ha il sapore del latte zuccherato. Un salto nel passato. No, quella è la vita di prima, prima di pensare che giocare a calcio *come un uomo* fosse la sua strada.

E prima di tante altre cose.

Amabile Zanca, stranamente, non è in casa.

Nonna è seduta al tavolo della sala, segue in silenzio le notizie alla radio.

Deve sbrigarsi, si è adagiata nel letto più del solito, se non esce entro dieci minuti poi trova traffico.

Un lunedì che salterebbe a piedi pari.

Per fortuna c'è Grazia, hanno deciso che per un po' vanno al lavoro insieme.

Alla porta bussano, ma Maria non si è ancora lavata i denti e nemmeno ha fatto colazione. Salterà. *Pazienza.*

"Stai bene oggi?" le chiede Madia.

"Sì. Dov'è nonno?"

Intanto apre la porta e Graziella le vola addosso briosa più del solito.

"Che è successo? Carnevale è passato."

"Colpa della primavera, mi dà la carica. Buongiorno, signora Zanca."

"Buongiorno Graziella. Vuoi un caffè?"

"No, grazie, ne ho già presi due."

"E si vede" la rimbecca Maria. "Mi lavo i denti e poi partiamo."

"Su, su che si fa tardi" la incalza, dandole una pacca sul sedere con la borsetta.

In macchina Grazia spara la musica al massimo, canta a squarciagola incurante del fastidio che provoca.

Maria, però, ha un moto di allegrezza, anche se vorrebbe che tacesse, quell'umore la contagia. Succede spesso, vorrebbe strozzarla ma poi ci rinuncia perché se lei non fosse così non sarebbe *la sua* Graziella.

Quando arrivano mancano cinque minuti. Corrono. Poi, prima di separarsi, ognuna verso la propria sezione, Grazia l'abbraccia e le sussurra a un orecchio: "I primi giorni sono i più duri, ma poi vedrai le cose con altri occhi. Starai meglio."

"Grazie."

108

Si china sul prato fiorito e osserva gli Occhi della Madonna, accanto a essi una profusione di margherite di cui non vede la fine.

Uno scoiattolo mordicchia qualcosa tra le zampette stando ritto, gira la testa a scatti e dopo poco si aggrappa al tronco di un albero per raggiungere i rami bassi. Ed è stupita perché quando quello inizia a lanciare i richiami, pensa subito che deve esserci un'anatra vicino, invece è lui, il piccolo roditore.

Sul campo ci sono un gruppo di uomini che giocano a calcio. Tra di loro c'è un tipo dalla pelle scura con le treccine, le ricorda Gullit, quello del Milan, un buon giocatore. Anche il suo sosia sembra in gamba, è magro, atletico e calcia con precisione mandando in vantaggio la squadra.

D'istinto si farebbe avanti, per unirsi al loro divertimento.

Alcuni di loro hanno famiglia, le donne stanno sotto gli alberi, imbastiscono un tavolo di legno, cercando di tenere vicini i bambini.

Quando hanno sete, i ragazzi, ben oltre la maggiore età, vanno dalle donne a chiedere un po' d'acqua. Non molto distante c'è una fontanella da cui riempire le bottiglie vuote.

Le piace l'Arcadia. Prima di Gabri non ci veniva, le sembrava triste dover entrare in un parco recintato. Adesso è diverso, anche se gli animali sono messi in zone controllate, a loro modo sono liberi, non hanno paura degli uomini. Hanno cibo, aria, acqua. I pavoni sono i suoi preferiti.

Si siede contro un tronco e li osserva. Pensa che da piccoli non ci si renda conto che esistono così tanti cicli nella vita. La realtà cambia, diviene più grande, più complessa, ti travolge senza darti il tempo di fermarti e capire. Capisci mentre sei in cammino, e la velocità dipende da quanto forte uno la vive la Vita.

Che importa?

I giorni passano tutti uguali, e ci si rende conto che le cose di prima sono migliori di adesso. Ma forse la verità è un'altra, ancora non lo sa. Il cuore le dice che le manca qualcosa, la mente le suggerisce di aspettare, prendersi il tempo necessario prima di agire.

Riflettere.

Quel Gullit ha segnato un altro goal. Inizia ad avere un principio di pancetta, anche se è veloce gli viene il fiatone troppo presto.

L'età.

Forse ha un paio di anni in più di lei, rispetto al gruppo le sembra il più giovane.

Ci farebbe volentieri una partita assieme.

Ma se adesso si alza e prova a tirare fuori *l'altra* Maria, quella che pur di giocare si è vestita da uomo, rischia di crollare definitivamente. Aprire le ali significherebbe liberare un grido preistorico, una sostanza così atavica impossibile da controllare. Anche se all'inizio ha avuto paura, una volta emersa la parte più selvaggia, ha provato una fame insaziabile che l'ha pervasa giorno dopo giorno, partita dopo partita. Le ha vinte tutte. Ogni volta che è scesa in campo con la maglia del Catanzaro, ha fatto guadagnare punti.

E Gabri era sempre lassù, teso, vigile, pronto a tutto pur di vederla felice. Ha sopportato la visione della sua Lei selvaggia, quella affamata di vittorie e goal, ha sopportato l'idea di un fratello mafioso che ha distrutto il suo sogno di stargli vicino, perché per diventare veri uomini c'è bisogno di chi ci dà l'esempio, ma Salvatore non era un buon esempio, lui le cose le otteneva con la violenza.

I ragazzi si ritirano sotto gli alberi per il pranzo. Lei il sole lo vuole prendere ancora e, poi, hanno lasciato la palla vicino alla porta. È più forte di lei, si alza, la raggiunge. Uno di loro, dall'altra parte del campo, gli chiede di ridargliela. Maria non ci pensa due volte, carica la gamba e con il collo interno la solleva dall'erba, facendole fare una parabola a giro.

L10.

Per un po' le ha cambiate davvero le regole in campo.

Il ragazzo le fa un applauso, anche gli altri che l'hanno vista sono rimasti a bocca aperta. Gullit la guarda con le mani ai fianchi. I loro occhi si incontrano e lei ha come l'impressione che si rivedranno presto.

109

"Ha chiamato Gabriele."

Esordisce così Madia Fortunata quando la vede rientrare. Non la saluta nemmeno, pensa che le faccia piacere sapere che *lui* continua a pensarla.

Da quando si sono lasciati, un mese fa, lui non ha fatto altro che chiamare a casa o appostarsi nei parcheggi esterni delle Gescal nella speranza di parlarle. Maria non si è mai fatta vedere, scappa con Graziella e talvolta non rientra nemmeno a mangiare, cenano in giro come due amiche inseparabili.

"Lo so. È un tormento."

"Non essere così dura con lui."

"Non sono una brava mogliettina come te, nonna."

Quando sente che Madia non ribatte, le chiede scusa dandole un bacio sulla nuca.

"Non fa niente. Te l'ho detto mille volte come sono gli uomini."

"Non mi piace quello che fanno. Non mi piace come lo fanno. Pensano solo a loro stessi."

"Passerà."

"Anche oggi nonno è a una visita?"

"Sì. L'ha portato Gino."

Anche se nonna le ha detto che ultimamente tra il marito di Barbara e nonno va meglio, pensarli insieme la diverte.

"Tra poco arriva Aldo."

"Sono contenta, è da un po' che non lo vedo."

"Dove vai? Sei appena arrivata."

"Bevo qualcosa e poi scendo a fare un giro. Ti prometto che non faccio tardi, e ti aiuto."

Madia sospira, mette giù il ferro da stiro e la guarda scomparire in cucina. Non trova le parole per dirglielo, ma poi pensa che non esistono parole adatte per dirglielo.

"Quindi ci saranno anche Barbara e Gino?"

"Stanno fuori."

"Anche nonno?"

"Sì."

Maria riappare, raggiante, divertita al pensiero di cosa dirà nonno al ritorno.

Si avvia alla porta e torna a guardare Madia. Nonna è ferma con una camicia in mano, pallida, la osserva come se la vedesse per la prima volta dopo tanto tempo.

"Tutto bene, nonna?"

"Sì. È che sono sovrappensiero."

"Vedrai che nonno se la cava. È uno tosto."

"Certo, come dici tu, *uno tosto*."

Le fa un sorriso e poi apre la porta.

Proprio in quel momento spunta Aldo dalle scale, si trascina su con la solita andatura gobba, come se sostenesse un peso eccessivo sulle spalle.

"Ciao."

Aldo quando la raggiunge le dà un pizzicotto sulla guancia e l'abbraccia.

"Come stai?"

"Io bene, e tu? Sempre a Milano stai ormai."

Entra in casa, cerca subito Madia, tra loro passano sguardi che Maria coglie ma non comprende. Non fa niente, adesso ha voglia di farsi un giro, non pensare, dimenticare che Gabri continua a pressarla.

"Dove vai?" le chiede Aldo, in tono incerto.

"Arrivo tra un po'. Non vi lascio soli."

Poi se ne va, corre giù per la tromba delle scale e si ritrova in un colpo in cortile.

"Non lo sa?" chiede a Madia.

"Non ho avuto il coraggio."

Aldo resta sulla soglia della porta, in attesa di qualcosa, a pensare che quella è una giornata storica per tutti loro, non solo per Maria.

Maria respira l'aria fresca della primavera riempiendo i polmoni avidi di ossigeno.

Ha bisogno di *sgranchirsi* le gambe, come le diceva Timpani.

Si guarda intorno, il condominio le sembra più taciturno del solito, persino il volume dei televisori è inudibile.

C'è qualcosa lì.

Osserva la cancellata immaginando Gabriele spuntare da un momento all'altro, ma a parte una donna dal viso raggiante e i capelli cotonati presi da un incendio, non c'è altro.

Cammina a testa bassa domandandosi se non sia il caso di parlarci *con Gabri*, ormai è passato poco più di un mese, forse ha bisogno di lei, forse è stata troppo dura con lui.

Odore di fiori. Un profumo. È forte, alza la testa e la signora adesso ha il volto più chiaro, è vicina, cammina lenta e la osserva con attenzione. C'è qualcosa in lei che riconosce, quelle labbra carnose da papera, il modo di tenersi in piedi con eleganza e i capelli sgargianti che le donano una sorta di regalità leonesca, dettagli che le stuzzicano la mente ma in nessun modo li collega.

Sensazioni.

Allora rallenta e la vede sfuggire dietro le spalle, trascinando il suo portamento elegante, i tacchi che picchiettano la pavimentazione e la scia di un profumo intenso che farebbe diventare un diavolo qualsiasi uomo.

Una così alle Gescal non ci azzecca niente.

Ha paura a girarsi, non può e non deve.

Il suo passo rallenta un po' per volta, finché girarsi le viene spontaneo.

Adesso la donna le dà la propria schiena, anche lei ferma. La borsetta color dell'oro le aderisce sul fianco.

Maria ha un unico pensiero: sperare che non si volti, che non le doni più quel sorriso ammaliante.

Ci sono pochi ricordi di lei e niente del suo volto, non potrebbe più riconoscerla vedendola in giro. Però, le è rimasta una sensazione che è la stessa che prova ora mentre la donna si volta e torna a darle tutto di sé. È come riemergere a Cinisi a quelle volte alla stazione, ricordi che vengono a galla in un colpo, che sono sfocati come dagherrotipi.

Se è lei, che il mondo crolli all'istante.

Da quanto tempo è rimasta senza fiato?

Non lo sa. Quando l'aria le rientra nei polmoni le gira la testa.

Nessuno l'ha mai preparata a quel momento, nessuno le ha mai detto che prima o poi sarebbe arrivato, era già pronta a morire senza vederlo realizzarsi.

Lei non l'ha vista crescere, non l'ha vista sbagliare, non l'ha vista giocare a pallone come un uomo, non l'ha vista con Gabriele, non l'ha vista in talmente tante occasioni da perdersi tutta la sua giovane età.

E anche sua madre potrebbe dire lo stesso, non l'ha mai conosciuta oltre le quattro mura di casa Leone.

Che cosa le può dire adesso?

La bocca di Maria si muove ma la voce si è persa da qualche parte tra le corde vocali e la punta della lingua.

"Maria. Sei tu?" le chiede quella.

E giura che un cuore adesso non ce l'ha più, al suo posto le si è formato un buco nero che risucchia la luce dell'universo.

All'improvviso, quella voce diviene la conferma che inconsapevolmente cercava.

Le voci non si dimenticano.

È Eva… sua madre.

Tuttavia, Maria le parole proprio non le trova, così fa l'unica cosa che le viene spontaneo: scappare. Via… più lontano che può.

Di corsa raggiunge il laghetto Caldara, costeggiando la lunga via ai cui lati vige la campagna. Lì ci andava da sola e talvolta con Graziella. Lo specchio d'acqua col tempo è diventato un'attrattiva per i giovani. Quando lo raggiunge è senza fiato, il cuore le batte così forte che non sa più dove sia finito, lo sente in gola, nello stomaco, persino nei polsi.

Gli uccelli volano radenti all'acqua, e c'è il suo salice piangente preferito, quello che tra i molti adagia parte delle fronde nel lago.

Penetra nella sua folta chioma e resta a osservare in silenzio i riflessi del sole che le abbagliano a intermittenza il viso, passando tra le minute fessure delle foglie ammassate vicine.

Non vuole piangere, è spaventata, le viene più facile sorridere.

Mamma è tornata.

L'idea la eccita ma la spaventa anche. Un po' come per un cristiano incontrare Dio.

Accarezza le fronde, le scosta, ci gioca, lascia che la luce entri con più o meno intensità e le accechi la vista. Così, quando esce, vede pallini rossi e gialli dappertutto.

Le oche e le anatre scorrazzano in giro e da qualche parte ci sono anche i maiali.

E c'è Chucky, il cane del signore che fa la guardia al parco e si prende cura degli animali insieme alla moglie. Chucky è un cane peloso, di una stazza sostanziosa, un San Bernardo docile e curioso. Le va in contro e lei si abbassa per accarezzarlo e farsi leccare.

È sporco, puzza, ma che importa?

Adesso vuole fare tutte le cose stupide che le vengono in mente, magari tra poco si getta in acqua e si fa un bel bagno.

L'idea la alletta, ma è freddo, potrebbe ammalarsi.

Allora forse un po' di sale in zucca le è rimasto.

Deve tornare a casa, affrontare la situazione.

A volte vorrebbe avere un manuale di istruzioni per la vita, che almeno le consigliasse le giuste parole o la migliore direzione da prendere, perché ha l'impressione che qualsiasi scelta faccia sia dettata dalle proprie insicurezze.

Sua madre è scappata da lei.

Adesso che è grande, lei scappa da sua madre. Se vanno avanti così, non ci sarà mai un momento per loro e, poi, ormai è come un'estranea. È sua madre e allo stesso tempo non lo è più.

Nonna Madia si è presa cura di lei e persino Mia è stata una madre più di Eva Zanca.

Chucky viene richiamato e torna dal suo padrone.

Maria osserva il lago pensando che tanto non ha nulla da perdere, perché sua madre l'ha persa tanto tempo fa. Se ora è lì, che differenza può fare?

Intanto, loro hanno iniziato a cenare.

Alle otto Maria ancora non è tornata.

Madia ha preparato del pollo arrosto con patate e uno dei suoi risotti al latte.

L'insalata è in una bacinella, fresca, verde e viola, condita con carote sottili, olio, aceto e sale finissimo.

Il pane è riverso in una ovalina, tagliato a fatte, è bianco e marroncino, Madia l'ha comprato quella mattina conservandolo dentro una busta di plastica per mantenerlo morbido.

Il vino e l'acqua non mancano, c'è persino più del solito sulla tavola degli Zanca.

Eva è taciturna, si limita a sorridere.

Aldo mangia con gusto, ricurvo sul piatto.

Madia parla piano, non vede sua figlia dall'autunno dell'anno scorso.

Quando, però, la madre le racconta di Maria, l'attenzione di Eva si ridesta, appoggia le posate ai bordi del piatto e la osserva con occhi attenti, cauti. Le sarebbe piaciuto rivedere suo padre, ma Amabile ogni volta che viene non si fa trovare. Mamma lo scusa sempre, Eva pensa che non ce ne sia bisogno, uno le capisce da solo certe cose. In fondo, papà è il suo Karma.

Ti torna ciò che dai.

"È diventata proprio una bella ragazza" le sfugge tra le labbra. "Ha preso da suo padre." Ammette, abbassando lo sguardo sul piatto.

Poi Madia le racconta di Catanzaro, del calcio, Maria ha ammesso tutto di ritorno dalla Calabria. Anche per Aldo è una novità, così chiede se quanto ha sentito è uno scherzo o la verità.

Madia gli risponde con lo sguardo.

D'improvviso, Aldo è l'unico ad avvertire i passi sulle scale, Madia non può perché parla ed Eva non è più abituata a quel condominio. La chiave gira nella serratura, e allora quel rumore ammutolisce i presenti.

Aldo si alza nello stesso istante in cui la porta si apre e appare Maria. Gli occhi di una bambina, il viso teso di un musicista alla sua prima volta alla Scala di Milano, ma resta pur sempre lei, Maria Leone, la siciliana, la lupa di Cinisi. E ora che la guarda, capisce che non l'ha mai conosciuta.

Quando era più piccola la sgridava spesso, ogni cosa che faceva gli dava fastidio, le voleva bene, si preoccupava, ma ne era anche geloso perché mamma la trattava con riguardo. Persino Amabile teneva un occhio di attenzione, la preferiva a Barbara, non lo ha mai ammesso ma quelle cose si sentono, sottili si insinuano nella mente di chi tace e osserva.

Dieci anni li separano, quasi una generazione intera.

Madia ed Eva la fissano, sedute.

Pare che tutta l'aria della casa sia stata respirata in un colpo a causa della presenza di Maria Leone.

A quell'ora i lampioni della corte allargano le ombre per far spazio alla fievole luce del giorno.

Maria cammina a testa bassa. Eva al suo fianco la osserva con fierezza, la squadra dalla testa ai piedi. Ancora non le sembra vero che abbia giocato a calcio in una squadra famosa, le vorrebbe chiedere tante di quelle cose, teme che non le basterebbe tutto il tempo che le resta da vivere per farlo.

"Maria?"

L'espressione di Maria è persa, imbarazzata, comprende appieno il suo stato d'animo.

Che può dirle dopotutto? Non si conoscono.

Lei è cresciuta con altre donne, si è fatta le ossa da sola, non ha mai avuto un suo incoraggiamento o consiglio, Maria è sbocciata imparando sulla propria pelle le regole del mondo.

"Non immagini da quanto aspettavo questo momento" le dice, mettendola ancor di più in imbarazzo.

Allora Maria si sforza di sorridere. "Per favore, sediamoci qui, voglio vederti bene."

Si siedono a una panchina, sotto un lampione.

Eva scruta i movimenti della figlia, le piace, è cresciuta bene.

"Madia mi ha detto che hai il ragazzo."

"Sì. Però, ultimamente, abbiamo avuto qualche problema."

"Mi ha detto anche questo. Mi spiace."

"Beh, sono cose che succedono, con gli uomini non c'è mai da fidarsi."

Eva ride.

Maria nota che non cerca di coprirsi il volto, lasciando che gli altri vedano chiaramente la sua espressione. Le fa pensare che è proprio lei, Eva Zanca, una che non si vergognava di niente, anche nonna gliel'ha detto una volta.

"Che cosa ti fa ridere?"

"Hai imparato presto. Sei una donna matura adesso."

"Avrei voluto impararlo prima, magari non facevo certi sbagli."

"Sei un po' dura con te stessa, non credi?"

Maria alza le spalle, non sa che dire e forse lei ha ragione. E, poi, non vuole stare a sentire le sue prediche.

"Non ti sei mai chiesta perché me ne sono andata?"

"Sì. Non ho fatto altro che chiedermelo, ma dopo che sono tornata a casa, l'anno scorso, ho lasciato andare il passato. Sono successe così tante cose, che ho sentito il bisogno di svuotarle dalla mia testa."

"Lo capisco."

Eva mira il cielo provando a farsi forza, a restare con i piedi per terra.

"Ma dato che sei qui, mi piacerebbe sapere le regioni."

"Dammi le tue mani, Maria", allunga le sue verso di lei e la guarda negli occhi. "Hai paura di una povera donna come me?"

Maria le muove, sfiora le dita di Eva, che sono fredde e pungenti.

"Quando eri piccola facevamo questo gioco. Ti prendevo una mano e ti chiedevo di immaginare qualcosa che desideravi tanto, che sarebbe apparsa sul tuo palmo una volta che toglievo la mia."

"E cosa desideravo? Te lo ricordi?"

Eva annuisce muovendo leggermente la testa in avanti.

"Una volta hai desiderato le ali di una farfalla, per poter volare sopra l'aranceto che abbiamo visitato insieme a tuo padre. Un giorno, invece, hai chiesto una bicicletta. Dicevi che così saresti riuscita a stare al passo di nonno Antonio, perché non riuscivi mai a stargli dietro. Più volte hai chiesto una bicicletta."

"Non... non me lo ricordavo più."

Le pare strano non vedere quel ricordo, di loro e suo padre mentre passeggiano in un *aranceto*.

Invece, la sua bike è immersa nella polvere, avvolta da un reticolo di ragnatele e memorie, chiusa nel box, un oggetto che le ha segnato l'infanzia. Ci è cresciuta su quella bici, d'estate girava come una pazza per le Gescal e, talvolta, scappava in campagna e Aldo si arrabbiava perché da sola era pericoloso.

Ma lei non ha mai avuto paura della strada.

Quella bici gliel'ha regalata Eva e Maria non lo ha mai saputo.

"Una volta mi hai chiesto che cosa desiderassi io. Mi dicevi che il gioco lo facevo sempre a te, che avevi tanti desideri. Quel giorno volevi sapere se anche io ne avevo uno. Ricordi?"

"No."

"Ti dissi che la cosa che più desideravo al mondo era la tua felicità."

Maria chiude gli occhi e ha come l'impressione che un vortice di emozioni voglia farla esplodere.

Non può arrivare nella sua vita da un giorno all'altro e dirle una cosa simile, *non è giusto*.

Quando riapre gli occhi, Eva la osserva con un'espressione malinconica ma allo stesso tempo vivace, di una che nella vita ne ha passate tante e, dentro l'amarezza, ha il coraggio di dirsi che le cose vanno avanti e c'è speranza.

Ecco cosa vede dipinto sul volto di Eva Zanca: la speranza.

"Se ci tenevi alla mia felicità, non dovevi andartene."

"Ero ingenua, allora non capivo."

"Non mi hai nemmeno salutata."

Eva si distorce, sofferente, un colpo basso, una verità che spesso ha cercato di allontanare dai propri pensieri, perché il giorno del suo addio a Maria, non l'ha mai dimenticato.

Rimorsi, pianti, ha provato di tutto per giustificarsi, ma di fronte all'innocenza di sua figlia non ha le forze per reggere il confronto.

La maschera cade, lentamente.

"Mille volte ho sognato di tornare indietro e mille volte mi sono dannata per non averti dato nemmeno un bacio."

"Ormai è passato" le risponde, con la voce rotta dalla voglia di piangere, con la voce rotta dalla voglia di dirle di andarsene, perché dopo ha dovuto difendersi dal mondo, ha dovuto cercare un'inspirazione che la facesse sentire viva, e ha trovato il calcio. Un pallone malconcio in mezzo a un campo arso dal sole, solitario, libero come la natura rigogliosa della Sila, in attesa a sua volta di qualcosa, di un piede o un'emozione capace di dargli un senso. E Maria calciandolo, quel giorno, ha dato un senso alla vita di entrambi. Con quel pallone ci ha giocato per giorni, finché non si è accartocciato su sé stesso, consumato dall'usura, dai suoi calci, e ha dovuto dirgli addio e ha pianto e ne ha cercato un altro per continuare a dare senso ai propri giorni. Sua madre non le sa queste cose, lei magari soffre, però non ha idea di quello che ha dovuto sopportare.

"La vuoi sapere la verità, Maria?"

"Non lo so… ma immagino che sia giusto saperla."

"Amavo tuo padre. Cesare. Mi bastava sentire che qualcuno pronunciava il suo nome e io brillavo tutta, mi guardavo in giro in cerca del suo sguardo. Ho lasciato ogni cosa per lui. Per un po' ho creduto che sarebbe stato come vivere in uno di quei film americani: un sogno a lieto fine."

Eva si passa una mano tra i capelli, un modo per riordinare i pensieri. Adesso le dirà quanto può, in una volta, fino a perdere il fiato. Maria è sorpresa dalla sua rivelazione, forse non immaginava che ci fosse stato di mezzo *l'amore*.

"Cesare Leone non è fatto per diventare un marito. L'ho capito dopo. Si innamorava delle sue puttane e poi le abbandonava perché doveva restare un segreto. Per amore sono diventata anche io una delle sue puttane."

Un sorriso nervoso.

Mentre le parla fissa il parco di fronte a sé, cerca lo spazio per poter mettere in fila i pensieri.

"Lui mi amava, sai? Abbiamo fatto te. Quando sei nata Cesare era felice. Lo è stato per un momento, intendiamoci, ma per me è bastato quello per sognare una vita insieme."

"Per questo stavamo da nonno Antonio, vero?"

"Lui ce l'aveva una famiglia. Ma nemmeno amava quella. Era una facciata, questioni di onore e rispetto. Cose che io non ho mai capito."

Si guarda le mani, spiegarsi diventa difficile, ma lo deve fare per Maria, ne ha bisogno, la verità è che ne hanno bisogno entrambe.

Per non dimenticare.

"Quando partivi non era perché dovevi *girare un film*."

"No. Stavo con Cesare, ma non a Palermo. Andavamo a Ragusa, nei suoi bordelli. Andavamo a Catania o su a Roma. Quando viaggiava, io stavo con lui. Facevamo l'amore ovunque, ma dopo un po' finivo nel letto anche di altri uomini. Mi usava. Mi usavano. Così sono diventata una prostituta. Ero ambita. Certe persone mi volevano come uso e consumo nelle piazze facoltose di Milano, per questo sono partita. San Babila, Duomo, Monte Napoleone, una vita spesa a rincorrere il niente. E non sono più tornata."

“Non mi hai ancora spiegato perché quella mattina te ne sei andata senza dirmi niente.”

“Non ne avevo il coraggio. Sapevo che se soltanto ti avessi abbracciata, o se fossi entrata in quella stanza, poi non avrei avuto le forze per andarmene. Non avevo scelta. Ero una ragazza disperata e senza una lira.”

“Potevamo tornare qui. Ricominciare insieme.”

“Allora c’era solo l’amore e la speranza. L’amore per tuo padre e la speranza di fare una famiglia con lui. Lui mi faceva promesse che puntualmente non manteneva.

“Ti ho avuta a 17 anni, Maria. Ero una ragazzina capricciosa che sognava di fare teatro. Ma il teatro non l’ho mai visto, se non da donna di uso e consumo.”

“Mi dispiace.”

“Non devi. Sii arrabbiata con me. Vorrei che mi dicessi qualcosa, non mi importa quanto male possa fare.”

“Io… non lo so. È difficile adesso.”

Riprende le mani di Maria e la contempla con tenerezza.

“Se potessi esprimere un desiderio, desidererei ricominciare dall’inizio. Ripartire dal giorno che sei nata e pensare solo a te. Lasciare andare quell’uomo che mi ha illusa e farci una vita insieme. Lo vorrei, lo vorrei tanto, ma adesso siamo cresciute. Tu sei splendida, guardati.”

Maria prova a sorriderle, il corpo è fermo ma la sua anima si è sollevata da un pezzo da quella panchina.

“La verità” continua Eva, “è che io alla fine non sono mai cresciuta, sono rimasta la stessa di sempre. Una donna che rincorre tutti gli amori possibili, tutte le speranze immaginabili, costantemente alla ricerca di un porto sicuro su cui approdare. Ma incontro soltanto uomini egoisti, pieni di sé, incapaci di amare per davvero.”

“Forse sei tu che ami troppo.”

“Già. Forse sono io che amo troppo. In amore vince chi fugge, si dice così, giusto?”

“Allora non c’è speranza” le risponde Maria, divertita.

"Gabriele non è come Cesare. Non conosco a fondo la vostra storia, magari mi sbaglio, ma lui ti ha seguita, ti ha cercata, ha sbagliato mille volte e so che tu sei il suo pensiero più grande."

"Pensavo anche io di essere il suo pensiero più grande, ma non è così."

"Datevi tempo. La vita per me è stata una rincorsa continua. È una mia scelta, nel bene o nel male sono io che intraprendo questa strada. E sono sicura che se due persone si amano, niente le può dividere. Prima o poi qualcosa le farà tornare insieme."

"Un giorno mi piacerebbe tornare a Cinisi per rivedere nonno Antonio. Se vuoi sapere la verità, per me lui è stato l'unico vero padre che ho avuto."

"Sì. Era un tipo tosto, più tosto di Cesare. E ti voleva bene. Se stavamo da lui, è perché ti voleva proprio bene."

"Gliene ho voluto pure io."

110

Eva Zanca, poi, è andata via.

Adesso svegliarsi è strano.

La vita è strana, in un attimo è riuscita a cambiare le loro sorti.

Lei, Eva Zanca, una donna che credeva non avrebbe mai più rivisto, ieri sera era al suo fianco, le teneva le mani e le sorrideva come una di quelle dive hollywoodiane.

Durante la notte le sono venute in mente delle immagini di lei a Cinisi, non è cambiata così tanto ma, in fondo, i ricordi possono confondere.

Quando raggiunge il salotto, Amabile Zanca è seduto sulla poltrona, fuma la pipa incurante dei recenti avvenimenti.

Però una cosa l'ha capita, lui non ha perdonato Eva per aver infangato il nome della loro famiglia. Invece, Maria, ha dovuto perdonare sua madre.

Nessuno è perfetto.

Eva è andata via e non sa se la rivedrà, perché non ha mai smesso di essere sé stessa.

Almeno le ha confidato che le vuole bene, che talvolta la pensa. Le basta, è cresciuta lo stesso, ha un lavoro, una casa e una storia d'amore da raddrizzare.

La speranza.

La speranza di un futuro migliore Eva non l'ha persa, non la perderà lei.

Ad Amabile Zanca, invece, della *speranza* non importa niente, ha fatto il suo tempo, lui non si sente più ad *uso e consumo degli altri.*

Per fortuna mamma ha smesso di fare la prostituta, forse è per questo che è tornata. Vive a Milano, insegue *un altro uomo,* ma i sogni di una carriera nel cinema, o nel teatro, sono caduti, spazzati via da una vita in corsa, piena di passioni e delusioni. E le dà forza pensare che è una vita che si è scelta, fiera di sé stessa.

Madia spunta dal bagno e le dà il *buongiorno.*

"Io vado a messa, tu che fai?"

"Esco a fare un giro. Forse più tardi mi vedo con Beatrice."

"Stai bene?" le chiede, toccandole un braccio.

"Sto bene, grazie."

"Io vado che sennò mi perdo l'inizio."

Amabile bofonchia qualcosa facendo muovere la pipa su e giù dalle labbra. Adesso, appena Madia uscirà, dirà *le sue* di *preghiere,* che se lo sentisse un prete chiamerebbe un esorcista.

Cammina fino al canale e lì resta in contemplazione dell'acqua che scorre. Le sembra di sentire le risa di Antonio e Gabriele mentre aspettano Vasco spuntare dall'altra parte della sponda.

Si chiede che cosa starà facendo Alfredo. Se lo conosce bene come pensa, a quell'ora dorme, stanco dopo una delle sue solite serate.

Si inoltra nelle campagne e cammina fino a che il sole raggiunge lo zenit. Maggio le dà la carica, la primavera è più forte, i fiori riempiono i prati e gli animali escono dalle loro tane.

Nel rientro si dice che non ha voglia di pranzare a casa Zanca, ci saranno tutti, Aldo, Barbara e Gino. Citofona e avvisa Madia che mangerà fuori con Beatrice.

Una piccola bugia non nuoce.

Non è più allenata e, mentre si dirige verso Roveda, le ginocchia le chiedono un po' di riposo. La testa, però, vuole continuare, ne ha bisogno per scaricare la tensione accumulata.

Poi il suono di un clacson. Non può fare a meno di trattenere un sorriso e riconoscere quel rumore. L'Alfa inchioda di colpo e si ferma in mezzo alla strada, sulla propria corsia. Maria si gira. Le marce grattano e dopo poco la macchina, con un lieve sobbalzo, torna indietro.

Gabriele abbassa il finestrino e la prima cosa che dice è: "Ti stavo venendo a prendere."

Solleva le spalle e gli risponde: "Ti venivo in contro."

La felicità ha i suoi misteri. È un mistero. L'amore non fa eccezioni.

Corrono veloce in macchina per le strade deserte di campagna fino a un ristorante di zona. Lì pranzano, parlano, si raccontano quello che non hanno potuto vivere insieme, in modo da recuperare in fretta i giorni perduti ma non inutili.

Gabri paga e, quando sono fuori, le dice che ha una sorpresa per lei.

Nei pressi del parco Arcadia, Maria gli chiede se non abbia intenzione di fare una partita a pallone con i ragazzi che di solito stanno al campo.

Di certo a quell'ora, pensa, ci sarà anche Gullit.

"È una buona idea, però non è la sorpresa di oggi. Vieni con me."

Gabri si muove di fretta, si agita, porta ovunque quella sua inarrestabile spensieratezza senza rinunciarci mai. È il suo marchio.

Estrae delle chiavi dalle tasche, apre il portone e la trascina su per le scale, facendo perderle il fiato.

Quando giungono all'ultimo piano, ridono.

"Che cos'è questo posto?"

"Adesso lo scoprirai."

Apre la porta di un anonimo appartamento, la spalanca, le chiavi gli cascano dalle mani mentre si affretta ad aprire la finestra del salotto. La luce scosta le ombre per mostrare le composte pareti bianche e gli oggetti con cui è vestito il locale.

Maria è senza parole.

"Ti piace?"

"Dio mio, ma di chi è?"

"Nostra... se lo vuoi."

"Posso?" gli chiede.

"Certo, guardatela tutta e dimmi che ne pensi."

Maria apre una porta dopo l'altra, l'appartamento non è grande ma lui ha usato la parola *nostra* e in effetti le sembra già loro.

La cucina ha lo spazio giusto per un tavolino da tre, *può bastare*, e c'è un piccolo balcone che si affaccia su un lato del parco Arcadia, così può vedere gli alberi.

La camera è un quadrato perfetto, non c'è ancora il letto ma i due comodini stanno contro il muro in sua attesa.

"Allora?"

"Mi piace."

Le riprende le mani e glielo chiede.

"Marì, questa casa, se vuoi, è nostra. L'ho ristrutturata con le mie forze ed è pregna del mio sudore. Non so dove ho imparato queste parole, sei tu che me le fai dire."

Poi si inginocchia. "Io ti amo. Sei la ragione della mia vita. Ogni mio pensiero è tuo, ogni mio gesto è consacrato per noi. Marì, mi vuoi sposare?"

"Oddio."

"*Oddio* non è una risposta. Però si avvicina a un sì, immagino."

"Oddio."

"Va bene, lo prendo come un sì."

"Oddio", e lo abbraccia, stringendolo forte, più forte, fino a strozzarlo e costringerlo a sollevarla da terra.

Gabriele la porta in salotto e la adagia sul divano. Lì la bacia, piano, questa volta senza fretta. Si tolgono le giacche e poi le scarpe. Uno dopo l'altro, i vestiti scivolano sul pavimento, invasi dagli odori della vernice, del nuovo che li attende. Restano nudi alla luce che li colpisce. Si agitano, si vogliono.

Le unghie di Maria graffiano la pelle di Gabriele, mentre lui spinge il suo desiderio dentro di lei, fino all'orgasmo.

"Sì, lo voglio" gli confessa, chiudendo gli occhi per il piacere.

Gabri si accende una sigaretta e la fuma sul balcone. Il sole lo trafigge in pieno costringendolo a tenere solo l'occhio sinistro aperto. La guarda così, appoggiato al muretto, mentre lei, ancora accaldata, resta stesa a pancia in giù sul divano, nuda.

"Davvero sarà la nostra casa?"

"Non ci credi?"

"Sì, è che mi sembra un sogno."

"Tutta nostra. Appena torno dalla Francia, la arrediamo come ci pare. Conosco un tizio che può farci le cose su misura."

"Hai detto Francia?"

"Sì."

"Che ci vai a fare?"

Fa un tiro. "Per lavoro. Starò via un mese. Ho pensato molto a quello che mi hai detto l'ultima volta, e ho riflettuto sulla mia vita. Ecco, io, non voglio essere un perdente. Tu mi hai insegnato che tutto è possibile, così mi sono dato da fare. Mi sono messo in società con Nicola e andiamo a seguire un cantiere in Francia."

"Ci viene anche lui?"

"No. Però sono soldi che ci faranno comodo."

"Um, non lo so, non mi piace l'idea che vai così lontano."

"Amore, sarà per un periodo. Iniziamo una nuova vita. Vorrei che tu fossi felice per me."

"Lo sono, scusami. È che adesso che ci siamo ritrovati, già mi dici che parti."

"C'è ancora una settimana, non pensiamoci. Ti va di fare un giro al parco?"

"Sì."

Spegne la sigaretta e quando la raggiunge sul divano, vedendo il suo fondoschiena, si eccita. Le scosta i capelli, inizia a baciarla, la sposta, le passa le mani sui seni e si fa graffiare di nuovo la schiena.

"Ehi", con la mano gli tasta le labbra. "Non è che poi scappi con una *francesina*, vero? E mi lasci qui in questa casa da sola?"

Gabri ride, gettando all'indietro la testa.

"È un'idea anche questa."

"Scemo."

Le morsica la guancia e Maria si lamenta per il dolore.

"Giuro che ti vengo a prendere per i capelli se mi fai uno scherzo del genere."

"Ma dai, Marì, dove la trovo un'altra come te?"

"Non fare lo stupido, so io come siete fatti vuoi uomini."

"E come siamo fatti?"

"Male. Ecco come siete fatti. Siete fatti male."

Gli tira dei pizzicotti sul ventre facendogli il solletico. Gabri prova a difendersi ma la determinazione di Maria lo spinge giù dal divano.

"Mi arrendo, hai vinto tu. Prometto che farò il bravo."

"Premetti di tornare. È l'unica cosa che devi promettere."

"Lo prometto."

111

Un trillo. Due e poi tre. Continui.

Mia è già sveglia.

Non sa perché, ma alle quattro e mezza una sensazione l'aveva svegliata. Si era messa a fare le carte e quelle le avevano detto che non sarebbe stata una *buona giornata*: meglio stare fermi, non fare niente.

Si alza e va a rispondere, lasciando il bicchierino del caffè adagiato sul tavolo, insieme alle carte.

Qualche ora prima.

È mezzanotte e un minuto. Lo sa perché è rimasto a guardare l'ora senza un motivo.

Gelsi ronfa nel letto, a tratti si gira e borbotta nel sonno. Ferdinando si è svegliato proprio in quel momento, si alza sul busto e gli chiede che diavolo ci fa ancora in piedi.

"Vado giù a fare un giro."

"Che ti prende?"

"Non lo so. Non sto bene qui."

"Nessuno vuole stare qui, lo facciamo per i soldi."

"Um."

Gabriele si mette la giacca e nel buio della stanza cerca di non pestare gli angoli dei letti.

"Ti farei compagnia, ma domani chi si sveglia poi?"

"È già domani, Fe. Comunque, non preoccuparti, fumo e poi salgo."

"Va bene, buona notte."

Scende le scale, l'ascensore non è una buona opzione, ha bisogno di scaricare la tensione. Troppi pensieri. La verità è che è *troppo* felice per restare lì.

Così quando esce all'aperto, sotto il tendone dell'ingresso, l'aria fresca lo risolleva, si accende la sigaretta e guarda il paesaggio desolato in cerca di qualcosa di famigliare. Ma lì non c'è niente.

Sfrega le mani sui jeans e dopo una manciata di tiri decide di scendere in strada per continuare a camminare. È una bella notte, non ci sono molte stelle ma qualcuna brilla tanto e pensa che forse sia un pianeta o qualcosa di simile. Se avesse studiato lo saprebbe e, magari, avrebbe *un lavoro tranquillo*, in un ufficio a dare ordini o compilare moduli, fare statistiche, robe del genere. Invece è lì e si sente proprio uno straniero.

Non c'è un marciapiede. Hanno preso un albergo fuori mano per risparmiare, insomma i conti bisogna farli *giusti*, soprattutto le prime volte.

Un rumore giunge da lontano. Un'auto risale la strada, ma non importa.

Si mette più di lato e attende che quello passi. Vede soltanto la forte luce dei fari, forse l'autista si è dimenticato di togliere gli abbaglianti.

Con una mano sul viso cerca di attenuare la lucentezza che d'improvviso lo acceca, pensa che dovrebbe spostarsi sull'altra carreggiata però, ormai, sembra troppo tardi.

La macchina viaggia oltre il limite imposto.

Conosce quel tipo di guida, ci si sente più liberi quando si viaggia in strade deserte, si dà modo alle passioni sfrenate di uscire, nessuno vede, nessuno sente.

Il problema è che qualcuno vede e qualcuno adesso sente.

Gabri vorrebbe tanto credere che l'autista si rendesse conto di un pedone sul ciglio della strada, perché così almeno dopo, lanciato un bel *vaffanculo stronzo*, lui potrebbe continuare quella piacevole camminata e, magari, immaginare di raggiungere il confine con l'Italia per tornare a casa, mettersi nel letto a fianco di Maria e darle il bacio della buona notte, come l'ultima volta.

Il fatto è che quello non l'ha visto, è passato a tutta velocità e ha avuto la sensazione di aver colpito qualcosa, come quando tieni una mazza da baseball e picchi la palla sentendo la vibrazione del manico sulle mani, solo che *la vibrazione* l'ha percepita sulle gambe.

Una brutta sensazione.

Inchioda.

Le gomme sfregano sull'asfalto fumando. L'uomo resta con le mani premute sul volante senza fiatare. Teme la verità.

Qualcuno dall'albergo ha sentito uno strano movimento provenire dall'esterno.

Esce la donna che sta alla reception e si avvia alla macchina accesa che abbaglia la notte con luci rosse e bianche.

Si accorge in un secondo momento di un corpo a terra, qualche metro prima dell'auto. È riverso a pancia in giù, con le mani allungate in avanti e la testa su un lato. Anche a quella distanza, anche con l'oscurità, capisce che è grave, che quello non respira.

Lei respira per lui e grida.

Grida così forte che le luci dell'albergo, nei prossimi secondi, si accenderanno una dopo l'altra.

Mia mette giù la cornetta del telefono e cerca sostegno appoggiando le mani al muro, finché atterra sul divano. È come aver lottato per giorni senza cibo e né acqua e ritrovarsi esausti. Ma non può stare lì a lungo, lo spazio è troppo stretto per il dolore che prova.

Deve uscire.

Gridare.

Dire a Dio che non può averle fatto uno scherzo del genere.

"Oh Gesù, oh Gesù…" ripete, a bassa voce.

Quando si alza e sbuca all'aria aperta, ha il fiatone e vorrebbe trovare un modo per non morire soffocata dalla sofferenza che le pressa il petto.

Il condominio tace.

Un silenzio così non l'ha mai sentito.

Abbandona l'appartamento e corre fuori dalla corte, attraversa la strada e picchia contro le finestre della casa di Rosalina. Nessuno risponde, deve usare entrambe le mani per fare più rumore, non ce la fa a gridare, il fiato le si spezza in gola.

"Chi è? Chi è?" chiede Rosalina, e le luci del piano basso si accendono.

"Aprimi, aprimi" le risponde Mia, con voce soffocata. E giù con i pugni, fino a sanguinare, fino a rompere le imposte.

Rosalina si affaccia da una delle finestre, non può allungare il collo perché ci sono le sbarre, ma riconosce la voce di sua madre.

"*A ma'*, che succede?"

"Gabriele è morto. Gabriele è morto", continua a ripeterlo finché sia lei che Nicola escono, fanno il giro e corrono sul lato della strada per togliere Mia Arcuri da lì, che nel frattempo si è inginocchiata contro il muro con le mani premute sul ventre a pugni chiusi, la testa ribaltata a guardare il cielo e gli occhi pieni di lacrime.

Rosalina la raggiunge chinandosi ad abbracciarla. È la fine.

Nicola cerca di spostarle da quella posizione, e con pazienza e l'aiuto di un signore del vicinato le fanno rientrare nella corte dove abitano i Lijoi.

Dopo un po' nessuno dorme.

Escono i vicini per vedere che succede, si svegliano Rino e Mirco, e Terenzio comincia a strillare in cerca della mamma.

I cani abbaiano, inconsapevoli.

Mia sviene. Nicola le solleva i piedi e Rino corre in casa a prendere un panno bagnato.

Rosalina piange, disperata, succede tutto troppo in fretta, si impone di mantenere la calma ma la voce della madre che le dice che il *suo* Gabriele è morto le rimbomba nella testa.

Non è vero, qualcuno si deve essere sbagliato, oppure è un sogno, Dio non può aver permesso una cosa simile. Ma è tutto vero, e sarebbe meglio morire piuttosto che dover affrontare quel dolore.

Scritto da

Marcello A. Iori